KB262875

세계의
우언과
알레고리

세계의 우언과 알레고리

초판 1쇄 인쇄 2010. 6. 5.
초판 1쇄 발행 2010. 6. 10.

지은이   첸 푸 칭
옮긴이   윤 주 필
펴낸이   김 경 희

경 영   강 숙 자
편 집   김 예 지
디자인   이 영 규
영 업   문 영 준
관 리   강 신 규
경 리   김 양 헌
펴낸곳   ㈜지식산업사
　　　　본사 •경기도 파주시 교하읍 문발리 520-12
　　　　　　전화 (031)955-4226~7 팩스 (031)955-4228
　　　　서울사무소 •서울시 종로구 통의동 35-18
　　　　　　전화 (02)734-1978　팩스 (02)720-7900
　　　　한글문패   지식산업사
　　　　영문문패   www.jisik.co.kr
　　　　전자우편   jsp@jisik.co.kr
　　　　등록번호   1-363
　　　　등록날짜   1969. 5. 8.

책값은 뒤표지에 있습니다.

ⓒ 윤주필, 2010
ISBN 978 - 89 - 423 - 7559 - 2 (93800)

이 책을 읽고 지은이에게 문의하고자 하는 이는
지식산업사 전자우편으로 연락 바랍니다.

세계의
우언과
알레고리

첸푸칭 지음 **윤주필** 옮김

옮긴이의 말

《세계의 우언과 알레고리》는 중국의 원로학자 첸푸칭 교수의 《세계 우언 통론》을 한국어로 옮기고, 독자들의 이해를 돕고자 상세한 주석과 관련된 도판 및 도표를 추가하여 편집한 것이다. 첸 교수는 1936년 후난 성(湖南省) 타오위안 현(桃園縣) 출신이니 올해로 74세의 노학자이다. 그는 중국 중앙정부에서 지원하는 전문 저술가로서, 이 책 외에도 중국 최초의 우언 계통 전저인 《중국 고전 우언사》와 《중국 현대 우언사강》을 집필하고, 《중국 고대 우언선》(공편)과 《중외 우언 감상 사전》(주편)을 편집하여 출간한 바 있다. 이를 통해 중국의 대표적인 우언 연구가로서 그 명성이 나라 안팎에 널리 알려졌다. 그 밖에 《사기주역》(史記注譯) 《구양수문선독》(歐陽脩文選讀) 《문언금역교정》(文言今譯敎程) 등의 고문 연구서와 교과서들을 집필하여 동아시아 고전문학 연구와 교육에 이바지하였다.

그 가운데 이 책은 중국 고전 우언의 역사에 대한 저자의 온축된 연구지식과 세계 우언 감상사전을 주편하였던 경험을 바탕으로 우언의 일반론을 전개한 역저이자 야심작이다. 우언을 중국문학의 영역에 가두지 않고 세계문학사의 관점으로 확대하면서, 우언의 일반적 성격이나 세계 우언의 판도, 그 현대적 실용성을 문제 삼은 것이다.

이 책은 모두 3부 15장으로 이루어져 있다. 제1부는 우언의 본질과 속성, 문체적 특징, 창작 과정과 집필 기법 등을 밝혔다. 제2부는 세계 여러 나라 각 민족의 우언을 3대 우언 체계로 정리하고, 그 발전 경향과 특징을 논하였다. 제3부는 우언이 종교, 철학, 정치, 교육, 국제교류 등의 여러 측면에서 독특한 구실을 하였음을 논술하고, 아울러 우언의 연구, 감상, 교수-학습 방법 등을 설명하였다.

또한 중국의 우언과 서구의 알레고리 이론을 두루 소개하면서도 저자 자신이 수십 년 동안 연구한 독특한 견해를 결합시켰고, 이론적 논의뿐만 아니라 누구나 알 수 있는 예문을 풍부하게 곁들였다. 그리고 세계문학사의 범위에 대해 구체적으로 기술했으며 학술성과 실용성을 모두 갖추려고 노력했음을 알 수 있다. 이러한 점에서 이 책은 이 계통의 선구적 저작이다.

물론 이론과 자료적 측면에서 더 따져야 할 문제들이 있는 것은 어찌 보면 당연한 일이며, 오히려 그렇기 때문에 선구로서 미덕을 지닌다고 하겠다. 그리고 편역자인 나는 중국어 서적이기 때문에 옮기는 데 여러 곤란한 점이 있었음도 고백해야 하겠다. 이제 이 책을 옮기면서 느꼈던 문제점을 드러내 보임으로써 좀더 깊이 있는 소개가 되도록 하겠다.

첫째, 저자는 우언을 '기탁성 있는 이야기'로 정의하면서 'allegoric tale'로 번역하고, 영문 목차에서 이 책의 제목을 "A General Survey on World Allegorical Tales"라고 붙였다. 그렇다면 우언은 기본적으로 서사 갈래에 귀속되는 셈이다.

이른바 우화로 번역되는 'fable'이라면 그러한 정의가 썩 잘 어울린다. 하지만 우언은 그것보다 좀더 넓은 범위에 속한다고 생각한다. 동아시아 문학사에서 보더라도 사(辭)·부(賦)에 많은 우언 작품이 있고, 설(說)과 기(記)에도 우언 명편이 적지 않다. 또한 각 문명권의 중세 후기에 일제히 일어났던 민족어 교술시를 통해 우언 영역이 크게 확대되었던 현상도 주목된다. 한국의 가사 작품에 흥미로운 우언이 존재하는 것도 연결시켜 고려할 수 있다.

요컨대 우언의 특성은 서사에 있다기보다는 침투성과 주변성에 있다. 서사적 교술뿐만 아니라 서정적 교술, 희곡적 교술 등 이중적인 속성에 우언의 특징이 있다. 그러므로 갈래로 보아 중간 갈래 또는 복합 갈래의 속성을 지닌다. 이것이 우언의 '주변성'이다. 더 나아가 언어예술을 넘어 미술이나 음악 심지어 철학, 종교, 과학, 교육 등의 영역에 두루 스며들어가 있다. 이것이 우언의 '침투성'이다. 크게 보자면 우언은 언어적 수단은 물론이거니와 다양한 예술적 의취를 빌려 설득을 시도하고 주장을 펴는 담론 체계인 셈이다.

이러한 측면에서 보면, 우언의 서구어 대응은 그냥 '알레고리'로 잡는 것이 타당하며, 우언이든 알레고리든 세계문학사 논의에서 동일한 개념으로 사용하는 것이 필요하고 가능하다고 생각한다. 내가 번역본의 제목을 《세계의 우언과 알레고리》로 정한 것은 이 때문이다.

둘째, 저자는 세계 우언의 권역을 3대 체계로 잡고 그 중심에 인도, 중국, (서구)유럽을 자리매김해 놓았다. 그리고 남아시아와 중동 지역을 인도 체계에 포함시키고, 아프리카 우언도 편의상 그곳에 덧붙였다. 중국의 소수민족과 한국, 일본 등은 동아시아 체계에 포함시켰다. 유럽 우언의 기원은 고대 그리스와 히브리로 잡고, 로마와 유럽의 중세기 및 17세기~20세기의 서구 그리고 남미와 미국 우언을 유럽 체계로 기술하였다.

물론 최근에 저자는 편역자인 나에게 〈번역본 서문〉과 함께 수정 원고를 보내 왔다. 체계의 명칭을 고치고 중국의 현대 우언과 한국 우언을 다시 썼으며 일본 우언을 부분적으로 보충하는 내용이었다. 그러함에도 인도, 중국, 서구의 중심 개념이 달라진 것은 아니며, 그렇다고 완전히 취소될 필요가 있었던 것도 아니다. 다만 한 지역 체계에서 중심과 주변의 관계는 어떠한 성질의 것이며, 중동 이슬람 권역이나 아메리카의 토착 및 혼혈 민족권, 그리고 아프리카 등을 3대 체계에 소속시키는 것이 과연 타당한 것인지 또한 환태평양 소수민족, 오세아니아주, 서구 이외의 유럽 지역 등을 새로 논의한다면 어디에 소속시킬 것인지, 여러 가지 논의거리가 미처 거론되지 못했다는 점을 문제로 제기할 수 있다.

하지만 이러한 문제점은 이 책의 결정적 약점이라 하기 어렵다. 이만한 범위의 세계 우언문학 개론이 저술된 예를 찾아보기 어렵고, 세계 우언의 권역을 이론적으로 논의한 사례도 희귀하다. 《이솝 우화》《판차탄트라》《칼릴라와 딤나》《아리비안나이트》 정도의 특정 저술이 문헌학적 계보를 따지는 연구에서 집중적으로 논의되고 있을 뿐이다. 이는 전파론 또는 수용사의 관점을 벗어나기 어려운 근본적 한계를 지니고 있다. 따라서 세계 우언의 문학사를 이론과 자료의 측면에서 더욱 균형 있고 완전하게 기술하는 과업은 오롯이 후학에게 부과된 과제이며, 이 책은 그 점을 분명하게 드러낸 선구적 저작이라는 점에서 대단한 미덕을 지녔음에 틀림없다.

셋째, 저자는 중국 고전문학을 주전공으로 하면서 중국 학술계에 번역·소개된 세계문학의 연구 자료를 풍부하게 활용하였다. 그는 대학교수에게 부과된 책임 수업 시간과 회의 시간을 제외하고는, 5개월 동안 매일같이 이 책의 원고를 집필하여 탈고하였다고 서문에서 밝힌 바 있다. 이는 저자가 53~54세의 일이었다. 그의 놀라운 집중력에 감탄하지 않을 수 없다.

그렇지만 그 방대한 자료 섭렵은 번역 당사자인 나에게는 매우 과중한 일거리가 되었다. 중국 고전의 잦은 인용은 편역자의 전공상 비교적 익숙하여 쉽사리 풀어나갔지만, 중국의 현대문학 작품과 그 번역은 상대적으로 낯설었다. 또 중국 이외의 다른 문명권 자료를 중국어로 취음한 경우에는 작가와 작품명을 알아내는 데만도 많은 노력이 필요했다. 더구나 그 작품 내용을 파악하는 데는 더 많은 공력이 요구되었다. 이 모든 난관을 해결하고자 나라 안팎의 각종 백과사전과 각국의 문학사를 참고하였다. 그 과정에서 나는 중국과 한국의 학술계가 선의의 경쟁을 벌이고 있다는 착각까지 할 정도였다. 제2세계 사회주의 문화권의 정보에서는 중국이 우리의 취약한 기반을 훨씬 능가하고 있다는 생각이 들었다. 그에 견주어 최근 한국의 인터넷 문화는 학술적으로도 매우 유용함을 실감하였다. 예컨대 영문판 '위키피디아'에는 톡톡히 신세를 졌다.

나는 이 책의 미덕을 더 유용한 것으로 만들고자 나름대로 애를 썼다. 첸푸칭 교수의 후학으로서 세계 우언에 대해 공부한다는 심정으로 많은 주석을 덧붙이고, 원문 내용을 설명할 필요를 느낄 때에는 도표나 박스를 따로 만들어 부가적 내용을 기술하고, 때로는 관련 도판을 소개하였다. '세계의 우언과 알레고리'라는 일찍이 없었던 연구 영역을 훌륭하게 제기한 저자의 학덕에 부응하는 길은 세계 우언을 더 자세히 알고, 또 그로부터 일어나는 여러 가지 의문과 과제를 능력껏 해결해 나가는 데 있다고 여겼기 때문이다. 또 단순한 번역을 넘어서 편역의 영역에까지 욕심을 부렸던 것도 이것이 그러한 과업의 첫걸음이라고 스스로 의미 부여를 한 까닭이다.

애초 번역 작업은 2002년에 시작해서 2005년에 일단 끝냈다. 이 기간에 나는 학진에서 지원하는 기초학문 일반 과제 '동아시아 비교론을 통한 한국 우언문학의 실상과 활용에 관한 연구(KRF-2002-074-AS1081)'의 3개년 사업을 수행하고 있었다. 그 당시 베이징 대학에서 서울대학교로 유학하고 있던 난옌(南燕) 박사생과 한중연 한국학대학원의 통합과정 김인회 박사생이 연구보조원으로 참여하여 정기적으로 강독 모임을 가졌다. 그녀로부터 중국학계와 교류에 관해 여러 가지 도움을 받았을 뿐만 아니라, 이 책의 번역에 큰 도움을 얻었다. 또 김 군은 모임과 정리에 애를 써주었다. 연구 사업의 일환으로 모였지만 일종의 과외 작업에 대해서도 성의를 다해 임해 주었던 이들에게 이 기회를 빌려 깊이 고마움을 표한다.

그러나 이제야 이 작업을 마무리 짓게 된 것은 단순히 게으름 때문만은 아니다. 수없이 많은 미해결 부분이 그대로 있었기 때문이다. 외국 작가나 작품의 알파벳 표기가 어떠한지는 저자에게 직접 문의해도 거의 해결되지 않았다. 세계 우언과 알레고리에 대한 기초 지식을 스스로 높이는 길밖에 다른 도리가 없었다. 그 결과 연구 번역이 되다시피 하였다. 2008년 1월에 저자를 창사(長沙)에서 직접 뵙고 번역 완성작업에 대해 말했다. 이 노학자께서는 무척 나를 반기며 귀국한 뒤에 〈역본 서문〉과 부분적으로 개정한 원고를 바로 보내 왔다. 서문을 읽어보니 과분한 지우(知遇)를 입고 있다는 생각이 들었다. 도리 없이 그 내용을 번역해서 한국어판 서문으로 삼아 독자들께 알리지만, 내심으로는 스스로의 사명을 일깨우는 지침으로 삼고자 한다.

이제 1년 동안의 최종 작업을 거쳐 편역 원고를 탈고한다. 저자가 5개월에 완성한 1990년 간행의 저술을 나는 7년 걸려 20년 뒤에 한국 학계에 소개하니 너무 더디다고 할 수 있겠다. 첸푸칭 교수는 1991년에 상명대학교 중문과 권석환 교수에게 곧바로 이 책 중국어본을 증정한 바 있지만 결국 번역 과업은 약 10년 뒤에 내가 착수하기로 합의하였고, 이제사 완성을 보게 된 것이다.

나는 저자보다 정확히 20년 후생이다. 저자는 내 나이에 이 책을 썼고 나는 그 나이에 이 책을 연구하고 번역한다. 하지만 이로써 한국 학계에 '세계 우언 연구'라는 과제가 한층 더 본격적으로 제기되었다고 그 의미를 부여하면서, 능력보다 더 큰 힘은 지향이라고 스스로를 위로 한다. 그동안 더디기만 했던 번역 작업에도 격려를 아끼지 않았던 저자께 우선 감사의 마음을 전한다. 아울러 이 책의 방대한 분량을 개의치 않고 그 가치를 인정하여 선뜻 출판을 결정해 주신 지식산업사의 김경희 사장님과 6개월의 긴 편집과정을 마치 공부하는 자세로 진행시켜 주었던 김예지 님께도 고맙다는 말씀을 드린다. 애초 이 책의 원서를 건네준 권석환 교수를 비롯하여 세계 우언문학에 관심을 가진 눈 밝은 강호제현의 질정을 청해 마지않는다.

2010년 6·2 지방선거일을 앞두고
지재사방실(志在四方室) 주인 삼가 씀

문명에는 나라 경계가 없고, 이역에도 알아주는 이 있다

2008년 1월 21일에 한국과 후난 성 수십 곳의 대학에서 온 고전문학 학자들이 빙설을 무릅쓰고 후난 사범대학 문학원에 모여들었다. '중한 제2차 고전문학 학술대회'를 공동으로 치르기 위해서였다. 회의장에서 나는 한국의 단국대학교 윤주필 교수를 여섯 번째 만나게 되었다. 윤 교수는 "지금 당신의 《세계 우언 통론》을 번역하고 있으니 몇 마디 말을 써주었으면 좋겠다"고 하였다. 그의 말을 듣고는 내 머릿속에 홀연 '고산유수(高山流水)'의 전고가 떠올랐다. 윤주필 교수는 나의 오랜 벗이며, 여섯 차례 전후하여 만나면서 매번 우언에 대해 토론하였다. 우리들은 이국(異國)의 지음(知音)이 되었다고 할 수 있다. 물론 윤주필 교수는 시종 변함없이 우언 연구에 힘을 기울인 학자이며, 동아시아 우언 연구에 특별한 공헌을 하였다.

1999년 8월, 나는 한국의 중국학회의 초청을 받아 서울에 가서 '제19회 중국학 국제회의'에 참가하였다. 회의를 마친 뒤 8월 22일, 한국의 천 년 고도인 경주로 가는 도중에 천안을 잠시 들렀다. 상명대학교 권석환 박사가 한 찻집으로 안내하였다. 문을 들어서자마자 키가 훤칠하

고 얼굴이 수척한 중년학자가 나서면서 나를 맞이하여 악수를 나누었
다. 권석환 박사는 "이이는 단국대학교 윤주필 교수입니다. 특별히 우
언을 토론하러 왔지요"라고 소개하였다. 나는 한국말을 할 줄 몰라 종
이와 필기구를 찾아 우언을 둘러싼 필담을 전개하였다. 필담을 통해서
윤 교수가 우언에 대해 깊이 사고하고 아울러 많은 자료를 수집했다는
것을 알았다.

2000년, 권석환 교수와 나의 중개로 후난 사범대학과 상명대학이 교
류 관계를 수립하였다. 그해 10월 나는 후난 사범대학 방문단에 참가하
여 한국을 방문하였고, 10월 10일에 상명대학 천안 교정에서 한국 고전
우언을 논하였다. 이것은 평범한 강좌였는데 의외로 윤주필 교수도 참
가하여 아주 감동하였다.

2002년 10월, 서울대학교 박사과정에 유학하고 있는 난옌(南燕) 여사
가 나에게 국제전화를 걸어 "단국대학교 윤주필 교수 등이 동아시아우
언연구회를 결성하였습니다. 2003년 1월에 베이징 대학을 방문해서 동
아 우언에 대해 공동으로 연구하려고 준비하고 있습니다. 특히 당신이
참가하기를 바라며, 아울러 당신을 통해 중국우언연구회의 주요 전문
학자들이 참가하기를 희망합니다"라고 말했다.

2003년 1월 8일, 나는 베이징에 도착하여 세 번째로 윤주필 교수를
만났다. 아울러 인하대학교의 김영 교수, 윤 교수의 부인 강영순 교수
와 다른 한국 친구들을 만났다. 나는 전화를 걸어 중국우언연구회의 책
임자에게 상황을 보고했다. 1월 9일에서 10일까지 한국 친구들, 베이징
대학 동방문학연구기지의 교수들, 중국우언연구회의 주요 성원들이 동
아우언토론회에 참가하여 관련 주제를 토의하고, 아울러 동아시아 각
국이 공동으로 조직하는 동아우언연구회를 성립시키는 데 동의하고 협
상하였다.

2004년 5월, 한국 고전문학회와 인하대학교 김영 교수의 초청에 응

하여 인하대학교 개교기념일 행사와 동아 우언 국제학술회의에 참가하였다. 5월 14일, 대회를 치르고 저녁에 윤주필 교수는 한국, 중국, 일본의 대회 참가자들을 조직하였다. 동아시아 우언의 각국 연구회를 성립시키는 구체적 절차를 진지하게 절충하고, 아울러 한국에서 제1회 동아우언국제회의를 개최하는 일을 맡아 주관하기로 하였다. 윤주필 교수, 김영 교수 등의 준비 노력을 거쳐 2005년 2월에 약속대로 제1회 동아우언국제회의가 성남시에서 열렸다. 나는 사정 때문에 출석할 수 없었고, 다만 다음과 같은 내용의 편지를 보내 회의의 성공을 멀리서 축하하였다.

"나는 한국 동지들의 탁견에 감복합니다. 더구나 윤주필 교수, 김영 교수 등이 회의에 기울인 노력에 대해서는 특별히 감사하고 싶습니다. 밭갈고 김매면 반드시 수확이 있는 법입니다. 역사가 이 일에 이바지한 분들을 기억할 것입니다."

2007년 5월, 나는 상명대학교 개교기념일 행사 초청에 응하였는데, 다섯 번째로 윤주필 교수를 만나 제2회 동아우언국제회의의 문제를 토의하였다. 이번에 창사에서 만난 것은 여섯 번째이다. 여섯 차례 만나면서 매번 우언에 대해 토론하였다. 윤주필 교수가 우언 연구에 대해 고수하는 정신, 그가 동아 우언 연구에 끼친 공헌은 나로 하여금 충심으로 감복하게 했고 역사에 기록될 만한 것이다.

나는 우언 연구에 30여 년 동안 종사하였다. 상명대학교 권석환 교수와 더불어 《한국 고대우언사》를 썼고, 서울대학교 오수형 교수는 나의 《중국 고대우언사》를 번역하였으며, 인하대학교의 김영 교수와 단국대학교의 윤주필 교수는 나와 함께 동아시아우언연구회의 성립을 상의하였는데, 지금 윤주필 교수는 또 나의 《세계 우언 통론》을 번역하고 있다. 그들은 모두 내 우언 연구의 지음들이다. 옛 사람이 "알고 지내는 이, 천하에 가득해도 지음이야 몇 사람 되겠는가!"라고 하였다. 나는 한국에서 이 몇몇 지음을 얻을 수 있었으니 얼마나 영광인가.

　한국 고대 역사서의 기록에 따르자면, 대략 기원전 2333년에 단군(檀君)은 고조선의 미려한 산하를 개벽하였다. 또 대략 기원전 1120년에 은나라의 현인 기자(箕子)는 중국 문화를 가지고 고조선으로 건너가 여덟 조목의 가르침을 시행하고 자기 자신도 고조선 민족의 한 성원이 되었다. 따라서 나는 윤주필 교수, 권석환 교수, 오수형 교수, 김영 교수와 맺은 우의가 우리들 사이의 연분일 뿐만 아니라, 중한 양국의 몇천 년 문화교류가 형성해 온 인연이기도 하다고 여겨진다. 마음속에서 정감이 움직이면 밖으로 드러나는 법이다. 이에 나는 칠언절구 한 수를 지었다.

단군께서 개벽하신 산하 아름답고,	檀君開闢山河美
기자께서 시행하신 교화 깊도다.	箕子施行敎化深
예부터 문명에 나라 경계 없더니,	自古文明無國界
지금에도 이역에 지음들이 있구나.	于今異域有知音

　나는 윤주필 교수의 번역본이 성공리에 출판되기를 빌고, 다시 동아시아 우언 연구가 진일보하여 번영하기를 빈다. 또 중한 양국의 문화교류가 더욱 강화되고, 우의가 더욱 깊어지기를 빈다.

2008년 1월 31일
쳰 푸 칭(陳蒲淸)

저자 초판 서문

우언은 가장 활발한 문화 현상의 하나이다

우언은 인류 전체의 친구이다. 인류가 성장하는 데 따라서 어린 시절부터 성숙해 왔다. 또한 인류의 탐색이 광범위해져 가는 데 맞추어서 문화의 여러 영역에 걸쳐 발자취를 남겼다. 온전한 이야기 하나를 빌려 사회와 역사에 대한 거시적 파악을 반영해 내곤했다.

우언은 또한 인간 개개인의 훌륭한 선생이다. 사람들은 천진스러운 아동 시기부터, 공자가 말한바 "마음이 하고자 하는 대로 따라도 법도를 어기지 않는다"는 노년에 이르기까지 이 훌륭한 선생님의 지극한 가르침을 들을 수가 있다.

우언은 나이가 많으니 5천 년의 유구한 내력을 지니고 있다. 하지만 우언은 젊은이이기도 해서 오늘날까지 성장하며 노쇠하지 않았다. 뿐만 아니라 다른 문학작품 안으로 스며들어가고 있어서 여러 종류의 문학작품들이 더욱 깊은 철학적 함의를 지니게 한다. 그래서 사람들로 하여금 '우언을 분석할 줄 아는 사람이라면 다른 문학작품을 어떻게 분석할지를 안다'고 생각하게 한다.

우언은 민족성이 가장 풍부한 것이다. 여러 민족의 우언은 그 민족의 지혜와 특징을 각자 다르게 반영한다. 세계의 3대 우언 계통은 어떤 의미에서 세계의 3대 문명 계통을 대표한다. 또한 우언은 국제성이 가장 풍부한 것이며 국제문화 교류에서 종종 선두를 이끄는 기마병 구실을 한다.

우언은 인류가 가장 잘 알고 있는 문체이다. 〈장님 코끼리 만지기〉〈도요새와 조개의 싸움〉〈까마귀와 여우〉 같은 이야기는 거의 사람들이 어릴 때부터 잘 알고 있는 것들이다. 물론 개개인이 모두 반드시 그것들의 상세한 출처를 알고 있는 것은 아니다. 예컨대 〈장님 코끼리 만지기〉가 심오한 불교철학을 선전했고, 〈도요새와 조개의 싸움〉이 일찍이 기원전 3세기 초, 연(燕)과 조(趙) 사이에서 전쟁이 막 터지려 했던 위기를 해소했다는 사실 등을 반드시 다 알 수는 없다.

이와 달리 우언은 인류에게 가장 낯선 문체이기도 한데 어떤 사람은 우언을 얕잡아 보니 곧 이 같은 낯섦을 반영하는 것이요, 이는 우언의 본질과 작용을 이해하지 못하기 때문이다.

중국은 동아시아 우언 체계의 발원지이자 중심이다. 몇천 년 동안 우언 전통을 중단시킨 적이 없는 세계 유일의 나라이다. 그러나 중국인들 자신과 대부분의 외국 사람들은 중국 우언에 대하여 이해가 부족하다. 여기에 두 가지 전형적인 증거를 들어보겠다. 1919년에 이르러 선더훙[1]의 《중국 우언》 초판이 출판되었을 때 비로소 중국인들은 우언의 이름을 가지고 고전 우언의 유산을 계통적으로 정리하게 되었고, 《이솝 우화》가 세계 우언의 유일한 원조라고만 알고 있던 중국인들의 자기비하적인 착오를 바로잡았다. 그래서 쑨위시우[2] 선생이 이 책에다가

---

[1] 선더훙(沈德鴻, 1896~1981): 필명 마오둔(茅盾)으로 더 잘 알려진 중국 현대의 작가이자 사회활동가이다.

[2] 쑨위시우(孫毓修, 1871~1923): 중국 동화의 개척자이며 필명은 녹천옹(綠天翁), 낙천거사(樂天居士)이다. 商務印書館의 《童話》《少年雜志》 등을 처음으로 주편하였다. 《서목고》(書目攷) 10책을 집필한 서지학의 대가이며 서발(序跋)의 명문을 많이 남겼다.

장편의 변려문 서문을 쓰면서 매우 감격스럽게 말하였다.

번역의 학문이 일어나자 천박한 견해의 소유자들이 이솝이 독보하는 데 놀라고 존 키에츠를 받들어 선도자로 모셨다. 가난뱅이가 자기 보물을 잊고 살며 추녀들이 미녀의 찡그림을 본받았으니 또한 문학계의 유감이요, 진실로 예술계의 흠이었다.

여기서 알 수 있듯이 중국인들은 오랫동안 자기들의 풍부한 우언 유산을 전혀 알지 못했고 설사 오늘날이라고 하더라도 그것을 철저히 파악했다고는 말할 수 없다. 1985년에 중국대백과전서출판사와 미국의 브리태니커백과전서주식회사는 합작하여 《간명(簡明) 브리태니커 백과전서》를 편역 출판했다. 그 가운데 《브리태니커》 제9권에서 우언 표제어의 해설은 다음과 같았다.

우언(fable): 산문 또는 시가체로 쓴 짧고 정갈한 교훈적인 뜻을 가진 이야기. 매 이야기마다 늘 하나의 우의를 지니고 있다. 가장 일찍 광범위하게 퍼진 우언은 인도와 이집트와 그리스의 동물우언이다. 서양에서 사람들이 가장 좋아하는 작품으로는 이솝과 바브리우스(Babrius)의 것이 있다. 동양에서는 《인드라, 비쉬누 우언 이야기》와 《판차탄트라》가 가장 사람들의 환영을 받았다. 이 뒤로 우언의 거장으로는 17세기 프랑스의 우언시인 라퐁텐과 18세기 영국 시인 게이(John Gay)가 있다. 19세기 저명한 우언 작가로는 미국인 해리스(Joel Chandler Harris)와 ─《리머스 아저씨의 노래와 이야기》(*Uncle Remus ; His Songs and His Sayings*)로 크게 두각을 나타냄─ 《정글북》의 작가 영국인 키플링(Joseph Rudyard Kipling)이 있다. 상술한 두 작가와 20세기의 G. 에이드(George Ade)와 서버(James Grover Thurber)는 모두 산문체로 우언을 썼다. 에이드와 서버의 작품은 《속어 우언》(*Fables in Slang*)과 《우리 시대의 이솝 우화 그림책》(*Fables for Our Time and Famous Poems Illustrated*)이 있다.

여기에는 중국 우언에 대해 한 자도 거론된 것이 없다. 이로 보건대 아직도 중국 우언 방면의 성과를 외국에 적극적으로 소개할 수 없음을 알 수 있다.

세계 우언의 성취는 거대한 것이다. 일찍이 5천 년 전에 수메르 사람들은 세계에서 가장 이른 우언을 창작했다. 인도를 중심으로 한 남아시아 중동의 우언 체계와 그리스를 기점으로 한 유럽의 우언 체계는 모두 빛나는 성과를 거두었다. 그러나 문학 연구자와 애호가, 심지어는 일부 우언 연구자와 애호가를 포함하여 중국 사람들은 외국의 우언 작가들을 몇 명이나 아는가? 위에 기술한 백과사전의 예를 들자면, 그 가운데 거론된 바브리우스, 게이, 해리스, 키플링, 에이드, 서버 등은 널리 알려진 사람들이 모두 아니다. 더군다나 그들의 작품은 대부분 중국어 번역본이 없다. 우언 이론에 대한 번역 소개와 연구는 더욱 낙후되어 있다. 아리스토텔레스, 아프토니우스, 보카치오, 베이컨, 단테, 레싱, 루이스 등의 우언과 관련된 논저는 중국어 번역본이 전혀 없거나 온전한 번역본이 없다. 또한 중국인들 스스로가 쓴 연구 저작은 새벽별처럼 한적하다.

문화나 우언이나 모두 세계인이 공동으로 창조하고 향유하는 재산이다. 문화는 오직 교류해야만 젊음을 길이 보존할 수 있다. 그러니 우언이라고 하는 나무도 오직 교류하는 가운데 있어야만 늘 젊어서 노쇠하지 않을 수 있다. 뿐만 아니라 정신을 교류함은 물질을 교환하는 것과 다르니 득이 있을지언정 실은 없으므로 한 나라 한 민족이 독점할 것을 여러 국가와 여러 민족이 공유하게끔 바꿀 수 있다. 이 때문에 중국에서 역대로 창작한 우수한 우언 결과물을 세계 각국 사람들에게 소개해야만 하고, 동시에 각국 사람들이 여러 대에 걸쳐 창조한 우수한 우언 성과물을 국내에 소개해야만 할 것이다. 또한 이론 연구를 강화하여 이면의 공통된 규칙을 드러내서, 우언의 번영을 촉진시키고 문화의 교류와 발전을 추동하며 각국 사람들 사이에 이해와 우의를 증진시켜야만 한다.

나는 위와 같은 생각을 품고 외람되게 우언에 관한 통론을 집필하게 되었다. 이 저술은 3부로 나뉜다. 제1부는 우언문학의 기본 범주를 따져서 몇 가지의 서로 다른 관점을 규명하고자 했다. 그러나 이 방면의 논저가 적은 편이고 또 내가 고루하고 관문이 적기 때문에 제시한 관점이 종종 천박한 자기 주장이 되어 잘못을 면하기 어려울지도 모르겠다. 그렇지만 과학발전사에서도 종종 착오가 정확한 의견의 선구적 구실을 한다는 것을 깊이 믿기 때문에 대담하게 이 책을 썼다.

내가 알기로는 중국어의 '寓言'이라는 말은 영어의 'fable', 'parable', 'allegory' 또는 'morality play'에 해당되니, 대체적으로 영어로 'allegoric tale'로 대역할 수 있겠다. 그럴 때 우언의 정의는 응당 '작자가 별도로 기탁한 이야기'가 되어야만 한다. 우언 창작의 과정에 대해서 레싱이나 괴테는 "일반성에서 개별성을 추구하는 것"이라고 말한 바 있다. 그러나 결코 한 측면으로 전체를 개괄해서는 안 되는 것이니, 우언 작가는 개별성으로부터 일반성을 깨닫게 할 수도 있다. 이 두 생활 태도가 쌓이고 서로 부딪쳐서 적절하게 허와 실을 이루는 것이 우언 창작의 경과이자 방법이라고 생각한다.

제2부는 세계 우언의 기원과 계보를 밝혀냈으니 복잡하게 얽혀 있고 또 시공간적으로 넓게 걸쳐 있는 우언에 대해 기본적인 윤곽을 정리했다고 생각한다. 우언은 5천 년의 역사를 이어 왔고, 세계 5대륙의 여러 국가와 민족에 출현한 것이다. 나로서는 능력이 미약하고 자료가 부족

하다는 것을 절감하였다. 그 때문에 이 책은 하나를 들어 만 가지를 놓치는 격으로, 단편적이며 피상적이다. 그렇지만 나는 또한 생각한다. 학술연구에 거친 데가 없으면 정밀함도 없고 유치한 데가 없으면 성숙함도 없다고. 말하자면, 우언의 기초가 되는 조건과 세계 3대 우언 체계를 구분하여 집필한 의도는 대방가(大方家)의 질정을 받고자함이었다.

제3부는 우언의 응용을 논했다. 광범하게 우언과 인류 문화(철학, 종교, 정치, 교육) 및 문화교류의 관계를 논하고 우언 감상의 연구방법을 분석하였다. 그 세련되지 못함은 제1부, 제2부와 비슷하다.

호남교육출판사는 학술의 번영을 위하여 영리를 목적으로 하지 않고 손해를 무릅쓰는 결정을 내렸다. 편집위원들은 신중한 검토를 거쳐 나와 함께 출판계약서에 서명하였다. 이에 1989년 11월에 이 책을 쓰기 시작하여 1990년 3월에 탈고하였다. 이 5개월 동안 나는 수업, 회의, 행정 사무 말고는 거의 매일같이 자료를 수집 · 검토하고 책상에 매달려 원고를 쓰느라 섣달 그믐날이나 설날에도 붓을 놓지 못했다.

나는 동지들과 친구들의 지지와 격려와 양해를 얻어냈다. 예컨대 아리스토텔레스의 《수사학》 중국어 역본을 찾아내지 못했는데 난징의 역림(譯林) 편집부, 자오시에성(趙燮生) 동지는 영문판 책을 모두 복사해 주었다. 또 그는 상하이 푸단(復旦) 대학 미샹쥐(米尙志) 동지에게 부탁하여 레싱의 중요한 논문인 〈우언의 분류를 논함〉을 번역했다. 그들의 도움은 나를 크게 고무시켰고 또한 어떤 저서 안에 있는 우언 분류에 관한 잘못된 인용과 논술을 바로잡게끔 하였다.

또 후난 사범대학 도서관에 몇몇 동지들은 당나라 장설(張說)의 〈양사공기〉(梁四公記)를 찾는 데 도움을 주었다. 그래서 어떤 책에서 이야기 한 바, "장설의 〈양사공기〉는 동로마 우언이 중국에 전해진 최초의 기록이다"라고 하는 잘못된 결론을 바로잡게끔 하였다.

중국우언연구회의 여러 동지들은 모두 내가 이 책을 완성하는 동안 편지를 써서 격려하였다. 후난 교육학원 외국어과 장춘치엔(張存謙) 동지는 정성스럽고도 진지하게 이 책의 목차를 영문으로 번역해 주었다. 도서관의 동지들은 정성껏 자료를 제공해 주었다.

여기서 모두에게 감사드린다. 몇몇 친척, 친구들에게 나는 대접도 제대로 할 수 없었고, 힘겨운 가사 노동 또한 주로 내 처가 감당해야만 했다. 이러한 이해와 지지는 절대 잊을 수 없는 것이다. 그렇다고는 하나 학식이 얕고 자료가 부족하고 시간이 촉박한 세 가지 불리한 조건은 이 책이 시론적(時論的) 성격을 지니는 데 작용했던 것도 사실이다.

마지막으로 나는 《중국 고대 우언사》의 서문 가운데서 몇 구절을 인용하여 이 책의 서문을 마무리하고자 한다. 일찍이 중국 시단(詩壇)에는 "기왓장은 버리고 옥구슬은 추린다"고 하는 좋은 말이 있다. 이것이 이 책을 쓰게 된 동기이다. 우언의 대가 장주(莊周)는 말했다.

"해와 달이 뜨면 횃불은 꺼지게 마련이니 그 불이 빛이 되기에 역시 어렵기 때문이 아닌가!"

나는 이 책의 뒤에 하루 속히 해와 달처럼 빛나는 거작 연구가 출현하기를 기대하고 있다.

1990년 3월

첸 푸 칭(陳蒲淸)

차 례

제1부 우언의 본질

제3부 우언의 응용

제1부
우언의 본질

제1장 우언의 정의

　어떤 분야의 연구이든 맨 처음 해야 할 일은 연구 대상의 함축된 의미를 확정하여 그 대상에 대한 과학적인 정의를 내리는 것이다. 이 정의는 그 대상의 본질적 속성을 반영하고 비본질적 속성을 배제해야만 하고, 또 그 대상이 가리키는 모든 사물을 포용할 수 있어야 한다. 이를 출발점으로 하여 우리들의 긴 여정을 시작해 보기로 하자.

1. ‘우언’이라는 이름 바로잡기

　‘우언’이라는 어휘는 《장자》(莊子)에서 가장 먼저 보인다. 《장자》「우언」편에서 “우언(寓言)은 열에 아홉이요, 중언(重言)은 열에 일곱이요, 치언(卮言)은 날마다 내어서 하늘의 이치로 조화시킨다”, “우언이 열에 아홉이니 밖의 것을 기대어 논한다”고 했다. 「천하」편에서는 “천하가 침체되어 있어 떳떳한 말을 더불어 할 수 없으니 치언으로 부풀리고, 중언으로 진중함을 삼고, 우언으로 넓힌다”고 했다.

　“우언이 열에 아홉”이라는 말에 대해 곽상(郭象)의 주에서는 “다른

사람에게 기탁하니 열 마디 가운데 아홉 번은 믿겨진다는 말이다"라고
해설했다. 별도의 이야기에 가탁해서 이치를 말하면 열 마디 말 가운데
아홉 마디를 남이 믿어준다는 뜻이다. 이것은 우언의 효용성이 아주 뛰
어나다는 것을 뜻한다. 또 어떤 사람은 우언이 《장자》 전체 책의 10분
의 9를 차지한다는 것을 의미한다고 생각한다.

필자는 곽상의 설에 찬성한다. "밖의 것을 기대어 논한다"고 할 때의
'밖의 일'에 가탁하여 이치를 말하는 것이니, 말은 여기에 있고 뜻은 저
기에 있는 것이다. 이것이 장자가 우언에 대해 내린 정의이다. 장자가
생각하기에 천하 사람들은 너무 어리석어서 정색을 하고 도리를 분명
하게 말할 수 없고, 단지 우언의 도움을 받아 자기 주장을 넓힐 수밖에
없다.

'중언'은 덕 있는 어른에게 신세를 지는 글을 가리킨다. 이를테면 권
위 있는 인물의 어록을 인용하여 상대방을 설복시키는 따위이다. '치언'
은 자연스럽게 흘러나오는 글을 가리킨다. '천리로 조화롭게 한다'는 것
은 진실하고 소박한 것으로 돌아가서 시비를 조화시킨다는 뜻이 있다.

중국 고대에는 우언에 대하여 여러 가지 명칭이 있었다. 《묵자》《맹
자》는 그것을 일종의 비유로 보았다. 한·위(漢魏) 사람들도 불경우언
을 번역할 때 그것을 비유로 일컬었으니, 예컨대 《백유경》(百喩經)은
백 개의 우언 이야기[1]를 가리킨 것이다.

또 《한비자》는 우언을 '저설(儲說)', '설림(說林)'으로 일컬었으니, 6
편의 「저설」에는 모두 200여 개의 우언이 있고 「설림」 상하 편에는 모
두 66개의 우언이 있다. 또 유향(劉向)의 《별록》(別錄)에서는 '寓言'을
'偶言'으로 썼으니 '寓'와 '偶'는 상고시대에 완전히 같은 의미였다.[2] 유
향은 정의를 내리기를, "偶言이란 것은 사람의 성명을 지어내어 서로

---

1) 〔원주〕 현재 본에는 98개의 이야기가 실려 있다.
2) 〔원주〕 아마도 성모(聲母)가 후운(侯韻)이었을 것이다.

이야기 시킨다는 뜻이다"라고 했다. 그는 우언 이야기의 허구성을 강조한 셈이다.

유협(劉勰)은 《문심조룡》(文心雕龍) 「해은」(諧讔)편에서 우언을 '은언'3)으로 귀속시켰고 「제자」(諸子)편에서는 환상적인 색채가 농후한 우언, 예컨대 〈우공이 산을 옮기다〉[愚公移山] 〈달팽이 더듬이 위의 싸움〉[觸蠻之爭] 등을 '준박'4)이라 일컬었다.

또 명나라 말기에 《이솝 우화》가 중국에 전해 들어오자 첫 번째 번역본에서는 《황의》(況義)라고 일컬었다. '황의'란 바로 우언이란 뜻이니, 여기서 '況'은 비유를 가리키고 '義'는 우의를 가리킨다. 청나라 때에 출현한 두 번째 번역본에서는 《의습몽인》(意拾蒙引)이라 하였다. '蒙引'은 바로 우언을 가리킴이요, 그 계몽의 작용을 강조한 것이다. 세번째 번역본은 《해국묘유》(海國妙喩)라고 불렀으니, 우언을 '비유'라고 한 셈이다. 번역의 대가 린슈5)와 옌쥐6)가 공동 번역본으로 출판할 때

---

3) '은언(隱言)': 수수께끼처럼 원의를 숨겨 말하는 것. 해당 편의 주석을 참고하면 다음과 같다. 宋周密 《齊東野語》 "古之所謂廋詞，即今之隱言也，而俗謂之謎." 《玉篇》 「謎」字釋云「隱」也. 人皆知始于黃絹幼婦，而不知自漢伍擧，曼倩時已有之矣.

4) '준박(踳駁)': 사실과 상상을 뒤섞어 말한다는 뜻. 해당 편에 "迄至魏晉，作者間出， …… 其純粹者入矩，踳駁者出規， …… 若乃湯之問棘云，蚊睫有雷霆之聲；惠施對梁王 云蝸角有伏尸之戰；列子有移山跨海之談，淮南有傾天折地之說，此踳駁之類也. 是以世疾者混洞虛誕"이라고 했다.

5) 린슈(林紓, 1852~1924)는 중국의 근대문학가이자 번역가이다. 원명은 군옥(群玉), 자는 금남(琴南), 호는 외려(畏廬), 별서냉홍생(別署冷紅生) 등이다. 광서(光緒) 8년(1882) 거인(擧人)이 되었고, 1900년 베이징 오성중학(五城中學)의 국어교원을 역임하고 이어 베이징 대학에서 강의하였다. 신해혁명 뒤에는 역서와 글과 그림으로 생계를 꾸렸다. 그는 동성파 고문을 표방했으며 정치적으로는 유신을 주장했고 5·4운동을 반대하였다. 그의 문학적 성취는 이른바 '林譯小說'에 있으며 180여 종의 역서가 있다. 서구 소설 작품을 광범위하게 소개했다. 그는 외국어를 몰랐지만, 다른 사람이 구역하면 엄청난 속도로 그것을 고문의 필치로 번역했다고 한다. 그의 역문은 경쾌하고 분명하며 원문의 정조와 인물을 잘 살려낸 것으로 평가되고 있다.

6) 〔원주〕옌쥐(嚴璩): 그는 옌푸(嚴復)의 아들이다. 〔역주〕嚴復(1853~1921)는 영국 유학의 경험을 바탕으로 중국의 근대 계몽사상가, 교육자 및 번역가로 활약했던 인물이다. 린슈와 동향인으로서 지금의 푸젠 성(福建省) 푸저우(福州) 출신이다.

인 1902년에 이르러서야 비로소 《이솝 우언》(伊索寓言)이라 일컬었으니, 이로부터 번역계와 학술계가 일치하여 장자의 '우언'이라는 어휘를 빌려서 우언 이야기를 가리키게 되었다.

그렇지만 현재 '우언'이라는 이 어휘를 사용할 때는 그 함의가 《장자》의 원뜻과도 다르고, 페이블(fable) 형태의 이야기와도 다르다. 《장자》에서 말한 원래의 '우언'은 주로 곁들이는 성질을 강조한 것이요, 이야기 성격은 강조하지 않았기에 그 외연이 훨씬 넓어야만 한다. 이 때문에 옛사람들은 이상을 기탁하고 현실을 풍자하되, 이야기 줄거리가 전혀 없는 매우 많은 시와 문을 모두 우언이라고 했다. 예를 들어 왕안석(王安石)의 《우언 15수》는 근본적으로 우언이 아니요, 개혁 구상을 표현한 일종의 정치적 설리시7)이다. 이제 시 한 수를 들어 증거로 삼아 본다.

혼사나 상사를 당한 사람 누구라 넉넉지 않으리,
관에서 돈을 빌려 너의 수고 덜어주네.
논밭 갈고 추수하는 이 누구라 넉넉치 못하리,
관에서 쌀을 내어 그 삶을 도와주네.
물자가 넉넉하면 내 거두어들이고,
물자가 궁색하면 내어서 운영하리.
후세에는 이런 일을 힘쓰지 않아,
구구하게 부자들 땅 차지에 기가 꺾이네.8)

이는 곧 《주례》(周禮)의 내용을 빌려 그의 '청묘(靑苗)'와 '시역(市

---

7) 설리시(說理詩): 이는 결국 교술시(敎述詩)의 개념이다. 우언시에는 해당되지 않는 더 넓은 개념인 셈이다.
8) 《王荊公詩注》 권15 「寓言 十五首」 가운데 제3수이다.

易)'의 법을 선전한 것이다. 또 명나라 절강(浙江) 사람 강동위(江東偉)
는 《부용경우언》(芙蓉鏡寓言)이라는 책을 지었는데, 36부문으로 나누어
고금의 잊힌 각종 이야기를 수집하였다. 그러나 그 가운데서 우언으로
편집한 것이 차지하는 비율은 매우 낮다. 오늘날에 '우언'이라고 부르는
것은 반드시 이야기 줄거리가 있어야 한다. 이야기의 성질[故事性]과 곁
들이는 성질[寄托性] 가운데 하나라도 없어서는 안 된다.

현재 사용하는 '우언'이라는 어휘는 실제로 영어의 페이블, 패러블,
알레고리의 세 가지 체재를 포괄한다. 일단 미국 뉴욕의 표준참고독서
물출판사의 1963년판 《표준 참고 백과전서》를 예로 삼아 이 세 가지에
대한 정의를 살펴보도록 하자.

페이블(fable): 문학에서 허구적인 이야기 줄거리를 표시하는 술어. 더
일반적으로는 산문(散文)이나 시가(詩歌)로 창작한 하나의 이
야기를 가지고 어떤 보편적인 도덕관념이나 숭고한 진리를 표
현하는 문학 갈래를 특별히 가리킨다. 이 도덕관념은 모두 상
징적인 방법으로 표현해 내는데, 그것은 흔히 생물과 무생물
사이의, 특히나 사람의 이성적 특징이 부여된 동물들 사이의
모순 투쟁을 통해서 표현된다. 페이블은 패러블과 다르니, 페이
블로 서술된 것은 생활과 자연계 가운데 발생할 수 없는 사건
이며, 반면 패러블은 비록 도덕적 진리의 이야기를 말하지만
흔히 발생할 가능성이 있는 사건이다. 가장 이르고 또 가장 유
명한 동물우언집은 《이솝 우화》이다.

패러블(parable): 이 명칭은 가장 먼저 그리스 학자들이 제기하여 문학
현상을 설명한 것이다. 고대 그리스어로 이루어진 《신약 성서》
가운데서 이 어휘는 신 또는 종교의 진리를 전파할 의도를 가진

허구적인 단편 서사 작품을 표시하는 데 전적으로 사용되었다.

알레고리(allegory): 일종의 서술 문체이다. 그것은 직접 어떤 하나의 줄거리를 서술하면서도, 목적은 별도의 사건을 암시하는 데 있으니 그를 통해 독자로 하여금 명확하게 교훈을 이해하고 터득할 수 있게끔 한다. 그것이 운영하는 풍유(諷諭) 수법은 통상적으로 상징(象徵)과 의인(擬人)이다. 알레고리 작품들은 흔히 윤리적 도덕과 정신 교훈을 선전하여 말하지만, 어느 때에는 문학과 정치 또는 개인에 대한 풍자이기도 하다. 패러블 작품들, 페이블 작품들, 도덕극(morality play) 작품들은 모두 알레고리와 같은 유형이다. 저명한 작가가 쓴 영어 알레고리의 전범적인 작품으로는 버니언의 《천로역정》, 스펜서의 《요정 여왕》, 스위프트의 《걸리버 여행기》, 드라이든의 《압살롬과 아히도벨》 등이 있다. 일종의 서술 방법인데 알레고리 자체는 수사 방식으로 인식될 수도 있다.

영국 고든의 《문학사전》에는 '알레고리'에 대해 다음과 같은 정의를 내리고 위 세 가지의 관계와 차이점을 지적하여 말하였다.

비유에 해당되는 것으로서 이야기(운문이나 산문 이야기)를 써서 이중적 함의(하나는 표면의 뜻, 다른 하나는 심층의 뜻)를 표현한다. 그것은 가독성(可讀性)을 갖추고 있어서 두 개의 층차로부터 이해와 해석을 진행시킬 수 있다. 그 가운데 서너 개의 층차를 갖추고 있는 것도 있다. 그것은 페이블이나 패러블의 의미와 매우 가깝다. 예를 들어 다음과 같은 페이블 작품이 있다고 하자.

청개구리 한 마리와 전갈 한 마리가 나일 강가에서 만났다. 그들은 모두 강을 건너려고 하였다. 청개구리가 전갈을 등에 업고 강을 건너려고 하면서, 반대편 강기슭에 오른 뒤 자기를 물어 죽여서는 안 된다고 조건을 걸었다. 전갈이 청개구리의 조건을 들어주겠다면서, 강물에 자기를 빠뜨려 죽이지만 말아달라고 요구했다. 강을 건넌 뒤에 전갈은 청개구리를 깨물었다. 청개구리가 죽기 전에, "넌 어째서 날 깨물었느냐?"고 물었다. 전갈이 답하기를, "설마 우리들이 아랍인이 아니라고 생각하고 있는 것은 아니겠지?"라고 했다고 한다.

만약 이 이야기에서 '청개구리'를 마음씨 좋고 소심한 사람으로, '전갈'을 이중적인 음흉한 사람으로, '나일 강'을 일반 강으로, '아랍인'을 일반 사람으로 바꾸어 놓았다면, 그것은 곧 알레고리 작품이 된다. 만약 청개구리와 전갈을 각기 아버지와 아들로 대신하거나 또는 선장과 승객으로 대신하여 종교적 도덕관념을 표현했다고 한다면,9) 그것은 곧 패러블 작품이 된다.

이로 보건대, 패러블의 특징은 우의가 종교성이 있다는 것이요, 페이블의 특징은 이야기 줄거리가 비현실적이라는 것이다. 그들은 모두 비교적 짧다. 이에 견주면 알레고리는 현실에서 발생할 수 있는 일을 제재(題材)로 삼아 별도의 상황과 도리를 암시하고, 길이가 매우 길 수 있다. 《천로역정》은 몇십만 자나 되고 《요정 여왕》은 몇만 줄이나 된다. 중국도 《후서유기》(後西遊記) 등의 수십만 자의 우언소설과, 위구르족의 《복락지혜》10) 같은 만 행이 넘는 우언 장편시를 만들어낸 적이 있다.

---

9) 〔원주〕 서양에서는 흔히 배가 교회를 상징하니, 그것은 신도들을 피안으로 건네준다는 뜻일 것이다.

10) 《복락지혜》: 중앙아시아 돌궐족이 세운 카라한 왕조(Qarakhanid Dyanasty)의 저명한 사상가이자 정치가인 위쑤푸 하쓰 하지푸(尤素甫 · 哈斯 · 哈吉甫)가 1069~1070년에 창작한 《쿠닥 피릭》(庫塔庫 比里克)의 번역본이다. 제목을 직역하면 나에게 '행복을 주는 지식'이라는 뜻이다.

‘페이블, 패러블, 알레고리’이 세 개의 어휘를 중국어로는 모두 ‘우언’으로 번역한다. 물론 패러블과 알레고리를 ‘비유(譬喩)’로 번역할 수도 있으나 이는 주로 인물 이야기를 제재로 삼는 우언을 가리킨다. 또 페이블은 신화, 동화, 전설 등으로 번역할 수 있지만, 그것은 주로 동물 이야기 등의 비현실적 줄거리를 제재로 삼는 우언을 말한다.

이상 세 종류의 우언은 중국에 모두 있을 뿐만 아니라, 다 ‘우언’이라 일컫는다. 이전에는 우언의 정의를 따질 때 페이블형에 국한하여 간혹 기계적으로 대응시켰기 때문에 여러 가지 들어맞지 않는 현상들이 생겨났다. 공자가 말하기를 “이름이 바르지 못하면 말이 순조롭지 못하다”고 했다. 그래서 이 책에서는 이름을 바르게 하는 것부터 시작해서 ‘우언’이라는 어휘가 포함하는 대상을 분명히 해둔다. 이러한 점을 확실히 밝혀야만 ‘우언’에 간명하고 전면적이고 뚜렷한 정의를 내릴 수 있을 것이다.

2. 우언의 여러 가지 정의 살펴보기

우언은 역사가 오래된 양식이다. 고금을 통해 여러 나라에서 많은 사람들이 그것에 대해 각종 정의를 내렸다. 옛날의 정의를 분명히 따져서 새로운 정의를 다시 추려내는 편이 더 쉬운 일이다. 먼저 사전의 정의를 검토해보도록 하자.

《사원》(辭源): 기탁하거나 비유하는 말이 있는 것을 가리킨다. —(중략) — 후대에는 선진(先秦)시대 제자백가의 풍유적인 짧은 이야기를 ‘우언’이라 일컬어서 이로 말미암아 문체의 이름이 되었다.

《사해》(辭海): 문학작품의 한 체재로서 권면하거나 풍자하는 뜻을 지닌 이야기이다. 그 구성은 매우 간단하고 주인공은 사람이 되거나 생물이 되거나 또는 무생물이 될 수도 있다. 주제는 대부분 이것을 빌려 저것을 비유하고, 먼 것을 빌려 가까운 것을 비유하고, 옛것을 빌려 지금을 비유하고, 작은 것을 빌려 큰 것을 비유함으로써 심오한 도리를 간단한 이야기를 통해서 체현하게 한다.

《중국대백과전서》(中國大百科全書) 「외국문학」(外國文學)편: 문학작품의 한 체재이다. 이 종류의 작품은 보통 산문체로 쓰는 간단한 이야기인데 어떤 때는 시가체(詩歌體) 형식을 채용하기도 한다. 대부분 풍자와 권유와 교훈의 우의(寓意)를 갖추고 있어서 우언(寓言)이라고 일컫는 것이다. '빌려 비유하기[借喩]'는 우언의 중요한 특징으로서, 그것은 함축하고 있되 직접적으로 드러내지 않은 사상을 독자에게 암시한다.

《사원》의 정의는 두 부분으로 나뉜다. 앞부분의 설명 "기탁하거나 비유하는 말이 있는 것"은 《장자》의 원뜻에 대한 해석이요, 《장자》에서 말한 "밖을 빌려 논한다"는 것과 같다. 그런데 그 결점은 이야기의 성질을 강조하지 않았다는 것이다. 뒷부분의 설명은 우언을 선진제자(先秦諸子)의 짧은 이야기로 국한했는데, 그 이야기의 특징이 어디에 있는지 밝혀 말하지 못해서 전혀 합당치 않다.

《사해》의 정의는 비교적 전면적이고 여러 방면을 모두 다루었다. 다만 그 중요한 정의에서 "권면하거나 풍자하는 뜻을 지닌 이야기"라는 것은 결코 우언의 본질을 제시할 수 없다. 권유하는 또는 풍자하는 이야기의 많은 것들이 전부 우언이 아니기 때문이다. 이는 뒷부분의 설명으로써 보충·수정되어야만 하므로, 전체 정의가 느슨하고 세련돼 보이지 않는다. 뿐만 아니라 "간단한 이야기"의 강조는 실질적으로 결코 간단하지 않은 많은 우언을 배제해 버렸다. '간단함'은 결코 우언의 본질이 아니다.

《중국대백과전서》의 정의는 《사해》의 것과 같은 불충분한 점이 있다. 여기서 관련 전문 연구가들의 관점을 자세히 보도록 하자.

우언의 형식은 수사학의 비유법에서 점점 발전하여 성립된 하나의 이야기이다[후화이천(胡懷琛)의 《중국 우언 연구》].

그것은 비유의 최고 형식이다[왕후완뺘오(王煥鑣)의 《선진(先秦) 우언 연구》].

이러한 설명법은 중국에서 매우 유행하고 있다. 이것은 중국 전통시대에 우언을 '비유'라고 일컬었던 것과 관련이 있다. 우언은 분명 비유와 공통점이 있고 사물들의 비슷한 점을 바탕으로 한다. 그러나 우언과 비유는 본질적으로 다른 것이다. 하나는 문체이고 하나는 수사법이다. 이에 대한 구체적인 구별은 이 책의 제3장에서 따질 것이다. 오래된 우언은 대부분 원시시대의 이야기에서 발전해 온 것이지 결코 비유로부터 발전된 것이 아니다.

인간의 이성적 사유가 발달함에 따라 사람들이 원시시대의 이야기 즉 대량의 동물 이야기를 포괄하여 그것을 개조하고 도덕적, 철학적 함의를 부여했다. 그리고 '만물에 영혼이 있다'는 원시시대의 관념을 포기하고 드디어 우언을 산출해 냈다. 이러한 원시 이야기는 비유가 생산되기 훨씬 이전부터 있었고 그것들이 우언으로 개조된 것은 대개 비유가 나타난 것과 같은 시대이다. 다음의 관점을 살펴보자.

우언은 늘 짧고 예리한 비수이다[웨이진즈(魏金枝)의 〈우리의 우언을
이야기해 보자〉].

우언은 하나의 요술 주머니이다. 주머니는 매우 작지만 안에서 많은
물건을 끄집어 낼 수 있다[옌원징(嚴文井)의 《우언에 관한 우언》].

비록 어떤 사람은 이러한 설명법을 정의라고 여기지만, 실질적으로
는 하나의 형상적인 비유일 뿐이지 결코 정밀한 정의가 아니다. 작자
자신 또한 우언의 정의를 내린 것은 아닐 것이다.

다음으로 독일의 유명한 문예이론가 레싱(Lessing, 1729~1781)의 정의
를 보도록 하자.

만약 우리들이 보편적인 도덕 격언 한 구절을 가져다가 특수한 사건
으로 돌려서 진실성을 부여하고 하나의 이야기를 쓴다면, 이 이야기에서
모든 사람들은 저 보편적인 도덕교훈을 형상적으로 인식할 수 있을 것이
다. 그렇다면 이 허구적인 이야기가 곧 하나의 우언 작품이 된다.

〈우언의 본질을 논함〉

레싱의 우언 이론에 대해서 헤르더(Johann Gottfried von Herder)는
"아리스토텔레스 시대 이래로 하나의 문예 형식에 대하여 가장 간결하
고도 명석하며 철학적인 의미가 가장 풍부하게 이론화한 것이다(《회화
와 시가와 우언을 논함》)"라고 칭송했다. 레싱은 모트,[11] 리쳐,[12] 보

---

11) 모트(De la Motte): 프랑스 우언가, 1672~1731.
12) 리쳐(D.H. Richer): 프랑스 우언가, 1686~1748.

트13) 등이 우언에 대해 내린 정의를 비판한 뒤에야 위와 같은 정의를 만들어냈다. 레싱의 정의에는 세 가지 요점이 있다.

첫째, 그는 보편성을 갖춘 도덕 격언을 우언의 출발점 또는 지표로 삼았다. 만약 "우언적 기초가 되는 도덕적 격언"14)을 제시하지 않은 것은 틀린 것이라고 생각했다. 도리어 "우언 창작의 목적은 바로 한 마디의 도덕교훈이다"라고 말했다. 레싱이 강조하는 "보편성"은 매우 일리가 있는 것이어서 우언의 사상적 수준을 높일 수 있었다. 그러나 이 함축된 뜻을 "도덕 격언"에 한정시켰기 때문에 아무래도 모든 우언 작품을 포괄하기가 매우 어렵다. 뿐만 아니라 그것을 출발점으로 삼았기에 창작자들이 생활의 실제에서 출발하여 작품의 사상적 심도를 개척하는 데 장애가 될 수 있고, 심지어는 개념적 병폐를 유발할 수도 있다.

둘째, 그는 우언이란 "하나의 특수한 사건"을 써야한다고 강조해서 우언과 비유를 구분했다. 그는 《이솝 우화》 가운데 〈새끼 원숭이〉를 예로 들었다.

(1) 듣자니 무릇 원숭이들은 보통 새끼를 두 마리 낳는다고 한다. 그 가운데 한 마리는 부모의 총애를 받아 정성껏 길러지지만 다른 한 마리는 부모의 미움과 무관심의 대상이 된다. 그러나 운명이란 불가사의한 조정을 거치는 법. 결국 부모는 온갖 사랑으로 편애하던 원숭이 새끼를 압사시킨다. 그에 견주어 냉대를 받던 저 새끼 원숭이는 도리어 다행스럽게 잘 자라난다.

(2) 어떤 어미 원숭이에게 두 마리의 새끼가 있었다. 어미는 그 가운

---

13) 보트(Batteux): 프랑스 미학가, 1835~1891.

14) 〔원주〕이하에서 인용 부호를 한 것은 모두 레싱의 〈우언의 본질을 논함〉에서 인용하였다.

데 한 마리에게 온갖 사랑을 쏟아 부었다. 나머지 한 마리는 자기 가슴에 품어주지도 않았다. 한번은 어미가 갑자기 놀라서 자기의 사랑스런 새끼를 껴안고 서둘러 뛰기 시작했는데 발을 헛디뎌 넘어졌다. 새끼 원숭이도 함께 돌에 부딪혀 골수가 튀어나왔다. 조금도 관심을 받지 못하던 다른 한 마리의 새끼 원숭이는 오히려 혼자서 어미 원숭이 등 뒤로 튀어올라 어미의 어깨를 껴안았기에 다행히도 달아날 수 있었다.

레싱은 (1)과 (2)의 서술 방식에서 (1)은 우언이 될 수 없고, (2)여야만 우언이 된다고 생각했다. 그는 "진실성이란 오직 개체로 귀속될 뿐이다. 개성이 없다면 진실성이란 상상조차 할 수 없다"고 여겼다. (1)이 우언이 아닌 까닭은 "개체에 대해서 말해야 할 것을 온통 원숭이 종족 전체를 겨냥하여 말했기 때문이다". 그래서 그것은 단지 하나의 비유일 뿐이다. 비유로 서술하는 것은 일종의 개괄적인 현상이라면, 우언이 서술하는 것은 하나의 특수한 이야기이다.

셋째, 레싱은 허구적 우언 이야기와 현실 사건의 관계를 강조해서 "각자로부터 산출된 이치가 동일하다"고 했고, 그렇지 않으면 "어떠한 '우의'도 표시할 수 없다"고 했다. 말하자면 우언 이야기가 사람들로 하여금 현실생활 속에 비슷한 사건을 연상하게끔 해야 한다는 것이다.

결론적으로 레싱의 정의는 매우 권위가 있고 탁견인 부분이 많다. 다만 언어 장벽으로 말미암아 줄곧 빙빙 도는 듯한 느낌을 가지게 만든다. 뿐만 아니라 그는 지나치게 《이솝 우화》의 전통을 묵수하여 기타 유형의 우언 작품을 무시하는 것일 수도 있고, 우언이라는 어휘, 특히 한문학권에서 '우언'이 지시하는 모든 대상을 포용할 수 없는 듯이 보인다. 더구나 그가 보편적 도덕 격언에서부터 출발했다는 것이 자칫 우언을 "어떤 보편적 관념의 도해로 보게끔 만들었다(비고트스키의 《예술심리학》)". 또 레싱 뒤에 비교적 영향력 있는 우언 이론가들이 우언에 대하여 각종 새로운 정의를 내렸다.

우언은 이성적 시가이다[벨린스키의 《끄르일로프(Krylov) 우언》].

우언은 "인류 생활의 영역으로부터 취한, 다변하는 주어(主語)에 대한 불변의 술어(述語)에 속한다"(뽀쩨브냐의 《문학 이론에 관한 강의》).

은유 수단을 빌려 인성에 대하여 예술적 평가를 내린 이야기가 곧 우언이다(골딩의 〈우언을 논함〉).

벨린스키(Vissarion Grigorievich Belinskii, 1811~1848)는 우언이 철리성을 갖추고 있고 또 문학성을 가지고 있다는 특징을 지적했다. 다만 그 이야기 성질을 강조하지 못했다. 그의 설명법은 실질적으로 비유에 대한 것이어서 우언에 내린 정의가 아니다. 뽀쩨브냐[15])는 19세기 말엽의 저명한 러시아 우언 이론가인데 그가 말한 '주어'는 곧 현실에서 발생하는 여러 가지 사건이고, '술어'는 이러한 사건을 투영할 수 있는 우언 이야기이다. 그의 정의는 쭈로 사건의 유사성을 강조한다. 골딩(William Gerald Golding, 1911~1993)은 스스로가 영국의 저명한 우언 작가인데 우언의 수법을 은유에 국한하는 정의를 내렸다.

이제 레싱 이전의 우언가들이 우언에 내린 정의를 거슬러 올라가 보는 것도 해롭지 않을 것이다.[16]) 고대 로마의 교육가이자 수사학자인 퀸

---

15) 뽀쩨브냐(Alexandr Potebnja, ?~1892): 19세기 러시아의 슬라브학의 대가로서 언어학, 예술이론가였다. "예술은 이미지에 의한 사고"라는 개념을 유포시켰다. 그가 죽은 뒤에 《문학이론 노트》(1905), 《문학이론에 관한 강의: 우화, 속담, 격언》(1914) 등이 출판되었는데, 이것들은 '낯설게 하기'라는 개념을 가지고 러시아 형식주의를 출발시킨 쉬끌로프스키의 〈기법으로서의 예술〉에서 중요한 논쟁 대상이 되었다.

16) 〔원주〕 모두 비고트스키(Lev Semyonovichi Vigotskii, 1896~1934)의 《예술심리학》

틸리안(Marcus Fabius Quintilianus, 35~96)은, "우언은 일종의 도치이다.
우언이 말을 가지고 어떤 생각을 표시한다면 그 속의 함의는 별도의 또
다른 생각이어서, 때로는 그것들이 상반된 생각에 이르기도 한다"고 말
했다고 한다.

또한 네덜란드의 문헌학자이자 역사학자인 푸시우스(1577~1649)도,
"우의(寓意)는 말을 가지고 표시되는 생각이 아니고 모종의 닮은 생각
이다"라고 말했다고 한다.

그들은 모두 우언이 별도로 가리키는 바, 즉 곁들이는 성질이 있어야
만 한다는 것을 강조하였으니 장자의 "밖을 빌려 논한다[藉外論之]"는
것에 매우 근접해 있다. 또 퀸틸리안은 "유사성"을 보았을 뿐만 아니라
또 "상반됨"에 주의를 기울였으니 그 안목이 날카롭다. 만약 이야기의
성질을 더한다면 이러한 오래된 견해들이 새로운 정의의 기초로 삼기
에 꼭 알맞을 것이다.

3. 작자가 별도로 곁들이는 이야기[17]

필자는 우언에 두 개의 필수불가결한 요소가 있다고 보는데 하나는
이야기이고, 나머지는 우의이다. 라퐁텐은 전자를 우언의 몸체로 비유
했고 후자를 우언의 영혼에 비유했다. 우언의 우의는 일반 서사작품의
주제와는 다르다. 소설, 설화, 서사시 등의 주제는 직접 작품의 형상과
줄거리에 반영되어서 이곳에서 말하고 이곳에 뜻을 둔다.

에서 전재했다.

17) 곁들이는 이야기: 학계에서 흔히 우언의 속성으로 '기탁성(寄託性)'과 '고사성(故
事性)'을 지적한다. '기탁함'이란 결국 원래의 의미에 다른 의미를 곁들이는 것이고
'고사'란 내력 있는 일 또는 그 이야기이므로, 이 개념들을 풀어 '곁들이는 이야기'라
고 번역한다.

이와 달리 우언은 여기서 말을 하고 저기에 뜻을 두는 것이다. 말하는 것이 '갑의 일'이라면 가리키는 것은 '을의 일'이요, 말하는 것이 '동물'이면 가리키는 것은 '사람'이요, 말하는 것이 '역사'면 가리키는 것은 '현실'이다. 우언에서 '별도로 곁들인다'는 것은 주관적이어서 작자가 의도적으로 별도의 사물을 지시한다. 만약 작자가 별도로 지시한 바가 아니고 독자가 분석해낸 뜻이라면 우의라고 여길 수 없다.

예를 들어 루쉰(魯迅, 본명은 周樹人)의 《아Q정전》(阿Q正傳) 가운데서는 아큐가 다른 사람들이 "번쩍인다"고 말하는 것을 싫어하는 것으로 묘사되어 있다. 이것은 아큐에 대한 일종의 심리묘사이고 그 자체로는 다른 무엇을 지시하는 것이 아니다. 그런데 독자들이 그 대목을 가지고 사람들이 병을 숨기고 의사를 꺼리는 행동을 가리킨다고 생각해도 안 될 것은 없다. 그러나 그것을 우의로 여길 수는 없다.

이와 달리 루쉰의 《나그네》[過客]에서는 모든 묘사가 이것과는 다르

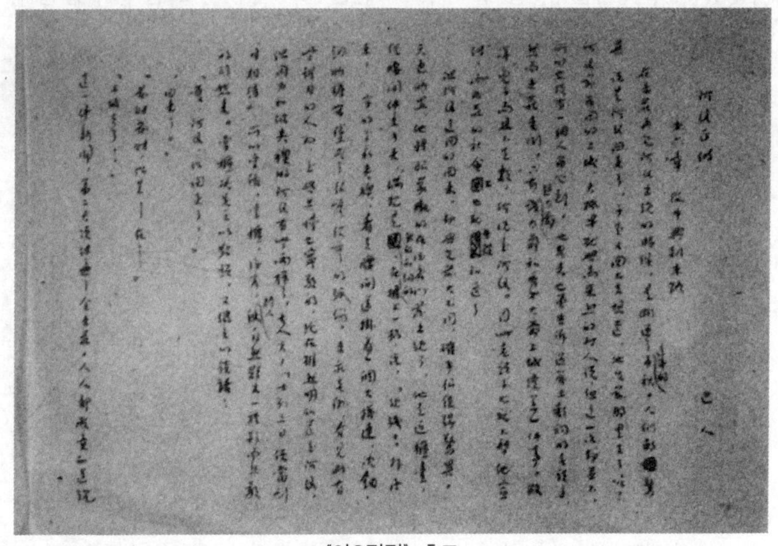

《아Q정전》 초고

다. 그 형상과 장면에 모두 별도의 우의가 있다. 나그네는 굳건하고도 고독한 선각자를, 늙은이는 뒤떨어지고 감흥이 없는 자들을, 묘지는 위험스러운 앞날을, 들꽃은 광명과 희망을, 지저귀는 소리는 몽롱한 사상을 상징한다.

요컨대 우언은 두 가지 요소를 반드시 갖추어야 하고 하나라도 빠지면 안 된다. 따라서 첫째 요소인 '이야기 성질[故事性]'을 근거로 하여, 비록 별도로 가리키는 바가 있다 해도 고사성이라 말할 만한 것이 없는 모든 작품을 우언과 구별해 낼 수 있다. 예컨대 수사상의 비유, 쌍관어,18) 사물에 의탁하여 뜻을 말하는 시가(詩歌) 같은 것이다. 두 번째 요소인 '곁들이는 성질[寄托性]'에 의거하여 여러 서사작품과 우언을 구별해 낼 수 있다.

이 두 요소는 우언의 필요조건이며 동시에 충분조건이다. 단지 이 두 조건을 갖춘 작품이라면 우언으로 간주된다고 말할 수 있을 것이다. 또한 반드시 이 두 가지 조건을 갖추어야만 우언이라고 말할 수 있다. 페이블형(型), 패러블형, 알레고리형 우언은 모두 이 두 조건에 부합된다. 따라서 우언에 대해 아래와 같은 정의를 내릴 수 있다.

우언은 작자가 별도로 곁들이는 것이 있는 이야기이다.

'별도로 곁들인다'와 '이야기' 자체의 관계에 대해서는 두 가지 설명이 필요하다.

첫째, 두 가지는 상대적 독립성을 갖추고 있다. 갑이라고 하는 작자가 지시하는 바가 반드시 을이라고 하는 작자가 지시하는 바와 같지 않다. 예컨대 《한비자》(韓非子) 「설림」(說林)편에 있는 〈딸에게 딴 주머

---

18) 쌍관어(雙關語): 음(音)의 유사성에 의거해 이중적 의미를 지니게끔 하는 어휘.

니 차라고 가르치다〉[敎女外藏]는 다음과 같은 내용이다.

어떤 사람이 딸을 시집보내는 부모에게, "딸아이가 시집에서 재물을 몰래 비축해 놓아 소박맞을 때를 대비해야 합니다"라고 말했다. 그 딸은 정말로 이 말에 따라 재물을 쌓아두다가 너무 빨리 소박을 당했다. 친정집에서는 오히려 그 잔꾀를 낸 사람에게 매우 감사했다는 것이다. 한비자는 이를 통해 공(公)에 손해를 끼쳐 사(私)를 살찌우는 탐관오리들의 행위를 꼬집었다.

한편 《여씨춘추》(呂氏春秋)의 「우합」(遇合)편에도 똑같은 이야기가 있지만 우의가 다르다. 임금이 참언을 믿어 충신과 간신의 좋고 나쁨을 구별해 내지 못하는 것을 풍자했다. 다른 작자 또는 독자들도 별도의 우의를 부여할 수 있을 것이다. 또한 상대적으로 독립성을 갖추었다는 것은 동일한 우의가 다른 이야기를 거쳐 표현될 수 있다는 뜻이다. 예컨대 《이솝 우화》 가운데 〈이리와 양〉 〈새매와 나이팅게일〉 등은 모두 약육강식의 주제를 표현하고 있다.

둘째, '별도로 곁들인 것이 있다'고 함은 이야기 자체의 의미를 배척하지는 않는다. 그런데 어떤 이야기는 그 자체로는 현실적이지도 않고 어떠한 의미를 말할 여지가 없어서 작품의 의미가 완전히 별도로 곁들인 것에 의거한다. 예컨대 《이솝 우화》의 〈북풍과 태양〉에서 누가 가장 힘이 센지 겨루는 이야기 자체로는 무어라 말할 만한 의미가 없다. 하지만 그 우의는 '설복이 강압으로 복종시키는 것보다 훨씬 효과적일 수도 있다'는 의미를 지닌다.

물론 어떤 이야기는 현실적일 수도 있다. 예컨대 〈양치기 소년〉에서 양치기는 늑대가 오지 않은 상황에서 여러 번 장난으로 '늑대가 온다'고 소리쳐서, 같은 마을 사람들이 뛰어나와 부질없이 그를 구하도록 속였다. 뒤에 정말 늑대가 왔을 때 양치기는 다시 살려달라고 소리쳤지만, 어떤 사람도 상대하지 않아 결국 양들이 늑대에게 몽땅 잡아먹혔다.

이 이야기는 실제로 일어날 수도 있고, 목동의 형상에도 교육적 효과가 있다. 다만 작가는 사람들이 이야기 자체의 구체적 의미에 머물러 있을까봐 특별히 그 우의를 "거짓말하는 사람은 설사 진실을 말하더라도 믿어줄 사람이 없다"고 지적했다.

그렇다면 위의 정의는 우언의 본질과 속성을 두루 포괄하는가? 또 빠진 것은 없을까? 지금 생각하기에는 빠진 것이 없다고 본다.

우언의 길이는 왜 말하지 않는가? 말할 필요가 없다. 짧은 우언은 정말 많지만 긴 우언도 결코 적지 않다. 길이는 본질적인 특징이 아니다. 단편이 많은 것은 단지 이차적인 특징일 뿐이다.

우언의 주인공은 왜 말하지 않는가? 말할 필요가 없다. 주인공은 사람일 수도 있고, 동물일 수도 있고, 또는 무생물일 수도 있다. 안 될 것이 무엇이 있는가? 동물 이야기가 많은 것도 이차적인 특징일 뿐이다.

우언의 양식은 왜 말하지 않는가? 우언에는 산문체를 쓸 수도 있고, 운문체 시가를 쓸 수도 있다. 또한 운·산문(韻散文)이 섞인 잡체를 쓸 수도 있다. 한편으로 우언희곡과 우언소설도 있다. 포괄되지 않은 어떤 체제가 또 있는가? 더구나 여러 민족과 여러 시대에 걸쳐 양식은 늘 서로 다른 경향을 보여 왔다. 중국 고전문학에서 우언은 대부분 산문을 사용했다. 그에 견주어 고대 그리스의 이솝 우화는 본래 민간에서 유행한 산문 이야기였는데, 당시에 어떤 사람들이 그것을 시가체로 바꾸었고 후대 유럽의 우언은 시가를 위주로 발전했다. 또 고대 인도에서는 불경 이야기나 세속적인 이야기를 막론하고 모두 운문과 산문이 섞인 잡체였다.

우언의 수법은 왜 말하지 않는가? 우언의 수법은 어느 한 가지에 그치지 않고, 더구나 비유와 상징에 국한되지 않아서 이루 다 말할 수가 없다. 이것이 첫 번째 이유다. 동식물우언은 늘 의인화 수법을 사용하지만 어떤 우언은 이를 사용하지 않으니 이것이 두 번째 이유이다. 비유, 상징, 의인화를 가리지 않고 모두가 우언만이 사용하는 수법이 아니며 다른 문체에서도 똑같이 사용한다. 수사나 표현 수법은 우언의 본질적인 특징이 아니다. 이것이 세 번째 이유이다.

우언 이야기의 허구성은 왜 말하지 않는가? 우선 허구성은 모든 문학작품의 공통된 특징이다. 소설, 희곡, 서사시의 정의에서도 모두 허구성을 말하지는 않는다. 어째서 우언의 정의에서만 반드시 이 점을 강조해야만 하는가? 그리고 '이야기'라는 이 어휘에 이미 예술적으로 가공했다는 뜻이 들어 있다.

어떤 사람은, "이야기의 성질은 결코 우언의 본질적인 속성이 아니다. 어떤 우언은 이야기의 성질이 없는데 예를 들면 독백식의 작은 우언이 그것이다"라고 말한다. 그러나 '이야기 성질'을 취소하면 기탁성 있는 시문, 비유와 쌍관어 등의 수사 들이 우언과 혼동될 수 있다. 독백식의 극히 짧은 우언에도 이야기가 있는데, 단지 이야기 줄거리가 독백 가운데 숨어 있을 뿐이다. 다음은 차페크(Karel Čapek, 1890~1938)의 독백식 우언이다.

(1) 절약한다는 의미에서 우리들끼리 협정 하나를 맺자! 나는 네 풀을 먹지 않을 테니 너는 자진해서 몸뚱이를 나에게 다오.

〈이리와 산양〉

(2) 설마 이 화원이 매우 황량한 것은 아니겠지? 난 그렇다고 말하지는 않을 거야!

〈가시나무〉

(1)은 다음과 같은 줄거리를 감추고 있다. 대개 양이 이리에게 조금 인자해지고 좀더 공평해지기를 청하지만, 이리는 위에서 이야기한 것

처럼 독백한다는 것이다. 양은 그 소리를 들은 뒤 할 말이 없었는데 '소리 없음이 소리 있는 것보다 낫다'는 격이니 이리의 전횡 음험한 뜻을 은근히 곁들인 것이다.

〈가시나무〉는 실제로 가시나무 덤불 속에서 온갖 꽃들이 시들어 버리는 화원을 묘사한 것으로, 사악한 세력이 아름다운 사물을 목 조르는 것을 상징하고 있다. 가시나무는 사람들의 질책을 받고는 위와 같이 변명한 셈이다. 레싱은 이런 점을, "격정의 사이에서 진행하는 한 차례의 내면적 투쟁마다, 여러 가지 생각이 꼬리에 꼬리를 물게 마련이니 이러한 것들이 줄거리에 해당된다"고 하며 잘 지적하고 있다. 또한 우언 이야기는 "내용이 풍부한 하나의 기이한 생각에 의해 중단되고 끝까지 진행되지 않을" 수도 있다고 했다. 우수한 짧은 우언의 독백에서 이는 줄거리를 은폐하면서도, 대표성을 지닌 스냅 사진이며 내용이 풍부한 하나의 기특한 사상이다.

위의 정의 가운데서 어째서 '풍자(諷刺)', '권유(勸諭)' 등의 어휘를 들먹이지 않았는가? 이렇게 묻는다면 이유는 아주 간단하다. 우언은 풍자하는 것일 수도 있고 찬양하는 것일 수도 있다. 또한 권고하는 것일 수도 있고 천리를 표현하는 것일 수도 있다. 예컨대 다빈치의 〈거위의 죽음〉〈애벌레가 나비되다〉는 완전히 생명과 아름다움에 대한 열렬한 예찬이다. 이와 달리 《장자》의 〈도끼날로 코끝 깎음〉[運斤成風]이나 〈물고기 알 붕새로 화하다〉[鯤鵬變化]는 현묘한 철리를 표현하고 있다. 우언의 내용이 광범위하다 보니 정의를 내릴 때 겹겹이 제한을 둘 수가 없다.

결론적으로 우언은 작자가 별도로 곁들이는 것이 있는 이야기이다. "寓는 붙일 寄"라는 뜻이다.19) 여기서 어느 정도 장자가 내린 우언의

---

19) 〔원주〕《莊子》의 成玄英 疏에서 그렇게 주석했다.

명명법이나 정의로 되돌아갔지만 규정은 그보다 훨씬 명확해졌다. 지금의 인식 수준으로 말한다면 이 정의는 우언의 본질과 속성을 드러내어 그 양대 요소를 지적할 수 있으며, 우언이 가리키는 모든 대상을 포용할 수 있다고 생각한다. 길이, 형상, 수법, 풍격 등 여러 방면에서 본 우언의 구체적인 특색은 다음 장에서 논하도록 한다.

4. 남은 논의: '우의'에 관하여

위에서 이미 우언의 정의를 검토하여 필자의 관점을 제시했으니 이 장을 끝마칠 만도 하다. 그러나 아직 남은 것이 하나 있으니, 학술계에서 논란이 많은 '우의(寓意)'에 대한 관점을 정리해야 하겠다.

우의란 무엇인가? 앞서 말했듯이 우언에는 양대 요소가 있는데 이야기의 속성과 곁들이는 속성이다. 여기서 우언 이야기의 곁들이는, 즉 별도로 지시하는 사상 내용이 곧 그 우의이다. 이는 두 종류의 내용을 포괄한다. ① 그것이 대비하고 투영하는 구체적 사건이나 일반적인 사회현상(집단의식), ② 그것이 전달하는 일반적인 도덕교훈이나 철리가 그것이다. 하나의 우언 작품 안에는 단지 어느 한 종류만 있을 수도 있고, 또 두 종류가 통일되어 있을 수도 있다. 다음에 《장자》(莊子)「추수」(秋水)편의 두 우언 작품을 예로 든다.

(1) 혜자(惠子)가 양(梁)나라 재상을 지낼 때 장자가 가서 그를 보았다. 어떤 사람이 혜자에게 일러 말하기를, "장자가 와서 그대 대신 재상 노릇을 하려고 한다"고 하자, 혜자가 겁이 나서 나라 안을 삼 일 밤낮으로 수색했다. 장자가 가서 그를 알현하여 다음과 같이 말했다고 한다. "남방에 새가 있으니 그 이름을 원추[20]라고 하는데 그대는 아시는가.

무릇 원추새는 남녘 바다에서 나와 북해로 날아가면서 오동나무가 아니면 쉬지를 않고 대나무 열매가 아니면 먹지를 않으며 단 샘물이 아니면 마시지를 않는다오. 그런데 소리개가 썩은 쥐 한 마리를 얻어서는 원추새가 지나가는 것을 올려다보고 '어이쿠' 하고 소리쳤다오. 지금 그대는 그대의 양나라를 가지고 나에게 '어이쿠나' 하려고 하는 셈이오."

〈솔개가 썩은 쥐를 얻다〉

(2) 가을 물이 일시에 몰리면 모든 냇물이 황하로 넘쳐흘러 커다란 물길이 나서, 양쪽 강 시울 모래톱 사이에서 소인지 말인지 구분하지 못한다. 이때에 하백[21]은 아주 기분이 좋아 천하의 아름다움이 모두 자기에게 있는 듯 여겼다. 물결을 따라 동쪽으로 가다가 북해에 다다라 동쪽을 마주하고 살피니 물의 끝이 보이지를 않았다. 이때에 하백은 비로소 제 얼굴을 돌려 하염없이 북해의 신을 바라다보며 탄식했다.

"세속말에 이르길, '백 가지 도를 듣고 저만한 자가 없다고 여긴다'더니 나를 두고 이름이로다. 내가 듣기로는 중니(仲尼)의 지식을 하찮게 여기고 백이(伯夷)의 의리를 가볍게 여긴다고 하더니 애초 나는 그 말을 믿지 않았다. 그런데 지금 내가 당신의 끝없음을 목도하니 그대의 문지방에 다다르지 않았다면 나는 위태로웠을지라! 내가 대방가(大方家)의 비웃음을 영원히 받았을 것이외다."

북해의 신 약(若)이 말했다.

"우물 속 개구리는 바다에 대해서 말할 수 없으니 구덩이에 사로잡혀 있기 때문이요, 여름 벌레가 얼음에 대해 말할 수 없는 것은 시절에 충실하기 때문이다. 따지기 좋아하는 선비가 도에 대해서 말할 수 없는 것은 가르침에 묶여 있기 때문이지. 지금 네가 물의 경계 밖으로 나와서 큰

---

20) 원추(鵷雛): 봉황(鳳凰)과 같이 상서로운 새의 일종이다.
21) 하백(河伯): 물의 신. 여기서는 황하의 신을 가리킨다.

바다를 바라보고는 너의 초라함을 알았으니 장차 큰 이치를 더불어 말할
수 있겠구나.”

〈큰 바다를 보고 탄식함〉

(1)은 혜자가 양나라 재상이 되어 장자를 의심했다는 구체적인 사건을 반영하고, 썩은 쥐는 장자가 조금도 가치 있게 여기지 않는 높은 벼슬과 많은 녹을 상징하고 있다. 그 우의는 첫 번째 종류(①)에 속한다.

이와 달리 (2)의 우의는 두 번째 종류(②)에 들어간다. 그것의 출발점은 도가의 인식론과 가치론을 선전하는 것으로써 시공간이 끝이 없고 사물은 변화하여 일정하지 않으며 크고 작음과 높고 낮음이란 모두 상대적이라고 여기는 것이다. 북해의 신 '약'은 '하백'을 깨우치고자 매우 많은 철학적 이치를 말하였다. "너 황하는 바다에 견주어 매우 작아 보이고, 나 북해는 천지 사이에서 더욱 작아 보인다"고 하면서 "작은 돌, 작은 나무가 큰 산에 있는 것과 같다"고 하여 자만할 무엇이 전혀 없다는 것이다. 그는 또 말한다.

사물의 수량에는 끝이 없고, 시간의 흐름엔 멈춤이 없으며, 사물의 운명도 일정함이 없고, 처음과 끝에도 일정함이 없다. ― (중략) ― 그러니 터럭 끄트머리라고 해서 지극히 세밀한 영역을 판단할 만하다고 장담하며, 천지라고 해서 지극히 큰 지역을 궁구할 수 있다고 장담하랴.

그런데 위에서 말한 두 가지 종류의 우의도 딱히 나눌 수 없는 점이 있다. 예컨대 (1)의 '솔개가 썩은 쥐를 얻었다'는 것이 구체적인 사건을 꼬집고 아울러 그 지위와 녹봉을 탐하는 일반적인 사회현상을 폭로하고 풍자하기는 했다. 그러나 도덕교훈과 철리의 높은 수준으로 상승하여 사람들에게 지위를 탐하지 말고 스스로를 청결하게 지키며 더욱이

소인의 마음으로 군자의 도량을 헤아려서는 안 된다고 가르친 것이기도 하다.

또 (2)의 '큰 바다를 보고 탄식했다'는 것이 도가 철학을 선전하려고 지었고, 사람들로 하여금 자만해서는 안 된다고 가르친 것이기는 하다. 그러나 어떤 구체적인 사회현상을 반영하고 풍자했다고도 볼 수 있으며, 적어도 유가적 인물이 세속의 일을 위해 바쁘게 뛰어다니는 행위를 풍자한 것으로 여길 수도 있다. 하백의 말속에 이미 지적해 밝혔듯이, 세상에 어떤 사람들은 공자의 견문을 별것 아니라고 여기고 백이의 덕행도 그리 대단치 않다고 인식했다. 그리고 바다 신 '약'은 이러한 관점을 진일보시켜 말하였다.

"백이는 왕위를 사양하여 명예로 여기고, 중니는 경전을 말하여 박식으로 삼았으니 스스로 대단하다고 여긴 것이다. 네가 조금까지 물이 많다고 젠체한 것과 비슷하지 않은가!"

백이는 유가에서 일컫는 "맑음의 성인[聖之淸]"이요, 공자는 유가에서 말하는 "때에 알맞은 성인[聖之時]"이다. (2)는 그러한 그들을 부정하였으니, 구체적으로 유가를 겨냥했다고 볼 수 있음은 당연하다. 이렇게 두 종류의 우의가 많은 우언 작품들 가운데서 상통할 수 있음을 알 수 있다. 또 개별적인 것이 일반적인 것으로 상승할 수도 있고, 일반적인 것이 개별적인 것을 포함하고 있을 수도 있다.

유럽 우언계에서 사용하는 '우의(佛; allegorie)'라는 어휘는 고금을 통해 서로 다른 함의를 지니고 있지만, 요점은 우언 이야기와 별도의 실제 사건 사이에서 그 관계를 지적하는 것이다. 그렇다면 위에서 말한 첫 번째 종류(①)의 내용에 해당된다. 아리스토텔레스는 《수사학》 제2권 20절에서, "우언은 비유와 같아서 허구화할 수 있는 것이다. 단지 유비(類比)적인 점을 찾아내기만 하면 된다"고 하며 다음과 같은 두 개의 전형적인 예증을 들었다.

(1) 허마랍의 백성들이 파라리스를 군사 독재자로 삼아 놓고는 그에게 경호대를 붙여줄 심산이었다. 그때 스타시쿼루스는 말[馬]의 우언을 가지고 그의 긴 이야기를 끝맺었다.

"어떤 말이 자기 몫의 목초지를 가지고 있었는데 이때 수사슴 한 마리가 와서는 말의 목초지를 망가트리기 시작했다. 말은 자기를 위해 원수를 갚아주기를 원하면서 사람에게 말하기를, '나를 도와줄 수 있겠니?' 하였다. 사람이 대답했다. '물론 할 수 있지! 만약 너에게 굴레를 씌우고, 내가 손으로 긴 창을 잡고 네 등에 탈 수 있게끔 해주기만 한다면.' 말은 응락했다. 사람은 말 등에 탔지만 수사슴에게 원수를 갚아주러 가지는 않았다. 말은 자기가 사람의 노예가 되었다는 것을 발견했다."

스타시쿼루스는 "너희들도 같다. 조심해라! 그렇지 않으면 너희들이 적의 원수를 갚는 것을 몹시 바랄 때, 오히려 말과 같은 운명으로 떨어질 수 있다. 너희들이 파라리스를 군사 독재자로 삼고 이미 스스로에게 말재갈을 씌웠기 때문이다. 만약 그에게 경호대를 가지게끔 해서 너희들의 등에 타게 해주었다면 그 순간부터 그의 노예가 된 것이다"라고 말했다.

〈말과 수사슴〉

(2) 사모스 집회에서 백성들에게 신망 받는 두령(頭領) 하나가 사형에 처해지려고 할 때, 이솝이 그를 위하여 변호하면서 다음과 같은 이야기를 했다.

"여우 한 마리가 강을 건너는데 물에 밀려 동굴에 들어가 나올 수가 없었다. 한 떼의 벼룩이 몸뚱이에 잔뜩 기어올라 여우는 오랫동안 괴로움을 견뎌야만 했다. 고슴도치 한 마리가 여기저기 한가롭게 다니다가 여우를 발견하고는 그에게 '벼룩들을 깨끗이 물리치도록 도와줄까' 하고 물었다. 그러나 여우는 고슴도치의 호의를 완곡하게 거절했다. 고슴도치가 왜 그러느냐고 물으니, 여우가 '지금은 이 벼룩들이 내 피를 빨아먹어 배가 부르다. 그놈들은 더 이상 많은 피를 빨아먹을 수는 없을 것이다. 만약 네가 그놈들을 털어내 준다면 다른 굶주린 벼룩들이 몰려와서 겨우 남아 있는 내 피를 완전히 빨아먹을 것이다'라고 대답하였다.

그러니 사모스의 백성들이여, 처형하지 말라! 내가 변호하는 당사자는 당신들에게 더 이상의 해를 끼칠 수 없다. 그는 이미 넉넉히 가지고 있다. 그러나 당신들이 그를 사형에 처한다면 넉넉히 가지고 있지 못한 사람이 이어서 그를 대신할 것이고, 그들의 침탈 행위는 당신들의 곳간을 완전히 텅 비게 만들 것이다.”

〈여우와 고슴도치〉

(1)과 (2)의 두 우언 작품은 모두 구체적인 사건을 반영하여 유비(類比)하고 있다. 아리스토텔레스가 강조한 것은 이러한 유비 관계이다. 그러나 그는 우의(寓意)의 개념을 제기하지는 않았다. 뒤에 고대 로마 시대의 퀸틸리안은 앞서 말했듯이 “우의란 일종의 도치이다. 그것이 말로써 어떤 생각을 표시한다면, 함의를 통해 또 다른 생각을 표시한다. 어떤 때는 그것들이 심지어 상반된 생각이기도 하다”고 말하였다. 이후에는 사람들이 반복해서 우의의 유사성만을 강조했다.

독일의 저명한 문예이론가 레싱이야말로 우의와 도덕교훈이 동일한 성격의 것이 아니라고 강조한 사람이다. 그가 생각하기에 도덕교훈은 우언의 기본 요소이지만, 우의는 작품의 주지와는 무관하다. 그리고 우언은 단순우언[22]과 복합우언으로 나뉘는데 단순우언은 우의가 있을 수 없고 다만 도덕교훈을 전달한다. 이에 견주어 복합우언이 되어야 우의를 가지니, 우의란 두 사물 사이의 ‘서로 비슷한 점’이라는 것이다. 레싱의 관점을 전면적으로 이해하기 위해 어쩔 수 없이 그의 〈우언의 본

---

22) 단순우언: 원문은 ‘簡單寓言’이다. 단순한 교훈을 드러내는 데 의도가 있는 작품을 일컬으므로 ‘단순우언’이라 번역한다.

질을 논함〉에서 좀 길게 인용하도록 한다.

　　단순우언은 바로 이런 것이다. 우언의 허구적인 사건에서 단지 어떤 하나의 보편적 진리를 끌어낼 수 있을 뿐이다. 어떤 사람이 어미 사자가 단지 한 마리의 새끼를 낳는 것을 이상하게 생각하고 탓하였다. 그러자 어미 사자가 말하였다.

　　"맞아! 한 마리만 낳았어. 그렇지만 낳은 것은 사자잖아?"

　　이 우언에서는 곁들인 진리를 한눈에 알아볼 수 있다. 고귀한 것은 수량에 있지 않고 가치에 있다는 것이다. 내가 이 일반적인 이야기를 가지고 이러한 진리를 표현하려고 한다면 이것이 곧 단순우언이다.

　　복합우언은 이와는 상반된다. 우언을 통해 형상적으로 파악하도록 요구했던 진리를 진일보시켜, 분명하게 발생했던 사건이나 분명하게 발생한다고 가정하는 사건에 적용시키는 단계이다.

　　삼류 문인이 시인에게 일러 말하기를,

　　"나는 1년에 7편의 비극을 쓰는데 너는 7년에 겨우 작품 1편을 쓰는구나."

라고 하자, 시인이 대답하였다.

　　"그렇다. 한 편을 쓰긴 쓴다만 이것은 그래도 걸작이다."

　　이러한 상황을 앞에서 기술한 우언에 적용시키면 곧 복합우언으로 변한다. 이와 같이 하면 이 우언은 마치 두 개의 우언으로 조성되어 두 개의 개별적인 사건을 포함하고 있는 것처럼 보인다. 나는 동일한 교훈을 포함하고 있는 진리를 두 개의 사건에서 모두 증명해 낼 수 있음을 발견하게 된다.

　　① 하나의 단순우언에는 우의가 있을 수 없다. ─ (중략) ─ ② 복합우언 안에는 하나의 특수한 사물과 또 다른 특수한 사물이 유비되어 있기 때문이다. 동일한 사물 범주에 속하는 두 개 또는 두 개 이상의 특수한 사물들은 그 사이에 필연적으로 비슷한 점이 있을 수 있고, 그로 말미암

아 우의가 또한 발생할 수 있다. 그러나 우의가 우언과 도덕 격언 사이에 있다고 절대로 말하지 말라. 우의는 우언 그 자체와 우언 작품의 계기를 제공한 실제 사건 사이에 존재하는 것이다. 다만 이 두 사건에서는 동일한 진리가 산출되어야만 한다.

레싱의 분석은 세밀하고 사고가 정치하다. 그러나 지나치게 도덕교훈을 강조했다. 더욱이 도덕교훈과 우의를 분리해낸 것은 그다지 온당치 못하다. 괴테는 "함축된 뜻이란 흔히 직접적으로 드러낸 형상보다 더 심원한 그 무엇"이고, 또 우언이 "함축하고 있는 교훈이 바로 함축된 뜻이다"라고 말했다.[23] 그 의견은 레싱보다 전면적이다.

레싱은 또 매우 많은 우언들을 우언의 범주 밖으로 밀어냈다. 예컨대 《이솝 우화》 가운데 〈농부의 아들들〉[24]은 본디 우의가 심원한 이야기인데, 레싱은 오히려 아버지를 이야기에서 분리해 내서 반문해 말하기를, "이 부친을 우언에 끼워 넣을 수는 없겠지?"라고 했다. 지혜로운 자의 천 가지 생각에도 한 가지 허점이 있다는 격이다.

요컨대 우의와 도덕교훈 사이에 한 줄기 도랑을 파낼 필요가 없으며, 도덕교훈을 우의에 포괄해야 한다고 생각한다.[25] 따라서 '우의'를 '별도로 곁들이는 내용'으로 여기면, 우언의 본질적인 속성을 드러내는 데 도움이 되고 또한 우언이 가리키는 모든 대상을 포괄하기에 편리할 것이다.[26]

---

23) 〔원주〕 헤겔의 《미학》 제1권에서 재인용함.

24) 〔원주〕 〈승냥이가 화살을 부러뜨리다〉와 비슷하다.

25) 〔원주〕 아마도 allegorie는 '우의'의 대역이어서는 안 되고, 여기서 논할 성질의 것도 아니다.

26) 이렇게 복잡한 논의를 편 것은 레싱이 이솝 우화와 같은 단순우언을 비판하고 스스로 복합우언을 새롭게 창조하고자 했기 때문이다. 레싱은 단순우언으로는 뻔한 도덕적 교훈에 귀결되는 우의를 만들 뿐이어서 '별도의' 우의로 다루기 곤란하다고 생각하고, 우언 그 자체의 가상적 사건과 우언을 만드는 계기로 작용한 실제 사건 사이에다 우의를 덧붙여야 한다고 주장한 것이다.

제2장 우언의 문체적 특색

　앞 장에서 우언의 정의를 내릴 때 본질 속성을 '곁들이는 성질과 이 야기 성질의 결합'이라고 논의하였다. 이는 우언 문체의 근본 특색이며, 구성·길이·형상·수법·풍격 방면의 여러 가지 특색까지도 아울러 결 정한다.

1. 우언의 구성과 길이

　우언의 본질 속성은 우언이 이중적으로 구성되게 한다. 우언은 두 부 분으로 조성되니 이야기는 겉몸체[寓體]요, 우의는 알맹이[本體]이다. 대 우언가 라퐁텐의 말을 인용하자면, "우언은 신체와 영혼의 두 부분으로 나눌 수 있다. 서술하는 이야기는 마치 신체와 같고, 사람들에게 전달 하는 교훈은 마치 영혼과 같다"는 것이다.

　영혼은 반드시 신체에 붙어 있어야 한다. 좋은 우언 작품은 우의가 반 드시 이야기로부터 나타나서 사람들이 말 밖의 뜻을 느끼게끔 해야 한다. 이때 우의는 직접 집어 밝혀도 좋고 그렇지 않아도 좋다. 예를 들어 보자.

(1) 삵은 물속에 사는 네발짐승이다. 그놈 불알이 모종의 병을 치료하는 데 써먹을 수 있다고들 말한다. 그래서 사람들은 놈을 보기만 하면 잡으러 쫓아간다. 바다삵은 왜 쫓기는지 알고는 우선 다리 힘으로 도망쳐 몸을 보전한다. 그러나 막 잡히려는 순간에는 몸의 그 부분을 떼어내 던져버리고 제 목숨을 보전한다.

이와 같이 총명한 사람은 차라리 금전을 포기해서 목숨을 보전한다.

〈바다삵〉

(2) 제우스가 헤르메스[27])에게 명령하기를, 거짓말하는 약을 장인(匠人)들에게 모두 뿌려주라고 했다. 헤르메스는 약을 잘 갈아서 장인들 몸에 골고루 뿌려주었다. 맨 마지막에 갖바치만 남았는데 약이 너무 많이 남아 있었다. 헤르메스는 약사발을 받쳐 들고 갖바치에게 전부 쏟아 부었다. 이로부터 장인들이 모두 거짓말을 하였지만 갖바치가 가장 심했다.

이 이야기는 거짓말하는 사람에게 적용된다.

〈헤르메스와 장인들〉

(3) 개미가 입이 말라서 샘가로 기어가 물을 마시다 흐르는 물에 휘말려 곧 빠져 죽을 판이었다. 비둘기가 보고는 나뭇가지 하나를 꺾어 샘물 안에 던져 주니 개미가 기어올라 목숨을 보존하였다. 그 뒤에 포수가 와서 끈끈이 장대를 잘 연결해 놓고 비둘기를 잡으려 했다. 개미가 보고는 포수 발등을 꽉 물었다. 포수가 아파서 끈끈이 장대를 놓치니 비둘기가 놀라 곧바로 도망갔다.

이 이야기는 은혜를 은혜로 갚아야 한다는 것을 말한다.

〈개미와 비둘기〉

---

27) 헤르메스: 올림포스 여러 신들의 하인이며 전령관이다. 기술자, 상인, 도둑들을 관장하는 신이기도 하다.

이 세 이야기는 모두 《이솝 우화》에 나오는데 끝맺음에서 작자가 우의를 짚어주었다. 그러나 (3)만 개성적인 이야기여서 그 가운데 포함된 깊은 뜻을 생각하게끔 이끈다. 설사 작자가 우의를 짚어내지 않았더라도 사람들은 그것이 '은혜를 은혜로 갚은' 이를 칭찬하고 있음을 생각해 낼 수 있다. 동시에 '남을 도운 사람은 반드시 남의 도움을 받을 수 있다'는 것이나, '자기보다 힘이 약한 친구를 경시해서는 안 된다'는 점을 생각할 수 있다. 이로써 이 작품은 성공한 우언이 된다.

(1)은 그에 견주어 한 등급 못 미친다. 이 작품이 서술한 것이라고 해봐야 바다삵 종족의 자연생태뿐이어서 특수한 사건이 아니고 개성도 없다. 설사 동물의 본능을 이성의 수준으로 높여놨다고 하더라도, 만약 작자가 스스로 우의를 지적하지 않았다면 사람들은 이 작품을 우언으로 여기지 않을 수도 있다. 다시 말하면 비록 이 작품에는 훌륭한 도덕 교훈을 함유한 깊은 뜻이 있기는 하지만 유도하는 힘이 부족하다.

레싱이 말하기를, "이 작품이 우언으로 변환될 수 없는 까닭은 진실성이 부족하기 때문이다"라고 했다. 레싱의 견해는 조금 지나친 감이 있지만 이 이야기를 굳이 우언으로 보려는 데에는 확실히 부족한 점이 있다.

(2)는 또 다시 한 등급 떨어져 우언의 기본 특징을 놓치고 있다. 이야기와 교훈이 비껴나가고 있다. 그 이야기는 허풍 떨고 거짓말하는 장인들을 비웃는 것 말고 무엇을 설명할 수 있을까? '거짓말하는 데 이유가 있다(그것도 신의 안배이다)'는 것을 설명하는가? 아니면 '거짓말해서는 안 된다'는 것을 설명하는가? 그것은 기껏해야 우스갯소리일 뿐이다. 혹시 민간 전설의 영향이 있을 수는 있겠지만 우의가 부족하여 우언으로 볼 수 없다. 한 발 물러나서 말하더라도 그 우의는 역시 매우 얕은 수준이다.

따라서 우언 작품이 우의를 지니고 있는 것은 그것을 밝히는가 아닌가에 달려 있지 않다. 어떤 우언은 전혀 우의를 밝히지 않아도 그 내부의 구성에 여전히 중의성을 갖추고 있다. 카프카의 〈우언과 격언〉을 예로 들어 보자.

　　"아!"

　　늙은 쥐가 탄식하며 말했다.

　　"이 세상은 날마다 점점 작아진다. 처음에는 세상이 얼마나 컸던가? 내가 놀랄 정도로! 나는 뛰고 또 뛰어 드디어 멀리서 좌우의 두 담벼락을 바라다보았을 때 얼마나 기분이 좋던지! 그러나 이 두 긴 담벼락은 신속하게 좁아져 갔다. 결국 지금은 이 마지막 조그만 방에 내 몸이 갇혀 있고 구석에는 내가 뛰어 들어갈 수밖에 없는 쥐덫이 놓여 있다."

　　"너는 네 방향만 바꾸면 돼!"

　　하고 고양이가 말하면서 늙은 쥐를 잡아먹었다.

이 우언 작품은 비록 우의를 밝히지 않았지만 그 상징적 의의가 매우 깊은데 서구사회에서 현대인이 느끼는 위기감을 그려냈다. 줄거리와 상황으로써 자연스럽게 우의를 드러내는 이러한 방식은 매우 고차원적이다. 이 작품은 변죽을 울려서 복판 소리를 깨닫게끔 유도한다.

　　우언에서 주제를 밝히는 방식은 다양하다. 끝에서 주제를 밝히는 '이솝' 방식 말고도 문을 열면 바로 산이 보이는 단도직입식도 있고, 등장인물의 입을 거치는 방식도 있다. 예를 들어본다.

　　(1) 영합도 정말 부끄럽지만 아첨은 더 두려운 일이다. / 이 말을 우리는 얼마나 많이 하는가? / 사람의 마음이란 어찌할꼬? / 다른 사람의 교묘한 아첨을 견뎌내지 못하나니.

　　까마귀가 나무 꼭대기에 올랐다. / 입에는 치즈 조각을 물고 생각에 잠긴 듯이. 이것은 하늘이 주신 맛있는 아침이라 / 놈이 느긋하게 식사를 하려는데 / …… / 여우가 까마귀를 쳐다보며 눈동자도 움직이지 않네그려!

여우는 작고 긴 목소리를 마음에 담아 다가서며 말했다. / "까마귀 아가씨! 당신은 정말 아름답게 생기셨군요. / 당신의 저 눈동자를 한번 보세요. 당신의 목덜미를 한번 보세요. / 동화 속의 묘사라야 당신에 짝할 수 있을 거예요. / 오뚝한 코, 깃털은 얼마나 아름다운가요. / 목소리 또한 사람의 마음을 취하게 만들 거예요. / 노래하세요. 노래해 보세요. 수줍어하지 말고 거절하지 말고. / 노래해요, 노래해요, 나의 친구여 / 당신같이 이처럼 멋지게 생기기는 어려울 거예요. / 만약 노래 부르는 것도 잘하신다면 / 당신은 새 중의 여왕이 되지 않을 수 있겠어요?" / 까마귀는 칭찬을 받고 즐거워 어쩔 줄 몰랐다. / 그는 머리가 어지럽고 숨조차 쉴 수가 없었다. / 까마귀가 크게 지저귀자 치즈 조각이 땅에 떨어졌다. / 눈 깜짝할 사이에 치즈와 여우는 보이지 않았다.

《끄르일로프[28] 우언시집》〈까마귀와 여우〉

(2) 나귀 한 마리가 사자 한 마리와 함께 숲속으로 갔다. 사자는 나귀를 자신이 사냥할 때 필요한 호각나팔로 써먹었다. 이 나귀가 안면 있는 다른 나귀를 만났다. 나귀가 그에게 소리쳐 말했다.

"안녕, 나의 형제여!"

"부끄러움을 모르는 놈 같으니라고."

뜻밖의 대답이었다.

"왜 그러니?"

그 다른 나귀가 말을 했다.

"네가 사자와 함께 달리더니, 그래서 나보다 잘났단 것이냐? 그리고

---

28) 끄르일로프: 19세기 러시아의 최고의 풍자문학 작가. 그의 원래 이름은 이반 안드레예비치 끄르일로프(Ivan Andreevič Krylov)이다.

보통 나귀보다 강하다는 것이냐?”

《레싱 우언》〈사자와 함께 있는 나귀〉

(1)은 이솝의 〈큰 까마귀와 여우〉에서 전적으로 재료를 가져왔지만 교훈적 이야기를 끝부분에서 처음으로 옮겼다. (2)는 주제 제시 방식이 다른 나귀의 “네가 사자와 함께 달리더니, 그래서 나보다 잘났단 것이냐?”라는 말속에 있다.

중국 고대 우언은 자주 유명한 사람을 등장시키거나 허구적인 인물을 만들어 평론자로 삼는다. 예컨대《장자》에〈곱사등이가 매미를 잡다〉는 공자를 가탁하여 증인으로 삼고, “의지를 분열시키지 않아야 정신을 집중 한다”는 그의 말을 빌려 우의를 밝혀낸다.

선진(先秦) 우언은 일찍이 종합적 주제 제시 방식을 채용하기도 했다. 예컨대《한비자》의 「설난」(說難)에 있는 〈정공(鄭公)이 오랑캐를 정벌하다〉〈지혜로운 자식이 이웃을 의심하다〉〈미자하(彌子瑕)가 총애를 잃다〉 등의 세 이야기는 처음부터 작자 스스로 밝히는 다음과 같은 말에 공통의 우의가 나타나 있다.

무릇 유세의 어려움은 유세할 대상의 마음을 알아서 내 말을 적당하게 할 수 있겠느냐에 있다.

우언의 겉몸체[寓體]는 일반적으로 단일한 이야기이다. 그렇지만 여러 이야기를 가지고 동일한 주제를 설명할 수도 있다. 여러 이야기의 조합은 주로 병렬(幷列)·나선(螺旋)·포용(包容)·계열(系列)의 네 종류 방식으로 나눌 수 있다.

선진(先秦)시대《장자》《한비자》《여씨춘추》등의 저작은 종종 같은 주제 아래 여러 우언을 결합하니 이것이 병렬 방식이며, 무더기 우언이라고도 할 수 있다. 예컨대 《한비자》의 「내저설(內儲說) 상」편에서는 임금이 신하를 제어하는 기술을 설명하되, 각각 몇 개 또는 십여 개의 이야기를 말하였으니 7개의 기술에서 49개의 이야기를 활용했다.

나선 방식의 이야기는 병렬식과 달라 조금씩 추진해 나가는 것이다. 예컨대 소식(蘇軾)의 〈장님 해 보기〉는 두 가지 이야기가 있다. 첫째 것은 '쟁반을 두들기고 초를 더듬다'라는 것이니, 직접 체험하지 않으면 사물을 인식할 수 없다는 것을 설명했다. 둘째 것은 '북쪽 사람이 자맥질을 배우다'라는 것이니, 오랫동안 실천하지 않으면 묘리를 터득할 수 없음을 더 나아가 설명했다.

포용 방식은 이야기 안에 이야기를 포함하고 있는 것이다. 인도의 《판차탄트라》는 전형적인 예로서, 5개의 주요 이야기가 80~90개의 작은 이야기를 포함하고 있다. 어떤 때는 뒤에 있는 이야기가 앞에 있는 이야기의 주석이기도 하다. 유기(劉基)의 《욱리자》(郁離子)에서 〈뇌물 탐하는 고질〉〈술 탐하는 고질〉의 두 이야기는 '본성으로 탐하는 것은 끊을 수가 없다'는 하나의 공통된 주제를 설명하고 있다. 그 가운데서 술 좋아하는 사람의 이야기는 뇌물 좋아하는 사람의 이야기를 대신 설명하면서 앞의 것에 포함된 셈이다.

계열 방식은 한 주인공이 일련의 이야기에 두루 등장하는 것이다. 예컨대 소식의 《애자잡설》(艾子雜說)은 애자(艾子)가 40개의 이야기에 등장하고, 유기의 《욱리자》는 욱리자가 100여 개의 이야기에 등장한다. 그들은 모두 지혜로운 주인공이며, 어떤 때에는 증인이나 평론자이도 하다.

또 명나라 장이령(張夷令)의 《우선별기》(迂仙別記)는 어리석고 세상 물정 모르는 사람이 주인공이고, 독일 브란트(Sebastin Brant)의 〈바보들의 배〉(1494)는 한 무리의 바보들이 주인공이다. 유럽 중세기의 유명한 동물우언 서사시 《여우 르나르의 이야기》[29]는 여우 르나르를 주인공으로 삼은 담시(譚詩) 모음집이다.

많은 우언 이야기들은 모두 단일하고 짧다. 이것은 일반적으로 우언의 길이가 짧다는 것에 말미암는다. 그러나 우언이 모두 짧은 이야기라고는 말할 수 없다. 길이는 자유롭게 변하고 체재도 다양하다고 말해야 옳다. 우언은 짧게는 단지 한두 마디의 단어로 이루어질 수도 있다. 체코의 작가 차페크(Karel Čapek)의 독백 단순우언 〈구더기〉에는 단지 두 단어가 있으니 "전쟁 만세!"이다.

또한 우언은 수십만 자 또는 수만 줄에 이를 수도 있다. 프랑스의 《여우 르나르의 이야기》는 3만여 행이나 되고《사칭하는 여우 르나르》는 5만여 줄이나 된다. 그 길이는 모두 호머의 서사시《일리아드》(1만 5천여 줄)와《오디세이아》(1만 2천 줄)보다 훨씬 길다. 우언의 체재에는 시가체, 산문체, 운·산문이 섞인 잡체가 있다. 또한 연극도 있으니, 예컨대 그리스의 아리스토파네스의《새》같은 것이다. 그리고 소설체도 있으니 예컨대 로마시대의 아풀레이우스의《황금 당나귀》가 그것이다.

2. 우언의 형상과 수법

우언은 우의를 표현하는 데 중점을 두어서, 소설이나 희곡 등이 현실을 묘사하는 데 중점을 두는 것과 다르다. 이 때문에 우언의 형상은 유형성(類型性)을 지니고 있다. 우언의 작가는 사회와 자연현상에 대해

---

29)《여우 르나르의 이야기》: 그리스, 로마, 중세를 거치면서 유럽 여러 나라의 언어로 조금씩 내용과 형식을 달리하며 이어진 대중들의 호평을 받던 민중시가이다. 중세 프랑스어로 씌어진 이본과, 괴테가 재집필한 작품집 등이 한국에서 각각 《여우 이야기》《괴테의 여우 라이네케》라는 제목으로 편역 출간된 바 있다.

관찰·분석하면서 그 정수를 포착하여 여러 다른 유형으로 분해하고, 고도의 사상과 예술적 포괄성을 지니게끔 형상을 빚어낸다. 인물을 주인공으로 삼는 우언에서 등장인물은 개성과 유형성이 결합된 것이다. 그리고 비인물을 주인공으로 삼는 우언에서 등장인물은 자연물의 성질과 사회 유형의 성질이 결합된다. 예를 들어 보기로 하자.

(1) 송나라에 농사꾼이 있었고 밭 가운데 나무가 있었다. 토끼가 달려오다 그 나무에 부딪혀 목이 부러져 죽었다. 그래서 농사꾼은 밭갈이를 집어치우고 나무만 지키며 다시 토끼가 잡히기를 바랐다. 그러나 토끼를 다시 잡을 수 없어 송나라의 웃음거리가 되었다. 선왕(先王)의 정치로 지금의 백성을 다스리려는 사람은 모두 나무만 지키는 꼴이다.

《한비자》(韓非子) 「오두」(五蠹)편 〈수주대토〉(守株待兎)

(2) 호랑이가 모든 짐승을 잡아먹고 있었는데 여우를 만났다. 여우가 말했다.

"그대는 감히 나를 먹지 말라! 하느님이 나에게 모든 짐승의 우두머리 노릇을 하게 하셨다. 지금 그대가 나를 먹으면 이는 하느님의 명령을 거스르는 것이다. 그대가 나를 믿지 못하겠거든 내가 그대 앞서서 가고 그대는 내 뒤를 따르라. 모든 짐승이 나를 보고 감히 도망하지 않겠느냐?"

호랑이가 좋다고 하고 함께 가니 짐승들이 보고는 모두 도망갔다. 호랑이는 짐승들이 자기를 두려워해서 도망하는 줄은 모르고 여우를 두려워하는 줄로만 알았다.

《전국책》(戰國策) 「초책(楚策) 제1」편 〈호가호위〉(狐假虎威)

(1)의 송나라 사람은 우연을 필연으로 여기는 나름대로 개성 있는 바보이기도 하고, 또한 복고 수구적인 유형적 인물이기도 하다. (2)의

여우와 호랑이는 생물적 특성을 지니고 있기도 하고, 각각 간사한 권신과 잔인하고 어리석은 임금을 나타내기도 한다. 이러한 형상에 나타난 유형성은 매우 선명한 것이다.

우언은 유형적 형상을 빚어낼 때 결코 전면적이기보다는 주요한 특징을 만들어내는 데 중점을 둔다. 즉 신사(神似)를 중시하지 형사(形似)를 중시하지는 않는다.30) 예컨대 송나라 사람은 단지 그 보수적 특징을, 여우는 그 교활하고 간사함을, 호랑이는 그 어리석고 포악함을 도드라지게 나타낼 뿐이다. 설사 장편우언이라도 복잡한 성격을 만들어내려고 애쓰지는 않는다. 심지어는 어떤 특성을 형상의 이름으로 사용하기까지 한다. 예컨대 버니언의 《천로역정》에서 주인공의 이름은 '기독교도'여서 경건하게 종교를 믿는 유형적 인물을 표시한다. 다른 인물들은 더욱 분명하게 선악의 덕목을 상징한다. 어떤 등장인물은 '완고함', '유순함', '빠꼼이', '미련스러움', '게으름', '오만스러움', '허위', '겁많음', '사사로움', '무지스러움', '알랑거리기'라고 부르고, 또 어떤 등장인물은 '인내심', '근신', '인애', '현명', '경건', '지식', '경험', '각성', '성실', '충신', '소망'이라 부른다. 그림으로 비유하자면 우언 형상은 만화와 비슷하기도 하고 중국 전통화의 대사의화31)와 비슷하기도 하다.

서방의 '페이블'형 우언은 이솝 이래로 대부분 동물 형상을 채용하는 전통을 형성했다. 이솝 우화와 레싱 우언에는 80퍼센트에 가까운 동물우언이 있다. 라퐁텐 우언은 '동물을 불러내어 사람을 교훈한다'고 주장했는데, 동물우언이 60퍼센트 이상을 차지했다. 레싱은 또 전문적으로 〈우언의 동물 소재 채택을 논함〉이라는 논문을 썼다. 그는 우언 작가가 대부분 동물을 채용하는 까닭에 두 가지 이유가 있다고 생각했다.

---

30) 신사와 형사: 신사는 정신적 풍모가 닮은 것을, 형사는 겉모양이 닮은 것을 가리킨다.

31) 대사의화(大寫意畵): 마음에 따라 자연 대상을 재구성하는 화법. 명말 소흥 출신의 대화가 서위(徐渭, 자는 文長)가 개척하였다고 한다.

첫째, 형상의 특징적 성격을 돌출시키고, 또 "중언부언 성격 묘사하는 것을 피하기" 위해서이다. 우언시인은 동물을 우선적으로 채택하는데 "그 진정한 원인은 많은 사람들이 두루 알고 있는 바, 동물들이 갖추고 있다고 생각되는 만고불변의 성격 때문이다. …… 만약 이러한 동물의 특징이 사람마다 모두 알고 있는 것이라면 그것들은 우언에서 사용할 만한 가치가 있다. 비록 자연과학자들이 그것들의 정확한 특성을 실증했든 안 했든 상관이 없다"고 레싱은 인식했다.

예를 들어 여우를 제시하기만 하면, 사람들은 "즉각적으로 어떤 성격을 떠올린다". 그러나 사람을 주인공으로 삼는 것은 이 같은 성격을 쉽게 연상시키지 못한다. "역사에 얼마나 많은 인물들이 있는데 도대체 이처럼 일일이 알려주겠는가? 그들의 이름을 제시하기만 해도 즉각적으로 그 인물들이 응당 지니고 있을 사상적 경향과 기타 특성에 대해서 개개인의 마음속에 명확하게 산출해 낼 수 있겠는가?" 식물계와 광물계도 사람들에게 성격을 쉽게 연상시켜 줄 수 없다. "조물주는 미물(微物)일수록 모든 사람이 잘 알 만한 어떤 성격을 잘 보여주지 못한다".

둘째, 격한 감정을 일으키지 않기 위해서 동물을 등장시킨다. "우언의 목적은 우리들이 어떤 도덕교훈을 분명하게 인식하도록 하는 데 있다. 격한 감정보다 인식을 더 흐릿하게 만들 수 있는 것은 없다. 그래서 될 수 있으면 우언시인은 격정의 충동을 피해야만 한다"고 레싱은 말했다.

예컨대 〈이리와 새끼 양〉은 '남을 속이려고 마음먹은 사람에게는 이치를 따지는 것도 소용없다'는 도덕교훈을 표현했다. 독자는 비록 양을 동정하지만 그 감정은 매우 담담하여, 도덕적 교훈을 냉정하게 생각하는 데 방해되지 않는다. 만약 그것을 사제자와 가난한 사람으로 대체한다면 매우 깊은 동정과 통한이 도덕교훈에 대한 인식을 모호하게 할 수 있다. 참고로 레싱이 우언 가운데 격정이 있는 것을 반대하는 것은 문학적 묘사를 지나치게 중시하는 시가체 우언을 반대한 것과 관련이 있다. 이것은 뒤에서 논의하도록 하겠다.

레싱의 견해는 날카롭다고 할 만하다. 깊은 소양과 우언에 대한 진지한 연구가 없다면 이처럼 특출하게 말하기 어렵다. 그러나 레싱의 의견은 전면적이지 못하다. 우언에서 동물을 우선적으로 사용하는 것은 무엇보다 우언의 전통과 관련이 있다. 원시인들은 만물에 영혼이 있다고 생각하여 신화적 사유방식으로 자연계의 모든 것을 해석했으며, 그 신화 전설 가운데 많은 양의 동물 이야기를 포함시켰다. 뒤에 이성적 사유가 발전하자 사람들은 이 동물 이야기를 가지고 도덕교훈을 표현해서 우언을 산출시켰다.

또 동물 이야기를 차용하는 것은 현실과 거리감을 불러일으켜 사람들에게 쉽사리 '이야기가 별도로 가리키는 바가 있다'는 것을 알게끔 한다. 이것이 동물의 제재가 인물의 제재보다 우월한 근본적인 이유이다. 만약 이리가 새끼 양에게 잔학한 행위를 했다는 것을 사제자가 가난한 사람에게 한 것으로 바꾼다면, 사람들은 쉽사리 연상 작용을 일으키지도 못한다. "A를 말하고 A를 뜻하게 하는 보통 이야기가 되어버리고 만다".

사람들이 주지하는 동물의 성격은 사람들이 부여한 것이지만, 그것은 줄거리를 바탕으로 전개되기 때문에 결코 천편일률적이지 않다. 〈여우와 이리〉를 예로 들어보자. 《이솝 우화》에는 여우가 주인공이 된 39편의 우언이 있다. 〈까마귀와 여우〉 〈까마귀와 개〉에서는 교활한 놈이다. 〈매와 여우〉에서는 해를 입고 복수하는 놈이다. 〈여우와 악어〉 〈여우와 나무꾼〉에서는 세밀한 것을 살피는 지혜로운 놈이다. 〈여우와 표범〉에서 작자는 여우의 신명과 지혜가 아름답다고 찬양했다. 또한 〈여우와 사자〉에서는 여우의 성격을 평가하지 않고, 다만 "사물에 대한 두려움을 줄일 방법을 잘 알고 있다"고 했다.

이리와 관련된 우언은 28편이 있다. 〈이리와 새끼 양〉에서 이리는 흉폭한 놈이고, 〈이리와 양〉에서는 오히려 신용을 잘 지키는 놈이고, 〈이리와 개〉에서는 더군다나 자유애호가이다. 이 모든 것은 동물들이 천편일률적인 성격을 지니지 않고, 우언 안에서 그것들의 형상은 줄거리를 통해 그 언행을 묘사함으로써 꾸며져야만 한다는 것을 말한다.

그러나 레싱의 견해를 완전히 부정할 수는 없다. 동물 형상은 늘 주도적인 성격을 지니고 있으며, 우언의 이야기도 어쩔 수 없이 동물의 자연적인 특성에 제약을 받을 수밖에 없다. 예컨대 〈이리와 새끼 양〉은 결코 양이 이리를 속이는 것으로 쓸 수는 없다. 레싱은 〈이솝과 나귀〉라는 우언 작품에서 이러한 이치를 매우 형상적으로 설명했다.

> 나귀가 이솝에게 말했다.
>
> "당신이 만약 나를 가지고 다시 우언을 쓴다면, 내가 이치가 있고 뜻이 있는 이야기를 하게 해주시오."
>
> 이솝이 말했다.
>
> "네가 몇 가지 의미 있는 이야기를 한다면 그것이 적당한 일일까? 그렇다면 사람들이 네가 도덕가이고, 내가 나귀라고 어찌 말하려 하지 않겠느냐?"

요컨대 동물 형상을 꾸며낼 때에는 동물의 자연적인 특성을 참고해서 그것들이 사회적 유형과 유기적으로 결합되게끔 해야 한다. 다만 어떠한 동물과 어떠한 덕목을 '이퀄(equal)' 관계로 만들어 천편일률적이게 해서는 안 된다. 동물 형상을 꾸미는 것은 의인화와 동떨어질 수 없다. 우수한 동물우언은 동물의 특징을 그려내는 위에다가 이성과 어떤 부류의 사람들 특징을 부여하여, 양자를 유기적으로 결합하고 형체와 정신을 겸비하게끔 해야 한다.

예를 들어 《장자》「추수」편 가운데 〈우물 속 개구리〉, 《전국책》의

〈범 위세 빌리는 여우〉〈도요새와 조개의 싸움〉,《설원》가운데 〈동쪽으로 이사 간 올빼미〉,《이솝 우화》의 〈까마귀와 여우〉〈이리와 새끼 양〉, 파이드루스(Phaedrus)의 〈이리와 개〉, 다빈치의 〈새끼 벌레〉, 레싱의 〈나귀〉, 끄르일로프의 〈코끼리와 발바리〉 등이 있는데 모두 형신(形神)이 겸비된 경지에 이르렀다.

인물우언의 성취는 장편 말고라도 동물우언에 조금도 뒤떨어지지 않는다. 고대에 산출된 우수한 중국의 우언 작품들은 대부분 인물우언이다.《맹자》의 〈알묘조장〉(揠苗助長),《장자》의 〈포정해우〉(庖丁解牛)〈장석운근〉(匠石運斤) 〈추녀효빈〉(醜女效顰),《열자》의 〈다기망양〉(多岐亡羊) 〈기인우천〉(杞人憂天) 〈구방고상마〉(九方皐相馬),《한비자》의 〈수주대토〉(守株待兔) 〈남곽취우〉(南郭吹竽) 〈자상모순〉(自相矛盾) 〈매독환주〉(賣櫝還珠),《여씨춘추》의 〈순표야섭〉(循表夜涉) 〈각주구검〉(刻舟求劍) 〈엄이도종〉(掩耳盜鍾) 〈천정득인〉(穿井得人),《전국책》의 〈화사첨족〉(畵蛇添足) 〈남원북철〉(南轅北轍) 〈기우백락〉(驥遇伯樂) 〈천금구마〉(千金求馬) 등 정말 이루 다 들 수 없다.

인도 우언에도 우수한 인물우언이 매우 많다.《경면왕경》(鏡面王經)의 〈장님 코끼리 만지기〉[瞎子摸像]는 전 세계로 전파되어 부녀자들도 모두 알고 있다.《백유경》의 〈공중누각〉(空中樓閣) 〈우인식염〉(愚人食鹽) 〈욕식반병〉(欲食半餅) 〈진살군우〉(盡殺群牛) 등도 모두 우의가 깊은 작품들이다.

동물우언이 우세한 유럽 우언에 또한 인구에 회자되는 많은 인물우언이 있다. 예컨대《이솝 우화》의 〈나그네와 곰〉〈웃기는 목동〉〈농부와 아이들(포도 농장)〉〈도둑과 어머니〉,《라퐁텐 우언》의 〈연마쟁이가 나귀를 팔다〉〈소젖 짜는 아가씨〉,《끄르일로프 우언》의 〈지미앵 생선국〉〈고양이와 주방장〉 등을 들 수 있다.

인물고사는 전체적으로 동물고사보다 풍부하고 다채롭다. 사람들이 잘 알고 있는 동물은 수적으로 한계가 있고 특성도 비교적 단순하다. 또 인류의 사회생활은 영역이 넓고 변화가 많아서 사람의 성격이 천차만별이다. 뿐만 아니라 사회가 갈수록 발전하는 데 비해서 새로운 동물 이야기는 점점 창작해내기가 어렵다. 마치 신화 전설을 만들어내기가 점점 어려워지는 것과 같다. 성인을 아이로 분장시키면 별로 자연스럽지 못한 것과 비슷하다. 그래서 후세로 올수록 인물우언의 비중이 더 커지고 동물우언은 진부한 형상과 제재를 답습하기가 쉬워진다. 장편우언은 더군다나 이러한 경향을 지닌다. 유럽 각국에서 동물을 주인공으로 삼은 대표적인 작품은 《여우 르나르의 이야기》이다. 이에 견주어 인물을 주인공으로 삼은 명작은 아주 많다. 《장미 이야기》《진주》《요정 여왕》《천로역정》 등이 모두 그것이다.

인물우언 승패의 관건은 현실과 거리를 벌려놓을 수 있는가의 여부에 달려있다. 이러한 측면으로 보아 두 가지 점에서 동물우언을 참고해야 한다. 첫째, 줄거리가 뜻밖이어서 과장과 황당함을 띠고 있어야 한다. 장자가 말하기를 그것은 "허망한 이야기와 황당한 말", "기이하고 볼 만한" 서술을 가지고 천하인(天下人)을 설복시킨다고 했다. 이것은 실질적으로 우언 창작의 함의를 말한 것이다. 그의 〈장석운근〉〈촉만지쟁〉〈포정해우〉 등의 인물우언은 다른 동물우언처럼 과장되고 황당한 수법을 채용했다. 그래서 현실과 거리를 떼어 놓았고 사람들로 하여금 그것이 우언이며 일반적인 이야기가 아니고, "별도로 가리키는 바가 있다"는 것을 깨닫게 했다.

둘째, 형상에는 유형화가 필요하다. 하나의 형상은 어떤 종류의 주된 성격을 도드라지게 해서 그에 걸맞은 도덕교훈을 나타낸다. 몇몇 우언은 아예 도덕적 덕목으로 이름을 붙이기도 한다. 앞에서 거론했던 《천로역정》이 좋은 예다. 프랑스의 《장미 이야기》, 영국의 《요정 여왕》, 페르시아의 《새들의 회합》, 위구르의 《복락지혜》도 모두 같은 수법이

다. 단편적 이야기라 하더라도 이같이 이름을 붙일 수 있다. 《장자》
「천지」편의 〈현주 찾기〉에는 다음과 같은 묘사가 있다.

> 황제(黃帝)가 적수(赤水) 북쪽으로 놀러갔다. ─ (중략) ─ 현주(玄珠:
> 도를 상징하는 이름)를 잃어버리고 지(知: 지혜를 상징하는 이름)로 하
> 여금 찾게 했지만 실패했다. 이주(離朱: 터럭까지 살핌을 상징하는 이
> 름)로 하여금 찾게 했지만 실패했다. 끽후(喫詬: 언변을 상징하는 이름)
> 로 하여금 찾게 했지만 실패했다. 그래서 상망(象罔: 자취도 마음도 없
> 음을 상징하는 이름)을 시켰더니 찾아냈다.

장자는 도는 자연을 본받는 것이어서 단지 성(聖)을 끊고 지(智)를
버리며 마음[心]도 없고 자취[迹]도 없으면 도(道), 즉 현주(玄珠)를 찾
아낼 수 있다고 주장한 것이다.

유형화할 때는 두드러진 표현이 있게 마련이다. 우언에서 반복적으
로 출현하는 몇몇 인물들은 늘 생리적·성격적 특이점을 지니고 있다.
예컨대 바보, 똑똑한 자, 소경, 귀머거리, 성마른 자, 허풍선이, 건방진
사람 같은 종류이다. 또 실질적으로 표적이 되는 몇몇 인물들은 어떠한
특질을 집중적으로 체현해낸다. 마치 사자, 코끼리, 여우, 이리와 같다.

예를 들면 선진(先秦) 우언에서 공자는 지혜가 많고 견문이 많은 사
람을, 송나라 사람은 어리석고 보수적인 사람을 대표한다. 요컨대 우언
형상의 특징은 그것이 인물이든 동물이든 기타 생물이든 무생물이든
상관없이 그 유형과 의미 전달에 있다. 그리고 형상을 꾸며낼 때 의인
화 수법이나 과장과 황당의 수법을 사용하여 현실생활과 적절한 거리
를 유지하게끔 만든다. 다만 의인화는 이러한 거리를 가깝게 조성하고,
과장과 황당은 이 거리를 넓게 벌려 놓는다. 기타 구체적인 기법은 작
품마다 다르다.

3. 우언의 풍격과 미적 효과

우언의 본질은 작품의 기본적인 풍격(風格)과 함축미를 결정한다. 우언 작가는 자신의 진위를 미리 다 드러내지 않고 이야기 속에 감추어서 독자가 찾도록 이끈다. 사공도(司空圖)의 《시품》(詩品)의 평어를 빌리자면, 그것은 "가는 듯하다 다시 돌아오고 으슥한 듯하면서도 감추지 않는 것", "조물주가 있어 함께 부침하는 것"이라 할 수 있다.

형상이 유형적이라는 점과 매우 많은 우언들이 장중함 속에 해학을 곁들인다는 것은 대부분 희극미의 풍격을 지니도록 만든다. 우언 작가들은 곧잘 생활의 모순을 포착하여 엄숙하고 심각한 주제를 지니도록 하지만, 그것을 해학적인 형식으로 표현하면서 추악한 사물을 폭로하거나 조롱하곤 한다.

우언의 이러한 풍격은 골계적 사물을 묘사하는 작품에서 우선적으로 표현된다. 아리스토텔레스의 《시학》에서는 "골계적인 사물은 일종의 착오이거나 혐오스러운 것이어서 고통이나 상처를 일으키는 결과에 이르지는 않는다"고 하였다.

끄르일로프의 우언, 〈개들의 우정〉에서 다음과 같이 이야기했다.

누렁이와 검둥이가 주방 밖 담벼락에 누워서 햇볕을 쬐고 있었다. 마당 문 앞에서 수위 노릇을 하는 일은 좀더 위풍당당해야 하지만 그들은 이미 아주 배부르게 밥을 먹은 터였다. 퍽이나 예절바른 개인지라 대낮에도 길거리 사람을 향해 짖지 않고, 서로 이야기를 나누며 인간 세상의 여러 가지 문제를 말하기 시작했다. 즉 그들이 반드시 해야 하는 일이라든가, 나쁜 일과 좋은 일이라든가, 그리고 맨 마지막으로는 우정에 대해서 말했다. 검둥이가 말하길,

"죽을 때까지 충직해서 의지할 만한 친구와 생활한다면 어떠한 어려

움이 있다 해도 서로 돕고, 잠자고 먹는 것을 모두 함께하며 서로 보호하여 마치 하나의 영웅처럼 서로 친애할 수 있을 거야. 기회를 놓치지 말고 네 친구의 기분을 좋게 만들고 세월을 더 즐겁게 보내게끔 배려해줘. 친구의 행복에서 너의 즐거움을 찾는다면 천하에 이보다 더 큰 행복이 있겠니. 예를 들어 우리가 이러한 친한 친구가 된다면 아주 잘 지낼 수 있고, 세월이 지나가는 것도 전혀 느끼지 못할 거야."

누렁이가 열정적으로 말했다.

"올커니, 내 복둥이! 정말 좋아. 이건 정말 좋구만. 친애하는 검둥아! 우리들 두 마리 개는 낮이나 밤이나 함께 있으면서 정말로 하루도 싸우지 않은 날이 없었으니, 나는 참 여러 번 너무도 가슴이 아팠다. 정말 그럴 필요가 있었겠니? 주인은 참 좋은 분이시고, 우리들은 많이 먹고 또 편하게 살잖아. 그런데도 싸우는 것은 완전히 말이 안 되는 거야. 사람들은 우리들을 우정의 본보기로 삼는데도 무엇 때문에 개들 사이의 우정을 마치 사람들 사이의 고약한 우정처럼 만들어서, 네가 이전에 들었던 그러한 우정이 되지 못하게끔 했는지, 친구여 나에게 얘기해다오. 우리들이 사람들에게 증명하자. 우정을 맺는 데 아무런 장애가 없다는 것을."

"이리 와, 악수하자."

검둥이가 소리쳤다.

"찬성! 찬성!"

이에 새로 친해진 두 친구가 바로 서로를 껴안으면서 얼굴을 핥아주고 너무도 기분이 좋아 자기들의 상황을 뭐라고 형용할지 알지 못했다.

"누렁아!"

"검둥아!"

"다툼, 시기, 원한아, 모두 꺼져버려라!"

바로 이때, 맙소사! 주방장이 좋은 뼈다귀 하나를 내버렸다. 새로 우정을 약속한 친구들은 번개처럼 뼈다귀에 달려들었고, 우정과 화목함은 초처럼 녹아버렸다. 누렁이와 검둥이는 서로 물고 뜯으며 이를 부득부득 갈아서 개털이 푸석푸석 하늘 가득히 날아다녔다.

결국 무엇이 이 귀염둥이들을 갈라놓았는가? 그놈들 등짝에 뿌려진 차가운 물이었다.

끄르일로프는 누르려는 것을 먼저 추어주는 억양법(抑揚法)을 채용해서 현상과 실질 사이의 모순[32]을 드러냈다. 그는 우선적으로 개의 '우정 환상곡'을 극도로 서술해서 철리(哲理)와 시정(詩情)이 스며들게 한 다음 필치를 바꾸어 뼈다귀 하나로 파란을 일으켰다. 말과 행동에 최대한 대비를 조성하여 매우 성공적인 해학적 효과를 거두었다.

작자는 겉으로는 개를 묘사하면서 실질적으로는 사람을 묘사했다. 그는 "사람 세상은 이와 같은 우정으로 꽉 차있다. …… 이 개들을 그려내면 그 나머지는 상상해서 알 수 있을 것이다. 그들의 말을 들으면 당신은 그들이 한마음 한뜻이라고 여길 테지만, 그들에게 뼈다귀 하나를 던져주면 곧바로 개가 되어버린다"고 말한다.

핍진한 묘사를 통해 독자는 그에 닮거나 비슷한 현상들을 체험한다. 그래서 작자가 자신의 마음을 미리 터득해시 붓끝으로는 표현하기 어려운 느낌을 전했다고 여긴다. 독자는 그로부터 계발되고 가르침을 얻는다. 이것이 바로 미학(美學)에서 말하는 동일시와 깨우침 효과이다.

위에서 기술한 우언의 풍격은 설사 비극적인 사건이라도 나타날 수 있다. 예컨대 〈이리와 새끼 양〉의 이야기는 실제로 두 가지 각도에서 전개된다. 하나는 힘의 비교인데 이리가 절대적으로 우세하다. 또 하나는 이치에 대한 논쟁인데, 이리의 허위와 변명은 모두 새끼 양보다 이치가 달리고 말이 궁하다. 이러한 논쟁에서 독자들은 이리가 가소로운

---

32) 현상과 실질 사이의 모순: 현상은 겉으로 내세운 우정의 명분, 실질은 이익 앞에서 다투는 모습을 가리킨다.

존재이고 실패자여서 일종의 해학적 효과를 생산해 낸다는 것을 깨닫게 된다.

그러나 비고트스키는《예술심리학》에서 "새끼 양이 새로운 논거를 제기할 때마다 죽을 시간을 연장시킨 듯하지만, 실제로는 오히려 그 시간을 재촉하고 있다는 점을 깨닫게 된다. 우리들은 이 두 가지 점을 동시에 의식하고 그에 대한 느낌을 가지게 된다. 우언을 가공하는 모든 기제는 곧 이 모순된 감정 안에 있다"고 말한다.

몇몇 칭송하는 내용의 우언에서도 극적인 해학의 효과를 거둘 수 있다. 예컨대《열자》(列子)「설부」(說符)편의 유명한 우언〈구방고(九方皐)의 말 관상 보기〉에서 백락(伯樂)은 진목공(秦穆公)에게 구방고를 추천하니, 그는 명령을 받고 천리마를 찾아 나선다.

삼 개월이 지나 돌아와,

"이미 구했습니다만 사구(沙丘) 지방에 있습니다."

라고 보고하니, 진목공이 물었다.

"무슨 말이냐?"

"수말이면서 누런 말입니다."

사람을 시켜 가보니 암말이고 검은색이었다. 목공이 언짢아하며 백락을 불러 말하였다.

"틀렸도다! 그대가 시켜 말을 구하게 한 자는 색깔과 암수도 오히려 알지 못하거늘, 무슨 말을 알아보겠는가!"

백락이 크게 탄식하며 말했다.

"마침내 이러한 경지에 이르렀구나. 이것은 나보다 천 배 만 배 훌륭해서 따질 수가 없는 경지이다. 구방고가 본 것은 말하자면 '하늘의 기밀[天機]'이다. 그 핵심을 터득하자니 하찮은 것은 잊어버린 것이요, 그 안에 관심을 두다보니 그 밖은 잊어버린 것이다. 자기가 볼 것을 보고 자기가 보지 않을 것을 보지 않은 것이요, 자기가 살필 것을 살피고, 자기가 살피지 않을 것을 살피지 않은 것이다. 구방고의 관상 보는 방식은 말에게 매우 귀한 것이다."

　말이 도착하고 보니 과연 천하의 명마였다.

　이 우언은 말 관상의 고수인 구방고를 형상화하되, 높이고자 먼저 낮추는 수법을 사용했다. 암수와 색깔을 구분하지 못하는 것은 보통 사람보다 못한 것이다. 그런데 오히려 그를 고수라고 일컬었으니 가소롭지 않은가. 그러나 바로 이와 같은 놀라운 필치가 구방고의 비범한 능력을 그려내서, '외양을 꿰뚫어 본질을 곧장 가리킨다'는 독특한 우의를 전달했다. 이것은 서툰 형식으로 고차원의 경지를 표현한 것이다. 그것은 아름다운 형식으로 추한 본질을 표현하는 일반적인 풍자적, 부정적인 연극과 다르다. 추한 형식으로 아름다운 본질을 표현하는 송가적인 우언과 같다.

　러시아의 도로셰비취[33)]는 "우언은 외투를 입힌 진리이다"라고 말한 바 있다. 우언은 거짓을 찢고 악한 것을 드러내고, 추한 것을 비웃고 진실한 것을 보여수고, 착한 것을 친앙히고 아름다운 것을 나타낸다. 또한 지혜를 계발하도록 하고 도덕을 배양하게 하고, 진·선·미라는 경지에 도달하도록 유도한다. 예쥔지엔[34)] 선생은 《백가우언선》(百家寓言

---

33) 도로셰비취(Vlas Mihajiovie Dorosevie, 1865~1922): 러시아 풍자문학가. 기자이며, 연극평론가로 문필을 떨치기도 했다. 편저서로 《동화와 전설》(페테로그라드 출판사, 1923)이 가장 유명하다. 인도·중국·터키·페르시아·타타르를 비롯한 동방의 동화·우언·전설뿐만 아니라, 시실리·프로방스·스위스 등 서양의 것들도 모아놓았다. 위 발언은 《우언에 대한 우언》의 서문에서 말한 것이다. 이 글은 원래 《러시아어》(1916)라는 신문에 기고한 것인데 《우언에 대한 우언》의 마지막 장에 실려 있다.

34) 예쥔지엔(葉君健, 1914~1999): 중국의 근대문학 작가이자 문학번역가. 후베이 성(湖北省) 황안(黃安, 지금의 紅安) 사람이며 필명은 마이(馬耳)이다. 1936년 우한(武漢) 대학 외국문학과를 졸업하고 1938년 우한 국민당정부 국제선전의 업무를 맡았다.《안도생동화전집》(安徒生童話全集) 등의 역본과, 장편소설 《토지》(土地) 삼부작

選) 서문에서 다음과 같이 잘 지적하였다.

> 우언은 무시할 수 없는 문학 양식이다. 우언의 생명력은 다른 어떤 양
> 식보다 끈질기다. 사람의 영혼 속에서 일어나는 작용은 어린아이 때부터
> 인생이 끝날 때까지 지속될 수도 있다.

4. 우언의 민족성과 시대성

우언은 각 민족과 각 시대의 현실생활이라는 토양에 뿌리박은 영원
히 시들지 않는 장미꽃이다. 따라서 공동의 문체적 풍격을 가지고 있을
뿐만 아니라 민족과 시대라는 발자국을 찍을 수 있다.

우언은 오랜 역사를 가진 문학 양식으로, 인류 문명의 생성·발전·
전파를 따라 일찍이 세 개의 체계를 이루었다. 곧 중국을 중심으로 하
는 동아시아 우언 체계, 인도를 기초로 하는 남아시아와 중동 우언 체
계, 그리스를 기점으로 하는 유럽 우언 체계가 있다. 이 책의 제2부에서
그 체계와 특색을 상세하게 논의할 것이며, 이 체계들은 제재, 양식, 사
상 등 여러 방면에서 자기 나름대로의 특징을 가지고 있다. 여기서는
이를 종합적으로 살펴보기로 한다.

중국의 고전 우언은 인물 이야기를 위주로 하며, 해학적 수법을 애용
한다. 사상적으로는 정치·윤리적 색채가 짙고, 체재는 산문 형식을 많
이 사용하며, 문장은 간결하다. 우언의 전통이 한 번도 중단된 적이 없
고, 외래 우언의 영양분을 잘 흡수했다.

〈불꽃〉〈자유〉〈서광〉과 《조용한 군산》[寂静的群山] 삼부작 〈산촌〉〈광야〉〈원정〉 등
이 있다. 마오둔 등 중국 작가의 작품을 영문으로 번역하여 외국에 소개하였고 그의
명성도 세계적으로 알려졌다.

이와 달리 인도·중동의 우언은 동물 제재 이야기도 많이 있고 인물 제재 이야기도 많으며, 상상력이 풍부하다. 사상적으로는 종교의 색채가 짙고, 양식은 운문과 산문을 혼합해서 사용하며, 문장은 만연체이다. 세계 여러 곳에 널리 전파하였지만 본토에서는 한동안 전통이 중단된 적이 있다.

그리고 그리스 유럽 우언은 동물 이야기들을 위주로 하며, 의인화 수법을 많이 사용한다. 사상적으로는 세속의 삶을 반영하는 데 편중되었고, 양식은 운문을 애용한다. 문장이 활발하고 항상 사회 사조와 문학 사조에 따라 발전·변화를 잘한다.

이 모든 특징은 각 우언 체계가 형성되어 온 그 역사적 특징과 문명 및 문학 전통과 긴밀한 관련을 맺고 있다. 인도 우언《부처 본생담》가운데 한 편을 예로 들겠다.

옛날에 보살은 수탉으로 다시 태어났는데 몇백 마리의 수탉과 같이 숲속에서 살았다. 그들이 사는 곳과 멀지 않은 데에 암고양이 한 마리가 살고 있었다. 암고양이는 속임수를 써서 모든 수탉들을 꾀어서 잡아먹었는데 보살 수탉만이 속임에 넘어가지 않았다. 그는 마음속으로 생각하기를, '이 수탉은 참 똑똑하긴 하군. 그러나 아직 내가 속셈이 많고 수완이 뛰어나다는 것을 모르고 있을 거야. 나는 우선 '당신의 아내가 되고 싶어요'라고 그를 속일 수 있다. 손아귀에 넣기만 하면 잡아먹을 수 있겠지.'

그리하여 암고양이는 보살 수탉이 쉬고 있는 큰 나무 밑으로 와서, 감동적인 말로 그를 찬양하고 간절히 청하였다. 암고양이는 첫 번째 게송(偈頌)을 읊었다.

"날개 깃털 얼마나 아름다운가. 늘어진 목덜미 얼마나 귀여운가.

날 아내로 맞는 데 돈 쓸 필요도 없으니, 빨리 나뭇가지에서 내려와 다오."

암고양이의 말을 듣고 나서 보살은 생각하였다.

'이놈은 내 친구들을 모두 잡아먹고는 이제 나까지 호려서 잡아먹으려는 구나. 저놈에게서 벗어나야겠다.'

그리하여 보살 수탉은 두 번째 게송을 읊었다.

"당신은 예쁜 네 발 짐승이고, 나는 하늘을 날아다니는 두 발 새이다. 새와 짐승이 어떻게 혼인할 수 있는가? 다른 데 가서 수고양이를 찾아보아라."

암고양이는 생각하였다.

'이 수탉은 대단히 똑똑하군. 다른 말로 속여서 잡아먹어야겠다.'

그리하여 암고양이는 세 번째 게송을 읊었다.

"나는 젊은 미녀요, 학식과 교양이 있고 예절에 밝으며 말주변도 있다오. 어진 아내가 될 수도 있고, 노비가 되어줄 수도 있으니, 모든 걸 당신 마음에 따르겠어요."

보살은 생각하였다.

'그를 한바탕 야단쳐서 쫓아버리자.'

그리하여 보살 수탉은 네 번째 게송을 읊었다.

"뭇 새들을 꾀어내 죽여 버렸으니, 너는 피를 빨아먹는 계집 도적이로다. 학식과 교양이 있단 말 얼토당토않으니, 어리석은 마음에 제멋대로 혼처를 구하는도다."

암고양이는 도망을 갔다. 심지어 수탉을 다시 바라볼 용기도 없었다.

각 민족 우언의 풍격적 차이는 구체적 형상 속에 스며들어 있다. 예를 들면, 중국의 민간 우언에서는 여우가 부정적 구실을 하는 것이 대부분이지만, 그리스와 유럽 우언에서는 여우의 성격이 이보다 훨씬 복잡하다. 이것은 각 민족의 가치관과 관련된다. 중국 사람은 노련하고 신중한 것을 좋아하는 데 비해, 서구 사람들은 기지가 있고 활발한 것을 좋아하여 여우에 관한 서로 다른 관점을 만들어냈다.

동물 형상은 종종 원시의 토템과 관련되기도 한다. 예를 들면, 인도 사람들은 신비스러운 소를 숭배하며, 티베트 민족은 원숭이를 선조로 보며, 장족(壯族), 요족(瑤族), 와족(佤族) 등은 청개구리를 토템으로 숭배하였다. 이들 동물들은 자기 민족의 우언에서 대부분 긍정적인 주인공을 담당하지만, 다른 민족의 우언에서는 부정적인 주인공 구실을 하기도 한다.

사자의 형상을 예로 들어보자. 인도와 유럽 우언에서는 사자로 국왕을 상징하는 경우가 많았는데, 불경 《대지도론》(大智度論)에서는 석가모니를 "사람 중의 사자"라고 불렀고, 《성경》〈요한계시록〉에서는 그리스도를 "유태인의 사자"라고 일컫기도 했다. 이러한 상황은 우언 형상이 문화 전통과 관련 있다는 것을 설명해 준다. 그리고 인도와 유럽 우언의 계통이 밀접한 관계를 지니고 있다는 것도 보여 준다.

우언은 시대적 산물이다. 따라서 우언을 창작할 때 시대의 추이에 따라 형상을 그려내고 사상을 표현해야 한다. 유럽 우언을 예로 들면, 르네상스 시기의 인문주의 사상은 다빈치의 우언을 배태하였고, 종교개혁운동은 마틴 루터의 우언, 발디스[35]의 우언, 《천로여정》 등을 만드는 토양이 되었다. 고전주의의 창작 이념은 라퐁텐의 우언 창작에서 충분히 반영되었다. 18세기의 계몽주의는 레싱의 우언 창작에 영향을 끼쳤으며, 끄르일로프의 우언은 러시아에서 현실주의의 영향을 받아 창작한 첫 번째 우언 작품이다. 20세기에 이르러서 우언은 각종 현대주의 사상과 문화 사조와 결합하여 이채롭고 다양한 국면을 드러내고 있다.

우언에서 채택된 제재 가운데서 많은 것들이 시대성을 띤다. 예를 들

---

35) 부르크하르트 발디스(Burkhart Waldis): 16세기 독일의 루터교 종교개혁가이자 작가. 루터 정통주의에 입각한 자국어 찬송가인 《시편집》과 《여우와 황새의 손님 초대》라는 동화 작품이 유명하다.

면 공상과학 우언은 한 시대의 과학기술 수준을 반영한다. 비록 옛 시대의 우언 제재를 그대로 쓰더라도 이전 것을 완전히 따를 수는 없다. 그 교훈 부분인 우의는 새로운 의미가 부과됨으로써 시대정신을 반영하여 새로운 뜻을 부여 받아야 하고, 뿐만 아니라 형상 부분인 이야기도 시대적 변화에 따라 다시 창조되어야 한다. 예컨대 중국 고전에서는 천리마를 인재에 비유하곤 했지만, 다른 시대의 작품에서는 천리마의 형상을 색다르게 표현하였다.

《전국책》(戰國策)의 〈천금으로 말을 구함〉[千金求馬]과 〈천리마가 백락을 만남〉[驥遇伯樂]은 당시 여러 제후국이 경쟁적으로 인재를 양성하는 풍조와, 재간이 뛰어난 인재가 "자신을 알아주는 사람에게 채용되"었으면 하는 심리 상태를 반영하였다. 이와 달리 《회남자》(淮南子)의 〈전자방이 늙은 말을 만나기〉[田子方見老馬]는 한나라 때 전국의 정세가 안정된 뒤에 공신과 무사들을 각박하게 대했던 사실을 반영한다.

이에 견주어 유기(劉基)의 《욱리자》(郁李子)에서는 천리마의 형상이 남다르다. 태어난 곳이 마땅찮다는 이유로 천리마를 "바깥 외양간에 내버려 두"는 이야기를 통해 원나라 때 통치자가 종족과 지역에 따라 사람을 몽고인(蒙古人), 색목인(色目人), 한인(漢人), 남인(南人)의 네 등급으로 나누어 종족을 차별 대우했던 정책을 반영하고 있다. 우수한 많은 인재들이 재능이 있더라도 펼 기회를 얻지 못한 현실을 풍자하여 드러낸 것이다.

또 카프카가 전통 신화를 제재로 창작한 〈프로메테우스〉라는 우언은 인간 세계에 불씨를 훔쳐온 신화의 영웅 '프로메테우스(Prometheus)'를 찬양한 것이 아니다. 진리를 탐색하는 데 갈팡질팡하는 모습을 표현하고자 하였다.

후대 사람들이 쓴 우언의 줄거리가 기본적으로 고대 우언과 같다 하더라도 그 다루는 주제가 구별된다. 예를 들면 포송령(蒲松齡)의 《요재지이》(聊齋志異)에는 〈술 벌레〉[酒蟲]라는 작품이 있다. 그 내용은 다음과 같다.

유(劉)씨 성을 가진 한 사람이 뚱뚱하고 술 마시기를 좋아하였는데 한 번에 술 한 단지를 마실 수가 있었다. 어느 날, 한 라마승이 와서 유씨가 병들었다고 하고 유씨의 뱃속에서 길이가 세 치 되는 빨간 벌레를 끄집어냈다. 이로부터 유씨가 술을 원수처럼 미워하고 몸은 점점 야위고 집은 나날이 가난해졌다는 이야기이다.

일본의 아쿠타가와 류노스케(芥川龍之介)는 이 이야기를 재창작하면서 세 가지 답안을 열거했다.

① 벌레는 유씨의 복이요, 병이 아닌데 라마승은 자신의 재간을 보여 주고자 유씨를 우롱한 것이다.

② 벌레는 유씨에게 병이며, 벌레를 없애버리지 않았으면 유씨가 얼마 지나지 않아 죽었을 것이다.

③ 유씨가 바로 벌레이고 벌레가 바로 유씨이니, 술 벌레를 없애면 유씨는 유씨가 아니다.

앞의 두 가지 답안은 본디 책과 평론가들의 의견을 따른 것이지만, 세 번째 답안은 아쿠타가와의 의견이다. 그는 "이들 답안 가운데 도대체 어떤 것이 가장 타당한지는 나도 모른다"고 말하였다. 이것이야말로 아쿠타가와 작품의 사상과 예술의 특징을 반영한다.

마치 일본의 평론가 나카무라 신이치로(中村眞一郎)가 말하는 것과 같이, "아쿠타가와 작품의 주요 특징은 사람들의 복잡한 사상과 의식을 반영하는 데 있다. …… 사람들이 사회를 보는 관점이 서로 다르고 사회를 대하는 심리 상태도 다양하다. 아쿠타가와의 작품이 당대 독자를 끌어당기는 매력은 틀림없이 여기에 있다". 아쿠타가와는 근대 작가의 창작 방법을 흡수하였으니, 그의 〈술 벌레〉는 하나의 인생철학을 상징하고 있다.

5. 우언의 주변성36)과 침투성

위의 절에서 구성·길이·형상·수법·풍격 등에서 본 우언 문체의 특징과 그 민족성과 시대성에 대해 토론했다. 그러나 하나의 문체로서 우언에는 두 개의 특징이 더 있다. 바로 '주변성'과 '침투성'이다.

우언은 형상으로 사람을 감동시키고, 또 이치로 사람을 감복시키는 주변 문체이다. 그 겉몸체에서 보자면 우언은 문학이요, 그 교훈 부분에서 보자면 문학이 아닌 것이다. 고대 그리스인들은 우언을 주로 연설의 기술 그리고 일종의 수사법으로 보았다. 아리스토텔레스는 《시학》이 아닌 《수사학》에서 우언을 논의했다.

고대 인도인들은 우언을 종교(바라문교, 불교, 지나교)를 선양하는 수단으로 보아서 종교 경전 가운데 넣었다. 또는 나라 다스리는 기술을 전수하는 도구로 보았으니, 《판차탄트라》의 창작배경 서문에서 "이 이후로 《판차탄트라》라고 부르는 통치론은 전 세계에서 젊은이를 교육시키는 방법으로 사용될 것이다"라고 했다. 아랍인들이 편역한 《칼릴라와 딤나》는 이러한 관점을 더욱 발전시켰다.

고대 중국에서는 우언이 주로 여러 철학과 정치학파의 저술 가운데 보존되어 있거나 임금에게 유세하는 도구로 사용되었다. 요컨대 우언은 순수문학이 아니요, 그것은 문학이면서 철학·정치·종교·교육 및

---

36) 주변성: 원문은 변연성(邊緣性)이다. 중첩성으로 해석할 수도 있다. 예를 들어 '변연과학(邊緣科學)'이라 함은 지구과학과 같이 지질학과 화학 등 두 개 이상의 과학이 겹치는 영역을 일컫는 용어이다.

언어예술이다. 우언의 두 부분이 각기 상대적인 독립성을 지니고 있기에 사람에 따라 다른 각도에서 운용될 수 있는 것이다. 예컨대《한비자》의 〈수주대토〉(守株待兎)는 정치적으로 복고나 보수를 비판하는 데 쓰이기도 하고, 교육적으로 '사람이란 일을 해야지, 요행으로 결과를 얻어서는 안 된다'는 것을 설명하는 데 쓰이기도 하고, 철학적으로는 '우연과 필연'의 관계를 설명하는 데 쓰이기도 한다.

우언 창작은 이성적 인식을 강조하기 때문에 작가의 사상적 수준이 더 직접적으로 작품의 성패와 우열에 관계된다. 세계 우언사를 보더라도 우수한 우언 작가는 자기 색깔을 내는 일급의 사상가, 종교가, 정치활동가, 교육가, 문학가였다. 레프 톨스토이는《예술론》에서 예술가가 진정으로 위대한 작품을 창조하려면, "그 시대 최고 수준의 세계관을 지녀야 한다"고 말했다. 이것도 우언을 창작하는 데 근본적으로 거쳐야 하는 것이다.

우언의 주변성은 다음의 여러 측면에서 표현되기도 한다. 첫째, 우언은 아동문학이면서 성인문학이다. 어떤 사람은 우언을 아동문학에 귀속시키지만, 나름의 이유가 있다 해도 전혀 포괄적이지 못하다. 사실 우언 가운데는 아동들이 읽기에 적합한 작품이 많다. 고대 그리스, 고대 인도와 현대의 여러 나라들이 모두 우언을 아동의 교재로 삼고 있을 뿐만 아니라, 우언의 의인화 수법은 아동의 심리적 특징에 적합하다. 그러나 적지 않은 우언들이 결코 아동을 위해서 창작된 것이 아니고, 아동의 이해력에도 적합하지 않다. 예컨대 장자의 우언,《성경》의 우언, 더욱이 근대 작가의 우언이 그러하다.

둘째, 우언은 민간문학이면서 작가문학이기도 하다. 어떤 사람은 우언을 민간문학에 귀속시키지만 이 또한 전혀 포괄적이지 못하다. 우언은 민간에서 기원하고 매우 많은 우수한 작품들이 전승되고 있는 것이 사실이지만, 그것이 전체는 아니다.

뿐만 아니라 우언을 시가와 비교할 때 다른 점도 있다. 시가는 민간에서 기원하고, 민요는 더욱 민중의 마음으로부터 자연스럽게 흘러나온 것이다. 이와 달리 우언은 종종 전문가가 가공해서 더 깊은 특수한 의미를 부여해야만 한다. 세계문학사에는 매우 많은 우수한 시인들과 우언 작가가 출현했고, 사람들은 시가를 완전히 민간문학에 귀속시키지 않는다. 따라서 더욱 우언을 완전히 민간문학에 포함시킬 수는 없는 것이다.

우언은 매우 강한 침투성을 지니고 있다. 그 상황은 두 종류로 나눌 수 있는데 하나는 삽입식 침투이고, 다른 하나는 융합적 침투이다.

이른바 삽입식의 침투라 함은 하나하나 상대적 독립성을 지닌 이야기로서 우언이 다른 종류의 저작 가운데 삽입되는 것을 말한다. 논술적인 저작에서 그것들은 종종 논거의 하나로 출현한다. 예컨대 선진시대 제자백가의 저술에서 우언은 주로 정치철학을 드러내는 데 비해, 불경 안의 우언은 대부분 종교 철학을 드러내는 데 쓰인다. 기타 여러 종류의 저작과 문장들이 가끔씩 우언을 인용하는 것은 일일이 거론할 수 없다.

서사적 작품에서 우언은 등장인물의 입을 통해 말을 한다. 예컨대 《사기》의 〈논두렁 재수굿〉[禳田者],37) 《한서》의 〈굴뚝을 구부리고 땔감을 치운다〉[曲突徙薪]38) 등은 하나의 이야기 줄거리가 될 수 있다. 또 《경화연》(鏡花緣)에 묘사된 '음주, 여색, 재물, 행패[酒色財氣]'의 네 관문은 우언식의 줄거리이다. 또 김용(金庸)의 《의천도룡기》(倚天屠龍記)는 그 가운데 한 줄거리가 사실은 《장자》의 우언에서 변형된 것이다. 그 작품의 24회 〈태극초전유극강〉(太極初傳柔克剛)에서는 장삼봉(張三

---

37) 양전자(禳田者): 《사기》〈골계열전〉에서 순우곤이 왕에게 유세한 이야기의 주인공이다. 제물을 하찮게 차려 놓고 신에게 큰 풍년이 들게끔 기도하는 사람을 이야기함으로써 순우곤 자신을 푸대접하면서 좋은 계책을 들으려고 하는 임금을 풍자했다.
38) 곡돌사신(曲突徙薪): 《한서》〈곽광전〉에서 환란을 미연에 방지해야 한다는 것을 강조하느라 원용한 우언이다.

丰)이 장무기(張无忌)에게 태극권법(太極拳法)을 전하면서 팔비신검(八臂神劍)을 대적하는 장면을 다음과 같이 묘사했다.

장삼봉이 장무기에게 검법 한 초식을 다 보여주고 나서 물었다.

"얘야, 너는 분명하게 보았느냐?"

"분명하게 보았나이다."

장삼봉이 말했다.

"모두 기억할 수 있느냐?"

장무기가 말했다.

"벌써 반이나 잊어버렸습니다."

장삼봉이 말했다.

"좋다. 그 정도라도 대단하구나. 너 혼자 생각해 보아라."

장무기가 머리를 숙이고 묵상에 잠겼다. 잠시 뒤에 장삼봉이 물었다.

"지금은 어떠하느냐?"

장무기가 대답했다.

"대부분 잊어버렸습니다."

장삼봉이 미소 지으며 말했다.

"내가 다시 한 번 보여주겠다."

검을 들고 초식을 시연하기 시작했다. 시연을 마친 장삼봉이 물었다.

"얘야, 어떠하냐."

장무기가 대답했다.

"아직도 세 초식을 잊지 못했습니다."

장삼봉이 고개를 끄덕거리며 검을 거두어 자리로 돌아갔다. 장무기가 전각 위에서 천천히 원을 그리며 걸었다. 한동안 사색하며 또 천천히 동그라미 반을 그리면서 머리를 쳐들고 온 얼굴에 희색을 띠며 부르짖었다.

"이제 저는 완전히 잊어버렸습니다. 깨끗하게 잊어버렸습니다."

　장삼봉이 말하였다.

　"됐다. 됐다. 정말 빨리 잊어버렸구나. 너는 이제 팔비신검에게 한 수 가르쳐 달라고 청할 수 있겠구나."

《장자》「달생」(達生)편의 〈나무닭으로 길러내다〉[木鷄養到]와 대조해 보자.

　　기성자(紀渻子)가 왕을 위해 싸움닭을 키웠다. 십 일이 지나 왕이 물었다.
　　"닭이 다 되었느냐?"
　　"아직 안 되었습니다. 막 교만함을 비우기는 했습니다만, 아직 기운을 의지하고 있습니다."
　　십 일이 또 지나 물었다. 대답하기를,
　　"아직 아닙니다. 메아리와 그림자가 있으면 그래도 몸을 움직입니다."
　　십 일이 또 지나 물었다. 대답하기를,
　　"아직 아닙니다. 아직도 상대방을 질시하고 기운을 돋웁니다."
　　십 일이 또 지나 물었다. 대답하기를,
　　"거의 되었습니다. 닭 가운데 비록 우는 놈이 있어도 조금도 변화가 없고, 쳐다보면 마치 나무로 만든 닭 같습니다. 싸움닭으로서 온전한 덕을 갖추었습니다."
　　다른 닭 가운데 감히 응하는 놈이 없이 모두 도망가 버렸다.

　이 두 이야기는 사상적으로 동궤의 것인 듯하다. 정신을 집중하여 외물(外物)에 마음을 쓰지 않아야 한다는 것을 강조했을 뿐만 아니라, 이를 승리하는 방법으로 삼아 연약함이 강함을 이기고 되받아쳐 제압한다는 것이다. 거기다가 문답의 횟수까지도 똑같은데, 모두 네 차례나 반복하여 완벽한 경지에 이르렀다.

　한편 이른바 '융합적 침투'는 우언의 정신과 수법이 서사 작품에 녹아드는 것을 말한다. 예컨대 우언은 서사시, 희곡, 소설 등 여러 영역에 침투하는데, 그 정도가 깊은 경우에는 이러한 여러 문체들과 결합하여 우언서사시, 우언극, 우언소설을 만들어낸다. 예컨대 《여우 르나르의 이야기》《새》《천로역정》 들이 그것이다. 침투의 정도가 얕은 경우에는 다양한 문체의 작품들이 강렬한 우언 색채를 지니게끔 만든다. 예컨대 《신곡》《파우스트》《노인과 바다》 들이 그것이다. 이 점에 대해서는 다음 장에서 우언과 인접 양식의 관계를 논할 때 진일보한 논술을 펴기로 한다.

제3장 우언과 인접 양식

세계의 사물은 모두 상대적으로 존재한다. 어떤 사물은 다른 사물과 구별해 낼 수 있을 때만 독립적 존재로서 가치를 지닌다. 그렇지만 세계의 모든 사물은 또한 긴밀히 관련을 맺고 있다. 어떠한 사물과 그 이웃하는 사물의 구별은 종종 절대적이지 못하다. 고도의 의식 속에서 추상화된 것들은 더욱 그러하다.

우언의 양대 속성은 여타 양식이나 비양식화된 수사법과 우언을 구별하는 경계선이 된다. 첫째, 별도로 곁들이는 성질은 우언을 우언이 아닌 다른 서사 양식(신화, 동화, 설화, 소설, 희곡 등)과 구별 짓게 한다. 둘째, 이야기의 성질은 모든 비서사적인 것들(의론, 영물, 비유, 격언, 속담 등)과 구별 짓게 한다. 그러나 이들에 속한 작품들은 우언과 여러모로 뗄 수 없는 관계를 가지고 있다.

1. 우언과 신화

이른 시기의 우언은 상고시대 신화에서 잉태되어 나온 것이다. 원시

시대 사람은 자신의 특징에 따라 자연 세계의 모든 일과 사물을 해석하였다. 만물에는 영혼이 있다고 하는 관념을 갖고 있었고, 이것으로부터 신화와 샤머니즘이 발생하였다. 원시 동물설화는 실제로 신화의 성질을 가지고 있다. 그것들은 환상으로써 동물의 특징과 습성을 해석하니 동물신화라 일컬을 수 있다. 점점 사람들의 경험과 지식이 쌓이고 이성이 발달하면서 이것들을 차용해 사물의 이치를 이야기하는 우언을 만들어내게 되었다. 예컨대《장자》의 〈물고기 알 붕새로 화하다〉〈마고야의 신〉이라든가,《열자》의 〈우공이 산을 옮기다〉〈과보가 해를 나른다〉 등은 모두 신화에서 가져온 것이다. 작자는 이 이야기들을 사물의 이치를 설명하는 데 이용했다. 그리스 전설에서도 이런 이야기가 있다.

개미는 본래 사람이었는데 주로 농사를 지으며 살았다. 자신이 일한 대가로 얻는 것이 만족스럽지 못해서 다른 사람의 것을 늘 부러워하고 이웃집 곡물을 훔쳤다. 제우스가 그의 탐욕에 대해 못마땅하게 여겨 오늘날 '개미'라 불리는 동물로 만들어 버렸다. 개미는 겉모습은 변했으나, 습성은 여전하여 밭을 부지런히 왔다 갔다 한다. 여러 곳의 밀이나 보리를 모아서 자신의 몫으로 저장하곤 한다.

이런 것은 개미의 자연 습성에 입각해 만들어진 것이므로 아무런 우의도 없다. 하지만 여기에 "나쁜 사람이 심한 벌을 받는다 하여도 본성은 조금도 변하지 않는다"와 같은 교훈을 더하면 우언이 된다.《이솝 우화》에서처럼 말이다.

정전둬39) 선생의 《인도 우언》 가운데는 다음과 같은 언급이 있다.

---

39) 정전둬(鄭振鐸, 1898~1958): 중국의 문학사가·고고학자·작가이다. 지금의 중국 사회과학원의 전신인 중국과학원의 고고학 연구소와 문학 연구소 소장을 역임했다. 민속문학사·소설·희곡·판화사·예술사와 관련한 많은 논저와 함께 우언 작품을 썼

우언의 역사는 아주 옛날까지 거슬러 올라간다. 그 시기에 세계는 아직도 유아 시절이었으므로 야만인의 생각으로 만물을 모두 사람과 같게 여겼다. 만물이 영혼을 가지고 있다고 하여 생각이나 이야기나 사람과 같은 행동을 할 수 있다고 한 것이다. 그래서 짐승이 사람의 옷을 입고 사람이 하는 말을 하고 사람의 행동을 한다. 역시 우언은 이로부터 만들어진 것이다. 그러나 이때 우언은 아직도 단지 하나의 껍질만을 가지고 있는 것이다. 즉 이야기 그 자체를 지니고 있기는 하지만 어떤 다른 영혼, 곧 도덕적 준칙을 품고 있는 것은 아니다. 그것들은 이야기를 위한 이야기일 뿐이요, 어떠한 교훈도 전달하고자 하는 뜻을 포함하고 있지 못하다. 아마도 이러한 이야기들은 다소 자연현상을 해석하고자 하는 뜻을 포함하고 있지만 결코 도덕적 관념은 포함하지 못한다. 옛날부터 새로운 세기에 이르기까지 어느 시대, 아이슬란드와 오스트레일리아까지 어느 곳이든 이러한 동물설화는 모두 전해지고 있다. 이러한 원시인들의 설화가 있은 다음에야 진정한 우언의 출현을 보게 되는 것이다.

정전뚸의 이러한 정밀한 논술은 영국 학자 콕스의 《민속학 개설》[40]의 영향을 받은 것 같다. 이 책은 원시설화에 관한 것으로, 신화와 연관지어 말했다. 그러나 우언과 이러한 원시인들의 설화 사이에 차이점은 무엇인가?

마오둔(茅盾)은 〈신화잡론〉에서 네 가지를 이야기했다.

① 신화는 작자가 없고, 우언은 작자의 이름이 있다.

② 신화는 원시인들이 진짜 사람들의 진짜 이야기라고 여기지만, 우언

으며, 인도 우언, 그리스 우언, 레싱 우언, 르나르 우언 등을 번역·소개하였다.

40) 《민속학 개설》: M.R. Cox, 鄭振鐸 譯, 《民俗學淺說》(*Introduction to Folklore*)이 商務印書館에서 사회과학 총서로 간행된 적이 있다.

은 그 사람과 그 이야기가 가탁되었음을 밝혀 말한다.

③ 신화는 도덕이나 교훈의 목적을 포함하지 않지만, 우언은 권계와 교훈을 주요 목적으로 삼는다.

④ 신화의 서술 대상은 대부분 천지가 어떻게 개벽되고 만물이 어떻게 유래되었는가에 있지만, 우언은 시기의 제한이 없다.

필자의 생각으로는 ②와 ③이 요긴한 대목인 것 같다. 만물에 영혼이 있다는 생각을 없애고, 사람에 빗댄 허구적 이야기로 우언을 만들어서 권계와 교훈의 목적에 도달한 것이다. 우언은 인류가 원시적 사유방식과 결별하고 이성적인 사유의 시대로 들어왔음을 나타낸다. 그것은 신화의 정신을 개조하면서도 광범위하게 신화의 재료와 수법을 흡수했다. 의인화 수법을 통해서 동물에게 이성적 특징을 부여하기도 하였다.

2. 우언과 동화

동화와 우언은 서로 통하는 점이 많다.

첫째, 그것들은 모두 의인화 수법을 즐겨 사용한다는 공통점이 있다. 그리고 이를 사용한 동화와 우언은 문체가 거의 같다.

둘째, 동화는 아동들을 위한 창작 이야기이고, 우언은 흔히 아동 교육에 사용하지만 그것들은 모두 아동의 지력을 발전시키고, 정감(정서)을 배양시키고, 지식을 전하는 중요한 도구이다. 인도의《판차탄트라》등은 철학적 의미가 깊은 우언인 데다가 세계에서 가장 먼저 나왔다는 아름다운 동화이기도 해서 인도인들은 아동의 교과서로도 삼는다.

셋째, 그것들은 서로 교섭하는 현상을 보인다. 장편의 줄거리를 가지고 있는 복잡한 우언도 동화의 색채를 지니고 있고, 도덕교훈이나 풍자에 중점을 둔 동화도 우언의 색채를 지니고 있다. 어떤 작품은 동화이면서 우언이다. 예를 들어, 영국의 장편우언 소설 《걸리버 여행기》가 그러하다. 중국의 우언 이야기인 〈중산랑전〉(中山狼傳)은 줄거리가 곡진하고 환상이 풍부해서 매우 동화적이다. 그리고 독일의 빌헬름 하우프의 동화 〈냉혹한 마음〉, 이탈리아의 지아니 로다리가 쓴 《거짓말 나라 체험기》 같은 것은 이치와 교훈이 풍부해서 우언과 흡사하다.

이러한 점들 외에도 필자는 동화와 우언이 하나의 공통된 시원을 지니고 있다고 생각한다. 모두 신화의 허물을 벗고 변모되어 왔다는 점이다. 동화가 계승한 것은 신화의 환상성이며, 원시 사회는 인류의 아동 시대에 해당되기도 한다. 이와 달리 우언이 계승한 것은 신화의 의인화 수법이다.

그러나 우언과 동화의 차이 또한 명백하다고도 하겠다.

첫째, 가장 중요한 구별은 우언에는 별도의 기탁이 있다는 점이다. 여기에서 말하고 저기에 뜻을 둔다. 동화의 우의는 이야기 그 자체에 있다.

둘째, 우언은 교훈과 풍자에 편중되어 있어서 문체가 재치 있고 간결하다. 그에 견주어 동화는 환상에 중심을 두어서 대부분 문체가 세밀하고 아름답다.

셋째, 동화는 완전히 아동들의 특징에 부합되어서 아동을 대상으로 삼는다. 이에 견주어 대부분의 우언은 전적으로 아동을 위해서 짓는 것은 아니다. 광범위하게 각종 영역에 응용된다. 예컨대, 중국의 초등학교 국어 교재에 실린 홍쉰따오(洪汛濤)의 작품 〈신필 마량〉(神筆馬良) 〈장족의 수제 비단〉[一匹壯錦] 같은 작품들은 모두 동화이지만, 〈각주구검〉이나 〈낙타와 양〉은 모두 우언이다. 환상을 빌려서 사람들의 바람을 표현하고 그 이야기 그 자체에 뜻이 있는 것이 동화 작품의 특징이다. 그에 견주어서 〈각주구검〉은 진부한 것을 묵수(墨守)함을 풍자하고, 〈낙

〈각주구검〉 이야기

초나라의 어떤 사람이 강을 건널 때에 칼을 물에 떨어뜨렸다. 그는 배에서 칼이 떨어진 곳, 배의 가장자리에 표시를 해놓고 배가 멈추기를 기다려 표를 해둔 곳에서 물로 뛰어들었다. 그곳에서 칼을 찾으려 했으나, 찾지 못하는 것이 당연하였다. 이 이야기는 관습에 매여 그대로 답습하는 것을 비유하는 것이다. 정세의 변화에 따라서 관점이나 방법을 바꾸어야 하는 것을 모르는 데 대한 풍자이기도 하다.

〈낙타와 양〉 이야기

낙타와 양이 있었는데 낙타는 키가 크고, 양은 키가 작았다. 낙타가 "키 큰 것이 좋은 거야"라고 말하자 양이 "아니다. 작게 태어나야 좋다"고 대답했다. 낙타가 "나는 일을 할 수 있으니, 키 큰 것이 작은 것보다 좋음을 증명할 수 있다" 하자, 양이 "나도 작은 것이 키 큰 것보다 좋다는 것을 증명하는 일을 하나 할 수 있다"고 하였다.

그 둘은 정원 옆으로 달려갔다. 정원의 네 귀퉁이에는 담장이 있고 그 안에 매우 많은 나무들이 있었다. 무성한 가지들이 담장 밖으로 뻗어 나와 있었다. 낙타가 머리를 늘어 나뭇잎을 먹었다. 양이 앞다리를 들어서 담장에 걸치고 아주 길게 목을 내밀었지만, 양은 나뭇잎을 먹지 못했다. 낙타가 말하길, "봐라. 키 큰 것이 더 좋다는 게 증명됐다" 하니, 양은 머리를 설레설레 흔들며 졌다는 것을 인정하려 하지 않았다.

그들은 또 몇 발자국 뛰어가 담장에 좁고 작은 문이 있는 것을 발견했다. 양은 의기양양하게 문으로 가서 정원의 풀을 뜯어먹었다. 낙타는 앞다리를 끌어안고 머리를 숙여 문 안으로 들어가려 했다. 어떻게 해도 쏙 들어갈 순 없었다. "봐라. 작은 게 좋은 것이다"라고 말했지만 낙타는 인정하지 않고 고개를 저었다. 소를 찾아가서 판결을 받기로 하였다. 늙은 소가 말했다.

"너희는 모두 자신의 장점만을 볼 뿐이지 단점은 보질 못하니 이것이 잘못된 것이다."

타와 양)은 사람에게 각자 장단점이 있는 것을 말하였다. 여기에서 말하고 뜻은 저기에 있는 것이다.

그러나 어떤 작품은 양자의 특징을 겸하고 있어서 반드시 억지로 나눌 필요는 없다. 예컨대, 초등학교 국어 교재에 실린 펑원시(彭文席)의 작품 〈망아지의 강 건너기〉[小馬過河]는 '망아지 꽝(光), 망아지 엄마, 소 아저씨, 다람쥐, 당나귀 삼촌' 등의 명칭이 나오는데 이미 이러한 이야기는 아동들이 좋아하는 동화적인 색채를 덧입혀 놓은 것이다. 동화라고 해도 무방하다.

그런데 이것에는 특별한 우의가 있다. 일을 할 때에는 답사를 해야할 뿐만 아니라, 다시금 머리를 써서 분석해야 한다는 것을 설명했다. 또한 일을 할 때에는 사람에 따라 방법이 달라져야 함을 말하기도 했다. 따라서 그것은 우언이라 할 수도 있다. 그렇기 때문에 오늘날의 우언 전집과 동화 전집에서는 모두 이 작품들을 동시에 뽑아놓고 있는 것이다. 이러한 작품을 만나면 장르적으로 또는 문체적으로 억지로 분별하여 시비를 가리는 일은 필요치 않을 것 같다.

소동파가 〈제서림벽〉(題西林壁)에서, "옆으로 보면 준령이고 세워 보면 봉오리라. 원근고저가 각부동(各不同)이로다"라고 한 바 있다. 어떤 작품들은 관점이나 관찰의 각도를 바꾸기만 하면 그 갈래를 통용해 볼 수도 있다. 예컨대, 초등학교 어학 교재에 실린 팡후이전(方惠珍)·청루떠(盛璐德)의 〈아기 올챙이 엄마를 찾다〉는 다음과 같은 내용이다.

연못 속에 작은 올챙이 떼가 있었다. 큰 머리통, 흑갈색 몸뚱이에 긴 꼬리를 흔들거리면서 즐겁게 왔다 갔다 하였다. 작은 올챙이들은 계속 헤엄을 쳤다. 며칠 지나서 두 개의 뒷다리가 생겨났다. 올챙이들은 잉어 엄마가 잉어 새끼에게 먹이 잡아먹는 법을 가르치는 모습을 보고 있었다. 올챙이는 위로 올라가서 "엄마, 엄마!" 하고 소리를 쳤다. 그러자 잉어 엄마는,

〈망아지의 강 건너기〉 이야기

망아지 꽝과 망아지 엄마는 푸른 풀이 깔려 있는 아주 아름다운 강가에 살고 있었다. 강을 건너서 맞은편 마을에 식량을 보내러 갈 때를 제외하고 망아지 꽝은 언제나 망아지 엄마 곁을 따라다니며 한 걸음도 떨어지지 않았다. 망아지 꽝은 매우 즐겁게 살았고 시간이 아주 빨리 흘러갔다. 어느 날 망아지 엄마는 망아지 꽝을 곁에 불러,

"아지야, 너는 이미 다 컸다. 나를 도와 일할 수 있을 만큼 자랐으니 오늘 넌 혼자 이 양식 포대를 강 건너 마을에 보내러 가거라."

하고 말했다. 망아지 꽝은 매우 기분 좋게 응낙했다. 그는 양식을 싣고 번개처럼 작은 강가에 도착했다. 그 강에는 다리가 없었고 다만 자기가 걸어서 건너야 했다. 그러나 물이 얼마나 깊은지 알 수가 없었다. 머뭇머뭇하다가 망아지 꽝은 머리를 들고 멀지 않은 곳에서 풀을 뜯어먹고 있는 소 아저씨를 바라보았다. 망아지 꽝은 서둘러 달려가 물었다.

"소 아저씨! 아저씨는 저 강물이 깊은지 안 깊은지 알고 계시죠?"

소 아저씨는 그 큰 몸집을 곧추세우고 웃으며 말했다.

"깊지 않아, 깊지 않아. 겨우 내 종아리에 닿을 뿐이야."

망아지 꽝은 기분 좋게 물가로 뛰어들어 건널 준비를 했다.

그가 막 한 발을 내놓자마자 갑자기 어떤 소리가 들려왔다.

"망아지야, 망아지야! 절대 내려가지 마라. 이 물은 굉장히 깊단다."

망아지 꽝이 머리를 숙여 아래쪽을 보았더니 다람쥐였다. 멋진 꼬리를 세우고 동그란 눈을 뜨고는 정말로 진지하게 이야기했다.

"며칠 전, 내 친구가 조심하지 않다가 강에 빠졌는데 강물이 그를 휩쓸어버렸어!"

망아지 꽝은 이 말을 듣자 주관이 없어졌다.

"소 아저씨는 얕다 하고, 다람쥐는 깊다 하니 이것을 어떻게 해야만 할까? 돌아가서 엄마한테 물어볼 수밖에."

망아지 엄마는 망아지 꽝이 머리를 떨어뜨린 채 양식을 싣고 되돌아오는 것을 보았다.

'분명 곤란한 일을 당했군!'

이라고 생각하고 그를 맞이하여 물었다. 망아지 꽝이 울면서 소 아저씨와 다람쥐의 이야기를 했다. 망아지 엄마가 위로하며 말했다.

"상관없어! 우리 같이 가서 한번 보자꾸나."

망아지 꽝과 망아지 엄마는 함께 강가에 갔다. 망아지 엄마가 이번에는 망아지 꽝 혼자 가서 물이 얼마나 깊은지 답사해 보도록 했다. 망아지 꽝이 조심스레 시험을 해보며 한 발 한 발 물을 건넜다. 아, 그는 깨달았다. 물이 결코 소 아저씨가 말한 것처럼 얕지도 않고, 또한 다람쥐 말처럼 그렇게 깊지도 않았다. 자기가 직접 시험해 보고서야 알 수 있었다. 망아지 꽝은 그윽한 눈으로 망아지 엄마를 돌아보고 마음속으로 말했다.

'고맙습니다. 어머니.'

그런 다음 머리를 돌려 그 마을을 향해 걸어갔다.

"너희들의 엄마는 네 개 다리에 넙적한 주둥이를 가지고 있단다. 저쪽으로 가서 찾아봐라" 하고 말하였다. 작은 올챙이들이 헤엄치고 또 헤엄쳤다. 며칠이 지나니 두 개의 앞다리가 생겨났다. 그들은 거북이 한 마리가 네 다리를 흔들며 물에서 헤엄치는 것을 보았다. 작은 올챙이들이 서둘러 쫓아가 "엄마, 엄마!" 하고 소리 질렀다. 거북이가 웃으면서 말했다.

"나는 너희들의 엄마가 아니란다. 너희들 엄마는 머리 위에 커다란 두 눈알이 있고 푸른 옷을 걸치고 있어. 저쪽으로 가서 찾아봐라."

작은 올챙이들이 계속 헤엄을 쳤다. 며칠 뒤에는 꼬리가 짧아졌다. 그들은 연꽃 근처로 헤엄쳐 갔다. 연잎 위에 푸른색 옷을 입고 흰 뱃가죽을 드러내고 눈알이 튀어나온 큰 청개구리 한 마리가 앉아 있는 것을 보았다. 올챙이들은 가서 "엄마, 엄마!" 하고 외쳤다. 청개구리 엄마가 내려와서 한 번 보고는 웃으며 말하였다.

"예쁜 아가들아! 너희들은 청개구리의 아이들이란다."

그들은 매일매일 함께 해충을 잡으러 나갔다.

이것은 한 편의 과학동화이다. 이 작품은 어린이들에게 지식을 전하는 것을 목적으로 청개구리의 성장·생태·생활환경과 사람에게 유익한 점 등을 소개하고 있다.

같은 교재에 실린 〈아기 도마뱀 꼬리가 다시 났대요〉는 도마뱀 꼬리의 특징과 더불어 물고기·새·짐승들의 꼬리가 지니고 있는 기능을 알리고 있다. 또 〈작은 산양〉이란 작품은 각종 동물들의 식성을 소개하였다. 이러한 작품들은 모두 아동들이 좋아하는 동화 형식을 빌려서 과학 지식을 전하기 때문에 별다른 우의가 없으니 우언이 아니다.

그러나 만약 관점을 바꾼다면 우언으로 변할 수도 있다. 1962년에 〈아기 올챙이 엄마를 찾다〉를 수묵화 애니메이션으로 만들었을 때 마오둔 선생은 그것을 본 뒤에 한 편의 우언시를 지었다.

올챙이가 어머니를 찾느라고 이러 저리 바쁘게도 묻는구나. 단지 한 가지 사물에 집착하여 두세 번이나 어미를 제대로 못 알아보는도다.

이러한 이야기가 허탄하다 비웃지 말라. 여기에 철학적 이치와 그림의 뜻과 시의 정이 있도다. 세 가지 아름다움이 합하여 온전히 갖추어졌도다.

마오둔은 이 이야기에 '집착한다'고 하는 우의를 부여했으니 이 작품을 우언으로 본 것이다. 생물계에도 날짐승과 들짐승의 두 특징을 겸한 오리너구리 같은 품종이 있는 것이다. 어찌 문체라고 해서 하필 한 가지에만 집착하겠는가.

〈아기 도마뱀 꼬리가 다시 났대요〉 이야기

아기 도마뱀의 꼬리가 잘렸습니다. 이것은 뱀에게 물렸을 때 목숨을 구하려고 끊어버린 것입니다. 꼬리가 없는 것이 얼마나 보기가 싫을까요? 그러나 물고기 언니, 소 아저씨, 제비 아가씨 누구도 꼬리를 그에게 주려고 하지는 않았습니다. 그는 매우 마음이 아팠습니다. 그런데 그의 어머니는 매우 똑똑해서 아기 도마 뱀에게 자라나고 있는 새 꼬리를 발견하도록 했습니다.

이것은 한 편의 동화 이야기입니다. 이야기하고자 하는 것은 도마뱀이 물고기 나 누렁소나 제비 아가씨에게 꼬리를 빌리려고 해도 끝내 그들은 각자의 꼬리를 모두 사용하는 곳이 있어서 빌려줄 수 없다는 것입니다. 이 이야기를 통해서 학 생들로 하여금 물고기나 소나 제비의 꼬리가 서로 다른 별도의 쓰임새를 가지고 있다는 것을 알게 하고, 도마뱀의 꼬리는 다시 생겨날 수 있다는 특징을 알려 줍 니다.

3. 우언과 소화 등의 각종 이야기

역사 이야기, 세속 생활의 이야기, 우스개 이야기[笑話] 등의 각종 이 야기는 신화, 전설, 동화(환상담)와 같아서 모두가 별도로 곁들이는 것이 없다. 우언과 그것들의 근본적인 차별성은 바로 기탁성 유무에 있다.

위에서 든 여러 종류의 이야기에 단지 일정하게 곁들이는 뜻을 부여 하기만 하면 곧 우언이 된다. 비유컨대, 중국 고대에는 곤(鯀)과 우(禹) 가 물을 다스렸다는 역사 전설이 있다. 그런데 곤은 물을 가두어 막는 방법을, 우는 물길을 틔워 유도하는 방법을 썼는데, 곤은 실패하고 우는 성공했다. 이를 한 편의 우언으로 개조한다면, 물을 틔워 유도하는 것이 가두어 막는 것보다 더 강하고, 일을 할 때 세력과 이득으로 말미암아 유도하는 것이 더 쉽다는 것을 설명하게 된다.

《한비자》《여씨춘추》《설원》 등에는 역사적 사실들을 우언의 소재로 삼은 것이 많다. 이것은 역사 사실들을 우언으로 활용하는 것이 매우 용이하다는 것을 증명하는 유력한 사례이다. 이와 같이 역사 이야기로 쓰는 우언은, 농경국가로서 역사를 중요시했던 중국에서 봉건 지배자를 설득하는 데에 동물우언보다 그 효과가 더 뛰어났던 것이다.

각종 이야기들 가운데서 소화(笑話)와 우언의 관계가 가장 밀접하다. 소화는 짧은 구비적인 골계담인데 항상 생각지 못한 구석을 찌르는 풍자적인 결말을 지니고 있다. 소화와 우언의 공통점은 두 가지가 있다. 첫째, 소화와 우화(fable)형 우언은 모두 짧은 이야기이다. 둘째, 소화는 희극성을 갖고 있어서 사람을 웃게 하고, 우언의 일부 또한 희극성을 갖고 있어서 웃음을 터뜨리게 한다. 그리고 그 구별에서도 소화에는 별도의 기탁성이 없는 것이니 아래의 세 가지 예를 들어 설명하겠다.

(1) 송나라 사람이 그 모[苗]가 크지 않은 것을 걱정하여 뽑아 올렸다. 의기양양하게 돌아와서는 집사람에게 말하였다.

"오늘은 피곤하구나! 내가 모 자라는 것을 도와주었거든."

그 아들이 황급히 논으로 가서 보니 모가 죽어 있었다.

《맹자》「공손추상」(公孫丑上)〈알묘조장〉(揠苗助長)

(2) 양자(楊子)의 이웃 사람들이 양을 잃어버렸다. 자기 무리들을 이끌고, 또 양자의 종놈에게 함께 가도록 청하였다. 양자가 "양 한 마리를 잃고 쫓아가는 이가 왜 이리 많은가?"라고 말하니, 이웃 사람이, "갈래길이 많기 때문입니다"라고 답하였다. 돌아온 뒤에 "양을 잡았느냐?"고 물

으니, "도망갔습니다"라고 답하였다. "어디로 갔느냐?"고 물으니, "갈래길 가운데 또 갈래길이 있어서 간 곳을 알지 못하겠기에 돌아와 버렸습니다"라고 답하였다. 양자가 시무룩하게 얼굴빛을 바꾸고, 한참을 아무 말도 없고 며칠 동안 웃지를 않았다.

《열자》「설부」(說符) 〈기로망양〉(岐路亡羊)

(3) 어떤 사람이 딸아이를 처음 키우는데 두 살짜리 아들을 데려와 중매서는 자가 있었다. 화가 나서 말하기를, "내 딸은 한 살인데 저 아이는 두 살이다. 내 딸이 열 살이 되면 저 아이는 스무 살이 될 것이다. 어찌 늙은 사위를 허락하겠는가?"라고 하였다. 아내가 그 말을 듣고는, "내 딸은 올해 한 살이니 내년에는 저 아이와 동갑이 될 것입니다. 어찌 혼인 허락을 하지 않으십니까?" 하였다.

《광소부》(廣笑府) 「상기」(尙氣) 〈부부의 나이 셈〉[夫妻較歲]

(1)은 송나라 사람이 모가 빨리 자라도록 돕는다고 가서 그것을 높이 뽑느라 힘들어 죽겠다며, 오히려 스스로 공이 있다고 여겼다는 내용이다. 이것은 당연히 웃음을 유발하는 골계적 이야기이다. 그러나 맹자는 다시 그것에 다음과 같은 보편적 철리를 부여했다.

천하에 모 자라도록 조장(助長)하지 않는 자가 드물다. 이익이 없다 여겨서 그것을 버리는 자는 모를 김매지 않는 사람이고, 그것이 자라도록 조장하는 사람은 모를 뽑아내는 사람이다. 이것은 무익한 정도가 아니라 오히려 해치는 것이다.

맹자는 이 작품을 통해서 만약 지극히 크고 강한 호연지기(浩然之氣)를 기르려면 의(義)와 도(道)를 짝하여서 지속적으로 노력해야만 하는 것이요, 결코 요행으로 교묘함을 취해서는 안 된다고 설명하였다.

(2)의 이야기에도 "큰 길은 길이 여럿이라 양을 잃고, 학자는 방법이 여럿이라 자기를 잃는다"는 곁들인 철학적 의미가 있다. 분분하고 복잡한 사회생활과 학술 주장의 와중에서 만약 노력은 하되 정확한 방향이 없다면 시비를 분별할 수 없고 갈래 길을 잘못 들어서게 된다는 것이다. 그러나 이야기 전체에 우스운 성분은 없다.

(3)은 하나의 우스운 이야기이다. 이야기에서 말한 '계산법'을 사용함으로써, 부부가 모두 산술에 어둡고 상식이 부족하게 된 것이니 그 모습이 바보스럽고 우습다. 그러나 이야기에는 별다른 우의가 없다.

이 세 이야기는 소화와 우언을 구분하는 세 가지 유형을 말해주고 있는 셈이다. (1)은 소화이자 우언이다. (2)는 우언이지만 소화는 아니다. (3)은 소화이지만 우언은 아니다. 매우 많은 소화들이 모두 우언의 재료가 될 수는 있지만, 의미심장한 우의는 바로 우수한 우언이 되기 위한 필수요소이다.

명청시대에는 골계우언과 소화가 유래 없이 번성하였다. 그 두 가지는 거의 뗄 수 없는 관계이다. 청나라의 석성금[41]은 "남들은 소화를 우스갯거리로 삼지만, 나는 소화로 사람들을 깨우칠 것이다 비록 유희 삼매에 빠졌지만 세상 사는 길잡이라 말할 수 있다"고 했다. 이것은 바로 그가 지은 소화우언(笑話寓言)의 전문 저작 《소득호》(笑得好) 가운데 서문의 일부이다.

어떤 사람은 이야기가 진실한가의 여부를 가지고 소화냐 우언이냐를 구분하는 잣대로 삼는다. 노숙도(盧叔度)의 《초피화》(俏皮話) 서문을 보면 다음과 같이 씌어 있다.

---

41) 석성금(石成金): 청 강희(康熙) 연간의 양주(楊洲) 사람으로 생활백과사전이라 할 《전가보》(傳家寶)를 편찬·저술했다. 속담·민간 가요·격언·처세·양생 등의 조목을 수록했는데, 《소득호》는 제7권에 있다.

> 소화의 묘사 대상은 절대 다수가 진짜 사람과 진짜 사건이며, 작자는 종종 진짜 사람과 진짜 사건의 본질을 발굴해낸다. ―(중략)― 우언의 묘사 대상은 반드시 사람은 아니다. 종종 여타 동물이나 다른 물건을 작품에 중요한 주인공으로 삼는다.

그러나 이는 결코 두 양식의 본질과 특징을 잡아서 구분한 것이 아니다. 소화가 반드시 진짜 사람과 진짜 사건만을 다루는 것은 아니고, 또 반드시 동물이나 다른 사물을 주인공으로 삼지 않는 것도 아니다. 더구나 소화 같은 우언 작품의 경우는 더욱 그러하다. 《초피화》에서 이 같은 예는 부지기수이다.

또한 우언은 진짜 사람과 진짜 사건을 소재로 삼을 수 있다. 《한비자》에 수록된 우언 가운데서 많은 예를 찾을 수 있다. 《좌전》희공 22년(B.C.638)에 실린 송(宋)과 초(楚)가 홍(泓)에서 벌인 싸움은 《한비자》「외저설(外儲說) 좌상(左上)」에 수용되어 우언으로 가공되었다. 이른바 '송양지인(宋襄之仁)'의 배경이 되는 사건을 통해, 임금의 통치는 신하에 대해 "명분을 분명하게 밝히고 책임을 지우는 것[明分責誠]"이라고 설명하고 있다.

그러나 더 중요한 점은 소화나 우언이 진짜 사람과 진짜 사건을 소재로 삼을 때에 모두 예술적 가공을 거치기 때문에 원래의 사람이나 사건과 똑같을 수 없다는 측면이다. 결론적으로 두 양식의 구별은 진짜 사람, 진짜 사건의 여부에 있는 것이 아니라 곁들이는 성질의 유무에 있는 것이다.

4. 우언과 소설·희곡

우언은 소설·희곡과 매우 복잡한 관련이 있다. 페이블이나 패러블 형태의 우언은 산문이나 시 형식을 많이 사용하고, 소설이나 희곡과는 분명하게 구별된다. 이에 견주어 알레고리형(型) 우언인 《천로역정》 《걸리버 여행기》 등은 소설이다. 뿐만 아니라 멀리 고대 그리스에는 우언극이 생성되었으니, 연극의 대가인 아리스토포네스의 《새》가 대표적이다. 또 로마시대에는 우언소설이 창출되었는데 아풀레이우스의 《황금 당나귀》를 들 수 있다.

소설과 희곡은 본디 별도로 가리키는 뜻이 꼭 있을 필요는 없다. 그러나 소설 가운데는 우언소설과 철학소설의 종류가 있다. 그것들의 주된 구실은 곡진한 이야기 줄거리를 서술하는 데 있다거나, 전형적 인물과 환경을 그려내는 데 있지 않다. 주요하게는 소설의 형식을 통해 당대의 폐단을 꼬집고, 작가가 철학·정치·사회 등에 대해 지니고 있는 관점과 견해를 직접적으로 표현하는 데 있다. 예컨대 18세기 계몽주의 작가, 볼테르나 라셀레 등의 철학 소설은 흔히 황당하고 과장된 형식으로써 현실을 투사하고 봉건전제사회의 허황된 본질을 폭로한다.

희곡 가운데도 도덕극과 우의극이 있다. 우언 형식으로 종교적 도덕이나 이치를 선전한다. 예컨대 독일의 극작가, 브레히트의 우의극은 구성에서 모두 우언과 같이 '이중 구조의 배치'를 채택했다. 그의 희곡은 우언의 겉몸체[寓體]에 해당하는 '직접적으로 드러내기'와 우언의 알맹이[本體]에 해당하는 '철리적으로 개괄하기'의 두 부분으로 구성된다. 브레히트의 《선량한 쓰촨인》은 중국 쓰촨 성의 성도를 배경으로 주인공 션떠(沈德)가 착한 일을 하려고 했지만 할 수 없는 이야기를 통해서 '사람의 선량한 성격과 행위는 사람이 사람을 착취하는 자본주의 사회제도에서는 용납될 수 없다'는 이치를 표현하였다.

또 그의 《코카서스의 횟가루 재판》은 중국 원(元)나라의 공안(公案)형 잡극 〈회란기〉(灰闌記)에서 소재를 취했다. 작가는 진부한 이야기에, 개막이나 막간에 변사가 설명하는 설자(楔子)를 끼워 넣어 풍부한 현대적 사상의 특색 있는 우의를 표현했다. 곧 '세상의 모든 것은 자기를 잘 대우해주는 사람에게 돌아갈 뿐'이라는 것이다. 말하자면 아이들은 혈연에 따라 무조건적으로 귀속되는 것이 아니라, 친어머니가 아니더라도 자애롭게 양육하는 어머니에게 귀의하며 그를 통해 인재가 된다는 것이다. 차량은 좋은 운전기술에 달린 것이니, 그로써 순조롭게 운행을 할 뿐이다. 계곡은 물을 잘 관개하는 데 달린 것이니 그렇게 함으로써 꽃을 피우고 열매를 맺는다는 식이다.

더욱 중요한 것은 우언에는 매우 강한 침투력이 있다는 점이다. 그 정신과 수법은 늘 다른 작품에 스며들어 간다. 유럽의 4대 고전작품인 《오디세이아와 일리아드》《신곡》《햄릿》《파우스트》 가운데서 적어도 두 편에 우언의 특질이 스며들어 있다. 단테의 《신곡》과 괴테의 《파우스트》는 실제로 이중구조여서 허황된 환상 이야기를 통해 인생의 이치를 상징하고 있다.

현대에 이르러 이와 같은 상황은 더욱 두드러지고 있다. 현대 작가들은 모두 우언적 상징 수법의 글쓰기를 좋아해서 현재의 의식을 가지고 진부한 우언 전통을 다시금 새롭게 개조해 낸다. 이 책 제2부에서 유럽의 20세기 우언을 소개할 때 대표적인 작가의 작품을 몇 편 소개할 것이다. 예컨대 헤밍웨이의 《노인과 바다》는 산티에고가 큰 바다에서 상어와 벌인 지속적인 격투를 통해 액운에 맞서는 인류의 투쟁을 상징하였고, 용감하게 실패에 직면할 필요가 있다는 것을 설명했다. 작가의 정채로운 서사 기교와 작품 속에 함축된 깊은 우의를 인정받아 이 작품은 1954년 노벨상을 받았다.

《노인과 바다》가 출간되었을 때 작가는 결코 소설의 우의가 깊다는 것, 즉 인류의 운명과 성격에 대해 거시적으로 사고하고 심미적으로 파악했음을 스스로 의식하지도 못했고, 그 작품을 하나의 우언으로도 여기지 않았다. 뒤에 저명한 비평가 버나드 체리슨[42]은 헤밍웨이에게 편지를 보내서 결국 이 점을 깨우쳐 주었는데, "진정한 예술이라면 어떠한 작품도 모두 상징과 우언의 의미를 발산한다"고 지적하였다.

옌원징 선생[43]도 〈우언에 대해 이야기한다〉[略談寓言]에서 우언의 삼투현상에 대해서 다음과 같이 정치하게 요약했다.

나에겐 하나의 편견이 있으니, 말하자면 오늘날 좋은 문학작품은 어떠한 양식이든 갈수록 우언적 색채를 띠게 되고, 작자가 의식하든 못하든, 우언의 특별한 수단을 운용해 가고 있다고 생각하는 것이다. 즉 이런 사물과 저런 사물의 비슷한 점이나 비교할 만한 특징을 포착하거나, 그 사이의 내재적 관계나 차이를 찾아낸다. 이것이 저것에 미치는 방식으로 하나의 이치를 드러내고, 사람들을 깊이 생각하게끔 이끈다. 예를 들어 헤밍웨이의 《노인과 바다》, 카프카의 《성》은 모두 소설이면서 우언에 해당될 수 있다. 메테를링크의 희곡 《파랑새》는 동화로 볼 수 있을 뿐만 아니라 우언이라고도 할 수 있다. 적어도 필자는 그런 작품들을 우언으로 본다. 루쉰의 시집 《들풀》[野草]의 모든 명편(名篇)은 거의 이 같은 특징을 갖추고 있어 좋은 산문시이면서 또한 정채로운 우언인 것이다.

한편, 우언은 소설의 창작 연원 가운데 하나이다. 평론계에서 인정하기를, 소설 창작에는 두 개의 연원이 있다고 한다. 하나는 민간의 설화

---

42) 버나드 체리슨: 구체적인 인적 사항이 분명하지 않다.
43) 옌원징(嚴文井, 1915~2005): 저명한 산문 및 동화작가이다. 후베이 성 우창(武昌) 사람으로 60년 이상의 문필 생활 가운데 우수작을 많이 창작하고, 산문·소설·동화·우언·비평집을 출간했다.

요, 다른 하나는 우언이다. 창작 심리에서 볼 때 민간고사는 모방에 중점이 있고, 신기하고 흥미로운 줄거리를 서술한다. 이에 견주어 우언도 민간에서 시작됐지만 중점은 표현에 있다. 작가의 인생 체험과 견해를 표현한다.

스웨덴의 학자 카를 구스타프 융의 이론에 따르면 일반적인 설화는 외향적이어서 대부분 오락 방식으로 만드는 데 비해, 우언은 내향적이어서 대부분 교훈과 변론 수단으로 짓는다고 한다. 역대 소설가들은 이 두 지향점 안에 있다. 주관적 의식을 발산하는 데 중점을 두어 우언의 전통을 드러내거나, 객관 현실을 묘사하는 데 중점을 두어 설화의 정신을 발양했다. 물론 이 두 가지는 항상 서로 맞물린다. 설사 사실주의 소설이라도 어쩔 수 없이 많은 우언적 요소를 지니게 된다. 예컨대 《수호전》 안의 '오주요마(誤走妖魔)', '석갈천문(石碣天文)' 등과 《홍루몽》 안의 '보천(補天)', '환루(還淚)', '태허환경(太虛幻境)', '풍월보감(風月寶鑑)' 같은 것이 그렇다.

더욱이 《홍루몽》 가운데 인명은 종종 비슷한 음을 빌려서 별도의 상징적인 뜻을 둔다. 어떤 이는 그러한 것들을 네 가지 종류로 분류했다.

첫째, 서술 대상의 풍모를 암시한다. '甄士隱[쩐스인]'은 '眞事隱[쩐스인]'과 소리가 비슷하고 '賈雨村[자위춘]'은 '假語存[자위춘]'의 음상(音像)과 어울린다. 말하자면, '종이 가득 황당한 말뿐[滿紙荒唐言]'의 뜻이 있는 것이다.

둘째, 인물의 운명을 암시한다. '英蓮[잉롄]'은 '應憐[잉롄]'과 같고, '馮淵[펑웬]'은 '逢寃[펑웬]'과 어울리니, 모두 운명이 비참하다는 뜻이다.

셋째, 인물의 풍격을 드러낸다. '單聘仁[샨핀런]'은 '善騙人[샨퍈런]', 곧 '남을 잘 속여먹음'이라는 뜻의 음상과 어울리고, '卜世仁[뿌스런]'은 '不是人[뿌스런]', 곧 '사람도 아님'이라는 뜻의 음상과 어울리니, 모두 인격이 저열하다는 뜻이다.

넷째, 이야기의 전개를 암시한다. '霍啓[훠치]'는 '禍起[훠치]', 곧 '재앙이 일어남'이라는 뜻의 음상과 어울리니, 견씨 가문이 화를 만난 것에서 '호관부(護官符)'와 관련된 줄거리를 이끌어 낸다. 바로 이와 같은 이유 때문에 옛사람들은 소설을 종종 우언이라고 일컬었다.

《금병매》의 평점 비평가인 장죽파(張竹坡)는 다음과 같이 말했다.

> 패관(稗官)이란 우언일 뿐이다. 거짓으로 한 사람을 날조하고 환상적으로 한 사건을 조작한 것이 비록 바람과 그림자 같은 이야기라 하더라도, 반드시 산에 의지해서 돌을, 그리고 바다를 빌려 물결을 일으킨다. 그러므로 《금병매》 한 작품에 유명한 인물이 백 명 남짓이나 하지만, 그 연원을 따져 보자면 대개가 우언에 속한다.[44]

19세기 미국의 저명한 소설가 나다니엘 호손 또한 그 비슷한 의견을 가지고 있었다. 그는 자기의 작품을 우언이라 일컬었고, 아울러 단편 액자소설 《웨이크 필드》에서 "사상이란 언제나 자기 구실이 있고 사람을 놀라게 하는 사건들도 모두 자기 스스로의 우의를 가지고 있다"고 하였다.

사실 희곡의 발전 방향 또한 두 가지 종류에서 벗어나지 않는다. 주관적 의식을 나타내는 데 중점을 두는 것은 실로 우언의 영역에 속한다. 명나라 구준(邱濬)의 〈오륜전비충효기〉(五倫全備忠孝記)는 극의 줄거리에서 사람의 이름에 이르기까지 모두가 봉건적 도덕의 도해(圖解)에 가깝다. 그 까닭에 작가는 스스로 "이 희곡의 문장은 《장자》의 우언과 같이 세상 사람들에게 전파되어 공연될 것이다"라고 하였다.

봉건적 도덕을 반대한 저명한 희곡의 거장 탕현조(湯顯祖)는 《옥명

---

44) 〔원주〕《張竹坡評點金甁梅輯錄》〈金甁梅寓言說〉에서 인용.

당 사몽》(玉茗堂四夢)의 〈모란정〉(牧丹亭) 〈자채기〉(紫釵記) 〈남가기〉 (南柯記) 〈한단기〉(邯鄲記)를 지었는데, 아름답고 신기한 꿈속의 정경으로 감정이 이치보다 중요하다는 것을 천명하면서 어두운 현실을 꼬집으니 우언적 색채가 농후하다. 그 가운데서도 〈남가기〉와 〈한단기〉는 완전히 우언이다. 바로 이와 같은 점 때문에 저명한 고전 희곡 이론가인 이어45)는 《한정우기》(閑情偶記)에서 모름지기 "전기(傳奇)는 실제가 없으니 거의 모두가 우언일 뿐이다"라고 말했다.

이제까지 우언이 소설, 희곡과 아주 복잡한 관련성이 있음을 주로 논술했다. 이러한 점을 인식하는 것은 우언의 창작과 연구는 물론, 소설이나 희곡의 창작과 연구에도 모두 필요하다. 그러나 결코 우언이 가진 소설과 희곡 사이의 차이를 뒤섞으려고 하는 것은 아니다. 대부분의 경우에 그들 사이에는 영역이 분명하다. 그 구별은 주로 두 가지 점에 있다.

첫째, 우언은 별도로 곁들이는 이야기를 가지고 있지만, 소설과 희곡의 주제는 그 이야기 줄거리 자체에 있는 것이지, 말 밖에 뜻이 있는 것은 아니다. 둘째, 우언의 형상은 유형적인 것이지만, 소설과 대부분의 희곡의 형상은 전형적인 것이다. 이 두 가지 점에서 첫 번째 것이 더 주요한 차별적 특징이다. 우언소설, 우언희곡이라고 일컬어지는 몇몇 작품의 경우에는 그 명칭이 곧 두 가지 속성을 다 갖추고 있음을 설명하는 것이니, 그들의 이중 국적을 인정하면 그만이다.

---

45) 이어(李漁, 1611~1679): 자는 입옹(笠翁), 호는 각세패관(覺世稗官)으로, 저장(浙江) 란시(蘭溪) 사람이다. 청나라 초기 저명한 문학가로서 백화 단편집, 희곡 및 시 문집이 있으며, 《한정우기》를 지어 희곡 이론 저작의 정수를 보여주었다.

5. 우언과 각종 시문(詩文)

우언이 늘 사용하는 양식은 산문이거나 시가이다. 중국 고전 우언은 산문체를 위주로 하고, 유럽 우언은 시가체가 성행하고, 인도 우언의 양식은 늘 산문과 시가를 겸했다. 이러한 뜻에서 말한다면 우언은 시가나 산문을 떠나서 존재하기가 어렵기 때문에, 어떤 문체 이론가는 우언을 산문이나 시가의 하위분류 가운데 어느 곳으로 귀속시킨다. 예컨대 《문원영화》(文苑英華) 같은 종류의 책에서는 우언을 기(記)의 한 종류로 삼고 있다.

오늘날에 우언과 시가·산문의 관계를 토론한다고 할 때, 그들 사이의 연관을 보아야 할 뿐만 아니라 차이 또한 살펴야 한다.

우선 명실상부하게 몇 가지 뒤섞여 있는 실제 사안들을 말끔히 처리해야 한다. 어떤 면에서는 우언이라 일컬어지는 몇몇 작품이 실질적으로는 우언이 아니라는 것을 이 책 제1장에서 우언의 정의를 토론할 때 거론하였으며, 이미 왕안석의 〈우언〉 15수를 예로 삼았다.

또 한편으로는 별도의 문체로 제시되는 몇몇 작품들이 실제로는 오히려 우언이 된다. 예를 들어서 유종원(柳宗元)의 〈삼계〉(三戒) 〈부판전〉(蝂傳) 〈설어자대지백〉(設漁者對智伯), 소식(蘇軾)의 〈이설〉(二說), 유기(劉基)의 〈매감자언〉(賣柑者言), 최술(崔述)의 〈염씨팽구기〉(冉氏烹狗記) 등은 비록 계(戒)·전(傳)·대(對)·설(說)·언(言)·기(記) 등의 문체를 표방했지만 모두 우언이다.

다음으로 우언과 비슷한 몇몇 시문 작품을 분석해야 한다. 일반적인 서사시를 포함하여 영물시와 철리시, 상징적 수법을 운용한 서정시와 문, 그리고 수수께끼, 격언이나 속담, 시문 가운데의 비유를 포괄해야 한다. 그러나 시문에 끼워 넣은 우언은 분석 범위에 속하지 않으니 그는 본래 우언이기 때문이다.

　서사시와 우언의 구별은, 소설이나 희곡 경우와 마찬가지로, 별도로 곁들인 것이 없다는 데 주안점이 있다.

　예컨대 백거이의 《신악부(新樂府) 50수》 가운데 〈상양인〉(上陽人)과 〈능원첩〉(陵園妾)은 궁녀가 고독한 생활을 비통해 하는 내용의 악부시이다.

　　(1) 상양인 상양인, 홍안이 남몰래 늙어가니 백발이 새롭고, 푸른 옷 입은 벼슬아치 궁문을 지키네. 한 번 상양궁에 갇혀서는 몇 번이나 봄날이 지났던가…….

　　(2) 능원의 첩이여, 얼굴빛은 꽃 같은데 운명은 꽃잎 같아, 운명이 꽃잎처럼 기박하니 어찌하겠는가? 한 번 침궁에 모신 뒤 세월이 흘러갔네…….

　그 정조와 풍격이 어찌 그리도 비슷한가. 그런데 〈상양인〉 서문에서 이르기를 오래 비어있음을 원망하는 것이라 했다. 이는 말이 여기에 있고 뜻도 여기에 있는 일반적인 서사시임을 말한다. 그러나 〈능원첩〉의 서문에서는 유폐에 의탁해서 모함당하여 축출됨을 비유한 것이라고 했다. 그것은 산궁(山宮)에 유폐되어서는 순종(順宗)을 위해서 능을 지켰던 후궁의 사적을 빌려서, 간신에게 참소를 입고 귀양살이를 하는 관리를 유비(類比)했다. 진인각(陳寅恪)의 《원백시전 증고》(元白詩箋証藁)에서 말했던바, "영정(永貞) 원년 여덟 사마(司馬)가 쫓겨났던 일을 기탁하여 개탄했다"는 뜻이다. 이로써 이 작품은 여기서 말을 하고 저기에 뜻을 둔 우언시였음을 알 수 있다.

　기타 시·문이 우언과 구분되는 것은 바로 이야기 속성이 없다는 점이다. 먼저 영물시와 철리시를 살펴보자. 굴원(屈原)의 〈귤송〉(橘頌)은 중국 영물시의 처음으로 일컬어진다. 이 작품은 귤을 가지고 사람의 고결한 정조와 애국사상을 상징하고 있지만, 조금도 줄거리가 없고 어떤 귤나무를 맞닥뜨린 일도 전혀 묘사하고 있지 않다. 비록 말이 여기에 있고 뜻이 저기에 있지만 우언시로 여길 수 없다.

철리시 또한 같은데, 소동파(蘇東坡)의 〈금시〉(琴詩)라고 부르는 짧막한 시를 일찍이 우언시라고 일컬었던 사람이 있었다.

> 금(琴) 위에 금 소리가 있다고 한다면, 갑 안에 놓아둘 땐 어찌 울지 않을까?
>
> 만약 소리가 손가락에 있다고 한다면, 그대의 손가락에선 어찌 들리지 않을까?

이 시는 확실히 악기 소리를 단순하게 묘사한 것은 아니다. 그 악기 소리를 가지고 일종의 이치를 암유(暗喩)한 것이다. 주관과 객관이 통일되어야 어떤 사업이 비로소 성공할 수 있다고 하는 이치를 깨우친다. 그러나 이 작품에는 무어라 말할 만한 어떤 줄거리도 없으니 어떻게 우언시라고 간주할 수 있겠는가.

상징 수법을 운용하여 쓰는 서정 시·문 또한 진정한 이야기의 성질이 부족하기 때문에 우언이라고 일컬을 수 없다. 예컨대 굴원의 〈이소〉(離騷)에 대해 어떤 학자들은 우언이라고 일컫고, 옛사람들의 몇몇 논법을 인용하여 방증으로 삼기도 했다. 송나라 사람 조보지(晁補之)는 〈이소신서〉(離騷新序)에서 다음과 같이 평가하였다.

> 심한 경우 이르기를, 천문을 열고 비룡을 타고 구름을 몰아 신을 부려서 하늘을 돌아다니다 내려온다거나 하였다. 그 황탄함이 이와 같아서 진정 괴휼(怪譎)한 것에 의탁하여 뜻을 비유하였으니, 세속으로 하여금

그 천박한 것으로 자기를 의론할 수 없게 만들었다.《장자》의 '우언' 같
은 것을 정격의 논설로 따질 수 있겠는가!

우언의 범위를 옛사람들은 매우 넓게 보았으니, 곁들이는 성질이 있
는 모든 작품을 거의 포괄하였다. 이 때문에 위의 논의 같은 것을 유력
한 논거로 삼을 수는 없다. 일보 후퇴하여 말한다면, 위 의견은 〈이소〉
가운데 상징성을 갖춘 몇몇 단락만을 우언으로 보았다고 할 수 있다.
〈이소〉 전체를 본다면 본질상 그것은 정치적 서정시이다. 그 가운데
"순임금께 아뢴다", "하늘 문을 두드린다", "오르락내리락 여인을 구한
다", "영분(靈氛)이 길점을 친다", "무함(巫咸)이 신탁을 말해준다" 등은
모두 상징 수법을 가지고 시인의 사상 역정(歷程)을 묘사한 것이다.
비록 아득한 신화의 재료를 사용해서 우언 같기도 하고 한편으로는
별도의 기탁성을 지니기도 하지만, 그것들은 결코 독립시킬 수 있는 이
야기가 아니다. 그 가운데 사람이나 물건들은 기껏해야 일종의 비유이
니, 일찍이 한나라의 왕일(王逸)이 《초사장구》(楚辭章句)에서 지적한
것과 같다.
청나라 사람 공자진(龔自珍)의 〈병매관기〉(病梅館記)라는 작품도 어
떤 이들은 우언이라고 일컫고 아울러 우언 선집에 집어넣기도 한다. 이
작품에서는 매화를 사람으로 비유하고 있기는 하다. 봉건전제 제도가
인재를 억압하고 해치는 것을 깊이 비판하고, 억지로 조작하는 것을 반
대하며, 인격의 자유를 갈망하여 나름의 사상과 예술적 가치를 지니고
있다. 그렇지만 그것들에 무슨 이야기 줄거리가 있는가? 그 가운데 매
화는 사람과 같은 사상과 언행이 실오라기만큼도 없으니 의인화조차
말할 수가 없다. 이 작품은 본질적으로 서정적이며 우의적인 이야기가
아니다.
《역경》 가운데 괘사(卦辭)와 효사(爻辭), 《시경》 가운데 금언시(禽言

詩), 그리고 그것을 모방한 후인(後人)들의 작품 등은 비(比)와 흥(興)의 상징 수법으로 쓴 시가 작품이다. 이러한 시가들은 대부분 우언이 아니다. 예컨대《역》의「대장 상육」(大壯上六)에 "숫양이 울타리를 들이받아 물러날 수도 나아갈 수도 없네"라고 말한 대목은 숫양이 울타리에 부딪쳐서 진퇴양난에 빠진 상황으로 사람의 처지를 암시한 것이다.《주역》에서 점치는 말은 대체적으로 모두 이와 같다.

또한 시경의 〈치효〉(鴟鴞)와 같은 것은 중국 금언시의 조상이라 할 만하다. 그 작품은 암컷 새가 부엉이에게 자기 새끼를 잡아가지 말고 자기 집을 망가트리지 말라고 부르짖는 내용이다. 이 시는 새가 우는 소리를 잘 꾸며내어 "내 깃은 덩덕새요, 내 꼬리는 모지라지고 몽땅 닳아빠졌네. 집은 아직도 흔들흔들, 게다가 바람까지 부니, 내가 다급히 짹짹거렸네"라고 읊었으니, 후세 금언시의 물꼬를 텄다.

그러나 이 시는 줄거리라고 말할 만한 것이 조금도 없고 단지 처음 세 구절에서 부엉이를 언급했을 뿐이다. 뒤에서는 모두 어미새가 고통을 하소연하는 것뿐이다. 더구나 어미새가 어떤 새인지 미처 밝히지 않았으니 단지 새의 입을 빌려 정을 묘사했을 뿐이다. 어떤 사람은 이 시가 주공(周公)이 무경(武庚)과 관·채(管蔡)의 난리 때문에 지은 것이라 했다.46) 어미새를 스스로에게, 부엉이를 무경에게, 새끼새를 관·채에 비유했다고 여기지만, 역사적인 사실을 살펴보건대 줄거리가 전혀 맞지 않는다.47)

물론 이와 같은 작품들은 종종 우언의 원형질을 갖추고 있어서 한

---

46) 무경과 관·채의 난리: 주(周)나라 무왕이 죽고, 성왕이 어려서 주공이 섭정할 때 무왕의 동생인 관숙선(管叔鮮)과 채숙도(蔡叔度)가 유언을 퍼뜨려 주공을 모함하였다. 주공이 동도(東都)로 피하였는데 훗날 성왕이 주공을 맞이하여 돌아왔다. 관·채가 두려워 주(紂)의 아들 무경을 끼고 반란을 일으켰다가 성왕의 명을 받은 주공이 토벌하였다.

47) 〔원주〕 필자의《중국 고대 우언사》4장 19절 참고. 〔역주〕 오수형 역본에서는 4장 2절.

발자국만 더 나아가면 우언이 될 수는 있다. 만약 위 작품에서 어떤 숫양이나 어미새가 구체적으로 겪은 일 또는 그 원인이나 과정을 묘사했다면 한 편의 우언이 될 것이다.

한대(漢代) 《역림》(易林)의 〈대유가 췌로 변하는 괘〉[大有之萃]에서는 참새가 나다니며 먹을 것을 구하다가 문을 나서자 새매를 보고는 엎어지고 자빠져도 위아래에 거의 숨을 곳이 없게 되었다는 내용이 실려 있다. 이것은 아직도 《역》의 효사(爻辭)와 같은 것이지만, 시인 조식(曹植)은 줄거리를 구체화해 〈매와 참새〉[鷂雀賦]라는 한 편의 우언 작품을 만들어냈다.

한편 수수께끼는 하나의 특수한 체제여서 대부분 운문을 사용하여 만든다. 그것은 은유적 수단으로 어떤 사물을 묘사하여 사람으로 하여금 암시적인 실마리에 의거하여 해당되는 사물을 맞추어내게 한다. 그것은 수수께끼의 표면(비유체)과 저면(본체)의 두 부분으로 이루어져 있는데, 수수께끼의 저면이란 바로 답안이다.

이러한 구성 방식은 우언에 매우 가깝다. 수수께끼가 나타난 것은 매우 이른 시기이다. 고대 그리스 신화에 이미 유명한 수수께끼가 실려 있다. 괴물 스핑크스가 테베(Thebai)로 가는 한길가를 지키되 지나가는 사람에게 수수께끼 하나를 맞추라고 요구하고, '아침에는 네 다리로 길을 가고, 한낮에는 두 다리로 길을 가고, 저녁에는 세 다리로 길을 가는 게 무엇이냐'고 물었다. 맞추지 못하는 사람은 그 괴물이 잡아먹어버렸다. 오이디푸스가 이 땅을 지나갈 때 수수께끼의 저면인 '사람'을 맞추었다. 이에 괴물이 깊은 연못으로 뛰어내려 길은 이때부터 안전하게 되었으며, 오이디푸스가 국왕이 되었다는 것이다.

중국에서는 옛날부터 수수께끼를 일러 '속이는 말[廋辭]' 또는 '감추는 말[隱語]'이라 했다. 《좌전》이나 제자백가의 저작에 모두 나타나 있다. 《순자》의 「부편」(賦篇)에는 실질적으로 예(禮)·지(智)·운(雲)·잠(蠶)

과 관련된 다섯 개의 수수께끼가 있다. 뒷날에는 더욱 많이 늘어나서 아주 볼 만하게 되었다. 예컨대 민간에 다음과 같은 수수께끼가 있다.

> 친정집에 있을 때는 푸른 가지에 푸른 이파리이고, 시집에서는 누런 얼굴에 파리한 피부이다. 몸을 일으키지 않으면 상관없지만 몸을 일으키면 눈물만 주렁주렁한 게 무엇일까?

수수께끼의 표면은 전통사회 여성들의 생활을 소재로 했다. 그런데 교묘한 말이 중의적이어서 저면은 배를 저어가는 상앗대를 암시하고 있다. 그러나 수수께끼의 표면이 줄거리 있는 이야기를 구성할 수 없기 때문에 우언이 될 수 없는 것이다. 그럼에도 수수께끼는 방법과 양식에서 우언과 동공이곡(同工異曲) 같은 묘한 데가 있다. 그렇게 수수께끼 또한 우언의 창작으로 다가서게 할 수 있다. 예컨대 《전국책》「제책」(齊策) 가운데 〈해대어〉(海大魚), 《사기》「골계열전」의 〈양전자〉(禳田者) 등은 모두 해학적 설화가 합성된 해은형(諧隱型)의 우언이다.

격언과 속담은 이야기가 아니고 별도로 기탁하는 바도 없다. 다만 풍부한 인생 경험과 도덕적 교훈을 포함하고 있기에 우언을 창작하는 데 사상적 시사점을 제공한다. 바로 이런 까닭에 레싱은 우언에 대해 정의를 내릴 때 다음과 같이 말하였다.

> 우리들이 보편적인 도덕 격언 한 구절을 가져다가 특수한 사건으로 돌려서 허구로 하나의 이야기를 만든다면 이것은 도덕적인 교훈을 형상화하여 나타낼 수 있는 것이니, 곧 하나의 우언이다.

또한 이와 같은 이유 때문에 베른스키는 《끄르일로프 우언》에서 다음과 같이 말하였다.

속어와 속담 자체는 인간적인 것이다. 이러한 뜻에서 말하자면 그것들은 시가(詩歌), 정확히 말하자면 시가의 시작이며 최초 기점이다. 또한 우언을 속어·속담과 비교하자면 그것은 가장 고급 양식이요, 가장 고급 시가이다. 또는 민간 속어나 속담이 발전의 한계까지 도달하여 더 이상 진보할 수 없는 시가인 것이다.

비유는 본래 하나의 수사법으로서 시문에서 늘 사용한다. 어떤 비유는 매우 우언과 가깝고 또는 변개하여 우언으로 만들 수 있다. 예를 들어 보자.

(1) 뱀은 다리 없이 날고, 두더지는 다섯 가지 기술을 가지고도 곤궁하다.

《순자》「권학」

(2) 세상에는 백락(伯樂)이 있은 다음에야 천리마가 있다. 천리마는 항상 있지만 백락은 항상 있지 않다. 그러므로 명마가 있어도 단지 종놈들의 손에서 치욕을 당하고 말구유간에서 다른 말과 같이 매어두고 가면서 천리마라고 일컫지 않는다. 말 가운데서 천리마는 한 번 먹으면 한 섬의 곡식을 다 먹어 치운다. 그런데 먹이는 자는 그 말이 천 리를 갈 수 있는 것을 알지 못하고 먹이게 된다. 이 말이 비록 천리의 능력이 있은들, 배불리 먹지 못하고 힘이 부족하니 아름다운 재주가 밖으로는 보이지 않는다. 평범한 말들과 같아지려고 해도 그것조차 할 수 없으니 어찌 천리의 능함을 구하겠는가. 채찍질을 마땅한 도리로 하지 않고, 먹이는 것을 그 재주를 다할 수 없게 하고, 울음을 울리면서 그 뜻을 통하지 못하게 한다. 채찍을 잡고 말 앞에서 말하길, '천하에는 말이 없다'고 한다. 아아! 정말로 말이 없는 것인가? 진정 말을 알아 보지 못하는 것인가?

한유(韓愈)의 〈잡설 4〉

이 두 작품은 비유다. (1)은 두 개를 대비한 비유이고, (2)는 하나의 상세한 비유인데, 이 비유들은 전체 문장을 일관하고 있다. 다만 우언의 필수적인 줄거리를 여전히 갖추고 있지 못할 뿐이다. (1)과 (2)는 모두 우언이 아니다.

총괄적으로 보면 비유와 우언의 차이는 세 가지가 있다. 첫째, 우언은 이야기의 성질을 갖추되, 더욱이 특별한 대상을 가진 구체적인 이야기여야 한다. 그에 견주어 비유는 단지 사물의 순간적인 상태를 표시할 뿐이다. 이것이 가장 근본적인 차이점이다. 둘째, 우언은 하나의 문체요, 비유는 단지 하나의 수사법이지만 우언에도 비유를 사용할 수 있다. 셋째, 우언의 두 부분인 이야기와 우의는 독립적이다. 더욱이 이야기 부분은 완전히 독립해서 운용할 수 있다. 이와 달리 비유의 두 부분인 비유체와 본체는 서로 긴밀하게 연결되어 분리할 수 없다. 설사 대유법(代喩法)이라도 위아래 문맥의 도움을 얻어 그 비유하는 본체를 드러내야만 한다. 그렇지 않다면 말할 만한 어떠한 비유적 의의도 없는 것이다.

그러나 비유와 우언은 긴밀한 관계가 있다. 첫째, 그것들은 사물 사이의 비슷한 점에 착안한다. 어떤 비유는 변개하여 우언으로 만들 수도 있다. 예컨대 웨이진즈(魏金枝) 편찬의 《중국 고대 우언》에는 두더지가 다섯 기술이 있어도 곤궁하다는 구절을 가지고, 줄거리를 집어넣고 늘려서 한 편의 우언으로 쓰고 있다. 또한 《묵자》《맹자》 등의 책에는 모두 비유를 확대·발전시켜 만든 우언이 매우 많이 있다. 《설원》(說苑)의 「선설」(善說)편에 있는 〈혜자가 비유를 잘한다〉[惠子善譬]는 비유와 관련된 한 편의 우언이다.

우언은 언어예술 외의 범위까지 침투해 들어갔다. 예컨대 회화 영역에서 16세기의 이탈리아에 우의적인 그림책[48]이 출현했고 뒤에 서구의 여

---

48) 우의적인 그림책: 체사레 리파(Cesare Ripa)의 《이코놀로지아》(*Iconologia*, 1593), 안드레아 알차토(Andrea Alciato)의 《표상의 책》(*The Book of Emblems*, 1531)을 가리키는 듯하다.

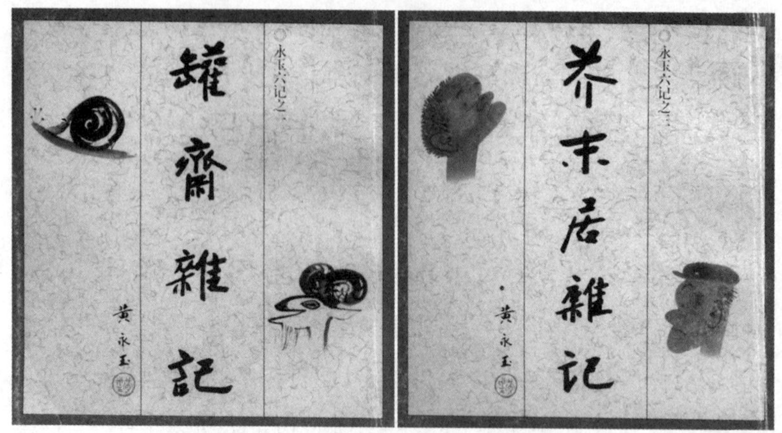

황이용위의 《관재잡기》와 《개말거잡기》의 표지

러 나라에서 성행하였다. 중국에도 현대 화가인 황이용위(黃永玉)의 《개말거잡기》(芥末居雜記) 《관재잡기》(罐齋雜記) 등의 화집이 있다. 이들은 만화와 우언 단구를 배합해서 풍자적인 효과를 퍽 훌륭하게 나타냈다.

조소(彫塑) 영역에서도 매우 많은 현대 작품이 우언의 맛을 갖추고 있다. 더 나아가 현존 우언을 각본으로 삼은 아동용 이야기 그림책, 만화, 조소, 텔레비전, 영화 등은 더 거론할 필요가 없을 것이다.

총괄하면 다음과 같이 볼 수 있다. 우언은 신화·전설·동화·소화·역사 이야기·세속 이야기·희곡·소설·각종의 시문 등과 모두 본질적으로 구별된다. 우언이 기탁성을 가지고 있고, 또 이야기의 속성을 지닌다는 것은 다른 모든 문체나 문체화되지 못하는 비유법과 구분되는 기본적인 기준이다. 또 우언은 이러한 문체와 복잡다단한 연관을 맺고 있어서 어떤 것은 연원적으로, 어떤 것은 제재와, 어떤 것은 수법적으로 관련이 있다. 뿐만 아니라 우언은 그들과 종종 교차 혼합하는 관계에 있다. 어떠한 작품은 우언에도 속하고 기타 문체에도 속한다. 우언은 항상 다른 문체 속으로, 심지어는 다른 예술 영역에까지 침투해 들어간다.

〈개말거잡기서〉(芥末居雜記序)

이 작품은 한가할 때 그린 것이다. 백 장 정도 찼을 때 인쇄를 하여 책으로 만들었다. 비록 의도하는 바가 있기는 하지만 모두 꾸며낸 것이다. 이에 대해 곤장을 맞지 않아도 내 스스로 실토하는 바이다. 첸쫑수(錢鐘書)가 "개[狗] 같은 놈들이 무슨 거울을 들여다볼까. 물론 개들도 거울 들여다보기를 좋아한다마는 다만 쉬 화를 낸다"고 한 바 있다. 신유년(1981) 모춘(3월) 상서(湘西) 황이용위(黃永玉)가 삼리하남 사구 관재에서 짓는다.

〈관재잡기서〉(灌齋雜記序)

동물담과 관련하여 내가 체험한 사건을 《관재잡기》 서문에 가름합니다. 형대(邢台)에서 지진이 나기 전에 나는 줄곧 그곳 생산 팀에 있으면서 '사청' 활동을 했습니다. 심심하고 답답할 때 동물담 몇 편을 쓰며 시간을 보냈습니다. 세월이 지나 80여 편이나 쌓였습니다. 어떤 동지가 보고 재미있다고 여겨 심지어 허리를 펴지 못할 정도로 웃었습니다. 나 자신도 재미있다고 생각하고 베이징에 돌아와 출판사를 물색하여 소책자로 인쇄하면서 다시 재미있는 삽화를 끼워 넣으려고 마음먹었습니다. 그런데 십 년의 괴로운 세월(문화대혁명)이 시작됐을 때, 우리들은 북경으로 돌아와 문예계의 여러 동지들과 서쪽 교외에 몰려 살게 되었는데 물질적으로는 조금 나아졌지만 정신적으로 긴장하여 아주 힘든 나날을 보냈습니다. 몇 달 뒤 사람들을 지명하여 자동차를 타고 학교에 가서 아주 열렬하고 성대한 개선식 투쟁회의에 참석하게 했습니다. 이튿날 나는 한 교실에 들어가야만 했습니다. 텅 빈 방에 심판관처럼 생긴 젊은이들이 한 줄로 앉아 있었습니다. 나는 중간에 섰습니다. 심리석에서 한 사람이 미소를 짓고 있었습니다. 그는 바로 '동물담'이 재미있다고 허리를 펴지 못할 정도로 웃었던 그 사람이었습니다. 나는 '동물담'을 쓴 노트를 제출하라는 명령을 받았습니다……

이 80여 편의 동물담은 내 무거운 십자가였습니다. 그것을 메고 난 다음에는 굳게굳게 그것에 못 박혔습니다. 나중에는 느닷없이 풀려났습니다. 내가 풀려나서는 몇몇 사람은 더 이상 웃을 수 없게 되었습니다. 그러나 나는 이 사람들도 하루 속히 정상적인 사람들의 마음으로 미소 짓고 폭소를 터뜨려서 내가 그려낸 짐승들의 삶이 아닌, 사람들의 삶을 살아낼 수 있기를 희망합니다. 다시는 평지풍파를 일으킨다거나 남의 피를 빨아먹으며 살지 않기를 희망합니다. 이 80여 편의 동물담은 이미 잃어버렸던 것인데 나를 알고 있거나 또는 모르는 분들이 모아 보내주었습니다(그 당시 그들은 나를 비판하던 대자보에서 그림을 베꼈습니다). 재미있게도 내 것과 비슷한 다른 사람의 작품도 끼워서 보내주었습니다. 나보다 잘 그렸다는 것을 한눈에 알아보았지만 결국 내 것이 아니므로 버리기 아깝더라도 할애할 수밖에 없었습니다.

1964년 창작하고 1983년 4월 1일 보충해 기록합니다.

제4장 우언의 유형

1. 기존의 분류

우언의 분류는 작품의 공통성과 개성을 인식하는 데 도움이 되며 우언의 발전 법칙을 더 잘 검토하고 연구하고 감상하도록 유도한다. 동시에 좀 더 과학적인 분류는 술어를 통일하는 데 도움이 되고 검색에 편리하다.

정확한 분류는 깊은 연구를 기초로 하며, 하나의 역사저 축적 과정이다. 그러므로 분류의 역사를 우선적으로 고찰하는 일이 매우 필요하다. 고대 그리스의 저명한 수사학자 아프토니우스(Aphthonius of Antiock)는 우언 연구사에서 우언을 정식으로 분류한 첫 번째 사람이다. 그는 《수사학 예비 연습》(*Progymnasmata*)[49]에서 다음과 같이 말했다.

---

49) 수사학·예비 연습: 고대 그리스에서 자신의 온전한 연설을 하기 위한 앞 단계의 예비 연습 훈련을 가리킨다. 영어의 'fore-exercises'에 해당되는 그리스어이다. '프로김나스마타'에서 전통적으로 '① fable, ② narrative, ③ chreia, ④ proverb, ⑤ refutation, ⑥ confirmation, ⑦ commonplace ······ ⑬ thesis, ⑭ defend or attack a law'의 수사학 예비 훈련과정을 전부 마친 다음에야 학생들은 특정한 배경을 지닌 주제에 대해 자신의 '김나스마툼(연습)'과 온전한 연설을 실습하기 시작했다고 한다.

우언에는 세 가지 종류가 있다.

이성우언: 이러한 우언에서 주인공은 행동하는 인물이다.

도덕우언: 이러한 우언에서 말하는 자는 비이성적 조작물이다.

혼합우언: 이러한 우언에서 출현하는 자는 비이성적 조작물도 있고 이성적 조작물도 있다.

아프토니우스의 분류 기준은 주인공이다. 사람을 주인공으로 삼은 우언은 이성적 속성을 지니고, 동식물과 무생물 등을 주인공으로 삼은 우언은 도덕우언이며, 주인공 가운데 사람도 있고 사물도 있는 우언은 양자의 혼합우언이다. 이러한 분류는 유럽에서 영향이 매우 커서 줄곧 습용되었지만 너무 소략한 것이 결점이다.

문예부흥 시기의 걸출한 작가이며 《데카메론》의 작자인 보카치오 (Boccaccio, 1313~1375)는 그의 중요한 문학이론 저술 《이교신(異敎神) 의 족보》 제14권 제9장에서 우언의 정의와 분류를 기술한 적이 있다. 그는 우언이란 허구적 줄거리에 우의를 곁들인 서사문학이며 다음과 같이 네 가지 종류로 나눌 수 있다고 했다.[50]

첫째, 동물이나 무생물을 의인화한 이야기이다. 표면적으로는 진실감 이 부족해 보이지만 엄숙한 도덕적 의의를 포함하고 있고, 아속(雅俗)이 공존하며 이솝이 대표적이다.

둘째, 신화적 이야기이다. 기이하고 환상적인 것과 진리를 함께 결합 해 놓았다.

셋째, 역사적 제재를 소재로 삼은 서사문학이다. 개별적인 역사 사건 에서 보편적 의의를 갖춘 진리를 끄집어낸 것이다. 호머(Homer)와 버질

---

50) 〔원주〕 鮑延毅 主編의 《寓言辭典》에서 전재함.

(Vergilius, 1865~1993)의 작품이나 《성경》 가운데 예수가 인물 사건을 제재로 삼아 설교한 우언도 이 종류에 들어간다.

넷째, 조잡한 민간 이야기를 가리킨다.

보카치오의 개괄은 비록 시야가 넓기는 하지만 기준이 엄격하지 못한 결점이 있어 우언 분야에서 영향이 크지 않은 것 같다.

앞서 소개한 독일 계몽주의의 선구자이며 저명한 문예이론가이자 미학가인 레싱(Lessing, 1729~1781)은 한 편의 전문적인 논문 〈우언의 분류를 논함〉을 썼다. 레싱은 아프토니우스의 분류가 매우 피상적이어서 우언의 본질을 인식할 수 없다고 여겼고 단일 사건의 개연성이라는 하나의 분류 기준을 제시했다. 아프토니우스의 술어인 '이성우언', '도덕우언', '혼합우언'을 답습하여 쓰고 있지만 자기 기준으로 재해석했다.

레싱은 우언을 세 가지의 큰 종류와 작은 분류 여섯 가지로 나누었다.

첫 번째 큰 종류는 이성우언이다. 이는 단일 사건이 완전한 개연성을 지닌 우언이다. 이른바 '완전한 개연을 지녔다'는 것은 사람이든 사물이든 우언 속의 주인공에게 그들의 자연 특성과 어울리지 않는 행위는 덧붙이지 않는다는 뜻이다.

예컨대, 〈소경과 절름발이〉는 두 사람의 장애인이 서로 협력하는 내용이다. 〈두 마리의 싸우는 수탉〉은 두 마리 수탉이 싸워 이긴 놈이 지붕 위에 날아올라 큰소리로 울었는데 도리어 매가 낚아채 갔다는 내용이다. 또 〈새 잡는 사람과 코브라〉는 새 잡는 사람이 오직 새를 잡으려고 몰입하다가 자기도 모르게 코브라에게 물려 목숨을 잃었다는 내용이다.

두 번째 큰 종류는 도덕우언이다. 단일 사건이 일정한 조건 아래서만 발생할 수 있는 우언이며 거기에는 두 가지 작은 종류가 있다.

① 신화적 성격의 도덕우언: 신령·정령·허구적 인물 등으로 구성된

도덕우언이다. 이러한 신령·정령 등이 존재하고 있거나 존재했다고 가정하는 것이 전제조건이니, 사건은 이러한 조건 아래서만 발생할 수 있다. 예컨대 〈아폴로와 주피터〉는 태양신과 최고 천신 사이의 이야기를 써서 도덕적 교훈을 표현했다.

② 천성 초월의 도덕우언: 우언의 주인공이 타고난 특성을 의식적으로 치켜세우는 우언이다. 예컨대 〈이리와 새끼 양〉〈도토리와 갈대〉〈살모사와 줄칼〉은 모두 동식물이나 무생물을 의인화했다. 레싱은 예언가와 거인을 말하는 우언도 천성을 초월하는 것이라고 했다. 주인공의 타고난 특성을 초월하는 것은 이러한 우언이 발생할 수 있는 조건이다.

세 번째 큰 종류는 혼합우언이다. 작품 안의 부분적인 사건이 일정한 조건 아래서만 발생할 수 있다. 거기에는 세 가지 작은 종류가 있다.

① 이성·신화 우언: 예컨대 〈가난뱅이와 저승신〉은 반드시 저승신이 존재한다는 전제조건을 가정해야만 한다.

② 이성·천성 초월 우언: 예컨대 〈여우와 나무꾼〉은 여우가 사람의 특성인 말을 할 수 있다는 것을 가정해야만 한다.

③ 천성 초월·신화 우언: 예컨대 〈낙타와 제우스〉는 낙타가 천신 제우스에게 소의 뿔을 기르게 해달라고 청하니 제우스가 만족할 줄 모르는 낙타라고 처벌한 내용이다. 낙타에게 사람의 특성이 있다는 것을 가정한 데다가 천신 제우스의 존재가 있다는 것을 가정해야만 한다.

레싱의 분류는 매우 사변성이 풍부하다. 그는 "이와 같은 분류법이 우언의 다양성을 충분히 천명했다는 것을 완전히 인정할 수 있을 것이다. 사람들은 어떤 우언은 내 분류 방법에 따라 어느 종류에 귀속시키기가 매우 어렵다고 말하고 싶겠지만, 그러한 우언을 찾아낼 수는 없을 것이다"라고 자부하며 말하였다.

그러나 레싱의 분류에도 결점이 없는 것은 아니다. 예컨대 '③ 천성 초월·신화 우언'이라는 작은 분류는 혼합우언의 정의에 부합하지 않는다. 그것은 응당 도덕우언의 한 분류여야 한다. 더욱 중요한 것은 어떤 사람이라도 단지 하나의 기준에 따라 사물을 분류할 수는 없으며 하나의 분류법으로 다른 분류법을 대체할 수도 없다는 점이다. 더구나 레싱 자신도 '우언의 분류는 다양하다'는 것을 부인하지 않았다.

그는 〈우언의 본질을 논함〉에서 우언의 운용과 관점에 근거하여 단순우언과 복합우언을 다르게 나누었다(이 책의 제1장 4절 참조). 또한 〈우언의 분류를 논함〉에서 도덕적 격언의 서로 다른 특징에 근거하여 간접우언과 직접우언으로 나누었지만 이러한 분류에 대해서 다음과 같이 살짝 건드리고 지나갔다.

> 독자로 하여금 부정적 사건을 통해 도덕적 격언을 이해시키는 우언을 간접적 우언이라고 일컬을 수 있다. 기타 우언은 직접적인 우언이다.

이 밖에 러시아의 심리학자 비고트스키는 《예술심리학》에서 시가체와 산문체 우언의 분류를 특별히 강조했는데 이는 뒤에서 논술하고자 한다.

중국의 고대 문학이론가 가운데는 우언에 대하여 엄격하게 정의를 내린 사람이 없기 때문에 엄격한 분류 또한 없다. 《장자》「우언」편에서 이르기를 "우언(寓言)은 열에 아홉이요, 중언(重言)은 열에 일곱이요, 치언(巵言)은 날마다 나온다"고 했고, 「천하」편에서는 "천하가 혼탁하여 함께 떳떳한 말을 나눌 수 없다고 여겨서, 치언을 퍼트리고 중언으로 권위를 삼고 우언으로 넓힌다"고 했다. 어떤 사람은 바로 이 우언·중언·치언이 일종의 우언 분류라고 생각한다.

그러나 이 세 가지에는 언급할 만한 명확한 경계가 없는 것 같다. 앞서 말했듯이 '중언'은 현자와 철학자의 말에서 권위를 빌리는 것이니, 주로 역사적 인물의 말에 가탁하여 다른 사람을 설복시키는 것이다.

‘우언’은 기탁하는 말이다. 하나의 이야기를 빌려서 이치를 설명하는데, 그 가운데서 가장 중요한 것은 인물 이야기이다. 이렇게 보면 중언은 우언 안에 포괄할 수 있을 것 같다. ‘치언’은 주석가들 대부분이 자연적으로 흘러나오는 무심한 말이라고 이해하고 있다. 그러나 그 내포된 뜻이 전혀 명확하지도 않고, 그것이 이야기 줄거리를 포함하고 있는지 여부도 확정할 수 없다.

유협의 《문심조룡》「제자」(諸子)편 가운데 ‘준박(踳駁)’과 「해은」(諧讔)편 가운데 ‘은언(隱言)’도 환상적인 색채가 풍부하거나 일부러 진의를 잠시 은폐하는, 특색 있는 우언들을 포괄한다.51) 그러나 유협이 이 두 술어를 사용할 때에는 결코 우언만을 전적으로 가리켜 말한 것이 아니며, 더욱이 우언을 분류한 것도 아니다.

중국의 현대 학자들이 우언을 소개할 때에도 분류법을 제기했지만 대부분 엄격한 기준이 없다. 예를 들어, 어떤 책에서는 선진(先秦) 우언을 조롱형·폭로형·충격형·감계형·칭송형·각성형·천리형의 일곱 가지의 분류52)를 평면적으로 나열했다. 또 어떤 책에서는 우언을 사회우언·천리우언·수양우언·과학우언·동물우언·아동우언으로 나누었다. 이러한 분류는 기준이 없고 번잡하다는 느낌을 준다.

더구나 위에서 말한 분류들은 대부분 페이블(fable)형 우언에 대해서 말한 것이다. 물론 보카치오는 예외지만, 패러블(parable)형과 알레고리(allegory)형 및 도덕극(morality play) 등의 변이 종류를 놓쳐 버렸다. 따라서 전면적이지 못하고 한문학권에서 사용하는 우언의 개념에 적합하지 않은 것 같다. 그렇기 때문에 필자는 우언의 분류 문제를 아래와 같이 여러 각도에서 검토하고자 한다.

---

51) 제1부의 각주 3~4번 참고.

52) 중국어로는 “嘲風型, 揭露型, 恫嚇型, 史鑒型, 謳歌型, 曉喩型, 哲理型”이라고 했다.

2. 겉몸체에 따른 분류

‘우언의 겉몸체[寓體]에 따라 분류한다’ 함은, 이야기의 유형에 따른다는 것이다. 그 결과 두 가지로 나눠 볼 수 있다. 하나는 인물우언이고 또 하나는 의인우언이다.

인물우언은 사람을 주인공으로 하고 신화 전설, 역사 이야기, 일상적 이야기, 우스운 이야기 등을 제재로 한다.

신화 전설을 제재로 삼는 우언은 모든 나라가 지니고 있다. 우언은 본디 인류가 신화적 사유에서 이성적 사유로 건너가는 다리였다. 우언은 신화에서 주장하던 ‘만물에 영혼이 있다’는 관념을 지양하고 이를 이용해 철학적 이치나 도덕적 교훈을 표현했으니, 이는 인간 사유의 큰 발전이라고 할 수 있다. 세계 최초의 우언인 수메르의 〈뿔을 간청한 여우〉에는 대지의 신 엔릴(Enlil)이 나타났다. 인도의 《부처 본생경》에는 인드라, 비쉬누, 마왕 파순 등 신과 마귀 형상들이 반복하여 나타났고 《성경》 우언에는 하느님, 천사의 형상이 등장했다. 고대 그리스 우언에는 제우스, 헤르메스, 헤라클레스 등의 신화적 인물이 보이지만 그들은 모두 우언으로 개소되있다.

예컨대 〈헤르메스와 조각가〉는 헤르메스가 사람들의 존경을 받을 거라고 생각하면서 보통 사람으로 변하여 인간 세상으로 내려온 것을 묘사했다. 그가 한 조각상 가게에 이르러 제우스상이 얼마냐고 묻자 주인이 “은화 한 닢입니다”라고 했다. 헤르메스가 또, “헤라클레스상은요?” 하자 주인은 “조금 더 비쌉니다”라고 했다. 헤르메스는 자기가 상인들의 수호신이니 분명히 몸값이 더 비쌀 것이라고 생각하고 자기 상을 가리키며 물었다. “이 값은 얼맙니까?” 주인이 대답하기를 “저 두 조각상을 사신다면 이것은 덤으로 드리겠습니다”라고 했다. 이솝은 “이 이야기는 헛된 영예를 좋아하지만 남에게 존경받지 못하는 사람에게 적합하다"고 우의를 밝혔다.

신화 전설을 제재로 하는 중국 고대 우언은 《장자》《열자》에 많이 수록되어 있다. 예컨대 〈곤붕변화〉(鯤鵬變化)와 〈우공이산〉(愚公移山) 같은 작품이다. 이는 인물우언의 하위분류로, 신화 전설 우언이라 할 수 있다.

역사 인물을 주인공으로 하는 우언은 중국 고대 우언에서 아주 큰 비중을 차지하고 있는데, 《한비자》(韓非子) 《여씨춘추》(呂氏春秋) 《설원》(說苑) 《신서》(新序) 등의 책에서 더욱 그러하다. 공무(公木)의 《선진 우언 개론》에서는 《한비자》 우언 이야기의 기원을 밝히면서 다음과 같이 말하였다.

조사해 보니 《한비자》의 340편 우언 가운데 신화적 전통을 계승한 것은 모두 다섯 편이다. 그 가운데 순수하게 신화를 인용한 것은 1편이고, 나머지 4편은 동물을 제재로 한 것이다. 전체의 2퍼센트 미만이다. 이와 달리 역사설화를 제재로 하여 개작된 우언은 260편이다. 약 76퍼센트를 차지한다. 또 민간설화를 인용한 것과 속담 격언을 이야기로 만든 것이 75편이니 약 22퍼센트를 차지한다.

대략적인 통계에 따르면 유명한 역사적 인물을 언급한 경우가 100여 명이다. 그 가운데 멀게는 요(堯)·순(舜)·탕(湯)·문(文)·무(武) 등의 선왕과, 가깝게는 제환공(齊桓公)·진문공(晉文公)·초장왕(楚庄王)·월구천(越勾踐)·한소후(韓昭侯) 등의 지혜로운 군주와, 충신은 이윤(伊尹)·주공(周公)·태공망(太公望)·관중(管仲)·습붕(隰朋)·백리해(百里奚)·구범(舅犯)·범두(范蠡)·대부종(大夫種) 등 패왕의 보좌관들과, 간신으로는 은비중(殷費仲)·제수조(齊豎刁)·역아(易牙)·진우시(晉優施)·제전환(齊田桓)·송자한(宋子罕)·조자태(趙子兌)·연자지(燕子之) 등 임금을 시해한

간신들과, 선비로는 공구(孔丘)·묵적(墨翟)·첨하(詹何)·예설(倪說)·혜시(慧施)·상앙(商鞅)·오기(吳起)·신불해(申不害)·장의(張儀)·소진(蘇秦)·진진(陳軫) 등의 제자백가가 있다. 정말로 상하 고금의 인물과 유·불·도 삼교구류(三敎九流)가 모두 해당된다.

인도와 유럽 우언에서 역사 인물을 주인공으로 하는 것은 비교적 적은 편이지만 아예 없는 것은 아니다. 예를 들면《이솝 우화》의〈연설가 데마데스〉〈여행 중의 디오게네스〉는 모두 역사 인물을 주인공으로 삼았다. 전자의 주인공은 기원전 4세기 아테네(Athenae)의 정치가이며, 후자는 기원전 4세기 그리스 견유학파(犬儒學派)의 대표적 인물이었다.

일상 이야기나 우스갯소리를 제재로 한 우언과 역사적 설화를 제재로 한 우언은 모두 사람을 주인공으로 삼지만 전자는 후자와 다르다. 첫째, 인물들이 대부분 무명씨이다. 둘째, 허구화의 정도가 더 크다. 그러나 일상 이야기에서도 화살받이식의 인물을 만들어 낼 수 있다.

예를 들면 선진 우언에서 송나라 사람과 정나라 사람은 대부분 바보의 대명사이다. 송나라 사람을 바보의 형상으로 만든 경우가《맹자》《장자》《열자》《한비자》《여씨춘추》《전국책》《궐자》등에 보인다. 그 가운데 명작으로는〈모를 뽑아 조장하다〉[揠苗助長]〈손이 트지 않는 약〉[不龜手藥]〈햇볕과 미나리를 임금께 바치고자〉[負暄獻芹]〈나무 부딪히는 토끼를 기다리다〉[守株待兎]〈자식에게 딴 주머니 차라신다〉[敎子私藏]〈공부해서 어미 이름 부르다〉[學成名母]〈별 것 아닌 것 보물처럼 간직하다〉[燕石珍藏] 등을 들 수 있다.

정나라 사람을 바보 형상으로 만든 경우는 주로《한비자》에만 보인다.〈상자만 사고 보석을 돌려주다〉[買櫝還珠]〈정나라 사람의 신발 사기〉[鄭人置履]〈정나라 사람이 나이 다툼을 하다〉[鄭人爭年]〈영수에다 자라를 놓아주다〉[穎水縱鱉]〈말귀 못 알아먹는 아내〉[卜妻爲袴] 등 9편이 있다. 그러나 정나라 사람은 송나라 사람보다 전형적이지 못한 것 같다.

일상적 이야기와 우스갯소리 사이에는 절대적인 경계선이 없는데 골계적으로 웃음을 자아내는 일상적인 이야기가 곧 우스갯소리라고 말할 수는 있을 것이다. 각종 설화 가운데는 우스갯소리가 가장 쉽게 우언으로 개조될 수 있으며, 더욱이 바보 이야기가 그러하다. 중국 원·명·청나라 때의 소화(笑話)와 골계우언은 거의 합류하여 매우 번성했다. 왕리치(王利器) 선생이 편집한 《역대 소화집》 가운데 70여 종의 소화에는 매 종류마다 적지 않은 우언이 있는데 《애자잡설》(艾子雜說) 《소찬》(笑贊)은 전부가 우언이다.

독일의 풍자 시인 브란트(Sebastian Brant, 1458~1521)가 지은 우언 명편, 《바보들의 배》(*Narrenschiff*)는 110명의 바보들의 이야기인데 일찍이 유럽에서 '우인문학(Narrenliteratur)'의 신드롬을 일으킨 바 있다.

의인우언은 비인물우언이다. 그 특징은 동물·식물·무생물·천체현상 등에 이성을 부여하여 사람처럼 사고하고 행동하고 이야기하도록 하는 데 있다. 그 가운데 동물우언이 대표적이다. 왜냐하면 동물에 사람의 이성을 부여하기가 가장 쉽고, 동물 행위의 자율성과 동물 사이에 구별되는 특징도 비교적 뚜렷하기 때문이다. 그리고 동물담은 인간 현실과 거리를 벌려놓을 수가 있어 '말은 여기 있어도 뜻은 다른 데 있다'는 우언으로 가공하는 데 적합하다. 원시 동물담은 사실 일종의 신화이며 다만 인격신이 아닐 뿐이다. 이성을 가지고 동물담을 개조하여 우언으로 만든 것은 역시 인간 사유의 큰 발전이다.

동물우언은 유럽 우언 체계에서 차지하는 비중이 매우 크다. 뤄녠성(羅念生) 등이 번역한 《이솝 우화》를 예로 들어 보자. 대체적인 통계에 따르면 책 전체 330편의 우언 가운데 동물우언이나 동물이 끼어 있는 우언은 모두 259편이어서, 전체의 78.5퍼센트를 차지한다. 그리고 이 가운데 80퍼센트 이상이 의인화 수법을 채용했다. 명작으로는 〈매와 여우〉〈여우와 포도〉〈청개구리와 임금〉〈까마귀와 여우〉〈사슴과 사자〉〈개미와 매미〉〈늑대와 양〉〈늑대와 개〉〈개미와 비둘기〉〈고기를 문 개〉〈사자·당나귀·여우〉〈토끼와 거북이〉〈모기와 사자〉〈목마른 구관조〉〈새끼 게와 어미 게〉 등이 있다. 이러한 특징은 후대 유럽 우언의 작가들이 잘 계승하였다.

동물우언은 인도 우언에서도 비교적 큰 비중을 차지하고 있다. 명작으로는 〈원숭이와 악어〉〈원숭이가 달을 건지다〉〈새끼 고양이의 터득〉〈왜가리와 게〉〈거북이와 백조〉〈네 마리 짐승이 서로 양보하는 이야기〉〈쥐가 코끼리를 구하다〉〈늑대가 목욕재계를 하다〉〈두 마리 원숭이가 잉어를 나누다〉 등이 있다.

중국 고전 작가가 창작한 우언에서 동물우언은 비교적 적은 편이지만 〈붕새가 메추라기에게 배척받다〉〈우물 속 개구리와 바다 자라〉〈솔개가 썩은 쥐를 얻다〉〈범 위세 빌리는 여우〉〈도요새와 조개의 싸움〉〈동쪽으로 이사 간 올빼미〉[梟東徙] 〈세 가지 경계〉[三戒] 〈개구리가 밤중에 운 사연〉[蝦蟆夜哭] 등 적지 않은 명편이 출현했다.

그리고 중국 소수민족의 민간우언에서는 동물우언이 비교적 발달했다. 예컨대 티베트의 〈텀벙 왔다〉〈고양이 라마승이 불경을 읽다〉〈토끼가 감기 걸리다〉〈원숭이가 사람을 비웃다〉 같은 것이다.

식물우언은 의인우언에서 동물우언에 버금가는 것이다. 《구약 성경》에서 「사사기」(士師記) 9장의 〈왕을 찾는 뭇 나무들〉이라는 이야기는 기원전 2천 년 말의 작품에 해당한다. 《이솝 우화》 가운데서도 〈도토리나무와 갈대〉〈소나무와 가시나무〉〈호두나무〉 등 12편의 식물우언이 수록되어 있다. 르네상스 시기의 다빈치는 식물우언 쓰기를 좋아해서 〈포도 덩굴과 늙은 나무〉〈개암과 종각〉 등의 명편을 남겼다.

중국의 식물우언도 비교적 일찍 출현했다. 《장자》「인간세」 가운데

〈사직단의 상수리나무〉〈상구(商丘) 큰 나무〉가 있다. 또한 민간에서도 다양한 식물 이야기들이 창작되었고 훌륭한 우언 작품도 적지 않다. 조선족(朝鮮族)의 〈콩형제〉, 백족(白族)의 〈종려나무와 느티나무〉, 한족의 〈영산홍〉 등을 그 예로 들 수 있다.[53]

무생물과 천체현상 우언도 우언문학사에서 비교적 일찍 나타났다. 《이솝 우화》에 〈북풍과 햇빛〉 등 5편이 있고, 그 뒤 다빈치가 이러한 전통을 계승·발전시켜 〈종이와 먹물〉〈부싯돌과 부시〉〈백구치는 칼〉〈불꽃〉〈물〉 등의 명편을 써냈다. 《장자》의 〈대장장이가 쇠붙이를 두들기다〉〈뱀이 바람을 부러워하다〉 등은 아마 중국에서 가장 일찍 나온 무생물과 천체현상의 우언인 것 같다.

또한 의인우언에는 인체나 동식물의 어느 한 부분을 이야기의 주인공으로 삼은 것도 있다. 예를 들면 인도 우언 가운데서 《잡비유경》(雜譬喻經)의 〈뱀의 꼬리와 머리 다툼〉, 《이솝 우화》의 〈위장과 발〉, 《장자》 우언의 〈그림자 언저리가 그림자에게 묻다〉 등이 있다. 그리고 소동파 우언에서 〈동파의 눈과 입〉, 《취옹만록》(醉翁漫錄)의 〈눈썹·눈·입·코의 쟁변〉, 끄르일로프 우언 가운데 〈나뭇잎과 나무뿌리〉가 있다.

인물우언과 의인우언은 영역이 분명한 것이지만, 다음과 같은 두 가지 경우를 잘 분석하여 판별해야 한다.

첫째, 우언에서 사람과 사람 아닌 것들이 모두 등장하는 경우이다. 이럴 때 인물우언인지 의인우언인지는 다음의 두 가지 기준에 따라 판단해야 한다. 하나는 누가 진정한 주인공인지를 보고, 또 하나는 의인화 수법을 채용했는지 여부를 살피는 것이다.

예를 들면, 불경우언 〈장님 코끼리 만지기〉는 사람과 동물이 모두 나타나지만 진정한 주인공은 소경이며, 코끼리는 단지 사람들이 만지는 대

---

53) 〔원주〕 賀學君의 《中國植物傳說故事集》 참조.

상일 뿐이다. 따라서 이 우언은 인물우언으로 보는 것이 당연한 일이다.

부처 본생담에서 〈대나무를 뽑아 뿌리에 물주다〉도 사람과 사람이 아닌 동물이 모두 나온다. 임금님의 동산에 살고 있는 원숭이 떼들을 묘사하는데, 어느 날 정원사가 외출하려고 원숭이 왕에게 묘목에 물을 대주라고 부탁했다. 원숭이 왕은 다음과 같이 분부하였다.

"얘들아, 물을 절약해야 한다. 묘목을 뽑아내고 뿌리가 얼마나 깊은가 보고 나서 물을 주어라. 뿌리가 깊은 것에 조금 많이 주고 얕은 것에 조금 적게 주어라."

이처럼 정원사는 단지 실마리 구실만 하고 진정한 주인공은 의인화된 원숭이들이다. 이는 동물우언으로 보는 것이 타당하다. 유종원의 유명한 우언 〈검 땅의 당나귀〉〈임강의 고라니〉도 이와 비슷한데, 주인공은 당나귀와 호랑이 그리고 고라니와 개로 나뉜다.

우언에서 사람과 사람이 아닌 것이 모두 중요한 구실을 담당할 때는 주된 구실과 부차적인 구실을 분명히 가려야 한다. 예를 들면《이솝 우화》의 〈농부와 뱀〉은 농부가 얼어 죽게 된 뱀을 불쌍히 여겨 가슴속에 품어주었다가 뱀이 소생한 뒤에 도리어 농부를 물어 죽였다는 내용이다. 여기서 뱀은 행동하고 있지만 결코 이성이 없고 '악인을 동정하지 말라'는 그 우의도 주로 농부의 상황에서 이끌어낸 것이다. 그렇기 때문에 이는 인물우언으로 여겨야 될 것 같다.

또 유종원의 〈영씨 집의 쥐〉는 영씨라는 사람이 쥐를 내버려두어 해를 입었는데 뒷사람이 쥐의 해를 없앴다는 내용이다. 이 우언에서 사람도 등장인물로 행동하였지만 주인공은 역시 쥐이다. 그리고 '도둑질할 때는 멋대로 굴어 거리낌이 없다'는 우의도 주로 쥐들의 행위에서 끌어낸 것이다. 따라서 동물우언이라 할 수 있다.

다만 우언에서 사람과 사람 아닌 것이 모두 중요한 구실을 하여 주된 것과 부차적인 것을 가리기가 어렵고 사물을 의인화하기도 한 경우,

이러한 우언이야말로 두 개의 속성을 모두 갖추고 있는 우언이라 할 수 있다. 예를 들면 《장자》와 《열자》에 모두 〈조삼모사〉(朝三暮四)라는 이야기가 있다.

저공(원숭이를 기르는 사람)이 뭇 원숭이들에게 "너희들에게 도토리를 줄 터인데 아침에 3개, 저녁에 4개면 만족하겠느냐?" 하고 말하자 뭇 원숭이들이 모두 화를 내서, 저공은 말을 바꾸어 "그럼 아침 4개, 저녁 3개면 어떻겠느냐?"라고 하자 원숭이들이 모두 좋아했다.

저공과 원숭이는 우의를 나타내는 데 거의 경중이 가려지지 않는다. 유명한 우언 〈중산랑전〉(中山狼傳)도 이와 같은 경우이다. 중산 늑대, 동곽 선생, 늙은 소, 무른 살구, 지팡이 짚은 늙은이가 합작하여 이 우언극에 출연했다.

둘째, 추상적인 품성을 우언의 주인공으로 삼는 경우이다. 예컨대 영국 타운센드(Townshend)의 《이솝 지혜우언 300편》 가운데 〈선과 악〉을 살펴보자.

이 세상에서 악은 이미 다른 모든 것들을 이겼다. 심지어 선을 인간 세상에서 쫓아내기도 하였다. 선은 하늘에서 빈둥거리면서 박해자에게 어떻게 하면 복수할 수 있을까 알아보고 다녔다. 그는 신에게 간청했다. "지금부터 다시는 악과 사귀지 않겠습니다. 선과 악은 공통점이 없어 함께 살 수 없으니, 오직 끝없이 싸워야만 하기 때문입니다. 그러므로 법규를 제정해서 장차 선을 보호할 수 있도록 해야만 합니다."
신은 선의 청을 들어주어 명령하였다.
"앞으로 악은 세상에 가서 작당을 해야 하며 제한을 받아야 한다. 선은 하나하나 단독으로 사람들이 사는 곳에 들어가야 한다."

결국 악은 더욱 사나워졌다. 왜냐하면 그들은 하나하나가 아니라 무리를 짓기 때문이다.

'선'과 '악'은 모두 형체가 없는 정신적 덕성이다. 우언 작가는 그들을 의인화했기 때문에 이는 의인우언이라 여길 수 있다.

그러나 앞서 말했듯이 많은 경우 작가는 추상적 품격을 인물의 이름으로 사용한다. 중국의 장자는 이러한 수법을 가장 즐겨 사용하였다. 예를 들어 〈상망(象罔: 그림자)이 현주(玄珠: 지혜의 구슬)를 얻다〉와 〈혼돈에게 일곱 구멍을 내다〉 가운데 신과 사람은 모두 추상적 품격을 명명한 것이다. 영국의 버니언(Bunyan)이 쓴 《천로역정》에서는 모든 인물을 품성으로 이름 붙였다. 예를 들어 '기독교', '지식', '우애', '완고', '미련'과 같은 유이다. 중국 명대의 우언소설 《후서유기》(後西遊記) 《동유기》(東遊記)도 부분적으로는 품성으로 명명한 인물이 있다. 예를 들어, '결함 대왕', '문명 천왕', '조화 아이', '속이는 마음', '반목', '게으름' 같은 것이다. 이러한 상황은 인물우언으로 여겨야 할 것 같다.

3. 본체에 따른 분류

본체 즉 우의에 따른 분류는 실질적으로 작품의 목적과 작용에 따른 분류이다. (가) 해석형 우언, (나) 설리형 우언, (다) 비평형 우언 들의 세 가지 큰 유형으로 나누어 볼 수 있다.

(가) 해석형 우언

이는 우언 가운데 가장 원시적인 종류이다. '만물에 영혼이 있다'는 관념을 지닌 동물설화와 설리형 우언에 끼어 있는 유형이다. 정전뚸(鄭振鐸) 선생의 《민속학 개설》에서 영국의 민속학자 콕스(M.R. Cox)의 말을 인용하기를, "원래 동물우언에는 도덕적 교훈이 들어 있지 않았다. 이러한 교훈은 현재에 오스트레일리아 사람들, 깡차틸 사람들, 폴리네시아 사람들, 북아메리카의 인디언, 파스크인, 트란실바니아의 집시들이 이야기하는 우언에 들어간 적이 없다"고 했다. 또 《인도 우언》의 서문에서는 "아마도 이러한 설화에는 자연현상을 해석하는 뜻을 어느 정도 지니고 있지만 아직은 절대로 도덕적 관념을 지니고 있지는 않았다"고 했다.

그런데 콕스와 정전뚸의 논법에는 찬동하기 곤란한 점이 있으니, 그들은 해석형 우언의 도덕적 우의를 완전히 부정하기 때문이다. 만약 이런저런 우의가 완전히 없었다면 동물설화가 우언으로 진행했다고 말할 수는 없을 것이다. 그것이 아니라면 동물담과 우언의 본질적인 차이가 없어지게 된다.

그러나 그들의 논법은 '자연현상을 해석하는 뜻을 어느 정도 지니고 있다'는 해석형 우언의 근본적인 특징을 지적했다. 해석형 우언은 동물적 특성을 포함하여 자연현상에 대하여 해석을 하며, 동시에 도덕적 평가를 의식적으로 또는 무의식적으로 드러낸다고 말할 수 있을 것이다. 예컨대 오스트레일리아의 토착우언 〈파리와 벌〉은 다음과 같이 이야기하고 있다.

> 보냐와 아르나는 원래 친척이어서 같은 천막에서 살았다. 아르나는 매우 열심히 일을 해서 수확하는 계절에 하루 종일 먹을거리를 모으고 저장했다. 겨우살이 준비를 하며 굶주림을 예방하고자 하였다. 보냐는 장래를 전혀 생각지 않고 쓰레기 더미 주변에서 놀며 장난치고 시간을 허비하였다. 먹을거리를 저장해 둘 생각을 조금도 하지 않았다.

하루는 아르나가 보냐에게 말하였다.

"나와 함께 가서 꽃을 찾아 꿀을 따자. 머지않아 겨울바람이 불어오면 꽃들은 시들고 꿀을 딸 수 없을 거야."

보냐가 말하였다.

"아니야, 나는 여기서 구경하며 놀 거야."

보냐는 홀로 쓰레기 더미로 날아가서 그 주위를 돌며 많은 시간을 낭비했다. 그리고 아르나가 먹을거리를 수집해 오면 자기와 함께 나누어 먹을 것이라고 생각했다. 결국 아르나는 혼자 갔고, 보냐는 쓰레기 더미 위에서 할 일 없이 돌아다녔다. 아르나는 꽃을 따 꿀을 저장했지만, 다시는 돌아와 보냐와 함께 살지 않았다. 아르나는 보냐를 위해 다시금 일을 하고 싶지 않았기 때문이다.

이로부터 아르나는 부지런한 꿀벌이 되고, 게으른 보냐는 사람들을 성가시게 만드는 파리가 되었다.

파리와 꿀벌은 외형적으로 아주 비슷한 점이 있다. 파리는 붉은 모자에 푸른 옷을 입고 몸은 금속 광택이 나니, 겉모습은 꿀벌에 견주어 손색이 없다. 그 윙윙 소리를 내는 것도 꿀벌과 비슷하다. 그렇기 때문에 원시인들은 그것들이 분명히 친연(親緣)관계가 있다고 여기고 '원래 친척이었다'고 해석했다. 그러나 그 둘은 습성이 달라서, 하나는 부지런히 꽃을 따 꿀을 치고, 또 하나는 쓰레기 더미에서 돌아다니기를 좋아한다. 이에 원시인들은 해석하기를, 하나는 일을 하고 하나는 게으르기 때문에, 일 하는 놈은 꿀벌로 변하고 게으른 놈은 파리로 변했다고 여긴 것이다. 그러나 이러한 해석 속에도 사람들의 도덕적 평가가 노출되어 일정한 교훈 즉 노동을 찬양하고 게으름을 비난하는 뜻을 펴냈다.

중국의 소수민족과 한족은 모두 대량의 민간 해석형 이야기를 지니고 있다. 예컨대 '까마귀는 왜 까악까악 우는가', '토끼는 왜 언청이가 되었는가', '메밀대는 왜 빨간가', '어째서 닭이 울자 해가 뜨는가', '뱀은 어째서 청개구리를 잡아먹는가' 등과 같은 것이다.[54] 이러한 설화가 일정한 우의를 드러낸다면 우언으로 여기고, 그렇지 않다면 우언으로 볼 수 없다.

고대의 《이솝 우화》도 약간의 해석형 우언을 포함하고 있다. 예컨대 〈개미〉〈헤르메스와 수공인〉〈말과 소와 개와 사람〉〈낙타와 제우스〉 등과 같은 것이다.

〈말과 소와 개와 사람〉에서는 제우스가 사람을 만들어 오히려 단명하게 만들지만, 사람은 지혜에 의지하여 집을 만들고 추위를 견딘다. 말과 소와 개는 추위를 견뎌내지 못하고 사람에게 보호해 달라고 청하며 각기 자기들의 수명의 일부분을 사람에게 준다. 이솝은 "그리하여 사람들은 제우스가 준 수명을 사는 동안에는 순수하고 착하지만, 말이 준 나이에 들어서게 되면 호통을 치며 우쭐댄다. 그리고 소가 준 나이에 들어서게 되면 일을 잘하기 시작하고, 개가 준 나이에 들어서게 되면 걸핏하면 성을 내며 큰소리치고 난리를 피운다"고 말한다.

이는 신령한 관념을 이용하여 여러 연령대의 성격 변화를 해석한 것이다. 이솝은 여기에 우의를 더하여 "이 이야기는 걸핏하면 화를 내는 고집스러운 노인에게 적용된다"고 말했다. 이 때문에 하나의 해석형 우언이 되었다.

해석형 우언은 비교적 원시적인 것이고, 그 우의가 때로 억지스럽고 유치해 보이기도 한다. 그러나 그것도 새로운 빛을 낼 수 있다. 영국의 작가 키플링(Rudyard Kipling)의 저명한 우언 《정글북》과 《아아, 그렇구나》에 들어 있는 많은 이야기가 모두 해석형 우언이다. 〈코끼리 코는 어디에서 왔나요〉〈표범은 왜 몸 전체에 무늬가 있나요〉〈낙타의 봉우

---

54) 〔원주〕 上海文藝出版社의 《中國動物故事集》 참조.

리는 어떻게 솟아났나요〉 같은 것은 모두 기묘함을 상상하여 미묘함을
드러냈다. 더욱이 현대의 몇몇 공상과학우언은 더 높은 인식 층위에서
고대의 해석형 우언을 개조한 것이다.

또 현대에서 루페이잉의 《지식우언 100편》55) 가운데 〈칠성무당벌
레〉를 예로 들면 다음과 같다.

칠성무당벌레는 해충을 잡는 명수이다. 하루에 백여 마리의 진드기를
잡을 수 있다. 그놈 껍질에는 일곱 개의 아름다운 얼룩점이 있다. 그렇지
만 스물여덟 개의 이십팔성무당벌레는 항상 채소 잎을 훔쳐 먹는 나쁜
놈이다. 그놈 껍질에는 스물여덟 개의 아름다운 얼룩점이 있다. 그 두 놈
은 모두 꽃 모양 옷을 입었기 때문에 모두 '꽃언니'라는 별명으로 불린다.
하루는 이 곤충 세계의 영도자들이 나무 위에 모여서 회의를 열고, 해
충 박멸 명수들의 명단을 확정했다. 칠성무당벌레의 이름을 부를 때 어
떤 놈이 말했다.
"그가 얼룩덜룩한 꽃무늬를 입고 있으니 해충 잡는 기술이 아무리 높
아도 해충 박멸의 명수라고 할 수 없다."
또 어떤 놈이 말했다.
"칠성무당벌레와 이십팔성무당벌레가 매우 비슷하게 생겼고, 옷을 입
은 것도 별 차이가 없으며, 또한 모두 '꽃언니'라고 부르므로 필경 좋은
놈이 아닐 것이다."
그래서 해충 박멸 명수의 명단에서 칠성무당벌레의 이름이 지워져 버
린 것이다.

이 우언은 칠성무당벌레가 왜 '꽃언니'라고 불리고 어째서 해충 박멸

---

55) 루페이잉(盧培英, ?~1984): 여성작가로서 아동문학 작품으로 명성이 있다. 왕성한
창작력을 발휘했으나 나이 30세에 대싱안링(大興安嶺) 지역에서 사고로 요절했다.

명수의 명단에서 삭제되었는지를 해석하고 있다. 작자는 동식물학의
과학적 지식을 이용하고 또 교묘하게 몇 가지 사회현상을 풍자했다.

(나) 설리형 우언

설리형 우언의 특징은 이야기를 거쳐 작자의 주장을 드러낸다는 점
이다. 드러낸 논리가 서로 다른 영역에 속하기 때문에 ① 철리우언, ②
종교우언, ③ 정치우언, ④ 도덕수양우언, ⑤ 교육우언, ⑥ 과학우언 등
으로 나눌 수 있다. 그리고 내용에서 종종 겹치기도 한다. 예컨대 종교
와 도덕수양, 도덕수양과 교육, 철리와 기타 영역은 모두 상호 침투한
다. 이처럼 세분하는 것은 설명의 편리를 위해서뿐만 아니라 이 같은
칭호가 일찍부터 우언 영역에서 사용되었기 때문이다.

① 철리우언은 철학적 이치를 설명하는 것이다. 중국의 선진(先秦)
우언은 이 방면에서 더욱 대표성을 지닌다. 예컨대 〈남의 집 자식을 때
리다〉는 묵자의 '겸애(兼愛)'와 '비공(非攻)'을 설명한 것이며, 〈왕량(王
良)과 폐해(嬖奚)〉는 맹자의 의리와 이익의 분별을 설명한 것이요, 〈붕
새와 뱁새〉는 장자의 물외소요(物外逍遙)를 설명한 것이다. 또 〈화씨가
구슬을 바침〉은 한비자가 법치(法治)를 실현하고자 한 결심을 설명한
것이고, 〈활을 잃어버린 초나라 사람〉은 여불위가 제자백가를 다양하
게 취하되 더욱이 도가를 추숭(推崇)했음을 설명한 것이다.

선진제자(先秦諸子)의 철학은 치국을 중시하여 어느 정도는 정치철리
우언이라고 말할 수 있다. 또 윤리와 도덕을 중시해서 그 가운데 몇몇
우언은 도덕수양우언으로 귀속시킬 수 있다. 학습을 중시하므로 몇몇
우언은 교육우언으로 귀속시킬 수도 있다. 예컨대 《순자》의 「권학」편
가운데 〈뱁새가 둥지를 틀다〉는 곧 수양우언 또는 교육우언으로 여길
수 있다.

외국의 철학자들도 우언을 사용하여 철리를 설명하기를 즐겨 한다. 예컨대 고대 그리스 플라톤의 《국가》에 나오는 〈동굴의 비유〉는 바로 그의 이데아 모방설을 설명하고자 한 것이었다. 일상세계에서 생활하는 사람은 컴컴한 동굴 속에 갇혀서 태양을 등지고 있는 것과 같아, 볼 수 있는 모든 사물이 동굴벽에 비추인 해의 그림자에 지나지 않다. 그러므로 세계의 모든 사물은 이데아의 모방이거나 그림자라는 것이다.

독일의 비관주의 철학자 쇼펜하우어, 초인 철학자 니체, 프랑스의 실존주의 철학자 사르트르 등도 이와 같다. 또한 문학가들도 우언을 사용하여 자기의 인생철학을 천명하기를 즐겼다. 예컨대 톨스토이, 카프카, 타고르, 지브란 등이 있다.

② 종교우언은 세계의 여러 거대 종교들이 모두 가지고 있다. 불교·도교·기독교·이슬람교의 경전에는 우언이 있다. 버니언의 《천로역정》은 기독교 가운데 청교도의 우언소설이며, 아타르(1120~1220)의 《새들의 회합》은 이슬람교 가운데 수피니즘의 우언서사시이고 매자화(梅子和)의 〈후(後)서유기〉는 불교 가운데 선종(禪宗)의 우언소설이다. 이는 이 책의 제2부에서 세계 각국의 우언에 대해서 논할 때와 제3부에서 우언과 종교에 대해 살펴볼 때 각각 상세하게 소개하고자 한다. 종교 학설은 종종 일종의 철학적 이치이다.

③ 정치우언은 나라를 다스리는 법을 설명한다. 어떤 정치 현상을 풍자하는 데에 치중했다면 비평형 우언의 범주에 속한다. 중국 《전국책》의 우언은 종종 정치 상황에 직접적으로 관여하여 작가의 정치적 주장을 드러낸다.

조(趙)가 연(燕)을 공격하고자 준비할 때 소대(蘇代)가 조나라 혜왕(惠王)에게 〈도요새와 조개의 싸움〉[鷸蚌相爭]을 이야기했다. 소대가 "연나라와 조나라가 오래 대치하면 백성에게만 피해를 주니, 강한 진나라가 어부가 될까 두렵습니다"라고 말하면서 조나라 왕을 설득하였다.

그 결과 이 전쟁이 해소되고 소대는 정치적 성과를 거두었다. 동시에 작가가 '합종설'[56]을 추진하는 사람이라는 것도 보여주었다.

또한 인도의 《판차탄트라》「통치론」 장에는 정치 이론과 권모술수에 관한 많은 이야기가 수록되어 있다.

④ 도덕수양우언은 도덕 정서와 수신 처세의 이치를 설명한다. 《이솝 우화》의 대부분은 도덕수양우언이다. 따라서 유럽 우언 이론가들은 우언에 담겨 있는 도덕교훈에 대해서 특별하게 강조하여 왔다. 중국은 그동안 윤리 도덕을 중요시해 왔기 때문에 각 시대의 우언은 모두 도덕 윤리적 색채를 짙게 띠고 있는데, 양한(兩漢)시대의 《설원》(說苑)과 《신서》(新序)가 더욱 두드러진다. 두 책의 600여 편에 가까운 이야기는 모두 사람들에게 당시의 도덕규범을 지키도록 권계(勸誡)하는 것이어서 도덕수양 우언집이라 할 수 있다. 그러나 두 책에서 주장하는 도덕수양은 봉건정치와 관련된 것이 많기 때문에 파격적으로 권계우언이라 불러도 무방할 것 같다.

⑤ 교육우언은 교육 영역에서 활용되는 우언을 가리킨다. 이는 철리우언, 종교우언, 정치우언과 모두 관련이 있다. 더욱이 도덕수양우언과는 밀접한 관련이 있다.

고대 그리스에서는 《이솝 우화》를 학교 교재로 삼아 도덕수양을 가르치기도 하고 지력을 계발하기도 하며 수사학의 능력을 양성하기도 했다. 또한 고대 인도의 《판차탄트라》 머리말에서는 이 책이 미련하기 짝이 없는 세 왕자들의 지력을 개발하고 그들에게 통치와 권모술수를 가르치고자 편찬하였다고 했다. 레프 톨스토이는 아이들을 교육하고자 아동우언을 편찬했는데 《계몽 교과서》가 대표적이다.

중국 고대에서는 우언을 가지고 교과서를 따로 만든 경우가 없었다.

---

56) 합종설(合從說): 전국시대 칠웅(七雄) 가운데서 최강국인 서쪽 변방의 진(秦)에 맞서려면 동쪽의 남북으로 늘어선 나머지 6국이 힘을 합쳐야 한다는 주장을 가리킨다.

하지만 고대 우언에 교육과 관련된 것이 매우 많고, 더욱이 사람의 처세와 학습 방법을 위한 우언이 매우 많다. 예컨대 《맹자》의 〈바둑 배우는 두 사람〉[二人學弈]과 《열자》의 〈기창이 활쏘기를 배우다〉[紀昌學射] 등과 같은 것이다. 19세기 말엽 이래, 중국은 구미의 경험을 받아들여 여러 등급의 학교 교과서에 모두 우언을 뽑아 싣고 있다.

⑥ 과학기술우언은 이야기 형식을 빌려 과학 지식과 철학적 이치를 설명하는 것이다. 대부분 환상이란 방식을 많이 채택하기 때문에 공상과학우언이라 부를 수도 있다. 과학 지식으로 철학적 이치를 설명하는 과학기술우언은 겉몸체[寓體]에 따라 인물우언과 의인우언으로 나눌 수 있다.

중국 고대의 명작인 《열자》의 우언은 공상과학적 색채를 띠고 있는 것이 많다. 예를 들면, 〈두 아이가 해에 대해 논쟁하다〉[兩小兒辯日]는 당시 학술계에서 일찍이 논쟁이 발생했지만, 완전히 해결할 수 없었던 '열역학(熱力學) 현상'을 이용해서 지식은 끝이 없다는 것을 설명하고 있다. 과학적 지식의 측면에서 왕충(王充)의 《논형》(論衡) 「설일」(說日)편이 참고가 된다.

또 〈언사가 사람을 만들다〉[偃師造人]에서는 '언사'라는 장인이 만든 로봇이 겉으로 진짜 사람처럼 보일 뿐만 아니라 노래와 춤도 잘하고 사람의 사상·감정도 가지고 있다는 내용을 묘사하고 있다. 이로써 당시 솜씨 좋은 공예가들이 기계를 만드는 데 거둔 성과를 들어, 인공이 천연보다 더 공교로울 수 있고 기예에서 뛰는 놈 위에 나는 놈 있다는 것을 설명하였다. 그 같은 당시 상황은 〈마균전〉(馬鈞傳)이 참고가 된다.

그리고 〈편작이 심장을 바꾸다〉[扁鵲易心]는 당시 의학의 성과를 이용하여 심장이 인체의 중심임을 설명했다. 《후한서》 「방기전」의 〈화타전〉(華陀傳)이 참고가 된다. 또 〈기나라 사람이 하늘을 걱정하다〉[杞人憂天]에서는 당시의 천문학설을 이용했고, 〈제 전씨가 뜨락에서 제사를 지내다〉[齊田氏祖于庭]는 소박한 생존 경쟁 원리를 표현했다.

중국의 현대 과학기술우언으로는 예용이에(葉永烈)의 《탐정과 좀도둑》, 루페이잉이 쓴 《지식우언 100편》 등의 전문 저작이 있다. 예를 들면, 앞에서 소개한 〈칠성무당벌레〉는 무당벌레와 관련된 지식을 소개한 데다가 사람들의 심리를 풍자해서 문제적 상황을 대충 보아서는 안된다는 것을 설명했다. 또 예용이에의 〈알아보지 못하는 어머니〉에서는 공업품 전람회에서 벌어진 의인화한 이야기를 통해, 플라스틱 · 합성섬유 · 인조 향료 · 인조 염료 등 여러 제품은 모두 석유에서 제련되었다는 것을 소개하면서 '사람은 겉모습으로 헤아릴 수 없다'는 철리를 설명하였다.

(다) 비평형 우언

본체에 따른 분류에서 마지막으로서 비평형 우언은 이야기 형식을 빌려 사회생활 방면의 여러 현상을 비판한다. 그 가운데 가장 두드러진 것이 풍자우언이며, 특히 정치풍자우언이다. 풍자우언은 강한 현실성을 띠고 있다. 예를 들면, 유종원의 우언은 당나라 중기의 현실을 토대로 하여 현실 정신이 담겨 있는 여러 우언 형상들을 그려냄으로써, 여러 부패한 세력과 현상을 풍자하고 비난하였다. 이로부터 중국의 고전 우언은 설리형에서 풍자형으로 변화하게 되었다.

끄르일로프의 우언은 러시아 19세기 현실생활의 토양에 입각하여 선명한 우언 형상을 만들어 내고, 전제적 농노제도에서 부패한 각종 죄악 현실을 격렬히 풍자했다. 이로써 러시아 문학과 우언이 세계에 알려지는 데 독특한 기여를 하였다.

풍자우언은 종종 유머, 해학적 색채를 띠고 웃음으로 현실을 비난한다. 소동파의 《애자잡설》 가운데 40편의 우언은 모두 풍자와 욕설이 가득 찬 해학적 우언이다. 전제 정치에서 권력을 남용하는 것과 부패하고 무능한 문무대신들을 우스운 이야기로 풍자하였다. 이 작품은 중국 고전 우언사의 전통을 이어받아 미래를 여는 구실을 하였으니, 명청의 해학적 우언의 효시였다.

세계 각 나라, 각 민족의 소화(笑話) 가운데는 냉소와 신랄한 풍자가 가득 찬 해학적 우언이 적지 않다. 예컨대, 터키에서 발원하여 중앙아시아 각 지역으로 전파된 《나스레딘 호카(Nasreddin Hoca)의 우스운 이야기》57)에는 우의가 깊은 해학적 우언들이 많이 수록되어 있다. 참고로 중국 신장(新疆) 위구르 자치구 지역에서는 이를 《아판티(阿凡提) 이야기》로 부르고 있다. 그 가운데 〈호카가 티무르(Timur) 칸의 오만함을 제압하다〉를 예로 들어 보자.

한번은 나스레딘 호카가 티무르 앞에 가서 키셰르일(Kırşehir il)의 거주민들을 대표하여 대담하게 그에게 요구했다. 티무르 칸이 벌컥 성을 내며 소리 질렀다.

"넌 어떻게 감히 나한테, 전 세계도 머리를 숙여야 하는 위대한 왕한테 이러한 요구를 제기할 수 있는가!"

호카가 대답했다.

"당신은 위대하고 우리는 아주 보잘것없기 때문입니다."58)

비평형 우언은 풍자우언을 위주로 하지만 거기에는 송가(頌歌)우언

---

57) 《나스레딘 호카의 우스운 이야기》: 터키, 페르시아, 아랍, 중앙아시아, 위구르까지 퍼져 있는 나스레딘의 이야기. 주인공 나스레딘의 이름은 '믿음의 승리'라는 뜻으로, 민족마다 다르게 불린다. 우즈베크, 카자흐, 위구르에서는 나스레딘 아판티 또는 아판티라고 한다. 그는 13세기쯤 셀주크 제국 통치 아래의 코냐(터키 앙카라 남부 지역)에서 살던 전설적인 수피(sufi)였는데, 그가 등장하는 소화나 일화를 통해 대중들에게 기억되었던 풍자적 철학가였다. 제1부의 각주 79번 참고.

58) 〔원주〕戈寶權 譯, 《納斯列丁的笑話》.

도 있다. 르네상스 시기의 위대한 인문주의자 다빈치는 매우 많은 송가
적 성격의 우언을 써서, 사람을 찬미하고 사람을 중시하고 사람들에게
자신의 가치를 실현하고자 분투하라고 격려했다. 〈송충이〉〈백조〉〈돌
과 강철〉〈종이와 먹물〉 등은 모두 인생을 적극적으로 찬송한 것이다.
여기서 현대 우언 작가 린즈펑(林植峰)의 〈늦게 돌아오는 꿀벌〉을 예로
든다. 작가가 평범하지만 고상한 인격을 어떻게 평가함으로써 독자를
장엄하고 엄숙한 경지로 이끄는지 보도록 하자.

　봄날 초저녁, 날이 점점 어두워져 가고 있었다. 한 일벌이 힘들게 벌집
에 들어왔다. 그녀는 늙고 쇠약한 일벌인데 꿀이 많이 흐르는 계절에 매
일 얼마나 많은 꿀과 화분(花粉)을 채취해 왔는지 모를 지경이었다. 오
늘 그녀는 날개가 유난히 무겁다고 느꼈고 아주 피곤해 보였으며 어렵게
집 앞까지 날아왔다.
　"아주머니, 오늘 가장 늦게 들어오셨군요."
　수위 벌이 다가와서 친절하게 인사를 드렸다.
　"응, 응."
　늙은 일벌은 애써 대답했지만 말할 기운조차 없어 억지로 소리 내어
응답하였다. 이때 벌집 안에서 젊고 힘센 일벌 한 마리가 날아와 늙은
벌의 짐을 덜어 주려고 일부러 다가가 말을 걸었다.
　"제가 채취해 오신 꿀을 잘 부려놓도록 도와 드릴까요?"
　늙은 일벌은 고개를 저었다. 모든 일벌이 쉴 틈 없이 바쁘다는 것을
잘 알고 있기 때문이었다. 그녀는 혼자 천천히 저장실로 기어가 화분 주
머니의 꽃가루를 모두 꺼내고, 또 채취해 온 꿀을 가공하여 모두가 단체
로 빚어 만든 꿀즙 안에 집어넣었다. 이때 그녀는 거의 쓰러질 정도로
모든 체력을 소모하였다. 그렇지만 갑자기 정신을 차려 머리를 들고 가
지런하고도 깨끗한 방을 쳐다보고는 스스로를 경계했다.

"안 돼, 나는 밖으로 나가야 돼."

그녀는 한 번 벌집을 정답게 훑어보고는 의연히 밖으로 굴러나가 파르스름한 잔디밭에 나가떨어졌다. 날개가 가볍게 흔들리다가 다시는 움직이지 않았다. 그녀는 영원히 잠들었다.

비평형 우언과 설리형 우언은 통하는 것이며 서로 넘을 수 없는 경계는 없다. 예를 들면, 이솝 우화는 주로 도덕교훈을 말한 것이지만 여러 불공평한 사회현상, 허풍선이, 거짓말, 이기적인 행위, 떳떳하지 못한 행위 등을 조소하기도 했다.

선진(先秦)의 철리우언은 주로 철학 체계를 형성하고자 활용된 것이지만 훌륭한 풍자우언이라고 할 수 있는 작품도 적지 않다. 《맹자》의 〈부인과 첩을 둔 제나라 사람〉과 〈모를 뽑아 조장하다〉, 《장자》의 〈그림자를 두려워하고 발자취를 싫어하다〉[畏影惡跡]와 〈조상이 사신으로 진나라를 방문하다〉[曹商使秦], 《한비자》의 〈나무 부딪히는 토끼를 기다리다〉와 〈정나라 사람이 신발을 사다〉[鄭人置履], 《여씨춘추》의 〈각주구검〉(刻舟求劍)과 〈귀 막고 방울 도둑질〉[掩耳盜鈴] 등은 모두 각자의 철학이론 체계를 형성하고자 활용된 것이지만, 불합리한 사회와 일상생활의 현상에 대해서 신랄하고도 해학적으로 조소했다.

4. 본체와 겉몸체의 관계에 따른 분류

우언은 겉몸체(비유체)를 빌려 본체(우의)를 표현하는 것이다. 본체와 겉몸체 사이의 관계는, 하나는 대비[59]이고 또 하나는 상징이다.

---

59) 대비: 원문에서는 '비황(比況)'이라 했다. 이는 어떤 상황을 또 다른 상황에 견주는 넓은 의미의 비유를 말한다. 그러나 저자는 비황형 우언 속에서 비유의 여러 단계를

대비형 우언에서 제시되는 것은 일종의 비유, 유비적 관계이며, 겉몸
체에서 말하는 내용이 이 일에 있다면 본체의 우의는 저런 일에 놓인
다. 그것은 사물로 사람을, 작은 일로 큰 일을 빗대어 나타내고, 과거를
빌려 현재를 풍자하는 등의 방식을 채용할 수 있다. 예컨대,《이솝 우
화》가운데 여러 동식물우언, 무생물우언은 모두 사물로 사람을 빗대
어 나타낸 것이요, 인도의 부처 본생담 가운데 동물우언 또한 그러한
것인데 도리어 종종 함축한 대상을 드러내 밝히기도 한다.《불본행집
경》(佛本行集經)〈규룡과 원숭이〉의 결말 부분에서는 "저때의 큰 원숭
이는 나(석가모니) 자신이고, 저때의 규룡은 욕계의 마왕 파순이다"라
고 했다.

인물우언도 종종 작은 일로 큰 일을 빗대어 나타내거나 과거를 빌려
현재를 풍자한다. 전자의 예로서《전국책》의〈추기가 제나라 왕의 납
간을 풍자함〉같은 작품은 개인의 일상생활에서 별로 얘깃거리도 못
되는 작은 경험 한 가지, 즉 미모를 남과 견줄 때 처나 첩이나 손님 등
주변 인물들은 오히려 주인공을 치켜세웠던 일상 경험을 통해 국가 정
치생활 가운데 큰 일을 유비하고 있다.

(작은일)			(큰 일)
個人: 미모를 견줌	처 — 사사로움 — 궁궐 여인 또는 심복 첩 — 두려워함 — 조정의 신하들 객 — 기대감 — 여러 지역의 백성들		국왕: 政事

작은 일로 큰 일을 빗대어 나타날 때, 그 큰 일은 국가 대사에 국한
되지 않는다. 크고 작은 것은 상대적이다. 이솝 우화의〈양치기 소년〉
은 개별적인 일상사인데, 설명하는 것은 '거짓말을 하는 사람은 이러한
말로를 맞이할 수 있다. 설사 거짓말꾼이 참된 말을 하더라도 아무도
믿지 않는다'와 같은 일반적 대원칙이다. 이것도 작은 일로 큰 일을 빗

세분하고 있으므로 혼돈을 피하고자 '대비'라고 번역한다.

대어 나타냈다 하겠으나 더욱 일반적인 것이다. 반드시 대부분의 우언이 국가의 대사를 꼬집고 있는 것은 아니다.

과거를 빌려 현재를 풍자하는 우언은 《한비자》《여씨춘추》 등에서 흔하게 발견할 수 있다. 예컨대 《여씨춘추》의 「의사」(疑似)편 가운데 〈주 유왕이 제후를 희롱함〉은 〈양치기 소년〉과 아주 비슷하다. 작은 일을 빌려 큰 일을 빗대어 나타내거나 과거를 빌려 현재를 풍자하는 인물 우언은 사람들에게 쉽사리 착각을 일으킨다. 말이 여기에 있으며 뜻도 여기에 있다고 여겨 일반 설화와 혼동하기도 한다.

우언 작가들이 취하는 방법은 두 가지가 있다. 첫 번째 방법은 우의를 겉몸체에 직접 드러내 밝히는 것이다. 《이솝 우화》는 결말 부분에서 항상 '이 이야기가 말하는 것은 ○○', '이 이야기는 ○○에 적용된다'는 등의 방식으로 우의를 지적한다. 중국의 선진 제자백가도 이야기 구성의 앞뒤 문맥에서, 심지어는 한 무더기의 설화를 하나의 큰 주제 아래 통괄하여서 우의를 명확하게 만든다. 이것은 사람들에게 '내가 말하는 것은 별도로 곁들인 뜻이 있는 우언 이야기'라고 직접 알려주는 것과 똑같다.

두 번째 방법은 이야기 줄거리를 의외의 것으로 만들어 내고 심지어는 황당한 성격을 띠게 하는 것이다. 〈장님 코끼리 만지기〉〈모를 뽑아 조장하다〉〈도끼로 코끝 진흙 깎아내기〉〈수레채 따로 수레바퀴 따로〉 등은 거의 현실생활 가운데 실제 사건일 수가 없어서 사람들로 하여금 '여기에는 분명 별도로 기탁한 바가 있구나' 하고 생각하게 유도한다.

위의 두 가지 방법에서 첫 번째의 장점은 명확함이요, 두 번째의 장점은 '물 가는 데 도랑난다'는 식으로 자연스럽게 우의가 조성되는 데 있다. 그러나 첫째 방법은 독자의 사고방식을 제한하기가 쉽고, 둘째 방법은 난이도가 비교적 높으므로 기교를 부리다 망치는 결과를 방지해야 한다.

대비의 목적은 주제를 더욱 명백하고 분명하게 만들려는 것이므로 수사법 가운데 비유와 같다. 몇몇 우언은 실제 이야기를 비유체로 삼는다. 다음 《맹자》「양혜왕 상」편의 〈오십보백보〉(五十步百步)를 예로 들어 본다.

> 양혜왕이 맹자에게 물었다.
>
> "과인이 나라에 대해 마음을 다하고 있습니다. 이웃나라 백성이 더 줄지도 않고 과인의 백성이 더 늘지도 않는 것은 어째서입니까?"
>
> 맹자가 대답하기를,
>
> "왕께서 전쟁을 좋아하시니 전쟁으로 비유하겠습니다. 칼날을 맞대다가 둥둥 북을 울리자 병사들이 갑옷을 버리고 무기를 끌며 도망했습니다. 어떤 자는 100보 뒤에 멈추고 어떤 자는 50보 이후에 멈췄습니다. 그런데 50보로 100보를 비웃으면 어떻습니까?"
>
> 양혜왕이 말하기를,
>
> "안 될 것입니다. 50보가 다만 100보가 아닐 뿐이지, 이 또한 달아난 것입니다."
>
> 맹자가 말했다.
>
> "왕께서 이를 아신다면 백성이 이웃나라보다 많아지기를 바라지 마십시오."

이는 비유가 확대되어 우언이 된 것이다. 다만 발전이 아직 완전치 않고 이야기의 개성이 강하지 않다. 더구나 이 작품은 일종의 '비유'임을 지적하고 작자는 그것을 비유로 사용했다. 이는 대비성 우언, 비유, 유비 등이 같은 목적을 지니고 같은 작용을 하고 있음을 말해준다. 그렇기 때문에 불경우언은 '비유'라는 이름을 많이 사용했다. 예를 들어 《백유경》(百喩經) 《잡비유경》(雜比喩經) 같은 경우이며, 또한 《성경》

우언을 패러블(parable)이라고 일컫는 것도 비유의 의미이다.

비유 수법이나 목적과 상반되지만 효과는 똑같은 수사법으로서, 우언으로 확대될 수 있는 것이 더 하나 있으니 '은어(隱語)'가 그것이다. 원이뚸(聞一多) 선생은 《설어》(說語)에서 다음과 같이 말했다.

喩의 뜻은 曉이다. 이는 다른 사물을 빌려 본래 분명하게 말할 수 없는 말을 분명하게 하는 것이다. 隱의 뜻은 藏이다. 이는 다른 사물을 빌려 본래 분명하게 말할 수 있는 말을 분명하게 말하지 않는 것이다. 喩와 隱은 대립적인데 다만 돌려 말하되 어떤 다른 사물을 빌려 한 사물을 설명하기 때문에 두 가지의 방법을 항상 사람들이 혼동한다. ― (중략) ― 비록 목적이 다르지만 효과는 항상 같다.

은어가 발전하여 이루어진 우언은 항상 해학적 기미를 띠며 해은성(諧隱性) 우언이라 일컬을 수 있다(《문심조룡》「해은」편 참조). 《여씨춘추》「중언」(重言)편의 〈한 번 울어 사람을 놀라게 함〉은 바로 신하가 은어를 사용하여 초나라 장왕(莊王)을 간쟁하는 내용이니 해은성을 갖춘 우언의 초기 형태이다. 《전국책》「제책」(齊策)편의 〈바다가 큰 고기〉, 《사기》「골계열전」의 〈밭두렁 재수굿〉은 해은성 우언으로 발육·성장한 것이다. 이러한 우언의 애초 목적은 원래의 뜻을 일단 숨기면서 드러낼 듯 말 듯하며 지나치게 자극적으로 들리지 않게 하는 동시에 신비적인 골계성을 더하여 상대방을 끌어들인다.

뒷날의 풍자우언, 해학우언은 이러한 수법을 계승하고, 골계스러운 이야기를 가지고 몇몇 큰 문제를 빙빙 돌려 변죽을 울렸다. 예컨대《애자잡설》(艾子雜說) 가운데 〈개구리가 밤중에 운 사연〉은 개구리가 올챙이 적 일을 용왕에게 추궁 받는 것이 두려워 운다는 이야기를 빌려서, 끝없이 연좌시키는 인간 세계의 전제적 권위 정치를 풍자했다. 또《애자후어》(艾子後語)의 〈숫양〉은 다음과 같다.

애자가 양 두 마리를 우리에 키웠다. 숫양은 싸우기를 좋아하여 낯선 사람을 만날 때마다 들이받아 쫓아버렸다. 문인들이 오고가며 매우 근심으로 여겼다. 애자에게 청하기를, "선생님의 양은 수놈이어서 아주 사나우니 가둬주십시오. 그러면 성질이 가라앉고 순치될 것입니다" 하니, 애자가 웃으며 말하기를, "너희가 오늘날 양도(陽道)가 없는 것이 훨씬 사나운 줄 알지 못하는도다"라고 했다.

명나라는 성조(成祖)부터 환관에게 사신, 정벌, 군대 지휘, 지방 통치, 군·민 정보 사찰 등의 대권(大權)을 주기 시작해서 환관 전제정치의 폐해가 점점 더 심하게 진행되었다. 이는 명대의 어두운 전제정치의 분명한 표지 가운데 하나가 되었다. 이 우언 작품은 정직하고 유식한 선비가 환관 전제정치에 대해 심히 미워하고 매우 아파하는 마음을 나타냈다. 그러나 그것은 변죽을 울리는 방법을 채용하여 드러낼 듯 말 듯 하면서 "아옹다옹하는 일반 관료들이 두렵지만 환관은 더욱 두렵다"는 내용을 설명한다. 해은성 우언은 효과가 비유성 우언과 비슷하고 단지 풍격이 차이가 있을 뿐이기 때문에, 대비형 우언의 큰 부류에 귀속시킬 수 있을 것이다.

다음으로 상징형 우언에서 제시되는 것은 상징 관계이다. 상징은 비유와 다르니, 그것은 수사법이 아니라 일종의 예술 표현 방식이다. 그것은 하나의 구체적 형상을 빚어내어 추상적, 특히 정신적인 사물을 암시한다. 문학에서 상징 수법은 비유, 의인 등을 포함한 수사 방식을 활용하여 상징체를 형상화할 수 있다.

상징형 우언과 대비형 우언의 차이는 다음과 같은 두 가지 측면에 있다. 첫째, 상징형 우언의 본체는 대부분 추상적인 사물이며 많은 경우 일종의 정신적인 목표를 지향한다. 이와 달리 대비형 우언의 본체는 대부분 구체적인 사건이며 많은 경우 일반적인 사리를 다룬다.

둘째, 상징형 우언에서 이야기의 함의는 이야기 자체보다 크다. 별도로 지시하는 바가 있고, 이야기 그 자체의 뜻을 포괄한다. 대비형 우언 이야기의 함의는 언외의 뜻을 가리키며 이야기 자체의 뜻은 부차적이거나(특히 인물우언) 아무 구실을 하지 않는다(특히 동물우언).

미국의 피테인(Laurence Petteine)은 《소리와 의미-시학개론》에서 말하기를 "의상(意象)은 무엇을 말하든 바로 그 자체를 의미한다. 비유는 그것이 말하고 있는 것이 아닌 다른 것을 의미한다. 상징은 그것이 말하고 있는 것을 의미하는 동시에 그것이 말한 것을 초월한다"고 하고, "상징을 거칠게 정의한다면 어떤 것의 함의가 그 자체보다 큰 것이라고 할 수 있다"고 하였다.

피테인이 말하고 있는 '의상'은 일반적인 형상을 가리키며, 그가 이 세 가지 개념에 대한 구별을 간명하고도 요약적으로 한 것은 참고할 만한 가치가 있다. 그러나 그의 책에서 상징과 비유란 두 개념과 우언의 차이를 지나치게 강조한 것은 오히려 불필요한 것이다. 왜냐하면 이 세 개의 개념은 같은 층위에 있는 것이 아니기 때문이다. 우언은 하나의 문체로서 비유를 사용할 수도 있고 상징 수법을 사용할 수도 있어서, 전면적으로 상징 수법을 사용한 것이 곧 상징형 우언이다.

영국 17세기 버니언의 우언소설 《천로역정》을 예로 삼아 보도록 하자. 이 소설에서는 상징 수법을 부분적으로 사용하는 정도에 그치지 않았다. 지명, 인명에 모두 상징적인 뜻이 있고 몇몇 세부묘사에도 상징적 뜻이 있을 만큼 전면적으로 상징 수법을 사용하고 있다.

이 소설은 '기독교도'가 인간 세계의 재난을 면하고자 전도사의 인도 아래 가정과 고향을 버리고 산 넘고 물 건너 천국으로 가는 길에 올랐다는 내용이다. 기독교도는 절망의 늪, 고난의 산, 굴욕의 골짜기, 사망의 음침한 골짜기, 들뜨고 번화한 시장, 돈더미의 산, 의심의 보루를 넘어서 '완고함', '뺀질거림', '미련스러움', '허위', '겁많음', '마왕', '사사로움', '무지스러움', '절망거인'의 방해와 파괴를 이겨내고 드디어 천국에 도달한다.

이 이야기는 현실주의 수법으로 기독교도가 천국에 가는 길에서 본 모든 현상을 묘사했고 당시 영국 사회의 풍토를 반영했다. 이것이 이 작품의 자체적인 의미이다. 또한 영국 청교도의 이상과 목표와 지향을 보여주었는데, 이것이 곧 상징적인 의미이다. 그리고 이 이야기는 아름다운 미래에 대한 인간의 지향을 객관적으로 나타냈다. '거쳐 가는 하늘 길의 과정'이야말로 바로 아름다운 미래를 지향하는 역정이다. 이것도 또 하나의 상징적 의미이다. 그래서 《천로역정》은 상징형 우언에 속한다. 그 이야기(겉몸체)의 함의가 이야기 자체보다도 크며, 그 우의(본체)는 일종의 추상적인 정신적 지향이다.

유럽에서 상징형 우언이 발달한 것은 기독교와 밀접하게 관련된다. 기독교는 매우 세심하게 상징 수법을 사용한다. 예컨대 물고기는 구세주를 상징하고, 배는 충실한 신도를 인도하는 교회를 상징하고, 새끼양은 그리스도를 상징하고, 공작은 영생을 상징하고, 봉황(피닉스)은 부활을 상징한다. 기독교는 중세 유럽 사회의 여러 생활 영역으로 퍼지게 되었으므로 유럽 중세기 문학은 우의와 상징을 모두 강조했다.

13세기 프랑스의 유명한 장편시 《장미 이야기》(*Roman de la Rose*)는 시 전편(全篇)이 장미꽃에 대한 시인의 애호를 통해 아름다움과 사랑에 대한 지향을 상징하며, 시 안의 인물들은 모두 추상적인 개념으로 명명되었다. 이 시 전반부의 작가 기욤(Guillaume, de Lorris)은 선교사였다.

14세기 영국의 시인 랭런드(Langland)의 《농부 피어스의 환상》(*The Vision of Piers Plowman*)은 세 개의 꿈으로 구성된 장편우언시이다. 이는 종교계와 세속의 기생적 부패 현상을 풍자했고, 환몽 형식으로 진리에 대한 시인의 지향을 상징하고 있다. 이 시의 작가도 선교사였다. 이 장편우언시는 직접적으로 버니언의 《천로역정》에 영향을 끼쳤다.

중국의 상징 수법은 대개 《주역》의 효사에서 발원했다. 그것은 구체적 사물을 통해 인간사의 길흉을 예시한다. 《시경》 가운데 '흥(興)'의 일부도 상징적 의미를 지닌다. 상징형 우언은 대개 《장자》에 의해 성숙되었는데 다음 예를 보도록 하자.

> 남해의 왕은 숙(儵)이고, 북해의 왕은 홀(忽)이며, 중앙의 왕은 혼돈(混沌)이다. 한번은 숙과 홀이 혼돈의 땅에서 만났는데 혼돈이 대우를 아주 잘해주었다. 숙과 홀이 혼돈에게 보답하려고 의논하면서 말하기를, "사람에게는 모두 일곱 구멍이 있으니, 보고 듣고 먹고 숨 쉬는 것이 혼돈에게만 없다. 한번 뚫어주자" 하고는 날마다 한 구멍씩 뚫었는데 7일만에 혼돈이 죽었다.
>
> 《장자》「응제왕」

간문제(簡文帝)는 "숙·홀은 신속(神速)으로 이름 삼은 것이요, 혼돈은 화합하는 모습이다. 신속은 유위(有爲)를 비유하고, 화합은 무위(無爲)를 비유한다"고 했고, 최선(崔譔)의 주에는 "7일 만에 혼돈이 죽었다"에 대하여 "자연에 순종하지 않고 억지로 귀과 눈을 뚫은 것을 말한다"고 했다. 이로 보아 이 이야기는 '혼돈'으로 도가의 이상인 자연무위의 상태를 상징하고, 숙과 홀로 번잡한 정치적 조치를 상징하고 있으며, 혼돈의 죽음으로 이상 세계가 사라짐을 상징하였다.

또 《장자》「양생주」 가운데 유명한 이야기인 〈포정의 소 잡는 법〉[庖丁解牛]에서 구체적으로 묘사한 것은 비범한 기예의 소유자인 백정이다. 그는 소의 뼈마디와 살덩이에서 빈틈을 찾아 칼날을 놀리므로 칼을 전혀 상하게 하지 않는 경지에 이르렀다. 이야기 자체의 뜻은 각고의 수련을 거쳐서 사물의 규칙을 터득한다는 것을 사람들에게 말해주고 있다. 그러나 이 이야기의 원래 우의는 도가의 양생법을 상징하는 데 있다. 여기서 소는 복잡한 사회를 상징하고, 칼은 개인의 생명을 상징하며, '두께가 없는' 칼날이 소 몸의 '빈틈'에서 노닌다는 것은 정신이 물질을 초월하되 인간 세상과 어긋나지 않는다는 처세의 법을 표현한 것이다.

인도·중동의 우언 체계 가운데도 우수한 많은 상징형 우언이 있다. 예를 들면, 《칼릴라와 딤나》의 〈인생의 우물〉에서는 다음과 같은 내용을 묘사하였다.

사람의 일생은 바로 이 사람의 처지와 같다. 어떤 한 사람이 코끼리에게 쫓기어 한 우물 속으로 피해 들어갔다. 우물 가운데 높이 매달려서 두 손으로 두 개의 나무 덩굴을 잡고 두 발로 돌을 밟고 있었다. 그러다가 갑자기 우물 한가운데에 뱀 네 마리가 머리를 쳐들고 있는 것을 발견했다. 다시 우물 밑을 보니 악어 한 마리가 커다란 주둥이를 벌리고 이 사람이 떨어져서 자신의 점심밥이 되기를 기다리고 있었다. 또 머리를 쳐들고 보니 하얀 쥐와 검은 쥐는 그가 손으로 잡고 있는 덩굴 두 가닥을 갉아먹고 있었다. 그 사람의 마음은 불타는 듯 초조하였다. 위험에서 벗어날 방법을 생각해 낼 수 없었다. 그런데 갑자기 눈앞에 꿀 한 종지를 발견하였다. 그는 혀로 조금 핥아보았다. 더없이 달았다. 다시 한 번 먹어보았다. 먹을수록 달았다. 그는 그 꿀에 홀려서 자신이 위험에 처해있다는 것을 망각했다……

똑똑한 독자에게는 이 우언의 우의에 대해서 다시 말할 필요가 없을 것이다. 타고르(Tagore)와 지브란(Jibran) 등의 상징우언은 바로 이러한 전통을 계승한 것이다.

상징형 우언의 침투력은 매우 강하다. 유럽의 우언을 예로 들자면, 단테의《신곡》, 괴테의《파우스트》, 보들레르의《악의 꽃》, 카프카의 《성》 등에서 어떠한 작품이 상징형 우언의 영향을 받지 않았는가? 독일의 야우스는《수용 미학을 향하여》에서 "보들레르는 우언 수법을 통하여 시가 표현의 비개성화를 형성함으로써 우언의 예술적·기능을 다시 부흥시켰다"고 말했다. 보들레르(1821~1867)는 서양의 현대주의 시가 또는 전체 현대주의 문학의 개척자였다. 시가·희곡·소설을 가리지 아니하고 서양의 현대주의 문학작품은 모두 보들레르의 작품처럼 우언, 특히 상징형 우언에서 예술적 자양분을 흡수하였다.

5. 체제에 따른 분류와 기타 분류

우언 이야기는 서술방식으로 시가체도, 산문체도 쓸 수 있으며, 운문과 산문의 혼합체도 사용할 수 있다. 이솝 우화, 성경 우언, 중국의 선진제자(先秦諸子) 우언은 모두 산문체인데 이는 줄곧 중국에서 우세하였다. 고대 로마의 파이드루스 우언,60) 여우 르나르의 이야기, 라퐁텐 우언, 끄르일로프 우언은 모두 시가체 우언이며 이는 유럽에서 우세를 점했다. 인도의《판차탄트라》와 각종 불경우언은 운문과 산문의 혼합체이다.

시가체 우언과 산문체 우언의 구별은 유럽 우언계의 견해로 보자면, 단순한 체제 분류뿐만이 아니라 우언의 본질과도 관련이 있다. 이솝 우화는 소박한 산문우언이어서 형상을 그려내는 데 초점을 맞추지 않고

---

60) 파이드루스(Phaedrus, B.C.15세기쯤 트라키아~A.D.50세기쯤 이탈리아): 로마의 우화 작가이자 최초로 모든 우화집을 라틴어로 옮겨 집대성한 편역자이다. 당시 '이솝 우화'라는 이름으로 나돌던 그리스 산문 우화들을 단장격 운문으로 자유로이 번역했다.

단지 간결한 서술로 도덕적 교훈을 전달한다. 파이드루스는 이솝 우화를 제재로 삼되 그것을 시가체로 고쳤을 뿐만 아니라 생생한 형상 묘사를 강화해 우언이 더욱 문학성을 지니게끔 만들었다.

프랑스의 저명한 우언시인 라퐁텐은 이러한 전통을 발전시켜 유럽 우언계에 광범위한 영향을 끼쳤다. 그러나 라퐁텐과 그의 추종자들은 오히려 저명한 이론가 레싱의 비판을 받았다. 레싱은 우언에서 문학적 묘사를 하거나 격정을 드러내는 데 반대하고, 엄격하게 이솝 우화의 전통을 지켜 "정확하고도 깔끔하게" 도덕적 교훈을 전달하도록 요구했다. 그는 《레싱 전집》 권4에서 다음과 같이 말했다.

> 옛사람의 견해로 보자면 우언은 철학 영역에 속한다. 수사학의 대가들은 바로 이 점에서 우언을 차용한 것이다. 아리스토텔레스는 자신의 《시학》에서가 아니라 《수사학》에서 우언을 연구·분석했다. 아프토니우스(Aphthonius)와 퀸틸리안(Quintilianus)도 마찬가지로 수사학에서 우언을 토론한 사람이다. ― (중략) ―
>
> 라퐁텐은 우언을 시가의 놀잇감으로 변질시켰다. ― (중략) ―
>
> 만약 플라톤이 그의 이상국에서 호머를 쫓아내고 이솝을 남겨 놓았다고 하더라도, 이솝을 시인이나 허구적 창작자의 대열에 집어넣지는 않았을 것이다. 그렇다면 플라톤이 라퐁텐으로 말미암아 얼굴이 바뀐 이솝을 만났을 때, 그는 다음과 같이 말할 것이다.
>
> "친구여! 우리들은 더 이상 아는 사이가 아닌 것 같네. 자네 갈 길로 가라!"

레싱은 학생 시절, 15편의 시가체 우언을 쓴 적이 있는데, 뒤에 모습을 새롭게 하여 전적으로 산문우언만을 썼다. 그 가운데서 제1권 제1편 〈환상〉은 라퐁텐이 우언에다 조금 정교한 시의를 장식한 데 대해 지적하고, 우언을 지나치게 사랑하여 망쳤다고 비판했다. 또한 그는 우언 〈뮤즈〉를 통해 말했다.

"진리는 우언의 우아함이 필요하겠지만, 우언이 무엇 때문에 이같이 조화로운 우아함이 필요하겠는가?"

다음은 레싱의 산문우언 제3권 제1편의 〈좋은 활의 주인〉이다.

어떤 사람이 흑단목으로 만든, 멀리 나가고 정확한 양궁을 가지고 있었다. 그는 화살의 겉모양이 볼품없다고 생각하여 훌륭한 예술가에게 수렵도 한 폭을 화살에다 조각해 달라고 청했다. 다 조각한 뒤에 그는 기쁘게, "너에게는 이 같은 장식이 딱 어울리는구나, 내 사랑스런 활이여!"라고 말하고는 활을 한 번 당겨보았다. 활은 부러져 버렸다.

이 우언은 바로 라퐁텐의 시가체 우언을 풍자한 것이다. 러시아 19세기 문예이론가 포티포니아는 레싱의 견해에 전적으로 동의했다. 그는 《문학이론 강의》에서 "우언은 사상계에서 매우 현저한 구실을 한 바 있지만, 오늘날에는 말이나 다듬는 기술로 변질되고 쓸데없는 놀잇감으로 변했다"고 말하며 라퐁텐 또는 끄르일로프를 비평했다.

라퐁텐도 나름의 충분한 이유가 있었다. 그는 플라톤이 말한 이야기 하나를 인용했다.

소크라테스는 임종을 앞두고 꿈을 꾸었다. 여러 신들이 그가 음악에 종사하도록 허락하였다. 이에 이솝 우화를 시가체로 개작했고 우언을 시가의 자매로 보았다. 파이드루스도 마찬가지이다.

라퐁텐은 자기가 파이드루스보다 더 깊은 경지로 사람을 끌어들이도록 이야기를 쓰려고 했다고 주장했다.

내가 생각하기에, 세상 사람들이 모두 기존의 우언에 익숙해 있기 때문에 만약 재미있게 하는 어떤 특징을 빌려서 이 우언에 새로운 것을 부여하지 않는다면 아무런 성취가 없을 것이다. 이것이 바로 지금 사람들이 요구하는 그 무엇이다. 사람마다 새로움과 즐거움을 원한다. 내가 즐거운 그 무엇이라 일컫는 것은 결코 깔깔대게 만드는 물건을 말함이 아니고, 어떠한 매력을 지니면서 사람들을 유쾌하게 만드는 형식을 말한다. 이러한 형식에는 어떠한 제재도, 심지어는 가장 엄숙한 제재도 부여할 수 있다.[61]

러시아의 심리학자 비고트스키는 라퐁텐과 끄르일로프가 우언 이야기로 만든 시의(詩意) 묘사에 대해 찬동하면서 《예술심리학》 제5장에서 다음과 같이 말했다.

우언은 완전히 시가에 속한다. 고급 예술의 형식 가운데서 비교적 복잡한 형태로 출현한 모든 예술심리학의 규칙이 모두 우언에 적용된다.

그는 레싱과 포티포니아를 비평하고, 그들이 생각한 것은 처음부터 끝까지 산문우언이니 전면적이지 못하다고 여겼다. 이 때문에 같은 책에서 비고트스키는 말한다.

역사와 심리학은 우리들에게 반드시 시가체 우언과 산문우언을 엄격히 구분해 내라고 알려준다. ― (중략) ― 이솝, 레싱, 톨스토이 등의 우언은 산문우언에 넣어야 하지만, 라퐁텐과 끄르일로프 우언은 시가체 우언에 넣어야 한다.

---

61) 〔원주〕라퐁텐의 〈이솝이 살았을 때의 우언〉 가운데 일부를 비고트스키의 《예술심리학》 제5장 〈우언의 분석〉에서 재인용하였다.

중국에서는 시가체 우언과 산문우언은 단지 체제가 다름을 나타낼 뿐이다. 산문우언 가운데는 《묵자》와 같은 소박하고 꾸밈없는 작품도 있고 《장자》처럼 묘사가 생생하고 시의가 충만한 작품도 있다. 중국의 시가체 우언 자체는 두 가지 상황을 모두 지니고 있으며 전체적으로 산문우언에 견주어 문학적 묘사를 더 추구하지는 않는다.

뿐만 아니라 유럽 우언도 일괄적으로 논할 수 없다. 다빈치의 산문우언은 문학적 묘사에 매우 주의를 기울인다. 〈송충이〉〈나방과 불꽃〉〈백조〉 등은 신(神)과 형(形)을 겸비하게끔 그려 시의 정서와 그림의 뜻이 충만해 있다. 그러나 필자는 시대가 지날수록 형상의 묘사를 중시하였다고 생각한다. 심지어 기타 문학 체재의 예술적 묘사 수법을 흡수하여 상호 침투시키는 것이 우언 발전의 한 추세였다.

우언은 체재에서 통상적으로 사분법을 사용할 수 있으니, ① 산문우언, ② 우언시, ③ 우언극, ④ 우언소설로 나뉜다. 어떤 이는 페이블형이 우언의 기본 형태라고 여겨, 줄거리가 간단하고 짧으며 우의가 단순한 우언과 훗날 출현한 새로운 종류(우언서사시·우언소설·우언희곡·장편우언)를 구분하자고 한다. 또 우치우린(吳秋林) 같은 이는 전자를 '원형우언'[62]이라고 부를 것을 주장하는데, 이로 미루어 보면 뒤의 몇 가지 우언을 개괄하여 '변이우언'이라고 일컬을 수 있을 것 같다.

원형우언의 예로는 이솝의 우언, 파이드루스의 우언, 다빈치의 우언, 게이(Gay)의 우언, 라퐁텐의 우언, 끄르일로프의 우언, 서버(Thurber)의 우언과 중국 선진 제자백가의 우언, 회남자 우언, 유향의 우언, 유종원의 우언, 백거이의 우언, 소식의 우언, 유기의 우언, 명청의 해학적 우언 그리고 인도의 불경우언, 판차탄트라 우언 등을 들 수 있다.

---

62) 원형우언: 원문은 '本眞寓言'이다.

> 유명한 우언서사시의 예: 〈여우 르나르의 이야기〉(그 속에 있는 각
> 이야기는 원형우언으로 볼 수 있음) 〈장미 이야기〉 〈농부 피어
> 스의 환상〉 〈요정 여왕〉 〈새들의 회합〉 〈복락지혜〉 등
>
> 유명한 우언극의 예: 〈새〉 〈페르귄트〉 〈사람의 비극〉 〈파랑새〉 〈꿈
> 꾸는 두 희곡〉 〈중산랑〉 〈남가기〉 〈한단기〉 〈동곽기〉 〈취향
> 기〉 등
>
> 유명한 우언소설의 예: 〈황금 당나귀〉 〈천로역정〉 〈성〉 〈도롱뇽의 대
> 전〉 〈동물 농장〉 〈파리 대왕〉 〈주홍글자〉 〈백경〉 〈백 년의 고
> 독〉 〈동유기〉 〈후서유기〉 〈서유보〉 등
>
> 유명한 장편 우언설화의 예: 러시아의 쌀뜨이코프 시체드린(Saltykov
> Shchedrin)이 지은 동화 형식의 풍자우언 등

또 체제의 조직 방식에 따라 ① 단편우언, ② 연속우언과 ③ 우언 모음 등으로 나눌 수 있다. 레싱은 단편우언을 다시 '단순우언'과 '복합우언' 두 가지로 나눴다.

여기서 복합우언은 우언 작가가 허구적 이야기에 유비되는 특수 사건을 가지고 이야기하는 것을 뜻한다. 예를 들면 《전국책》의 〈남원북철〉(南轅北轍)은 위왕(魏王)이 한단(邯鄲)을 공격하려고 하는 것을, 〈도요새와 조개의 싸움〉은 조나라가 연나라를 공격하려고 하는 것을, 《장자》의 〈장석운근〉(匠石運斤)은 장자가 혜자의 무덤에 들른 것을, 〈솔개가 썩은 쥐를 얻다〉는 혜자가 양나라에서 재상을 하는 것을 각각 유비하고 있다.

연속우언은 한 계열의 이야기를 하나의 주인공에 모으는 것이다. 이 주인공은 《애자잡설》과 같이 사람일 수도 있고, 《여우 르나르의 이야기》처럼 동물일 수도 있다.

우언 모음은 한 가지 글의 취지를 둘러싸고 여러 이야기를 배치하는

것을 가리킨다. 《한비자》 가운데 「저설」(儲設) 6편과 같은 것이다. 어떤 때는 작가가 몇 개의 설화를 하나의 주인공에 모으고 그것들이 공통된 우의를 둘러싸게 만든다. 예컨대 레싱의 〈한 늙은 늑대의 이야기〉에는 7편의 우언설화를 배치해서 이야기가 모두 하나의 주지를 둘러싸고 있다. 즉 '나쁜 놈을 끝까지 밀어붙일 필요도 없고, 그놈이 개과천선하려고 하는 모든 길을 막을 필요도 없다'는 것이다. 이야기의 줄거리는 모두 늙은 늑대와 양치기의 갈등에 집중되어 있지만 이 7편의 이야기를 통짜로 볼 수도 있겠다.

체재의 독립성 여부로 보면 '독립우언'과 '삽화우언'으로 나눌 수 있다. 중국의 선진 우언은 대부분 삽화우언이다. 어떤 것은 단편적인 것이 문장 가운데 삽입되어 있다. 예컨대 《맹자》에는 〈모를 뽑아 조장하다〉 〈부인과 첩을 둔 제나라 사람〉과 같은 것이 있다. 어떤 것은 우언 모음의 방식으로 글 안에 삽입된다. 예컨대 《장자》 《한비자》 《여씨춘추》의 우언들이 그러하다. 선진시대 《한비자》의 「설림」(說林)은 하나의 단독 우언집으로 다룰 수 있겠는데, 그 가운데 60여 편의 작품이 독립우언이다. 그러나 「설림」의 이야기는 한비자가 창작한 소재인 것 같다. 중국에서 크게 독립적으로 우언집이 만들어지고 독립적으로 이름을 붙이며, 독립적으로 편집하는 일은 당송시대가 되어서야 시작된다.

이상의 여러 방법 이외에 다른 각도로 우언을 분류하여 명명할 수도 있다. 예를 들면, 작가에 따라 '민간우언'과 '창작우언' 또는 '작가우언'으로 나눌 수 있다. 그리고 우언이 나타난 지역에 따라 '본토우언'과 '외래우언'으로 나눌 수 있는데, 이는 국가와 민족에 따라 다시 세분할 수도 있다. 중국 티베트 우언, 아메리카 인디언 우언 등이 그것이다. 또한 우언이 나타난 시대에 따라 명명할 수도 있는데 '선진 우언', '양한 우언', '고대 그리스 우언', '중세 우언' 등이 그것이다. 그리고 독자에 따라 '아동우언', '성인우언'으로 나눌 수 있기도 하다.

또한 동일한 작품을 다른 각도로 그 유형을 귀속시킬 수 있다. 예를 들면, 이솝 우화의 〈이리와 새끼 양〉을 겉몸체에 따라 의인우언 가운데 동물우언에, 그리고 본체에 따라 설리형 우언 가운데 도덕우언에도 귀속시킬 수 있다. 그것을 아동 교육에 사용할 때는 교육우언 또는 아동우언이라고 할 수 있다. 겉몸체와 본체 사이의 관계에 따라 나누면 그것은 대비형 우언에 속한다. 또 체재에 따라 나누면 그것은 산문우언, 원형우언, 단편우언 가운데 단순우언, 독립우언에 속한다. 그리고 그리스 사람에게 이 우언은 본토의 고대 우언이며, 중국 사람에게는 외래우언이다.

어떤 때는 같은 분류의 명칭이 서로 다른 함의를 지닐 수 있는데 그 차이가 매우 클 수도 있다. 예를 들면, 산문우언과 시가체 우언의 경우 유럽에서는 종종 체재 이상의 중요성을 지닌다. 또 도덕우언이라는 명칭을 필자는 본체의 우의에서 명명한 것이니 설리형 우언의 한 종류이다. 이에 견주어 고대 그리스의 아프토니우스는 겉몸체 주인공의 분류에 따라 비인물을 주인공으로 삼은 우언 종류를 일컬었다. 또 독일의 레싱은 아프토니우스의 술어를 활용했지만 함의를 바꾸었다. 그가 말하는 도덕우언은 특정한 조건 아래서만 사건이 발생할 수 있는 우언을 가리키고 신화성 우언과 의인화 우언을 포괄했다.

장자(莊子)는 "물고기를 잡고서는 통발을 잊어버리며, 뜻을 터득하고서는 말을 잊는다"고 하였다. 이제까지 논한 우언의 분류는 우언을 더욱 잘 인식하고 연구해서 모든 사람으로 하여금 용어를 사용할 때 조금이라도 의견을 합치시킬 수 있도록 하기 위한 것이었다. 때문에 결코 교주고슬(膠柱鼓瑟)식으로 고착되거나 분류와 용어에 대해 지나치게 세부적으로 천착해서는 안 될 것이다.

제5장 우언의 창작

1. 창작 과정과 생활의 축적

논의에 앞서 우언 창작의 경로와 조건을 먼저 토론해야겠다. 괴테는
《잠언과 추억》에서 다음과 같이 말했다.

시인은 일반성에서 개별성을 찾아낼까, 아니면 개별성에서 일반성을
깨달을까? 이 두 가지는 커다란 차이가 있다. 전자와 같은 시인에게서
우언이 탄생하지만 여기서의 개별성은 단지 일반성의 비유이거나 실례
일 뿐이다. 후자와 같은 시인이라야 진정으로 시의 성질을 갖출 수 있다.
시인이 개별 현상을 서술할 때는 결코 일반성을 생각하지도 제기하지도
않는다. 다만 어떤 사람이 시인이 그려낸 개별 현상을 생동적으로 이해
할 수 있다면, 그 사람은 동시에 일반성을 깨달을 수 있는 것이다. 개별
현상이 있은 뒤에라야 일반성을 의식하거나 인식하는 것은 결코 아니다.

괴테 이전에 레싱은 우언을 정의할 때 그 창작 경로가 일반성에서
개별성에 이른다는 것을 일찍이 긍정한 바 있다. 그는 〈우언의 본질을

논함〉에서 다음과 같이 말하였다.

만약 우리들이 보편적인 도덕 격언 한 구절을 가져다가 특수한 사건으로 바꾸면서 진실성을 부여하고 이야기를 쓴다면 모든 사람들은 여기에서 격언의 보편적인 도덕교훈을 형상적으로 인식할 수 있을 것이다. 그렇다면 이 허구적인 이야기가 곧 하나의 우언 작품이 된다.

괴테와 레싱의 말은 어느 정도 근거가 있다. 우언 창작의 과정에 대한 어떤 상황을 반영하고 있기 때문이다. 어떤 우언 창작은 확실히 일반성에서 개별성에 이른다. 즉 작가는 먼저 사회현상에 대한 모종의 일반적 인식을 형성한 뒤에 허구적 이야기를 거쳐 그것을 표현한다. 중국의 현대 작가 황루이윈(黃瑞雲)의 우언 〈촉 선주 묘〉(蜀先主廟)를 예로 들어보자.

촉나라 선주(先主)의 종묘가 완성됐을 때 신감(神龕) 위에는 선주 한 사람의 신상(神像)이 놓여 있을 뿐이고 촉나라 뭇 신하들은 모두 신감 아래 놓였다. 뒤에 손부인(孫夫人)은 자기를 배향하되 신감 위에 놓이도록 제의했다. 감부인(甘夫人), 미부인(糜夫人)은 자기들이 그보다 늙었다고 해서 항의했다. 결국 세 부인의 위패가 모두 신감에 놓이는 수밖에 없었다.

뿐만 아니라 태자 아두(阿斗)도 후주(後主)였기 때문에 따라 올랐다. 또 선주는 제갈공명을 매우 존중했기 때문에 공명 선생을 신감에 오르도록 청했다. 관우, 장비도 선주와 도원결의를 했으므로 공명 밑에 있을 수 없다고 생각했다. 자연 그들도 오르도록 청하는 수밖에 없었다. 조운도 일찍이 넷째 동생이라 일컬어졌으니 관·장과 동렬에 있어야 한다고 말했다. 조운이 위로 간 뒤에 황충, 마초도 오호대장(五虎大將)에 속하니 괄시를 받아서는 안 된다고 제의했다. 이처럼 연역해 나가니 누구라도 비교할 만한 자이고 누구라도 자신은 선주의 신감 반열에 올라야 한다고 여겼다. 마지막으로 방통·법정·위연·마대·왕평·요화·간옹·손간·미축·미방 및 기타 많은 관원들이 전부 비집고 올라갔다.

신감 위의 신들이 갈수록 많아져 그야말로 더 채워 넣을 수가 없었다. 끝내는 신감이 무너져 모든 신들이 떨어졌다. 어떠한 신감도 너무 많은 신들을 앉혀서는 안 된다는 것이 실제로 증명된 셈이다.

이 이야기는 철저히 허구화된 것이다. 어떤 사실적인 소재를 가지고 만든 것도 아니고 고대 서적을 두루 뒤져도 똑같은 전설을 찾아낼 수 없다. 작가는 조정의 기구가 방만하고 연줄을 대는 풍조가 성행하는 현상에 대하여 깊이 고민하고, 그것이 지니는 커다란 위험성을 인식하였다. 작가는 이러한 인식에서 출발하여 다시금 개별적인 이야기를 찾아냈던 것 같다. 구체적인 이야기를 찾을 때에는 《삼국지연의》에서 영향을 받았음은 틀림없지만, 어떤 기회에 사당을 참관하고 연상 작용을 일으켰을 수도 있다. 이렇게 우언 작품을 쓴 것이리라.

황루이원의 또 다른 우언 〈회색 반점 호랑이와 하얀 이마 호랑이〉[灰斑和白額]는 뭇 짐승이 회색 반점 호랑이의 피비린내 나는 통치를 참을 수 없어, 착한 통지를 약속한 하얀 이마 호랑이를 맞이하였는데 그의 통치가 더욱 잔인하였다는 내용이다.

이는 작가가 어떤 나라에서 발생한 쿠데타 이후의 상황에 대한 보도를 보고 그것에서 창작 동기를 얻었다고 말한 바 있다. 쿠데타를 일으킨 사람은 한 나라의 봉건군주에 대한 백성들의 불만을 이용한 것인데, 정권을 성공적으로 쟁탈한 뒤 원래 군주보다 더 잔인하게 통치하여 백성들이 심한 고통을 겪게 만들었다는 것이다.

또 다른 현대의 우언 작품을 예로 들어 보도록 하자. 진장(金江)은

중국의 대표적인 현대 우언 작가이다. 그의 〈까마귀 형제〉는 일찍이 제
2차 전국아동문예창작상을 수상하였으며 외국어로 번역되기도 하였다.
이 작품의 창작 과정에 대해서 작가는 다음과 같이 말하고 있다.

> 한번은 이웃집 두 남자 아이들을 본 적이 있다. 큰 애는 중학교에 다
> 니고 작은 애는 초등학교 고학년에 다녔다. 그들의 부모는 맞벌이를 해
> 서 낮에 출근을 했기에 형제에게 학교가 끝나고 돌아오면 스스로 밥을
> 차려 먹으라고 하였다. 그러나 형은 동생에게 시키려고 했고, 동생은 형
> 더러 하도록 했다. 옥신각신 서로 미루어서 누구도 밥을 지으려고 하지
> 않았기 때문에 늘 굶었다. 이것을 소재로 하고 예술적으로 가공하여 〈까
> 마귀 형제〉란 우언을 써냄으로써 아이들에게 다음과 같이 가르쳤다.
> 노동을 사랑하라. 이기적이고 의타적인 생각을 가지지 말라.[63]

이것은 진장이 먼저 하나의 주제를 떠올린 다음에 〈까마귀 형제〉라
는 특수한 이야기를 찾아냈으니, 말하자면 날짐승을 빌려서 사람을 교
육해야 한다는 것을 설명한 셈이다.

또 다른 상황도 있다. 먼저 사자성어가 있어서 그 성어에 의지해 우
언을 창작한다. 예를 들면, 일찍이 선진시대의 《문자》(文子)와 사마천
의 《사기》「염·인(廉藺) 열전」에는 '교주고슬(膠柱鼓瑟)'이라는 성어
가 있었다. 그런데 한말(漢末)의 한단순(邯鄲淳)은 《소림》(笑林)을 창
작할 때 그것을 다음과 같은 우언으로 변화시켰다.

> 제나라 사람은 조나라 사람에게 나아가 슬(瑟)을 배웠다. 배운 곡조대
> 로 음계 틀을 고정시켜 놓고 귀국했다. 그러나 3년 지나도 제대로 곡 하

---

63) 〔원주〕《中外寓言鑑賞辭典》을 참고.

나를 완성시킬 수가 없었다. 제나라 사람들이 이상하게 여겨서 조나라에서 온 어떤 사람에게 음계 조정하는 방법을 묻고 난 다음에야 남을 따라 하는 어리석음을 알았다.

이것은 당연히 일반성에서 출발하여 개별성을 찾아낸 것이다. 그런데 여기서 한 가지 주의할 것은, 우언 이야기가 먼저 만들어지고 그것에서 성어를 추리는 경우가 오히려 더 많다는 점이다.

그러나 괴테와 레싱의 견해는 단편적인 부분이 있다. 우언 창작도 종종 개별성을 통해 일반성을 깨우치기도 한다. 우선 우언의 기원에서 보자면, 먼저 매우 많은 동물 이야기가 있은 다음에 비로소 여기에 사람들이 철학적 의미를 부여했다. 바로 정전뚸 선생이 《인도 우언》 서문에서 말한 바와 같이, 원시인은 만물에 영혼이 있다고 생각해서 매우 많은 동식물설화를 창조하고, 그것에다 사람의 옷을 걸치게 하여 사람처럼 이야기를 말하게 하고 사람이 하는 일을 하게끔 했다. 앞서 말했듯이 "이러한 설화들은 어느 정도 자연현상을 해석하는 뜻이 있고 도덕적 관념은 전혀 띠고 있지 않다". 뒤에 이성적 사유가 발전함에 따라 사람들이 이러한 설화로부터 일부 도덕적 교훈을 깨우쳐서 우언이 생겨났다. 이것이 바로 개별성에서 일반성을 깨우친다는 것이다.

현대라고 하더라도 여전히 민간의 동물설화가 작가의 우언 창작에 자양분을 제공하고 있다. 미국의 유명한 우언 작가인 해리스의 출세작 《리머스 아저씨의 노래와 이야기》는 흑인들의 동물설화를 많이 흡수하고 그들의 민간우언의 전통을 발전시켰다.

다음으로는 사실적인 사건을 소재로 삼아 가공·창작한 매우 많은 우언들을 논한다. 중국의 고대 우언은 인물설화를 위주로 하는데, 주인공이 종종 실제의 역사 인물이고 심지어는 사건까지도 사실적인 경우가 많다. 예컨대 《한비자》의 〈가도벌괵〉(假道伐虢) 〈오기지해〉(吳起枝

解) 〈상군거열〉(商君車裂) 〈해호천구〉(解狐荐仇) 등과 같은 것이다. 일부 설화의 주인공들은 비록 유명하지 않지만 설화 자체는 매우 많은 작가들에게 인용되었다. 이는 적어도 이 설화들이 일찍부터 민간에 전승되어 여러 작가들이 다양한 보편적인 의미를 깨달았음을 말해준다.

《한비자》「설림(說林) 하」와 「설난」(說難)에서 재미있는 자료 두 편을 발견할 수 있다.

(1) 정나라 사람의 한 아들이 벼슬하러 가면서 자기 집안사람들에게 일러 말하길, "무너진 담장을 반드시 증축하십시오. 그렇지 않으면 나쁜 사람이 도둑질할 것입니다"라고 하였다. 그 마을 사람 하나도 그렇게 말했다. 그러나 적당한 때에 담장을 보수하지 않아 과연 도둑이 들었다. 그런데 그 아들은 지혜로운 사람이 되었고, 말을 거든 마을 사람은 도둑으로 몰렸다.

(2) 송나라에 부자가 있었다. 비가 와 담장이 무너져 그 아들이 "증축하지 않으면 반드시 도둑이 들 것입니다"라고 말했다. 그 이웃집의 아비도 똑같이 말했다. 저녁이 되어 과연 재물을 크게 잃었다. 그 집안에서는 자기 아들을 매우 지혜롭게 여겼지만 이웃집의 아비는 의심을 했다. —(중략)— 아는 것이 어려운 것이 아니고, 처신하는 것이 어려운 것이다.

이처럼 두 이야기가 비슷하지만 공교롭게 합치된 것일 수는 없다. 그것들은 실제로 같은 이야기이다. (1)에서 기록한 것은 원자료인데, 아마도 작가가 들었던 실제 이야기일 것이다. (2)는 가공을 하면서 아들이 벼슬 살러 간다는 불필요한 세부 줄거리를 삭제했다. 그만큼 인물이 더 전형적이다. '송나라 사람'은 선진시대 우언에서 항상 풍자의 대상이 되고, '부자'는 집안에 도둑맞을 만한 재물이 있음을 설명하고, '이웃집 아비'는 충고하는 사람으로, 경험이 풍부하여 앞날을 내다볼 줄 아는 노인이다. 이 같은 (2)의 가공성은 모두 우의를 도드라지게 하기 위한 장치이다. 즉 (2)의 우의는 '아는 것이 어려운 것이 아니라 처신하는 것이 어렵다'는 점을 분명히 드러내었다.

동물설화라 하더라도 그것은 생활을 기초로 한다. 양의 순종, 토끼의 겁 많음, 여우의 간사함, 사자의 용맹스러움, 이리의 잔인함은 대부분 사람들이 오랜 세월 관찰하여 형성된 이미지에서 온 것이다. 물론 어느 정도는 오해일 수도 있다. 그리고 일부 동물의 특수한 행위 그 자체는 사람들의 사고를 일깨울 수 있는 의미를 내포하고 있다. 예컨대 개미가 먹이를 저축하여 겨울을 나고, 얼룩말이 동그라미를 이루며 단합해서 적을 막아내고, 이리가 항상 양 떼를 느닷없이 덮쳐잡고, 여우가 닭을 몰래 훔치는 현상과 같은 것들이다.

다음 이야기는 실제로 발생한 동물 이야기 한 편을 신문에서 기록해 둔 것이다.

안탕산(雁蕩山) 대룡추(大龍湫) 부근에서 산개구리가 살모사와 격렬하게 싸우는 놀랄 만한 장면이 벌어졌다. 어느 날 아침 시냇가에서 산개구리 한 마리가 "개골개골" 크게 울고 있었다. 길이가 두 자 남짓한 독사 한 마리가 입에서 붉은 혀를 날름거리며 막 산개구리를 덮치려는 순간이었다. 갑자기 산개구리가 두 다리를 박차며 '풍덩' 시냇물로 잠수했다. 그런 다음에 물속에서 머리를 살짝 내밀고 그 긴 짐승이 아직 떠나지 않은 것을 보고는 다시 시냇가로 기어올라 "개골개골" 울어댔다. 얼마 되지 않아 수십 마리의 산개구리들이 어수선하게 시냇물과 돌 틈, 갈대숲 속에서 뛰쳐나와 긴 짐승을 빈틈없이 에워쌌다. 산개구리들이 일제히 소리를 맞추어 소동을 일으키니 그 긴 짐승은 두리번거리면서 어쩔 줄 몰라 했다. 순식간에 씩씩한 산개구리 한 마리가 뱀의 등허리에서 허공으로 뛰어 정확하게 뱀 머리를 덮쳐 그 긴 짐승의 두 눈에 개구리 오줌을 깔려 어지럽히니, 그놈은 연방 머리와 꼬리를 흔들었다. 나머지 산개구리들은 이 첫 번째 겨룸에서 이긴 것을 보고는 한 놈씩 연이어 날아와 덮쳤다. 개구리 오줌을 일제히 뱀 머리에 분사하니 이 긴 짐승은 반격할 기력이 조금도 나지 않았다. 이어서 뭇 개구리들이 어떤 놈은 머리를 물고, 어떤 놈은 꼬리를 할퀴었고, 아주 성이 나서 물불 가리지 않는 놈은 네 발로 뱀의 급소를 꽉 움켜잡았다. 개구리를 잡아먹는 것이 습관인 이 긴 짐승은 몇 분도 채 지나지 않아 뭇 개구리에게 형편없이 할퀴이고 물려서 죽어버렸다.

산개구리[山蛙]는 후난 지방에서 돌개구리[石蛙], 바위개구리[巖蛙]로 불리는데, 장가계(張家界) 등지에 모두 똑같은 소문이 퍼져 있다. 이 같은 이야기는 아마도 우연히 발생한 것일 수도 있고, 목격자가 가공해 지은 것일 수도 있지만, 결코 우언을 창작한 것은 아니다. 그렇지만 약간 의인화를 진행시키고 도덕적 교훈을 깨달아 밝히기만 한다면 그것은 표준적인 우언 작품이 될 것이다.

또한 아주 많은 우언 작가들에게 개별 사건에서 일반성을 깨닫게 된 창작 체험이 있다. 푸젠 성에 첸삐정(陳必錚)이라는 우언 작가가 있는데 적지 않은 우언을 썼다. 그 가운데 〈달의 고민〉이라는 작품을 보자.

달이 비록 밝고 깨끗하지만 사람을 전혀 따뜻하게 할 수 없고 이슬조차 말리지 못해 고민하다가 해에게 가르침을 청했다. 해가 대답했다.

"네 스스로 이제껏 열을 낸 적이 없고, 늘 다른 사람의 빛을 빌려 쓰기 때문이야!"

첸삐정은 창작 과정에 대해 다음과 같이 말한다.

어느 날 밤, 나는 창가에 앉아 있었다. 달빛이 창으로 흘러드는데 차가운 느낌이 들었다. 이 차가운 느낌이 내 생각을 촉발시켰다. 달이 아무리 아름답더라도 사람을 따스하게 비추지 못하는 것이 안타깝다. 자기가 열을 내지 못하고 다만 태양에게 빛을 빌리기 때문일 거야. 이로부터 나는 매우 자연스럽게 사회의 '차광(借光)' 현상을 떠올렸다. 달이 결국은 하나의 거울처럼 이러한 가증스러운 현상을 비추어냈다고 여겨졌다. ― (중략) ― 〈달의 고민〉은 바로 이같이 생활 속에서 찾아낸 것이다.64)

필자 스스로도 이 같은 체험이 있다. 어렸을 때 어른들이 '원숭이 옥수수 따 듯한다'고 말씀하시는 것을 들은 적이 있다. 원숭이는 욕심이 많아 옥수수를 따면서 하나를 옆에 끼면 먼저 것은 버린다. 비록 따는 것이 많아도 결국은 겨드랑이에는 옥수수 한 대만 남을 뿐이다. 뒤에 랴오닝 성(遼寧省) 소아사(少兒社)에서 아동우언을 모집할 때, 필자는 이 이야기가 사람들에게 도덕적 교훈을 깨닫게 해준다고 여겨서 우언 작품 〈원숭이가 옥수수를 딴다〉를 썼다.65)

또 필자는 1987년, 황꿔슈(黃果樹) 폭포에 갔다. 한 줄기 작은 하천이 차창 밖 들판 위에서 조용히 흐르고 있었다. 목적지에 도착해서야 바로 그 작은 하천이 기세가 웅장한 중국 제일의 폭포를 이뤄냄을 발견했다. 필자는 마음속으로부터 깨달았다. 인생이란 안일을 도모하지 않고 험난(險難)을 두려워하지 않으며 용맹하게 전진하기만 하면, 하나의 생명이 무궁한 빛과 힘을 내게 된다고. 이에 우언시 〈하천과 폭포〉를 썼다.66)

더 중요한 것은, 작가가 먼저 보편적 인식을 갖추고 이를 표현할 개별 사건을 찾아낸다 하더라도 여전히 해결할 문제가 하나 남는다는 점

---

64) 〔원주〕《中外寓言鑑賞辭典》 참조.
65) 〔원주〕《寓言故事》 참조.
66) 〔원주〕《當代中國寓言大系》 제2권 참조.

이다. 즉 이 일반적 인식은 어디에서부터 오는가? 사실 그것은 많은 개별 사건에 대한 관찰에서 온 것이다.

스타시쿼루스[67]는 바로 관찰을 통하여, 어떤 독재자가 군중들의 소망과 순진함을 이용하여 그들을 자신의 충실한 노예로 만들었다는 것을 깨달았다. 또 이솝은 많은 사회의 현상들을 분석하여 새 착취자는 옛 착취자보다 욕심이 더럭같이 많다는 것을 알아냈다. 진장(金江)은 두 형제의 행위를 관찰하여 이기심과 게으름 때문에 받게 될 손상을 절실히 느꼈다. 비록 〈사슴과 말〉〈여우와 고슴도치〉〈까마귀 형제〉는 일반성에서 출발하여 개별 사건을 찾아낸 것이지만, 그에 앞서 위의 작가들은 매우 많은 개별적 현상을 경험했을 터이다.

만약 보편성에서 출발하여 개별 사건을 찾아낸다는 창작 과정을 지나치게 강조한다면 개념적인 작품이 나타나기가 쉽다. 안목이 날카로운 비평가 레싱은 이러한 현상을 알아차리고 〈우언의 본질을 논함〉에서 몇몇 개념적인 우언 작품들을 비판했다.

이솝 우화의 절대다수는 진실한 사건을 근거로 하여 써낸 것이지만, 그의 계승자들이 쓴 사건은 대부분 허구화된 것이다. 아니면 그들이 우언을 쓸 때 어떠한 사건도 전혀 생각하지 않고 다만 이런저런 보편적 진리만을 생각했을 뿐이다.

벨린스키는 〈끄르일로프의 우언〉에서 우언의 내용은 일상생활로부터 나와야 하며, 일상생활을 생생하게 반영해야 한다는 점을 더욱 강조하였다.

---

67) 스타시쿼루스: 아리스토텔레스가 쓴 《수사학》 제2권 20절의 우언에 나오는 인물.

우언은 은유가 아니다. 더구나 훌륭한 시적 우언이 되려면 은유가 되어서도 안 된다. 우언은 중편소설이나 희곡이어야 하며 그 속에 시적 방식으로 묘사한 인물과 성격이 있어야 한다.

필자가 생각하기에 우언은 두 가지 생활 경험의 축적이 충돌하여 만들어진 불꽃이다. 한 종류는 각종 사회현상에 대한 관찰이자 각종 지식에 대한 전면적인 이해요, 인생에 대한 깊은 통찰과 철학적 사고이다. 그로부터 점점 자기의 세계관과 인생관을 형성하고 어떠한 문제에 대해서라도 일반적 관점을 형성해 내는 것이다.

다른 하나는 어떤 특수한 사건에 깊이 들어가 세밀하게 관찰하는 것이다. 이들 특수 사건은 인간 사회에서도 발생할 수 있고 동물 세계에서도 발생할 수 있다. 전자는 인물설화가 되고 후자는 생물(주로 동물)설화가 된다. 이들은 모두 풍부한 이미지로서 작가의 머릿속에 남게 된다.

이러한 두 생활 경험의 축적이 부딪히기만 하면 바로 연상을 거쳐 한 자리에 묶여 우언 창작의 충동을 일으킨다. 이를 다음과 같은 도표로 표시할 수 있다.

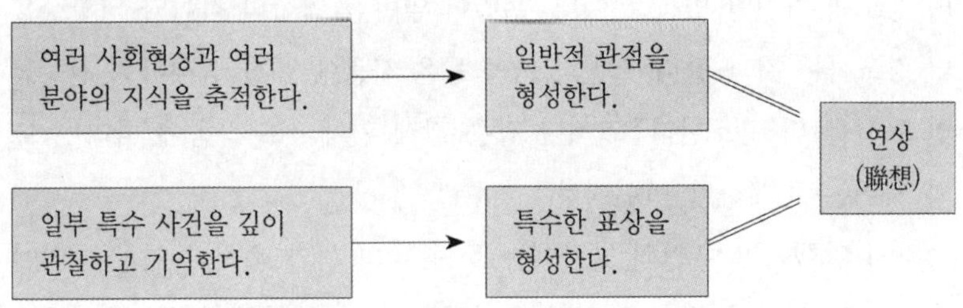

영국의 작가 오웰(George Orwell)이 《동물 농장》을 쓴 과정은 퍽 전형적인 의미가 있다. 오웰은 식민지 인도에서 태어났고, 생활은 가난하였다. 제국주의의 착취와 압박을 반대하는 과정에서 점차 마르크스 주의 신념을 형성하였다. 뒤에 스탈린이 통치하는 소련에 불만이 생겨서 심기일전하여 사회민주주의를 고취하였다. 이는 오웰이 사회현상에 대한 관찰을 통해 일반적인 사회 관점을 형성하였다는 것을 말해준다.

어느 날 오웰은 마을 길에서 산책하다가 어린애가 채찍을 휘날리며 덩치 큰 말이 끄는 마차를 몰고 있는 장면을 목격하였다. 이를 통해 그는 "만약 소나 말들이 자신의 힘이 세다는 것을 안다면, 인간은 그들을 제어하기가 어려울 것이다. 사람이 동물을 이용하는 것은 마치 부자가 무산자들을 착취하는 것과 같다"고 생각했다. 그리하여 《동물 농장》이란 우언소설을 창작하였다.68)

요컨대 두 가지의 생활 축적이 연상을 거쳐 결합하는 것은 우언 창작의 기본 과정이다. 물론 여기에는 선후 문제가 있기는 하다. 먼저 일반적 관점을 형성하고 개별 사건으로 유도하는 것은 아마도 일반성에서 개별성을 추구한다고 말할 수 있을 것이다. 이에 견주어 개별 사건에서 촉발하여 일반적인 관점으로 승화한 것은 개별성에서 일반성을 깨달았다고 말할 수 있을 것이다.

그러나 어느 과정이든 이 두 종류의 생활 축적을 분리해 낼 수 없다. 따라서 창작 과정에서 우언은 다른 예술 창작과 본질적인 차이가 없으며 정도의 차이만 있을 뿐이다. 우언이 일반적 인식의 깊이와 명확성을 더 강조하는 것과 달리 소설과 희곡 등은 사물에 대한 섬세하고 전형적인 묘사를 더 강조한다. 그러나 같은 갈래 안에서도 작품에 따라 정도의 차이는 존재하기 마련이다.

앞서 말했듯이 우언의 창작에는 두 종류의 생활 축적과 연상 능력이 필요하다. 연상 능력이 없으면 우언 창작이 이루어질 수 없기 때문에 어떤 사람은 "우언은 연상 예술이다"라고 말하기도 한다. 또 사회현상과 각종 지식에 대한 관찰이 부족하다면, 세계와 인생에 대한 자기 나

---

68) 〔원주〕《조지 오웰의 일생》을 보라.

름의 독특한 관점을 형성할 수 없어, 우언을 창작한다 하더라도 사상의 깊이가 부족할 것이다. 그리고 일부 특수 사건에 대해 섬세하게 관찰하여 풍부한 이미지를 형성하지 못했다면, 우언을 창작한다 하더라도 피와 살이 부족하여 창백한 형상으로 나타날 것이다.

요컨대 이 세 가지 가운데 하나라도 없어서는 안 될 것이다. 쑨위시우(孫毓修) 선생은 "철학을 깊이 연구하고 세상 물정을 잘 알며, 도덕성이 풍부하고, 문장을 잘 쓰는 사람이 아니라면 쉬운 일이 아니"[69]라고 적절하게 말했다. 이것은 주로 첫 번째 종류의 생활 축적을 가리킨 것이다.

정전뛰(鄭振鐸) 선생은 "서술할 동식물의 성격에 대해서는 반드시 그것들이 타고난 특성과 모두가 인정하는 성격을 고찰해 내야 한다. …… 대부분의 우언은 항상 이러한 동물들의 특성을 잘 묘사하여 독자들이 손에서 책을 놓지 못하는 것"[70]이라고 말했다. 이는 주로 두 번째 종류의 생활 축적을 가리킨 것이다. 물론 두 번째 생활 축적은 동물의 특성에 대한 관찰만이 아니다.

또 정전뛰는 "우언은 보기에 간단하지만 쉽게 창작할 수 있는 것이 아니다. 먼 옛날부터 지금까지 우언을 창작하는 사람은 많았지만 성공한 작가는 아주 드물어 몇 명밖에 안 된다. 짧은 이야기를 통해 가장 깊고도 절실한 교훈과 가장 정련된 인간 진리를 전달하고자 하는 것은 큰 역량과 많은 경험이 있는 작가가 아니면 안 된다"고 말했다. 참으로 맞는 말이로다.

---

69) 〔원주〕《歐美小說叢談》〈寓言〉 참조.
70) 〔원주〕《印度寓言》 서문 참조.

2. 예술적 가공에서 허와 실의 처리

우언 창작에서 예술적 가공에 대해 다시 토론해 보자. 우언은 작가가 별도로 기탁하는 것이 있는 문체이니, 이것을 말하면서 저기에 뜻을 둔다. 좋은 우언 이야기는 독자를 흡인할 수 있어야 하고, 또 독자를 인도하여 별도의 함의를 사색하게 하며, 이쪽 시울에서 저쪽 시울에 도달하게 해야 한다. 그 가운데 가장 큰 비결은, 필자가 개인적으로 생각하기에는, 허와 실의 적정성이다. 이른바 '실(實)'은 사물의 고유한 특징을 생생하게 묘사하기를 요구하며 '허(虛)'는 사물과 거리를 떨어뜨려 닮았으면서도 닮지 않아 사람을 아득한 생각으로 이끌기를 요구한다. '실'하지 않으면 독자의 공감을 일으키기에 부족하고, '허'하지 않으면 독자의 사색을 유도하기에 부족하다.

우언의 소재는 매우 많지만 크게 두 종류로 개괄할 수 있다. 한 종류는 인물설화로서 생활설화, 뒷공론, 소화, 역사설화, 신화 전설 등을 포괄한다. 또 한 종류는 의인설화, 즉 비인물설화로서 동물설화와 식물·무생물·천체 등의 의인설화를 포괄한다. 이러한 우언 소재의 두 종류는 각기 다른 허와 실의 처리 방법을 지니고 있다.

의인설화의 '실'은 주로 동물 등의 특성을 그려내어 일종의 핍진감을 지니게 하고, '허'는 주로 묘사할 동물이나 식물 또는 무생물에 인간의 이성을 부여하여 그들이 사람처럼 사고하고 말하고 행동하게 한다. 다음의 두 우언 작품을 예로 든다.

(1) 그대는 유독 저 우물 안의 개구리 얘기를 듣지 못했는가? 그놈이 동해 자라에게 말했다네.

"나는 즐거워! 나가서는 우물 난간 위를 팔짝팔짝 뛰어다니고, 들어가서는 깨진 시루 위에서 쉬니까. 물에 엎드릴 때는 겨드랑이를 물에 붙이고 턱을 들며, 진흙에 뛰어들 때도 내 발등만 잠길 뿐이지. 그러니 지네니, 게니, 올챙이니, 나보다 즐거울 수는 없을 거야. 또 한 웅덩이의 물을 독차지하여 떡 버티고 있으니 우물의 즐거움이 또한 지극한 거야! 선생께서도 가끔 들어와 보시지 않으려오?"

동해 자라가 발을 집어넣자, 왼발이 채 들어가기도 전에 오른쪽 무릎이 너무 끼었다네. 이에 머뭇거리며 물러가면서 개구리에게 바다에 대해 말해주었지.

"무릇 천 리 먼 것도 그 큼을 드러내기 부족하고, 천 길 높은 것도 그 깊이를 다하기 부족하도다. …… 이것이 동해의 큰 즐거움이로다."

우물의 개구리가 이 소리를 듣고는 휘둥그레지고 놀라며 멋쩍게 저를 돌아보았다네.

《장자》「추수」편

(2) 북풍과 태양이 누가 위력이 더 큰가에 대해서 논쟁했다. 그들은 누가 행인의 옷을 벗길 수 있을지로 승패를 결정하자고 의논했다. 북풍이 사납게 불어대기 시작하니 행인이 옷을 더 단단히 여몄다. 북풍은 더 사납게 불어댔다, 이후에 행인은 지독하게 추워 더 많은 옷을 껴입었다. 북풍은 끝내 지쳐서 태양에게 차례를 넘겨주었다. 태양이 먼저 땅을 따뜻하게 비추니 행인은 껴입었던 옷을 벗어 버렸다. 태양이 더욱 맹렬하게 쬐이니 행인이 참을 수 없을 만큼 더워 옷을 몽땅 벗고 부근의 하천으로 달려가 몸을 씻었다.

《이솝 우화》〈북풍과 태양〉

이 두 편의 우수한 우언 작품은 허와 실의 처리가 매우 적당하다. 먼저 (1)은 개구리와 자라, (2)는 북풍과 태양의 특징을 그려내고 또 그 자연 특징에 들어맞는 이성 행위를 적절하게 부여했다. (1)에서 개구리에 대한 작가의 묘사는 신묘해서 '묘사하기 어려운 경치가 마치 눈앞에 있는 것과 같다'고 일컬을 수 있다. 뿐만 아니라 그 자연 특성을 묘사할 때에 개구리에게 자랑하는 말투를 쓰게 하여 '실'을 '허'로 변화시켰다. 그 교만하고 자족하는 심리 상태를 제시했으니 참으로 일석이조라고 일컬을 만하다.

(2)는 북풍과 태양에 대해 별로 길게 쓰지도 않았고 세부적으로 생동감 있게 만들었다고도 할 수 없지만, 작가는 사람들이 모두 알고 있는 양자의 특성을 교묘하게 이용했다. 그래서 번거롭게 군더더기 말을 할 필요가 없었다. 뿐만 아니라 북풍의 매서움과 태양의 따뜻함은 거칠게 압박하고 온화하게 설복시키는 서로 다른 두 종류의 사회적 행위를 자연스럽게 연상시킬 수가 있었다. 실과 허가 묘합(妙合)하여 흔적이 없다고 할 수 있다.

어떤 우언은 허와 실의 처리에서 성공하지 못하거나 결함이 있어 창작의 수준을 떨어뜨렸다. 예를 들어보자.

(1) 사자와 당나귀와 여우가 작당하여 사냥을 해서 매우 많은 짐승을 잡았다. 사자가 나귀에게 그것들을 나누도록 시켰다. 나귀는 사냥한 것을 세 몫으로 나누고 사자에게 고르라고 청했다. 사자가 크게 노하여 나귀를 후려쳐 잡아먹었다. 그런 다음 여우에게 나누도록 시켰다. 여우는 사냥한 것을 한 곳에 쌓아 놓고 자신에게는 아주 조금만 남겨 놓았을 뿐이었다. 그런 다음 사자에게 가져가도록 청했다. 사자가 누가 이처럼 나누도록 가르쳐 주더냐고 묻자, 여우가 대답하였다.

"나귀의 재앙이 가르쳐 주었습죠."

이 이야기는 이웃 사람의 불행에서 교훈을 얻어야 한다는 것을 말하고 있다.

《이솝 우화》〈공동 사냥〉

(2) 바다에 오그리고 태어난 미물이 있었는데 '오징어'라고 했다. 그 놈 배에는 먹물이 들어 있어 헤엄쳐 다닐 때 그것으로 제 몸을 감춘다. 때문에 물고기 잡는 자들이 종종 그 검은색을 쫓아 낚는다.

아! 자기를 은폐시키는 저것이 제 화가 되는 원인이 된다.

임방(林昉)의 《전간서》(田間書) 〈오징어의 은폐〉

(3) 한 마리 나귀가 목재를 지고 습지를 지나갈 때 다리가 미끄러져 넘어졌다. 나귀가 일어나지 못하고 울기만 했다. 습지의 개구리가 우는 소리를 듣고는 말하였다.

"야! 친구야. 한 번 넘어졌다고 이처럼 통곡하면 우리같이 늘 여기서 사는 놈은 어쩌란 말이냐!"

이 이야기는 용렬한 사람들에게 적용된다. 남들은 큰 고난에도 잘 견디는데 이 같은 사람은 작은 좌절에도 견디지 못한다.

《이솝 우화》 〈나귀와 청개구리〉

위의 세 우언 가운데 (1)과 (2)는 결함이 있는 우언이고, (3)은 실패한 우언이다.

(1)의 결함은 '실'의 측면에 있다. 나귀는 초식 동물인데 사냥에 참가하여 사자와 한 패가 되었으니 동물의 자연 특성을 위반하여 작품에 결함을 지녔다. 다행히 사냥은 중요한 점이 아니고, 사자의 횡포를 드러내고 여우의 눈치를 밝혀놓는 데 중점이 있다. 이러한 점에서는 작품이 허와 실을 적절하게 만들었다고 할 수 있겠으나, 우의를 드러낸 것이 절실하지 못해서 애석하다.

뒷날 라퐁텐은 〈암소, 암산양, 암털양과 사자가 작당함〉을 썼지만 결함이 더욱 두드러져 버렸다. 얼마 뒤 영국의 작가 알든(Alden)이 쓴 〈사자의 분배〉는 사자와 한패가 된 배역들이 모두 맹수로서, 살쾡이 ·

표범·멧돼지·승냥이로 바뀌어 이솝의 결점을 바로잡았다. 그러나 애석한 점은 여우의 특별한 배역을 빼버렸다는 데 있다.

자연적 물성을 위반한 결함 때문에 꽤 많은 우언의 줄거리들이 부자연스럽고 어색한 형상으로 나타난다. 이른바 자연적 특성이라는 것도 단지 어느 한 부분을 취하는 것이므로 완전하기를 요구할 필요가 없다는 것은 당연하다. 어떤 이는 끄르일로프의 유명한 우언 〈백조·새우·꼬치고기〉에서 세 놈이 함께 마차를 끈다는 것 자체가 불합리하다고 비평한다. 그러나 끄르일로프는 결코 물성을 위반하지 않았다. 백조는 나는 놈이고, 새우는 뒤로 가는 놈이고, 꼬치고기는 앞으로 헤엄치는 놈이니, 그들의 동작이 조화롭지 못하다는 줄거리를 구성할 수 있는 것이다.

(2)의 결함은 '실'하지만 '허'하지 못한 데 있다. 작가는 단지 객관적으로 동물의 특성을 서술했던 것으로 보인다. 만약 작가가 나서서 우의를 설명하지 않았다면 독자는 그것을 우언 작품으로 여길 수 없었을 것이다. 이는 오징어에 대해 의인화가 없다는 데 원인이 있다.

중국의 일부 고전 우언에도 이러한 결함이 있다. 어떤 우언에서 의인화된 부분을 제거하면 곧 〈오징어의 은폐〉와 똑같아진다. 예컨대《이솝 우화》가운데 〈이리와 새끼 양〉에서 이리와 양의 대화나 생각 등을 제거하기만 하면 극히 평범한 일반 설화가 되어버린다. '어느 집에 새끼 양이 있었는데 개천으로 가 물을 마실 때 나쁜 이리가 덮쳐 그 불쌍한 양을 잡아먹었다' 이런 정도로 우언 작품이 될 수 있겠는가?

의인화에 반드시 대화를 사용해야 하는 것이 아님은 물론이다. 유종원의 저명한 우언 〈삼계〉(三戒)에는 대화가 없다. 다만 작가가 동물의 표정과 태도와 심리 활동을 진지하게 묘사하여 성공을 거두었다. 그렇지만 대화는 의인화에서 무시할 수 없는 구실을 하며, 심지어는 다른 묘사들을 대신할 수도 있다. 적지 않은 우언들이 전적으로 대화를 통해 이루어진다고 해도 지나친 말이 아니다. 더 심한 경우는 대화의 한쪽을 생략하고 한 주인공의 독백만을 남겨놓으니 체코의 유명 작가 차페크의 독백식 소우언(小寓言)이 그러하다.

(3)은 '허'와 '실' 두 방면에 모두 결함이 있어 실패한 우언 작품이다. 실의 측면에서 나귀나 개구리의 특성을 그려내지 못했고, 허의 측면에서 양쪽이 대표하는 사회관계를 제시하지 못했다. 개구리의 말은 주제와 동떨어져 있다. '넘어진 것'과 '거주하는 것'은 완전히 별개의 일이다. 동시에 이야기 줄거리와 작가가 밝힌 우의도 연결하기가 매우 어렵다. 이러한 작품은 거의 일반 개념, 즉 우의로부터 출발해서 이야기를 생경하게 엮어낸 것이다.

인물설화의 '실'은 주로 생활이나 들은 소문에서 유래한 것을 말한다. 또한 이러한 줄거리는 사람에게 교훈적이고 유익하다. 인물설화의 '허'는 줄거리를 가공·개조하여 독특한 색채를 띠게끔 하고 그로부터 사람들의 깊은 성찰을 촉발하는 것을 가리킨다.

《장자》「천하」편에서 말하기를, "그릇된 논설, 황당한 말, 끝없는 이야기로" 우언을 창작한다고 했으니, 실제로 우언 창작의 깊은 경지를 설파한 것이다. 일반적으로, "기이하지 않으면 전해지지 않는다"고도 한다. 당나라 사람들은 소설을 '전기(傳奇)'라 부르고, 명나라 사람들은 희곡을 '전기'라 부르면서 모두 줄거리의 독특함을 강조했다. 사람들은 모두 호기심을 가지고 있기 때문이다. 독특한 이야기는 현실과 거리감을 두고 이익을 초월하여 미감을 향유하고, 자유롭게 상상하게 만든다. 우언이야말로 사람들로 하여금 연상을 통해 피안에 도달하게끔 할 필요가 있다.

인물설화 가운데 신화 전설은 그 자체로 '허'의 요소가 있다. 작가가 그 뜻을 개발하여 우의를 제시할 수 있는 줄거리를 서술 과정에서 도드라지게만 한다면 우언을 아주 쉽게 꾸며낼 수 있다. 예컨대 《열자》의

〈우공이 산을 옮기다〉[愚公移山] 〈과보가 해를 나른다〉[夸父逐日], 《이솝 우화》의 〈나무꾼과 헤르메스〉〈제우스와 아폴로〉 등이 그러하다. 물론 일부의 신화 전설은 우의를 개발해 낼 수 없고 우언 재료로 적합하지도 않다.

어떤 이야기는 그 자체로 독특한 색채를 지니고 있어 조금만 윤색하면 우언으로 꾸며낼 수 있다. 예컨대 《신어》(新語)의 〈사슴을 가리켜 말이라 함〉[指鹿爲馬], 《위서》(魏書)의 〈묶은 화살의 가르침〉[阿豺折箭敎子]71)은 모두 독특한 역사 이야기에 연원을 두고 있다. 《이솝 우화》 가운데 〈양치기 소년〉〈도둑과 그 어미〉는 실제로 발생했던 일화에서 연원했을 가능성이 있지만 매우 독특하고 교훈이 풍부하다. 마치 나다니엘 호손이 말한 바, "사람을 놀라게 하는 사건은 모두 자기 나름의 우의가 있다"는 식이다.

일부 설화의 소재는 아주 일반적이고 아주 평범해서 더 많은 가공을 거쳐 특이한 색채를 띠게끔 해야 한다. 우언에서 가장 흔히 사용하는 방법은 집중·과장·변형·해학 등의 수법이다.

라퐁텐의 우언시 가운데 명편 〈당나귀 팔러 가는 아비와 아들〉은 줄거리를 '집중'시킨 전형적인 예이다.

아비와 아들이 나귀를 들고 가면서 행인들의 말을 듣는다. 아들이 혼자 타면 옆 사람에게 꾸중을 듣는다. 아비가 혼자 타면 다른 사람의 비꼼을 불러일으킨다. 아비와 아들이 같이 타면 보는 자들의 의론이 분분하다. 그 동물을 그냥 걸리면 뭇사람들이 조롱을 피하기 어렵다.

다섯 상황을 모두 말해서 우의가 선명하게 도드라졌다. 그러나 실제 생활에서 이 다섯 상황이 동시에 발생할 가능성은 전혀 없는데, 작가는

---

71) 〈묶은 화살의 가르침〉: 북위 토욕혼 족속의 아시(阿豺)가 화살 하나는 쉽게 꺾이지만 화살 다발은 꺾을 수 없음을 보이면서 자식들의 협동심을 교육했다는 우언이다. 《위서》「토욕혼전」(吐谷渾傳), 《원조비사》(元朝秘史) 등에 나온다.

여러모로 구상하고 집중시켜 이야기가 독특한 힘을 지니게끔 독자의 연상을 촉발시켰다. 또한 작자는 서로 다른 다섯 종류의 신분을 지닌 비평자들을 아주 생동감 있게 그렸다. 실제 생활의 경험 축적에 힘입어 이야기 전체에서 허와 실이 상생하고 사람을 황홀하게 만든 것이다.

《한비자》의 〈모순〉(矛盾)도 마찬가지이다. 시장의 상인들이 자기 상품을 과장하여 말하는 것은 흔히 볼 수 있는 일이니, 이것이 '실'의 측면이다. 어떤 질긴 것도 모두 뚫는 '창'과 어떤 물건도 뚫을 수 없다는 '방패'를 과장하는 광경을 함께 모아놓은 것이 곧 '허'이다. 이러한 허와 실을 결합하자 '모순'이 나타났다.

'과장'은 이야기가 독특한 색채를 띠게끔 만들며 사물의 본질적 특징을 돌출시켜 우의를 제시하게 한다. 예컨대 《이솝 우화》의 〈여인과 술주정뱅이 남편〉과 같은 것이다.

어떤 여자가 있었는데, 남편은 술주정뱅이였다. 그녀는 남편의 술버릇을 고치려고 다음과 같은 방법을 생각해 냈다. 남편이 술이 취해 마치 죽은 사람처럼 인사불성이 된 틈을 타서 남편을 업고 나와 무덤 속에 집어넣고 가버렸다. 남편이 깨어났을 때쯤에 여자가 가서 무덤 문을 두드렸다. 술주정뱅이가

"누가 문을 두드리느냐?"

하니, 여자가 대답했다.

"죽은 사람에게 먹을거리를 보내주러 왔소!"

술주정뱅이가 말했다.

"이 사람아! 내게는 먹을 건 필요 없고, 마실 것이나 좀 가져오소. 먹을 것만 얘기하고 마실 것은 말하지 않으니 난 참 괴롭네!"

'변형'은 사물의 본질적 특징을 도드라지게 하려고 그 외면적 형태를

고치는 것이다. 미술의 도안화, 경극의 얼굴 분장은 일종의 변형이라 할 수 있으며, 근대 작가의 그림은 더욱 그러하다.

《장자》「칙양」(則陽)편의 〈달팽이 더듬이 위의 싸움〉은 제후들이 전쟁하기 좋아하는 것을 풍자하며 그들의 행위가 보잘것없고 비극적임을 멸시했다. 작품에서는 변형 수법을 채택하여 달팽이 더듬이 위에 두 나라가 있다고 구성했다. 왼쪽은 촉(觸)나라, 오른쪽은 만(蠻)나라라고 했다. 이는 '실'을 '허'로 변화시켜 풍자적 효과를 얻은 것이다.

카프카의 〈변신〉은 여행사의 세일즈맨 그레고리가 악몽에서 깨어나 보니 갑자기 한 마리 벌레로 변해버리고, 인간의 이성을 그대로 지니고 있지만 끝내 고독과 고통 속에서 죽어 간다는 내용이다. 이는 현대 사회가 약자에게 주는 중압감을 상징하고 있어 실제로 한 편의 우언 작품이다. 만약 '사람이 벌레로 변한다'는 황당한 줄거리를 채택하지 않았다면 이러한 우의를 나타낼 수 없었을 것이다.

'해학'은 사람을 웃음으로 이끄는 형식을 거쳐 엄숙한 주제를 표현한다. 예컨대 명나라 사람 강영과(江盈科)의 《설도소설》(雪濤小說) 가운데 〈의사의 책임〉이 그것이다.

마을에 어떤 사람이 발이 덧나 참을 수 없이 아팠다고 한다. 그는 가족에게 말했다.

"날 위해 벽에 구멍을 뚫어 주소!"

구멍을 뚫어 주자 그는 구멍으로 발을 뻗어 한 자 남짓 이웃집으로 들이밀었다. 가족이 물었다.

"이건 무슨 뜻이에요?"

그러자 그 사람이 대답했다.

"이놈의 발, 옆집으로 가서 아파라. 그럼 나랑은 상관없는 일이잖아."

또 어떤 의사가 있었는데 스스로 외과 진료를 잘 본다고 말했다. 한

비장(裨將)이 회군하다가 떠돌던 화살에 맞았는데 살에 깊이 박혔다. 의사를 모셔다 치료를 했다. 그 의사는 날카로운 칼로 화살을 잘라내고 무릎을 꿇은 채 치료비를 요청했다. 비장이,

"살 속에 있는 화살촉을 빨리 치료해야 하오!"

라고 하니, 의사가 말했다.

"이것은 내과의 일이니, 내게 요구하지 마십시오!"

오늘날 일을 맡은 많은 관리들이 일을 할 수 없다고 하면서 다만 관행적으로 안일하게 사무를 처리하여 다음 사람에게 어려움을 전가한다. 마치 옆집에 고통을 떠넘기고, 내과에 책임을 미루는 뜻과 같다.

작가는 봉건 관료들이 일을 데면데면 처리하고 책임을 회피한다는 추악한 현상을 감지하고 두 편의 민간 소화를 이용하여 그 황당함과 가소로움을 드러냈다. 전자는 이웃나라를 하수구로 삼는 짓거리를 보이는 데 중점을 두었다면, 후자는 그 무능과 안일을 보이는 데 중점을 두었다. 만약 해학적 수법을 이용하지 않고 그 사건을 그대로 서술하거나 두 설화를 평범하게 썼다면 아마도 풍자적 효과를 거둘 수는 없었을 것이다.

요컨대, 어떤 소재를 가지고 우언을 창작하더라도 예술적 가공을 거쳐서 허와 실이 잘 배합되도록 해야 한다. 이로써 독자들을 끌어들여 '말은 여기에 있지만 뜻은 저기에 있다'는 우언의 목적에 도달해야 한다.

3. 전통적 제재의 비판적 계승

우언 창작에서 앞선 세대의 제재를 후대에 그대로 사용하는 것은 매우 일상적인 현상이다. 《이솝 우화》의 〈북풍과 태양〉〈늑대와 새끼

양)〈농부와 뱀〉〈상수리나무와 갈대〉〈모기와 사자〉〈행인과 곰〉등
은 현재 구미 각국에서 후대 우언가의 작품집에 빈번하게 나타난다. 따
라서 우언 창작을 연구하는 데 제재 습용의 현상을 반드시 검토하여 그
안의 규칙을 찾아내도록 해야 한다.

제재 습용은 두 가지 경우가 있을 뿐이다. 하나는 민간설화에서 자양
분을 섭취하는 경우이고, 하나는 고전 작가가 이미 썼던 이야기를 차용
하는 경우이다. 민간설화의 자양분을 섭취함은 아무 기댈 것 없이 만들
어내는 데 비하여 훨씬 쉽고도 좋은 효과를 거둘 수 있다. 그 우월성은
다음의 세 가지로 요약할 수 있다.

첫째, 대중의 지혜를 집약하여 보여줄 수 있다. 민간 작품은 여러 시
대, 여러 지역에서 수많은 명 대중이 창작한 것이다. 그 풍부한 생활 경
험과 단련된 예술 표현을 한 개인으로서는 미치지 못한다. 단바오린(段
宝林)은 《중국 민간문학 개요》에서 다음과 같이 말하였다.

훌륭한 우언 작품을 창작하는 것은 그리 쉬운 일이 아니다. 구상이 교
묘하고 비유가 적절하며 줄거리가 자연스럽고 언어가 생동해야 한다. 그
리고 이 모든 것이 깊은 이치와 함께 하나의 짧은 이야기 속에서 조화롭
게 통일되어야 한다. 우언은 개괄하는 힘이 너무 강해서 인민의 집단적
인 역량이어야만 자유자재로 다룰 수 있다.

많은 훌륭한 우언 작품은 민간설화와 밀접한 관계를 가지고 있는 것
이다.

둘째, 부자연스러운 창작의 폐단을 면할 수 있다. 특이한 줄거리를
담은 이야기는 쉽게 구상할 수 있는 것이 아니다. 더욱이 동식물 이야
기는 현대인이 쉽게 구상하지 못한다. 민간의 동식물설화는 보통 여러
대를 걸쳐 전해 온 것이어서 오랜 역사를 지닌다. 그것들의 창작 토대

는 두 가지이다.

하나는 민중이 동식물의 생활 습성을 아주 잘 알고 있다는 점이다. 또 하나는 전통시대의 사람들이 '만물에 영혼이 있다'는 사상에 많든 적든 어느 정도 영향을 받았다는 것이다. 과학 교육을 받은 성인 작가가 아무 참고 없이 이 같은 이야기를 만들어내면서 전혀 가공한 흔적을 남기지 않기란 실제로 매우 어렵다. 이것은 마치 "성인은 다시 아동이 될 수 없다"는 마르크스의 말과 같다.

셋째, 대중의 찬동을 얻어서 민간에 뿌리를 내리기가 쉽다. 민간설화는 본래 민간에서 나온 것이어서 민중과 친연성이 있다. 작가가 그것을 가공하고 개조하면 민중은 오랜 벗을 만난 듯 자연스럽게 친근감을 느끼고, 달갑게 받아들이며 전파할 것이다. 따라서 진정으로 뭇사람의 입에 퍼져서 부녀자들도 모두 알고 있는 우언은 대부분 민간에서 유래하든지, 민간설화의 수법을 활용하는 식으로 민간문학의 세례를 받은 것이다.

바로 이 세 방면의 우월성 때문에 매우 많은 사상가·종교가·문학가나 전문 우언 작가들은 민간설화를 흡수하여 창작하는 것을 선호한다. 예를 늘면, 괴테는 민간전설을 흡수하여 우언적 색채를 농후하게 띠고 있는 그의 대표작인 시극(詩劇)《파우스트》를 창작했다. 또 여우 르나르의 이야기를 흡수하여 우언 장시 《여우 라이네케》(*Reineke Fuchs*)를 써서, "영원히 순환하여 바뀌지 않는 사람의 약점과 우매함을 폭로했다". 그는 "제재는 어제의 것이면서 또한 오늘의 것이다"라고 말한 바 있다.

사실 그리스의 이솝 우화, 중국의 선진 우언과 인도의 불경우언은 대부분 민간에서 소재를 얻었다. 동일한 이야기가 종종 여러 작가에게 흡수되었기 때문에 줄거리가 일부 대동소이하기도 하다. 이것은 곧 그것들이 민간의 집단 창작에서 기원했다는 확실한 증거이다. 후대의 훌륭한 우언들도 종종 민간에서 유래했다. 이런 의미에서 보면, 민간우언을 흡수하는 것은 마치 식물들이 대지에서 자양분을 빨아들이는 것과 같아 일반적인 답습과는 차원이 다르다.

그러면 이제부터 고대 작가들이 이미 썼던 이야기를 후대 작가들이 어떻게 차용하는지에 대해 중점적으로 검토하겠다. 후대 작가들은 이전 제재를 이용하여 창작할 때 결코 기계적으로 모방해서는 안 되며 진부함을 거부하고 새로움을 창출해야 한다. 적어도 어느 한 방면에서 새로운 뜻을 표현해 내야 한다. 이러한 방도는 어느 한쪽에 국한되지 않으니, 주요한 것이 네 가지 있다. 바로 확충·상반·융합·모방이 그것이다.

첫 번째로 '확충'은 원래의 것을 기초로 하되 묘사를 덧붙여서 세부 묘사가 더욱 생생하고 형상이 더욱 풍만하도록 만드는 것이다. 고대 로마의 우언 작가 파이드루스는 주로 확충의 방법을 써서 이솝 우화를 개작하였다. 예컨대 이솝 우화의 〈늑대와 개〉는 늑대가 배불리 먹는 것과 자유를 바꾸고 싶지 않다는 내용이다. 줄거리가 매우 간단하고 형상도 선명하지 않다. 파이드루스의 〈늑대와 개〉는 이솝의 기본 틀을 그대로 사용했지만 곡진한 줄거리와 생동하는 세부 묘사를 증가시켰고 격정이 가득한 필치로 자유에 대한 늑대의 진정을 묘사했다.72) 뒤에 라퐁텐와 끄르일로프 등은 이솝의 제재를 그대로 사용했는데, 거의 파이드루스와 같은 방법을 채택했다.

중국 고대에도 이 방면의 예들이 없지 않다. 예컨대 한(漢) 초공(焦贛)의 《역림》(易林) 〈대유(大有)괘가 췌(萃)괘로 변함〉에는 다음과 같이 되어 있다.

---

72) 〔원주〕 이 책의 제10장 3절을 참고할 것.

참새가 먹이 찾으러 나가 새매를 만난다(雀行求食, 出門見鷂).

위아래 구르고 넘어져도 처할 곳 거의 없다(顚蹶上下, 幾無所處).

겨우 4구절 16자뿐인데, 삼국시대의 대시인 조식(曹植)은 이를 〈새매와 참새〉[鷂雀賦]로 확대했다.

새매가 참새를 잡아먹으려 하니 참새가 말했다.

"저는 미천하여 체구도 조그맣고 살도 야위었어요. 나올 게 적으니 혼자 씹어먹어도 배부르지 못할 거예요."

새매가 참새의 말을 듣고 처음에는 감히 말을 못했다.

"요즈음 살기가 어렵고 식량도 떨어졌네. 사흘을 먹지 못하니 죽은 쥐라도 그립다네. 오늘 먹이를 만나니, 어찌 너를 그냥 두겠나."

참새가 새매의 말을 듣고 마음이 매우 불안했다.

"목숨은 중한 것이니 참새와 쥐는 살기를 탐하지요. 그대가 한 끼를 얻으면 내 목숨은 위태로워요. 하느님이 내려다보시고 어진 자가 들을 거예요."

새매는 이 밀을 듣고 참새가 매우 불쌍했다. 죽음을 당할 참새는 머리가 통마늘만 한데, 머리를 지레 조아리지도 않고 목을 비틀며 크게 소리쳤다. 행인들이 소리를 듣고 와보지 않는 사람이 없었다. 참새는 새매의 말을 듣고 마음을 매우 굳게 먹었다. 대추나무에 깃들려니 삐쭉삐쭉 가시도 많고, 엄지만 한 산초 같은 눈망울로 주위를 둘러보며 두 날개를 퍼덕였다.

"내가 죽음을 당해 전혀 피할 만한 곳이 없도다."

새매가 참새를 놔두고 한참 있다가 떠났다. 곧 두 참새가 만났는데 영감과 마누라 같아 보였다. 수풀에 들어가 함께 나무에 올랐다. 한 참새가 자초지종을 말하면서 큰일 날 뻔한 이야기를 했다.

"접때 근처를 나갔다가 새매에게 잡혔다오. 내 재빠르고 평소 날랬기 망정이지, 나를 갖가지 말로 꼬드기는 게요. 텃새들을 공갈하고 애들을 무섭게 했다오. 내가 죽음을 면했으니 이후로는 마음을 바꾸어 다시는 시기하지 맙시다. 죽는 것보다 낫지 않소."

이는 중국에서 첫 번째로 나온 가장 전형적인 우언부(寓言賦)이며 후세 속부(俗賦)의 시작이 되었다. 이 작품은 조식이 느낀 자신의 신세를 묘사하였으며, 봉건사회에서 일어나는 약육강식의 현상을 반영하였다. 또한 유가의 '어진 정치'와 '중용'의 도리를 그려냈다. 《역림》에 있는 열여섯 글자가 땅에 심겨 있는 버들가지라면, 〈새매와 참새〉는 우뚝하게 드리워진 버드나무이다.

또 예를 들어 볼 수 있다. 남조(南朝) 유희경(劉義慶)의 지괴(志怪)소설 《유명록》(幽明錄)에 수록된 〈초호백침〉(焦湖柏枕)을 당(唐)의 심기제(沈旣濟)가 우언소설 〈침중기〉(枕中記)로, 명(明)의 유명한 희곡가 탕현조(湯顯祖)는 장편우언극 〈한단기〉(邯鄲記)로 확충·개작하였다. 간보(干寶)의 지괴소설 《수신기》(搜神記)에 수록된 〈노분이 개미굴에 들어가는 꿈을 꾸다〉[盧汾夢入蟻穴]는 당의 이공좌(李公佐)가 〈남가태수전〉(南柯太守傳)으로, 탕현조가 다시 〈남가기〉(南柯記)로 발전시켰다.

다음으로 두 번째 '상반'은 원래 있던 이야기를 가지고 번안하여 만드는 것이니 즉, 그 뜻을 뒤집어 사용한다. 예컨대 《이솝 우화》 가운데 〈토끼와 거북이의 경주〉는 거북이가 이기고 토끼가 진다는 내용이다. '열심히 노력하는 사람이 재주를 믿고 자만하는 사람을 종종 이긴다'는 것을 설명하지만 중국의 임어당(林語堂)은 이를 다음과 같이 고쳤다.

거북이는 자신의 끈기가 아주 세다고 허풍 치며 제 힘을 가늠하지 못했다. 네 발을 여덟 개로 해도 1각(刻: 15분) 동안에 단지 세 길 정도를 달렸을 뿐이었다. 토끼는 이 상황을 보고 이런 경기를 한다는 것은 시간을 낭비하는 것과 다름이 없다고 후회했다.

임어당 선생은 설명하기를, "범사에 제 성격에 맞는 것을 찾아야 성취가 있다"고 했다.[73]

또 현대 아동문학 작가인 뤄단(羅丹)은 또 이 이야기를 〈거북이 토끼의 두 번째 경주〉로 개작하였는데,[74] 토끼가 자만하는 버릇을 고치고 열심히 빨리 뛰어 결국 상패를 거머쥐었다고 써서 아동들을 교육하고자 하였다. 뤄단의 이 작품은 1980년 제2차 전국아동문학 창작상을 받았다. 다음과 같은 예를 보도록 하자.

(1) 겨울날 개미가 습기 찬 겉곡식을 볕에 말리고 있었다. 배가 고픈 매미 한 마리가 그에게 구걸했다. 개미가 매미에게 "왜 여름날 양식을 저축하지 않으셨나요?" 하고 묻자 매미는 "그때 나는 듣기 좋은 노래를 부르고 있었기 때문에 여유가 없었어요"라고 대답했다. 그러자 개미가 웃으면서 말하기를, "여름날 피리를 부셨다면 겨울에는 가서 춤이나 추세요."

《이솝 우화》〈개미와 매미〉

(2) 어느 여름날 고운 꽃이 미풍에 흔들리고 있었다. 수풀 속에서 귀뚜라미 한 마리가 노래하고 있었다. 멀지 않은 숲속에서 개미 한 마리가 겨울 동안 먹을 음식을 쉴 새 없이 운반하고 있었다. 그는 이처럼 하루 종일 쉴 틈도 없이 바빴다. 하루하루가 지나고 드디어 겨울이 왔다. 개미는 자기가 머물 곳에 돌아와 여름내 모아둔 먹을거리를 음미하고 있었

---

73) 〔원주〕《我的話》를 보라.
74) 〔원주〕《詩刊》 1977년 11호를 보라.

다. 그러나 지난날 근심 걱정 없던 귀뚜라미는 먹을 것도, 마실 것도 하나 없었다. 배가 너무나도 고픈 나머지 귀뚜라미는 힘들게 일하던 개미가 생각났다. 그래서 개미가 사는 곳에 가서 문을 두드린 다음, 아주 겸손하게 먹을 것 좀 달라고 청했다.

"당신은 여름에 도대체 뭐 하러 다녔어요?"

개미가 의미심장하게 물었다. 그는 부지런히 일하는 것보다 더 좋은 것이 없다고 생각했다.

"나는 노래하고 있었어요."

귀뚜라미는 솔직하게 대답했다.

"잘됐네요, 그럼 이제는 춤이나 추러 가세요!"

개미는 날카롭게 한 마디로 답한 뒤에 문을 닫아 버렸다.

그 뒤 귀뚜라미는 정말 춤추기 시작했다. 이 방면에 재능이 있어서 한 발레단에 단원으로 초빙되었다. 그러나 그는 단지 한 겨울 동안만 춤을 추었다. 그 수입으로 남쪽에 집 한 채를 사고 거기에서 일 년 내내 노래를 부를 수 있었다.

이치: 하나의 충고가 종종 한 조각의 빵보다 더 가치가 있다.

《우언집》〈그는 한 겨울 동안만 춤을 추었다〉

뮌헨 빌리암핑크(Williampink) 출판사

(1)은 부지런함을 칭송하고 환난을 미연에 방지할 줄 모르는 게으름뱅이를 조소하는 데 주지가 있다. 《라퐁텐 우언시》에도 〈매미와 개미〉라는 작품이 있고, 《끄르일로프 우언시집》에도 〈잠자리와 개미〉라는 작품이 있는데, 이들은 모두 이솝 이래의 전통적인 도덕관념을 계승하였다.

그런데 독일의 작가 보엔(Bowen)은 오히려 이 본래의 뜻을 뒤집어서 (2)를 썼다. 작품의 시작은 이솝의 구상에 따라 윤색을 하다가 필치를 뒤바꾸어 귀뚜라미가 냉담함과 비웃음을 두려워하지 않고, 오히려 역경에서 분발하여 자신의 특기를 발휘하고 올바른 삶의 길로 나서게 되었다는 것을 묘사하였다. 보엔은 이러한 변화를 전통적 제재를 뒤집어 현대적 특징을 풍부히 지닌 생활 철학으로 나타내었다.

세 번째 '융합'은 전대 작품의 내용을 흡수하여 자기 작품의 한 구성 요소로 삼는 것이다. 유럽 중세기의 유명한 동물 서사시 《여우 르나르의 이야기》는 고대 그리스와 고대 인도 우언의 적지 않은 줄거리를 흡수하였는데, 여우 르나르와 이리 이장그랭의 투쟁을 주요 줄거리로 삼았다.

한번은 이리 이장그랭이 검은색 망아지를 데리고 가는 붉은 말 한 마리를 만났다. 이리는 망아지를 몹시 잡아먹고 싶어 여우 르나르를 붉은 말에게 보내 망아지를 얼마에 팔겠냐고 물었다. 붉은 말이 대답했다.
"가격은 내 뒷발에 씌어 있어요. 당신이 직접 보세요!"
르나르는 붉은 말의 속셈을 알아차렸지만 그래도 이리를 종용했다.
"나는 학교를 안 다녔기 때문에 글을 잘 몰라요. 아저씨가 직접 보세요."
이리는 결국 꾀에 빠져 붉은 말에게 채여 땅에 넘어지고 피를 흘렸다.

이 줄거리의 바탕은 《이솝 우화》의 〈이리와 말〉에서 연원한 것이다. 원래는 두 주인공만 있어 이리가 말을 잡아먹고 싶어 하고, 말은 꾀를 써 이리를 걷어찼던 것이다. 《여우 르나르의 이야기》는 이 줄거리를 융합하여 르나르와 이장그랭의 형상을 더욱 풍부하게 하고 함축된 사회적 의미를 더 복잡하게 만들었다. 또 다음과 같은 예를 보도록 하자.

동물들은 군왕의 통치에 불만을 느껴 사자를 그 자리에서 쫓아냈다. 여우를 제외하고 누구도 사자 편에 서지 않았다. 여우는 말했다.

"다만 저에게 말 한 마디만 더 하도록 해주십시오. 한번은 팔다리가 밥통에게 성을 내어 말했다는군요. '아무 쓸모없고 먹고 놀기만 하는 놈. 소화만 시키고 누릴 줄만 알았지, 우리는 죽도록 일하잖아!' 팔다리는 밥통에게 음식을 주지 않기로 결정했답니다. 그래서 결과가 어떻게 됐을까요? 밥통은 당연히 괴로웠지만, 팔다리도 지내기가 힘들다는 것을 아주 빨리 깨달았지요. 팔다리는 날이 갈수록 피로하여 기운이 없어졌습니다. 드디어 그들은 밥통에게서 많은 이익을 얻고 있었다는 사실을 깨달았습니다. 군주의 권력도 이와 마찬가지일 겝니다."

여우는 계속 말했다.

"군주 자체가 대중의 이익을 드러내고 있는 겁니다. 다른 모든 계층, 간단히 말해서 온 민족이 군주로 말미암아 존재하고 있는 겁니다."

뱀이 끼어들었다.

"당신의 말에는 아주 작은 허점이 있습니다. 밥통은 먹는 동시에 또한 자기 구실을 하지만요, 절대다수의 국왕은 먹기만 하는 겁니다."

피셔의 〈동물 왕국에서 일어난 혁명 또는 밥통과 팔다리〉

피셔(Fisher)는 18~19세기 교체기 독일의 계몽학자이다. 일찍이 정치 풍자 우언책 세 권을 출판하여 군주의 권력을 반대하고 계몽사상을 폈다. 위 작품은 《이솝 우화》에 실린 〈밥통과 다리〉[75]의 줄거리를 여우의 변론에 포함시켰으니 고민을 많이 했다고 할 수 있겠다. 왜냐하면 〈밥통과 다리〉는 유럽에서 매우 유행하였으며 군주제 옹호자들은 이 작품을 통해 군주제를 변호하고 있었기 때문이다. 피셔는 이를 이용하여 군주제를 부정하는 동시에 군주제 옹호자들까지 풍자하였으니, 일석이조의 효과를 거두었다.

---

75) 〔원주〕 이본 가운데는 〈밥통과 팔다리〉라고 일컫기도 한다.

　마지막으로 네 번째 '모방'은 결코 직접적인 차용은 하지 않으나 내용에서 형식에 이르기까지 전대의 작품을 의도적으로 본뜬다. 예를 들면, 동진(東晉)시대 저족76)의 작가 부랑(苻朗)이 지은 《부자》(苻子)라는 책 가운데 우언 〈개미 떼의 자라 구경〉은 의도적으로 《장자》의 〈붕새와 뱁새〉를 모방한 것이다.

　(1) 궁발(窮髮)의 북쪽 명해(溟海)라는 곳은 천지(天池)이다. 그곳에 물고기가 있으니 너비가 수천 리여서 그 길이를 아는 자가 아직 없다. 그 이름을 곤(鯤)이라 한다. 또한 그곳에 새가 있으니 그 이름을 붕(鵬)이라 한다. 등짝은 태산과 같고 날개는 하늘에 드리운 구름과 같다. 회오리바람을 타고 위로 오르기를 9만 리쯤, 구름 기운이 끊긴 곳에서 푸른 하늘을 등지고 난 다음에 남쪽을 도모하니 남명(南冥)으로 가고자 하는 것이다. 참새가 그를 비웃어 말하였다.

　"제가 장차 어디를 가겠다는 건가? 나는 뛰어올라 보았자 몇 길 지나지 않아 내려오니 더북쑥 사이에서 오르내릴 뿐이다. 이도 또한 한껏 나는 것인데, 저는 장차 어디로 가겠다는 것인가?"

《장자》「소요유」(逍遙遊)편

　(2) 동해에 자라가 있으니 봉래산을 이고 창해에 떠서 노닌다. 뛰어오르면 구름을 뚫고, 가라앉아 잠수하면 황천까지 자맥질한다. 붉은 개미가 그 소식을 듣고 기뻐하면서 뭇 개미들을 바닷가에서 불러 모아 자라를 구경 가자고 했다. 한 달이 지나도 자라가 물에 잠겨 나오지 않자 뭇 개미들이 돌아가려 하였는데, 폭풍과 격랑을 만났다. 파도가 만 길이요,

---

76) 저족(氐族): 중국 고대의 서부 지역(지금의 간쑤 성 동남, 산시 성 서남, 쓰촨 서북 지구)에 살았던 민족. 동진 16국 시대에 부건(苻健)이 전진(前秦)을 세우고 부견(苻堅) 때 북방을 통일하였다.

바닷물이 들끓고 땅에 우레가 진동하였다. 뭇 개미들은 "이건 장차 자라가 일어나려는 것일 게야"라고 하였다. 며칠이 지나자 바람이 멎고 우레가 침묵하였다. 바다 가운데 산악처럼 숨은 것이 그 높이는 하늘을 덮었으며 간혹 떠다니며 서쪽으로 움직였다. 뭇 개미들이 말하였다.

"제가 산을 이고 있는 것은 우리가 낟알을 이고 밭고랑 꼭대기에서 소요(逍遙)하다 굴속으로 돌아가 숨는 것과 무엇이 다를까? 이는 대상과 자아가 적당히 맞아야 하는 것이니 자기로부터 그렇게 되는 것이리라. 어찌 하필 수백 리 길에 제 몸을 수고롭히며 구경하자는 것인가?"

《부자》

자라에 대한 (2)의 심도 있는 묘사, 자라와 개미 사이에 존재하는 신체와 역량의 커다란 차이, 개미가 자문자답하며 만족하는 말투, 그리고 이 모든 것 속에 담겨져 있는 사상은 (1)과 흡사하다. 심지어 "逍遙"라는 두 글자까지 집어넣었다. 이러한 모방은 중국 작가에 국한되지는 않는다. 예컨대 인도 우언 〈장님 코끼리 만지기〉[瞎子摸象]는 중국의 소동파(蘇東坡)가 〈장님 해 보기〉[扣盤捫燭]로 모방하여 지었고, 미국의 마크트웨인은 〈그림 보기〉로 모방하여 지었다. 우수한 모방은 결코 원작품에 견주어 손색이 없다.

과학자 뉴턴은 "만약 내가 데카르트보다 좀더 멀리 볼 수 있다면, 그것은 내가 거인들의 어깨에 서 있기 때문이다"라고 말했다. 우언의 창작과 연구도 이와 같은데 민간에서 자양분을 흡수하고 전대 사람의 성과를 계승해야만 좀더 높은 곳에 설 수 있다. 그리고 전대 사람보다 조금 더 높은 곳에 서 있어야 긴 강물에 시냇물이나 물방울을 흘려보낼 수 있다. 즉 표절이나 중복을 하지 않고 창신하는 바가 있어야만 비로소 독자와 자기 시대에 부끄럽지 않을 것이다.

우언 창작과 관련된 일부 문제는 문체적 특징을 말할 때 다루었고 구체적인 기법 문제는 다음 장에서 논의할 것이다. 본 장에서 살펴본 세 방면의 논의는 우언 창작에서 본질적인 성격을 띤 것이라고 볼 수 있다.[77]

---

77) 세 방면의 논의: 제1절 '창작 과정과 생활의 축적'은 우언 작가의 문제의식과 체험이 지니는 일반성과 개별성을, 제2절 '예술적 가공에서 허와 실의 처리'는 우언의 가상성과 현실성을, 제3절 '전통적 제재의 비판적 계승'은 민간우언과 고대 우언의 전통에서 발휘되는 연속성과 창의성 등의 여러 문제를 다루고 있다.

제6장 우언 글쓰기 기법의 개관

우언의 특징과 유형으로서 그 창작에 대해 논할 때, 가장 근본적인 기법들로 비유·유비·상징·해학·의인화 등을 소개한 바 있다. 또 우언의 허와 실 처리의 방법, 전통적 제재의 비판적 계승 방법도 근본적 성격을 띤 기법으로 소개했다. 이에 견주어 본 장에서 논하는 기법은 좀더 구체적인 것들이다.

이 가운데 어떤 것은 '줄거리를 서술하는 기법'에 속한다. 예컨대 중동무이, 도랑물 파란, 궁금증 유발, 줄거리 모음, 횡렬 묘사, 삼세번 반복, 점층식 증진, 순환 오류, 끊어질 듯 이어짐 같은 것들이다. 또 어떤 것은 '형상을 그려내는 기법'에 속한다. 예컨대 정·반 대비, 전·후경 대비, 의도적 억양, 형상 호응(의도적 문답), 모순 게시, 오류 가장, 진가(眞假) 상생, 과장 변형, 몽환 가탁, 자의식 발동, 내부자 관찰, 분위기 조성, 중의적 어휘 같은 것이다. 어떤 것은 '우의를 심화시키는 기법'에 속하는데 예컨대 주제 부연, 의문 남기기, 우의 신출(新出) 같은 것이다.

1. 중동무이의 기법

'페이블'형 우언은 일반적으로 짧고 세련되다. 레싱의 〈우언의 본질을 논함〉에서 말한 것처럼, 그 줄거리는 종종 "내용이 풍부한 기발한 생각 때문에 중동무이되어 끝까지 진행되지 않는다". 레싱은 《이솝 우화》의 〈노인과 저승신〉을 예로 들었다.

갖은 고생을 한 노인이 극도로 실망하여 등 뒤의 무거운 짐을 내팽개치고 저승신에게 내려오라고 불렀더니, 저승신이 정말 내려왔다. 노인은 당황하여 개똥밭에 굴러도 이승이 낫겠다고 느꼈다. 그래서 저승신에게 말했다.

"내가 무거운 짐을 다시 등 위에 올려놓겠으니 도와주시오!"

이야기는 여기에서 뚝 그쳤다. 노인은 여전히 이승에서 살았는가, 아니면 저승신에게 잡혀갔는가? 이 뒤로 노인의 신세는 어떠했을까? 우언 작가는 이 모든 것을 서술하지 않았다. 이미 목적을 달성했기 때문이다.

어떤 우언은 단지 동물과 인물 사이의 대화만 있고 결과가 어떠한지 상관하지 않는다. 예컨대 《설원》(說苑)의 〈올빼미와 비둘기〉나 레싱의 우언 〈노새와 함께 있는 사자〉〈사자와 함께 있는 노새〉 등이 그러하다. 더 심한 경우에는 일방적인 독백만 남겨놓을 뿐이다. 체코 작가 차페크의 독백우언은 이 방면에서 가장 도드라진 것이다. 예를 들면 다음과 같다.

> 이리: "사람들이 우리 이리들을 사냥해 잡지 않는다면 세계에 평화가
>   올 것이다."
> 폭군과 학자: "나는 행동을 하고, 너희들은 단지 이 행동의 논거를 찾
>   아내기만 하면 된다."

독백식 우언에도 편폭이 꽤 긴 것이 있다. 예를 들어 루쉰(魯迅)의
《화개집》(華蓋集)에서 〈희생의 계책〉[犧牲謨]은 독백을 통해 이기적인
'정인군자(正人君子)'를 만화식 형상으로 그려냈다.

2. 도랑물 파란의 기법

일부 우언은 비록 길이가 짧지만 흐름에 기복이 있게끔 하여 묘한
경지로 독자를 이끈다. 예컨대 구양수(歐陽脩)의 〈기름 파는 늙은이〉[賣
油翁]는 다음과 같다.

강숙공(康肅公) 진요자(陳堯咨)는 활을 잘 쏘아 당대에 비길 자가 없
었고, 스스로도 이것을 자랑으로 삼았다. 일찍이 집 텃밭에서 활을 쏘고
있는데 어떤 기름 파는 늙은이가 짐을 풀어 놓고 오랫동안 서서 돌아가
지 않고 구경을 했다. 화살을 쏘아 십중팔구 하는 양을 보더니 다만 턱을
가볍게 끄덕일 뿐이었다. 강숙이 물었다.
"너도 활을 쏠 줄 아느냐? 내 활 쏘는 것이 역시 정밀하지 않으냐!"
늙은이가 말했다.
"별것이 아니오라 다만 손에 익었을 뿐입지요!"
강숙이 벌컥 화를 내며 말했다.
"네 감히 내 활 쏘는 것을 가벼이 여기느냐?"
늙은이는,
"내 기름 뜨는 걸로 알 수 있습죠!"
하고는 호로병 하나를 땅에 놓고 그 구멍에다 엽전을 얹어 놓고, 천천히
표주박으로 기름을 떠서 따랐다. 엽전 구멍으로 기름이 들어갔지만 엽전
은 젖지 않았는데, 늙은이가 이어 말하였다.

"저 또한 별것 아닙니다. 손에 익었을 뿐이지요!"

강숙은 웃으며 그를 보냈다.

이는 장자(莊子)가 말한 바, 소를 마디마디 분해하는 백정, 수레바퀴를 꼭 알맞게 깎는 공인과 무엇이 다른가!

문장이 시작되자마자 진요자의 높은 지위와 오만한 심리를 교차시키고, 그 다음에 지위가 낮은 기름 파는 늙은이로 그를 평론하되, 치켜세우지 않아 파란을 일으켰다. 진공(陣公)은 두 가지를 물어 상대방의 칭찬을 기대하였지만 대답은 오히려 시큰둥하여 모순을 격화시켰다. 그러자 진공은 화를 내고 묻는데, 늙은이가 노숙하게 상대하여 부딪히면 곧장 폭발할 지경에 이르렀다. 최후로 늙은이는 정밀한 기예로써 이 귀족을 굴복시켰다.

그리고 《설원》(說苑)의 〈버마재비가 매미 잡다가〉[螳螂捕蟬]를 예로 들 수 있다.

매미가 목청껏 울 때 버마재비가 뒤에 있었다. 또 버마재비가 매미를 잡을 때 참새가 뒤에 있었다. 또 참새가 버마재비를 쪼아 먹으려 할 때 사람이 막 탄환으로 조준하고 있었다.

이 이야기는 비록 짧지만 위험한 현상을 연이어 만들어냈다.

또 《회남자》의 〈새옹지마〉는 짧디짧은 편폭에 '말을 잃음 → 준마를 끌고 돌아옴 → 그 아들이 말 타기를 좋아하다 다리뼈가 부러짐 → 부자가 목숨을 부지함'과 같은 과정을 적었다. 이러한 일련의 사건 변화가 줄거리의 기복을 통해 '복이 화가 되고, 화가 복이 된다'는 주지를 표현했다.

3. 궁금증 유발의 기법

궁금증을 유발하여 묘한 경지로 사람을 끌어들일 수 있다. 예를 들어 《불경》의 〈새끼 고양이의 터득〉을 보면, 새끼 고양이가 어미에게 사람의 물건을 훔쳐 먹을 때 무엇을 먹어야 하느냐고 묻는다. 그런데 어미 고양이는 "사람들이 너에게 가르쳐 줄 거야"라고만 대답한다. 이것은 의외의 대답이어서 독자로 하여금 결말을 절실히 보고 싶게 만든다. 결국 사람들이 '닭튀김 치즈'를 잘 숨겨야 한다고 서로 경계하니, 마치 새끼 고양이에게 무엇을 먹어야만 하는지 가르쳐 주는 셈이 된다. 과연 "사람들이 너에게 가르쳐 줄 거야"라는 어미 고양이의 말이 맞았다.

《성경》의 〈탕자의 귀환〉은 막내아들이 아버지가 준 재산을 몽땅 써 버리고 더 이상 오갈 데가 없을 때 아버지를 찾아 되돌아오는 내용이다. 상봉한 뒤의 정경은 어떠한가. 이것이 하나의 궁금증이다. 아버지는 오히려 잔치를 베풀어 그를 환영하니, 집에서 열심히 일을 했던 큰형은 반대한다. 결과가 어떻게 되었을까? 이것도 또 하나의 궁금증이다. 마지막으로 아버지의 한마디 말[78]을 끄집어내서 주지를 밝혔다.

또 《웃기를 잘한다》[笑得好]의 〈황금 손으로 바꾸어 주시오〉는 다음과 같은 내용이다. 인간 세상에 온 신선이 돌을 금으로 만드는 기술로 사람의 마음을 시험해 보았는데 만나는 사람들은 모두 끝없이 탐욕스러웠다. 마지막으로 한 사람을 만났는데, 그는 큰 돌덩어리를 금으로 만들어 준다 해도 고개를 젓고, 더 큰 돌덩어리를 금으로 만들어 준다 해도 오히려 고개를 저었다. 여기까지만 보면, 신선은 헷갈릴 뿐만 아

---

78) 〈탕자의 귀환〉에서 아버지의 마지막 한마디 말: 《신약 성경》「누가복음」(15:31~32)에 다음과 같이 아버지가 말하는 것으로 이 비유담(parable)을 끝맺고 있다. "애야, 너는 늘 나와 함께 있고 내 것이 모두 네 것이 아니냐? 그런데 네 동생은 죽었다가 다시 살아 왔으니 잃었던 사람을 되찾은 것과 같다. 그러니 이 기쁜 날을 어떻게 즐기지 않겠느냐?"

니라 그 사람에게 욕심이 전혀 없다고 생각할 것이다. 독자들도 이 사람의 의도가 무엇인지 이해하려고 하지만 다음 부분을 계속 읽지 않으면 안 된다. 그런 뒤에야 비로소 그가 신선에게 돌을 금으로 만드는 그 손가락을 요구했음이 밝혀진다. 작품은 순식간에 번개와 같이 모든 것을 비추어 작품의 진정한 의도를 드러낸다.

또 아랍의 민간우언 〈세 명의 화가〉는 국왕이 애꾸눈이고 절름발이라는 내용이다. 그는 세 명의 유명한 화가를 불러 자기의 화상(畵像)을 그리도록 하였다. 첫 번째 화가는 국왕을 흠이 없는 완전한 사람으로 그렸다. 국왕은 그가 아첨을 잘하는 놈이라고 말하고 끌고 가 목을 베라고 호위병에게 명했다. 두 번째 화가는 사실대로 그렸다. 국왕은 예술을 이해하지 못한다고 하며 역시 목을 베었다. 세 번째 화가는 어떻게 해야만 할까. 이것이 하나의 커다란 궁금증이다. 결국 세 번째 화가는 국왕이 사냥하는 모습을 그렸다. 저는 다리 위에 엽총을 기대 놓고 애꾸눈은 질끈 감아 조준하는 모습으로 만들었다. 그는 나라 안에서 제일가는 화가로 봉해졌다. 기발함이 압도하는 줄거리가 봉건제왕의 지나친 위신과 독특한 우의를 남김없이 표현해 냈다.

4. 줄거리 모음의 기법

레싱은 우언의 '중동무이' 기법을 강조하지만 사실 우언은 완전한 줄거리를 지닐 수 있을 뿐만 아니라 여러 개의 완전한 줄거리를 집중시킬 수도 있다. 예컨대 《이솝 우화》의 〈이리와 새끼 양〉은 비록 짧지만 발단·발전·고조·결말이 모두 갖추어져 있다. 이렇게 완전한 여러 줄거리를 집중시키면 우언의 형상을 더욱 생동감 있게 만들 수 있다. 《애자후어》(艾子後語)의 〈건망증〉을 보도록 하자.

제(齊)나라에 건망증 걸린 사람이 있었다. 걷기 시작하면 멈추기를 잊어버리고, 누우면 일어나기를 잊어버렸다. 그 처가 걱정하여 말했다.

"듣자하니 애자(艾子)가 골계스럽고 지혜도 많아 몸 깊이 든 병까지 고칠 수 있다 하니, 당신도 가서 배워 보시지요."

그 사람은 좋다고 하고, 말을 타고 활과 화살을 옆에 끼고 떠났다. 30리도 못 가서 뒤가 급하여 말에서 내려 변을 보았다. 화살은 땅에 꽂아 놓고, 말은 나무에다 매어 놓았다. 변을 다 보고 나서 왼쪽을 돌아보니 화살이 보였다.

"큰일 났다. 화살이 어디에서 날아왔지? 하마터면 맞을 뻔했잖아!"

오른쪽을 돌아보니 말이 보였다. 기뻐서 말하기를,

"공연히 놀랐지만 말 한 마리를 얻었구나."

말고삐를 끌어 돌아가려고 하는데 갑자기 자기가 눈 똥이 밟혀 다리를 절며 말했다.

"개똥을 밟아 가지고 내 신발을 더럽혔네. 애석하구나!"

그는 말에게 채찍을 휘두르며 왔던 길을 되돌아서 달렸다. 잠시 뒤에 그는 집에 도착했다. 집 문 앞에서 배회하며 말하기를,

"여기는 누구의 집이지? 애(艾) 선생님의 집이 아닌가?"

그 처가 마침 그를 보고 남편의 건망증이 또 도졌다는 것을 알고는 투덜거렸다. 그 사람은 섭섭하여 대꾸하였다.

"나는 낭자를 본 적이 없는데, 왜 나를 꾸중하시오?"

이 이야기는 한 계열의 건망증 내용을 줄거리로 모아 묘사하고 있다. '땅에 화살 꽂은 것을 잊음 → 말 매어 놓은 것을 잊음 → 똥 눈 것을 잊음 → 진찰 받으러 간 것을 잊음 → 자신의 집을 잊음 → 자신의 아내를 잊음' 등이 그것이다. 아울러 '놀람·기쁨·분노·의아함·괴이함' 등 하나로 이어지는 정서 변화도 잘 섞어 묘사했다.

만약 더 나아가 매우 많은 이야기를 하나의 형상으로 집중시켜 냈다면, 이는 곧 계열우언을 구성하게 된다. 예컨대 소식의 《애자잡설》, 신장 지역의 《아판티(阿凡提)79) 이야기》(일부는 우언임), 유럽 중세의 《여우 르나르의 이야기》 등과 같은 것이다.

5. 횡렬 묘사의 기법

줄거리 모음은 종적인 것인데 견주어 나열하기는 횡적인 것이다. 예컨대, 불경 《육도집경》(六度集經)의 우언 〈장님 코끼리 만지기〉는 여러 소경들이 코끼리의 서로 다른 부위를 어루만져서 각각 다른 결론을 내렸다는 내용이다.

뒷다리를 만진 사람은 코끼리가 페인트 통과 같다고 하고, 꼬리 끝을 만진 사람은 빗자루와 같다고 하며, 꼬리 안쪽을 만진 사람은 지팡이와 같다고 하였다. 또 뱃가죽을 만진 사람은 북과 같다고 하고, 옆구리를 만진 사람은 벽과 같다고 하며, 등을 만진 사람은 침대와 같다고 하였다. 그리고 귀를 만진 사람은 쌀을 까부는 키와 같다고 하고, 머리를 만진 사람은 작은 산과 같다고 했으며, 이빨을 만진 사람은 뿔과 같다고 하며, 코를 만진 사람은 굵은 끈과 같다고 했다.

또 라퐁텐의 〈당나귀 팔러 가는 아비와 아들〉은 '부자(父子)가 당나귀 듦 → 아들이 당나귀를 탐 → 아버지가 당나귀를 탐 → 부자가 같이 탐 → 부자가 당나귀 묾'과 같은 다섯 가지 상황을 배열하였다. 그런데 이 다섯 가지 처리 방식은 모두 다른 사람들에게 비난을 받았다. 이로써 모든 사람을 다 만족시키는 것은 불가능하다는 것을 웅변적으로 드

---

79) 아판티: 위구르족의 지혜로운 스승을 아판티라고 하는데 중동 지역에서는 그의 이름을 나스레딘(nasreddin)이라고 부른다. 제1부의 각주 57번 참고.

러냈다.

　나열하기는 한 방면에만 국한할 수도 있다. 예컨대 서버(Thurber)의 〈부지런한 사냥개〉는 주로 지명의 배열이다. 웹코나이트 폭포, 애크런, 클리블랜드, 버펄로, 시라쿠사, 로체스터, 알바니, 뉴욕, 파리, 파푸아, 칼레, 도버, 런던, 체스터, 란디프너, 마크데부르크, 리버풀, 테네시, 토나프라이, 나이악, 피파익, 신시내티, 세인트루이스, 캔자스시티 등등. 지명을 열거하여 사냥개의 맹목적인 부지런함을 그려낸 것이다.

　또 황루이윈(黃瑞雲)의 〈촉 선주 묘〉(蜀先主廟)는 주로 인명을 열거해 놓았다. 선주, 손부인, 감부인, 미부인, 아두, 공명, 관우, 장비, 조운, 황충, 마초, 방통, 법정, 위연, 마대, 왕평, 요화……. 이로써 인간관계와 높은 사람에게 연줄 대는 풍조, 그리고 비대한 기구 조직의 폐해를 풍자하였다.

6. 삼세번 반복의 기법

　우언은 반복하여 서술하는 민간설화의 방식을 매우 즐겨 사용한다. 그 가운데 가장 빈번히 사용하는 것이 세 번 반복하는 방식이다. 예컨대 《전국책》의 〈남쪽으로 간다면서 북쪽으로 수레를 몰다〉[南轅北轍]는 세 차례 문답을 거쳐, '내 말은 빨리 달린다', '나는 돈이 많다', '내 마부는 기술이 좋다'고 썼다. 이것들은 모두 목적지에 잘 도달하기 위한 좋은 조건이지만, 방향이 잘못되면 조건이 좋을수록, 노력할수록 목적지와는 더 멀어지게 된다는 것을 설명했다.

　《욱리자》(郁離子)의 〈궐숙의 세 차례 후회〉[蹶叔三悔]는 제목처럼 궐숙의 세 차례 회한을 기술했다. '나는 후회스럽다', '나는 이후로 뉘우치지 못하지는 않을 것이다', '내가 뉘우치지 못한다면 저 해에 두고 맹세하리라'고 하며 회한은 한 차례 한 차례 점점 깊어지지만, 결국 유한한 인생이 벌써 소모되어 버렸다고 하여 독자로 하여금 깊이 반성하게 만든다.

마중석(馬中錫)의 〈중산랑전〉(中山狼傳)에서도 오래된 세 존재인 늙은 살구나무, 늙은 암소, 명아주 지팡이의 노인에게 물었다. 이 또한 삼세번 반복하는 수법이다.

7. 점층적 증진의 기법

점층적 진행 방식은 주요 이미지와 작품의 우의를 도드라지게 할 수 있다. 예컨대 일본의 민간우언 〈황새·왕새우·고래〉는 다음과 같은 내용이다.

어느 황새 한 마리가 덩치가 아주 크게 자랐다. '세상에서 나보다 더 큰 놈이 없겠다'고 여겨 교만하게 대해(大海) 위를 날아가고 있었다. 날기에 지쳐 한 기둥에 멈추어 쉬었다. 잠시 뒤 "당신은 누구세요?" 하고 묻는 소리가 들려와 황새가 대답했다.

"나는 세상에서 가장 큰 동물 황새예요."

그 소리가 말했다.

"허허! 나는 왕새우라고 한다. 당신은 지금 내 수염에서 쉬고 있잖아? 그런데 무슨 세상에서 제일이라고? 허허!"

이에 왕새우가 의기양양하게 여러 곳을 안하무인격으로 누비고 다녔다. 그는 피곤하여 한 동굴에 들어가 쉬는데 "당신은 누구세요?" 하고 묻는 소리가 들려왔다.

"나는 세상에서 가장 큰 새우입니다."

"당신이 가장 크다고? 잘 들어라. 나는 고래인데 넌 지금 내 콧구멍 속에 있어. 꼼짝하지 마! 너무 간지러워. 에취!"

고래가 말하다가 재채기를 하니 왕새우는 멀리 날아갔다. 왕새우는 공교롭게도 바위에 부딪혀 지금까지 허리가 굽어 있는 것이다.

명나라 강영과(江盈科)의 《설도해사》(雪濤諧史) 가운데 〈인색한 기술〉도 똑같은 수법이다.

인색한 사람이 인색한 기술을 더 배우려고, 종이를 잘라 물고기를 만들고, 물을 떠서 술을 만들어 선생을 뵙기 위한 예물로 삼았다. 마침 인색한 선생이 외출하여 그 부인이 두 손으로 동그라미를 그리며 제자를 맞이했다.

"빈대떡 잡수세요."

인색한 선생이 귀가한 뒤에 기분이 좋지 않아 그 부인에게 말하였다.

"왜 이렇게 넉넉히 환대해 주었는가?"

하면서 손으로 동그라미를 반만 그렸다.

"빈대떡 반쪽이면 그를 넉넉히 돌려보낼 수 있었을 텐데."

세 사람의 인색한 기술이 모두 깊은 경지에 나아갔고, 그 인색한 선생은 더욱더 최고의 경지에 이르렀다.

또한 점충적 진행 방식에는 수량의 증감이 있을 수 있다. 레프 톨스토이의 《러시아 민간설화집》의 〈무를 뽑다〉에서는 인물이 점점 늘어나는 방법을 사용했다.

늙은이가 무 하나를 심었는데 무가 달고도 크게 자랐다. 늙은이는 혼자서 무를 뽑지 못해 할망구까지 가담시켰지만 뽑지 못했다. 손녀딸까지

가담시켜도 뽑지 못했다. 강아지까지 가담시키고, 또 야옹이까지 가담시
켜도 뽑을 수 없었다. 마지막으로 쥐까지 가담시켜 힘을 합하여 끝내는
큰 무를 뽑아냈다.

이 작품은 사람이 많으면 힘도 커진다는 것을 설명할 뿐만 아니라
어떠한 작은 힘이라도 무시해서는 안 된다는 것을 말했다. '쥐'라고 하
는 것은 바로 그 작은 힘을 상징하고 있다. 이 우언 작품은 민간에 연원
하고 있어 매우 널리 퍼져 있고 여러 측면에서 볼 만한 게 있는데, 점층
법을 성공적으로 운용한 것도 그 가운데 한 요소이다.

점층적 증진에는 고리식으로 가져다 붙이는 기법이 있어 우언 창작
에 이용할 수 있다. 《계안록》(啓顔錄)의 〈수레에 부딪혀서 장모님 혹부
리 되셨나요〉[豈是車拔傷],80) 《애자잡설》의 〈영구의 선비〉[營丘士]는 모
두 이러한 기법을 사용했다. 그렇지만 이 기법을 사용하는 경우는 비교
적 적다.

8. 순환 오류의 기법

이 형식은 (가)의 일에서 시작하여 (나), (다), (라)의 일을 말한 다
음, 다시 (가)로 돌아가는데, 마지막에 우습고 황당한 것을 느끼게끔
하여 어떠한 도리를 깨닫게 한다. 예컨대 인도의 산스크리트 설화집
《설해》(說海) 가운데 〈쥐의 혼인〉[老鼠擇婚]81)은 다음과 같다.

---

80) 《太平廣記》에 〈山東人〉이라는 제목으로 수록되어 있다.
81) 《설해》의 〈쥐의 혼인〉: 이 이야기는 《판차탄트라》에도 수록되어 있다. 《설해》는
11세기 소마데바가 인도의 고대 설화집을 번안한 《설화의 바다》(*Kathāsaritsāgara*)를
가리킨다.

옛날에 한 은둔자가 매의 손아귀에서 떨어진 생쥐를 주웠다. 매우 가련하다고 느껴, 신통력을 부려 소녀로 만들어서 자기가 은거하는 곳으로 데려왔다. 은둔자는 그녀가 다 자란 것을 보고는 힘 있는 남편을 찾아주어야겠다고 생각했다. 그는 먼저 해를 불러서 말하였다.

"내 딸에게 장가들어라. 나는 딸을 힘센 남편에게 시집보내고 싶다."

해가 대답했다.

"구름이 나보다 더 힘이 세요. 그는 잠깐 사이에 나를 막아 버릴 수 있습니다."

은둔자는 그 말을 듣고 해를 쫓아버리고는 다시 구름을 불러와 딸에게 장가들라고 했다. 구름이 대답했다.

"바람이 나보다 힘이 세요. 그가 기분이 좋기만 하면 나를 하늘 어느 곳으로든 불어 보낼 수 있어요."

은둔자는 그 소리를 듣고 다시 바람을 불러와 여전히 똑같은 질문을 했다. 바람이 대답했다.

"산이 나보다 더 힘이 세요. 나는 그를 조금도 움직이게 할 수 없으니까요."

은둔자는 이 말을 듣고 히말라야 산을 불러와 딸을 그에게 시집보내고 싶어 했다. 산이 대답했다.

"쥐가 나보다 더 힘이 세요. 그들은 내 몸에 구멍을 뚫을 수 있으니까요."

은둔자가 이같이 똑똑한 신들의 대답을 듣고는 들쥐 한 마리를 불러와 그에게 말했다.

"이 여자아이에게 장가들어라."

들쥐가 대답했다.

"그녀가 어찌 내 굴속으로 웅크리고 들어갈지 저에게 알려주세요."

은둔자가 말하기를,

"딸을 다시 쥐로 바꾸는 것이 가장 좋겠다."

라고 하고, 그녀를 다시 쥐로 바꾸어 그 숫쥐에게 시집보냈다.

뒷날 명(明) 유원경(劉元卿)의 《현혁편》(賢奕編)에 있는 〈고양이의 여러 별명〉[猫號]도 이러한 수법을 배운 것이다.

9. 끊어질 듯 이어짐의 기법

어떤 우언은 줄거리가 표면적으로 관련이 없어 보이지만, 안으로 엄밀한 구성을 가지고 있다. 이러한 작법은 우언의 함축미를 증가시켜 독자로 하여금 끊기지 않는 뒷맛을 느끼게 할 수 있다. 예컨대 카프카의 〈프로메테우스〉는 표면적으로 완결되지 않은 네 개의 이야기인데, 실질적으로는 정밀한 논리 배열을 지니고 있다.[82] 또 바우쉬르더[83]의 〈꽃〉은 다음과 같다.

몸에 흰 가운을 걸친 사람이 종이에 통계 수치를 쓰고 곁에다 깨알 같은 글씨를 깨끗하게 덧붙였다. 그런 다음 그는 가운을 벗고 대략 한 시간 동안 창틀 위의 꽃을 매만졌다. 꽃 한 송이가 죽은 것을 발견하고는 매우 상심하여 울기 시작했다. 그 통계 수치는 여전히 종이 위에 있었다. 이 수치에 따르면 실험한 것 0.5그람의 분량이면 두 시간 안에 천 명 이상의 사람들을 사지에 몰아넣을 수가 있다. 햇빛이 꽃 위에 쏟아지고 또 종이 위에 쏟아졌다.

이 우언 작품은 어떤 실험을 하고 있는 한 과학자가 주인공인데 그

---

82) 〔원주〕 카프카의 〈프로메테우스〉에 대해서는 이 책 제15장 1절을 참고하라.

83) 바우쉬르더: 구체적인 인적사항이 분명하지 않다. 독일의 우언 작가로 추정된다.

의 두 가지 행위를 그렸다. 하나는 실험 데이터를 기록하는 것이고, 또 하나는 꽃을 기르는 것이었다. 이 두 가지 일이 표면적으로는 전혀 상관이 없지만, 실질적으로는 심각한 반전의 주제가 농축되어 있다. 예쁜 꽃을 기르는 손과 약한 생명을 아끼는 마음이 동시에 사람을 죽이는 무기를 연구하여 만든다. 그가 "상심하여 울기 시작했다"는 것은 전쟁 수괴들의 음험하고 악랄한 것을 들추어내고, 전쟁이 사람의 영혼을 왜곡시킨다는 것을 그려냈다. 여기서 '꽃'이란 바로 생명의 아름다움을 상징하고 있다.

10. 정·반 대비의 기법

대비는 사람들에게 강한 인상을 줄 수 있다. 그 생리적 기제는 대뇌의 피하층에 흥분과 억제를 상호 유도한다. 이는 우언 가운데서 가장 많이 활용하는 묘사의 수단이며, 횡적으로 하는 '동시 대비'가 있고, 종적으로 하는 '계기적 대비'가 있다.

《이솝 우화》는 대비 수법을 잘 활용하여 우의를 도드라지게 한다. 〈이리와 새끼 양〉은 선악의 대비이고, 〈북풍과 태양〉은 냉온의 대비이고, 〈도토리와 갈대〉는 강약의 대비이고, 〈거북이와 토끼〉는 속도의 대비이고, 〈까마귀와 여우〉는 지혜의 대비이다. 이는 모두 횡적인 동시 대비이며 그 예를 이루 다 들기 어렵다.

〈양치기 소년〉은 앞의 말은 거짓이고 뒤의 말은 진짜인데, 앞에서는 통쾌하게 웃었지만 뒤에서는 쓴맛을 보았다. 〈도둑과 어머니〉는 앞에서 작은 잘못을 고치지 않은 것을 말하고, 뒤에서 사형에 처하는 죄를 저지른 것을 말했다. 앞에서는 어머니가 사랑에 빠진 것을 썼고, 뒤에서는 아들의 한맺힘을 썼다. 이러한 예들은 곧 계기적 대비이다.

중국 고대 우언도 대비 수법을 잘 운용하여 철학적 이치를 나타냈다. 《장자》의 〈붕새와 뱁새〉[鯤鵬斥鷃]는 대소를 대비했고, 〈이웃 사람의 효빈〉[東施效顰]은 미추를 대비했고, 〈솔개와 봉황〉[鴟與鵷鶵]은 청탁을 대비해서 모두 깊은 인상을 남겼다. 중국 우언 작가들은 계기적 대비의 운용을 가장 좋아한다. 변화·발전하는 가운데 주제를 도드라지게 하니 《맹자》의 〈모를 뽑아 조장하다〉[揠苗助長], 《열자》의 〈연나라 사람이 귀국하다〉[燕人返國], 《한비자》의 〈나무 부딪히는 토끼를 기다리다〉[守株待兔], 《여씨춘추》의 〈표시한 대로 밤중에 강을 건너다〉[循表夜涉], 《신서》의 〈섭공이 용을 좋아하다〉[葉公好龍] 등이 모두 이와 같다.

동시 대비와 계기적 대비를 한 우언 작품 안에서 교차시켜 더 강렬한 효과를 거둘 수 있다. 《장자》의 〈포정의 소 잡는 법〉[庖丁解牛]은 '일반 백정 ― 숙련된 백정 ― 포정이라는 백정' 사이의 횡적인 대비가 있은 다음에 다시 '보이는 것이 소 아닌 것이 없는 경지 ― 온전한 소가 보이지 않는 경지 ― 정신으로 만나서 눈으로 보지 않는 경지'의 종적인 대비가 있다. 그로부터 장자가 선양하고자 하는 양생의 도리를 도드라지게 했다. 그리고 《열자》의 〈우공이 산을 옮기다〉[愚公移山]는 크고 작음, 지혜와 어리석음, 늦고 빠름의 횡적인 대비를 한 데다가 또 막힘과 통함의 종적인 대비를 했다.

대비법의 중요성은 그것이 배경묘사법, 억양법, 모순법, 오류가장법 등의 기초가 된다는 데 있다.

11. 전·후경 대비의 기법

후경(後景)을 뒤에 깔아놓는 것은 주체를 더욱 도드라지게 하기 위함이다. 부처 본생담(本生談) 가운데 〈두루미와 게〉는 물고기, 두루미, 게의 세 동물을 그리고 있다.

몹시 뜨거운 계절에 연못물이 줄어들었다. 두루미는 못 속에 물고기가 매우 많은 것을 보고 물고기들을 속여 말하였다.

"너희들이 만약 내 말대로만 한다면 내 부리로 너희들을 하나하나 오색 연꽃이 만발한 큰 연못으로 물어다 줄게!"

두루미는 물고기들의 신임을 받은 뒤에 모두 물어서 먹어 버리고, 게 한 마리만 남겨 놓았다. 두루미가 같은 말로 게를 속이려고 하였다. 게는 속으로,

'만약 두루미가 진심으로 나를 큰 연못에 보내준다면 좋겠지만, 그렇지 않다면 그의 모가지를 끊어 놓아야지!'

라고 생각하고 이어 말하였다.

"나는 네가 나를 꽉 물고 있지 못할까 걱정이다. 내 다리로 네 목을 꽉 집고 있게 해 주렴!"

게는 두루미에게 잡아먹힌 물고기들의 뼈를 본 순간 두루미의 목을 끊어버렸다.

전체 이야기는 물고기의 경솔함과 두루미의 교활함을 배경으로 해서 게의 침착한 기질을 드러냈다. 고대 로마의 우언 작가 파이드루스는 〈이리와 개〉에서 이와 같은 수법을 썼다. 개가 꼬리를 흔들어 사랑을 구하는 것은, 곧 자유에 대해 이리가 가진 지향심의 후경이 되기에 알맞다. 이리는 다음과 같이 큰소리로 말한다.

네가 누리고 있는 그 편안함을 나는 이미 다시 바라지 않는다. 때때로 들판에서 자유롭게 배회할 수 있어야만 한다. 어떤 쇠사슬의 속박도 받을 수 없다. 쓸쓸한 산등성이에서 나는 나의 자유를 위하여 노래하겠다.

청(淸)의 팽단숙(彭端淑)이 〈촉나라 시골의 두 승려〉[蜀鄙二僧]에서 사용한 것도 바로 전·후경 대비의 수법이다. 조건이 좋은 부자 승려를 배경으로 삼아 물병 하나, 바릿대 하나를 가졌을 뿐인 가난한 승려를 전경화하였다. 그로부터 일이란 사람에게 달린 것이요, 하면 쉽고 하지 않으면 어렵다는 것을 설명했다.

12. 의도적 억양의 기법

억양법(抑揚法)은 힘을 축적하게 한다. 먼저 눌렀다가 그 다음에 추어준다면 칭찬이 더욱 효과적이고, 먼저 추어주고 그 다음에 누른다면 비판이 더 힘이 있게 된다.

이솝 우화 가운데 〈모기와 사자〉는 모기를 주인공으로 하여 사자, 모기, 거미의 투쟁을 묘사했다. 모기는 아주 용감하게 사자한테 싸움을 걸었다.

모기는 나팔을 불며 사자의 얼굴을 향해 날아가 코 주위에 털 없는 부분을 집중적으로 물어댔다. 사자는 성을 내며 자기 발톱으로 얼굴을 쥐어뜯었다. 모기는 사자를 이기고 나서, 나팔을 불고 개선가를 부르며 날아가다가 오히려 거미줄에 걸려 버렸다.

먼저 모기의 승리를 쓴 것이 '추어줌'이요, 뒤에 모기가 거미에게 잡아먹힌 것이 '누름'이다. 먼저 추어주고 뒤에 누름으로써 자만하는 자에 대한 비판을 도드라지게 했다.

파이드루스의 우언 〈대머리와 파리〉는 대머리를 주인공으로 삼았는데, 먼저 대머리가 파리에게 조롱을 받아 파리를 때리다가 자꾸 자신의 머리만 때리게 되어 낭패 보는 것을 묘사했다. 그 이후에 대머리는 "내가 한 번만 너를 때려 맞추면 넌 당장에 뒈질꺼야"라고 선언했다. 이것이 바로 먼저 눌렀다가 그 다음에 추어주는 수법으로, '적에게 호되게 복수하기 위해서 약간 손해를 입는 사람을 조소하지 말아야 한다'는 작품의 우의를 도드라지게 한 것이다.

'누르는 것'과 '추어주는 것'은 상대적이다. 한 작품 안에서 A라는 형상을 '누르는 것'은 오히려 B라는 형상을 '추어주는 것'이 될 수가 있다. 그 반대도 마찬가지이다. 따라서 먼저 누르고 뒤에 추어주거나, 먼저 추어주고 뒤에 누르는 것은 종종 동시에 활용될 수 있다.

예컨대 《판차탄트라》의 〈이성과 지식〉은 네 명의 브라만 이야기를 묘사했다. 먼저 유식한 사람 세 명의 능력이 뛰어나다는 것과, 무식한 사람 한 명이 가련하다는 것을 극도로 비교하여 묘사하였다. 그 다음에 유식한 사람 세 명이 어리석은 행위로 비참한 결과를 초래하고, 무식하지만 이성이 건전한 브라만이 지혜롭게 행동한다는 것을 묘사했다. 이로써 '지혜가 지식을 이긴다'는 우의를 도드라지게 하였다. 여기서 유식한 사람 세 명은 먼저 추어주고 뒤에 눌렀으며, 그 무식한 사람은 먼저 누르고 뒤에 추어주었다.

13. 형상 호응(의도적 문답)의 기법

우언 작가는 우의를 도드라지게 하고자 종종 자신의 주관적 의식이나 객관적 대상을 두 개의 형상으로 나누어 서로 보완하게 한다. 이 두 형상은 대립적 모습으로 나타날 때도 있으니 서로 힐난함으로써 이치를 더욱 투철하게 밝힌다.

예컨대 송나라 시인 왕령(王令)의 우언시 〈메뚜기 꿈〉[夢蝗]을 들 수 있다. 시인이 시를 지어 메뚜기가 농작물을 해치는 것을 꾸짖으니 메뚜기가 시인의 꿈에 나타나 다음과 같이 반박하는 것을 묘사했다.

너희 사람들은 귀천(貴賤)으로 나뉘어서, 귀인들은 권세를 부리어 수많은 창고의 저장 곡식을 한입에 먹어 치우고 백성들의 고혈을 다 빨아먹는다. 너는 어째서 그들은 꾸짖고 권면하지 않는가?

시에 등장한 시인과 메뚜기는 모두 왕령의 의식을 나타낸다. 겉으로는 서로 책망하고 힐난하지만 실제로는 서로 맞장구치고 있는 것이다. 루쉰(魯迅)의 우언 산문시 〈개의 힐난〉[狗的駁詰]도 같은 수법을 사용한다. 또한 유기(劉基)의 〈매감자언〉(賣柑者言)은 '나'와 '감귤 장사'를 묘사했는데, 감귤 장사의 과일이 '빛 좋은 개살구'라고 책망함으로써 감귤 장사가 조정의 문신들도 모두 '빛 좋은 개살구'라고 말하게 했다. '감귤 장사'와 '내'가 상보적 형상으로써 작가의 주관의식을 함께 나타냈다.

유종원(柳宗元)의 〈채찍 장사〉[鞭賈]는 풍자 대상을 두 개의 우언적 형상으로 나누었다. 우언 전체는 관료사회를 시장에 빗대었다. 말채찍 파는 간사한 상인이 터무니없는 가격을 불러 50냥짜리 채찍을 5만 냥에 팔려고 했다. 그 채찍은 썩은 대나무에 밀랍을 입히고 누런색을 칠한 저질 상품이었다. 결국 그 채찍을 사서 말을 모는 사람으로 하여금 결정적인 순간에 크게 낭패를 보게 하였다. 작자는 이 이야기를 통해 능력도 없으면서 높은 자리만 구하는 관료들을 다음과 같이 비유했다.

지금 관리들은 그 모습을 치잣물처럼 노랗게 물들이고, 그 말을 밀랍처럼 번드르르하게 만든다. 조정에서 기예를 팔다가 일단 요행으로 자기 분수 이상의 벼슬을 받으면 좋아하고, 자기 분수에 딱 맞으면 오히려 화를 내며 '내가 어찌 공경벼슬에 이르지 못하는가?' 한다. 하지만 이렇게 해서 높은 자리에 이른 사람이 실로 많다. 무사안일로 지내니 삼 년을 지내도 아무런 해로움이 없다. 그러다가도 큰일을 당해서 힘을 써야 할 위치에서는 일을 처리하느라 말을 휘몰아야 한다. 그런데 저 속 비고 썩어빠진 채찍을 가지고 크게 진작시키는 효과를 바란다면, 두 동강이 나서 말 탄 사람을 떨어뜨려 다치게 할 염려가 어찌 없겠는가.

작가는 간사한 상인의 터무니없는 가격으로 높은 지위를 좇는 관료들을 풍자하였고, 썩은 말채찍으로 관료들의 무능함을 풍자했다. 이는 동일한 풍자 대상인 봉건관료를 두 개의 우언 형상으로 연결한 것이다.

14. 모순 제시의 기법

《한비자》의 우언 〈창과 방패〉[自相矛盾]는 바로 모순 제시의 기법을 활용한 전형적 예이다.

초나라 사람이 방패를 널리 팔고자 자기 물건을 과장하였다.
"내 방패는 아주 견고하여 그 어떤 것으로도 뚫을 수 없습니다."
또 창을 널리 팔기 위해 허풍 쳤다.
"내 창은 아주 날카로워 그 어떤 것도 뚫을 수 있습니다."

이 예는 언어적으로 서로 모순이다. 그러나 더 많은 경우는 말과 행동이 모순된다. 예컨대 끄르일로프의 우언 〈곤줄박이〉는 다음과 같다.

곤줄박이는 바닷가에 날아와서 불을 질러 바다를 말려버리겠다고 허풍 쳤다. 그의 호언장담은 즉시 널리 퍼져, 물가 주민들을 아주 불안하게 만들었다. 이따금 어떤 사람이 낮은 소리로 수군거렸다.

"곧 있으면, 바닷물이 들끓어 불꽃을 일으킬 거야."

그러나 아무 움직임도 보이지 않았고, 불똥 하나 튀지 않았다.

"바닷물이 끓을 때가 다 되었겠지."

그러나 자취도 보이지 않았다. 결국은 어떻게 되었을까? 호언장담은
실현되었을까? 곤줄박이는 부끄러워 날아가 버렸다. 그가 떠벌렸던 허
풍은 결국 바닷물을 불태워 말려 버리지는 못했다.

말과 행동의 모순은 반드시 허풍 치는 것만은 아니다. '말로는 쉽지
만 행하기가 어렵기' 때문에 이로 말미암아 이루어진 언행의 모순도 있
다. 예컨대 이디오피아의 민간우언 〈충고〉는 다음과 같은 내용이다.

쥐들이 고양이를 상대하는 방법을 상의하려고 회의를 했다. 모두들 고
양이의 솜씨가 좋아 대적할 방법이 없다고 말했다. 그러자 막내 쥐가,

"제게 좋은 생각이 있습니다. 고양이의 목에다 방울 하나를 매주고요,
고양이가 와 방울이 울릴 때 도망가면 되잖아요."
라고 말하니, 모두들 외쳤다.

"맞다! 좋은 생각이다. 우리들은 살았다."
이때 나이가 가장 많은 쥐 한 마리가 말하였다.

"생각은 좋다마는, 누가 고양이 목에 방울을 달 것인가?"

이면을 드러내는 방법도 모순 제시법에 속한다. 예컨대 한단순(邯鄲
淳)의 《소림》(笑林) 가운데 〈긴 대나무 입성하기〉[長竿入城]는 다음과
같은 내용이다.

노나라 사람이 긴 막대를 잡고 성문에 들어가는데, 막대기를 똑바로

들든 옆으로 들든 들어갈 수가 없었다. 이때 한 노인이 와서 말하였다. "나는 성인(聖人)이라고 할 수는 없지만 견문이 넓다. 자네는 왜 긴 막대기를 톱질하여 짧게 자르지 않는가?"

노인의 생각은 무지하면서도 스스로 옳다고 여기는 모습을 폭로하기에 딱 좋았다. 이 밖에 의도적으로 은폐하면서 이면을 드러내는 상황도 있다. 예컨대 《설도소설》(雪濤小說)의 〈모르는 게 없는 사람〉[知无涯]은 다음과 같은 내용이다.

북방에서 태어나 마름풀[84]을 모르는 사람이 남방에서 벼슬을 했다. 술자리에서 마름풀을 먹게 되었는데 껍질까지 삼켰다. 어떤 사람이,
"마름은 껍질을 벗겨서 먹어야 합니다."
라고 말하니, 그 북방 사람은 자신의 무지를 감추려고 말했다.
"나도 모르는 게 아니요. 열을 내리려고 껍질까지 먹은 거요."
다른 한 사람 물어보았다.
"북방에도 이런 것이 있나요?"
그는 대답했다.
"온통 산 천지인데 어딘들 없겠어요!"

15. 오류 가장과 오해의 기법

오류 가장은 표면적인 모순을 통해 사람의 의표를 찌르는 수법이다. 《이솝 우화》의 〈노인과 저승신〉은 노인이 고통을 참지 못해 저승신을

---

84) 마름풀: 연못이나 늪지에 자라는 일년초. 흙속에 뿌리를 내리고 줄기는 길게 자라 물 위에 뜬다. 여름에 흰 꽃이 피고 열매는 먹을 수 있으며 민간에서 약재로 사용한다.

불렀다는 내용이다. 본래 목숨을 끊고 고난을 벗어나려고 했던 것인데, 결과적으로 오히려 저승신이 고난과 목숨을 상징하는 '장작'을 다시 노인의 등에 지게끔 해주었다.

《열자》에 실린 〈구방고의 말 고르는 법〉[九方皋相馬]도 이와 같다. 구방고는 백락(伯樂)이 흠모하는 말 고르기의 명수였다. 그러나 말을 살필 때 털 색깔이나 성별을 가리지 못하고 검은 수말을 누런 암말로 헷갈려 말할 정도였다. 그러나 작가는 바로 이와 같은 표면적인 황당함을 이용하여 구방고의 놀라운 통찰력과, 다음과 같은 우언의 주제를 도드라지게 하였다.

알짜를 얻으려면 쭉정이를 잊고, 내면에 있으려면 자기 처소를 잊어야 한다. 보이는 것을 보고 보이지 않는 것을 보지 않으며, 살필 것을 살피고 살피지 않을 것을 내버려 두는 것이다.

오해의 기법은 사물의 진상을 잘못 이해하여 희극적 효과를 갖추는 것이다. 예컨대 《여씨춘추》의 〈우물을 파 한 사람 힘을 덜다〉[穿井得一] 시는 다음과 같은 내용이다.

송나라 정씨 가문은 우물을 파기 전에 늘 사람을 고용해서 물을 긷게 했다. 뒤에 우물을 파고 사람들에게 "나는 우물 뚫어 사람 하나를 얻었다"고 했다. 어떤 사람이 이 소문을 전하여 말했다.

"정씨 집은 우물을 뚫어서 사람 한 명을 구했다는군요."

소문이 즉시 널리 퍼지게 되어 국왕까지도 듣게 되었다. 사람을 파견하여 문의하니 정씨 집에서 말했다.

"나는 우물을 뚫어 한 사람의 힘을 벌었다는 것이지, 우물 바닥에서 사람 한 명을 건져냈다는 것이 결코 아닙니다."

티베트의 유명한 민간우언 〈텀벙 왔다〉[咕咚]에서는 오해의 기법을 사용하여 짐승 100마리의 대탈출이라는 희극을 써냄으로써 맹종하는 군중심리를 심각하게 제시했다.

호숫가에 모과나무 숲이 있었는데 그 안에 토끼 여섯 마리가 살았다. 한번은 모과가 익어 '첨벙' 하고 물속에 떨어졌다. 그 소리에 토끼들이 놀라 재빨리 도망갔다. 여우가 왜 도망가느냐고 물으니 토끼들이 달리면서 "첨벙 왔어!" 하고 말했다. 그 뒤에 원숭이, 사슴, 돼지, 물소, 코뿔소, 코끼리, 검은 곰, 말곰, 표범, 호랑이, 사자 등 한 놈이 또 한 놈을 따라 줄행랑을 놓았다. 모두들 너무 지쳐서 더 이상 뛸 수 없을 때가 되어서야 그 원인을 캐물었다. 알고 보니 모두들 제 풀에 놀랐던 것이었다.

유명한 불경우언 〈원숭이가 달을 건지다〉[猴子撈月]에서도 이런 오해 수법을 사용하였다. 오류 가장과 오해는 서로 연관된 것이다. 오류 가장도 일종의 오해이지만, 일반적인 오해와 다르다. 오류 가장은 종종 표면의 오해를 통해 본질적인 진실을 곧바로 지적해낸다.

16. 참과 거짓의 상생 기법

조설근(曹雪芹)의 《홍루몽》은 거짓[假]으로 참[眞]을 삼고 참으로 거짓을 삼는다. 우언을 쓸 때도 이따금 거짓과 참을 상생시키는 기법을 사용한다. 어떤 이야기는 본디 가짜로 만든 허구적인 것이다. 그러나 가끔 역사 사건이나 역사적 인물을 끌어와 증거로 삼는다. 《장자》의 '중언(重言)'도 종종 이와 같은 것이다.

어떤 때는 작가가 아주 그럴싸하게 역사적 고증을 만드니 전형적인 예가 한유(韓愈)의 〈모영전〉(毛穎傳)이다. 전체 이야기가 토끼와 토끼털의 전기(傳記)이니 완전히 허공에 기대어 짜낸 것이다. 그렇지만 세부 줄거리에는 일부러 고증을 세웠다.《예기》(禮記)《논형》(論衡)《광아》(廣雅)《오경통의》(五經通義)《전국책》(戰國策)《박물지》(博物志) 등의 표현을 이면적으로 구사하여 진실감과 골계성을 강화했다.

일부 이야기는 본디 일정한 역사 사실을 근거로 하지만, 약간의 허구적 내용을 일부러 가미하여 우의를 돌출시킨다.《한비자》《여씨춘추》《설원》《신서》 등은 이러한 기법을 가장 잘 쓰고 있다.《사고전서》의 「총목제요」에서는 섭대경(葉大慶)의《고고질의》(考古質疑)[85]를 인용하여 《설원》과 《신서》 가운데서 사실과 합치되지 않거나 스스로 모순되는 이야기를 제시한 적이 있다. 이는 작가 유향(劉向)이 일부 이야기에서 완전히 진실한 기록만을 사용하지 않았음을 설명해 준다.

우언에서 진과 가의 상생은 도리어 '진 → 가 → 진'의 격식을 채용한다. 해설적인 동물우언에서는 이러한 격식이 비교적 많다. 예컨대《중국 소수민족 우언고사선》에 있는 이족(彝族)의 〈지네와 수탉〉은 다음과 같은 내용이다.

　　지네와 수탉은 원래 친한 친구였다. 장닭에게는 아름다운 뿔이 있었고 지네에게는 없었다. 하루는 지네가 손님이 되어 수탉의 뿔을 빌려갔다. 다른 손님들이 모두 뿔이 멋있다고 칭찬하니 지네는 나쁜 마음이 생겨 뿔을 돌려주고 싶지 않았다. 수탉이 쫓아가자 지네가 재빨리 돌 틈으로 뚫고 들어가다 몸이 납작하게 끼었다. 그래서 지금도 지네는 뿔(긴 더듬이)이 있고 몸은 납작하며, 수탉은 지네를 보기만 하면 쪼아 먹는다.

---

85)《고고질의》: 송(宋)의 섭대경(葉大經)이 지은 고증학 책이다. 전인들의 미발처(未發處)를 밝힌 것이 많아《사고전서》의 해제인 「총목제요」에서 많이 인용되어 전한다.

지네에 뿔이 있는 것은 실제 상황이지만 이야기는 우선 진실을 거짓으로 바꾸어 지네에게 원래 뿔이 없었다고 말한다. 그런 다음 수탉에게 뿔을 빌렸다는 허구적인 줄거리를 거쳐 다시 진실로 돌아온다.

다른 우언에서도 이러한 격식을 사용할 수 있다. 예컨대 〈우공이산〉(愚公移山)의 '태행(太行)', '왕옥(王屋)'이란 두 산은 오랫동안 바로 지금 위치에 있었다. 그런데 이야기가 시작할 때는 진실을 거짓으로 바꾸어 그것들이 "본래 기주(冀州)의 남쪽, 하양(河陽) 북쪽에 있었다"고 말한다. 그런 다음 산을 옮긴다는 허구적인 줄거리를 거쳐 다시금 진짜 위치로 돌아오게 한다.

17. 과장 변형의 기법

과장은 사물의 특징을 도드라지게 하여 선명한 인상을 만들어낼 수 있다. 《장자》와 《열자》의 우언은 모두 과장의 수법을 잘 운용한다. 예컨대 《장자》「소요유」편에서 대붕(大鵬)을 다음과 같이 묘사한다.

> 북쪽 바다에 물고기가 있으니 곤(鯤)이라고 한다. 곤의 크기는 몇천 리인지 알지 못한다. 그것이 변하여 새가 되면 붕새라고 한다. 붕새의 등은 몇천 리가 되는지 알지 못한다. 노하여 날면 그 날개가 하늘에 드리운 구름과 같다.

〈임공자(任公子)의 큰 낚시〉〈장석의 도끼 솜씨〉〈포정의 소 잡는 법〉도 모두 과장 수법을 사용했다. 과장이 극도에 이르면 변형을 만든다. 예컨대 《장자》「칙양」편의 〈달팽이 더듬이 위의 싸움〉[觸蠻之爭]은 아주 미세한 방면에서 과장을 시도했다. 실제로는 전쟁을 좋아하는 제후들을 하찮고 보잘 것 없는 미생물로 변형시킨 것이다.

외국 우언도 과장과 변형 수법을 잘 사용한다. 고대 로마의 아풀레이우스는 우수한 장편우언 소설 《변신 이야기》(뒤에 《황금 당나귀》로 개칭)에서 사람이 나귀로 변하는 줄거리를 통해 작품의 우의를 제시했다. 영국의 저명한 작가 스위프트의 《걸리버 여행기》, 오스트리아의 저명한 작가 카프카의 〈변신〉 등은 모두 그 뚜렷한 예이다.

변형에는 두 가지 경우가 있다. 하나는 (가) 사물을 (나) 사물로 바꾸는 것이다. 예컨대 사람이 나귀로 바뀌고, 사람이 곤충으로 바뀌고, 사람이 나비로 바뀐다(장주가 나비 꿈을 꿈). 또 하나는 형체의 크기가 변하거나 어떤 한 부분에 변화가 일어나는 것이다. 예컨대 소인국, 대인국은 크기의 변화이다. 수메르 우언 가운데 〈뿔을 간청한 여우〉는 여우 머리에 들소의 뿔이 자라난다는 내용이다. 아쿠타가와 류노스케(芥川龍之介)의 〈코〉는 노승의 코가 소시지처럼 자란다는 내용이니 형체의 어떤 부분이 변화한 것이다.

18. 몽환 가탁의 기법

중국의 우언 작가 가운데 몽환 수법을 가장 이른 시기에 가장 많이 사용한 사람은 역시 장자(莊子)일 것이다. 〈장주의 나비 꿈〉〈죽은 자를 회초리로〉 등은 모두 유명한 예이다. 《열자》도 몽환 수법 쓰기를 좋아하는데 〈화서국의 꿈〉〈파초 잎으로 갈무리한 사슴〉도 사람들이 모두 아는 작품이다.

후대에 꿈속을 가장 잘 그린 작품은 동설(董說)의 우언소설 《서유보》(西遊補)일 것이다. 이 작품에서 손오공은 파초선을 세 번이나 빌려 가지고 화염산(火焰山)을 넘어가게 된 뒤에, 정(情)의 정령인 청어(鯖

魚)에 홀려 점점 몽환의 세계로 들어간다. 상고시대에 이르기도 하고 미래에 이르기도 하고 갑자기 미녀가 되었다가 갑자기 염라왕이 되기도 하면서 뒤섞이는 변화가 막심하다. 최후에는 다행히도 '허공주인(虛空主人)'이 큰소리를 질러서 겨우 깨어나 꿈 밖으로 나온다.

외국 우언에서 몽환 수법을 많이 사용한 것은 중세기 작품에서 비롯된다. 프랑스의 우언서사시 《장미 이야기》(*Le Roman de la Rose*)는 시인이 화원을 몽유하면서 한 송이 장미를 사랑하게 되고, 뒤에는 각종 장애를 극복해 장미를 획득한다는 내용이다. 그 몽환과 상징 수법은 유럽의 후대 문학에 큰 영향을 끼쳤다. 랭런드(Langland)의 우언서사시 《농부 피어스의 환상》(*The Vision of Piers Plowman*)은 세 가지 큰 꿈을 통해 승려와 세속 세계의 생활과 작자의 이상을 반영했다. 또 버니언의 유명한 우언소설 《천로역정》과 〈악인 선생의 이야기〉도 모두 꿈속을 가탁했다.

몽환은 심리 활동의 특수한 표현 방식이자 심층의 의식 형태이며 사상과 감정의 변형된 그림이다. 또한 시공간과 환경의 한계를 초월하는 예술적 표현의 자유를 지니고 있다. 그러므로 우언 작가나 기타 문학 작가들의 애호를 받는다.

19. 자의식 발동의 기법

이 기법은 우언 속 주인공의 내면 독백과 자유 연상을 통해 형상을 조성하고 작품이 표현하려는 주지를 돋보이게 한다.

인도의 우언집 《판차탄트라》의 〈발로 찬 항아리〉는 다음과 같은 내용이다.

한 가난한 바라문이 탁발해 온 보리 절편을 항아리에 가득 채웠다. 밤중에 혼자 생각하기를 '이 항아리는 지금 보리떡으로 가득 채워져 있다. 만약 흉년을 만나면 백 냥에 팔 수가 있고, 두 마리 산양을 살 수가 있을 거야. 산양이 육 개월마다 한 번씩 새끼를 낳으면 산양 떼를 이룰 수 있을 테지. 그러면 산양을 소로 바꿔야지. 송아지를 내다 팔아 소를 물소로 바꾸고, 물소를 다시 암말로 바꾸어, 암말이 또 새끼를 낳으면 나는 아주 많은 말들을 가질 수 있을 거야. 그래서 이 말들을 팔아치우면 아주 많은 돈을 벌 수 있을 터, 이 돈을 가지고 대청마루 네 개쯤 딸린 집을 살 거야. 어떤 사람이 내 집에 걸어 들어오면 그 사람의 가장 아름답고 착한 딸을 아내로 맞이해야지. 그래서 아이 하나를 낳아야지……. 그놈은 사람 무릎 위에 앉아서 주변 사람들이 얼러주는 것을 가장 좋아할 테지. 그러면 어머니 품에서 빠져나오려고 버둥거리고 말 무리 옆에서 나를 불러댈 테지. 내가 너무 화가 나서 마누라한테 "와서 아이를 돌보시오! 아이를 돌보시오!" 하고 고함칠 거고. 그러나 마누라는 가사가 바빠서 듣지 못할 것이고, 나는 벌떡 일어나 마누라를 발로 찰 테지!'

그 바라문은 정말로 항아리를 발로 차 깨트리니 그 모든 것이 한바탕 꿈이 되어 버렸다.

중국 명대 강영과(江盈科)의 《설도소설》(雪濤小說) 가운데 〈계란을 세다〉, 프랑스의 라퐁텐 우언시 〈우유 파는 여인과 우유 통〉도 모두 그와 비슷한 예들이다.

20. 내부자 관찰의 기법

작자가 직접 보고 들은 것처럼 이야기를 서술하면 이야기의 진실성과 친절함을 증가시킬 수 있다. 《전국책》의 매우 많은 우언들이 이 기법을 즐겨 쓴다.

예컨대 〈남쪽으로 간다면서 북쪽으로 수레를 몰다〉[南轅北轍]의 서두에는 "지금 신(臣)이 오면서 태행산에서 사람을 보았는데 한창 북쪽을 향해 멍에를 잡고 있더군요……"라 하고, 〈도요새와 조개의 싸움〉의 서두도 "지금 신이 오면서 역수(易水)를 건너는데 조개가 마침 나와 햇볕을 쬐고 있더군요……"라고 시작한다.

어떤 국면의 내부에 자신을 위치시키는 것에서 더 나아가면 작가 자신이 이야기 안의 주요 형상으로 출현하게 된다. 예컨대 《장자》의 〈장주의 나비 꿈〉〈수레바퀴 자국 안의 붕어〉〈똥구멍 핥아 얻는 수레〉등이 그러하다. 후대에 소동파는 이러한 기법을 계승하여 골계우언과 결합시켰다. 예를 들면 다음과 같다.

내 눈이 빨개졌다. 누구는 회를 먹어서는 안 된다고 했다. 내가 그 말을 들으려 하는데 입이 안 된다고 하면서 말했다.

"나는 그대에게 입이 되고, 저는 그대에게 눈이 된다. 어째서 저에게는 후하면서 나에게는 박한가? 제가 병이 걸렸다고 내 먹는 것을 폐하면 안 된다."

나는 결단을 내리지 못했다. 그랬더니 입이 눈에게 일러 말하였다.

"훗날 내가 고질병에 걸려도 네가 사물 보는 것을 내 금하지 않으리라."

《동파지림》(東坡志林)

소식(蘇軾)은 남쪽 변방 담이(儋耳)에 있을 때에 붓을 시험하려고 다음과 같이 쓴 적이 있다.

내 처음 남해도(南海島)에 이르렀을 때, 둘러보니 하늘과 물만 가없었다. 쓸쓸히 마음이 아파서 '어느 때나 이 섬을 나갈 수 있을꼬?' 했다.

조금 지나서 생각하니 천지(天地)가 물에 싸여 있는 가운데 있고, 구주(九州)가 큰 대양 가운데 있고, 중국(中國)은 자그만 바다 가운데 있다. 그렇다면 어느 생명인들 섬 안에 있지 않을까? 한 동이 물을 땅에 부어 놓으면 지푸라기가 물에 뜨고, 개미가 지푸라기에 붙어 어찌 건너갈지 망연하다가 물이 마르면 개미가 재빨리 도망하여 자기 족속을 보고는 눈물을 흘려 말할 것이다. '거의 다시는 그대들을 보지 못할 뻔했노라!'고. 그러고 보면 천지 사이에 사통팔달의 길이 나있을 줄 모를 일이었다. 이것을 생각하니 우스웠다.

〈시필자서〉(試筆自書)

미국의 허브(True Herb)는 《유머의 예술》에서 유머를 세 등급으로 나누었는데 "가장 높고도 아름다운 등급은 자기를 비웃을 수 있으면서도 자기에 대해 흥미 있게 생각할 수 있는 몇몇의 사람들만이 그 경지에 도달할 수 있다"고 하였다.

21. 분위기 조성의 기법

장편우언은 예술적 효과를 높이기 위해 배경으로 분위기를 조성해야 한다. 설사 짧은 우언이라 하더라도 이러한 수법을 사용할 수 있다. 예컨대 영국의 존 게이가 쓴 〈사망의 궁전〉은 이렇게 시작한다.

세상 사람을 놀라게 한 군주 ― 사망이
어느 엄숙한 밤에 찾아왔다.
기가 꺾이는 시종,
무서운 병마,

구슬픈 신음소리가

텅 빈 궁전에 가득 찼다.

이는 곧 악마 떼들이 난무하기 앞서 으스스한 공포 분위기를 배치한 것이다. 다빈치의 우언 〈백조의 죽음〉은 또 다른 격조를 배경으로 깔아 독특한 분위기를 조성했다.

(백조는) 그 예쁜 목을 쳐들면서 한 그루의 버드나무 밑으로 느리면서도 점잖게 저어갔다. 그는 날씨가 몹시 더울 때 여기에 와서 쉬는 습관이 생겼다.

지금은 이미 해거름이다. 지는 해가 붉은 색과 보랏빛으로 호수를 물들이고 있었다. 주위에는 소리 하나 없이 고요한데 백조가 노래하기 시작했다. 그는 여태까지 자연의 모든 것, 하늘·호수·땅에 대한 찬가를 부른 적이 없었다. 열정이 가득 찬 달콤한 노랫소리가 하늘가에 울려 퍼졌다. 노랫소리는 약간 우울함을 띠고 있었다. 마지막으로 그는 가볍게, 가볍게 지평선을 따라 최후의 한 점 빛으로 사라졌다.

"백조다!"

물고기와 새, 산림과 초원의 모든 짐승들은 마음이 깊이 움직여 말했다.

"백조가 죽었다."

작가는 관련된 경치·색채·소리를 조정하여 고결하고 아담한 분위기를 만들어냄으로써 생명을 사랑하고 자연의 순리대로 사는 인생 태도를 돋보이게 했다. 위대한 영혼의 깊은 정서가 넘실대고 여음이 가늘게 귓전에서 맴돌며 오랫동안 끊이지 않는다.

22. 중의적 어휘의 기법

중의적 어휘를 의도적으로 배치하는 쌍관법(雙關法)은 비슷한 발음이나 다의어를 이용해서 작품의 형상과 우의를 끌어다 붙이는 수법이다. 예컨대 《좌전》 소공(昭公) 22년(B.C.520)에 기록된 우언 〈꼬리 끊는 수탉〉[雄鷄斷尾]는 수탉이 꼬리를 쪼아 끊는 일을 이용해서 주경왕(周景王)이 왕위 계승 문제에서 과단성 있게 행동해야 한다는 것을 풍유했다. 이는 '끊을 단(斷)'이란 글자가 '단절'과 '결단'의 두 가지 뜻이 있음을 이용한 것이다.

또 《이솝 우화》의 〈사람과 반인반수〉[86]는 추울 때나 더울 때나 모두 입김을 부는 것을 들어, 사람에 대한 태도가 때로는 친절했다가 때로는 냉담한 것에 연결해 비유했다. 이는 '차갑고' '뜨거운' 바람의 서로 다른 뜻을 이용한 것이다. 그렇지만 이 두 편의 우언은 그다지 성공한 작품은 아니다. 더욱이 〈사람과 반인반수〉는 견강부회한 감이 있다.

그러나 성공한 작품들도 적지 않다. 예컨대 이란의 수피즘(al-ṣūfiyah) 시인 아타르(Faridoddin Mohammad Attar)의 유명한 철학 장편우언시 《새들의 회합》[百鳥朝鳳]은 30마리의 뭇 새들이 새의 왕, 봉황을 찾고 싶어 해서 어려움을 겁내지 않고 봉황의 거처를 찾아낸다는 내용이다. 그들이 새의 왕을 자세히 살필 때에는 마치 자신들이 거울 앞에 서 있는 것과 같았는데, 거울에 나타난 것은 바로 30마리 새들, 자신의 형상이었던 것이다. 이로써 '사람이 자신의 밖에서 찾으려 하는 것은 오히려 자신의 안에 있다'는 것을 설명하였다. 시인은 '삼십 마리 새'와 '봉황'이라는 두 단어가 이란어에서 비슷한 발음임을 이용해서 우언의 교묘한 구상을 완성시켰다.

---

86) 〈사람과 반인반수〉: 《이솝 우화》에서 반인반수(半人半獸)의 원래 이름은 사튀로스(Satyros)이다. 술의 신 디오니소스를 수행하는 괴물이다.

또 소동파의 《애자잡설》 가운데 〈개구리가 밤중에 운 사연〉[蛤蟆夜哭]은 '꼬리'의 쌍관어87)를 이용하여, 한계 없는 연좌제를 실시했던 봉건시대의 권력 남용을 풍자하였다. 육작(陸灼)의 《애자후어》 가운데 〈진지함〉은 '진지함'이라는 중국어 '認眞'에 대한 두 가지 해석을 이용했다. 즉 '眞' 자를 안다는 것과 처세 태도로서 '진지함'을 통해 세속을 분개하고 증오하는 작가의 마음을 표현했다. 작가는 또한 '파자법'을 사용하여 '眞' 자를 '直' 자와 'ハ' 자로 분해했다.

한편 미국의 현대 우언 작가 서버(J.G. Thurber)의 〈분수 아는 장닭〉은 '예의바른 수거위(proper-gander)'와 '선동하다(propaganda)'의 비슷한 발음을 이용하여 오해 상황을 만들었다. 이를 통해 유언비어를 만들어 남을 중상하는 행위를 풍자한 것이다.

23. 본뜻을 확대하는 기법

어떤 작품은 이야기의 줄거리가 오래된 것이고 줄거리 자체가 제시하는 의미는 비교적 간단하지만, 우의를 밝힐 때 작가는 의미의 확장을 꾀한다. 예컨대 강영과(江盈科)의 《설도소설》(雪濤小說)은 삼국시대 한단순(邯鄲淳)의 《소림》(笑林) 가운데 〈곱사등이 치료〉[治駝背]를 아래와 같이 인용한 바 있다.

어떤 의사가 곱삿병을 잘 치료한다고 자기 자랑을 했다. 환자가 진찰 받으러 오면 환자를 널빤지에 누이고 그 위에 또 널빤지를 올려놓았다.

---

87) 〈개구리가 밤중에 운 사연〉은 꼬리 달린 물고기의 목을 벤다는 용왕의 명을 듣고 개구리가 밤중에 통곡했다는 내용이다. 현재 꼬리가 없는 개구리가 올챙이 시절을 생각하고 두려워하였기 때문이다. 여기서 '꼬리'의 쌍관어란 중국어로 尾巴(wěibà)를 首尾(shǒuwěi)에 끌어다 부회(附會)했다는 의미인 듯하다.

의사가 그 위에 뛰어올라가 밟아대면 환자의 등짝은 굽은 것이 펴지지만 사람은 죽어버렸다. 작가는 다음과 같이 뜻을 밝혔다.

아아! 세상의 수령된 자들은 돈과 양식만 관리하지, 백성의 생사는 상관하지 않는다. 이 의사와 다를 게 무엇인가? 그렇지만, 명군(明君)이 몸소 절약하는 정사를 펴고 백성을 보살피는 조서를 내리는 데 기대를 걸 것이 아니라면, 관리들이 곱샷병 고치는 의원처럼 되지나 않도록 할 수는 없는 것일까?

이는 '곱샷병 치료'에서 '세금 독촉'을 끌어내고 다시 '조정 정령'까지 이끌어낸 것이다.

또 조남성(趙南星)의 《소찬》(笑贊)에 실린 골계설화 72편은 줄거리가 모두 간단한 편이지만, 작가의 찬평(讚評)에서는 원의를 극히 확대하는 능력을 발휘했다. 때로는 감싸는 척하고, 때로는 다른 문제를 파생시키며, 때로는 여러 번 굴절시키기도 했다.[88] 예컨대 〈소경이 제일 좋아!〉는 소경 두 명이 남에게 속고 매를 맞았는데도 서로 위로하기를 '역시 소경이 좋아요'라고 한다. 찬(贊)에 다음과 같이 일렀다.

북방 소경은 '선생'이라 불리니 나름대로 장점을 지니고 있다. 세상에서 천리를 속이고 해치며 포악한 짓을 하는 사람은 모두 눈 있는 사람이며 소경은 하나도 없다.

눈이 멀어 매를 맞는데도 도리어 잇속을 차렸다고 여긴다. 이는 바로 '阿Q'식의 정신승리법(精神勝利法)이다. 즉 '선생이라고 하니 나름대로

---

88) 〔원주〕 필자의 《中國古代寓言史》를 보라.

장점을 지녔다'는 것은 하나의 반어(反語)로서 이러한 정신 상태를 풍자한다. 그런 다음에 다른 뜻을 이끌어내기 시작한다. 눈이 있어 천리를 속이고 해치는 사람이 많음을 말하고, '소경이 좋다'고 하는 눈 먼 자의 말에 일리가 있음을 발견하게 된다. 이러한 확대는 원래 이야기의 줄거리와 관계가 많지 않으니 '다른 줄기에서 가지가 뻗는 기법'에 속하지만, 그것은 우의를 심화시키는 구실을 했다.

24. 일부러 의문을 설정하는 기법

일부러 의문을 설정하는 것은 독자가 상상하고 사고하도록 이끈다. 어떤 작품은 이야기 자체에 의문이 남는다. 예컨대 루쉰(魯迅)의 우언 〈옛 도시〉[古城]는 옛 성이 모래 언덕에 곧 침몰될 것이기 때문에 소년이 아이를 데리고 도망하자고 하지만 노인이 반대한다는 내용이다. 마지막 순간에 소년은 갑문(閘門)을 쳐들고 빨리 가라고 아이를 밀지만, 노인은 오히려 아이를 잡아당겨 가지 못하게 한다. 작가는 이렇게 써놓았다.

> 나중 일이 어찌 됐는지는 나도 모른다. 알고 싶다면 모래 언덕을 파서 그 옛 성을 한번 보라. 갑문 밑에 혹시나 시체 한 구가 있을지도 모른다. 갑문 안에는 하나가 있을까 아니면 둘이 있을까?

작품은 여기에서 문득 끝났다. 마지막의 추측과 설문은 아주 의미심장하다. "갑문 밑에 혹시나 시체 한 구가 있을지도 모른다"는 말은 상황의 심각성을 설명한다. 사람들은 소년 영웅이 죽지 않기를 희망하지만 그의 희생을 배제하지 않았다. '갑문 안에 하나인가 둘인가' 하는 것은 보수적인 노인이야 틀림없이 죽었겠지만, 희망을 대표하고 있는 아이는 속박을 깨뜨리고 광명·광활한 세계로 뛰어들 수 있었을까 하는 점을 말하는 것이다. 이 모든 것은 사람들이 깊이 생각하고 제때에 깨닫도록 촉구하여 일종의 '작품이 끝나도 망망함으로 이어지는' 경지를 조성했다.

어떤 작품은 작가가 우의를 밝힐 때 몇 가지 의견을 내놓는다. 예컨대 일본의 아쿠타가와(芥川龍之介)의 우언소설 〈술 벌레〉[酒蟲]는 작품의 끝 부분에 세 가지 답안을 제시해 놓았다. 술 벌레는 유씨의 복(福)이거나, 유씨의 병(病)이거나, 유씨 자신이라는 것이다. 작가는 "이들 답안 가운데 어떤 것이 가장 맞을지는 나도 모른다"고 했다. 그는 완전히 독자에게 작품 속에 담긴 철리를 스스로 맛보게 하였다.[89]

어떤 작품은 작가가 우의를 명확히 밝히고 아무 의문도 남기지 않은 것 같지만, 사실 진정한 우의를 숨겨놓기도 한다. 예컨대 서버의 〈시골에 간 쥐〉는 도시에 사는 쥐 한 마리가 시골에 손님이 되어 간다. 남몰래 기차에 들어갔다가 잘못해서 목적지를 지나쳐 버렸고, 그 뒤에 또 몇 번이나 차를 잘못 타서 하루 종일 공연히 분망하게 지내고 끝내 저주하면서 도시로 돌아왔다는 내용이다. 작가는 마지막에 이렇게 써놓았다.

교훈: 어디로도 가지 마라. 아주 편안하게 집에서 살라.

보기에는 명확하고 간단하지만, 이것은 단지 표층의 소극적 의미일 뿐이다. 이는 새우로 잉어를 낚는 듯한 구실을 한다. 독자는 오히려 더 많은 생각을 할 수가 있다.

쥐는 왜 이런 운 나쁜 일들을 만났을까? 작은 잇속을 탐해서 그런 것

---

89) 〔원주〕 이 책 제1부의 2장 4절 참고.

인가? 오랜 경험에 기대어 일을 처리했기 때문인가? 아니면 일을 처리할 때 당황하고 혼란해서인가? 도시와 시골의 차이가 너무 커서인가? — (중략) — 이를 소극적으로 대처할 것인가? 아니면 적극적으로 적용할 것인가?

25. 새로운 의의를 들춰내기

우언 창작에서 이야기 부분은 다시 개작될 수 있다. 이는 이미 제5장에서 많이 언급하였다. 또 이야기의 줄거리를 변화시키지 않는다는 전제 아래 우의에 대한 분석을 수정할 수도 있다.

예컨대 레싱의 우언 〈남자아이와 뱀〉은 사실 이솝 우화 가운데 〈농부와 뱀〉의 의미에 대해 더 깊이 사변한 결과이다.

남자아이는 뱀과 놀고 있었다. 남자아이는 농부를 물어 죽인 그 뱀이 배은망덕하다고 책망하며, 아울러 뱀이란 모두 아주 악독하고 배신하는 동물이라고 말하였다. 이와 달리 남자아이와 같이 놀던 뱀도 말한다. 그 농부는 동기가 불순해서 자신이 정말 얼어 죽은 줄로만 알고 집에 가져가 아름다운 뱀가죽을 벗기려 했다고 한다. 또 남자아이의 아버지도 다음과 같이 말한다.

배은망덕을 책망함은 일리 있는 일이지만, 모든 정황을 자세히 파악해야만 한다. 누구에겐가 치욕스러운 표지를 너무 서둘러 찍어주어서는 안 된다. 진짜 선행을 한 사람이라면 악보(惡報)를 당하는 경우가 거의 없을 것이요, 이기적인 생각을 품은 사람이라면 은혜의 보답을 받지 못하거나 보복까지 당하는 것은 이상할 게 없다.

레싱은 철리적 사변으로 창작을 한 사람이다. 이 작품은 창작이지 감상이나 연구물이 아니다. 그렇지만 일반적 창작과는 다르다. 원래의 우의에 대한 분석을 진행시켜 그 과정에서 새로운 우의를 들춰낸 것이다. 이는 '원의를 확대시키는 기법'과 또 달라서, 일종의 '반역을 통해 서로 다름을 추구하는' 사유방식이다.

제2부
우언의 발전

제7장 세계 우언의 기원과 계보

1. 우언 발생의 조건

우언의 발생은 신화보다 늦고 다른 서사 작품보다는 이른 편이다. 우언의 발생은 인류가 이성적 사고의 시대에 진입하고 원시사회와 이별했다는 표지이다.

카시러(Ernst Cassirer)의 저서인 《상징 형식의 철학》(*Philosophie der Symbolischen Formen*)에 따르면 인류 자체의 발전에는 우뚝한 세 가지 이정표가 있다. 첫째, 언어가 생겨나고, 둘째, 신화가 번성하고, 셋째, 이성 사유가 발전하는 것이다.

언어는 인류만이 가지고 있는 제2의 신호체계이다. 엥겔스의 〈원숭이에서 사람으로 변화하는 과정에서 노동의 작용〉에 따르면, 사람의 뇌가 완벽하게 발달하기 위해서 노동력과 언어는 "가장 중요한 두 개의 추동력이었다"고 한다. 제2의 신호체계는 사람이 개별 형상의 속박에서 벗어나서 또렷한 의식과 사고 능력을 발전시켜 나갈 수 있게 한다. 이에 인류는 진정으로 자연의 혼돈 상태에서 분화되어 자연을 탐색하고 해석하기 시작하였다.

　이러한 탐색과 해석은 당시 사유와 노동 능력, 즉 자연을 개조하는 능력에 제약을 받아 신화를 낳았다. 마르크스가 〈정치경제학 비판 서론〉에서 말한 것처럼 "모든 신화는 상상 안에서 또는 상상을 통해 자연의 힘을 정복하고 지배하고 형상화한 것이다".

　신화는 원시인이 자연을 정복하고자 하는 바람을 표현한다. 그들의 지식과 지혜를 담고 있으며 매우 많은 그들의 기본 관념과 행동 규범을 포함하고 있다. 그러나 그것의 사유 형식은 원시적이어서 만물에 영혼이 있다고 여기고, 각종 사물과 현상이 여러 형식(접촉·전이·감응·원거리 작용 등)으로 서로 침투하여 영향을 끼칠 수 있다고 여긴다. 예를 들어 어떤 별과 동물은 어떤 사람의 영혼을 상징하며, 주문을 외워서 주위 세계와 타인에게 영향을 끼칠 수 있다고 생각한다. 그 속에는 각종 논리적 오류와 모순을 포함하고 있다. 기나긴 신화시대 안에서 사람들은 생산과 생활 경험이 축적됨으로써 점점 신화의 모순과 오류를 깨닫고, 자연과 사회현상에 대한 해석으로 적합한 논리와 현실성을 추구한다. 이에 이성의 시대가 도래했고 이성 사유가 발전하였다.

　인류가 원시 사유에서 빠져나와 이성적 논리 사유로 전진한 것은 신화를 비판하면서 시작된 것이며, 우언은 그 가운데서 다리 구실을 하였다. 이 점은 고대 그리스에서 가장 전형적으로 나타났다. 고대 그리스의 첫 번째 철학가 탈레스(B.C.624~B.C.547)는 신화에 대한 비판으로부터 유럽 철학을 시작하였다. 그래서 패링턴(Farrington)의 《그리스 철학》에서는 "탈레스가 한 일은 바빌론 신화에서 조물주 마르두크를 제거한 것이다"라고 말하고, 이어서 양대 서사시의 작자이자 신화 시인인 호머와 〈신의 계보〉(Theogony)의 작자인 헤시오도스에 대하여 격렬하게 비난하였다.

　세로파니(B.C.565~B.C.473)는 호머와 헤시오도스가 사람 형상에 비추어 신을 빚어냈다고 말하면서, "사람들이 후안무치(厚顔無恥)의 추행이라 여기는 모든 것을 신령들에게 들씌웠다"고 하였다. 헤라클레이토스(B.C.540~B.C.470)는 헤시오도스가 무지하다고 말하면서 아울러 "호머를 카니발에서 쫓아내고 채찍으로 때려야만 한다"고 선언하였다.[1]

그렇지만 매우 많은 신화에는 우의와 이성의 빛이 잠재되어 있어 이성을 선양하기 위한 우언으로 개조할 수 있다. 예컨대 시지포스(Sisyphus)가 지옥에서 형벌을 받아 바위를 정상으로 밀어 올리는데, 올리면 다시 떨어져 영원히 쉬지 못한다는 내용은 인생의 고통과 죄의식을 표현하는 문화심리의 우의를 포함하고 있다. 또 아탈란타와 히포메네스의 달리기 경주[2] 신화에 대해 철학가 베이컨은 그것이 기술과 자연의 경쟁을 표현했다고 지적하였다. 이러한 상황은 우언 발생의 계기를 제공하였다.

초기 우언은 대부분 직·간접적으로 신화에서 배태되었다. 《이솝 우화》가 바로 뚜렷한 예이다. 이솝의 이름으로 모아진 300여 개의 우언은 제우스나 헤르메스와 같이 직접 신화적 인물을 주인공으로 삼은 것이 전체의 10퍼센트를 차지하고, 동물·식물·무생물을 주인공으로 삼아 간접적으로 신화에서 배태된 것이 대략 80퍼센트를 차지하고, 인물을 주인공으로 삼은 것은 겨우 10퍼센트를 차지한다.

직접적으로 신화를 제재로 삼은 우언은 신화를 빌려 철학적 이치와 도덕적 교훈을 표현해서 이성적 태도로 현실을 반영하고 생활에 관여한다. 이와 달리 동물 등을 주인공으로 삼은 우언은 만물에 영혼이 있다는 원시적 관념을 가지고 의인화의 예술적 수법을 만들었다. 이는 단지 신화의 껍데기를 차용하여 신화의 정신을 개조하였다.

---

1) 〔원주〕北京大學哲學系 外國哲學史敎硏室 編譯, 《古希臘羅馬哲學》 참고.

2) 아탈란타와 히포메네스의 달리기 경주: 무적의 달리기 명수인 아탈란타는 결혼을 하면 짐승으로 변한다는 신탁을 받는다. 그러나 미모의 소유자여서 뭇 남성들이 구혼을 하지만 목숨을 건 달리기 경주를 하다가 죽는다. 히포메네스는 아프로디테에게 황금사과 3개를 얻어 아탈란타와 달리기 경주를 신청하여 시합에서 이긴다.

어째서 그렇다는 것인가? 우언의 두 가지 성분인 비유체(이야기)와 본체(우의)에는 반드시 유비되는 점이 있어야만 하고, 또 아리스토텔레스가 《수사학》 권2 제20장 〈우언을 논함〉에서 말한 것처럼 "유비되는 점을 나타내려면 철학적 사유가 필수적이기 때문이다". 요컨대 우언의 이야기와 신화의 이야기는 다르다는 것이다. 신화의 이야기는 의식적이지 않은 원시 사유의 산물인 것과 달리, 우언의 작가는 반드시 이성의 안목으로 자연과 사회를 분석하고 구체적인 사건으로부터 철학적 이치를 추상화해 내야만 한다.

뿐만 아니라 우언의 두 가지 요소에서 비유체는 신화의 원시 사유방식과 연결되고, 본체는 이성적 논리 사유방식과 연결되어 있다. 때문에 그것은 다른 어떠한 형식보다도 더욱 인간의 사유를 자연스럽게 전진시킬 수가 있었고 다른 것으로 대체할 수 없는 교량 구실을 한 것이었다.

이러한 이유로 고대의 철학가들은 이치상 우언을 중시하고 활용하였다. 플라톤의 《대화》에 수록된 〈파이돈〉의 기술에 따르면, 대철학가 소크라테스(B.C.469~B.C.399)가 사형에 처해지기 전에 감옥에서 《이솝 우화》를 개작했다고 한다. 소크라테스는 그를 위문하러 온 사람들에게 말하길, "내가 손 가까이 익혔던 이솝 우화를 시 작품으로 개작했다. 우선적으로 내가 기억하고 있던 몇몇 작품들을 그렇게 했다"고 하였다.

플라톤(B.C.427~B.C.347) 자신도 우언을 활용하여 심오한 철학적 관점을 드러내기를 즐겼다. 그의 대표작 《국가》는 다른 문학작품을 폄하하면서도 우언의 지위는 매우 긍정하였다. 또한 '해의 비유', '동굴의 비유', '실의 비유'와 같은 여러 우언적인 비유를 사용하였다. 그의 제자 아리스토텔레스(B.C.384~B.C.322)는 《수사학》에서 우언에 대하여 비교적 체계적인 연구를 하였다. 아리스토텔레스의 손제자인 데메트리오스(Demetrius)는 가장 일찍이 《이솝 이야기 집성》을 편찬한 사람이다. 이로써 보건대 고대 그리스의 철학가들은 우언을 중요시했음을 알 수 있다.

인도의 《불본생담》(佛本生談)도 매우 도드라지는 예이다. 이 책은 불교도가 편찬한 설화집으로서 모두 500여 개의 이야기가 있는데, 소재는 인도의 오래된 신화와 동물설화이며 그것의 우의는 불교적 교의이다. 이러한 설화는 모두 석가모니가 성불하기 이전에 무수히 윤회전생(輪廻轉生)했다는 내력에 가탁하고, 이야기에서는 동식물이 모두 영성이 있을 뿐만 아니라 신화적 인물로 나타나니 그것의 원시성을 말해준다.

그런데 불교적 교의는 오히려 철학적 이치로 가득 차 있어서 자연, 사회, 인생의 이성적 사고가 충만해 있다. 때문에 《불본생담》 우언 이야기는 그리스의 우언 이야기와 마찬가지로 원시사회로부터 논리적 사유로 나아가는 자리가 됐다. 석가모니와 동시대에 마하비라(B.C.528~B.C.468)는 자이나교(Jainism)를 창시하고 마찬가지로 우언을 활용하여 그 교의를 폈다. 이는 모두 시대가 진보하고 인간의 사유가 발전한 필연적 결과라고 할 수 있다.

사회형태로 보건대 우언은 대개 원시사회가 해체되고 노예제 국가가 건립되기 시작하는 시대에 발생한다. 우언에 매우 많이 나타나는 약육강식의 모습은 실제로 계급이 분화한 뒤 사람이 사람을 착취하고, 사람이 사람을 억압하는 사회현상을 반영한다. 고대 그리스 우언이 발생한 시기가 바로 이와 딱 맞아 떨어진다. 그리스는 서기전 8세기에서 서기전 6세기까지 노예제의 도시국가를 성립시켰다. 또한 바로 이 같은 시기에 헤시오도스의 서사시 《일과 삶》3) 가운데 〈새매의 대답〉이라는 우언이 출현하고, 그 뒤로 또 이솝과 같은 우언의 대가가 탄생한다. 그

---

3) 《일과 삶》(*Works and Days*): 《신의 계보》(*Theogony*)를 지은 헤시오도스(Hesiodos, B.C.700쯤, 영어로는 헤시오드)의 또 다른 명작으로서 800행정도의 서사시이다. 노동은 인간의 운명이지만, 일하려고 하는 사람에게는 이겨나갈 수 있는 것이라는 두 가지 진리를 교훈하고, 정직한 노동의 삶을 통해 나태, 부당한 재판관, 고리대금의 시행 등을 공격했다.

래서 레닌은 이솝 우화를 일러 "노예의 언어"라고 말하였다.

또 다른 측면에서 이러한 점을 증명할 수 있다. 세계적으로 계급분화가 분명치 않은 민족에게는 종종 우언이 매우 적거나 없다. 조우이추(朱宜初) 등이 편찬한 《소수민족 민간문학개론》을 참고하면, 중국의 지누어족(基諾族), 와족(佤族), 리수족(傈僳族), 쿠총인(苦聰人) 등을 예로 들 수 있다.

이는 바로 정전둬(鄭振鐸) 선생이 《인도 우언》 서문에서 말한 바와 같다. 즉, 원시시대에는 비록 영혼을 지니고 있는 동물의 여러 이야기가 도처에 전승되고 있었지만, "이 시대에 우언은 아직도 단지 하나의 껍질 즉 이야기 그 자체를 지니고 있을 뿐이요, 아직도 자기 영혼 즉 도덕적 훈계를 지니고 있지 못하다. 그것들은 이야기를 말하기 위한 이야기요, 어떠한 교훈을 전달하는 뜻도 지니고 있지 못하다. …… 이 같은 원시인의 설화가 있고서야 비로소 진정 일컬을 만한 '우언'의 출현을 보게 된다".

요컨대, 우언의 발생은 두 가지 조건의 제약을 받는다. 하나는 사회 발전의 수준이요, 또 하나는 인간 사유 발전의 수준이다. 우언은 인간이 원시시대와 이별한 산물이요, 새로운 시대의 산파이며 문명사회의 서광인 것이다.

2. 세계 최초의 우언

우언이 발생한 구체적인 시기는 세계 각 민족에 따라 아주 다르다. 이는 사회 발전의 불균형성과 기타 요소에서 말미암은 문제이다. 세계의 현존 문자자료에 따르면 여러 고대 문명국 가운데서 우언이 가장 일찍 발생한 나라는 수메르라고 한다.

티그리스 강과 유프라테스 강 유역은 세계의 고대 문명을 배태한 중요한 요람 가운데 하나이다. 그 위치는 오늘날 이라크에 해당한다. 티그리스 강과 유프라테스 강 유역의 남쪽, 즉 하류 충적평야는 옛날의 바빌론이다. 서기전 4000년, 이미 수메르인들이 여기에 정착하였다.

처음에는 고기잡이나 사냥을 해서 생계를 꾸려나가다가 뒤에는 원시적 형태의 농사를 짓기 시작하였으며 소박한 기하학적 도형의 모양을 갖춘 흑색 또는 갈색 토기도 만들 수 있게 되었다. 서기전 3200년쯤에는 원시 그림문자가 생겼다. 이것이 쐐기형 문자의 전신이다. 서기전 3000년에는 농업·목축·야금술·운송술이 높은 수준에 이르게 되어 노예제 도시국가가 나타났으며 신화·서사시·가요·우언 등이 창작되었다. 이 문학작품들은 모두 쐐기형 문자로 진흙 판에 새겨져 있다. 남아 있는 우언의 예로 다음과 같은 것이 있다.

(1) 여우는 자기도 들소처럼 뿔이 나게 해 달라고 엔릴 신에게 요청하였다. 그리하여 여우의 머리에 뿔이 두 개가 자라났다. 잠시 뒤에 비바람이 휘몰아쳤지만 여우는 자신이 살던 굴속에 다시 들어갈 수가 없었다. 밤이 다 샐 때쯤에는 찬바람과 궂은비에 흠뻑 젖었다. 여우는 말하였다. "날이 밝아, 사람들 눈에 띄게 되면 나는 끝장이야!"

〈뿔을 간청한 여우〉

(2) 어떤 늑대가 다른 아홉 늑대와 패거리를 이루어 양 열 마리를 잡았다. 먹이를 나눌 때 이 늑대가 다른 아홉 늑대한테 말하였다. "내가 너희들에게 잡은 양을 나눠줄게. 너희들 모두 아홉 명에게 한 몫으로 양 한 마리 주고, 나도 한 몫으로 나머지 양을 가질게. 그러면 아홉 마리가 내 몫이다."

〈떼거리 사냥〉

(1)은 강한 신화적 색채를 띠고 있다. 엔릴[4]은 수메르 신화의 세 주신(主神) 가운데 한 명으로, 대지와 공기의 신이다. 다른 둘은 하늘의 신 아누[5]와 물의 신 에아[6]이다. 그러나 이 작품이 표현하고 있는 것은 이성적 정신이다. 사람들에게 허영을 추구하지 말고 뒷걱정하지 않는 지나친 욕망을 갖지 말라고 경계한다. 그리고 "몸의 지체(肢體)는 서로 연관되어 있으며", "생물은 환경에 적응해야 하며", "자연의 법칙을 위반하면 반드시 자연의 징벌을 받는다"는 등의 초보적인 과학 사상을 포함하고 있다.

(2)는 사실 노예제 생산 관계의 출현을 반영한 작품이다. 한쪽으로는 인근 부락에 대한 약탈을, 또 한쪽으로는 씨족 내부의 저항과 압박을 묘사하였다.

이 두 이야기는 유럽 우언에 깊은 영향을 끼쳤기 때문에 그를 계승한 후대 작품들이 《이솝 우화》에서 발견된다. 탐욕스럽고 교활한 여우가 때로 제가 놓은 덫에 걸려 크게 고생하는 이야기를 자주 볼 수 있다. 《이솝 우화》의 〈낙타와 제우스〉는 낙타가 쇠뿔을 자라게 해 달라고 청하다가 제우스의 벌을 받았다는 내용이다. 또한 〈쥐와 족제비〉는 쥐 장군이 자기 머리에다 뿔을 묶어 족제비와 싸웠는데, 지고 나서 뿔 때문에 구멍으로 들어가지 못하고 족제비에게 잡아먹힌다는 내용이다. 이솝은 이러한 이야기의 우의를 정리하면서 "많은 사람들에게 허영은 재

---

4) 엔릴(Enlil): 닌릴(셈족의 이슈타르) 또는 닌후르사그(산의 귀부인)의 반려자이다. 수메르에서는 아누(하늘의 신)와 엔키(땅 또는 물의 신)에 버금가는 신이다. 하늘, 바람, 폭풍우 등을 지배하고 또한 인간의 운명도 다스린다. 뒤에 이 신은 우세한 입장이 되어 서기전 2300년쯤에는 셈족에게 받아들여져 벨(왕)이라는 이름으로 숭배되었다. 신앙의 중심지는 니푸르 시(市)이다. 에 쿠르(산의 신전)에서 섬겨졌는데, 바빌로니아의 제1왕조 무렵에 마르두크가 그 지위를 대체하였다.

5) 아누(Anu): 수메르인의 천신(天神) '안'을 셈족이 계승한 신이다. 천상의 세계 안샤르와 지상의 세계 키샤르 사이에서 태어났다. '아누의 하늘'이라는 가장 높은 곳에 살면서 배우자인 여신 안투의 도움을 받아 우주를 주관한다.

6) 에아(Ea): 수메르어로 '물의 주거(住居)'를 뜻하는 물의 신이다.

앙의 근원이다"라고 밝혔다.

또《이솝 우화》에는 한패가 되어 사냥하는 이야기가 있는데, 주인공을 사자로 바꾸었을 뿐이다. 사자는 여우, 당나귀와 한패가 되어 사냥하고 나서 모든 먹이를 독차지하고, 공평하게 먹이를 나누려는 당나귀를 물어 죽였다. 이는 그리스 시대의 노예주(奴隷主) 계급이 수메르 시대보다 더욱 잔인해졌음을 반영한다.

수메르인이 세운 국가는 퍽 일찍 멸망하였다. 약 서기전 24세기에 아카드(Akkad) 왕국에 정복되었으며 서기전 18세기에 바빌론 왕국의 식민지로 전락하였다. 서기전 538년에 바빌론 왕국은 페르시아(Persia)가 멸망시켰으며, 서기전 330년에 마케도니아(Macedonia)의 알렉산더 국왕은 페르시아를 멸망시켜 티그리스 강·유프라테스 강 유역을 점유하였다. 일련의 정복 전쟁과 전란으로 말미암아 천지가 뒤집히는 듯한 커다란 변화가 있었기 때문에 수메르 문화와 우언은 오랜 기간 땅속에 묻혀 세상 사람들이 알지 못하였다.

19세기에 와서 고고학 자료가 나타나고 쐐기형 문자가 성공적으로 해독됨에 따라 사람들이 수메르 문화와 우언을 다시 인식할 수 있게 되었다. 유럽 학자들은 심지어 수메르 문명을 인류 문명의 시작으로 여기기까지 하였다. 그러나 4,000여 년 동안 땅속에 묻혀 있었기 때문에 역사가 단절되어 수메르 문화가 세계 문화에 끼친 영향도 크게 약화되었다. 적어도 우언에서는 온전치 못한 문장만이 남아 있을 뿐이다.

고대 이집트 문명은 수메르 문명보다 일찍 나타났지만 현재 남아 있는 우언은 더 늦게 나타났다. 서기전 5000년에 고대 이집트는 이미 농업 정착생활에 들어갔고, 서기전 4000년 중엽에 노예제 국가가 나타났다.[7] 서기전 4000년 말기에 이집트에서는 이미 그림문자가 창조되었고 파피

---

7) 〔원주〕 서기전 7세기 이후 아시리아, 페르시아, 마케도니아, 로마에 차례로 정복되었으며 서기 640년에는 아라비아에 합병되었다.

루스로 기록하기도 하였다. 오래된 《사자의 서》(*Book of the Dead*)에서 신화의 사유방식과 원시적 종교 관념을 반영하였다. 고 왕조와 중 왕조 시기의 이야기는 많이 남지 않았으며 신왕국시대(B.C.1584~B.C.1071)에 나타난 〈참말과 거짓말〉〈몸과 머리의 논쟁〉〈액운이 예정된 왕자〉 등은 아마 현존 자료 가운데서 우언 색채를 띤 최초의 이야기일 것이다.

고대 인도의 초기 문명은 드라비다족(Dravidians)이 세운 하라파 문화8)인데 그 하라파 문자는 아직까지 해독하지 못하였다.9) 서기전 2000년 중기 아리안(Aryan)족이 침입한 뒤 '베다 시대(Vedic Age, B.C.15세기~B.C.5세기)'에 접어들면서 고문헌 《베다》가 출현했는데 주로 신화, 전설, 찬송 시가와 기타 시가들이다. 서기전 6세기가 되어서야 인도에는 비교적 믿을 만한 역사 기록이 나왔다. 이 시기에 등장한 불교와 자이나교는 민간설화를 흡수하여 교의를 선전했기 때문에 문자로 기록된 우언이 출현하였다. 민간 구비우언이 산출된 시대는 아마 훨씬 이를 터이지만 구체적으로 고증할 길은 없다.

중국 문명은 세계에서 가장 오래되고 그 전통이 단절된 적도 없다. 《춘추원명포》(春秋元命苞)에 실린 전설에 따르면, 공자가 《춘추》를 지은 시기는 인류가 개벽되었을 때부터 "276만 년 정도가 되었다"고 한다. 이 황당한 전설은 뜻밖에도 고고학에서 말하는 270만 년 전의 '신원모인(新元謀人)시대'와 교묘히 일치한다. 또한 서기전 4000년에 복희씨(伏羲氏)는 팔괘를 만들어냈는데, 이는 문자와 《역》(易)의 출현을 위

---

8) 하라파(Harappa) 문화: 고대 인도의 인더스 문명은 당시 2대 도시였던 하라파와 모헨조다로에서 확인된다. 최초로 고고학적 조사가 이루어진 하라파 유적의 이름을 따서, 학술적으로 하라파 문화라고 부른다. 하라파는 《리그베다》에 전하는 할리 유푸야라는 추측도 있다. 하라파는 인더스 상류 유역 펀자브 지방의, 모헨조다로는 하류 유역인 신드 지방의 수도로 추정된다.

9) 하라파 문자: 하라파에서 발굴된 인장이나 토기 위의 각명(刻銘)에서 많이 찾아볼 수 있으며 같은 시대의 다른 문자와 비슷한 점은 거의 없다. 지금까지 해독되지 못하고 있지만 수메르 문자보다 발달한 형태라 한다.

한 기초를 놓았다고 전해진다.

오래된 문헌인 《상서》(尙書)에는 서기전 3000년 후반 요순시대부터 서기전 7세기까지의 많은 역사가 기록되어 있다. 서기전 23세기에 우(禹)임금은 중국 역사상 최초의 노예제 왕국 하(夏)를 세웠으며, 서기전 18세기에 탕(湯)임금은 중국 역사상 두 번째로 노예제 왕국 상(商)을 세웠다.

《상서》「고요모」(皐陶謨)의 기록에 따르면, 위대한 우임금과 같은 시대에 살았던 고요(皐陶)가 "하늘이 총명함은 우리 백성이 총명함에서 비롯되고, 하늘이 두려움을 밝힘은 우리 백성이 두려움을 밝히는 데서 비롯된다", "하늘의 일은 사람이 대신한다"고 하였다. 이는 이성의 빛이 반짝이는 사상이다. 따라서 사회형태나 사유 발전 수준의 어떤 측면을 보더라도, 중국 우언은 하·상시대에 이미 그 산출 조건을 갖추었다.

그러나 문헌 기록은 천 년 이상 늦어지며 《좌전》(左傳)에 이르러서야 서기전 6세기의 우언 작품 몇 편이 남아있을 뿐이다. 그 원인이 어디에 있을까? 서면 기록이 구비 창작보다 늦어지는 것은 고대에 흔히 있는 일반적인 현상이다. 각국이 모두 이러하며 중국에서는 더 심하다.

서기전 12세기 주(周)나라가 상(商)나라를 멸망시킨 뒤에 경제적으로는 농업을, 정치적으로는 실무를, 사상적으로는 이성을 중요시하였다. 황당하고 예외적인 것을 배제하고 역사 기록을 중요시하며 서사문학의 창작을 경시하였다. 그래서 상고의 신화들은 전국시대, 심지어는 한·위시대에 이르러서야 기록되었다. 이와 달리 신화보다 뒤늦은 우언은 춘추시대 때 기록해 둔 사람이 있어 상대적으로 다행한 일이라고 할 수 있다.

원래 우언은 이성을 중요시하기 때문에 주 왕조의 통치사상과 딱 들어맞아 일찍이 지식인의 서재에 오를 만했는데도 그 역사 전개가 순조롭지는 못하였다. 상나라 이전의 하나라 때에 풍부한 기록물이 있었는지 여부는 지금으로서는 알 수 없다. 그러나 상나라 때는 풍부한 기록물이 있었다는 점을 《상서》「다사」(多土)편에서 "은나라 선인에게 전(典)이 있고 책(冊)이 있었다"고 하여 확인할 수 있다. 애석하게도 이들 기록물은 상 왕조가 멸망함에 따라 흩어져 버렸다.

서주(西周)는 문사철(文史哲) 방면에서 각기 세 권의 고저작 《시》(詩) 《서》(書) 《역》(易)을 남겼다. 그런데 《서》는 역사를 기록한 책이니 우언과 관련이 별로 없음이 당연하다. 《시》는 서사보다 서정에 능하기 때문에 우언시를 산출시키는 데 불리했고, 다만 〈올빼미〉[鴟鴞]와 같이 우언에 근접하는 금언시(禽言詩)만이 기록되었다. 그러나 그것은 본질적으로 서정적이다. 《역》은 철리를 말하니 우언과 가장 인연이 있지만, 점치는 데에 사용되어 신비스런 색채를 띠고 완벽한 서사를 밝히기에 적당치 않았다.

따라서 효사(爻辭)에서 비록 상징과 비유를 사용했지만 우언의 초기 형태일 뿐이지 우언이라고 할 수는 없었다. 그러므로 중국 우언은 반드시 제자백가(諸子百家)의 철학적 산문이 흥성하고 나서야 발전할 수 있었던 것이다. 그럼에도 옛 전적을 자세히 연구하면 가끔 새로운 것을 발견할 수 있다. 《상사》「소요유」의 다음 글을 보도록 하자.

탕(湯)이 극(棘)에게 물었다.

"상하 사방에 끝이 있습니까?"

극이 대답하였다.

"무극(無極)의 밖은 다시 무극이다. 사막 북쪽에 깊은 바다가 있으니 천지(天池)라고 한다. 거기에 물고기가 있어 넓이가 수천 리요, 그 길이를 아는 자가 아직 없으니 그 이름을 곤(鯤)이라 한다. 또한 거기에 새가 있으니 그 이름을 붕(鵬)이라고 한다. 그 등은 태산과 같고 날개는 하늘에 드리운 구름과 같아서 회오리바람을 치고 구만 리를 날아올라 구름

기운이 끊어진 곳에서 푸른 하늘을 등에 지고 난 다음 남쪽을 향하니 남
쪽 바다로 가려는 것이다. 그런데 메추라기가 그를 비웃어 말하길, '저가
장차 어디로 가려고 하는가? 내 뛰어오르면 기껏 몇 길 지나지 않아 도
로 내려와서 초가집 사이를 오르내리니 이것도 나름대로 한껏 나는 것이
거늘 저가 장차 어디로 가려 하는가?'라고 했다고 한다.”

이는 《장자》의 첫 번째 우언 작품인데 사물 밖에서 노니는 장자의
철학 사상과 인생 태도를 설명하였다. 장자는 사람들에게 믿도록 하려
고 이 이야기의 서술자가 상나라 때의 현인 '극'이라고 일부러 밝혀 말
하였다. 여기에는 《열자》「탕문」(湯問)편이 또한 좋은 증거가 된다. 이
책에서는 상나라 탕임금이 하나라 혁10)에게 질문을 하고 혁은 탕임금
에게 위의 이야기를 포함한 여러 특별한 소문들을 말해주었다고 기록
하였다. 하혁은 또한 이 이야기가 하 왕조 초에 벌써 기록이 있었다고
다음과 같이 말했다.

　　우임금이 다니면서 보았고 백익(伯益)이 알고는 이름을 붙이고 이견
　　(夷堅)이 듣고는 기록하였다.

《장자》에서도 말하기를 《제해》(齊諧)에 일찍이 이 같은 괴이한 견
문들이 기록되었다고 하였다. 그런데 '齊'와 '夷'는 운이 같고, '諧'와
'堅'은 자음이 같기 때문에 '齊諧'는 바로 하나라 초의 '夷堅'이다. 《장
자》와 《열자》의 기록을 종합해 보면 〈곤붕〉(鯤鵬)의 오랜 신화는 하
초기(B.C.23세기)에 나타났으며 상 초기(B.C.18세기)에 와서 우언으로
변화·발전하였다. 이는 세계 우언이 산출된 일반적인 예와 합치한다.

____

10) 〔원주〕 혁(革): '棘'이 바로 '夏革'임은 이미 학계에 공인되었다. 대개 하족 출신의
　　현인일 것이다.

그러나 애석하게도 《장자》와 《열자》는 역사책이 아니기 때문에 더 이상 천착할 근거로 삼을 수 없다.

이상에서 네 개의 세계 고대 문명국(이집트, 인도, 중국, 바빌론 지역의 수메르)에서 우언이 출현했던 상황을 살펴보았다. 앞 절에서 필자는 고대 그리스 우언이 출현했던 상황을 소개하기도 하였다. 수메르 문명은 소멸된 지 4,000년이 되었으며, 고대 이집트 문명도 아랍 문명에 의해 대치된 지 1,300여 년이 되었기 때문에 그들의 우언 전통은 이미 중단되었다. 단지 중국, 인도, 그리스의 우언만 여러 방식으로 계속 발전하고 널리 알려져 있어 세계 3대 우언 체계[11]를 형성하였다.

3. 세계 3대 우언 체계

그리스 우언은 그리스 문명과 같이 그 시원이 다원적이며 전파 방식은 이어달리기식이다. 그리스 문명은 크레타(Creta)와 미케네(Mycenae)의 문명에서 유래하며, 그리스 우언은 수메르와 히브리 등의 아시아와 아프리카 우언을 흡수하였다. 이는 종합적으로 선박의 편리함을 통해 지중해 주변의 문명과 우언을 흡수했고, 그 덕분에 자기 발전과 성숙을 촉진시켰다. 우언 방면에서 《이솝 우화》와 같은 큰 열매를 맺었으며 아울러 유럽 우언이 발전할 초석을 놓고 그 규범을 수립하였다.

그리스가 멸망한 뒤에도 그 문화는 중단됨이 없이 로마 제국이 완전하게 계승했다. 그 우언도 파이드루스(Phaedrus) 등 로마의 우언 작가들

---

11) 3대 우언 체계: 저자는 3대 우언 체계의 근거로 고대 문명의 발상지를 따지면서도, 바빌론이나 이집트의 것은 계승되지 않았다고 하였고 중세 문명권 이후의 판도는 고려하지 않았다. 그 결과 이슬람, 아메리카, 아프리카 문명권을 제외하거나 무리하게 편입시키면서 세계 우언을 3대(三大) 체계로 보는 것은 일종의 편법이라 아니 할 수 없다.

이 계승·발전시켰으니, 파이드루스는 자기의 우언 작품을 '이솝식 우언'이라고 일컬었다. 지루한 중세기 이후에 유럽의 문예가 부흥했을 때 내건 구호가 바로 고대 그리스 로마 문예를 부흥하자는 것이었다. 이에 따라 일어났던 고전주의, 계몽주의, 현실주의, 현대주의 등의 사조는 흔히 그리스를 모범으로 삼았다. 우언에서도 다빈치, 라퐁텐, 레싱, 끄르일로프 등의 대가들이 이솝 우화를 추숭하지 않는 경우는 없었다. 그 뒤로 유럽의 식민지 경영에 따라 유럽 우언은 아메리카, 오스트레일리아, 아프리카, 아시아로 전해졌다.

고대 인도 우언은 확산식으로 발전·전파되었는데, 유구하고도 풍부하다. 남아시아 여러 나라에 영향을 끼쳤을 뿐만 아니라 페르시아, 아랍 등의 중동을 거쳐 유럽으로 전해져 유럽 우언의 번영을 촉진하는 하나의 경로를 지녔고, 또 하나의 경로로는 중국 우언에 전해져 신선한 혈액을 공급하였다. 이에 대해 루쉰(魯迅)은 〈치화만제기〉(癡華鬘題記)에서 "일찍이 듣건대 천축(天竺)의 풍부한 우언은 큰 숲이나 깊은 샘과 같아 다른 나라 문예가 늘 영향을 입는다"고 말한 바 있다.

그런데 환상이 풍부한 이 인도 민족은 역사기록에 대해서는 관심이 부족하여 우언의 정확한 산출 시기는 단정 짓기가 퍽 어렵다. 《불본생담》《판차탄트라》의 기록이 정착된 시기는 《이솝 우화》에 견주어 몇백 년은 늦다. 뿐만 아니라 그 불경우언은 중앙아시아 돌궐족의 침입 때문에 서기 10~12세기에 불경 전적과 함께 인도 본토에서는 실전(失傳)되었지만, 창런샤(常任俠)가 《불경문학 고사선》(佛經文學故事選) 서문에서 말한 바대로 "다행하게도 중국의 번역본 덕분에 풍부하게 남아 있다".

고대 인도 우언과 고대 그리스 우언에는 비슷한 우언이 매우 많다. 《불본생담》의 〈살모사 본생〉〈염부나무 과일 본생〉〈표범 본생〉은 각각 《이솝 우화》의 〈농부와 뱀〉〈까마귀와 여우〉〈이리와 새끼 양〉의 줄거리와 비슷하고 우의도 비슷하다. 도대체 누가 누구에게 영향을 끼친 것일까? 학계의 어떤 이는 인도 우언이 그리스 우언에 영향을 준 것으로 이해하는 경향이 있지만,《이솝 우화》의 가장 이른 판본은《불본생담》보다 이르므로 이러한 견해는 설득력이 부족하다. 필자는 그것들이 공동의 연원을 지니고 있을 가능성이 있다고 추측하는데, 그것은 바로 시대가 오래된 수메르 우언이다.

인도와 유럽은 주요 인종이 같아 모두 구라파 인종(인도지중해型)에 속하고 주요 어족의 기원도 같아 인구어(印歐語)에 속한다. 유럽문명과 우언이 수메르의 영향을 받았음은 말할 필요도 없다. 이와 달리 인도는 서기전 18세기 무렵 원토착민이 창조한 하라파 문화가 소멸당하고, 아리안족이 중앙아시아에서 침입하여 정착하였다. 일찍이 이란고원의 이란인은 수메르의 성읍국가와 접촉하였다. 아리안족은 이란고원에서 형성되었는데, 이로써 아리아인의 우언이 수메르 우언의 영향을 받은 것은 매우 자연스럽다고 할 수 있다. 그렇다면 인구어 계통이 하나의 큰 계통인 것처럼 '인구(印歐) 우언'을 하나의 큰 계통으로 보는 것도 결코 근거 없는 가설은 아닐 것이다.

중국 고전 우언은 독립적으로 산출되었으며 아울러 죽 이어져 전승되고 발전하였다. 중국문명이 내내 중단된 적이 없는 것처럼 중국 우언도 중단된 적이 없다. 비록 한·위시대 이후에 인도 우언의 영양분을 흡수하고, 명청 이래로 유럽 우언의 영향을 받았지만 중국의 전통과 특색은 계속 보존하였다. 또 한문문화권에 대한 영향도 대단히 컸기 때문에 일본, 한국, 베트남, 남양군도(南洋群島)가 모두 중국 우언의 세례를 받았다. 한편으로 필자는 환태평양 연안의 인디언 우언과 중국 고전 우언은 동일한 연원일 수도 있다고 생각한다. 우언 작품 가운데 인디언 우언과 중국 민간우언에 비슷한 이야기가 적지 않다는 재미있는 현상을 발견했기 때문이다.

예컨대 페루(Peru)의 케추아족12)의 우언인 〈여우와 두꺼비〉는 다음과 같은 내용이다.

여우와 두꺼비가 시합을 하면 누가 더 빨리 뛸까? 뛰라는 구령이 나오자마자 여우는 화살처럼 줄달음쳐 나갔다. 하지만 길 한 구간을 뛸 때마다 앞에서 두꺼비가 '꽤굴꽤굴' 하는 울음소리가 들렸다. 여우는 두꺼비가 자기보다 앞서 도착했다고 생각해서 쉬지 않고 힘을 내어 맹렬하게 달렸다. 그가 숨을 헐떡이며 종점에 달려왔는데 또 앞에서 소리가 들려왔다. 겸연쩍게 자기의 패배를 인정할 수밖에 없었다. 도대체 어떻게 된 일일까? 사실은 똑똑한 두꺼비가 제 무리들을 매 구간마다 수풀 속에 숨겨 놓고 여우를 보면 재빨리 다가가 울음소리를 내게 했던 것이다.

칠레(Chile)의 아라와칸족13) 우언, 〈여우와 게〉는 다음과 같다.

여우와 게가 달리기 시합을 하였다. 여우는 분명히 이길 것이라 짐작하고 꼬리를 끌며 앞에서 달려갔다. 가는 내내 멈춰 서서 새알을 끄집어내고 복숭아를 따고 샘물을 마셨다. 여우가 종점에 다다랐을 때 게가 다리 밑에서 인사를 건넸다.

"친구야, 네가 늦게 왔구나! 나는 여기서 너를 기다리다 벌써 한숨 잤는걸."

사실은 달릴 때 게가 여우 꼬리를 물고 있었던 것이다.14)

---

12) 케추아(Quechua)족: 남아메리카 안데스 산맥에 거주하는 최대 인디언 족속이다. 인종은 몽고족에 속한다고 한다.
13) 아라와칸(Arawakan)족: 남미와 카브리 지역의 토착어족 이름이다. 네덜란드 앤틸리스 제도의 가이아나와 수리남에 거주하던 강력한 부족 아라와크(Arawak)에서 기원했다.
14) 〔원주〕 이상의 두 이야기는 《인디언 신화와 전설》에 보인다.

〈겁쟁이〉라는 또 한 편의 인디언 우언이 있다. 눈 한 덩어리가 나뭇가지에서 떨어졌다. 토끼가 놀라 도망가니 숲속 이리가 보고는 따라서 달리고 삼림의 각종 야수들이 모두 따라서 도망하였다. 모든 짐승이 대탈출하는 한 편의 희극을 연출하였다. 모든 짐승은 달릴수록 겁이 났지만 최후에 가서야 진상이 드러났다.

미묘하고도 멋지게 사회의 맹종심리를 풍자한 이 우언은 독일연방의 카알스가 편찬한 《누가 백수(百獸)의 왕인가》에 나온다.

이상의 세 이야기에 관해서는 중앙민족학원(中央民族學院) 민족문학 편찬실(民族文學編纂室)에서 펴낸 《중국 소수민족 우언고사선》에서 줄거리와 우의가 맞아 들어가는 같은 종류의 작품을 찾아냈다. 그러고 보면, 나시족(納西族)의 〈토끼와 청개구리의 달리기 시합〉은 케추아족 우언과 견주어 단지 여우가 토끼로 바뀌었을 뿐이다. 또 통족(侗族)의 〈호랑이와 게〉와 아라와칸족 우언의 차이는 기껏해야 호랑이가 여우로 대체된 것뿐이다. 또 티베트의 유명한 우언 〈텀벙 왔다〉는 남을 따라 달리는 동물들에 조금 출입이 있을 뿐 〈겁쟁이〉와 아주 비슷하다.

이 같은 현상은 우연히 합치되는 것도 아닌 것 같고, 그렇다고 영향으로 해석하기도 꺼려진다. 왜냐하면 문명시대로 진입한 뒤 중국의 나시족, 통족, 티베트족과 아메리카 인디언의 여러 족들은 이렇다 할 왕래가 없었기 때문이다. 만약 인종학과 민족 이동의 역사고증을 결합한다면 또 다른 결론을 낼 수 있을 것이다.

이 세 이야기에는 공동의 원주제가 있을 수도 있다. 다시 말하면 그것들은 사용된 제재가 같은 원시동물설화에서 연원한 것일 수 있으며, 또는 토템 숭배와 관련되었을 수도 있다. 원래 태평양 저쪽의 인디언은 본래 아시아 몽고 인종에 속하고, 1만 5천 년에서 2만 년 전에 베링 해협을 따라 신대륙 쪽으로 건너갔다. 뒷시대에도 여전히 아주 작은 집단이 이따금 동쪽으로 건너갔다. 이렇게 건너간 사람들이 태평양 저쪽에 동아시아 문화와 우언의 씨앗을 뿌렸을 수도 있다.

영국학자 다니엘은 《고고학간사》(考古學簡史)에서 독립적으로 기원한 세계 9종의 문명을 지적했다. 고대 이집트 문명, 양하(兩河) 유역 문명, 중국 문명, 인도 문명, 에게해 문명, 남아프리카 문명, 올메카 문명, 마야 문명, 차빈 문명이 그것이다. 그러나 연계와 발전 측면에서 보자면 양대 문화권으로 가를 수 있을 것 같다. 지중해를 중심으로 한 인구(印歐) 문화권과 동아시아를 중심으로 한 태평양(太平洋) 문화권이 그것이다. 그렇다면 세계 3대 우언 계통 가운데 인도 우언과 유럽 우언은 인구 문화권의 산물이며, 중국 우언은 태평양 문화권의 산물이다. 이 3대 우언 계통은 각기 특색이 있고 부단히 교류·융합하여 풍부하고 다채로운 우언 작품들을 창조하였다. 아울러 각자의 문화 영역에 침투해서 인류 문화 발전사에 독특한 작용을 일으켰다.

제8장 인도·남아시아·중동 우언 체계

인도는 고대 문명국 가운데 하나이다. 고대 인도는 오늘날의 파키스탄, 인도, 방글라데시 세 나라의 영토를 포함한다. 북쪽은 히말라야 산이며, 남인도는 인도양으로 뻗어 들어가는 거대한 반도이고, 동쪽은 벵갈 만이고, 서쪽은 아라비아 해이다. 고대의 인도는 주로 서북쪽의 카이베르(Khyber) 등의 몇 군데 산 입구를 통해 중앙아시아와 통했고, 내륙은 숲이나 사막으로 말미암아 자연적인 조건이 크게 다른 지역들로 나뉘어 있었다.

일찍이 서기전 3000년에 인더스 강 유역에서 찬란한 '하라파 문화'를 창조했으니 그 창조자는 아마도 드라비다족(Dravidians)이었을 것이다. '하라파 문화'의 문자는 아직까지도 해독에 성공하지 못하였다. 세상 사람들이 알고 있는 '인도 문명'이란 오히려 아리아인이 인도에 들어와 정착한 뒤 토착 민족의 고급문화를 흡수해 재창조해 낸 것이다.

대략 서기전 2000년 중반, 인구어(印歐語)를 구사하는 아리아인 부락은 이란고원에서 인더스 강 유역으로 진출하여 현지 토착 민족을 정복하였다. 이들은 서기전 1000년 상반기에 이르러 점차 동쪽으로 갠지스 강의 전 유역으로 이주해 들어갔다. 부락의 우두머리들은 토지를 약탈하며 포로를 노예나 천민으로 삼았고, 점차 엄격한 카스트(Caste) 제도[15]가 형성되어 사람을 브라만(Brahman: 사제 귀족), 크샤트리아(Kshatrya: 무사 귀족), 바이샤(Vaisya: 농민, 수공업자, 상인), 수드라(Sudra: 노예와 피고용자)로 나누었다.

서기전 4세기, 갠지스 강 유역에 통일국가인 난다(Nanda) 왕조가 세워졌고 서기전 7세기 카스트 제도를 옹호하는 브라만교(뒤에 힌두교로 개조됨)가 등장하였다. 서기전 6세기에는 브라만교를 반대하는 불교와 자이나교가 생겼다. 이 세 종교의 문헌에는 적지 않은 우언이 남아 있는데 불교 문헌에 더욱 많다. 이들 종교는 모두 민간 구비문학의 성과를 활용하였다. 또 기원 전후 몇 세기 안에는《판차탄트라》등의 작품이 산출되었다. 이 작품들은 세속적인 것이며 민간 우언설화의 집합처였다.

인도 우언은 다음과 같은 뚜렷한 특색을 지니고 있다.

① 양식적으로 운문과 산문의 혼합이지만 산문은 주로 이야기를 서술하는 데 사용되며, 운문은 주로 영탄과 대화 그리고 우의를 총결하는 데 사용된다. 예컨대《판차탄트라》에는 설화 90개가 수록되어 있는데, 서사는 기본적으로 산문을 사용한다.[16] 삽입된 격언식 시가는 모두 1,018수가 되며 주로 인물 사이의 대화에 인용된다.

② 구성에는 직렬 연결의 형식을 취한다. 예컨대《불본생담》에서는 500여 개 설화가 석가모니에 차례로 연결되며 석가모니가 부처님이 되기 전에 500여 번이나 다시 태어났다는 과정을 이야기한다.《판

---

15) 카스트 제도: 중국어로는 '族姓等級制度'라고 한다.〔원주〕산스크리트어로 '바르나(Varna)'라고 하며 피부색이라는 뜻이다.

16)〔원주〕제3권 8번째 설화 단 한 편만이 운문을 사용하여 서술한다.

차탄트라》는 각 권마다 하나의 주된 이야기를 중심으로 다른 이야기를 연결하며 큰 이야기가 작은 이야기를 포함하는 형식을 취한다.

③ 제재로 보면 인물설화와 동물설화가 모두 많은 편이다. 이는 동물설화를 위주로 한 그리스 우언과 다르며, 인물설화를 위주로 한 중국 한족의 고전 우언과도 다르다. 인도 우언에는 사자, 호랑이, 코끼리, 표범, 원숭이, 토끼, 규룡, 당나귀, 소, 양, 개, 고양이, 까마귀, 참새, 거북이, 물고기 등 많은 동물 형상들이 있는가 하면, 임금, 국사, 크샤트리아, 수드라, 상인, 농부, 어부, 법관, 소매치기, 바보 등 많은 인물 형상들도 있다.

④ 풍격으로 보면 인도 우언은 환상이 많으며 상상도 풍부하기 때문에 종종 신비스러운 종교적 또는 철리적 색채를 띤다. 이는 인도의 고대 철학이 종종 종교와 긴밀한 관계를 가지고 있었기 때문이다. 라다크리슈난의 《인도 철학》에서 말한 바와 같이 "인도의 철학은 본질적으로 신비주의적이다". 우언은 철학과 종교를 담는 공동의 매체이다.

인도 우언의 전파 방식은 스스로 소멸하면서 퍼져나가는 것이었다. 세계 각지로 전파하여 다른 나라의 문화와 우언에 심원한 영향을 끼쳤던 인도 우언은 오히려 본토에서 기나긴 쇠퇴 과정을 겪었고 근대에 이르러서야 부흥하는 추세를 보였다. 그리고 인도에서 나라 밖으로 수출되었다가 다시 수입되는 상황도 종종 있다. 왜 그럴까? 이는 고대 인도의 복잡한 역사 과정과 긴밀한 관계가 있다.

구석기시대의 인도에는 적지 않은 토착민들이 살고 있었고 드라비다족은 찬란한 문화를 창조하였다. 서기전 2000년 아리아인이 침입한 뒤에도 페르시아인, 그리스인, 타타르인, 에프탈인 등이 침입하여 민족의 성분을 매우 복잡하게 만들었다. 7세기 이후 차례로 아랍인, 돌궐인, 몽골인의 침입과 통치를 받았으며 19세기에 이르러 영국의 식민지로 전락하였다. 따라서 고대 인도의 정세는 극히 불안정하였다. 작은 나라들이 숲처럼 늘어서며 국가는 항상 분열된 상태에 처해 있었다. 국토가 비교적 큰 왕조로는 난다 왕조(B.C.4세기), 마우리아 왕조(B.C.4세기~B.C.2세기), 숭가 왕조(B.C.1세기~B.C.서기 3세기), 굽타 왕조(4~6세기)가 있다. 숭가 왕조는 타타르인이 중앙아시아에서 세운 큰 제국으로, 남쪽으로 확장하여 인도를 정복하였다.

사회의 불안정은 인도 문명의 불안정성을 결정지었다. 불교가 바로 전형적인 예이다. 불교는 원래 인도인이 창립한 종교인데 서기전 3세기부터 부단히 다른 나라로 전파되어 세계적인 종교로 자리 잡았다. 그러나 9세기부터 불교는 인도 본토에서 점차 쇠퇴하기 시작해 12세기에 이르러 완전히 사라졌다가 19세기 말에 와서야 스리랑카인들이 인도에서 부흥시키는 사업을 시작하였다. 우언은 인도 문명 가운데 탐스러운 열매이며 그 역사적 상황은 불교와 비슷하다.

인도 우언은 동·서·남쪽 세 방향으로 전파되었다. 동쪽으로 전파된 우언은 대승불교의 산스크리트어 불경을 통해 중앙아시아, 중국, 한국, 일본, 베트남으로 전해졌다. 남쪽으로 전파된 우언은 소승불교(상좌부불교)의 팔리어 불경을 통해 스리랑카, 미얀마, 태국, 캄보디아, 라오스, 인도네시아로 전해진 것이다. 서쪽으로는 주로 세속적인 우언이 전파되었다. 먼저 페르시아에 전해졌고 다시 아라비아 각국으로 전해졌으며, 또 아라비아인들은 유럽으로 전했다. 전파와 영향 측면에서 보면 인도 우언 계통은 남아시아·중동 우언 계통이라고 말할 수도 있겠다.

상고시대의 인도는 정확한 역사 기록이 없었으며 신화 전설은 종종 역사와 혼합되어 있었다. 따라서 우언 작가와 작품도 확실히 가려내기가 어렵다. 그러므로 성격에 따라 불경우언과 세속우언의 두 부류로 나누어 설명할 수밖에 없으며 때로는 서로 겹치기도 한다. 페르시아 우언

과 아랍 우언은 고대 인도 우언과 밀접한 관계를 지니고 있으므로, 인
도 우언 체계에 귀속시켜도 될 것이다. 역사에서 매우 긴 시간 동안 페
르시아와 아랍은 우언을 포함하여 동·서방 문화교류의 중심축이었다.

1. 불경우언

브라만교, 불교, 자이나교의 문헌에는 적지 않은 우언이 수록되어 있
다. 동일한 우언이 여타 종교 문헌 속에 수록되어 있는 경우가 종종 있
다. 그러나 분량과 영향력으로 보거나 사상의 깊이와 예술적 성과를 보
거나, 불교우언은 인도 종교우언의 대표로 보아야 한다.

불교의 개창자 고타마 싯다르타(Gotama Siddhartha)[17]는 서기전 6세
기(대략 B.C.563~B.C.483)에 살았던 인물이다. 그는 네팔과 인도 사이
의 변경에 있는 석가 부락에 속한 인물이므로 뒤에 '석가모니(釋迦牟
尼)'로 불리게 되었다. 이는 석가족의 성인이란 뜻이다. 석가모니는 카
빌라 국(Kapilavastu)의 정반왕(淨飯王) 아들이라고 전해지고 있으며 어
머니는 마야(摩耶)라고 한다. 어머니가 친정집에 가는 길에 룸비니 화
원[18]을 지나갈 때 나무 밑에서 싯다르타 왕자를 낳았다.

그는 어려서부터 깊이 생각하는 것을 좋아했으며, 인간이 생로병사
의 고통에서 해탈할 수 있는 도를 찾고자 하였다. 석가모니가 19세(일
설에는 29세라 함) 때 도를 닦으러 산림에 들어갔고 7년 뒤에 본명이 비
팔라 나무(pipal tree)인 보리수(菩提樹) 밑에서 도를 얻었다. 그는 중생
이 평등하다는 것을 주장하고 브라만교의 특권에 반대하였으며, 개인
이 수행함으로써 열반의 경지에 이르게 된다는 것을 주장하였다. 어떤

---

17) 〔원주〕 한문역으로 구담(瞿曇)이다.
18) 〔원주〕 지금 네팔 경내에 있다.

사람은 석가모니가 몽골 인종이라고 하며, 어떤 사람은 아리아 인종이라고 하기도 한다. 불경에서는 여러 번 부처님 몸이 자금색이라 했으므로 아마도 백인종보다는 황인종일 것이다.

불경은 석가모니가 돌아가신 뒤 마하가섭을 우두머리로 한 500명의 제자들이 왕사성(王舍城) 밖 칠엽굴(七葉窟)에서 결집한 것으로서 경·율·논(經律論) 삼장(三藏)19)으로 나뉜다. 당시 인도에는 아어(雅語)와 속어(俗語)가 있었다. 아어는 산스크리트어20)이지만 부처가 설법할 때는 오히려 속어인 팔리어를 사용하였다. 현존하는 불경은 언어에 따라 한역(漢譯)삼장과 티베트 대장경과 팔리어 경전의 세 계통으로 나눌 수 있다. 한문 불경과 티베트 불경은 모두 산스크리트어를 번역한 것이다.

팔리어 불경의 우언은 《불본생담》21)에 집중되어 있다. 본생담은 석가모니가 수없이 여러 차례 환생했다는 이야기를 모두 가탁하고 있다. 고대 인도에서는 윤회전생(輪回轉生), 즉 동물의 행위에서 선과 악은 그들 환생의 좋고 나쁨을 결정하며, 이같이 윤회하여 영원히 그치지 않는다는 것을 믿었다. 석가모니는 무수한 수행과 환생을 거쳐 겨우 윤회에서 벗어나 부처가 되었다.

불교도들은 민간 동물설화나 인물설화를 흡수하여 불교 교의를 선전하는 우언으로 개조하고 석가모니 환생의 경력을 말해놓았다. 늦어도 서기전 3세기에 불교도들은 이미 본생담을 편찬하기 시작하였다. 현존 팔리어 《부처본생담》에는 547개의 이야기가 들어 있으며22) 그 가운데 대부분은 우언이다. 예컨대 〈악어 본생〉은 다음과 같은 내용이다.

---

19) 〔원주〕 '藏'의 원래 뜻은 물건을 담아 놓는 광주리이다.

20) 산스크리트어: 한자어로는 범문(梵文)이라 한다.

21) 《불본생담》(*Jātaka*): 대장경에서는 《본생경》(本生經)이라 하며, 중국어로는 《佛本生故事集》이라 한다.

22) 〔원주〕 다른 책이나 민간에서 산실된 본생담도 있다고 한다.

옛날에 보살이 히말라야 산의 한 원숭이 왕으로 다시 태어났다. 힘이 코끼리처럼 세고 풍채가 당당하며 용모가 준수하였다. 갠지스 강 구석의 삼림에서 살고 있었는데 그때 악어 한 마리가 갠지스 강에 살았다. 그 마누라가 보살의 몸을 보고는 그의 염통을 먹기를 간절히 바라 남편에게 말했다.

"서방님! 원숭이 왕의 염통을 먹고 싶어요."

"사랑하는 이여! 우리들은 물속 짐승이고 저는 뭍짐승인데 어떻게 잡아올 수 있을까요?"

"어차피 당신이 원숭이 왕을 잡을 방법을 생각해야지, 저를 손에 넣을 수 없다면 내가 죽을 거예요."

"걱정하지 말아요. 당신에게 원숭이 왕의 염통을 먹게 할 수 있는 방법이 나한테 있소."

악어는 마누라를 안심시킨 뒤 보살을 찾아 나섰다. 이때 보살은 물을 마시고 강변에 앉아 있었다. 악어가 보살에게 다가와 말했다.

"원숭이 왕이여! 당신은 어째서 늘 여기에서 썩은 과일을 먹습니까? 갠지스 강 맞은편에는 무수한 망고와 빵나무의 달콤한 열매가 있는데 당신은 어째서 저기에 가서 갖가지 과일들을 먹지 않습니까?"

"악어야, 갠지스 강은 물이 깊고 넓다. 내가 어떻게 건너가겠니?"

"만약 가겠다면 내 당신을 태워 건네 드릴 수 있소."

원숭이 왕은 악어의 말을 곧이듣고 "좋다"고 동의하였다. 악어는,

"그러면 와서 내 등에 올라타시오."

하고 말하였다. 그래서 원숭이 왕은 악어 등에 올랐다.

악어가 얼마를 헤엄치다가 원숭이 왕을 흔들어 물속에 떨어뜨렸다. 보살이 물었다.

"친구여! 그대가 나를 흔들어 물속에 떨어뜨리니 이는 무슨 짓인가?"

"나는 좋은 마음으로 너를 데리고 강을 건넌 게 아니야. 내 마누라가

네 염통을 먹고 싶어 해서 그걸 멕이려는 거야!"

"친구여! 사실을 말했더라면 좋았을 것을. 그대도 알다시피 우리들이 염통을 뱃속에 놓아둔다면 나뭇가지를 이리저리 뛰어다닐 때 진작 없어져 박살났을 거야."

"그러면 너희들은 염통을 어디에 놓아두느냐?"

보살은 멀지 않은 곳에 한 송이 한 송이 잘 익은 열매가 주렁주렁 매달린 무화과나무를 가리키며 말했다.

"보아라! 우리들의 염통은 모두 저 무화과나무 위에 걸어 놓는다."

"만약 나에게 염통을 준다면 내 너를 죽이지 않겠다."

"그렇다면 그대가 나를 데리고 저리로 가라. 내가 나무 위에 걸어둔 저 염통을 네게 주겠다."

악어는 보살을 태우고 그곳에 도착하였다. 보살은 악어 등에서 튀어올라 무화과나무 위에 앉아 말했다.

"이놈, 멍청한 악어야! 네 진짜로 이 원숭이 염통이 나무 위에 걸려 있다고 생각했다니, 이 멍텅구리야, 내 너를 속였던 거야! 저 열매를 여기 남아 직접 먹어 보렴. 네 몸집은 크다만 머리가 없어!"

보살은 이런 뜻을 설명하면서 두 수의 게송(偈頌)을 읊었다.

"망과, 잠부, 빵열매들은 언제나 강 맞은편에 있었나니.

내 진기하게 여기지도 침을 흘리지도 않았나니. 차라리 이 무화과 먹을지언정."

"악어 몸집이야 작지 않지만 지력이 너무도 볼품없구나.

지금 나에게 졌으니 어디든 네 마음대로 가거라."

악어는 몇천 냥 잃은 노름꾼처럼 머리를 떨어뜨리고 기가 죽어 비실비실 자기 사는 곳으로 돌아갔다.

보살은 성불을 목적으로 불과(佛果)를 성취하고자 하는 수행자이다.

석가모니 또한 성불하기 전에는 보살이었다. 이 설화는 석가모니가 원숭이로 환생한 적이 있고 지혜를 써서 자기를 해치려는 악어와 싸워 이겼음을 이야기하고 있다. 한역 불경 《불본행집경》(佛本行集經)에 따르면 악어는 마파순(魔波旬)의 환생으로 되어 있다. 마파순은 욕계 여섯 왕의 하나로 항상 권속들을 거느리고 인간에 나타나 불도를 파괴한다. '마'란 바로 심신을 어지럽히고 좋은 일을 파괴하며 선법(善法)에 장애가 된다는 뜻이다.

불교도는 이러한 설화를 빌려 불법의 위대함과 사악함이 옳음을 이기지 못함을 선전한다. 또한 불교의 기본 교의를 설명하기도 한 것이니, 다만 탐욕을 깨뜨려 유혹을 받지 않으면 비로소 번뇌를 없애고 고해를 초탈할 수 있다는 것이다. 원숭이가 깊은 물에 끌려들어간 까닭은 악어의 유혹을 받고 맞은편의 망과, 잠부, 빵열매를 탐한 데 있다. 그러나 다행히 때맞춰 깨닫고 지혜로 삿된 도와 싸워 이겼다.

뿐만 아니라 맞은편의 과일은 실제로 없는 것이다. 이는 불교의 '당체즉공(當體即空)', '색즉시공(色即是空)'의 인식을 함축하고 있다. 또 실제로 없는 물질을 탐욕 때문에 있다고 여기고 인연을 만나 일어난다는 것이 바로 '공즉시색(空即是色)'이다. '색'은 불경에서 물질현상을 가리키는데, 그것은 실성(實性)이 없고 성질이 무상해서 '공'이라는 하는 것이다.

이 우언 작품은 《불본생담》과 다른 불경에 보일 뿐만 아니라 세속적 작품집 《판차탄트라》에도 나타나며 세계 각지에 광범위하게 전해졌다. 또한 유명한 본생설화로는 〈협심협력 본생〉〈왜가리 본생〉〈마니커 돼지 본생〉〈방울뱀 본생〉〈모기 본생〉〈망가진 화원 본생〉〈살쾡이 본생〉〈매 본생〉〈사자 가죽 본생〉〈사슴 본생〉〈거북 본생〉〈한 움큼 참깨 본생〉〈잠부 과일 본생〉〈수탉 본생〉〈표범 본생〉 등이 있다.

불본생설화는 모두 운문과 산문이 결합되어 있으며 그 서술의 구조는 대개 다음과 같다.

    ① 서론격 설화

    ② 산문의 본생설화(실제로는 민간설화)

    ③ 전래의 시가

    ④ 어구의 주석

    ⑤ 불조(佛祖)가 이야기의 주인공이고 그 적이 반주인공임을 밝힘

본생설화는 인물설화가 있기도 하고 또 의인화한 동물설화가 있기도 한데, 동물설화는 약 4분의 1을 차지한다. 인물설화는 약 4분의 3을 차지하며 주인공에는 귀족도 있고 하층 민중도 있는데 상인이 차지하는 비중이 매우 크다.

불본생설화의 영향은 매우 광범위하고 심원하다. 지시엔린(季羨林)의 〈팔리어 불본생담에 관하여〉에서는 다음과 같이 말하고 있다.

> 소승불교를 믿는 국가, 즉 스리랑카, 미얀마, 라오스, 캄보디아, 태국 등등에서는 《불본생담》에 견줄 만큼 환영을 받는 고전은 없다. 오늘날 까지도 이 나라 사람들은 항상 이러한 설화를 말하고 들으면서 종종 밤을 새며 즐기느라 피곤해 하지도 않는다.

인도네시아 그리고 중국의 타이족(傣族)과 포랑족(布郎族) 등의 지역에서도 불본생담이 광범위하게 전승되고 있다.

한문 불경은 서역(西域)을 거쳐 중국으로 전해진 것이다. 인도 마우리아 왕조[23]의 아소카 왕[24]은 불교를 적극 제창하였다. 승려들을 모으

---

23) 마우리아(Maurya) 왕조: 찬드라굽타가 세운 인도 아프카니스탄 남부 지역의 고대 왕국. 중국에서는 훈독하여 '孔雀王朝'라 일컫는다.

24) 아소카(Asoka) 왕: 찬드라굽타의 손자이며, '阿育王(재위 B.C.168~B.C.232)'이라 일컫는다.

고 불경을 정리하며 사람들을 사방으로 파견·선교하여 남쪽으로 스리
랑카 등의 여러 나라, 북쪽으로 서역 각국으로 전파시켰으니 한편으로
서역을 거쳐 중국으로 전입된 것이다.

　서한(西漢)의 애제(哀帝) 원수(元壽) 원년(B.C.2)에 서역 대월씨국[25]
은 사신 이존(伊存)을 장안(長安)으로 보냈고, 서한의 조정에서는 박사
제자 경려(景廬)를 파견하여 이존을 따라다니며 불경을 공부하도록 하
니 이존은 《부도경》(浮屠經)을 구두로 가르쳤다. 여기서 ‘부도(浮屠)’는
‘불타(佛陀)’의 다른 번역이다. 따라서 《부도경》은 아마도 불본생담을
기술한 경전일 것이다. 동한(東漢)의 환제(桓帝) 건화(建和) 2년(서기
148)에 페르시아 사람 안세고[26]는 《안반수의경》(安般守意經) 등 34부
의 불경을 한문으로 번역하였다.

　한나라 말기부터 남북조시대까지 역경(譯經) 사업은 전례 없이 활발
하였다. 유명한 불경 번역가로는 대월씨국의 지참,[27] 지겸(支謙), 강거
국의 강승회,[28] 천축국의 구마라집,[29] 진제[30] 등이 있다. 이 가운데 라
집, 진제와 당나라의 현장(玄奘)은 합하여 중국 3대 불경 번역가로 일

---

25) 대월씨국(大月氏國): 터키 종족의 서역국. 서한 때 흉노에게 패하여 서쪽으로 가서
　　대하(大夏)에 신복하고 아무나리아(Amu-Dar'ya) 강에 정착하였다.
26) 안세고(安世高): 안식국(安息國, Parthia)의 왕족 태자로서 출가하여 아비담학(阿毘
　　曇學: 삼장 가운데 논부의 총칭)을 탐구하고 후한 때 낙양에 도착하여 20여 년 동안
　　오로지 역경 사업에 종사하였다. 한역 경전의 비조이다.
27) 지참(支讖): 지루가참(Lokarakṣa)으로 안세고보다 약간 늦게 중국에 와서 대승 경
　　전을 번역했다. 이 두 사람으로부터 중국 불교가 실질적으로 시작되었다.
28) 강승회(康僧會): 원래 강거국(康居國: 지금의 동 투르키스탄) 사람으로 서기 247
　　년 중국 건업(建業: 南京)에 들어와 오(吳)의 국왕 손권(孫權)을 불법에 귀의하게 하
　　였다. 손권이 그를 위해 건립한 건초사(建初寺)에서 《육도집경》(六度集經) 7부 20권
　　을 번역했다. 후대에 초화선사(超化禪師)라고 불렀다.
29) 구마라집(鳩摩羅什, Kumarajiva): 보통 줄여서 ‘라집(羅什)’이라 부르며 중국 불교
　　사의 신기원을 이룩한 역성(譯聖)으로 추앙된다.
30) 진제(眞諦): 원명은 파라말타(Paramartha)로 서인도 사람이다. 양무제의 청에 따라
　　바닷길로 광주(廣州)에 도착해 평생 역경에 헌신했다.

컬어진다.

당나라 현종 개원(開元) 때의 《개원석교록》(開元釋敎錄)에 따르면 한역 불경은 1,076부, 5,048권에 이르렀다. 후대에 계속 증가하여 현재는 1,900여 부, 8,000여 권이 된다. 뿐만 아니라 불경의 원래 문자(산스크리트어와 팔리어)로 씌어진 불경과 중개 문자(고대 서역의 토하라어31) 등)로 씌어진 불경은 대부분 산실되었기 때문에 이 진귀한 사상과 문학 유산은 주로 한역 불경으로 보존되어 있다.

한역 불경에는 재창작된 것도 적지 않은데 거기에는 중국 사람들의 지혜가 스며들어 있다. 따라서 불경과 그 속의 우언은 중국과 인도, 그리고 서역 사람들이 공동으로 창작하고 보존한 자산이라고 말해도 좋을 것이다. 어떤 이는 중국을 불경의 두 번째 고향이라고도 한다.

한문 불경에는 우언 이야기가 아주 풍부하니 루쉰은 "마치 큰 숲과 깊은 샘물과 같다"고 하였다. 프랑스의 중국학자 샤반32)은 한문 불경에서 《불경 오백 가지 이야기》를 추출해 냈는데 대부분이 우언이다. 비교적 우언이 집중되어 있는 불경을 예로 든다.

(1) 《잡비유경》(雜譬喩經): 동한(東漢)부터 남북조(南北朝)까지 모두

---

31) 토하(카)라어(Tokharaian language): 중국어로 '吐火羅語'라고 하며 타림 분지의 중국령 투르키스탄 북부에서 사용하던 언어로서, 현재는 사어(死語)이다. 동부 토하라어의 사본은 투루판·언기(焉耆: 카라샤르 아그니)에서만 발견되었으나 서부 토하라어의 사본은 쿠차[龜玆: 쿠치]의 주변에서도 나왔다. 대체로 6~8세기 것으로 산스크리트 불교 문헌의 번역이 많지만 후자 가운데는 나무 조각의 여권, 승단회계부, 의서 등의 세속적인 것도 있다. 이 언어가 사용된 곳은 중앙아시아의 아무다리야 강 유역, 현재의 발흐를 중심으로 하는 지방으로 중국 역사에서 대하라고 일컬어지고 그 뒤 대월지[大月氏]에게 종속되었으나 쿠샨 왕조가 일어났다.

32) 샤반(Chavannes, 1865~1918): 프랑스의 중국학자로서 1893년 콜레주드프랑스의 교수가 되고 중국 고대사, 서역사, 불교사와 여러 비문을 연구하여 정밀한 사료 역주를 많이 남겼다. 《사기》(史記)의 번역은 가장 중요한 업적으로 평가되며 그의 문하에서 펠리오, 마스페로, 칼그렌 등 대가들이 나와 유럽의 대표적인 동양학자가 되었다.

5가지 번역본이 있는데 우언 180편이 수록되어 있다. 그 가운데 강승회가 번역한 《구(舊)잡비유경》은 70편정도 된다. 잘 알려진 우언 작품으로는 〈독 속의 그림자〉〈화근을 사들인 국왕〉〈불을 끈 앵무새〉〈천하의 세 바보〉〈항아리 토해낸 사미승〉〈까치가 자라를 물다〉〈주인 입을 찬 아첨꾼〉〈나쁜 물 마시고 모두 미친 나라〉〈머리와 꼬리의 공 다툼〉〈뭇 새를 잡는 사냥꾼〉〈귀신이 겁먹은 사람〉〈채찍 뒤에 오줌을 묻히다〉〈목수와 화가〉〈연자매를 돌리는 군마〉〈우유를 짜 모으는 바보〉 등이 있다.

(2) 《육도집경》(六度集經): 삼국시대에 중국으로 건너온 강승회가 번역하고 편찬하였다. 전서에 수집된 불경 91편 가운데는 90여 편의 우언 이야기가 있다. 명편으로는 〈소경 코끼리 만지기〉[33] 〈자라와 원숭이〉〈구두장이 왕 노릇〉〈자라·뱀·여우와 배신자〉 등이 있다.

(3) 《잡보장경》(雜寶藏經): 북위 시기의 서역승 길가야(吉迦夜)와 담요(曇曜)가 공동 번역하였다. 모두 121편의 우언 이야기가 수록되어 있다. 명편으로는 〈노인 버리는 나라〉〈시어미 해치는 바라문 며느리〉〈올빼미를 전멸시킨 까마귀의 고육책〉〈여종과 양의 다툼〉〈머리 둘 달린 새〉〈꿩 왕과 고양이〉〈시의적절을 모름〉〈끓는 가마솥에서 반지를 찾으려면〉 등이 있다.

(4) 《대장엄론경》(大莊嚴論經): 마명(馬鳴)이 짓고 구마라집이 번역하였다. 89편의 우언 이야기가 있다. 명편으로 〈새끼 고양이의 터득〉〈못생긴 하님 독 깨뜨리기〉〈연자매 돌리는 군마〉〈난타 왕의 가렴주구〉〈세 가지 귀의〉〈치즈로 물 바꾸기〉 등이 있다.

(5) 《생경》(生經) 《불본행집경》(佛本行集經) 《천존설아육왕비유경》(尊說阿育王譬喩經) 《출요경》(出曜經) 《현우경》(賢愚經) 《근본설일체유부비나야파승사》(根本說一切有部毘奈耶破僧事) 《승지율》(僧祇律) 《십송

---

33) 〔원주〕《佛說義足經》《涅槃經》에도 있음.

율》(十誦律)《오분율》(五分律) 등에도 적지 않은 우언이 수록되어 있다.

(6)《백유경》(百喩經): 남제(南齊)의 영명(永明) 10년(A.D.492)에는 우언이 전문적으로 수록된 이 책도 번역하였다. 온전한 이름은《백구비유경》(百句譬喩經)이고,《백비경》(百譬經) 일명 《치화만》(痴華鬘)이라고도 한다. 이 책은 상하 권으로 나뉘고 모두 98편의 설화가 수록되어 있다.34) 인도의 존자(尊者) 상가세나(僧迦斯那)가 편찬하였고 중인도 법사(法師) 구나브리디(求那毗地)가 한문으로 번역하였다.

책의 〈머리말〉에는 "부처가 왕사성에 거처할 때 한번은 작봉죽원(鵲封竹園)에 모여 교도 3만 6천 명과 교의를 배우러 온 다른 종교의 교도 5백 명에게 불법을 설명했다. 부처는 한 가지 이야기를 해줄 때마다 하나의 불교의 도리를 끌어들여 설명해 주었다"고 씌어 있다.

명편으로는 〈소금만 먹는 바보의 비유〉〈꼭대기 층(層)만 지으려는 수전노의 비유〉〈제 성질 좋다며 화내는 사람의 비유〉〈공주에게 약을 준 의사의 비유〉〈바다에 빠진 은 주발 찾기의 비유〉〈소 한 마리 잃자 소 떼를 죽인 비유〉〈마지막 떡 반 조각에 배부르다는 비유〉〈입으로만 일등 항해사인 비유〉〈부부 떡 내기 하느라 도둑맞은 비유〉〈과일을 일일이 맛보고 사는 사람의 비유〉〈쌀 훔쳐 먹다 입 찢어진 비유〉 등이 있다. 설화의 주인공은 대부분 어리석은 사람들이다.

불경우언은 정미한 철학적 이치를 함축하고 있어 번역문 또한 간결미가 있다. 그것을 읽으면 마치 감람을 먹는 것처럼 여운이 무궁하고 감로수를 마시는 것처럼 가슴이 상쾌하다. 이제 네 편을 개략적으로 소개하여 독자들로 하여금 맛보게 하려고 한다.

---

34) 〔원주〕 원래는 아마 100편이었을 것이다.

(1) 아주 오래전에 염부제에 경면(鏡面)이라고 하는 왕이 있었다. 사자에게 명령하기를, 우리나라의 소경들을 궁궐로 데려오라고 했다. 사자는 명령을 받들어 실행했다. 왕은 대신에게 이 사람들에게 코끼리를 보여 주도록 명령했다. 신하는 그들을 코끼리 사육장으로 데리고 가 일일이 코끼리를 만지게끔 했다. 다리, 꼬리, 꼬리의 몸체, 배, 갈비, 귀, 머리, 어금니, 코를 각각 만졌는데 다 만지게 한 뒤에 신하는 소경들을 데리고 왕에게 갔다. 왕이 묻기를, "너희들은 코끼리를 살펴보았는가?" 소경들이 "우리가 모두 보았나이다"하고 대답하였다. 왕이 말하기를, "어떻던가?" 다리를 만진 자가 이르기를, "왕께 아뢰나이다, 코끼리는 기둥과 같더이다." 꼬리를 만진 자가 이르기를, "빗자루와 같더이다." 꼬리 몸체를 만진 자가 이르기를, "지팡이와 같더이다." 배를 만진 자가 이르기를, "마른 흙 같더이다." 갈비를 만진 자가 이르기를, "담벼락 같더이다." 배를 만진 자가 이르기를, "높은 언덕 같더이다." 귀를 만진 자가 이르기를, "커다란 키 같더이다." 머리를 만진 자가 이르기를, "절구 같더이다." 상아를 만진 자가 이르기를, "뿔 같더이다." 코를 만진 자가 이르기를, "새끼 같더이다"라고 했다.

《불설의족경》(佛說義足經) 〈장님 코끼리 만지기〉

(2) 고양이가 새끼를 낳았는데 점점 크게 자랐다. 새끼 고양이가 어미에게 묻기를, "무엇을 먹어야 합니까?" 하자 어미가 새끼에게 대답하였다. "사람들이 너에게 가르쳐 줄 거야!" 밤에 새끼 고양이가 다른 집에 이르러 옹기 사이에 숨었는데 어떤 사람이 이를 보고는 단속하며, "소유차, 우유, 고기 등은 아주 잘 덮어 두고 병아리는 높이 올려놓아 고양이가 먹지 못하도록 하여라!" 했다. 새끼 고양이는 즉시 알아차렸다.

"병아리, 소유차, 우유, 치즈가 모두 내 먹이로구나!"

《대장엄론경》(大莊嚴論經) 〈새끼 고양이의 터득〉

　(3) 과거 세상에 '바라나(波羅奈)'라는 성과 '가시(伽尸)'라는 나라가
있었다. 그 빈 터에 5백 마리의 원숭이가 있어 수풀에서 놀았는데 한 니
구율(尼俱律) 나무 밑에 이르렀다. 거기에는 우물이 있었는데, 우물 가운
데 달그림자가 나타났다. 이때 원숭이 임금이 이를 보고 여러 동무들에
게 말하였다.

　"오늘 달이 죽어서 우물 속에 떨어졌으니 함께 끄집어내어 이 세상이
긴긴 밤 동안 어둡지 않게 하자."

　모두 의논해 말하였다.

　"어떻게 끄집어낼까요?"

　이때 원숭이 임금이,

　"내게 꺼낼 방법이 있다. 내가 나뭇가지를 잡고 너희들이 내 꼬리를
잡아서 주렁주렁 매달려 끄집어내자"

　하고 말했다. 이에 여러 원숭이들이 임금의 말처럼 서로 주렁주렁 매
달렸는데 나무가 약해 가지가 부러져 전부 우물 속으로 빠졌다.

《승기율》(僧祇律)〈원숭이가 달을 건지다〉

　(4) 어떤 사람이 배가 고파 일곱 개의 전병을 먹기 시작했다. 여섯 개
반을 먹으니 배가 불렀다. 그 사람은 후회를 하면서 손으로 자신의 배를
두드리며 말했다.

　"이제 배가 부른데 이 전병 반 개를 더 먹으면 아주 배가 불러질 것이
다. 그렇다면 앞의 여섯 개의 전병은 쓸데없이 먹은 것이로구나. 전병 반
개로 충분하다는 것을 알았더라면 응당 이것을 먼저 먹을 걸 그랬어!"

《백유경》(百喩經)〈마지막 떡 반 조각에 배부르다〉

　(1)〈장님 코끼리 만지기〉는 전 세계 모든 민족의 사람들이 알고 있
는 우언일 것이다. 이 작품의 최초 우의는 불법의 광대함을 선전하되

불법을 믿지 못해 다른 종교의 하찮은 도리를 믿는 사람을 풍자한 것이다. 경면왕[35]은 장님들로 하여금 코끼리를 만지게 하여 불교를 믿지 않는 신하와 백성들에게, '이 장님들은 불경을 알지 못하는 사람들과 같다'고 암시한 셈이다. 그의 이러한 교육 방법은 진정 차분하게 잘 유도했다고 일컬을 만하다.

일반적인 의미로 볼 때 이 우언 작품은 어설픈 지식을 가지고 있으면서 스스로는 진리 전체를 장악하고 있다고 여기는 천박한 무리들을 풍자했다. 또 주관적인 단편성을 극복하고 광범위하게 다른 사람의 경험을 흡수하여 감성 차원의 인식을 곧바로 이성의 위치로 높여야만 '장님 코끼리 만지기'식의 착오를 피할 수 있다고 경고했다. 더 높은 층위에서 보자면, 이 작품은 객관적으로 인간이 진리를 탐색하는 전 과정을 상징하고 있다. 우언적으로는 코끼리의 커다란 몸집과 사물을 보지 못하면서 따지기만 좋아하는 맹인들의 특징을 비유체로 삼았다.

코끼리는 인도인이 늘 보는 평범한 동물이면서 내용과 딱 맞아 떨어지기 때문에 사람들은 이 이야기를 듣고 말하기를 좋아한다. 전승 지역이 넓고 시기가 길기 때문에 줄거리가 종종 조금은 다르다. 예컨대 어떤 작품들은 맹인들의 수가 각각 열 명, 여덟 명, 여섯 명이기도 하다.

(2) 〈새끼 고양이의 터득〉은 매우 간결하여 묘미를 발휘한다. 새끼 고양이는 사람들의 먹을거리를 훔쳐 먹으려고 어미 고양이에게 무엇을 먹어야 하느냐고 물었다. 어미는 오히려 사람들이 저절로 가르쳐 줄 것이라고 대답했다. 이 대답은 정말 의외여서 독자들에게 호기심을 조성한다. 이야기의 결과는 완전히 어미 고양이의 말을 증험(證驗)하여 사람들이 저절로 무릎을 치게끔 만든다.

이 작품의 본뜻은 일체의 '세간법(世間法)'을 풍자하되, 세속의 법제

---

35) 경면왕(鏡面王): 눈과 코가 없고 다만 입만 가지고 태어나서 붙은 이름이다. 천안(天眼)과 혜심(慧心)을 지녀 가시국(伽尸國)을 태평지세로 선치했다고 한다.

들이란 모두 역설적 효과를 거둘 수 있다는 것을 인식시킨다. 사람들이 고양이를 막으려고 병아리, 치즈, 우유, 고기를 잘 간수하라고 말하는 것은 '패 보이고 화투치기'식이니 고양이에게 훔쳐 먹으라고 안내하는 격이다. 이것은 마치 《노자》가 말한 바 법령이 늘어나면 도적들이 많아진다는 것과 같은 것이요, 또한 《장자》가 말한 바 성인이 죽지 않으면 큰 도적이 죽지 않는다는 말과 같은 것이다.

불가와 도가 철학에는 확실히 놀랄 만한 유사성이 있다. 이 작품의 출발점은 소극적인 것이었지만, 역사적으로 법제를 빌려 백성들을 속이고 탄압하는 간사한 무리들은 한결같이 이와 같았기 때문에 우언으로써 적극적인 폭로의 효과가 있다. 당연히 사람들은 '구더기 무서워 장 못 담그랴' 하는 식으로 법률을 부정할 수도 없으니, 단지 법제를 강화하고 완비해서 '법 하나가 서면 백 가지 폐단이 생긴다'는 현상을 막을 수 있을 뿐이다.

또한 실제 생활이 가장 좋은 선생이 된다는 일종의 중요한 교육 법칙을 제시한 셈이다. 가부장도 좋고 교사도 좋지만 결국 모든 것을 다 해낼 수는 없다. 사정에 따라 잘 이끌어 젊은 세대로 하여금 대자연과 사회의 품으로 들어와 비바람을 겪고 세상 모습을 보면서 혼자 사고하고 행동하게끔 해야만, 진정한 지식을 얻고 생활 능력을 기를 수 있다.

(3) 〈원숭이가 달을 건지다〉의 본뜻은 불교의 사대개공(四大皆空)의 이론을 펴고 물질의 추구를 부정한 것이다. 이 작품은 사람들이 헛된 것을 진실이라 오해하여서는 안 되며, 그렇지 않다면 모든 노력이 백해무익이라는 것을 경고한 것이다. 또 평범한 사람들의 자만성과 사회의 군중심리를 비판했다. 즉, 달은 원래 물속에 있지 않은데 원숭이 왕은 진위를 분변치 못하고 놀라 법석을 떨며 용렬한 사람의 우월감을 가진 것이다. 이와 달리 다른 원숭이들은 '바람 소리에 비 온다고 여기는 식'으로 사실을 꿰뚫어보지 못하고 맹목적으로 행동하여 나쁜 결과를 만

들었다. 이 이야기는 경계가 우아하고 주인공들이 퍽 골계적이고 가소로워 여러 가지 정조와 이치를 함축하고 있다. 또한 시정(詩情)·화의(畵意)·철리(哲理)의 세 가지가 흔적 없이 묘하게 합해져 있다고 말할 수 있다.

(4) 〈마지막 떡 반 조각에 배부르다〉는 전문이 단지 60자뿐인데 다면적(심리, 행동, 언어)으로 어리석은 사람의 특징을 그려서 철학적으로 양·질의 변증법적 관계를 제시했다. 어떠한 사물이라도 하나의 축적 과정이 있음을 설명해서 사람들에게 최후의 결과만을 보고 이전의 노력을 말살해서는 안 된다는 것을 말했다.

불경은 우언으로 세태를 풍자하고 현묘한 철리를 선전하여 사상이나 예술적으로 모두 커다란 성공을 거두었다. 이들은 중국에 들어와 고전 우언에 신선한 혈액을 공급하여 당송(唐宋) 우언 창작의 절정기를 이루게 했다. 후대에는 한국과 일본으로 전해져 모든 동아시아 지역에서 뿌리를 내리고 꽃을 피우며 열매를 맺었다.

그러나 당연히 불경우언에도 결점이 있으니 루쉰(魯迅)이 〈치화만제기〉(痴華鬘題記)에서 《백유경》에 대해 지적한 바, "반드시 불법을 말하려는 것에 오히려 구차스러운 점이 많다"는 병폐가 있다. 예를 들면 〈물에 표시하여 은 주발 찾기〉가 있다. 어떤 사람이 바다를 긴너갈 때에 은 주발을 바닷물에 떨어뜨렸는데 물에다 그림을 그려 표시해 놓고 한 달 뒤 사자국에 도착해서는 비슷한 강물에 뛰어들어 은 주발을 찾으려 했다는 것이다. 이 이야기의 줄거리는 《여씨춘추》의 〈각주구검〉(刻舟求劍)과 흡사하지만 우의는 같지 않다.

《백유경》은 사람들이 다른 종교에서 해탈의 방법을 구해서는 안 되며 응당 불교에 귀의해야 한다는 것을 권계했지만 억지처럼 보인다. 이에 견주어 《여씨춘추》에서는 수구적으로 옛것을 지키느라고 변치 않음을 풍자하였으니 적절하고도 자연스럽다.

불교는 서기 7세기 중엽 티베트에 손챈감포(松贊干布) 때 전해져서 지금까지 성행하고 있다. 티베트 대장경36)은 정장(正藏)과 부장(副藏)의 두 부분으로 나뉘는데 모두 5,900종이며 분량으로는 모두 300만 게송에 이르며 한역 불경의 수를 크게 초과한다. 뿐만 아니라 절대다수가 산스크리트어에서 직접 번역한 것이고 단지 소수만이 한문에서 중역한 것이다. 이것은 또 하나의 풍부한 보고이다. 그러나 필자는 이 방면의 자료를 전혀 접하지 못했기 때문에 다만 비워두는 것이 좋겠다.

2. 인도의 고전 세속우언

인도의 여러 종교 유파들은 우언으로 이치를 말하기 좋아하였고 세속적인 정치 세력도 마찬가지였다. 많은 우언 작품들이 여러 저작에서 반복적으로 언급되었다. 이는 그 작품들이 민간에서 연원했음을 말해준다. 인도의 고대 민간우언 가운데 가장 대표적인 저작은 《판차탄트라》(*Panca-tantra*)와 《대설화》(*Brhat-katha*)이다.

《판차탄트라》는 고대 인도에서 가장 넓게 퍼지고 가장 큰 영향을 끼친 우언 설화집으로서 제3세계 문학사37)에서 특출한 위치를 차지한다. 인도의 고대문학은 ① 베다 시기(B.C.15세기~B.C.5세기), ② 서사시 시기(대략 B.C.4세기~A.D.4세기), ③ 산스크리트 문학 시기(대략 A.D.1세기 초~A.D.12세기)의 세 시기로 나눌 수 있다. 《판차탄트라》는 이 가운데 세 번째 시기 전체에 걸쳐 창작되었다. 주로 굽타 왕조(4~6세기)

---

36) 티베트 대장경: 8세기에 티베트의 수도인 라사에 불교 사원이 세워진 뒤 산스크리트어에서 직접 번역되었다. 이는 본경에 해당하는 칸주르(the Kanjur: translated word)와 주석서에 해당하는 탄주르(the Tanjur: translated treatises)로 나뉜다.
37) 원문은 '아시아·아프리카 문학사[亞非文學史]'라고 했다.

때 편찬되었지만 가장 이른 책은 1세기에 산출되었을 가능성이 있으며, 가장 늦지만 제일 넓게 영향을 끼친 책은 12세기 지나교의 승려가 교정 및 편찬한 대본이다.

　책은 전부 5권으로 나누어져 있는데 바로 ① 절교(絕交)편,[38] ② 결교(結交)편,[39] ③ 아효(鴉梟)편,[40] ④ 득이부실(得而復失)편,[41] ⑤ 경거망동(輕擧妄動)편[42]이다. 매 편은 하나로 연결되어 있는데 핵심적인 이야기에 다른 이야기를 끼워 넣어 나뭇가지식 구성을 보여준다. 예를 들어 제1권의 핵심 이야기는 〈사자와 황소〉인데, 사자와 황소가 사귀다가 간사한 늑대 때문에 우정이 손상된다는 내용이다. 이를 핵심으로 삼되 주인공의 대화를 통해 30편의 이야기를 끼워 넣고, 격언식 시가 440수를 인용했다. 전 5권에는 모두 78편(실제로는 90편)의 이야기가 있으며 1,018수의 시가가 인용되어 있다. 책 전체는 운문과 산문이 섞여 있는데 산문은 서사를, 시가는 대화와 우의를 밝히는 데 이용했다. 제재로 보면 동물설화를 위주로 삼았는데 전체의 2/3를 차지하며 인물설화는 1/3를 차지한다.

《판차탄트라》의 〈프롤로그〉에서는 다음과 같이 말하고 있다.

　　인도 남방의 한 왕국에서 국왕이 더없이 우둔한 세 아들을 낳았다. 국왕은 대신들에게 자신의 아들들을 똑똑하게 만들 방법을 생각해 내라고 했다. 만약 문법부터 배우기 시작한다면 12년이 걸려야 하고 또다시 법전이니 논리학이니를 배워야 하기 때문이었다. 자식들의 재주와 지혜를 짜낼 방법을 생각해 내도록 했다. 뒤에 비슈누마샤르만(Visnumasarman)

---

38) 〔원주〕 편명을 '붕우의 결렬'이라고도 한다.
39) 〔원주〕 편명을 '붕우를 얻음'이라고도 한다.
40) 〔원주〕 편명을 '까마귀와 올빼미가 평화와 전쟁을 치름'이라고도 한다.
41) 〔원주〕 편명을 '이미 얻은 것을 잃어버림'이라고도 한다.
42) 〔원주〕 편명을 '생각지 않고 행동함'이라고도 한다.

이라는 한 총명한 바라문이 이《판차탄트라》를 편찬하여 반년 동안 왕 자들을 가르쳐 그들이 총명해졌다. ─ (중략) ─ 그 이후로 이《판차탄트 라》의 통치론은 전 세계에서 청년을 교육하는 데 사용됐다. 요컨대, 누 구라도 이 책을 늘 학습하거나 이 수신처세의 통치론을 듣기만 하면, 그 는 다시는 곤궁해지지 않고 심지어 하늘 제석(帝釋)도 그를 곤궁에 빠뜨 릴 수 없을 것이다.

이는 허구일 가능성이 있지만《판차탄트라》의 기본적 경향과 중요 한 위상을 설명하고 있다. 그 책의 기본적인 경향은 세속에 뛰어들어 행동하자는 것이며, 사람들에게 노력을 다하여 생활의 모든 것을 이룩 해 내자고 격려하여 삶의 교훈과 처세의 도리를 가르친다.

예를 들면, 제4권의 핵심 설화는 〈원숭이와 악어〉인데 줄거리는《불 본생담》의 〈악어 본생〉과 완전히 일치하면서도 우의는 불경과 아주 다 르다. 작자는 다음과 같이 우의를 밝혀 말하였다.

물건을 이미 손에 쥐고 있었지만 몇 마디 달콤한 말을 듣고는 잃어버 렸다. 얼간이는 이처럼 남에게 우롱당하니 마치 바다괴물이 원숭이에게 속임을 당하는 것과 같다.

이 작품은 악어가 원숭이를 죽여 심장을 취해야지 잡았다가 다시 놓 쳐서는 안 된다고 대놓고 주장한다. 또 제1권의 여덟 번째 삽화(揷話) 인 〈직물공과 공주〉43)에서 작가는 다음과 같이 우의를 총결하였다.

모든 방법을 생각해 낼 수 있는 용감하고 굳세고 오만한 그런 사람이

---

43) 〔원주〕 기계 금시조(器械金翅鳥)라고도 한다.

야말로 분명히 어려움을 극복하고 또 어려움에서 벗어날 수 있다.

《판차탄트라》의 이야기는 당시의 사회 풍모를 곡진하게 반영하고 피착취, 피압박자들의 항쟁을 동정했다. 예를 들어 제1권의 일곱 번째 삽화 〈사자 왕을 우물에 빠트린 토끼〉는 다음과 같은 내용이다.

사자 왕은 백성들에게 잔악하게 굴었는데 매일같이 동물 한 마리씩을 자기가 먹을 수 있도록 자발적으로 바치라고 요구했다. 토끼 차례가 되었는데 그는 꾀를 썼다. 거만하고 사나운 사자 왕으로 하여금 우물 속의 자기 그림자를 향해 맹렬하게 달려들어 어처구니없이 빠져 죽게 한 것이다. 스스로 액운을 면했을 뿐만 아니라 뭇 동물의 해까지 없앴다.

이 이야기는 사람들에게 자기의 운명은 스스로 장악해야지 노력을 포기하고 정해진 운명을 소극적으로 따라가서는 안 된다고 격려한다. 작가는 인용 시(詩)에서 말한다.

끝없이 근면 성실한 저런 사람에게는 운명도 틀림없이 호의를 베푼다. 다만 저 하찮은 놈들은 늘 소리친다. '내 팔자야, 내 팔자야!' 한다. 운명을 쳐부셔라. 자기 힘을 다해 사람이 해야만 하는 일을 하라.

또 같은 권의 여섯 번째 삽화 〈가마우지와 게〉의 내용은 다음과 같다.

건기에 물이 말라 못물이 줄었다. 가마우지는 물고기들에게 물이 많은 연못으로 옮겨주겠다고 거짓말을 하고 속임수에 빠진 물고기를 하나하나 물어가서 먹어치웠다. 남아 있는 게 한 마리를 마저 먹으려고 하자 게는 가마우지 목뒤를 잡고 가겠다고 요구했다. 진상을 간파한 뒤에 집

게발로 가마우지 목덜미를 잘라버렸다.

이 이야기는 게의 복수 정신과 용감한 기지를 찬양하고 가마우지의 갖은 계책과 음험한 해독을 꾸짖었다. 동시에 저 물고기들처럼 체험이 얕은 사람들을 교육시키고자 했던 것이다.

《판차탄트라》의 우언은 재미나고도 생동감 있다. 예를 들어 제3권의 열세 번째 삽화 〈쥐의 사윗감 고르기〉는 다음과 같은 내용이다.

> 쥐 아가씨가 자라나 미녀가 됐다. 남편감을 고르려고 했지만, 모든 것을 비추는 태양, 하늘과 해를 가리는 구름, 자유롭게 달려가는 바람, 웅장하고 엄숙한 산이 모두 그의 눈에 차지 않아 최후에는 숫쥐를 택했다.

이 작품은 사물이 유유상종한다는 것과 본성을 바꾸기 어렵다는 것을 설명한다. 줄거리가 해학적이며 유머러스하다. 프랑스의 라퐁텐은 시가체로 이 이야기를 개작하였고, 중국 명대의 유원경(劉元卿)도 그 수법을 모방하여 묘한 맛이 감도는 우언 〈고양이의 여러 별명〉[猫號]을 창작했다.

또 제1권의 열여섯 번째 삽화 〈거북과 거위〉는 슬프고도 우스운 요설자의 형상을 여지없이 그려냈는데 다음과 같은 내용이다.

> 말재주 있는 거북이가 친구 거위에게 자기를 데리고 날아달라고 했다. 작은 막대 하나를 찾아서 거북이는 중간을 물고 두 마리의 거위는 막대기 끝을 물고 하늘로 날아올랐다. 날면서 거위는 거북이에게 절대로 말하지 말라고 경고하고 거북이도 단단히 맹세했다. 그러나 한 도시 위를 날아갈 때 거북이는 사람들의 분분한 의론을 듣고는 요설(饒舌)의 고질병이 도지어 참지 못하고 입을 열었으니 말을 하자마자 떨어져 죽었다.

《판차탄트라》(*Pancatantra*)의 이본

우화로 이루어진 《판차탄트라》는 세계 여러 지역으로 전파되어 여러 이본이 있다. 인도 자체에서도 유익한 교훈이라는 뜻의 《히토파데사》는 부분적으로 이 것의 번안이며 산스크리트 교본으로 유럽에 널리 알려졌다. 또한 설화 문학 가 운데 대표적인 것은 구나디아의 《바트카스》인데 원본은 현존하지 않고 산스크 리트 번안들만 전해지고 있다. 이들 가운데 가장 중요한 것은 소마데바(11세기 활동)의 《설화의 바다》(*Kathāsaritsāgara*)로서 중심이 되는 줄거리가 상실될 정도 로 많은 부수적 이야기를 포함하고 있다. 부다스바민(7세기쯤 활동)의 《대설화 의 요약송(頌)》(*Bhatkathlokasagraha*)은 원본에 충실한 이본으로 알려져 있다.

6세기에 아랍 세계로 전해져서 페르시아어로 번역되고 8세기에 아라비아어로 중역되어 오늘날 《칼릴라와 딤나》로 남아 있다. 이는 터키, 그리스로 전파되어 50여 개국 언어로 번역되고 아랍의 고전으로 알려져 있다. 한편 《판차탄트라는 티베트를 거쳐 몽골로 전파되고, 그 가운데 〈귀토지설〉(龜兎之說) 〈묘수좌〉(猫首 座) 〈야서혼〉(野鼠婚)과 같은 여러 각편 설화는 한국의 민간설화로 녹아들어 오 랜 연원을 형성했다. 중국어로는 《五卷書》 혹은 《五葉書》로 번역되어 있다.

《판차탄트라》는 위로 불본생담을 잇고 아래로 다른 설화집을 계발 시켰으니 이는 인도 우언사의 이정표인 셈이다. 10세기 전후 나라야나 는 이를 근거로 하여 《익세가언집》[44]을 편찬했는데 「결교」편 「절교」 편 「작전」편 「강화」편으로 나누었다. 이 책은 《판차탄트라》와 계승 관 계에 있으며 인도에서 광범위한 영향을 끼쳤다. 《판차탄트라》는 6세기 에 페르시아로 전파되고 8세기에는 아랍에 전해졌으며 이어서 유럽 각

---

44) 《익세가언집》(益世嘉言集, *Hitopadesa*): 〔원주〕'유익한 교훈'이라고 번역하며 '希多 巴第沙'라고도 음역한다.

국에 알려졌다.

《대설화》45)는 고대 인도 최대의 설화 총서이다. 이는 시가체로서 그 편폭이 인도의 유명한 서사시 〈마하바라타〉[10만 송(頌)]보다 길며, 이와 더불어 고대문학사에서 양대 서사시인 〈라마야나〉와 동등하게 중요한 위치를 차지한다고 한다. 작가는 구나디야라고 전해지고 있다. 11세기 이후에는 실전되었는데, 이민족의 침입과 관련이 있을 것이다. 현존하는 《설화의 바다》《대설화 꽃무지》《대설화 요약송》 등은 그 가운데 일부분의 설화를 전승하고 있다.

《설화의 바다》46)는 《설해》(說海)라고도 하며 시가체 설화 총서이다. 11세기 소마데바가 지었다. 전서는 약 2만 2천 송이며 편폭이 서사시 〈라마야나〉에 근접한다. 작가는 스스로 이 책이 《대설화》의 산스크리트 축약본이라 일컬었으며 책을 시작하면서 다음과 같이 밝혔다.

> 구나디야가 '귀어(鬼語; 민중의 속어)'로 《대설화》를 써서 하층민에게 전승되었으며 이 때문에 아어(雅語)가 되지 못하고 국왕에게 알려지지 못했다. 구나디야는 속이 상해 원고를 불태웠는데 사람들이 겨우 원고의 1/7을 건져냈다. 《설화의 바다》는 이 남은 원고를 바탕으로 축약해서 만들었다.

《설화의 바다》는 총 18권으로 국왕 부자의 이야기를 주요 줄거리로

---

45) 《대설화》: 원제목은 Braht-katha이며, 중국어로 '偉大的故事' 또는 한문식으로 '故事廣記'로 번역하기도 한다. 작가는 구나디야(Gunadhya)이며 중국식 훈독으로 덕부(德富)라 한다.

46) 《설화의 바다》: 인도 중세의 산스크리트 시인이자 작가 소마데바(중국식 훈독으로 月天)가 지은 운문과 산문 혼용의 설화집이다. 원제목은 Kathā-sarit-sāgara의 합성어로서 '말씀이 흐르는 바다'라는 뜻이다. 중국어로는 '고사해(故事海)'로 명명했다. 서양에서는 찰스 H. 토니(Tawney)가 번역하여 '이야기 시내가 모인 바다(Ocean of the Streams of Story)'라는 제목으로 1924~1928년에 출판하였다.

삼아 171개의 이야기를 끼워 넣었다. 그 가운데는 《판차탄트라》의 이야기와 《강시(僵尸) 이야기》도 포함되어 있다. 그리고 《대설화 꽃무지》도 시가체 설화집으로서 11세기 체면타라[47]의 작이며 자칭 《대설화》의 남은 원고를 축약하여 만든 설화의 제요집(提要集)이다. 또한 《대설화 축약송》의 작가는 부다스바민[48]이다.

《강시 이야기》도 유명한 설화집이며 산문체인데 다음과 같다.

> 건일왕(健日王)[49]은 매일 수도자가 봉헌하는 과일을 받았는데 그 안에는 보석이 하나씩 숨겨져 있었다. 수도자에게 고맙다는 표시를 하려고 건일왕은 밤중에 화장터에 가서 강시(僵尸) 하나를 제단에 옮겨놓도록 승낙했다. 건일왕이 시체를 운반할 때에는 강시가 그에게 이야기를 해주었고 이야기를 마치면 강시가 건일왕에게 풀기 어려운 문제 하나를 냈다. 건일왕이 대답하면 강시는 곧 화장터로 돌아갔다. 이와 같이 스물네 차례나 왕복했다. 마지막 한 차례는 국왕이 궁지에 몰려 대답을 하지 못했다. 강시는 수도자가 국왕을 해칠 것이라고 말하여 국왕은 돌아가 수도자를 죽였다.

이 큰 이야기 속에는 24편의 작은 이야기가 끼워져 있어 모두 25편이다. 건일왕을 핵심 인물로 삼은 이야기이지만 〈보좌 이야기〉 32편이 더 있다. 이는 대부분 동화이거나 우언이다. 티베트의 관련 문헌을 바탕으로 추산해 보면, 대략 2세기 전후에는 강시설화가 티베트에 전입되었을 것이다.

---

47) 체면타라: 중국식 훈독으로 안주(安主)라 했다.
48) 부다스바민: 중국식 훈독으로 각주(覺主)라 했다.
49) 〔원주〕'超日王'이라고 번역하기도 한다.

3. 중동의 고전 우언

중동은 서아시아를 위주로 하되 아시아, 아프리카, 유럽 세 대륙에 걸쳐있는 지역으로서 이란, 아프카니스탄, 아랍 각국과 터키 등을 포함한다. 이곳은 동서양 사이의 교통 요충지로서 예부터 군사적으로 말미암아 반드시 다투었던 곳이다. 근대 이전에는 항해술이 발달하지 않았으며 항공편도 없었기 때문에 중동의 지리는 더욱 중요한 위치를 차지하였다.

역사상 이 지역에는 세 대륙을 걸친 여러 제국들이 세워졌다. 예컨대 페르시아 제국(B.C.558~B.C.330), 마케도니아 왕국(B.C.330~B.C.301), 로마 제국(B.C.30~A.D.476), 아랍 제국(7~11세기), 오스만터키 왕국(14~17세기) 등이다. 서로 다른 민족이 세운 이 왕국들은 세력이 강성했을 때 서쪽으로는 대서양까지, 동쪽으로는 중국의 변경까지, 남쪽으로는 인도까지 침입했다. 따라서 객관적으로 볼 때 동서양의 경제, 문화교류를 촉진시킨 것이 사실이다. 인도 문화와 우언도 바로 중동 지역을 거쳐 동쪽으로는 중국까지, 서쪽으로는 유럽까지 전파되었다.

이란 곧 옛날의 페르시아는 인도와 관계가 아주 밀접하였다. 지리적으로 인접했으며, 민족 관계도 가까웠기 때문에 왕래도 빈번하였다. 페르시아를 지배한 민족의 조상도 아리아인이었다. 페르시아와 아랍의 관계는 더욱 밀접하였는데 페르시아 왕국은 일찍이 아랍 지역을 합병한 적이 있었으며 이란의 사산 왕조도 아랍 지역을 오랜 기간 통치하였다. 7세기 초 마호메트는 이슬람교를 창립하여 종교를 매개로 삼아 통일된 아랍 국가를 세웠다. 아랍인은 642년 사산 왕조를 멸망시키고 이란을 몇백 년 동안 통치하면서 이슬람교를 보급했다.

이러한 특수 관계는 우언의 전파에 집중적으로 반영되었다. 인도 세속 우언의 대표작 《판차탄트라》는 서기 6세기에 기본적인 틀을 갖추었다.

《칼릴라와 딤나》 삽화 가운데 원숭이가 수거북의 거짓말에 속아서 바다
로 떠나는 장면

6세기 중엽에 이르러 이란의 국왕 아누쉬루완은 《판차탄트라》란 책이
있다는 것을 알고, 의사 바르자위를 인도로 파견하여 원본을 베껴 오라
고 했으며 고대 페르시아어(파흘라위어)로 번역하게 하였다. 570년에 파
흘라위어로 된 《판차탄트라》는 다시 고대 시리아어로 번역되었다.

750년, 아랍의 유명한 산문가 이븐 알 무카파(Ibn al-Muqaffa, 본명 루
즈비흐, 724~759)는 파흘라위어로 된 《판차탄트라》를 다시 번역하면서
새 내용들을 첨가하여 《칼릴라와 딤나》라고 이름 지었다. 무카파 역본
은 문필이 순수하고 아름다워서 중세 아랍어 산문의 전범이 되는 영예
를 입었고, 아랍 우언과 산문의 발전에 중대한 영향을 끼쳤다. 이는 또
한 세계문학에 미친 영향도 크며 여러 언어로 번역되기도 하여 중동과

《칼릴라와 딤나》 삽화 가운데 거북이에게 무화과를 던지는 늙은 원숭이

유럽 각국에 널리 전해졌다. 그 이후에 편찬된 《이솝 우화》나 《여우 르나르의 이야기》와 프랑스, 스페인, 이탈리아, 독일, 영국의 우언 작품에서 무카파 역본의 영향을 엿볼 수 있다. 훗날 인도에서는 이 역본을 다시 인도어로 번역하였다.

《칼릴라와 딤나》에는 서문이 세 개가 있다. 첫 번째 서문은 다음과 같은 내용이다.

인도의 국왕 다브샬림은 브라만 철학가 바이다바의 간언을 받아들여 개과천선하고 공평하게 다스렸기에 나라가 태평하며 백성들이 편안히 살면서 즐겁게 일하였다고 말하였다. 그리고 국왕은 바이다바에게 겉으로는 재미난 해학과 우스갯소리이지만, 내용적으로는 엄격한 진리를 갖추어서 품성을 도야하고 지혜를 계발할 수 있는 책 한 권을 편찬하라고 명했다. 바이다바는 15장으로 구성된 책을 편찬하였는데, 첫 1장의 제목이 "칼릴라와 딤나"여서 이를 책의 제목으로 삼았다. 이 책은 다브

살림과 바이다바의 대화를 실마리로 삼았기 때문에 《바이다바 우언》이라고 하였다.

두 번째 서문은 바르자위가 인도에 사신으로 가 이 책을 번역했다고 서술했다.

세 번째 서문은 무카파가 쓴 것이다. 그는 독자에게 이야기의 우의를 깊이 터득해야 한다고 일깨웠다. 그는 이 책이 씌어진 목적은 네 종류의 사람 즉 소녀, 제왕, 일반인과 철학자에게 모두 교훈을 주는 것이라고 했다.

이러한 세 편의 서문 자체에도 적지 않은 우언 이야기가 들어 있다. 예컨대 〈인생의 우물〉 〈보물을 운반한 머슴〉과 같은 것이다.

본문은 모두 15장인데 끼워 넣은 우언이 약 60편이다. 제1장은 기본적으로 《판차탄트라》 제1권을 번역한 것이며, 사자와 황소의 이야기를 줄거리로 한다. 사자가 황소를 신임하자 여우 딤나가 이를 달갑게 여기지 않고 14편의 이야기를 끼워 넣는데 대부분 딤나와 또 한 마리의 여우 칼릴라의 대화를 통해 서술되기 때문에 "칼릴라와 딤나"로 제목을 정하였다.

제2장은 딤나가 심문을 받고 사형에 처해졌다는 내용이다. 제3장 '비둘기'는 대체로 《판차탄트라》 제2권에, 제4장 '부엉이와 끼마귀'는 대체로 제3권에, 제5장 '원숭이와 거북이'는 대체로 제4권에 해당된다. 제6장 '선교사와 두더지'는 제4권의 한 이야기를 완전히 변형한 것이다.

나머지 여러 장은 모두 그보다 짧고 단편적이다. 《칼릴라와 딤나》는 《판차탄트라》의 이야기를 모두 수록한 것은 아니다. 단지 그 가운데 부분적인 이야기만을 발췌하여 편집하였으며, 동시에 새로운 이야기들을 덧붙였다.

인도 우언은 페르시아에 전입하여 고대 페르시아의 우언 창작을 촉진시켰다. 이에 고대 페르시아에서 '시인의 스승'으로 불리웠던 루다키

(Abū ʻAbdiʼllāh Rūdakī, 856[50]~941)는 장편우언시 〈칼릴라와 딤나〉를 지었는데 지금까지 단편적으로 남아있다. 뿐만 아니라 산스크리트 문학이 인도에서 쇠퇴할 때에 오히려 인도 우언의 영향을 받은 페르시아가 우언 창작의 절정기를 이룩했다. 10세기 사마니(Samani)가 지은 우언 이야기집 《마지아드 국 기행》은 모두 11장인데, 날짐승과 들짐승, 정령과 귀신의 이야기를 빌려 인생의 철학과 도덕관념을 천명하였다. 작가 사마니는 타브리스탄 바완티 왕조의 왕자였다. 이란의 한 역사학자는 이 책이 《칼릴라와 딤나》보다 더욱 뛰어난 경지라고 여겼다. 《마지아드 국 기행》의 원본은 이미 산실되었으며 지금 전해지는 두 가지 역본은 13세기에 완성된 것인데, 그 가운데 하나는 《지혜의 화원》으로 개작되었다.

11세기에 스쓰는 《군왕에 대한 충고》를 창작하였는데 대부분 역사 전설을 제재로 하여 도덕 신앙을 설명하였다. 이 책은 셀주크투르크 제국의 산자르 왕(Sultan Sanjar)이 창작했다고도 한다.

셀주크 제국의 명재상이었던 니잠 알 물크(Nizam al-Mulk)는 《왕의 품격》 일명 《정치의 책》이라는 저서를 썼다. 모두 50장으로 구성되어 있는데 우언 이야기를 빌려 자신의 정치 경험을 밝혔다. 군왕이 인애·공정·지족·절검(節儉)하여야만 오랫동안 평안하게 통치할 수 있다고 권고하였다.

13세기에 창작된 《왕의 예물》은 지혜·학식·언담·교우 등 15장으로 구성되어 있는데, 이야기로 도덕 교훈을 설명하였다. 이 책은 루다키의 장편우언시 〈칼릴라와 딤나〉의 시구를 인용하였는데 인도 우언의 영향을 받았음을 알 수 있다. 또한 《코란》의 경문도 인용하였으며 이는 아랍 문화가 이미 이란 문화에 깊이 스며들어 있었다는 것을 말해주고

---

50) 번역 대본에는 루다키의 생년이 서기 850년으로 되어 있다.

니잠 알 물크의 암살 장면(위). 암살 단원이 칼로 찌르고 있다. 11~12세기 페르시아 암살자 집단의 알라무트 요새(아래)

있다. 이 책은 내용이 풍부하며 언어가 생동감이 있어 이란의 일류 우언 이야기집으로 여겨진다. 그러나 작가는 미상이다.

가장 훌륭한 명성을 떨치고 있는 우언 장편시 《새들의 회합》(*Manteq al-Ṭayr ; Conference of the Birds*)도 이 시대에 만들어졌는데 이는 페르시아 시인 아타르(Farid ad-Din Attar, 1142~1220)[51]의 대표작이다. 아

《새들의 회합》 한국어판

타르는 약재 향료 상인의 집안에서 태어나 청년 시절 종교 철학가로부터 영향을 받아 수피즘 철학자가 되었다.

수피즘(al-ṣūfiyah)은 이슬람교 신비주의의 유파이다. 그것은 인도와 그리스의 모종의 철학적 주장을 흡수하여 신비로운 사랑을 표방하고 알라신에 합일하는 경지에 도달하도록 내심의 수행과 깊은 사색에 침잠한다. 아타르는 일찍이 이집트, 다마스커스, 메카, 인도 등지를 여행하고 고향에 돌아온 다음 시가 창작에 몰두하였는데 몇십만 줄의 시구를 썼다고 한다. 몽고가 침입했을 때 전란 중에 죽었다. 《새들의 회합》의 줄거리는 다음과 같다.

새 백 마리가 모여서 논의하기를, "새들에게도 왕이 있어야 한다"고 말했다. 승리의 새가 말하길, "봉황이라고 하는 왕은 먼 지역에 산다. 어떤 어려움과 고생, 희생도 두려워하지 않아야 새의 왕을 찾아 낼 수 있다"고 했다. 대부분 새들은 고난을 두려워하여 도망갔고, 30마리의 새들만이 어려움과 고생을 무릅쓰고 길을 떠났다. 일곱 골짜기를 뛰어넘어서야 새의 왕이 사는 곳을 찾아낼 수 있었다. 그리고 그들이 새의 왕을 자세히 살피니 마치 거울 앞에 서 있는 것처럼 30마리 새의 모습이 보였다.

---

51) 번역 대본에는 아타르의 생몰년이 '1145~1229'로 되어 있다.

이 이야기의 우의는 '사람의 몸 밖에서 찾는 물건이 바로 자신에게 있다는 것'이다. 작품 안에는 상징과 쌍관어의 수법을 두루 사용했다. 일곱 골짜기는 차례대로 '지향', '사랑', '참된 앎', '넉넉함', '전일함', '당혹함', '멸망'을 나타낸다. 또 페르시아어에서 '봉황'과 '삼십 마리의 새'는 발음이 비슷하다.

13세기 페르시아의 위대한 시인 사디(Sheikh Saadi, 1208~1292)[52]는 우언 창작에 아주 큰 기여를 하였다. 그의 대표작은 《과수원》(본명은 《사디의 책》이라고 한다)과 《장미원》이다. 《과수원》은 그의 명성을 떨치게 한 작품이며 1257년에 씌었다. 이 작품은 철리 서사시집으로서 모두 10장으로 구성되어 있으며 많은 전설과 우언 이야기를 통해 시인의 정치·윤리 관념을 천명하였다. 예컨대 〈빗방울 하나〉에서는 다음과 같이 묘사하였다.

구름 한 쪽에서 빗방울 하나 떨어져
망망한 대해를 바라보니 더없이 부끄러웠다.
큰 바다가 이처럼 드넓으니 내가 무어란 말인가.
기없이 드넓은 이곳에 내 쓰일 곳 어드메뇨.
빗방울은 겸연쩍게 큰 바다를 향해 절을 하는데
모래톱에 조개 한 마리 하늘을 향해 빌고 있었다.
하느님 뜻이 있어 빗방울을 조개의 뱃속에 떨어트려
한 알 진주를 만들어 주시니 한 개 성곽과도 안 바꿀 값이 나간다네.
겸손하며 분수를 지키면 스스로 지위가 올라가도록 도와줄 수 있고
평범하지만 분발하면 영생에 이를 수 있다.

---

52) 위키피디아 백과사전에는 사디의 생몰년이 '1184~1283/1291?'로 되어 있다.

1258년에 창작된 《장미원》은 모두 8권으로 구성되어 있으며 운문과 산문이 혼합된 교훈적인 이야기집이다. 이 책에서는 제왕, 승려, 상인 등의 언행을 묘사함으로써 인간성의 선과 미를 찬송하며 악과 추를 비판하고 각종 신분을 가진 사람에게 처세할 방법을 가르쳐 주었다. 이야기 안에 끼어 있는 아주 많은 짧은 시와 경구들은 페르시아인들이 사랑하는 격언이나 성어가 되었다. 예컨대 제1권의 〈우환에서 안락이 나온다〉는 다음과 같은 내용이다.

배를 한 번도 타본 적이 없는 어떤 노예가 항해 중에 질질 짜면서 두려워 어쩔 줄 몰라 했다. 누구도 그를 안정시킬 수가 없었다. 한 철학가가 그를 바다에 던져버리라고 하고는 다시 구해 배 위로 올리자 비로소 안정되었다. 철학가가 말하였다.

"그는 원래 익사하는 고통을 알지 못했기 때문에 평안히 배를 타는 것이 얼마나 소중한가를 느끼지 못하였다. 대체로 사람은 우환을 겪어야 안락의 소중함을 느낄 수 있는 법이다."

이 우언은 변증법 사상을 가득 담았으니 안정과 행복을 누리려면 반드시 위험과 고난을 겪어야만 한다는 것을 설명했다.

루미[53]는 사디(Saadi)와 같은 시대의 사람이며 페르도시(Ferdousi), 사디, 하페즈(Hāfez)와 함께 페르시아의 "4대 시인(시단의 네 기둥)"이라 일컬어진다. 그의 서사시 《마스나비》(*Masnavi*)는 1258년부터 창작되기 시작하여 10여 년이 걸려서야 완성되었다. 이 시는 모두 6권으로, 5만

---

53) 루미(Jalāl ad-Dīn Muḥammad Rūmī, 1207~1273): 페르시아의 시인이자 신비주의자이다. 호라산 발흐에서 태어났다. 생애의 대부분을 로마를 뜻하는 소아시아의 '룸'에서 보냈으므로 '루미'라고 불렸다. 원명은 마와라냐(Mawlānā Jalāl ad-Dīn Muḥammad Balkhī)이다. 아버지에게서 학문을 배우고 그의 제자에게서 신비주의에 대해 배웠다.

**유엔 본부 국가의 방(hall of nations)
입구에 장식되어 있는 사디의 시**

بنی آدم اعضای یک پیکرند
که در آفرینش ز یک گوهرند

چو عضوی به درد آورد روزگار
دگر عضوها را نماند قرار

تو کز محنت دیگران بی غمی
نشاید که نامت نهند آدمی

Human beings are members of a whole,
In creation of one essence and soul.

If one member is afflicted with pain,
Other members uneasy will remain.

If you have no sympathy for human pain,
The name of human you cannot retain.

행으로 구성되어 있다. 많은 신화 전설과 우언 이야기로 철리를 설명하여 지혜와 학식을 응집하고 있기 때문에 무슬림의 경전으로 여겨져서 '지식의 바다'라고 일컬어진다.

루미는 13살 아버지를 따라 메카(Mecca)에 참배하러 갔을 때 《새들의 회합》의 작가 아타르를 본 적이 있었다. 그는 아타르의 우언 수법을 계승하여 아름다운 시구로 깊은 철리를 드러냈다. 그의 시에 드러난 철리는 수피즘 색채를 갖추고 있어 "현묘한 시"라고도 한다. 그는 또 매우 많은 철학 저작과 서정시집인 《샴스 타브리즈 시집》[54]도 썼다.

---

54) 루미의 《샴스 타브리즈 시집》: 수도자이자 위대한 도반(道伴)이었던 샴스 타브리

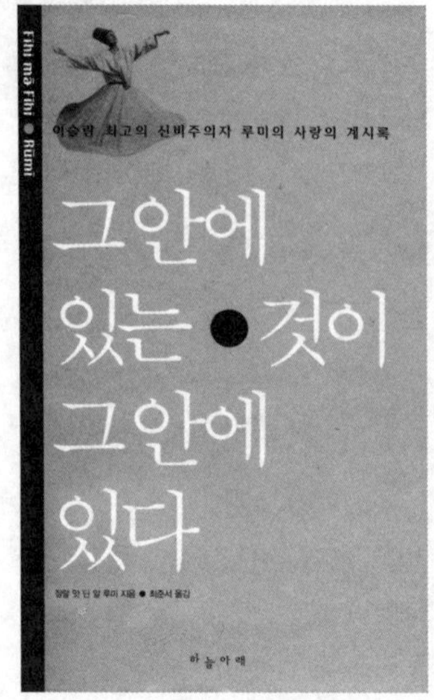

《샴스 타브리즈 시집》 한국어판

14세기 페르시아의 대표적인 우언 작가는 자칸니[55]이다. 그의 산문집 《즐거운 이야기》《아라비아 이야기》《수염 이야기》《비유 이야기》 등에는 미묘한 운치가 넘치며 날카롭고 신랄한 우언이 적지 않게 들어 있다.

'마지막 시성(詩聖)'이라 일컬어진 15세기 페르시아 시단 최후의 유명 시인 네자미[56]는 우언 색채를 띤 이야기 시를 많이 썼다. 예컨대 《일곱 개 옥좌》의 〈금 열쇠〉(종교·도덕 문제와 관련됨) 〈사라만과 아브살〉 〈자유인의 선물〉(종교와 신학의 문제와 관련됨) 〈신도의 염주〉 등과 같은 것이다.

16세기 카스피(?~1532)는 유명한 우언 이야기집 《노인성의 빛》을 편찬하였는데 이는 한 시대를 풍미했으며 여러 언어로 번역되기도 하였다.

요컨대, 페르시아 우언은 역사가 유구하고 성과가 두드러진다. 또한 많은 페르시아 우언은 창작 주지와 체제 등에서 인도 우언의 영향을 받았기 때문에 그와 비슷하다. 뒤에 아라비아 문화, 더욱이 이슬람교의

즈(Shams-e Tabrizi)가 죽고 나서 루미가 그를 그리워하며 쓴 열정적인 신비주의의 서정시이다. 약 3만 6천 구에 달한다.

55) 자칸니: 구체적인 인적 사항은 분명하지 않다.

56) 네자미(Nezāmi-ye Ganjavi, 1141~1209): 페르시아 낭만적 서사시의 위대한 시인으로 잘 알려져 있다. 페르도시가 〈샤나마〉(Shahnama)에서 다룬 적이 있는 페르시아 고대 제왕 바흐람의 생애를 알레고리화한 《일곱 미인》(*Haft Paykar*, 《일곱 초상화》로도 부름)을 지었다.

페르도시의 석조 무덤

영향을 받아서 적지 않은 우언에서 수피즘의 교의를 나타냈다.

아랍 민족은 상고시대부터 오랫동안 아라비아 반도에서 유목 생활을 하였으며 물과 풀을 따라 옮겨 살았다. 마호메트(570~632)가 이슬람교를 창립한 뒤, 이슬람교를 믿는 사람이라면 부락과 씨족을 가리지 않고 호형호제하여 협소한 씨족관계를 타파하게 되었다. 이로써 아라비아 제국의 통일을 위한 조건이 마련되었다.

한편 이슬람교의 신도에게는 '선지자'에게 절대 복종하여 '성전(聖戰)'을 치르라고 촉구하였다. 일반 사람들은 전리품에 유혹되었기 때문에 아라비아는 신속하게 대외확장을 하는 길로 나갔고 강대한 적국인 이란의 사산 왕조를 멸망시켰으며 동로마 제국을 물리쳤다. 8세기에 이르러 중동 지역 전체와 북아프리카를 점령하고, 동쪽으로는 파미르 고원, 서쪽으로는 이베리아 반도에 이르렀다.

그들은 정복 지역에서 한 손에 《코란》을, 또 한 손에 칼을 들고 신속하게 이슬람교를 전파하였다. 동시에 피정복 지역의 문화 예컨대 이집트, 유프라테스 강과 티그리스 강 유역의 선진 문화, 그리스 문화와 인도 문화를 흡수하여 새로운 아라비아 문화를 형성하도록 하였다.

《코란》은 아랍 문화에서 아주 중요한 위치를 차지하고 있으며 모든 영역에 침투해 있다. 《코란》은 모두 114장, 6,200여 절로 구성되어 있다. 마호메트가 선교하는 과정에서 유일신 알라의 교시를 듣고 잇따라 반포하였다고 한다. 책 안에서는 아라비아 지역의 신화·전설·설화·속담을 인용하였으며 유태교와 기독교의 내용도 많이 흡수·개조하여 수록하였다. 이 책에서는 항상 상징적인 줄거리를 이용하여 신학 개념을 나타내지만 우언은 많지 않다.

무카파가 번역하고 편찬한 《칼릴라와 딤나》 외에, 자히즈[57]의 《동물의 책》과 《구두쇠의 책》도 중요시할 만하다. 《동물의 책》은 모두 7권으로 되어 있는데 앞의 2권에서는 여러 종류의 개를 집중적으로 묘사하였으며 나머지 몇 권에서 다른 짐승과 곤충들을 묘사하였다. 이 책에서는 동물의 특징과 습성, 산출지에 대해서 기술하였을 뿐만 아니라 많은 전설과 우언도 삽입하였으며 또한 《코란》의 경문과 격언도 인용하였다.

《구두쇠의 책》에는 120여 편의 이야기가 들어 있는데, 여러 인색한 인간의 형상을 그려내 줄거리가 생동하고 풍격이 해학적이어서 우언의

---

57) 알 자히즈(al-Jahiz, 775~868): 아라비아어 산문 작가이며 바스라 출생이다. 양쪽 안구(眼球)가 돌출해 있었기 때문에 자히즈(도토리 눈)라는 별명으로 불렸다. 바그다드에서 아라비아어 사서학(辭書學)·문법학·철학·신학 등을 깊이 연구하였다. 칼리프 마문이 그의 박학을 인정해서 문서국에 초빙했는데, 갑갑한 관청 생활을 견디지 못하고 3일 만에 사임한 일화는 유명하다. 《동물의 책》《해설과 증명의 책》《터키인의 공적과 아랍 군단》 외에도 어떤 인물을 풍자한 《사각과 원의 편지》, 인색한 사람을 제재로 한 《구두쇠의 책》 등이 있다. 전통적 수법에 구애 받지 않았고, 사실주의 수법을 사용하여 뒤의 아라비아 산문문학의 모범이 되었다. 기지와 익살이 작품 곳곳에서 엿보인다.

색채를 띠고 있다. 과학과 문학, 역사, 철학 문제를 논의한 그의 저서 《사각형과 원의 편지》에서도 많은 이야기를 인용하였다. 자히즈는 백과전서식 작가라 일컬어졌다.

아랍 중세문학의 가장 빛나는 보배는 '천일야화(千一夜話)'라고 불리는 《아라비안나이트》이다. 이 민간 이야기 총서는 기나긴 역사 과정에서 점차 형성된 것이었다. 그 기원은 다음과 같은 세 가지이다.

첫째, 인도와 페르시아의 이야기이다. 아랍 역사가 마스 오디(Mas-ūdi, ?~956)는 책 전체를 관통하는 핵심인 세헤라자데 이야기가 고대 페르시아 설화집 곧 '일천 개의 이야기'라는 뜻의 《헤자르 아프산》(Hezār Afsān)에서 나타났다고 지적한다. 《아라비안나이트》는 아마도 인도에서 왔으며 뒤에 아랍어로 번역되었을 것 같다. 어떤 이는 역자가 무카파라고도 한다.

둘째, 동아시아에서 '대식국(大食國)'으로 불리던 아랍 압바스 왕조(750~1258)에서 일찍부터 유행했던 이야기이다. 이 왕조는 바그다그를 중심으로 하였다.

셋째, 이집트에 세워진 아랍계 맘루크 왕조(1250~1517)에서 유행한 이야기이다.

《아라비안나이트》는 한 시기 한 곳에서 한 사람이 만든 것이 아니며 중·근동(中近東) 각 민족 사람들의 지혜가 모아져 응집된 결정체이다. 8세기 말에 몇 개의 필사본이 유행했을 것 같다.

10세기 중엽, 바그다그의 작가 자흐샤야리(?~942)는 이야기 천 개를 선택하여 책을 쓰기 시작하였는데 매 이야기를 하룻밤씩 시간을 맞추어 집필해 나갔다. 이것이 《아라비안나이트》가 본격적으로 편찬된 시초였다. 그러나 그는 480번째 밤까지 쓰고는 세상을 떠났다. 뒤에 편찬지의 중심이 이집트로 옮겨져서 16세기 초에 이르러서야 기본 형태를 갖추게 되었다. 이 책은 처음에 《일천야화》라고 불렸으며 12세기

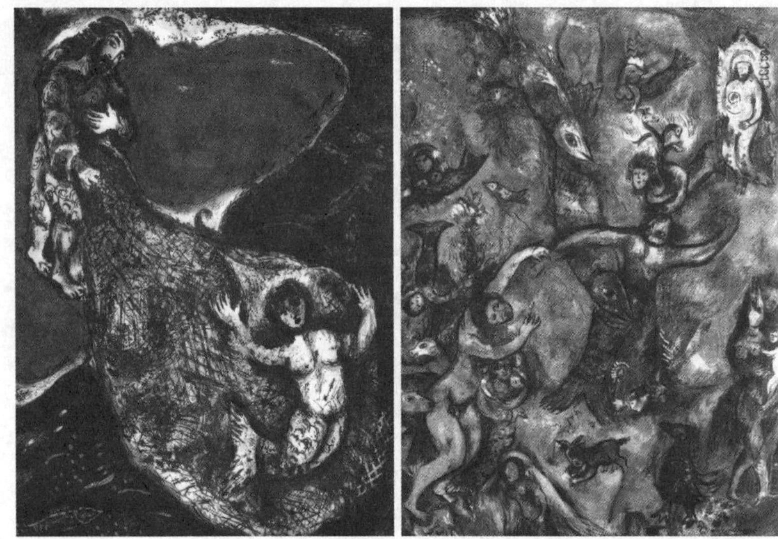

샤갈이 그린 《천일야화》의 삽화

《천일야화》로 개칭되었다(아라비아의 언어 습관상 백이나 천 뒤에 일을
더해서 그 숫자가 많다는 것을 말한다). 이 책에서 큰 이야기는 134개가
있으며 작은 이야기는 몇백 개가 있는데 주로 동화나 우언이다.

아랍에서도 많은 우언이 민간에 전해지고 있다. 예컨대 재치 있는 인
물 쥬하58)의 이야기 가운데 적지 않은 우언이 있다. 〈뱃사공과 철학
가〉의 이야기는 다음과 같다.

어떤 뱃사공이 거센 강물에서 배를 젓고 있었다. 맞은편 기슭으로 건
너가려는 철학자가 배 위에 앉아 있었다. 그리하여 다음과 같은 대화가
오갔다. 철학자가 먼저 물었다.

"네가 역사를 아느냐?"

"모릅니다."

---

58) 쥬하: 구체적인 인적 사항이 분명하지 않다.

"그렇다면 너는 생명의 반을 잃어버린 셈이다."

"너는 수학을 연구해 본 적이 있느냐?"

"없습니다."

"그러면 너는 반 이상의 생명을 잃어버린 셈이다."

철학자가 이 말을 마치자마자 바람이 불어 배가 뒤집혔다. 철학자와 뱃사공은 모두 강물 속에 떨어졌다. 뱃사공은 소리 지르면서 물었다.

"당신은 수영할 줄 아십니까?"

"모르네."

"그럼 당신은 생명 전체를 잃어버리겠네요."

이 이야기는 천박하면서 현실과 동떨어진 인물을 풍자했는데 마르크스가 1882년 4월 〈로라에게 준 편지〉에서 말한 바와 같이, "문제를 잘 설명해 주고 사리를 잘 밝히는 짧은 아랍 우언"이다.

터키 우언과 아랍 우언의 관계는 아주 밀접하다. 터키는 돌궐인의 후예이다. 11세기 돌궐의 한 부락은 바그다드에서 셀주크 왕조를 세웠으며 이슬람교를 받아들였다. 14세기 투르크족의 수령 오스만은 소아시아 등지를 정복하여 오스만 제국을 세웠다. 15세기에 오스만 제국은 서로마 제국을 멸망시켜 유럽의 발칸 반도를 차지한 뒤 지역 안에서 동화 정책을 실시하여 주민들로 하여금 이슬람교를 신봉하도록 강요하였다.

터키 고전문학의 유명한 작가 아셔커 파샤(1272~1333)는 중요한 우언시인이다. 그는 1330년에 장편우언시 〈타관의 유랑자〉를 썼다. 시 전체는 10장으로 나뉘어 매 장마다 10절씩, 모두 1만 1천 행이다. 시에서는 상징적 수법으로 이슬람교의 신비주의 철학을 선양하여서 백과전서로 존숭되고 있다.

터키의 민간 구비문학가 나스레딘 호카(1208~1284)도 재미있는 일화로 둘러싸인 재치 있는 인물의 전형이다. 또한 중·근동 각국과 중국

신장 위구르족 지역에서 '아판티(阿凡提)'라는 이름으로 널리 전해지고
있다. 터키 학자들이 수집한 《나스레딘 호카》의 웃음 이야기는 392편
에 달하는데, 그 가운데는 적지 않은 우언이 있다.

4. 인도와 중동의 현대 우언

17세기에 서구의 식민주의자들이 아시아 여러 나라를 침략하기 시작
하여 인도, 이란, 아랍 등 여러 나라들은 차례로 식민지 또는 반식민지
로 전락하였다. 반파시즘 전쟁에서 승리한 뒤, 아시아의 여러 나라들은
요원의 불길처럼 민족·민주 혁명운동을 일으켜 독립과 해방을 획득하
였다. 이는 아시아 인민의 굴욕적이고 쓰라린 역사요, 아시아 인민이
각성하여 떨쳐 일어난 역사이다.

문학과 우언의 창작 영역은 시대의 영향을 받아 커다란 변혁을 일으
켰다. 그 가운데서 우수한 작가들에게는 다음과 같은 공통점이 있다.
서구문화의 앞선 장점을 흡수하면서 또한 자기 민족의 우수한 전통을
선양한 것이다. 몇 명의 대표적인 인물을 소개하고자 한다.

타고르(Rabīndranāth Tagore, 1861~1941)는 인도의 위대한 근대 시인
이며 작가이다. 전 세계에 50여 부의 시집과 30여 종의 산문 저작, 12편
의 장편소설과 100편 가까운 단편소설 그리고 30여 편의 극본을 남겼
다. 거기다 몇몇의 학술 저작과 미술작품까지 있다. 그의 작품은 언어
가 세련되고 느낌이 아름답다. 또 말은 쉬워도 뜻이 깊어서 평범하고도
심오하며, 종교적 정서의 철리로 가득 차서 독특한 사상과 예술적 매력
을 갖추고 있다. 그의 서정시, 격언시, 서사시와 산문에는 빛을 발하는
적지 않은 우언 명품이 들어 있다. 예컨대 철리시집인 《기탄잘리》의
제31수 〈죄수〉는 다음과 같다.

"수인이여, 나에게 알려다오. 누가 너를 결박하였는지를!"

수인이 말했다.

"나의 주인입니다. 나는 내 권력이 세계에서 제일이라고 여긴 나머지 내 임금의 보물을 내 보물창고에 쌓아 두었습니다. 너무나 피곤하여 주인의 침상에서 잠이 들었는데 깨어나 보니 나는 내 보물창고에 갇혀 있었습니다."

"수인이여, 나에게 말해다오. 누가 이 단단한 쇠사슬을 만들었는가!"

"접니다. 내가 마음으로 만들었습니다. 나는 내 무적의 권력으로 세계를 정복하여 거칠 것 없는 자유를 누릴 수 있다고 생각했습니다. 밤낮 불꽃과 망치로 이 쇠사슬을 만들었습니다. 일이 끝나 쇠사슬이 단단해지자 나는 이 쇠사슬이 나를 결박하고 있다는 것을 알았습니다."

타고르의 우언은 자기 민족의 현실과 예술의 토양 위에 뿌리 깊이 박혀있다. 예컨대 산문우언 〈앵무새의 가르침〉〈말 훈련〉〈노인의 혼령〉 등은 인도 국민을 목 조르는 영국 식민주의자들을 울분에 차 꾸짖고, 또 복고적이거나 수구적인 경향을 심각하게 비판했다. 그의 매우 많은 우언 작품들은 불경 이야기와 오래된 전설에서 제재를 취했다. 예를 들어 《과일 수확》(*Fruit-Gathering*, 1916)에서 〈비구니〉〈공양녀〉 등의 우언 작품은 희생정신이 풍부한 사람과 넓은 마음을 드러내었다. 이는 새로운 시대에서 인도의 고문명 회복을 뜻하는 것이었다. 그의 소설도 시정과 철리가 넘실대며 뜻이 함축적이다.

타고르는 유럽 문명의 장점을 잘 흡수했다. 그는 "유럽의 위대성과 아름다움을 절실히 이해해야만 유럽의 단점과 탐욕스러운 점에 피해를 받지 않도록 스스로를 보호할 수 있다"고 말한 적이 있으며, 1913년에는 노벨 문학상을 받았다.

지브란(Kahlil Gibran, 1883~1931)은 레바논의 저명한 산문시인이다.

그는 아랍어와 영어로 작품을 썼는데 유명한 산문시집으로는 《눈물과 웃음》《성가의 행열》《미친 사람》《선구자》《예언자》《모래와 물거품 이는 바다》《방랑자》 등이 있다. 지브란의 작품은 대부분 사랑과 아름다움, 삶과 죽음, 선악과 종교, 법과 자유 등을 탐구 대상으로 삼고 상징 수법으로써 깊은 감정과 철리를 즐겨 표현하여 동양적 색채를 띠고 있다.

《예언자》(*The Prophet*, 1913)는 지브란의 대표작이며, 우의와 철리가 충만하다. 예를 들어 〈철학가와 청소부〉(이 책의 15장 1절 참조)는 하나의 우언 작품이다. 작가는 단지 두 사람이 나눈 네 구절의 대화로써 깊은 사상을 전달하였다. 이 작품은 겉으로는 철학가의 자만심과 값싼 동정심을 풍자하는 듯하지만, 실제로는 도로 청소부의 답변을 통해 사회에 대한 분노와 질책을 표현했다. 시인의 생각으로는, 철학가가 연구한 인심과 세태가 쓰레기보다도 더러워 정화하기가 더 어렵다고 본 것이다. 이것은 욕심이 횡행하는 현실 세계에 대한 철저한 비평이었다.

《방랑자》(*The Wanderer*, 1932)는 전적으로 우언시집이다. 모두 52편의 이야기인데 한 유랑자의 말을 가탁했기 때문에 이렇게 이름 지었다. 그 가운데는 인물우언도 있고 동식물우언도 있다. 어떤 우언 작품은 지브란식의 독특한 삶의 감수성을 표현했다.

예컨대 〈국왕〉은 일반 백성들을 위해 각종 압제자를 쫓아낸 어떤 국왕에 대해서 썼다. 그는 말했다.

나는 국왕이 아닙니다. 당신들 자신이 국왕이오. 나는 당신들 백성의 머릿속 생각에 지나지 않습니다. 당신들이 행동해야만 비로소 나는 존재할 수 있습니다. 근본적으로는 백성을 통치하는 어떤 사람도 없습니다. 통치 당한 백성들은 과거에만 있었을 뿐이지 지금은 그들 스스로가 통치합니다.

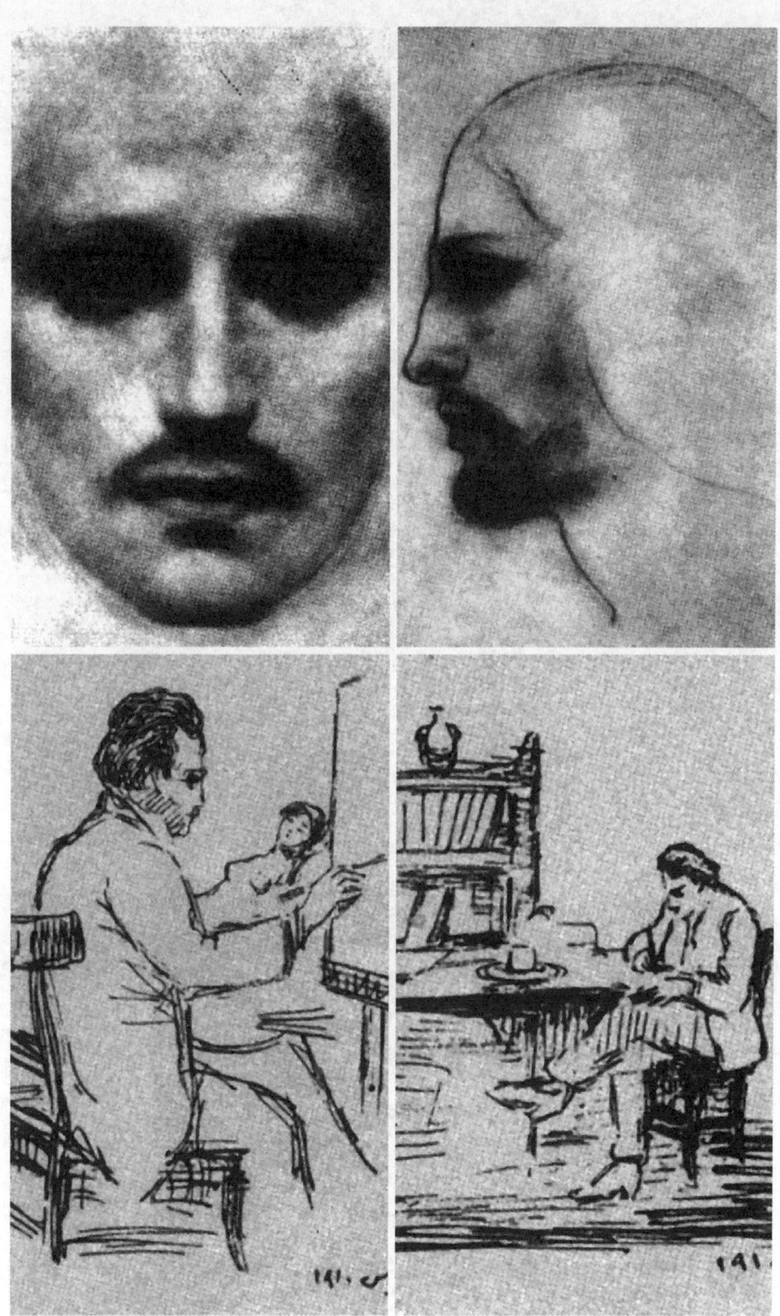

지브란이 《예언자》에 실은 연필화 그리스도상(위)과 자신의 초상(아래)

또 예를 들면 〈신을 찾아 나섬〉에서는 작가가 신을 찾는 자의 입을 통해 여러 사람들과 함께 동고동락한 사람 즉, "혼인 잔치에서 우리와 함께 춤추고, 망자의 관을 둘러싸고 통곡하는 사람들과 함께 통곡하는 자"만이 신을 찾을 수 있다고 했다. 이것은 모두 지브란의 독특한 정치 종교 관념의 표현이다. 이러한 우언 작품에서는 《성경》의 오래된 이야기 전통을 엿볼 수 있다.

《방랑자》의 동물우언 또한 매우 심오하다. 예를 들어 〈진주〉라는 작품은 다음과 같다.

조개가 자기 옆의 또 다른 조개에게 말했다.

"내 몸 안에 커다란 고통이 있으니 그것은 무겁고도 둥근 것이다. 나는 재앙을 만났어."

또 다른 조개가 교만한 마음을 품고 답했다.

"하늘을 찬미하고 바다를 찬미하라. 내 몸에는 어떠한 고통도 없고 안팎으로 모두 온전하도다."

이때 게 한 마리가 지나가며 두 조개의 말을 들었다. 그는 안팎으로 온전한 그 조개에게 말했다.

"옳도다. 너는 온전하다. 그러나 네 이웃이 당하는 고통이 바로 진주 한 알이 된단다."

이 우언은 창조 행위를 찬양하며 고통과 환락, 향락과 공허의 변증법을 전개했다. 이 밖에 지브란의 다른 산문시집에도 몇몇의 우언 작품이 있다.

타우피크 알하킴(Tawfiq al-Hakim, 1898?~1987)은 이집트의 유명한 희곡작가이며 소설가이다. 그는 철리극, 사회극, 역사극을 모두 60여 편 썼으며 아랍의 현대철학과 희곡의 기초를 놓았다. 그의 철리극은 동양의 종교철학 정신에 입각하여 고대 이집트 문화의 유산을 계승하였다. 또한 서구 모더니즘의 수법을 흡수하였으며 유구한 신화 전설의 제재와 상징적인 인물로 철리를 표현하고 우언 색채를 띠게 했다. 그 철리극들은 곧 우언극이라고 말할 수 있으니, 알하킴은 우언과 희곡을 동양 문학 안에서 결합시키려고 노력한 것이다.

그의 출세작인 〈동굴 속의 사람들〉(1933)은 세 명의 기독교도가 다신교를 믿는 국왕의 박해를 피해 동굴에서 300년 동안 잠을 자며 자기의 신앙을 지켰다는 내용이다. 뒷날 온 나라가 기독교를 믿자 이들은 투쟁의 목표를 잃었고, 삶이 재미가 없어져 세상에 들어가지 못하고는 어쩔 수 없이 동굴로 돌아가 죽었다는 내용이다.

〈세헤라자데〉(1934)는 《천일야화》의 줄거리에서 제재를 취하였지만 여러 상징적인 줄거리를 보태서 사람과 환경의 싸움을 표현해 냈다. 그리고 〈피그말리온〉(1945)은 고대 그리스의 조각가 피그말리온이 갈라테이아라고 부르는 미인상을 빚어서는 그 조각에 생명을 불어넣어 달라고 여러 신에게 기원한 이야기이다. 그러나 갈라테이아가 충직하지 못하여 결국 조각상으로 돌아가 깨져버렸다는 내용이다.

또한 알하킴은 아랍 세계에서 첫 번째 부조리극인 〈먹을 자에게 식량이 있다〉를 썼으며 소설도 뚜렷한 철학석 색채를 띠고 있다.

인도와 중동과 동남아의 여러 나라들은 오래된 문화유산을 정리하면서 볼 만한 성과를 내놓았다. 예를 들어 인도의 라지파르 부자(父子)는 인도의 《민간설화 전집》을 펴냈다. 거기에는 「방글라데시 민간설화」 「푼잡 민간설화」 「인도 북부 민간설화」 「구지라트 민간설화」 「라자스탄 민간설화」 「인도 중부 민간설화」 「아샘 민간설화」 「비하르 민간설화」 「칼랄라 민간설화」 「마하라스트라 민간설화」 「하리아나 민간설화」 편 들을 포함하고 있는데, 모두 풍부한 우언들이 끼어있다.

또 이란의 다후다 주편의 《페르시아 성어 전고》는 모두 4책의 거질

(巨帙)로 수백만 자에 달한다. 오래된 우언 이야기와 속담을 매우 많이 포함하고 있다.

동남아 민간설화는 대부분《불본생담》의 영향을 입어 잇따라 정리·출판되어, 자기 민족의 우언 창작을 부추기고 있다. 예를 들면 미얀마의 유명한 시인, 타킨 코도 흐마잉(Thakin Kodaw Hmaing, 1875~1964)은《본생담》을 주제로 삼아 희곡 80여 편을 썼고, 또 〈서양 영감의 주석(注釋)〉〈공작새의 주석〉〈붕새의 주석〉〈다킨의 주석〉〈개의 주석〉 등 운문과 산문 혼합체의 우언 작품들을 썼다. 네팔의 시인 레크나스 포디알(Leknath Paudyal, 1884~1965)은 〈조롱 속의 앵무새〉 같은 우언시를 썼다.

5. 아프리카 우언에 관하여

아프리카 우언은 오랜 전통을 가지고 있다. 고대 이집트의 신왕국시대(약 B.C.1584~B.C.1017)부터 전해왔던 이야기 〈몸과 머리의 논쟁〉 〈액운이 예정된 왕자〉 등은 세계 최초의 우언에 속한다. 또 에티오피아 (이집트 이남 지역)에는 서기전 8세기 누비아 왕국이 세워졌다. 고대 그리스의 《이솝 우화》는 에티오피아에서 전승되었으며, 작가는 서기전 11세기 에티오피아에서 살았던 로크만(Lokman)이라고 전해진다. 관련된 자료에 근거하자면 '이솝'은 아프리카 출신의 흑인 노예였을 가능성이 크다.

그리고 리비아 지역에서는 서기전 7세기 노미디아(Numidia) 왕국이 세워졌는데, 서기전 4세기 그리스의 철학자 아리스토텔레스는 《수사학》에서 리비아 우언을 언급하였다. 이로 보건대, 유구한 역사의 아프리카 우언은 일찍이 유럽으로 전파되었으며 유럽 우언에 영향을 끼쳤다.

　　고대 인도 우언도 아프리카 우언의 영향을 받았다. 적어도 아프리카의 몇몇 이야기들이 인도에 전해진 뒤에 인도 사람에 의해 흡수되었다고 말할 수 있다. 첸쭝수(錢鐘書) 선생의 《칠철집》(七綴集)에 이를 고증하는 글이 있다. 즉 〈하나의 역사적 전고, 종교우언 1편, 소설 1편〉이 그것인데, 《생경》(生經) 제12편 「구생경」(舅甥經)의 종교우언 한 작품을 고증했다.

　　　　삼촌과 조카가 함께 임금의 보물창고에 가서 보물을 훔쳤다. 그런데 삼촌이 시설물에 걸려 잡히자 조카가 행적을 감추느라 삼촌의 머리를 자르고 도망쳤다. 그러고는 교묘하게 계략을 써서 삼촌을 위해 화장을 해주고 유골까지 훔쳐갔으며 나중에 임금의 딸과 결혼까지 했다.

　　첸쭝수는 고대 그리스의 역사학자 헤로도토스가 이 이야기의 소재를 고대 이집트 왕 람프시니투스(람세스 3세) 시대에 발생했던 일로 기재하고 있다고 하였다. 즉, 헤로도토스의 《역사》 제2권 121절에서 이 이야기를 기재하고 있는데 주요 줄거리가 완전히 같다.[59]

　　유서 깊은 아프리카는 서기전 7세기부터 유럽과 아시아에 거주하는 민족들에게 끊임없이 침략을 당해 왔고 차례대로 여러 국가의 식민지로 전락하였다. 이는 아프리카 본토의 문화와 우언이 독립적으로 발전하는 데 장애가 되었다. 그러나 아프리카 우언은 여전히 사람들의 마음속에 남아 있으며 구전되고 있다.

　　현존 아프리카의 민간우언은 풍부하고 다채롭다. 어떤 우언 이야기는

---

59) 헤로도토스(Herodotus)의 《역사》(*The Histories*) 제2권 121절 이야기: 《역사》 제2권은 이집트에 관련된 기사로 채워져 있다. 그 가운데 이집트 왕을 추가로 소개하는 부분에서 람세스 3세를 가리키는 람프시니투스(Rhampsinitus)와 영리한 도둑 이야기가 기록되어 있다.

여러 시리즈를 구성하여 전문 작가의 탄생을 유도하였다. 세네갈의 작가 비라고 디옵(Birago Diop, 1906~1989)은 서부 아프리카의 '토끼 계열' 민간우언 이야기를 쓴 대작가이다. 그의 대표작《아마도우 콤바의 이야기》(Les contes d'Amadou Koumba ; Tales of Amadou Koumba)에서는 교활한 토끼 로우커를 주인공으로 하고, 탐욕스럽고 둔한 하이에나 포기를 상대 적수로 삼아 여러 동물 이야기를 연결시켰다.

코트디부아르(아이보리코스트)의 작가 다디에(Bernard Binlin Dadié, 1916~)는 서부 아프리카의 '거미 계열' 민간우언 이야기의 대표 작가이다. 이 이야기는 주인공인 거미 카쿠 아난시가 교활하며 못된 장난하기를 좋아하지만 자기가 저지른 죄악의 결과를 항상 되받게 된다는 내용이다. 다디에는 이야기집《아프리카의 전설》(1953)과《허리에 두른 검은 천》(1955)을 편찬하였으며 자전적 소설〈커렌비에〉(1956)에도 적지 않은 전설과 우언이 있다.

탄자니아의 샤반 로버트(Shaaban bin Robert, 1909~1962)는 아프리카에서 가장 훌륭한 현대 우언 작가로서 스와힐리어(Swahili語)로 창작하였다. 그는 스와힐리어 지역[60]에서 전해지던 풍부한 민간우언과 동물 이야기를 흡수하여 아프리카의 특색을 지닌 의미 깊은 우언들을 많이 창작하였다. 예컨대〈큰 나무〉는 다음과 같은 내용이다.

큰 나무 한 그루가 있었다. 위에는 새 둥지가 있으며 아래에는 햇빛을 가리는 그늘이 있어 동물들이 휴식하는 곳이 되었다. 새와 짐승들이 여기서 쉴 때마다 큰 나무는 그들의 여행에 대한 소식을 듣게 되었다. 너무 많이 듣다 보니 큰 나무도 외국에 나가 구경하고픈 마음이 생겼다. 그리하여 그는 새들에게 자신도 데려가 달라고 부탁했지만 날개가 없다고 거

---

60) 〔원주〕 스와힐리어 지역은 탄자니아 · 케냐 · 우간다 · 잠비아 · 자이르 등 동아프리카 각국과 중부 아프리카의 각국을 가리킨다.

절당했다. 짐승들에게도 부탁했지만 다리가 없다고 역시 거절당했다.

새와 짐승들이 큰 나무를 데려가지 않는 것은 나름대로 일리가 있었지만 큰 나무는 이것 때문에 의기소침하지 않았다. 그는 어려움 앞에서 무너지지 않았다. 새와 짐승들이 도와주지 않지만 스스로 방법을 생각해냈다. 이듬해 그는 나뭇잎이 무성할 뿐만 아니라 아름답고도 달콤한 첫 열매를 맺었다. 큰 나무는 열매 안에 씨앗을 꽁꽁 싸매었다. 새와 짐승들이 서로 다투어 그 열매를 먹었다.

이로부터 큰 나무는 새와 짐승들이 씨앗을 퍼뜨리는 데 힘입어 세계 각지를 여행할 수 있었다.

샤반 로버트의 우언에는 아시아 우언도 약간 흡수되어 있다. 예컨대 〈물고기 세 마리〉는 《판차탄트라》와 《칼릴라와 딤나》에서 온 것이 분명하다. 서양의 전설에 따르면 〈임금을 구한 비둘기〉의 원형은 칭기즈 칸과 그 사냥매에 관한 이야기이다. 또한 그는 다음과 같은 우언소설 〈상상의 나라〉(1946)와 〈믿을 만한 나라〉(1951)를 썼다.

(1) '상상의 나라'는 세계에서 가장 큰 봉건국가로서 인구 수가 세계 인구의 반을 차지하며 생활이 안일하였다. 그러나 불행히게도 임금은 후사가 없었다. 여러 의사를 소집하여 진찰을 받고 약을 복용하며 신에게 제사하고 부적을 그려 귀신을 쫓아도 효과가 보이지 않았다. 나중에 점쟁이 의사가 말하였다. 왕비가 아주 용감한 왕자를 출산할 것이지만, 왕자는 열 살 때 심한 병에 걸려 두 사람(총명한 사람과 둔한 사람)의 피로 제사를 지내야만 위험한 상태에서 벗어날 수 있다는 것이다. 또 임금은 반드시 이 제물을 바치겠다고 맹세해야 한다고 했다.

머지않아 왕비는 과연 왕자를 낳았다. 그래서 한 교사를 청해 왔는데 그는 임금이 지정한 낡은 교재를 버리고 왕자에게 새로운 학문과 체육과 놀이를 가르쳐 주었다. 임금은 그 교사를 파면하고 다른 교사를 청했다. 새 교사는 주입식으로 왕자에게 하루 종일 공부하라고 하니, 왕자는 앓아 누워 일어나지 못했다. 그때가 마침 그가 열 살 되던 해였다. 이에 임금은 법률을 고쳐 제사에 바칠 두 사람을 잡아오게 했다.

둔한 사람이라고 잡아온 농민은 묘수를 써서 자기를 변론하였다. 법관과 임금을 설득하여 왕자를 '성공의 바다' 저쪽 해안에 있는 다른 나라의 병원으로 보내어 병을 고쳤다. 나중이 되어서야 그 점쟁이 의사와 첫 번째 교사와 농민이 동일 인물이라는 것을 알게 되었다. 그는 자신의 지혜로 '상상의 나라'가 신생의 길로 나서게끔 만든 것이다.

(2) '믿을 만한 나라'에는 마지우뤄[61]라는 재상이 있었는데 자기보다 현명하고 능력 있는 사람을 시기하였다. '카라마'라는 사람이 '믿을 만한 나라'를 부강하게 하고자 법학을 연구하고 있었지만 재상은 오히려 그가 야심이 많아 법령을 파괴하고 있다고 고발하였다. 카라마는 자신을 위해 변론할 뿐만 아니라 조정이 사자 여섯 명에게 내린 잘못된 판정에 대해서도 거슬러 올라가 따졌다.

이 여섯 명의 사자는 천신만고를 이겨내며 사방을 돌아다니고 '천국(天國)'과 '외방(外邦)'을 방문한 바 있었다. 귀국해서는 외국을 본받아 도시·도로·병원을 건설하고 물과 땅을 보호하며 전쟁을 거부하자고 주장했었다. 그리고 절도와 관용, 근면과 절약을 주장하고 인재를 존중하며 민주를 실행하고 사형을 폐지하며 기계를 만들자고 제창하기도 하였다. 그러나 결국 이들 모두는 유죄 판결을 받아 감옥에 갇혔던 것이다. 임금은 카라마의 변호를 칭찬하며 그의 무죄를 선포할 뿐만 아니라 전에 갇혔던 사자들도 모두 석방했다. 그리고 몇 년이 지나지 않아 선진된 경

---

61) 〔원주〕 '달밤에 활갯짓', '대문 걸고 지키기'의 뜻을 지닌 말이다.

힘은 꽃을 피우고 열매를 맺었다. '믿을 만한 나라'는 세계에서 가장 발달한 나라가 되었다.

자매편이라 불리는 이 두 편의 우언소설은 작가 샤반의 대표작이다. 특수한 형식으로 작가의 정치적 이상을 반영하여, 조국이 변혁되어 힘차게 일어서기를 갈망하는 애국심을 표출하였다.

아프리카 우언의 대표 작가로는 헤라이와 오카라 등도 있다. 헤라이(Blattengeta Heruy Welde Sellase, 1878~1938)는 에티오피아의 정치가이자 작가이다. 그는 암하라어(Amhara語)로 소설과 우언을 썼다. 우언집의 이름은 《나의 친구, 나의 심령》이다. 오카라(Gabriel Okara, 1921~)는 나이지리아 시인이자 소설가이다. 그의 대표적인 우언체 소설 《소리》(*The Voice*, 1946)는 사회적 폐단을 비판하며, 담긴 뜻이 깊기 때문에 아프리카 문학의 걸작이라 일컬어진다.

아프리카 북쪽의 여러 나라 가운데서 아랍 민족은 중요한 위치를 차지하고 있다. 그들은 아시아 우언과 아랍 우언을 아프리카로 가져왔다. 《판차탄트라》의 많은 이야기들, 예컨대 〈사자왕을 우물에 빠트린 토끼〉 〈까마귀와 올빼미의 싸움〉 〈동물과 배신자〉 등은 아프리카 지역에 널리 전해졌다.

아프리카에는 유럽 각국의 이민자들도 있으니 이들의 후예와 아프리카 토착민들이 공동으로 아프리카 경제·문화 발전에 기여하였다. 예컨대 남아프리카 백인 여성작가 슈라이너(Olive Schreiner, 1855~1920)는 흑인의 처지를 동정하여 우언소설 《마쇼나랜드의 기병 피터 홀켓》(*Trooper Peter Halket of Mashonaland*, 1897)을 써서 식민지 경영자들이 토착민족에 가한 잔인무도한 탄압에 분노하며 신랄히 꾸짖었다.

아프리카 우언은 세계 우언의 중요한 부분으로서 그 발전에 나름대로 기여하였다. 고대 이집트의 신화와 우언은 실제적으로 그리스, 히브리 또는 인도 신화와 우언을 촉발했다. 그리스 신화 속의 많은 신들이 이집트 신화에서 왔다는 것은, 헤로도토스의 《역사》 제2권 제50절에도 언급되어 있듯이, 학계에서 공인된 사실이다. 신화에서 변형해 온 우언도 마찬가지이며, 이솝 우화가 아프리카에서 왔다는 점은 적어도 부분적으로 역사적 근거가 있는 것이다.

아프리카는 근대에 들어오면서 뒤떨어졌지만 아프리카 우언은 그 밖의 지역까지 여전히 영향을 끼치고 있으니 미국은 바로 그러한 사례의 하나이다. 미국의 유명한 우언 작가 해리스(Joel Chandler Harris)가 쓴 《리머스 아저씨의 노래와 이야기》(1878~1887)는 흑인 노예 리머스 아저씨를 서술자로 삼아 아프리카 흑인의 전통적인 민간설화를 이야기하고 있으며, '거미 계열'과 '토끼 계열'의 설화도 포함하고 있다. 이 이야기들은 라틴아메리카의 여러 나라에까지 전해져서 그곳의 우언 창작을 촉진시켰다.

제9장 중국·동아시아 우언 체계

중국 문명은 독립적으로 발전하기 시작하여 아직까지 중단된 적이 없는데, 적어도 5천 년의 오랜 문명사를 지니고 있다. 《사기》에 기재된 황제(黃帝)시대는 서기전 3000년 무렵에 해당되고, 요즘 랴오시(遼西) 지방의 홍산문화(紅山文化) 유적지에서 발견된 5천 년 전의 거대 건축군은 이집트의 금자탑에 비견될 만하다. 또한 허난(河南)의 무양고호(舞陽賈湖) 신석기시대 유적지에서 출토된 맹아(萌芽)적 성격의 문자 기호는 탄소동위원소의 측정에 따르면 지금으로부터 8천여 년 전의 것이며, 이집트 상형문자보다 빠르다.

하지만 중국 우언이 서적에 기재된 역사는 결코 길지 않다. 서기전 11세기 즈음에 출현한 《역》(易)의 효사(爻辭)는 줄거리를 갖추지 못한 까닭에 비록 풍부하고 완비된 비흥(比興)의 상징 수법이 있어도 단지 우언의 태동으로만 여겨질 뿐이다. 또한 서기전 6세기 《좌전》(左傳)에 수록된 〈소 끌고 남의 밭을 밟은 죄〉[牽牛蹊田] 〈풀을 맺어 보은한 노인〉[老人結草] 〈꼬리 끊는 수탉〉[雄鷄斷尾] 등의 초기 우언은 여전히 충분하게 성숙되지 못했다. 그러나 중국 우언이 발생하여 구두로 전승되던 때는 훨씬 이른 시기였을 것이다. 어째서 이처럼 추론하는가?

첫째, 세계 우언의 통례를 보면 앞서 말했듯이 우언은 대부분 노예사회 초기에 싹트고 초기 우언은 모두 동물 이야기를 제재로 삼고 있다. 중국은 서기전 3000년 말기 하계시대62)에 이미 노예제 사회에 진입하였으니 그보다 몇천 년이나 뒤늦게 우언을 산출할 수는 없었을 것이다. 뿐만 아니라 현존하는 고대 우언은 동물 이야기가 매우 적다. 생각건대, 동물 이야기가 기재되지 않았을 뿐이라고 해석하는 것이 가장 합리적이다.

둘째, 중국 선진(先秦)시대는 설화를 전승하는 전문 서적이 없었다. 전해지는 것은 주로 철학, 사학의 저술이었음이 사실이다. 그 책들이 민간의 동물설화를 수록하지 않은 것은 조금도 이상할 게 없다. 예컨대 《역경》은 점치는 책이 발전해서 이루어진 철학 저술이다. 그 자체가 갖추어야 할 신비성과 사용하고 있는 간단한 압운(押韻)은 줄거리가 정연한 동물 이야기를 수록할 필요도 없고 할 수도 없게 만드는 결정적 조건이 되었다. 그렇지만 "상 밖에 의미를 둔다[意在象外]"는 수법은 민간우언에서 계발되었을 가능성이 있고, 반대로 후대의 우언 창작을 계발하기도 했다. 또 《좌전》은 역사서이므로 동물 이야기를 실을 가능성이 매우 적은 것도 당연하다.

셋째, 중국 고문헌에는 길에서 주워들은 이야기나 황당해서 모범이 되지 못할 설화를 남겨두는 경우가 적다. 다만 고대의 동물설화에 대한 약간의 실마리만 드러낼 뿐이다.

빈천한 출신의 장자(莊子)가 자기 저술에 수록한 〈물고기 알 붕새로 화하다〉는 서기전 2000년에 출현한 우언 작품일 가능성이 크다. 《열자》「탕문」편에서는 이 이야기가 하대(夏代)에서 전해오는 것으로서

---

62) 하계(夏啓)시대: 하계는 하(夏) 왕조의 실질적인 시조이다. 우(禹)임금은 순임금의 신하로서 나라를 선양(禪讓)받았지만 아들 계(啓)에게 나라를 물려주어 하나라를 새로 세웠다.

"대우(大禹)가 다니며 보았고 백익(伯益)이 관리로서 이름 붙였다"고 명확히 지적하고 있다.

《장자》와 《열자》에서는 모두 이 이야기를 하혁(夏革) 또는 하극(夏棘)이 상나라의 탕임금에게 들려준 것이라고 가리키고 있다. 그 우의는 "작은 지혜가 큰 지혜에 미치지 못한다"라든가 "타고난 것이 모두 온전하고 주어진 것이 모두 족하다"는 데 있다. 상탕(商湯)은 서기전 18세기의 인물이다. 물론 현존 자료로 보면 〈소 끌고 남의 밭을 밟은 죄〉 등이 가장 오래되었고, 중국 우언의 성숙과 번영은 전국시대(B.C.475~B.C.221)에 이루어졌다.

중국 고전 우언은 양대 지류로 나눌 수 있다. 하나는 한족(漢族)의 저술로 대표되는 작가우언이요, 또 하나는 각 민족의 민간우언이다. 고전 작가우언은 3개의 두드러진 특징이 있다.

① 사상적으로 정치 윤리성이 강하다.

② 제재로는 인물설화가 주를 이룬다.

③ 체제로는 여러 산문 작품 가운데 끼어들어가 있는 경우가 많다.

이 모든 특징은 중국의 독특한 역사 조건과 문화 전통에 따라 결정된 것이다. 첫째로, 중국 우언의 작가들은 대부분 사상가이며 정치에 적극적이었다. 이들은 모두 "자기의 도리로 천하를 바꾸려고 생각하고" "수신·제가·치국·평천하"의 도리를 연구했기 때문에 그들의 우언은 정치 윤리성이 강하다.

둘째로, 중국은 예부터 농업국이다. 상고시대에 벌써 목축업에서 벗어나 토지에서 평범한 농업을 하면서 환상을 중시하지 않는 조숙한 민족 심리를 키워나갔다. 유가(儒家) 또한 실천적인 이성을 제창하며, "괴력난신(怪力亂神)을 말하지 않았다". 따라서 우언 가운데 신화적 외피, 즉 의인화를 거친 동물설화는 적었다.

셋째로, 중화 민족은 예부터 혈연관계를 중시하고, 역사를 중시하고, 인사(人事)를 중시했다. 우언 작가가 임금과 일반 독자를 설복시키려면 그들의 수용 심리를 중시해야만 한다. 따라서 인물설화, 더욱이 역사 이야기를 채용하여 우언의 제재로 삼는 경우가 많았다.

넷째로, 중국의 시문(詩文)에는 분업의 전통이 있다. 산문은 의론(議論)과 서사(敍事)에 편중하고 시가는 언지(言志)와 서정(抒情)에 치중한다. 서정시는 최고도의 경지에 도달했지만 서사시는 손으로 꼽을 정도이다. 중국 우언은 선진(先秦) 사상가들의 의론문과 짝하여 번창했고, 그 뒤로 각 시대의 산문 창작과 뗄 수 없는 인연을 맺었을 뿐만 아니라 산문 저술의 한 구성 부분이 되었다. 그래서 중국의 고전 작가 우언은 대부분 산문체이다.

중국 각 민족의 고전 민간우언은 비교적 동물설화가 많고 사상과 체제도 복잡다단하다. 이는 한족의 고전 작가우언에서 부족한 점을 보충할 만하다. 중국의 현대 우언은 고전 작가 및 민간의 전통을 전면적으로 계승하고, 외국 우언의 수법을 흡수하여 동·서가 화합하여 완벽을 기하고자 하는 데 특장을 지니고 있다.

중국 우언의 전통은 중단된 적이 없으며 직선적인 방식으로 전승되었다. 고전 작가우언은 다섯 시기로 나누어 살펴볼 수 있으며 각기 특색을 지니고 있다.

① 선진(先秦)의 철리우언
② 양한(兩漢)의 권계우언
③ 위진(魏晉)남북조 전환기의 과도기적 우언
④ 당송(唐宋)의 풍자우언
⑤ 원명청(元明淸)의 골계우언

이 다섯 시기는 한 줄기로 이어지면서 또한 기이한 봉우리들이 첩첩이 일어나 각자의 특색을 지니게 되었다.

중국 고전 우언은 발전 과정에서 외국 우언의 정화(精華)를 잘 흡수한다는 특색을 드러내고 있다. 한대(漢代)에서 시작하여 불경우언이 중국에 전해 들어왔는데 작가들은 그 영양분을 흡수하여 당송 우언 창작의 번성을 촉진시켰다. 명대(明代)부터는 그리스 우언이 중국에 전해 들어왔는데, 작가들은 즉시 모방적 작품을 쓰며 근현대 창작이 동서양 보완의 길을 밟도록 만들었다.

중국 우언은 형태 또한 잘 변해서 풍부하고 다채롭다. 선진시대에 이미 여러 우언 유파가 출현하였다. 예컨대, 《장자》와 《한비자》는 완전히 다른 사상적 예술 풍격을 대표하고 있다. 선진 작가들은 '우언 작품군'이라는 체제를 창조하고 또 완벽을 기하였으니 핵심 사상을 둘러싸고 여러 편의 우언 이야기를 짜 넣었다. 또한 한대는 우언극의 맹아인 〈동해황공〉(東海黃公)을 출현시키고 당대(唐代)에는 한문으로 쓴 단편 우언 소설이 등장했다. 그리고 명대(明代)는 장편 백화체 우언소설을 산출했다.

중국 우언은 세계 우언 더욱이 동아시아 여러 나라에 끼친 영향이 크다. 일본, 한국, 베트남의 우언 창작은 모두 중국 고전 우언이 일깨운 것이다. 유럽, 러시아의 우언 창작도 중국 우언의 영향을 받은 바 있다. 태평양 저편의 인디언 우언은 중국 우언과 오래 전에 관련을 맺었을 가능성이 있다.

1. 중국의 고전 작가우언 — 선진양한(先秦兩漢)

중국의 고대 우언은 선진(先秦)시대에 산출되었으며 전국(戰國)시대(B.C.475~B.C.221)에 이르러 황금기를 맞이하였다. 이 황금시대는 '백가쟁명(百家爭鳴)'과 함께 나타났다. 당시 중국 사회는 거대한 변혁을 겪고 있었는데 주나라 왕실은 날로 쇠퇴하고 있었으며 제후 각국은 끊임없이 자기 역량을 늘려 군사·외교·정치 등 각 영역에서 격렬한 투쟁을 벌였다. 각국의 집권자는 투쟁의 필요성 때문에 앞 다투어 인재를 끌어들여서 일시적으로 '사(士)'를 양성하는 풍조가 성행하였다.

'사'는 매우 활동적인 사회 계층이며 학자, 책략가(유세가), 술사, 무사 등을 포함한다. 이 가운데 중국 문화에 가장 많이 기여한 부류는 학자이며, 그들의 지도자는 대부분 훌륭한 사상가이다. 이 지도자들은 서로 다른 시각에서 자신의 정치철학적 주장을 내놓아 서로 다른 학파를 만들었다. 유명한 학파로는 유가, 묵가, 도가, 법가, 명가, 농가, 잡가, 종횡가, 음양가, 소설가63) 등 이른바 '구류십가(九流十家)'가 있으며 일반적으로 제자백가(諸子百家)라 한다.

이들 학파는 서로 비판하고 논쟁하여 학술의 발전을 촉진시켜 성대한 '백가쟁명'의 국면을 이루었다. 또한 군중을 설득하며 상대방을 압도하고 집권자가 자신의 주장을 받아들이도록 하고자 논쟁할 때, 우언 이야기를 애용하여 주장을 펼쳤다.

선진 우언은 작품의 질적 수준이나 수량에서 그 당시 전 세계에서 첫째가는 위치를 차지하고 있었다. 그 독특한 성과는 다음과 같은 네 가지 방면에서 엿볼 수 있다.

첫째, 수량이 대단히 많으며 명가들을 배출하였다. 선진제자의 저작

---

63) 〔원주〕 '소설가(小說家)'는 독립된 사상 체계가 부족하며 항간에 떠도는 소문을 수집하기 좋아하는 문사들을 가리킨다.

가운데 다음의 다섯 책들은 우언이 가장 많이 수록되거나 창작되었으며 영향도 가장 컸다. 《장자》(莊子)의 우언은 200편에 가깝고 《열자》(列子)에는 우언 100편이 들어 있다. 《한비자》(韓非子)에는 우언 300여 편64)이 있고 《여씨춘추》(呂氏春秋)의 우언은 300편에 가까우며 《전국책》(戰國策)에는 우언 50여 편이 있다. 이 5개 저작 속에 수록된 우언은 모두 1,000편쯤 된다.

그리고 《묵자》(墨子) 《맹자》(孟子) 《순자》(荀子) 《윤문자》(尹文子) 《관자》(管子) 《안자춘추》(晏子春秋) 《신자》(愼子) 《할관자》(鶡冠子) 《위문후서》(魏文侯書) 《복자》(宓子) 《경자》(景子) 《신자》(愼子) 《호비자》(胡非子) 《시자》(尸子) 《궐자》(闕子) 및 위서(僞書)인 《공총자》(孔叢子) 등에도 다소의 우언이 들어 있다. 요컨대 선진 우언은 고대 그리스 우언과 고대 인도 우언의 수량을 훨씬 넘는 것이 사실이다.

둘째, 우언 형식으로 이치를 나타냈으며 사상이 방대하다. 《묵자》는 우언으로 '겸애'와 '비공(非攻)'이란 사상을 천명하고, 《맹자》는 '인의'와 '왕도'라는 사상을 선전하며, 《장자》는 '물외 소요', '자연 순응', '생사 득실의 제등(齊等)'이라는 도가의 관념을 나타냈다. 그리고 《한비자》는 우언으로 '때에 맞게 변법(變法)해야 한다', '법·술·세(法術勢)가 서로 결합해야 한다'는 등 법가의 주장을 내놓았나. 《여씨춘추》는 도가·유가·묵가·법가·명가 들 학파의 학설을 혼합하여 우언의 주제도 잡가(雜家)의 색채를 띠었다. 《전국책》은 사실 종횡가의 언행에 대한 기록인 셈이고 우언은 군주를 설득하는 도구였던 것이었다. 기타 학파들도 마찬가지이다.

따라서 필자는, 《중국 고대 우언사》에서 선진 우언을 읽는 것은 선진제자의 정치철학 사상사를 읽는 것과 다름없다고 말한 바 있다. 이것

---

64) 〔원주〕 어떤 이는 《한비자》의 우언이 400여 편이라는 통계를 냈다.

은 《이솝 우화》가 크게 미치지 못하는 특색이다.

셋째, 풍격이 다양하여 유파를 형성했다. 제자 산문은 각각 독특한 풍격을 지니고 있다. "맹자의 문장은 날카롭고, 장자의 문장은 호방하며, 순자의 문장은 소박하고 중후하며, 한비자의 문장은 준엄하다. 문장만 보더라도 실로 나름의 계통이 있어 보인다".[65)]

제자 우언은 모두 나름의 독특한 예술적 풍격을 구사하고 있다. 그것들을 읽어보면 마치 백화만발한 큰 화원에 들어간 것과 같은데, 그 안에서 뭇 꽃들이 울긋불긋 향기를 내뿜고 기이(奇異)함과 풍염(豊艷)함을 다투니 아름다움을 이루 다 헤아릴 수 없다. 더욱이 《장자》와 《열자》를 대표작으로 하는 도가 우언과 《한비자》를 대표작으로 하는 법가 우언은 사상, 제재, 수법, 언어 그 어느 측면에서 보아도 서로 현저히 다르기 때문에 두 개의 선진 우언 유파를 형성하였다.

《장자》 우언은 도가 사상을 나타내며 민간설화(몇몇 동물 이야기도 포함)를 제재로 자주 사용하고, 하층 노동자나 불구자를 주인공으로 하는 경우가 많다. 의인화 수법 또한 많이 사용하고 상상력이 풍부하며 대담하게 과장하고 어휘가 화려하여 호방한 낭만적 풍격을 이루었다.

《한비자》 우언은 법가 사상을 나타내며 역사 이야기를 제재(동물 이야기는 4편밖에 없음)로 많이 사용하고 상층 인물, 더욱이 법률가들을 주인공으로 흔히 설정한다. 의인화 수법을 적게 사용하며 묘사가 간결하다. 또한 문장 규범을 중요시하며 단어를 정확하게 사용하여 꿋꿋한 풍격을 형성하였다.

《장자》의 〈물고기 알 붕새로 화하다〉〈포정의 소 잡는 법〉〈윤편의 수레바퀴〉〈솔개와 봉황〉〈장석의 도끼 솜씨〉와 《한비자》의 〈화씨의 보물 옥〉〈편작의 논병〉〈장생불사약〉〈세 사람이 없는 호랑이도 만들

---

65) 〔원주〕꿔모뤄(郭沫若)의 《십비판서》(十批判書) 가운데 〈순자의 비판〉[旬子的批判]이다.

어낸다〉〈나무 부딪히는 토끼를 기다리다〉는 각각 풍격이 다른 작가가
창작한 것임을 한눈에 알아차릴 수 있다. 다음 두 개의 구체적인 예를
보도록 하자.

(1) 달팽이 왼쪽 더듬이에 촉씨(觸氏)라는 나라가 있고 오른쪽 더듬이
에 만씨(蠻氏)라는 나라가 있었다. 영토를 차지하고자 전쟁을 벌여 널린
시체가 수만이었고 져서 도망간 쪽을 쫓아가서는 열닷새 만에 돌아왔다.

《장자》「칙양」(則陽)〈달팽이 더듬이 위의 싸움〉

(2) 살모사 회(蚘)66)라는 동물이 있었는데 몸은 하나이지만 입은 두
개였다. 음식을 뺏으려고 서로 물다가 둘 다 죽게 되었다.

《한비자》「설림(說林) 하」〈입 두 개의 살모사〉

(1)은 양혜왕(梁惠王)을 풍자하려고 쓴 것인데, 양혜왕과 제위왕(齊
威王) 사이에 원한이 있었기 때문에 양혜왕은 전쟁을 일으키고자 하였
다. 장자는 그들을 달팽이 촉수에 있는 소인국으로 견주어 극도의 경멸
감을 표시하였으며 상대주의의 철학적 관념을 나타내었다. 작으면서
오므라드는 달팽이 더듬이에 뜻밖에 두 나라가 있고, 선쟁할 때미다 수
많은 시체들이 널려 있으며 전쟁터에서 철수하여 귀국할 때까지 15일
이나 걸린다고 했다. 이는 풍부한 상상력과 기묘한 과장으로 보통 사람
의 생각을 뛰어넘는 미시적 세계를 창작해 낸 것이다.

(2)는 매우 간단하고 짧으며 평범하다. 동물우언이지만 의인화가 전
혀 없다. 이 우언은 '인간의 싸움은 독사의 행위와 같이 결국 그 나라를
멸망시킬 것이다'라는 정치적 이치를 나타냈다. 양두사(兩頭蛇)의 두 입

---

66) 〔원주〕蚘(회)는 곧 虺(훼)와 통용한다.

이 서로를 물어뜯는다는 것으로 대신들의 권력 다툼과 상호 살육을 풍자하고 법가의 주장을 표현했다. 나라 사이의 싸움에 용감하게 나서고 사사로운 원한은 따지지 말며 신하들이 군주에게 끝없는 충성을 바쳐야 한다고 요구했다.

넷째, 독특한 체제를 수립하였다. 선진 우언은 주로 삽화적 성격을 띠고 있어 전체 저작과 통일체를 형성하면서 강한 논변 기능을 갖추게 된다. 어떤 때는 여러 이야기를 사용하여 하나의 주제를 설명하면서 '우언군(寓言群)'의 형식을 만들어낸다. 예컨대《장자》「소요유」편에서는 물질에서 벗어나 노니는 절대적인 정신적 자유의 관념을 설명하고자 〈물고기 알 붕새로 화하다〉 등 우언 작품 7편을 활용하였다.

이러한 형식은《한비자》에 이르러 완비되었다. 이 책의 「저설」(儲說)편은 거대한 우언군이며 모두 214편의 작품으로 구성되어 있다. 그것은 다시 6개의 작은 우언군으로 나뉘며 논점에 따라 33개의 더 작은 우언군으로 나누어진다. 「저설」편은 몇 개의 개별 우언 작품을 이용하여 작은 논점(작은 우언군의 핵심)을 설명하고, 몇 개의 작은 논점으로써 더 큰 논점을 구성하며, 몇 개의 더 큰 논점은 다시 더 큰 논점을 이루게 된다. 즉 법가(法家)가 천하의 신민을 제어하려는 정치적 주장과 수단을 나타낸 셈이다. 이러한 체제는 아주 독창적이다.

또《한비자》의 「설림」편에 수집되거나 창작된 우언은 모두 60여 편이 되며, 각 우언은 제목이 없지만 독립적이다. 따라서 어떤 의미에서 볼 때 「설림」편은 중국 최초의 우언집이라 할 수 있다. 선진 우언에는 유형적인 우언까지 형성되어 나타났는데, 앞서 말했듯이 '송나라 사람', '정나라 사람'으로 대표되는 바보의 형상과 '공자'로 대표되는 지혜자의 형상 등이 있다. 만약 이들에 관한 이야기를 모은다면 곧 시리즈 우언이 될 것이다.

선진 우언은 그 당시에 중대한 역할을 발휘하였다. 우선 각종 철학과 정치적 주장을 나타내는 매체였다. 형체로 이치를 나타내고 깊은 데 들어가 얕은 데로 나오니 각종 학설을 사회적으로 수용되게 하였다. 만약 《장자》에서 우언을 모두 뽑아내면 이 저술은 더 이상 생명력을 지닌 책이 되지 못할 것이다.

또한 선진 우언은 현실 세계의 정치·군사·외교적 투쟁에서 직접적으로 작용하였다. 예컨대 《전국책》의 많은 이야기들이 이러한 구실을 하였다. 〈거울을 비춰 보는 재상 추기(鄒忌)〉는 제나라 왕으로 하여금 자기의 충고를 받아들이고 언로를 널리 열어주며 내정을 공명하게 하도록 만들었다. 〈천금으로 말을 구함〉은 연나라 왕이 인재를 중시하도록 하여 부국강병하고 결국에는 원수를 갚고 치욕을 씻는 목표를 이룩하게 하였다. 〈남쪽으로 간다면서 북쪽으로 수레를 몰다〉는 위왕의 한단(邯鄲) 공격을 막았으며, 〈도요새와 조개의 싸움〉은 연나라와 조나라의 갈등을 조정하였다. 이 두 편의 우언은 모두 전쟁의 재난을 없애는 구실을 하였다.

선진 우언은 후대 우언에 커다란 영향을 끼쳐서 중국 고전 우언의 민족적 전통에 기초를 놓았다. 그것은 가르침을 감각적으로 형상 안에 담아 표현함으로써, 사람을 감동시키고 또 이치로 설득시켰다. 은연중에 감화시켜서 여러 세대를 걸쳐 사람들을 교육하여 전통적 미덕을 형성하고 민족의 사유력을 높였다. 그 정신과 수법은 후대의 시문이나 소설과 희곡에 많은 영향을 끼쳤는데, 특히 작가들이 작품의 온축(蘊蓄)된 뜻을 중시하도록 했다. 또한 그것은 민족 언어를 풍부하게 하였는데, 성어(成語)에서도 적지 않은 것들이 선진 우언에서 비롯되었다.

예컨대 《맹자》에서 유래한 것으로 '오십보백보',[67] '전심치지(專心致志)', '알묘조장(揠苗助長: 벼 묘를 뽑아 키운다)', '기지이방(欺之以方: 참

---

67) 오십보백보(五十步百步): 중국의 성어로는 '五十步笑百步'라 해야 하겠으나 한국에서는 '오십보백보'로 통한다.

말 같은 거짓말)', '일부중휴(一傅衆咻: 독선생 앉혀도 훼방꾼이 열 사람)',
'예역유죄(羿亦有罪: 피해자도 잘못)' 등이 있다.

《장자》에서 유래한 것으로 '붕정만리(鵬程萬里)', '부요직상(扶搖直
上: 수직상승)', '유인유여(遊刃有餘: 칼날 사이의 여유)', '허허여생(栩栩
如生: 생생한 꿈)', '상구상유(相呴相濡: 언 발에 오줌 누기)', '착륜노수
(斲輪老手: 귀신 하품할 솜씨)', '득심응수(得心應手: 손발이 척척)', '망양
흥탄(望洋興嘆: 대양 앞의 탄식)', '감정지와(坎井之蛙: 우물 속 개구리)',
'목계양도(木鷄養到: 최고의 싸움닭)',68) '운근성풍(運斤成風: 코끝 깎는
도끼 솜씨)', '동시효빈(東施效顰: 효빈)', '공곡족음(空谷足音: 저승에서
할아비 만난 듯)', '당비당거(螳臂當車: 당랑거철)', '저치결사(舐痔結駟:
똥구멍 핥아 출세하기)', '도룡지기(屠龍之技: 쓸데없는 재주)', '노망멸렬
(鹵莽滅裂: 지리멸렬)' 등이 있다.

《열자》에서 유래한 것으로 '기인우천(杞人憂天: 기우)', '조삼모사(朝
三暮四)', '초록지몽(蕉鹿之夢: 초록몽)', '고산유수(高山流水)', '다기망양
(多岐亡羊)', '우공이산(愚公移山)', '부훤사헌(負暄思獻: 농사꾼의 햇볕 진
상)', '빈모려황(牝牡驪黃: 암수컷 가리자는 백락이더냐)' 등이 있다.

《한비자》에서 유래한 것으로 '남우충수(濫竽充數: 남우/남취)',69) '자
가당착(自家撞着)', '수주대토(守株待兔)', '영서연설(郢書燕說: 억지논단)
',70) '매독환주(買櫝還珠: 배 주고 뱃속 빌어먹는다)', '지자의린(智子疑隣:
자신만 믿고 남은 의심한다)', '구맹주산(狗猛酒酸: 가겟집 개가 사나우면

---

68) 목계양도: 상대방에게 전혀 기미를 보이지 않는 싸움닭을 길러냈는데 마치 나무로
  깎아 놓은 듯하여 다른 투계들이 오히려 모두 도망갔다는 내용이다.

69) 남우충수: 한국 한자어로 남우(濫竽) 또는 남취(濫吹)라 한다. 무능한 사람이 재사
  (才士)인 체함을 일컫는다. '濫竽充數'는 남곽이라는 사람이 생황을 불 줄 모르면서
  악사(樂士)들 가운데에 끼어 있다가 한 사람씩 불게 하자 도망하였다는 데서 유래한
  성어이다.

70) 영서연설: 본의하고는 다르게 전혀 엉뚱하게 해석함을 일컫는다.

장사가 안 된다)', '화벽삼헌(和璧三獻: 세 번 바친 화씨옥)', '노마식도(老馬識途: 늙은 말이 길을 안다)', '원수불구근화(遠水不救近火: 먼 데 물로는 가까운 불 끄지 못한다)', '발양용이수양난(發楊容易樹楊難: 나무 뽑기는 쉬워도 심기는 어렵다)' 등이 있다.

《여씨춘추》에서 유래한 것으로 '각주구검(刻舟求劍)', '엄이도령(掩耳盜鈴)', '망개삼면(網開三面: 도망갈 구멍을 보고 몰아라)', '취미상투(臭味相投: 똥배짱이 맞다)', '괘우두매마육(掛牛頭賣馬肉: 양두구육)' 등이 있다.

《전국책》에서 유래한 것으로 '화사첨족(畵蛇添足: 사족)', '호가호위(狐假虎威)', '남원북철(南轅北轍)', '경궁지조(驚弓之鳥)', '천금매골(千金買骨: 천금 주고 천리마 뼈라도 산다)', '휼방상쟁어옹득리(鷸蚌相爭漁翁得利: 어부지리)' 등이 있다.

이상의 성어들은 모두 우언 명편에서 온 것이다.

중국 역사에서 최초의 중앙집권 봉건전제 왕조인 진(秦)은 사상을 억압하고 문화를 파괴했기 때문에 그 존재 시간도 너무 짧았다.[71] 가치 있는 사상이나 문학 저작을 남기지 못했을 뿐만 아니라 우언 작품도 남기지 못하였다.[72]

양한(兩漢, B.C.206~A.D.220)은 중국 봉건사회가 활발히 발전하던 시기로서 영토가 넓고 인구도 많고 경제가 번창하며 교육이 발달히였다. 그 당시 세계 어느 나라도 이에 견줄 수 없었다. 한부(漢賦), 한악부(漢樂府), 한문장(漢文章)은 한나라 문단의 3대 꽃봉오리였다. 더욱이 한나라 문장은 기세가 웅장하고 내용이 방대하여 후대 문장의 전범으로 일컬어졌다. 대표작으로는 《사기》, 《한서》 등의 사전문학(史傳文學)과 《신어》(新語) 《회남자》(淮南子) 《염철론》(鹽鐵論) 《춘추번로》(春秋繁

---

71) 〔원주〕 서기전 220년부터 서기전 227년까지 존재했다.

72) 〔원주〕《여씨춘추》(呂氏春秋)나 〈간축객서〉(諫逐客書)는 모두 전국 시기에 씌었던 것이다.

露)《설원》(說苑)《신서》(新序)《법언》(法言)《논형》(論衡) 등의 이론 저작을 들 수 있다. 한대 우언은 주로 이들 문장 속에 보존되어 있으며 특히 《설원》《신서》《회남자》의 우언은 대표작으로 볼 수 있다.

양한 우언의 주요 특징은 권계하는 데 있다. 이는 당시 시대정신의 반영이다. 한대는 진나라의 제도를 계승하는 한편, 진 왕조가 2대 만에 멸망했다는 역사적 교훈을 거울로 삼았다. 이전 왕조가 흥망하는 교훈을 총괄하여 오랫동안 안정되게 통치하는 방책을 마련하며 사람들로 하여금 봉건 정치규범과 도덕규범을 준수하라고 권계하였다.

양한 사람들은 이론적으로 선진 학설을 많이 계승하고 고서 정리 작업에 치중하면서 백가를 종합하여 일가(一家)를 내세우는 추세를 보였다. 한무제(漢武帝)는 동중서(董仲舒)의 건의를 받아들여 백가를 배척하고 유학만을 내세워 사상적 통치를 한층 강화하였다. 따라서 양한 우언은 도덕과 정치규범을 준수하라는 권계에 중점을 두었으며 제재는 선진 고사를 많이 계승하였다.

서한 초의 정치 이론가인 육가(陸賈)의 《신어》(新語)는 양한의 이론 저작들과 그 삽입 우언들의 기본적 성향을 보여주는 대표적 저작이다. 그가 이 책을 쓴 데는 다음과 같은 유래담이 있다고 한다.

육가가 한고조 유방(劉邦)의 면전에서 시서(詩書)를 일컫다가 설전을 벌였다. 유방은 그를 꾸짖어 말하기를,

"네 어른이 마상(馬上)에서 천하를 얻었으니 어찌 시서를 일삼겠느냐?"

라고 하니 육가는,

"마상에서 얻었다고 어찌 마상에서 다스릴 수 있겠습니까? 탕임금과 무임금은 역성혁명으로 취하셨지만 순하게 지키셨으니 문무를 병용함이 장구하게 다스릴 술책입니다."

라고 하였다. 유방이 깨닫고는 말하였다.

"나를 위해 진나라가 천하를 잃은 소이(所以)와 내가 천하를 얻은 소이와 옛날의 흥망한 나라들을 한번 저술해 보라!"

그리하여 육가는 《신어》 12편을 써냈다.

《신어》 가운데 〈편작과 영무〉[扁鵲與靈巫] 〈지록위마〉(指鹿爲馬), 가의(賈誼)의 《신서》(新書) 가운데 〈모난 돌이 정 맞는 격〉[大都疑國] 〈이왕이면 다홍치마〉[厚薄二璧] 〈적국 오이에 물 대주기〉[宋就灌瓜] 〈먼저 깨닫는 왕이 으뜸이요〉[先醒而伯] 등은 모두 치국의 술법을 총괄하고 있는 권계우언이다.

양한 권계우언 가운데 대표 저작은 대학자 유향(劉向, B.C.77~B.C.5)이 편찬한 《설원》과 《신서》이다. 이 두 책에는 이야기 600편이 수록되어 있으며 대부분 우언이다. 이야기는 종류에 따라 나누어져 있으며 구성이 치밀하다. 오늘까지 전해지고 있는 《설원》은 20편으로 나뉘어 있다. 군도(君道), 신술(臣術), 건본(建本), 입절(立節), 귀덕(貴德), 복은(復恩), 정리(政理), 존현(尊賢), 정간(正諫), 경신(敬愼), 선설(善說), 봉사(奉使), 권모(權謀), 지공(至公), 지무(指武), 총담(叢談), 잡언(雜言), 변물(辨物), 수문(修文), 반질(反質)이 그것이다. 이늘 편목을 통해 작가의 창작의도를 어지간히 엿볼 수 있다. 다음 두 편의 글을 예로 들어보자.

(1) 섭공자고(葉公子高)는 용을 너무 좋아해서 낮이나 끌이나 집안 조각에나 모두 용을 그려 넣었다. 하늘의 용이 이 소식을 듣고 내려왔다. 창문에 머리를 디밀고 꼬리를 대청에 집어넣었다. 섭공은 용을 보자마자 뒤돌아 도망치는데 겁에 질려 넋을 잃고 망연자실하였다. 이로 보건대, 섭공은 용 비슷한 것을 좋아한 것이지 용을 좋아했던 것은 아니었다.

《신서》 「잡사(雜事) 제5」편 〈섭공의 용 좋아함〉[葉公好龍]

(2) 올빼미가 비둘기를 만났다. 비둘기가 물었다.

"자네, 어디로 가는 거야?"

올빼미가 답하였다.

"나는 동쪽으로 이사 갈 거야."

"왜?"

"마을 사람들이 내가 우는 소리를 싫어하기 때문이야."

"자네가 우는 소리를 고칠 수 있다면 괜찮지만, 고칠 수 없다면 동쪽
으로 이사 가더라도 거기 사람들이 자네 소리를 싫어할 텐데!"

《설원》「정간」(正諫)편 〈올빼미가 동쪽으로 이사하다〉[梟東徙]

(1)은 통치자를 권계하는 내용이다. 통치자가 진정으로 인재를 존중
해야 한다고 요구한 것이다. 전설에 따르면, 노애공(魯哀公)은 자신이
어진 이를 예의와 겸손으로 대접한다고 공언하였다. 저명한 학자였던
공자의 제자 자장(子張)이 그를 만나러 갔는데 노애공은 7일이나 끌었
다. 이에 자장은 마부에게 이 이야기를 노애공에게 전해달라고 하고 노
나라로 떠나버렸다.

이와 달리 (2)는 일반 사람들을 권계하는 내용이다. 사람들이 수양을
깊이 해서 자기 잘못을 고치도록 노력해야 하며, 객관적 환경과 주위
사람들만 책망하지 말아야 한다고 주장한 것이다.

동중서와 유향은 유가사상을 핵심으로 삼고 백가를 종합하였으니,
이는 한대의 주류 사상이었다. 또 도가사상을 핵심으로 백가를 종합하
는 사람들도 있으니 《회남자》는 그들의 대표작이다. 이 책은 회남왕
(淮南王) 유안(劉安, B.C.179~B.C.122)이 빈객을 조직하여 공동 집필한
것이다. 유안은 한고조의 손자로서, 정치적으로는 제왕의 자리를 노렸
으며 이론적으로는 도가사상을 가져 유가사상만을 내세우는 조정에 대
항하려고 했다. 우언에서 《설원》과 《신서》의 체제는 《한비자》《여씨

춘추》와 비슷하며, 《회남자》의 사상 풍격은 오히려 《장자》《열자》에 가깝다. 《회남자》에는 우언 이야기가 많지는 않지만 질적 수준이 상당히 높다. 다음을 예로 들어보자.

> 변경 가까이에 방술(方術)을 잘하는 사람이 살고 있었다. 그 집의 말이 까닭 없이 오랑캐에게 달려가므로 모두들 와서 위로하였다. 그 집 아버지는,
>
> "이것이 복이 될지도 모르는 일이다."
>
> 라고 말하였다. 몇 개월 지난 뒤 그 말은 오랑캐의 준마를 끌고 돌아왔다. 모두들 와서 축하하였다. 아버지가 말하였다.
>
> "이것이 재앙이 아닐 줄 어찌 알겠는가!"
>
> 준마가 생겼으니, 그 집 아들이 이 말 타기를 좋아했다. 한번은 말에서 떨어져 대퇴골이 부러져 모두들 와서 그를 위로하였다. 그 집 아버지는,
>
> "이게 복이 될지도 모르는 일이다."
>
> 라고 말하였다. 일 년 뒤 오랑캐들이 대대적으로 변경으로 진격해 왔다. 장정들은 모두 화살을 들고 전쟁에 나갔다. 변경 부근에 사는 사람들 가운데 9할이 죽었지만 그 집 아들은 다리를 절은 까닭에 늙은 아버지와 함께 생명을 보전하였다.
>
> 《회남자》「인간훈」(人間訓)편 〈새옹지마〉(塞翁之馬)

이 유명한 우언은 화와 복이 서로 의존해 있다는 도가사상을 천명하고 있다. 변증법적 요소가 들어 있지만 천명에 따른다는 소극적인 관념도 드러나 있다.

양한의 기타 이론 저작들에는 우언이 많이 들어 있지 않지만 사전(史傳)에는 몇몇 우언들이 삽입되어 있다. 예컨대 《사기》의 〈변장자 호랑이 잡다〉[卞庄刺虎]〈농사 잘 되도록 비는 사람〉[禳田者]과, 《한서》의

〈굴뚝을 구부리고 땔감을 치운다〉[曲突徙薪]가 그것이다. 유가 전적인 《예기》(禮記)와 《한시외전》(韓詩外傳)에는 우언이 비교적 많은 편인데, 특히 《한시외전》 속에 우언이 많이 들어 있다.

동한시대 나타난 '백희(百戲)' 가운데 〈동해황공〉(東海黃公)은 중국 희곡의 효시이자 중국 고대 우언극의 기원이기도 하다. 장형(張衡)의 《서경부》(西京賦)와 후대의 《서경잡기》(西京雜記)에 따르면, 〈동해황공〉의 줄거리는 다음과 같은데 이 백희는 권계성이 매우 분명하다.

진(秦) 말기 동해에 황공이란 사람이 살았다. 항상 적금(赤金) 칼을 걸어 놓고 머리를 붉은 비단으로 두르고는 구름과 안개를 일으켜 뱀과 호랑이를 굴복시킬 수가 있었다. 뒷날 늙어서 힘이 쇠약해지자 법술의 신령함이 없어졌다. 그런데도 자기 약점을 알지 못하고 백호를 굴복시키려 하다가 오히려 물려 죽었다.

2. 중국의 고전 작가우언 ― 육조당송(六朝唐宋)

위진남북조(魏晉南北朝, 220~581)의 우언은 과도기의 성질을 지니고 있다. 이때는 동요의 시대였는데 한말(漢末) 군벌들의 혼전, 서진(西晉)의 팔왕지란(八王之亂)과 오호(五胡)의 중국 침입, 장기적인 남북 대치와 전쟁은 사회를 동요하게 만들고 백성들이 살아갈 수 없게 하였다. 전통적인 유학은 독점적인 지위와 인심을 모으는 역량을 잃었다. 현학(玄學)이 흥기하고 불학(佛學)이 전입되었다. 사상계는 혼란과 도약의 상태를 드러냈다.

문학계의 분위기도 아주 달라졌다. 도덕 훈계의 중시에서 바뀌어 형식의 아름다움과 음운의 조화를 추구하였다. 이것은 선진양한(先秦兩

漢)의 시문 전통에 대한 부정이었다. 그러나 당송(唐宋) 시문에 따라 그 스스로가 비판적으로 계승된 뒤에 두 번째 부정이 완성될 때에는, 중국 문학이 내용과 형식의 문질(文質)이 겸비되는 새로운 단계에 오르게 된다. 그러므로 필자의 생각으로는, 육조의 철학과 문학은 새로운 것이기는 하지만 성숙되지 않은 것이요, 풍작을 맞이하기 위한, 과도기의 조성기인 것이다.

우언도 이와 같아서 사람들에게 봉건적 규범을 준수하라고 권계하는 것에서 변모하여, 규범을 따르는 예법의 선비를 오히려 신랄하게 조롱·풍자하였다. 이것은 후세의 풍자우언과 골계우언의 물길을 연 것이다.

한말(漢末) 위초(魏初)의 한단순(邯鄲淳)은 중국의 첫 번째 순수 소화집《소림》(笑林)을 창작했다. 소화와 우언은 본래 떼어버릴 수 없는 인연이 있다. 소화 가운데는 늘 엄숙한 우의가 포함되어 있고, 우언은 곧잘 소화를 제재로 삼는다. 이 때문에《소림》에는 우의가 뛰어난 작품이 여러 편 있다. 예를 든다.

> 노(魯)나라에 긴 대나무를 잡고 성문을 들어가는 사람이 있었다. 처음에는 나무를 세워 잡았지만 들어갈 수 없었다. 가로로 잡아도 들어갈 수가 없었다. 꾀를 낼 방도가 없었다. 조금 있다 늙은 아비기 이르러,
> "내 성인(聖人)은 아니다만 일을 많이 겪었지. 톱으로 중간을 잘라서 들어가면 어떠냐?"
> 하니, 대나무 잡이는 드디어 그 말대로 잘라버리고 말았다.
>
> 〈긴 대나무 입성하기〉

위의 인용에서 조소 대상은 둘이다. 변통할 줄 모르는 대나무 잡이와 남의 선생 노릇하기 좋아하는 늙은 아비인데, 중점은 아비에 두고 있다. 양한(兩漢)시대에는 스승의 법을 묵수하고 선생의 말을 맹목적으로

들도록 하였다. 그러나 경학의 선생들은 스스로 옳다 여기고 남의 스승 되기를 좋아했다. 그러므로 이 이야기는 실제적으로 당시의 학문적 분위기를 비판한 것이다.

또 이 작품은 소화에서 흔히 이용하는 '바닥 드러내기' 방법을 채용하였다. 주인공이 정색을 하고 본색을 드러내게 만듦으로써 유머러스하면서 감염력이 풍부해져서 지금까지 민간에 전해지고 있다.《소림》에 있는 〈의거갈공〉(宜去葛公) 〈교주고슬〉(膠柱鼓瑟) 〈화갱불함〉(和羹不鹹) 〈식순자책〉(食笋煮簀) 등은 모두 교조주의의 태도를 여러 측면에서 조소하고 시대 분위기의 변화를 반영했다.

한단순과 같은 시기의 대시인 조식(曹植, 192~232)도 시부(詩賦) 작품을 통해 우언을 지었다. 더욱이 그의 〈요작부〉(鷂雀賦)는 고전 우언사에서 특별한 위치를 차지하고 있다. '부(賦)'는 중국 고전문학의 독특한 문체로서 매우 중시되었으며 한부(漢賦)는 한대 문학의 중요한 영역이었다. 후대인도 종종 '시사가부(詩詞歌賦)'로 중국 고전시가의 창작을 개괄하곤 한다.

굴원(屈原)과 송옥(宋玉)의 고부(古賦)에도 제법 우언을 닮은 몇몇 작품이 있다. 예컨대 〈어부〉(漁父) 〈복거〉(卜居) 〈고당〉(高堂) 〈신녀〉(神女)의 종류가 그것인데, 다만 전형적이지는 않다. 한대부는 귀족적인 화려한 가무, 여색, 사육, 승마나 산하와 궁궐, 정원 등을 늘어놓았다. 비록 미약하게 풍간(諷諫)의 의의가 있기는 하지만 근본적으로 우언과 어울리지 않았다.

조식의 〈요작부〉는 동물을 주인공으로 삼았다. 새매가 참새를 포획하여 잡아먹으려 하자 참새가 몇 차례 살려달라고 애걸하였다. 새매가 측은지심이 생겨 참새를 놓아 주어 둥지로 돌아가 가족과 재회하게 하였다는 내용이다. 이 작품은 객관적으로는 봉건사회의 약육강식 현상을 반영하였고, 주관적으로는 조식이 자기 신세를 암유하여 집권자였던 형이 중용의 도리를 펼 것을 바랐다. 지친(至親)을 지친으로 여겨 인(仁)을 행하라는 것이다. 작자는 통속적 언어를 가지고 새매와 참새의 대화와 모습을 묘사하였는데 말투가 핍진하여 형신(形神)을 두루 갖추었다. 이 때문에 〈요작부〉는 중국 제일의 전형적 우언부(寓言賦)이며, 당나라 〈연자부〉(燕子賦)의 물꼬를 열고 아울러 후세의 우언과 소설들의 풍자 법문을 계발시켰다.

위진남북조의 이론 저술 가운데는 저족(氐族)의 작가 부랑(苻朗)이 지은 《부자》(苻子)가 우언에 대한 공헌이 가장 크다. 작가는 노장(老莊) 현학(玄學)으로 유가의 정통 학술을 비판했다. 유명한 우언으로는 〈홍의관오〉(紅蟻觀鼇) 〈군슬상투〉(群蝨相鬪) 〈여호모피〉(與狐謀皮) 〈안도방마〉(按圖訪馬) 〈정인승량〉(鄭人乘凉) 등이 있다. 이 밖의 이론 저술 가운데 《유자》(劉子) 《금루자》(金樓子) 등의 저작에도 몇몇 우언이 들어 있다.

위진남북조는 중국 문언소설이 처음으로 규모를 갖추었던 시대이다. 지괴(志怪)와 일사(軼事)의 두 부류로 나누었지만 합하여 '필기(筆記)소설'이라 일컫는다. 이들 소설 가운데도 몇몇 우언이 있다. 예컨대《수신기》(搜神記)의 〈귀작부형〉(鬼作父形), 《유명록》(幽明錄)의 〈응〉(鷹), 《세설신어》(世說新語)의 〈지공종학〉(支公縱鶴) 등이 그것이다.

위진남북조 우언에서 가장 두드러진 현상은 불경우언의 번역과 전파이다. 불경우언은 불경이 중국에 전입됨에 따른 것이다. 기원전 2년, 서한(西漢) 애제(哀帝) 원수(元壽) 원년에 대월씨(大月氏)의 사신 이존(伊存)이 장안에 도착하였다고 전해진다. 이후 한 왕조에서는 박사 제자 경로(景盧)가 그 학문에 종사하여 불경을 익히고, 이존의 강의에 따라 《부도경》(浮屠經)을 번역했다는 것이다. 이것이 불경 번역의 시초이지만, 책은 전해지지 않고 있다.

현존하는 불경은 모두 한말 이후에 번역된 것이지만, 우언 작품이 비교적 많은 《잡비유경》(雜比喩經) 《생경》(生經) 《불본행집경》(佛本行集經) 《육도집경》(六度集經) 《대장엄론경》(大莊嚴論經) 《출요경》(出曜經) 등은 모두 위진남북조의 번역본이다. 특히 남제(南齊) 영명(永明) 10년 (A.D.492)에는 불경우언 전집 《백유경》(百喩經)이 번역되었다.

불경우언의 전입은 중국 우언의 창작에 신선한 혈액을 주입하였다. 이후 사람들은 그것을 번역하고 전파했을 뿐만 아니라 모방하여 중국화하였다. 《송서》(宋書) 「원찬전」(袁粲傳)의 〈광천〉(狂泉)이 바로 그러한 하나의 예이다.

> 옛날에 한 나라가 있었는데, 그 나라 안에는 '미친 샘'이라 부르는 샘물이 있었다. 나라 사람들은 이 물을 마시고 미치지 않은 경우가 없었다. 오직 임금은 우물을 파서 길어 먹었기에 혼자 탈이 없었다. 나라 사람들이 미치고 보니 오히려 주군이 미치지 않은 것을 일러 미쳤다고 하였다. 이에 모여서 모의하여 주군을 함께 잡아서는 미친병을 치료한다고 쑥뜸을 뜨고 침을 놓고 약을 먹이며 하지 않는 일이 없었다. 임금은 괴로움을 참지 못하고 샘물이 있는 곳에 가서 물을 떠 마셨다. 다 마시니 곧 미쳐버렸다. 군신 대소가 한가지로 미치니 모든 사람이 기뻐하였다.

원찬은 유송(劉宋) 왕조의 시비가 전도된 현상이 불만스러웠기 때문에 스스로를 이야기 안의 국왕으로 비유하고 다른 사람에게, "나는 미치지 않았기에 홀로 서기가 어려웠다. 비유컨대 이 물을 한번 마시고도 싶었다"고 말하였다. 이 이야기의 기본 줄거리는 모두 《잡비유경》의 〈악우〉(惡雨)에서 나왔는데, 다만 빗물을 샘물로 바꾸었을 뿐이다. 그러나 줄거리의 일부분은 중국화하였다. 예를 들면 쑥뜸이나 침으로 병을 치료한다는 것은 중국 의료 수단이며, 더욱 중요한 부분은 우의와 사상, 감정을 중국화한 것이다.

〈악우〉는 불교 교의를 선전하여 신도들로 하여금 '오직 인내하여 뜻을 견고히 한다'는 전인견정(專忍堅定)의 마음을 믿을 것이요, 외도(外道)의 삿됨에 방해 받지 말 것을 요구한 것이다. 이에 견주어 〈광천〉은 원찬의 사상 깊은 곳에서 발현한 바, 곧 유가의 현실주의와 도가 출세간(出世間) 사상이 서로 투쟁함을 반영하였다. 또한 소수의 걸출한 지식인의 "뭇사람 모두 취해도 나 홀로 깨어 있다[衆人皆醉我獨醒]"는 황량한 느낌을 나타내기도 하였다.

물론 〈광천〉은 모방·이식된 작품에 속하지만, 당송시대에 이르러서는 사람들이 불경우언의 정수를 완전히 소화하여 독창적 작품을 써냄으로써 중국 고전 우언의 제2의 전성기를 이룩해냈다.

기독교 경전의 히브리 우언도 위진남북조시대에 중국에 전래되기 시작했다. 양원제(梁元帝) 소역(蕭繹, 508~554)의 《금루자》에 있는 〈부자가 양을 구걸하다〉[富者乞羊]는 바로 《구약 성경》「사무엘」편의 〈부자가 양을 취한다〉에서 연원하였다.

총괄하자면, 위진남북조라는 대전환의 시대에 고전 우언 창작의 전환이 이루졌는데, 외국 우언 즉 주로 인도의 불경우언의 수입이 이를 촉진시켰으며, 또한 당송 우언 창작의 번영을 위한 사상적·예술적 준비를 하였다는 것이다.

당송 우언 창작은 중국 고전 우언의 제2의 전성기이다. 당송 우언 창작의 특징을 살펴본다. 선진(先秦) 우언의 우량한 전통을 계승하고 불경우언의 창작 경험을 흡수하였다. 아울러 현실생활에 입각하여 현실성과 전형성이 풍부한 우언 형상을 한껏 그려내었다. 이로써 중국 고전 우언이 정치철리우언과 권계우언의 전환을 통해 사회풍자우언으로 변하였다.

선진 우언의 주지는 정치철학의 이론 체계를 건립하는 데 있었고, 당송 우언의 주지는 사회의 병적 세태를 풍자하는 데 있었다. 동시에 우언은 시가(詩歌), 전기(傳奇), 설창(說唱) 등의 문학 영역에 스며들어 볼 만한 성과를 이룩하였다.

당송 우언은 당시 현실에 뿌리를 내린 것이다. 수문제가 중국을 통일하여 수(隋) 왕조(581~618)를 건립하였다. 한말(漢末) 이래의 400년 가까이 이어진 분열과 동요의 국면을 끝내고 사회적 번영을 촉진시켰다. 대당(大唐) 왕조(618~907)는 수 왕조의 경험과 교훈을 흡수하여 사회 발전에 유리한 일련의 정책을 실행하였다. 문화사상도 비교적 개방적이며 유불도 삼교를 아울러 중시하였고 나라 안팎의 문화를 함께 거두었기에, 문화적 번영을 위한 우월한 외적 환경을 창조하였다.

송(宋) 왕조(960~1279)는 당말오대(唐末五代)의 전란을 끝내고 중국의 경제와 과학기술을 새로운 수준으로 발전시켰으며, 철학적으로 인도 문화를 흡수하여 완성시키고 중국적 특색을 두루 갖춘 신유학(新儒學)을 창립하였다.

또 다른 방면에서 당대(唐代)의 안사지란(安史之亂) 이후, 국가의 원기가 크게 상하고 사회 모순이 첨예하였다. 안으로는 환관이 권력을 독점하고 번진(藩鎭)이 할거(割據)하며 관료가 당쟁을 하였고, 밖으로는 끊임없이 토번과 위구르의 위협을 받았으니, 내우외환이 꼬리를 이은 셈이다. 송 왕조는 관료기구가 방대하여 빈곤과 허약함이 쌓였기에 계속 외족의 침략을 받았다. 앞뒤로 요(遼), 서하(西夏), 여진(女眞) 즉 금(金), 몽고(蒙古)에게 굴욕적으로 화친을 구했다. 이러한 누적된 빈곤과 허약의 국면에 포위되어 개혁과 수구, 주전과 주화의 격렬한 경쟁이 멈춘 적이 없었다. 이 같은 엄혹한 현실은 당송 사회를 풍자하는 우언의 토양이었다.

당송 우언의 창작이 고조된 것은 고문운동(古文運動)이 일어난 데 따른 것이다. 중당(中唐)의 고문운동은 복고의 기치를 흔들며 혁신을 꾀하였고 산문의 새로운 전통을 열었으며 실용 영역을 확대하였으므로,

당나라 때의 우언(寓言)과 전기(傳奇)가 발전하는 데 유리했다. 고문운동의 선구자인 원결(元結), 지도자였던 한유(韓愈)와 유종원(柳宗元) 및 이고(李翶) 등은 모두 우언 창작에 중추적 구실을 하였다. 한유의 〈모영전〉(毛穎傳) 〈오자왕승복전〉(圬者王承福傳)과 이고의 〈국마설〉(國馬說)은 모두 저명한 우언이다.

당나라 사회의 풍자우언을 대표하는 사람은 저명한 사상가이자 문학가인 유종원(773~819)이다. 정원(貞元) 21년(805), 그는 정치 혁신을 주장하는 왕숙문(王叔文) 집단에 참여하였다가 반년 뒤 혁신이 실패하자 영주(永州, 지금의 후난 성 융저우 시)의 사마(司馬)로 좌천되었다. 영주에 있던 10년 동안은 유종원에게 창작의 최전성기였다. 그의 저명한 철학정치 논문, 정묘한 산수 유기, 우수한 우언이 대부분 이 시기에 씌었다.

우언의 대표작으로는 〈삼계〉(三戒) 〈비설〉(羆說) 〈편고〉(鞭賈) 〈부판전〉(蝜蝂傳) 〈증왕손문〉(憎王孫文) 〈종수곽탁타전〉(種樹郭橐駝傳) 등 20여 편이 있다. 비록 수량이 많지는 않지만, 관찰이 미묘하고 묘사가 정확하여 현실의 숨결이 풍부한 일군의 우언 형상을 그려내었다. 음험한 환관(宦官), 발호하는 번진(藩鎭), 부패한 관료, 멍청한 황제, 탐욕스러운 지식인, 성급하고 무능한 개혁자 등은 모두 유종원의 우언 안에서 스스로의 영상을 남겨놓았다.

예를 들어보자. 〈채찍 장사〉[鞭賈]는 관료판을 시장에 비유하였다. 이름을 다투고 이익을 갈취하면서도 조금도 능력이 없는 관료를 '짝퉁 상품'의 거간꾼과 '짝퉁품'으로 비유하였다. 사람을 적당하게 쓰지 못하는 조정을, 진가우열(眞假優劣)을 인식하지 못하여 사기에 걸려드는 부잣집 자제로 비유하였다. 이 작품에서는 부잣집 자제가 말채찍을 사러 가자 상인이 다음과 같이 터무니없이 값을 부른다.

사람들이 시장에서 채찍을 파는 자에게 물으면, 그 값이 오십 냥 나갈 것이면 반드시 오만 냥을 부른다. 오십 냥으로 대꾸를 하면 상인은 배를 잡고 웃는다. 오백 냥으로 하면 조금 성을 낸다. 오천 냥으로 하면 아주 화를 낸다. 반드시 오만 냥으로 해야만 거래가 이루어진다.

'배를 잡고 웃음'은 흥정하고 싶지 않음을 표시하면서 고객이 문외한임을 고의로 조롱하는 것이다. '조금 성을 냄'은 간사함을 대놓고 은폐하면서 더 나아가 사람을 올가미에 걸려들게 만드는 것이다. '크게 화를 내는' 경우는 고객이 속여도 될 만큼 멍청함을 알아보고 다시 반격하여 크게 바가지를 씌우는 것이다. 현실에 대한 세밀한 관찰과 심각한 분석이 없다면 이같이 간결하고 섬세하게 간사한 상인의 모습을 그려 낼 수 없을 것이다.

결국 부잣집 자제는 올가미에 걸려들어 오만 냥을 가지고 겉으로만 좋아 보이는 썩은 채찍을 샀으며, 전문가가 사실을 지적해 준 뒤에도 여전히 그것을 버릴 수가 없었다. 결정적인 순간에 채찍은 부러졌고 말은 날뛰었으며 그는 떨어져서 거의 죽을 뻔했다. 작가는 만약 조정에서 썩은 채찍과 같은 사람에게 중책을 맡긴다면 하루아침에 국가에 변고가 생길 것이고, 그 결과는 상상조차 할 수 없다는 것을 지적했다.

요컨대 유종원은 선명한 우언 형상으로 복잡한 사회 현실을 반영하고 암흑 세력을 풍자하였다. 이로써 우언 창작은 하나의 새로운 수준으로 향상하였으며, 이는 중국의 고전 우언이 정치철학우언에서 사회풍자우언으로 나아가는 이정표가 되었다.

물론 유종원에게도 자기 신세를 비유하거나 이치를 정면으로 말하는 소량의 우언이 있다. 예컨대 〈행로난〉(行路難) 3수 가운데 하나인 〈과보와 정인〉[夸父與鄭人] 〈재인전〉(梓人傳) 등이 그러하다. 그의 우언은 독립된 명편들로서 형식이 다양하여 산문체, 시가체, 변려체, 부체 등이 있어서 선인들을 앞서고 있다.

유종원의 뒤로 당대(唐代) 산문체 우언의 대표적 작가인 피일휴(皮日休), 육구몽(陸龜蒙), 나은(羅隱) 등이 나왔다. 당말(唐末)의 《무능자》(無能子) 《신몽자》(伸蒙子) 《속맹자》(續孟子) 등의 서책에도 약간의 우언이 있다.

송대(宋代) 우언 창작의 고조도 당대와 유사하여, 북송 중엽의 시문(詩文) 혁신운동을 따라서 출현한 것이다. 시문 혁신운동의 지도적 인물 구양수(歐陽脩), 왕안석(王安石) 등은 모두 우언 창작에 종사하여 일정한 성과를 거두었다. 또 사마광(司馬光), 송기(宋祁), 왕령(王令), 진관(秦觀), 진사도(陳師道), 주돈유(周敦儒) 및 금나라 때의 왕약허(王若虛)와 남송 말년의 사상가 정목(鄭牧) 등도 우언 저작을 남겼다. 저명한 시인이자 산문가인 소식은 송대 우언 창작의 고봉이며, 마치 당나라의 유종원과 같다.

소식(蘇軾, 1037~1101) 즉 별호 동파(東坡)는 문예계의 온전한 천재이다. 시(詩), 사(詞), 산문, 글씨, 그림 모두에서 종파를 열고 세운 한 시대의 대가였다. 그의 사상은 성질이 다른 모든 것을 받아들이는 특성이 있다. 정치적으로는 유가사상을 위주로 하고, 생활상에서는 불로(佛老)를 봉행하는 주장이 많다. 또한 법가, 명가, 종횡가의 어떠한 관점을 흡수하기도 했디.

그는 변법(變法)과 개량(改良)을 주장하였지만, 격렬한 변혁을 반대하고 중용사상을 주도하였다. 〈중용론〉(中庸論)에서 말한 바, "중(中)이 되지 못하는 바가 있으면 중(中)으로 귀의한다"는 것이다. 그의 시문은 모두 자연적으로 드러나기를 주장하였으니 풍격이 골계적이거나 유머러스하여 희소노매(嬉笑怒罵)가 모두 문장이 되었다. 우언 또한 이러한 사상과 예술 풍격을 나타내고 있다. 소식이 일생 동안 창작한 우언은 약 100여 편이 되는데 체제는 다음과 같은 세 종류로 나눌 수 있다.

① 독립된 우언 작품: 〈일유〉(日喩) 〈조설〉(鳥說) 〈이어설〉(二魚說) 〈힐서부〉(黠鼠賦) 등은 유종원 이래의 전통을 발전시켰다.

② 삽입적인 우언 작품: 〈의부우개〉(蟻浮于芥) 〈행령수도〉(幸靈守稻) 등은 모두 문장이나 편지에 끼어 있다. 이는 실제로 선진(先秦)의 전통을 회복한 것으로서 우언 작품과 앞뒤의 문장이 더욱 빛나게 만든다.

③ 독립적으로 묶여진 계열(시리즈) 우언: 《애자잡설》(艾子雜說)이 대표적이다.

소식의 우언은 서로 다른 성질의 것을 모두 흡수하여 전대를 잇고 후대를 열어주는 구실을 했다. 예컨대 〈해의 비유〉[日喩]를 보자.

태어나면서부터 눈이 먼 자가 해를 알지 못해 눈 있는 자에게 물었다. 어떤 이가 알려주기를 "해의 모양은 구리 쟁반 같다"고 하면서, 쟁반을 두들기며 그 소리를 터득하게 했다. 뒷날 종소리를 듣고는 해인 줄 여겼다. 어떤 이가 알려주기를 "해의 빛이 촛불과 같다"고 하면서, 촛불을 더듬어 그 모양을 터득하게 했다. 뒷날 피리를 헤아려 해인 줄 알았다.

해는 종소리나 피리 모양과 거리가 먼데, 눈 먼 자가 그 다름을 모르는 것은 일찍이 해를 본 적이 없이 남에게 구했던 탓이다. 도를 보기 어려움이야 해보다 더 심한데 사람이 터득하지 못하는 것이 눈 먼 자와 다를 바 없다. 터득한 자가 말해주는 것에 비록 교묘한 비유와 좋은 인도가 있다고 하더라도 역시 쟁반과 촛불을 벗어날 길이 없다. ─(중략)─

남방에는 자맥질 잘하는 사람이 많으니, 날마다 물과 더불어 살기 때문이다. 7세에는 물을 건너고 10세에는 물에 떠다니고 15세에는 자맥질할 수가 있다. 저 자맥질이 꼭 그렇게 되는 것이겠는가? 반드시 물의 도리를 터득한 게 있는 사람들이다. 날마다 물과 더불어 살았으니 15세에 그 도리를 터득하는 것이다. 나면서 물을 알지 못했다면 비록 어른이라도 배를 보면 겁을 냈을 것이다. 그러므로 북방의 용맹한 자가 자맥질하는 사람에게 물어 그 방법을 알아내고는 그 말대로 강에서 시험을 해 본다면 빠져 죽지 않는 자가 없을 것이다.

이 우언 작품은 두 이야기를 포함하고 있으니, 하나는 〈맹인이 해를 묻다〉이고, 하나는 〈용맹한 자가 자맥질을 배우다〉이다. 전자는 사물을 접촉하지 않고 진상을 이해할 길은 없다는 것을 설명하였고, 후자는 더 나아가 사물의 규칙을 장악하려면 반드시 반복하고 실천하여 날이 가고 달이 지나야 한다는 것을 설명하였다. 양자가 엎치락뒤치락 밀고 나가 서로 보충함으로써 전면적으로 깊이 들어가 사리를 설명하려는 목표에 도달했다. 주징화(朱靖華)의《소식신론》(蘇軾新論)에서 이를 '나선형 방식'의 구성이라 일컬었다.

〈해의 비유〉는 당시의 공허한 학풍을 비평하고 생활의 실천에서 '도'를 체득할 것을 강조했으며, 맹인의 특징을 잘 잡아서 유머러스한 풍취를 그려냈다. 또 앞의 이야기는 서사를 앞세우고 다시 이치를 말하였다면, 뒤의 이야기는 이치를 앞세우고 다시 서사를 진행하여서, 문장 진행에서도 영활한 변화를 보여주었다.

첫 번째 이야기는 분명히 불경고사 〈장님 코끼리 만지기〉와 비슷한 점이 있지만, 종적으로 깊이 들어가 동일한 맹인이 연달아 발생시킨 유추의 착오를 그려냈다. 이는 〈장님 코끼리 만지기〉가 횡적으로 열거한 것과는 다르다. 두 번째 이야기도《장자》(莊子)의 〈여량장부〉(呂梁丈夫)와 제법 비슷하지만, 이야기의 주지가 또한 다르다. 어떠한 재능이 유가(儒家) 성명(性命)의 도리를 장악할 것인가에 우의를 두고 있다.

소식의 삽입성 우언도 아주 특색이 있다. 예를 들어 〈시필자서〉(試筆自書) 가운데 〈풀에 올라 탄 개미〉[蟻浮于芥]는 다음과 같은 내용이다.

　　물 한 대접을 땅에 엎었더니 풀이 물에 뜨고 개미가 풀에 붙어서 망연
히 건너갈 방법을 알지 못했다. 얼마 있다가 물이 마르니 개미가 바로
가로질러 갔다. 나는 그 형상을 보고 눈물을 흘리며 말했다.
　　"거의 너를 다시 보지 못했을 뻔했구나! 천지 사이에 사통팔달의 너른
길이 있을지도 모를 일이로다."

이 우언 작품은 자신을 개미로 비유하였다. 소식은 황량한 하이난따
오(海南島)에 귀양을 가서 다시는 살아 돌아올 방법이 없다고 여겼다.
그런데 개미를 조우함으로써 천지간에 사람에게 절망적인 길은 없다는
생각이 떠올랐고 살아갈 용기를 스스로 고취하였다. 동시에 세계는 광
활하여 가없음을 또 깨달았다.

　　천지는 물이 모인 가운데 있고, 세계는 거대한 대양 중에 있으며, 중국
은 작은 바다 가운데 있다.

미국인 허브가 지은 《유머의 예술》에서 유머를 3단계로 나누었는데,
"가장 높고 가장 아름다운 단계에는 자신을 비웃을 수 있음과 동시에
그것을 넉넉히 스스로의 흥취와 사상으로 삼을 수 있는 사람만이 이를
수 있다"고 지적했다. 동파는 거의 이 단계에 해당시켜도 될 것이다.
《애자잡설》(艾子雜說)은 독립적으로 모아진 중국 고전 최초의 시리즈
우언으로, '소식 찬(蘇軾撰)'이라 서명되어 있다. 그런데 남송 말년에 이
를 의심한 사람이 있었으며 지금은 더욱 부정하는 방향으로 나가고 있
다. 그러나 《애자잡설》의 풍격은 소동파의 기타 산문과 아주 비슷하다.
그리고 콩판리73) 선생은 《문학 유산》 1985년 3호에서, 소동파와 같

---

73) 콩판리(孔凡禮, 1923~): 자는 경고(景高)이고 안후이 성(安徽省) 타이후(太湖)의
　　사람이며, 소식 연구의 전문가이다. 1958년, 《光明日報》〈文學遺産〉에 연구논문을 발

은 시대 사람인 주자지(周紫芝)의 《태창제미집》(太倉稊米集)에 실린 시
편 〈늦은 밤 《애자》의 끝 부분을 읽다〉를 들며 《애자잡설》이 소동파
의 저작이라는 확실한 증거로 삼았다. 뿐만 아니라 이 책에 기록된 이
야기는 많은 경우 소동파의 처지와 경력에 상호 증거로 삼을 수 있다.

《애자잡설》에는 모두 40편의 우언이 수록되어 있다. '애자(艾子)'라
는 서술자를 가지고 책 전체를 관통하면서 익살스럽고 기지가 넘치는
인물 형상을 그려놓았는데, 작가는 사실 애자로써 자신을 비유한 것이
다. 책 속의 우언 작품들은 봉건 폭정을 날카롭게 비판하고, 부패하고
무능한 문·무신 관료들을 풍자하였을 뿐만 아니라, 불합리한 사회 풍
습과 인정세태도 조소하였다. 〈개구리가 밤중에 운 사연〉[蛤蟆夜哭]을
예로 들어보도록 하자.

애자가 바다에 표류하여 한밤중에 험준한 섬에 정박하였다. 물밑에서
흐느끼는 소리가 들려오는데, 누가 얘기하는 소리 같기도 하였다. 이에
귀를 기울여 들어보았다.

"어제 용왕이 수족(水族) 가운데 꼬리 있는 자는 모두 참수하겠다고
명령을 내리셨답니다. 나는 양쯔강악어[鼉龍]74)이니 참수를 당할까봐 겁
나서 울고 있어요."

"그런데 자네는 개구리처럼 성장했잖아! 꼬리도 없으면서 왜 울어?"

또 다른 소리가 들려왔다.

"나는 지금 다행히 꼬리가 없지만, 올챙이 시절까지 거슬러 올라가 따
진다면 큰일 날 겁니다."

표하기 시작하여 40여 년 동안 송대 문학의 연구 작업을 펼쳤다.
74) 양자강악어[鼉龍]: 중국 양쯔 강 하류에 서식하는 파충류 동물이며 악어의 일종이
다. 중국의 일급 보호동물로서 한자로는 '鼉(타)', 별칭으로는 '鼉龍(타룡)', '猪婆龍
(저파룡)'이라 한다.

이 우언은 아마도 소동파가 하이난따오로 좌천되어 바다를 건너가다가 지었을 것이다. '유배자를 죽인다'는 조정의 정책을 풍자하면서 봉건 전제 사회에서 끝없이 연좌시키는 잔혹한 현실을 반영하고 있다. 즉 한 사람이 반란을 일으키는 죄에 걸리면 그의 구족(九族)을 모두 죽였다. 〈개구리가 밤중에 운 사연〉은 우습지만 반영된 혹독한 현실은 오히려 사람에게 슬픔을 안겨주고 있다. 엄숙한 것을 해학에 담아 그 예술적 효과를 강화했다.

소식은 여러 방면에서 전대 우언 작가들의 사상·예술적 유산을 계승하면서 자신의 독특한 골계와 유머의 풍격을 형성하여 원·명·청의 많은 골계우언 작가를 계발시켰다. 따라서 중국 고전 우언사에서 소식은 선인들의 뒤를 이어 받아 계속 발전시키는 구실을 한 것이다.

중국의 고전 우언은 줄곧 산문체를 위주로 하였는데, 당송 시가의 눈부시게 아름답고 다채로운 식물원에서 우언시라는 이 가시 돋친 장미꽃은 바람을 맞아 활짝 피어나서 아름다움을 다투었다.

당대 최초로 우언시를 쓴 사람으로는 시승 한산자(寒山子)를 드는 것이 일반적이다. 그는 당나라 초기에 태어났으며 통속적인 구어로 시를 지어 불교의 이치를 선전하기 좋아했다. 그는 시 300여 편을 남겼는데 그 가운데 〈내가 본 110마리의 개〉[我見百十狗] 〈깊은 숲속에서 태어난 사슴〉[鹿生深林中] 〈두 거북이 소달구지에 타다〉[兩龜乘犢車] 〈쓴 복숭아를 문 백학〉[白鶴銜苦桃] 〈시씨네 두 아이〉[施家有兩兒] 등은 모두 우언시이다.

위대한 현실주의 시인 두보(杜甫, 712~770)는 훌륭한 '즉사명편(卽事名篇)'의 서사의론시를 많이 썼다. 또 〈의골행〉(義鶻行) 〈주봉행〉(朱鳳行) 등과 같이 사물을 빌려 풍유하는 우언시도 썼다.

유명한 시인 백거이(白居易, 772~846)는 두보가 시작한 현실주의 전통을 계승하여 기세가 웅장하고 규모가 큰 시가 혁신운동 즉 신악부(新

樂府)운동을 일으키고 지도하였다. 백거이의 서사시는 중국 고전 서사시의 진품이며, 감정이 가득 스며들어 있는 그의 탁월한 서사기교는 고전시인 가운데 첫째로 손꼽힌다. 그 서사시에는 약 40수의 우언시가 있다. 양적으로 다른 시인보다 많을 뿐더러 현실생활을 광범위하게 반영하였으며 풍격이 다양하다. 이는 내용에 따라 다음과 같이 세 가지로 나눠볼 수 있다.

첫째, 정치풍자우언이다. 황제를 겨냥한 〈능원의 첩〉[陵園妾] 〈어미와 자식의 이별〉[母別子] 〈태행산의 길〉[太行路] 등이 있고, 환관과 탐관오리를 대상으로 한 〈주둥이 큰 까마귀에 화답하여〉[和大嘴鳥] 〈진길료〉(秦吉了) 〈흑담용〉(黑潭龍) 등이 있으며, 또 변절한 자와 기타 부패한 현상을 풍자한 〈학에 느꺼워〉[感鶴] 〈살구 동산의 대추나무〉[杏園中棗樹] 등이 있다.

둘째, 윤리풍속우언이다. 예컨대 〈제비 시를 유 노인에게 보임〉[燕詩示劉叟] 〈어떤 나무 8수〉[有木八首] 〈옛 사원에 화답함〉[和古社] 〈옛 무덤의 여우〉[古冢狐] 등이 있다.

셋째, 신세 비유의 우언이다. 예컨대 〈심산에서 자란 재목〉[豫章生深山] 〈연못의 학 여덟 절구〉[池鶴八絶句] 〈학에 묻고 학 대신하여 답함〉[問鶴代鶴答] 〈동굴 속의 박쥐〉[洞中蝙蝠] 등이 있다.

우언시 영역에서 백거이가 차지하는 위치는 산문우언 영역에서 유종원의 위치에 해당된다고 할 수 있다.

당대 중기의 또 다른 중요한 우언시인은 유명한 사상가이자 문학가였던 유우석(劉禹錫, 772~842)이다. 그의 우언시는 산문을 머리말로 삼은 뒤 시가를 읊조려서 운문과 산문이 결합하는 양식을 취하는 중요한 특색을 지니고 있다.

〈맹금 치는 노래와 이끄는 말〉[養鷙詞幷引]을 예로 들어보도록 하자.

　　길에서 한 소년을 만났는데 금수를 쫓아다니는 데 뜻이 있었다. 바야
흐로 새매를 불러 날짐승이나 길짐승을 덮치라고 명하고는 풀어놓았다.
살펴보았더니 별로 포획한 게 없었다. 늘 이 일에 종사하는 행인이 일러
주었다.

　　"무릇 사나운 새들은 배를 주려야 써먹을 수 있다. 지금 너무 착실하
게 사육했기 때문에 그렇게 된 것이다."

　　나는 느끼는 바가 있어 〈맹금 치는 노래〉[養鷲詞]를 짓는다.

새매 양육은 모양 감상 아니요, 짐승 습격하는 힘을 빌리자는 게지.
소년은 그 이치에 깜깜하여 날마다 멕이는 일만 쉼 없이 하였다네.
새 새끼 뒤지고 어린놈들 잡아다가는 아침저녁 위해 바쳤지만
어찌 알았으랴, 사냥 나갔을 때 날개가 무거워 날지 못할 줄을.
파닥파닥 숲속 가장자리에 멈추면 날쌘 토끼놈들 남북으로 흩어지네.
마시고 쪼아 먹기 이미 실컷 하였으니 뭐라고 날갯죽지 수고롭히랴.

　　이 시는 당대 중기의 현실을 반영하였다. '날쌘 토끼'를 통해 멋대로
세력을 부리며 한 지역을 차지한 절도사를, '날개 무거워 날 수 없다는
사냥매'를 가지고 높은 지위에서 부유하고 호화스러운 생활을 하면서
도 아무런 전투력을 가지지 못한 무관들을, '새매 양육법을 모르는 소
년'을 가지고 병사를 키우고 사람을 쓸 줄 모르는 조정을 비유하였다.
　　말하고 노래하는 이 같은 강창(講唱) 형식은 아마도 인도의 영향을
받고 사원에서 기원한 통속문학 즉 변문(變文)의 영향을 받았거나, 불
경우언의 형식을 직접 수용한 것일 듯하다.
　　이 밖에 위응물(韋應物), 이화(李華), 이기(李頎), 한유(韓愈), 원진(元
稹), 노동(盧仝), 가도(賈島), 맹교(孟郊), 설도(薛濤), 육구몽(陸龜蒙) 등
도 우언시를 남겼다.

당대 민간우언시는 돈황속부(敦煌俗賦) 가운데 〈제비의 집 다툼〉[燕子賦] 〈차와 술의 논쟁〉[茶酒論]이 대표적이다. 즉, 〈연자부〉는 두 가지가 있는데, 하나는 오언(五言)체이며 하나는 사언(四言)체이다. 그렇지만 모두 꾀꼬리가 제비의 둥지를 강점한 데 대한 재판 사건을 묘사하며 현실을 넌지시 암시해서 해학적이고 유머러스하다.

〈다주론〉은 향공진사(鄕貢進士) 왕교(王敦)가 쓴 것이다. '차'와 '술'은 자신의 공로가 많다고 논쟁하며 자신을 자랑하고 상대방을 깔본다. 마지막에 '물'이 나와서 조절을 해주고 차와 술에게 겸손하고 화목하게 지내야 하며 사회를 위해 자신의 책임을 다해야 한다고 권고하였다.

송대는 우언시 작가가 많다. 예컨대 왕우칭(王禹偁), 매요신(梅堯臣), 소순경(蘇舜卿), 왕안석(王安石), 왕령(王令), 공무중(孔武仲), 황정견(黃庭堅), 양만리(楊萬里) 등은 모두 유명한 시인들이다.

또한 당송 시기에는 단편우언 소설도 나타났다. 가장 유명한 작품으로는 심기제(沈旣濟, 750?~800?)의 〈침중기〉(枕中記)와 이공좌(李公佐, 770?~850?)의 〈남가태수전〉(南柯太守傳)이 있다. 이들 작품은 모두 꿈의 세계를 빌려서 봉건 관료판의 험악한 상호 알력을 투영하여 공명부귀의 허황됨을 보여주었다. 그들은 우언과 소설을 하나의 체제로 결합해 우언 문학사에서 새로운 국면을 열었다. 이복언(李復言)의 《속현괴록》(續玄怪錄) 가운데 〈이위공정〉(李衛公靖) 〈두자춘〉(杜子春), 배형(裴鉶)의 《전기》(傳奇) 가운데의 〈위자동〉(韋自東) 등도 모두 이러한 예이다.

3. 중국의 고전 작가우언 ― 원·명·청시대와 근대

원대부터 청대 중엽(1279~1840)까지 중국 봉건사회는 말기로 접어들었다. 봉건사회의 각종 근본적인 모순들이 새롭게 심화되었으며, 경제 발전이 상대적으로 후진이었던 몽고와 여진의 귀족들이 중원을 차지하여 민족 모순이 매우 첨예화했다. 봉건 제왕들은 흔들흔들 무너지려고 하는 통치를 유지하고자 봉건전제주의를 강화했다. 첩자 통치, 필화 옥사, 팔고문 과거제도 등은 사람들, 더욱이 지식분자들을 구속하는 정신적 질곡이었다.

암흑 왕국에서 사는 사람들은 한 줄기 빛도 볼 수 없으므로, 세상을 업신여기는 냉소와 신랄한 풍자를 좋아하는 인생 태도를 지녔다. 소화(笑話)가 전에 없이 많이 산출된 것은 이러한 사회 배경과 정신 상태 때문이다. 우언에도 해학적이고 풍자적인 색채가 더해져 어떤 작품은 소화인지 우언인지 구별하기 어려울 정도였다. 이를테면 이러한 작품은 소화이자 우언이라고 할 수 있으므로 '골계우언'75)이라 일컫게 된다.

골계우언의 공통점은 웃음을 빌려 불평을 털어놓는 것이다. 겉으로는 생활의 자질구레한 일과 보잘것없는 사람들을 조롱하고 있을 뿐이지만, 속으로는 봉건전제의 각종 폐단을 겨냥하고 있다. 당송 우언이 사회의 폐단을 개혁하고자 사회를 풍자했다면, 원·명·청시대의 회해(골계)우언은 사회에 대한 절망감을 표현하려고 사회를 조롱한다. 요컨대 '회해(詼諧)' 즉 골계는 원·명·청시대 우언의 두드러진 특색의 하나이다.

원대 말기 유기(劉基)의 《욱리자》(郁離子)는 이러한 특색을 나타내기 시작했다. 예컨대 〈쥐며느리〉〈의원 늘태보〉〈밥투정〉〈망가진 배는 관청 배〉〈궐숙의 세 차례 후회〉 등은 모두 사람이 웃음을 참을 수 없게 만든다. 명나라 중엽 이후로는 골계우언의 작가와 작품들이 더욱 많이 쏟아져 나왔다. 이 가운데 유원경(劉元卿, 1544~1609)의 《현혁편》(賢奕編), 강영과(江盈科, 1555~1605)의 《설도소설》(雪濤小說)과 《설도

---

75) 골계우언: 중국어 원문에는 '詼諧寓言'이라 했다. '회해(詼諧)'는 해학이나 유머에 견주어 어둡고 사나운 웃음을 촉발하는 미의식이다. 풍자적 경향이 강하다 할 수 있다. 따라서 한국어로 번역하자면 '골계우언'이라 일컬을 수 있다.

해사》(雪濤諧史), 조남성(趙南星)의 《소찬》(笑贊)은 걸작이자 대표작들이다. 다음과 같은 예를 들어 보도록 하자.

　(1) 짐승 가운데 자그맣고 나무를 잘 타고 손톱이 뾰족한 원숭이가 있었다. 호랑이는 머리통이 가려우면 원숭이에게 긁게 했다. 쉬지 않고 긁어 구멍이 났는데도 호랑이가 전혀 눈치 채지 못했다. 원숭이는 천천히 호랑이 골을 빨아먹고 그 찌꺼기를 가져다 호랑이에게 바쳤다.

　"우연히 얻은 고기가 있어 감히 혼자 먹지 못하고 어른께 바치나이다."

　호랑이가 답하였다.

　"충성스럽도다. 원숭이여! 나를 아끼느라 제 구복(口腹)을 잊는구나."

　그리고 먹으면서도 깨닫지 못하였다. 한참 만에 호랑이가 골통이 비어 통증이 일어나자 원숭이를 쫓아갔으나 이미 높다란 나뭇가지로 도망쳤다. 호랑이는 펄쩍펄쩍 뛰며 크게 포효하다 죽었다.

《현혁편》「경유록」(警喩錄) 〈원숭이〉

　(2) 옛날에 한 의원이 곱사등을 잘 치료한다고 떠벌리며 말하기를,

　"활 같은 자, 새우 같은 자, 곡옥 같은 자, 나를 불러 보이면 아침에 치료하여 저녁에 화살처럼 되나이다!"

　한 사람이 그를 믿고 곱사등을 치료케 했다. 그랬더니 널판 두 짝을 구해 하나를 땅 아래 놓고 곱사등이를 그 위에 누인 다음 또 한짝으로 눌러놓고 곧장 밟았다. 곱사등이 펴지자마자 곧바로 죽었다. 그 아들이 관가에다 소송을 벌이려고 하자 의원이 말하였다.

　"내 본업은 곱사 치료라 사람들 곧게 하는 것만 상관하지, 죽는 게 무슨 상관이랴!"

《설도소설》「최과」(催科) 〈곱사등이 치료〉

(3) 누가 어떤 사람을 만났는데 은신초(隱身草)라는 풀 하나를 주며 말했다.

"이 풀을 손으로 잡고만 있어도 옆 사람이 볼 수가 없습니다."

이 사람은 곧장 이 풀을 들고 시장에 가서 남의 돈을 빼앗고는 달아나려 하였다. 돈을 가졌던 주인이 주먹으로 그를 때렸는데 이 사람은,

"때려 봐라. 그래도 나를 볼 수는 없을 거야!"

하고 말했다 한다.

평하노라. 이 사람은 진짜 은신초를 아직 얻지 못했다. 만약 진짜라면 누가 그를 볼 수 있으랴! 한편, 은신초를 사용하지 않고도 백주대낮에 강탈해 가는데 감히 가로막을 자가 아무도 없는 경우도 있다. 이것이야말로 진짜 은신술이다.

《소찬》〈은신초〉

이 세 편의 이야기는 겉으로 보기에 동물과 돌팔이와 바보를 조소하고 있을 뿐이지만 모두 중대한 사회문제를 포함하고 있다.

(1)은 명대에 높은 사람과 잘 사귀고 권세에 잘 빌붙으며 공익을 해치고 자기 잇속만 차리는 탐관오리들을 빗댄 것이다. 여기서 '호랑이'는 어리석은 조정 자체를 생각하게끔 한다. 이러한 조정이 용인하는 바람에 국가의 생동하는 기운은 이미 악인들에게 거의 소모되었다.

(2)는 위(魏)의 한단순(邯鄲淳)이 쓴 《소림》(笑林)에서 소재를 얻었다. "최과"라는 편명은 '과세한 세금 내기를 재촉하다'라는 뜻으로, 백성들에게 터무니없이 무거운 세금을 징수한다는 것을 암시하였다. 작가는 우의를 밝히면서 다음과 같이 말했는데, 풍자의 창끝을 관리에게 겨누었고 간접적으로는 임금에게 향하였다.

아아! 세상의 고을원들이 전곡(錢穀)이나 온전히 간수할 뿐이지 백성

의 죽음은 아랑곳하지도 않으니, 이 같은 의원과 무엇이 다르단 말인가? 그렇지만 밝은 임금이 몸소 절제하고 반성하는 정치를 해 나가며 관대하고 구휼하는 조서를 내리지 않는다면, 관리들로 하여금 곱사등 의원이 되지 않게끔 하려 한들, 되겠는가?

(3)도 위나라의 《소림》에서 소재를 얻었는데, 평어를 절묘하게 썼다. 일부러 반어를 사용하여 중층으로 반전하고, 그것을 구실 삼아 하고 싶은 말을 돌려 말하였다. 교묘한 수단이나 힘으로 약탈하는 명나라 말기의 암담한 정치 현실에 분노하면서 풍자한 것이다.

이 밖에 소동파의 《애자잡설》을 고의로 모방한 육작(陸灼)의 《애자후어》(艾子後語), 부백주인(浮白主人)의 《소림》(笑林), 부백재주인(浮白齋主人)의 《아학》(雅謔), 유명한 통속문학 작가 풍몽룡(馮夢龍)의 《소부》(笑府) 《광소부》(廣笑府) 《고금소》(古今笑), 장령이(張令夷)의 《우선별기》(迂仙別記), 서상길(徐常吉)의 《해사》(諧史), 반유룡(潘游龍)의 《소선록》(笑禪錄) 등 수십 종의 소화 총집류에는 모두 많은 골계우언이 들어 있다.

청대(淸代) 골계우언의 대표작은 석성금(石成金, 1658~1740?)의 《소득호》(笑得好)이다. 이 책 2집에는 해학적인 이야기가 200편이 들어 있는데, 대부분 이야기 뒤에 우의가 밝혀져 있다. 석성금은 머리말에서 "사람들은 웃기 위하여 소화를 보지만 나는 소화로 사람을 깨닫게 한다. 비록 유희 삼매에 빠져 있어도 세상살이의 금침이라 일컬을 만하다"고 하였다. 〈쥐와 벌에게 양보〉[讓鼠蜂] 〈손가락을 바꾸고파〉[願換手指] 등은 《소득호》의 유명한 우언이다. 그리고 철주기용(鐵舟寄庸)의 《소전》(笑典), 독일와퇴사(獨逸窩退士)의 《소소록》(笑笑錄), 방비홍(方飛鴻)의 《광담조》(廣談助), 소석도인(小石道人)의 《희담록》(嬉談錄), 정세작(程世爵)의 《소림광기》(笑林廣記), 유희주인(遊戲主人)의 《신전소림광기》(新鑴笑林廣記), 유월(愈樾)의 《일소》(一笑) 등에도 모두 약간의 골계우언이 수록되어 있다.

명청시대의 가장 훌륭한 우언가는 유기(劉基, 1311~1375)이다. 그는 명태조(明太祖)가 나라를 세우도록 보좌한 유명한 정치가이자 군사가로서 전기(傳奇)적 색채가 농후한 글을 쓴 인물이다. 그의 저작에서 문학 영역의 성과로 가장 뛰어난 것은 우언이다. 그의 장편시 〈두 귀신〉[二鬼]과 잡문 〈감귤 파는 자의 말〉[賣柑者言] 등을 제외한 다른 우언은 《욱리자》(郁離子)에 집중적으로 수록되어 있다.

《욱리자》는 유기가 원나라 말기, 청전산(靑田山)에서 은거했을 때 쓴 우언집으로, 모두 18장 195조로 구성되어 있으며 대부분 우언 이야기이다. 책 전체를 관통하는 욱리자라는 인물은 사실 작가의 화신이다. 이는 《애자잡설》의 애자(艾子)와 아주 비슷하다. 이 우언들은 대부분 옛사람과 옛일에 기탁하여 원나라 말기의 현실을 반영하며 작가의 정치적 주장과 철학적 견해를 표명하였다. 〈원숭이를 잃은 원숭이 아저씨〉[狙公失狙]를 예로 들어보자.

초나라에 원숭이를 키워 생계를 꾸려나가는 사람들이 있었다. 사람들은 그들을 '원숭이 아저씨[狙公]'라 하였다. 대낮에 그들은 반드시 정원에서 원숭이를 무리로 나눠, 나이 든 원숭이에게 나머지 원숭이들을 데리고 나무 열매를 따오라고 산으로 보냈다. 그리고 따온 열매 가운데 열개를 내놓고 하나만 가지라고 하였다. 내놓지 않는 원숭이가 있다면 채찍이나 막대기로 때려 주곤 하였다. 원숭이들은 무섭기도 하고 이것 때문에 괴롭기도 하였지만 감히 반항할 수 없었다.

하루는 어떤 젊은 원숭이가 다른 원숭이들에게 물었다.

"산의 열매는 원숭이 아저씨가 심어놓은 것인가요?"

"아니야. 자연적인 것이지."

하고 다른 원숭이들이 답하였다.

"원숭이 아저씨만 그것을 가질 수 있는 건가요?"

"아니야, 누구도 가질 수 있는 거야."

"그런데 우리는 왜 그 사람에게 이용당하고 그를 위해 일해야 하나요?"

그렇게 반문하자 원숭이들이 모두 깨우쳤다. 그날 밤 원숭이들은 원숭이 아저씨가 잠이 든 뒤 울타리와 나무장을 때려 부수었다. 그들은 저축해 놓은 열매를 가지고 서로 부추기며 산림 속으로 들어가 다시는 돌아오지 않았다. 원숭이 아저씨는 끝내 굶어서 죽었다.

이 우언의 내용은 사실 원나라 말기 사회의 축소판이다. 객관적으로 농민 봉기와 상황을 반영하였으며, 폭정을 반대하고 인정을 주장하는 작가의 정치적 관점을 나타냈다.

송렴(宋濂, 1310~1381)은 유기에 버금가는 우언 작가이다. 그는 명대의 유명한 산문가로서, 원나라 말기 소용문산(小龍門山)에서 은거했을 때 《용문자응도기》(龍門子凝道記)와 《연서》(燕書, 1357)를 썼는데 우언 80편이 들어 있다.

유명한 작품으로는 〈속씨가 키운 고양이〉[束氏狸性] 〈욕심쟁이 진나라 사람〉[晉人好利] 〈쥐를 잡아 죽이려고 집을 태우다〉[焚鼠毁廬] 〈까마귀와 쥐새〉[烏鵲同啄] 〈줄머리사향삵〉[牛面狸] 〈서왕의 수염〉[西王鬚] 〈존노사〉(尊盧沙) 〈구구의 흰 기러기〉[具區白雁] 등이 있다.

이들 우언은 원나라 말기의 암담한 비리 현상을 드러내는 데 중점을 두었으니, 사상이나 배경이 유기와 비슷하다. 송렴의 제자였던 방효유(方孝孺)도 우언 작품을 몇 편 썼다.

이 밖에 명청시대 우언이 비교적 많이 수록되어 있는 문집으로는 명나라 패경(貝瓊)의 《청강패선생문집》(淸江貝先生文集), 소백형(蘇伯衡)의 《소평중문집》(蘇平仲文集), 경정향(耿定向)의 《권자잡조》(權子雜組),

장원신(莊元臣)의 《숙저자》(叔苴子), 장충(張㹠)의 《혼연자》(渾然子), 가근삼(賈近三)의 《골요편》(滑耀編) 등이 있다.

또 청나라 오장(吳莊)의 《오과방언》(吳鰈放言), 당견(唐甄)의 《잠서》(潛書), 왕탁(王晫)의 《잡저십종》(雜著十種), 대명세(戴名世)의 《남산집》(南山集), 전대흔(錢大昕)의 《잠연당문집》(潛研堂文集), 최술(崔述)의 《최동벽유서》(崔東壁遺書), 공자진(龔自珍)의 《정암문집》(定庵文集)》 등이 있다.

한편 명청시대의 시가, 산곡(散曲)에도 몇몇 우언이 들어 있다. 유명한 산곡 작가 풍유민(馮惟敏, 1511~1580)의 《부해산당사고》(浮海山堂詞稿) 가운데는 〈당나귀에게 금 소리를 들려주다〉[對驢彈琴] 〈여순양이 삼계를 일람하다〉[呂純陽三界一覽] 등과 같은 우언이 있다.

또한 명청시대에도 우언 총집이 나왔다. 예컨대 명대 서원태(徐元太)의 《유림》(喻林)은 120권으로 되어 있는데 비유와 우언이 수록되어 있으며, 청대 동덕용(董德鏞)과 공소보(孔紹甫)가 편찬한 《가여지》(可如之)는 3권으로 되어 있으며 34종의 동물우언 130여 편이 들어 있다.

《가여지》는 역대 전적에 있는 동물우언을 수집하여 동물 종류에 따라 분류한 저작으로, 중국 최초의 동물우언 총집이라 할 수 있다. 물론 당시의 구전설화를 수집하여 수록하기도 했다. 이 책은 1816년에 편찬되었는데 당시는 사회적 위기가 심해지고 열강들이 중국을 노리고 있었을 때였다. 따라서 이 책에서 제창하는 민족적 기개는 매우 소중한 것이라 할 수 있다.

원·명·청시대는 중국 사회가 커다란 변혁을 겪고 있던 때이며, 문학과 우언에도 중대한 변화가 일어난 시기였다. 당시 자본주의의 성격을 지녔던 상공업이 이미 어느 정도 발달했으며 도시는 번성했고 통속적인 시민문학인 희곡과 소설도 급격히 발전하였다. 원대의 잡극(雜劇), 명대의 전기(傳奇)와 백화(白話)소설은 시문(詩文)의 정통 지위를 대치하여 당시 문학의 주류를 이루고 있었다. 이에 민감하고 융통성 있는 문체인 우언은 신속히 희곡과 소설 영역에 침투하여 훌륭한 성과를 거두었다.

우언극은 벌써 원나라 때 출현하였다. 유명한 풍자 희곡인 정정옥(鄭廷玉)의 〈수전노〉[看錢奴]는 황당한 줄거리로 가득 차 있으며 구성은 숙명론으로 이루어졌는데 사실 한 편의 우언극이라고 할 수 있다. 유명한 희곡가 마치원(馬致遠) 등은 우언소설 〈침중기〉(枕中記)를 근거로 〈황량몽〉(黃粱夢)을 창작했다.

우언극은 명대에 이르러 최고조를 맞이하였다. 우선 당시 '중산랑(中山狼)'에 관한 우언극은 다섯 종류가 있었다. 그 가운데 강해(康海, 1475~1540)의 잡극인 〈동곽 선생, 중산늑대를 잘못 구해주다〉[東郭先生誤救中山狼]와 왕구사(王九思, 1468~1551)의 원본(院本)이었던 〈중산늑대〉[中山狼]만이 오늘날까지 전해져 온다. 이 두 개의 극본은 모두 우언소설 〈중산랑전〉(中山狼傳)에 근거하여 각색한 것이다.

명대의 가장 위대한 희곡가였던 탕현조(湯顯祖, 1550~1616)는 우언극에도 큰 기여를 하였다. 이른바 '임천사몽(臨川四夢)' 가운데 두 개의 꿈 이야기는 모두 우언극이다. 당나라 전기를 원본으로 한 〈남가기〉(南柯記, 1660)와 〈한단기〉(邯鄲記)가 그것이다.

또 명말8 손인유(孫仁孺)도 훌륭한 성과를 내놓은 우언극 작가이다. 우언극 〈동곽기〉(東郭記)와 〈취향기〉(醉鄉記)로 희곡계에서 중요한 위치를 차지하였다. 〈동곽기〉는 《맹자》의 우언 〈부인과 첩을 둔 제나라 사람〉[齊人有一妻一妾]을 빌려와서 인물과 줄거리를 덧붙였다. 명대 말기에 염치를 완전히 잃어버린 관인사회의 추태를 풍자하고 있다. 〈취향기〉는 다음과 같은 내용이다.

재기가 넘치는 오유생(烏有生), 모영(毛穎) 등이 취향에 놀러갔는데 자라대감[鱉相公]이 트집을 잡고 문마(文魔) 등 다섯 귀신이 못살게 굴어 가는 곳마다 난관에 부딪힌다. 과거장에서는 한유(韓愈)가 수석 시관(試官)을 맡고 구양수(歐陽脩)가 답안지를 평가하는데 장원급제한 사람은 도리어 '돈 냄새 나는 선비'라는 뜻의 동사취(銅土臭)이다. 혼인에 있어서도 탁문군(卓文君)의 여동생은 '일자무식꾼'이라는 의미의 백일정(白一丁)에게 시집간다. 이 우언극은 시비선악이 전도되어 금전이 모든 것을 지배하는 사회 현실을 신랄하게 풍자하고 있는 것이었다.

이 밖에 장대감(張大堪)의 〈은혜 갚은 호랑이〉[報恩虎], 서위(徐渭)의 〈노래 대신 휘파람〉[歌代嘯], 심경(沈璟)의 〈소화 박람기〉[博笑記], 서복조(徐復祚)의 〈돈 한 푼〉[一文錢], 왕형(王衡)의 〈진짜 꼭두각시〉[眞傀儡], 〈어쩔 수 없어〉[沒奈何] 또는 〈모호한 선생〉[胡盧先生] 등도 우의가 깊은 작품이다.

명청시대 백화소설은 훌륭한 성과를 거두었으며 장편우언 소설도 출현했다. 가장 대표적인 작품은 명나라 말기에 나타난 《동유기》(東游記) 《후서유기》(後西遊記) 및 《서유보》(西遊補) 등이다.

《동유기》의 원 이름은 《속증도서도유기》(續證道書東游記)라 하며 일명 《동도기》(東度記) 즉 완전한 전체 이름은 《신편소매돈륜동도기》(新編掃魅敦倫東度記)이다. 이 책은 모두 100회로 구성되어 있으며 약 60만 자이다. 앞의 18회까지는 불여밀다존자(不如密多尊者)가 남인도에서 중생을 제도하는 이야기를 썼으며, 나머지 82회는 달마노조(達摩老祖)가 제자 도부(道副), 도육(道育), 니총지(尼總持)를 데리고 인도에서 요괴를 굴복시켰다는 이야기와 갈댓잎 타고 동쪽으로 항해하여 중국에 와서 불교를 선교했다는 이야기를 썼다.

또한 술[酒], 색(色), 재물[財], 노기[氣], 탐욕[貪], 불만[嗔], 어리석음[痴], 속임수[欺心], 시새움[反目], 게으름[懶惰] 등의 정마(情魔)와 의마(意魔)가 생동감 넘치는 형상으로 그려져 있다. 신선과 요괴를 빌려 세상 물정을 나타내며 악마가 마음으로부터 생긴다는 관념을 전도하고 있다. 작가로는 형양(滎陽) 청계도인(淸溪道人)이라 서명되어 있다.

《후서유기》는 모두 40회로 되어 있으며 약 30만 자가 된다. 당나라 선승(禪僧)인 대전(大顚)은 거만하고 우매한 승려들이 불교 경전과 교의를 왜곡하는 것을 바로잡고자 소행자(小行者), 저일계(猪一戒), 사미(沙彌) 등의 보호 아래 불경에 대한 진정한 해석을 구하러 인도로 떠난다. 이에 온갖 고생과 어려움을 겪은 뒤에 비로소 성공하였다는 내용이다.

이 작품은 우언 수법을 써서 선종(禪宗) 사상을 펴고 명대 말기의 현실을 풍자하며 지명과 인명은 모두 상징적 의미를 지니게끔 하였다. 예컨대 불만의 산[不滿山], 독서촌[弦歌村], 장애의 관문[掛碍關], 결함대왕(缺陷大王), 문명천왕(文明天王), 운명소아[造化小兒] 등은 모두 어떤 사회현상이나 인격을 비추고 있다. 또한 구상이 특별하며 언어가 해학적이고 풍격이 산뜻하고 빼어나다. 저자는 매자화(梅子和)일 가능성이 있다. 《동유기》와 《후서유기》가 나타난 시기는 영국 존 버니언의 《천로역정》과 동일하며 사상 풍격도 비슷하다.

《서유보》는 동설(董說, 1620~1686)이 쓴 것으로, 모두 16회로 되어 있다. 손오공이 파초선을 빌리려고 세 번이나 계책을 썼다는 원래 이야기를 잇고 있다. 손오공이 물고기 요정 청어(鯖魚: 情)에게 미혹되어 몽환에 빠지고, 고대와 후세 사이를 드나들며 황홀하고 변화막측하게 되었다. 그런데 다행히도 허공주인(虛空主人)의 큰소리에 깨어났다는 내용이다. 작품은 명대 말기의 불성실하고 부패한 사회 풍조를 풍자하는 데 주된 목적이 있으며 문장이 해학적이고 소략하며 구상이 신기하다.

이 밖에 귀신과 도깨비의 세계를 빌려 현실을 풍자하는 우언소설로서 명말 청초의 〈종규참귀전〉(鍾馗斬歸傳) 10회, 〈종규평귀전〉(鍾馗平歸傳) 16회와, 청말 장남장(張南莊)의 작품으로 추정되는 〈하전〉(何典) 등이 있다.

명청시대의 유명 소설에도 종종 우언 수법이 삽입되어 사용된다. 예컨대 《수호전》(水滸傳)의 '요괴를 잘못 건드려 도망치게 하다[誤走妖魔]'라든가, 《홍루몽》(紅樓夢)의 '하늘 메우다 남은 돌과 눈물로 은혜 갚는 풀[補天還淚]'과 '남녀의 풍월을 비춰주는 거울[風月寶鑑]'이라든가, 《경화연》(鏡花緣)의 각종 기이한 나라와 '술·여자·재물·노여움[酒色財氣]'의 네 관문이라든가, 〈서유기〉에서 나타나는 많은 상징적 줄거리 등이 그것이다.

문언(文言)소설은 당나라 시절에 벌써 우언과 떼어 놓을 수 없는 밀접한 관계를 맺게 되었으며, 명청시대에 이르러서는 이런 관계가 더욱 발전되었다. 명대 중엽에 출현한 〈중산늑대전〉은 마중석(馬中錫, ?~1512)이 민간 전설과 앞사람의 기록에 근거하여 창작한 유명한 우언소설이다. 동곽(東郭) 선생, 중산늑대[中山狼], 늙은 소[老牛], 명아주 지팡이 노인[杖藜老人] 등의 형상을 그려내어, 배은망덕한 그들을 비난하는 한편으로 악인을 동정하는 어리석은 행위를 비판하는 데 목적이 있다. 이 우언소설은 각종 희곡으로 각색되어 오늘날까지도 무대에서 공연되고 있다.

청대 초기의 유명한 소설가 포송령(蒲松齡, 1640~1715)의 《요재지이》(聊齋志異)에도 적지 않은 우언이 들어 있다. 예컨대 '허울[畵皮]', '무예[武技]', '노산도사(勞山道士)', '검은 짐승[黑獸]', '큰 쥐[大鼠]', '마부[車夫]', '늑대[狼]' 3편, '늑대 꿈[夢狼]', '용(龍)', '오리를 꾸짖음[罵鴨]' 등이 그것이다.

이 밖에 유명한 학자였던 기윤(紀昀, 1724~1805)의 《열미초당필기》(閱微草堂筆記), 심기봉(沈起鳳, 1741~1794)의 《해탁》(諧鐸), 낙균(樂鈞)의 《이식록》(耳食錄) 등에는 적지 않은 문언체 단편우언 소설들이 들어 있다.

명청시대는 또한 서학동점(西學東漸)의 시대로서, 서양문학 가운데 가장 일찍 중국으로 전해진 것은 우언이다. 명조 만력(萬曆) 36년(1608), 중국의 유명한 정치가 서광계(徐光啓, 1562~1633)는 이탈리아 선교사 마테오 리치(Matteo Ricci, 1562~1633)의 저술 《기인십편》(畸人十篇)을 부연하였다. 이 책은 서양의 고전철학과 기독교 교의 그리고 이솝과 그의 우언도 소개하였다. 예컨대 〈배가 불러진 여우〉〈공작새의 못생긴 발〉〈두 마리의 개〉〈사자와 여우〉〈나무 두 그루〉〈말과 사슴〉 등이 그것이다.

천계(天啓) 5년(1625) 시안(西安)에서, 이솝 우화의 일부가 최초로 번역된 《황의》(況義)가 간행되었는데, 우언 22편이 수록되었다. '황(況)'은 비유로 사용되는 이야기를 가리키며, '의(義)'는 주제를 밝히는 말 즉 '우의(寓意)'를 가리킨다. 이 책은 프랑스의 선교사 니콜라스 트리갈76)이 구술하고 취안저우(泉州) 사람인 장갱(張賡)이 기록한 것이다.

《황의》가 출판된 지 오래지 않아 중국에서는 이를 모방한 우언집 《물감》(物感)이 출현하였다. 《물감》은 명말 청초, 푸젠 성 닝화(寧化) 사람인 이세웅(李世熊, 1602~1686)이 지은 것으로 전부 20편인데 동물우언이 19편을 차지하고 있다. 제재와 수법이 모두 《황의》를 답습하였다.

《물감》은 중국 사람이 서구 우언을 모방하여 창작한 최초의 우언집으로서 중국 우언 창작의 새로운 전환점을 표시한다. 이는 또한 중국인이 외래 문화를 잘 받아들인다는 사실을 설명하기도 한다.

《이솝 우화》의 두 번째 번역본은 《의습몽인》(意拾蒙引)이다. 이 본은 1837년, 탕무(湯姆, Tom)라는 사람이 구술하고 몽매(蒙昧) 선생이 기록한 것으로 되어 있다. 세 번째 번역본은 1888년 장적산(張赤山)이

---

76) 니콜라스 트리갈(Nicholas Trigault, 1577~1628): 제수이트 선교사로서 프랑스 사람이다. 그는 라틴어 이름 트리가우티우스(Trigautius)나 중국어 이름 Jìn Nígé(金尼閣)로 잘 알려져 있다. 이솝 우화의 최초 중국 번역본 《況義》(Analogy)를 써서 출간했을 뿐만 아니라, 중국어의 로마자 체계를 처음으로 고안하여 《서유이목자》(西儒耳目資, *Aid to the Eyes and Ears of Western Literati*)를 편찬하였고, 마테오 리치의 *China Journal*을 라틴어로 번역하여 서구 지식인에게 큰 반향을 일으켰다. 말년에는 기독교의 신(神, God)에 상응하는 중국어 용어에 관한 논쟁에 휘말렸다. 그는 당시 금지되어 있던 'Shangdi(上帝)'의 어휘에 대해 변호하였으나 실패하여 큰 곤경에 빠졌다.

번역했다는 《해국묘유》(海國妙喩)이다. 네 번째 번역본에 와서야 《이솝 우언》(伊索寓言)이라 불렀다. 이는 린슈(林紓)와 옌푸(嚴復)[77]의 아들 옌쥐(嚴璩)가 공동 번역한 것으로 1902년 출판되었다.

아편전쟁(1840) 이후 문호 개방으로 말미암아 서양문학과 서구 우언이 중국에 끼친 영향은 날로 커져갔다. 청말의 우언은 비록 일부 작가들이 여전히 전통적인 창작 방법을 고수하고 있었지만 대다수 작가들은 많든 적든 서양 우언의 사상과 기법을 흡수하였다.

전자의 예로는 방준이(方濬頤)의 《이지헌문존》(二知軒文存)과 진옥수(陳玉樹)의 《후락당문초》(後樂堂文鈔)에 수록된 우언들을 들 수 있다. 후자의 예로는 개량주의 외교가 설복성(薛福成)이 쓴 《용암 전집》(庸庵全集)의 우언들과, 특히 견책(譴責)소설 작가로 유명한 오견인(吳趼人, 1866~1910)의 우언집 《초피화》(俏皮話)를 들 수 있다.

'우스갯소리'라는 뜻의 《초피화》는 광서(光緖) 연간에 창작되었으며 1909년에는 단행본으로 간행되었는데, 모두 126편이 수록되어 있다. 이 책은 곧 무너질 듯한 청나라 조정의 추하고 부패한 현상들을 다각도로 묘사하였다. 청나라가 세상일에 어둡고 무식하여 인민을 박해하고, 주권을 잃고 나라를 욕되게 하며, 문을 열어 도둑을 맞아들였다는 여러 행위와 현상을 비난하였다. 한편으로는 노예적인 국민성에 대해서도 신랄하게 풍자하였다.

또한 《초피화》는 유럽 우언의 의인화 수법을 많이 사용하고 명청 골계우언의 전통을 계승하였다. 그 둘을 하나의 통일체로 융합하고 중국과 서양의 장점을 취하여 통합하는 길을 한 걸음 더 개척하였다. 〈늑대가 위엄을 보이다〉[狼施威]를 예로 들어보자.

---

77) 린슈(林紓)와 옌푸(嚴復): 제1부의 각주 5~6번 참조.

“너는 어리석으니, 어찌 나랑 견줄 수가 있겠니?”

여우가 돼지를 비웃으며 말하니,

“너는 하필 날 비웃느냐? 너도 세상 사람들에게 공을 세울 수는 없어 보이는데 말이야.”

하고 돼지가 답하였다.

“내 모피는 옷으로 만들어져 세상 사람들이 입을 수 있으니 어찌 공이 없다고 할 수 있겠니? 너 같은 자가 공이 없는 것이지.”

“내 고기는 사람들을 배부르게 먹게 할 수 있으니 어찌 공이 없다고 할 수 있냐?”

그런데 양이 공연히 찾아와서 말하였다.

“너희들은 다툴 필요가 없어. 나는 너희들의 장점을 모두 갖추고 있으니 어떻다고 해야 할까?”

양의 말이 채 끝나기도 전에 늑대가 돌연 덤벼 와 모두를 잡아먹었다. 늑대가 웃으면서 말하였다.

“이 노예와 다름없는 짐승들 같으니라고. 걸핏하면 공을 따지지만, 내 희생물이 되기에 알맞을 뿐이지.”

물론 《초피화》는 거칠고 천박하다는 약점이 있기는 하다. 몇몇 이야기는 지나치게 비난조이거나 저속하다.

또 청말의 저명한 문학비평가 유희재(劉熙載, 1813~1881)는 《오애자》(寤崖子, 1876)에 우언 42편을 수록하였다. 그리고 만청(晚淸) 간행물들은 번역이나 창작된 우언을 발표하는 데 주의를 기울였다. 예컨대 1868년에 창간된 《만국공보》(萬國公報), 1872년 창간된 《중서견문록》(中西見聞錄), 1901년에 창간된 《우언보》(寓言報) 등이 그것이다. 청말의 계몽 교과서와 아동 독서물도 우언을 이용하여 청소년을 교육하도록 유의하였는데, 이는 서양 교육과 우언의 경험을 학습했기 때문이다.[78]

4. 중국 각 민족의 우언

중국은 50여 개의 민족으로 구성되어 있는 큰 가족이며, 각 민족은 모두 중국 우언에 나름대로 기여를 하였다. 물론 복잡한 역사적 원인 때문에 각 민족의 우언이 균형 있게 발전한 것은 아니어서, 어떤 민족은 구두로 전해지는 이야기만 가지고 있을 뿐이다. 정리된 발표 상황을 바탕으로 하면, 성과가 두드러진 곳은 티베트족[藏族], 위구르족, 몽고족, 타이족, 장족(壯族), 우즈베크족, 카자흐족, 나시족(納西族) 등이다. 한족(漢族)의 민간우언 또한 풍부하고 다채롭다.

티베트족의 우언은 유구한 역사를 지니고 있다. 티베트족의 역사서에 따르면, 대략 서기 2세기 전후에 시체가 말을 했다는 이야기가 이미 유행하고 있었다. 이는 인도의 강시(僵尸)설화에서 기원하였지만 2천 년쯤 되는 시간을 거쳐 전해지고 가공되어 이미 티베트화하였다. 현존하는 《시어고사》(尸語故事)에는 35편의 이야기가 들어 있다. 어떤 사람은 100여 편이 들어 있는 판본도 보았다고 한다.

7세기 중엽 티베트족의 왕 손챈감포(松贊干布)는 당나라 문성공주(文成公主)와 네팔의 척존공주(尺尊公主: 티슨)를 아내로 맞이하여 불교에 귀의하게 되었고, 사람을 보내어 범문을 배우고 불경을 번역하도록 하여 인도 우언을 들여오게 하였다.

11세기의 유명한 승려 보둬와(博多哇, 1027~1105)는 우언을 이용하여 불교 이치를 선전하는 《유법보취》(喩法宝聚)를 썼다. 그 가운데 〈짐승의 왕이 된 푸른 여우〉[藍皮狐狸當獸王] 〈바람에게 남긴 유언〉[遺囑風] 〈새끼를 잃어버린 엄마 원숭이〉[母猴丟愛子] 〈원숭이들 달을 건지다〉[猴子撈月] 등은 광범위한 영향을 끼쳤다.

---

78) [원주] 호종경(胡從經)의 《만청아동문학구침》(晚淸兒童文學鉤沉)을 참조할 것.

12세기의 런친바이(仁欽拜, 1143~1217)는 《석가 격언 주석》(薩加格言注釋)을 썼는데, 공가젠챈(貢噶堅贊)이 이야기로 격언시집(格言詩集)을 지은 《석가 격언》(薩加格言)의 주석이며, 모두 54편의 이야기가 수록되어 있다. 그 가운데 유명한 우언으로는 〈토끼가 사자를 죽이다〉〈임금이 보정(寶井)을 탈취함〉〈늙은 갈매기가 물고기 잡아먹다 개구리한테 죽다〉〈당나귀가 표범의 가죽을 걸치다〉〈총명한 사람과 바보〉〈대붕이 거만 떨다 탈 것이 되다〉〈푸른 여우〉〈박쥐가 쫓겨나다〉〈양을 잃어버린 브라만〉〈암컷을 죽인 수비둘기〉 등을 들 수 있다.

15세기의 양진가웨뤄줘야오(央金噶衛洛卓約)는 《감단 격언 주석》(甘丹格言注釋)을 썼는데, 소난자파(所南扎巴)의 저술 《감단 격언》을 주석한 것이며 우언 71편을 수록하였다. 그 가운데 일부 이야기는 《석가 격언 주석》과 같다. 유명한 우언 작품으로는 〈숯불에 탄 향나무〉〈거북과 거위〉〈원숭이가 사람을 꼬리가 없다고 비웃다〉〈사슴 꼬리 걸어 놓고 당나귀 고기 팔다〉〈새들이 부엉이를 왕으로 뽑다〉 등을 들 수 있다.

또 뤄줘바이파(洛卓白巴)는 《익세 격언 주석》(益世格言注釋)을 썼는데, 2세기 인도의 용수(龍樹)가 지었다는 《익세 격언》 즉 《수신론 중생 양육적》(修身論衆生養育滴)이라고 번역되기도 한 책의 주석을 낸 것이다. 여기에는 29편의 이야기가 수록되었는데 〈우물 안 개구리〉〈우물에 떨어졌던 사람이 은혜를 원수로 갚다〉〈고양이 라마승이 불경을 읽다〉79) 등의 우언이 들어 있다.

위와 같은 네 이야기책의 우언들은 인도에서 온 것이 있는가 하면 민간에서 창작된 것도 있다. 예컨대 〈고양이 라마승이 불경을 읽다〉는 민간 이야기인데 다음과 같은 내용이다.

---

79) 〈고양이 라마승이 불경을 읽다〉: 한문 제목은 "猫喇嘛講經"이다. 인도의 《판차탄트라》나 《生經》《毗奈耶破僧事》 등의 불경, 몽골의 구비설화와 한국 《중종실록》 사평에 실린 〈猫首座〉 등과 같은 계열의 티베트 이본이라 할 수 있다.

나이를 먹어 몸이 쇠잔해진 고양이는 가사(袈裟)를 걸치고 라마승이 되었다. 그리고 쥐 떼를 속여 자기가 경을 읽는 것을 들으라고 하였다. 고양이는 쥐들에게 독경하는 것을 전심전력으로 경건하게 듣고 줄을 서서 출입할 것이며, 머리를 돌려 아무도 바라보지 말라고 요구하였다. 그러고는 쥐들이 독경을 듣고 나갈 때마다 마지막으로 나가는 쥐를 잡아먹으며 요기를 하였다.

이 이야기는 타락한 불교 종사자와 사람을 해치는 위선자를 비판한 것이다.

19세기 티베트에는 일부 단편우언 소설이 나타났다. 유명한 것으로 〈원숭이와 새 이야기〉[猴鳥故事] 〈하얀 수탉〉[白公鷄] 〈차와 술의 공치사〉[茶酒夸功] 〈야크·면양·염소·돼지의 이야기〉[牦牛綿羊山羊和猪的故事] 〈연꽃 화원의 가무〉[蓮苑歌舞] 등이 있다.

〈원숭이와 새 이야기〉는 운문과 산문이 혼합된 것으로, 작가에 대해서는 여러 가지 설이 있다. 어떤 이는 뒤런 단정반줴(多仁 丹增班覺)가 쓴 것이라고 주장하기도 한다. 내용은 원숭이들이 침입하였을 때, 새들이 도리에 입각하여 끝까지 싸워서 원숭이들을 복종시키고 평화롭게 분쟁을 해결하였다는 것이다. 이 이야기는 18세기 말, 티베트 인민들이 중국의 강력한 지지 아래 티베트를 침입한 구르카스(Gurkhas)를 물리쳤던 사건을 반영한 것이라는 설도 있다.

〈연꽃 화원의 가무〉는 간단사(甘丹寺)의 유명한 승려이자 학자인 우쥔지메이췌지왕포(烏堅吉美却吉旺布, 1808~?)가, 〈야크·면양·염소·돼지의 이야기〉는 라포렁사(拉卜楞寺)의 유명한 승려 공췌자춰(貢却加錯, 1791~1858)가 쓴 것인데, 이 이야기들은 모두 사람들이 불문에 귀의해야 함을 선전하는 내용이다.

티베트의 민간에서도 많은 우언 이야기가 구전되었다. 예컨대 〈텀벙 왔다〉[咕咚]는 매우 유명한 이야기인데 내용은 다음과 같다.

　　　호숫가의 모과 숲속에 토끼 여섯 마리가 살고 있었다. 하루는 모과가 물속에 떨어져 '첨벙'하는 소리를 내자 토끼들은 놀라서 도망을 쳤다. 이를 보고 여우, 원숭이, 사슴, 돼지, 물소, 코뿔소, 코끼리, 곰, 표범, 호랑이, 사자 등이 연달아 죽자 사자 도망을 갔고 나중에야 진상이 밝혀졌다.

　이 이야기는 맹목적으로 행동을 따라하는 사회심리를 유머러스하고 생동감 있게 풍자하였다.

　위구르족은 회흘(回紇)의 후손으로, 언어는 돌궐어 계통에 속하며 우언의 역사도 유구하다. 11세기의 유명한 시인 위쑤푸 하쓰 하지푸(玉素甫-尤素甫·哈斯·哈吉布)는 장편우언시 《행복의 지혜》[福樂智慧]를 썼는데, 2줄 형식으로 1만 3천 줄이나 되며 1069~1070년 사이에 창작되었다. 이는 돌궐어를 쓰는 여러 민족의 최초 고전문학 명작이다.

　이 장편시는 네 주인공을 그려냈는데, 국왕 '일출'은 공정함을, 대신 '둥근 달'은 행운을, '둥근 달'의 아들 '현명'은 지혜를, 대신 족속의 수도사 '각성'은 지족함과 내세를 각각 나타낸다. 이러한 네 사람의 대화를 통해 임금이 공정해야 하며, 법으로 나라를 다스리고 학문을 중시하고 현명한 사람을 쓸 줄 알아야 하며, 백성들을 사랑하고 보호하며, 내세를 위해 널리 덕을 쌓아야 한다는 작가의 정치적 이상을 보여주었다.

　위구르족에는 아판티(阿凡提)의 이야기가 널리 전해지고 있는데 약 400편에 달한다. 아판티는 민간의 집단적 지혜로 그려낸 인물로서 기지가 넘치고 유머러스하나 약간 바보스럽다. 권세를 부리며 돈벌이하느라 온갖 나쁜 짓을 하는 통치자와 선교사를 조롱하였으며, 보통 사람들의 단점도 풍자하여 사람들이 자연과 인생의 신비를 탐색하도록 깨우쳤다. 아판티 이야기는 터키의 '나스레딘 호카의 소화'에 기원하고 있으

며, 여기에는 사람들로 하여금 깊은 성찰을 하게 하는 우언들이 많이
수록되어 있다. 예컨대 〈당신도 한 마리 늑대요〉를 보자.

　　　한 종교관이 늑대로부터 양 한 마리를 구해서 집으로 데려왔다. 그런
　　데 종교관이 그 양을 죽이려고 하자, 양은 너무 무서워서 소리를 질렀다.
　　그 소리에 아판티가 찾아왔다. 종교관이 말했다.
　　"이 양은 내가 구했거든요."
　　아판티가 물었다.
　　"그렇다면 양은 왜 당신을 욕하지요?"
　　종교관이 되물었다.
　　"뭐라고 욕했어요?"
　　"양은 당신도 한 마리 늑대라고 욕했거든요."
　　아판티가 답하였다.

　위구르의 민간우언은 풍부하여 동물 이야기가 있는가 하면 인물 이
야기도 있다. 산문체 이야기가 있으며 시가체 이야기도 있다. 위구르
우언은 중동 각국의 우언과 관계가 밀접하다. 예컨대 〈배를 타본 적 없
는 왕자〉는 기본적으로 페르시아 시인 사디의 《장미원》(薔薇園) 가운
데 〈우환에서 안락이 나온다〉에서 기원된 것이며, 〈여우의 분배〉〈잠
자리와 개미〉 등은 중동을 통해 전래된 이솝 우화를 각색한 것이다.
　몽골 우언의 역사도 유구하다. 예컨대 〈두 마리의 준마〉는 능력이 뛰
어난 칭기즈칸의 말 두 마리에 관한 것이다. 말들이 칭기즈칸에게 칭찬
을 듣지 못해 화가 나서 탈출하여 깎아지른 듯한 절벽에서 4년 동안 살
았다. 나중에 말들은 깨닫고 고향으로 돌아와 전쟁터에서 공적을 세우
고는 '신마(神馬)'라는 봉작을 받았다는 내용이다. 이 이야기는 13~14
세기 때부터 전해 내려온 몇 종의 필사본이 있다.

또한 유명한 우언들로는 〈장님과 절름발이〉〈어린 낙타의 불쌍한 경력〉〈속이 빈 나무〉〈수달과 기러기〉〈낚시하는 고양이〉 등이 있다. 몽골 우언에는 적지 않은 한족 우언과 외국 우언이 들어 있다. 예컨대 〈낙타와 양〉은 인도 설화 〈낙타와 돼지〉에서 기원된 것으로, 사람마다 장점과 단점이 있으니 자기의 장점으로 다른 사람의 단점을 평가해서는 안 된다는 것을 설명하였다.

장족(壯族)은 중국에서 인구가 가장 많은 소수민족이다. 고대 백월인(百越人)의 한 지류이며 오래된 신화와 우언을 많이 만들었다. 초기 우언은 대부분 해설적 동물 이야기이다. 예컨대 〈범의 온몸에는 왜 상처가 가득한가〉〈범에게 나무 오르는 법을 가르친 고양이〉〈두견새의 유래〉〈개는 왜 양을 무는가〉〈개미를 속이는 천산갑(穿山甲)〉 등이 그것이다. 뒤에는 도덕교훈이 담겨 있는 우언들이 나타났다. 예컨대 〈건방진 수탉(수탉과 오리)〉〈큰 새·왕새우·고래〉〈달팽이와 단단한 껍질, 집〉〈이웃집에서 불났다고 비웃지 말라〉〈햇빛 찾으러 하늘에 가는 어머니와 륵(勒)〉 등이 그것이다.

타이족, 나시족의 우언도 그 역사가 유구하다. 타이족은 일찍부터 팔리어로 된 《불본생담》(佛本生譚)을 수입하였다. 〈아난 이야기〉는 500여 종이나 있다. '아난'은 산스크리트어로 장로라는 뜻이다.

또한 태족(傣族)에서는 나름대로 특색 있는 우언들도 적지 않게 산출되었다. 예컨대 〈코끼리와 독사〉〈임금이 되는 개〉〈호랑이와 사람과 같이 있을 때〉〈금게 왕〉〈여우에게 잡아먹힌 호랑이 왕과 소 왕〉 등이 있다.

나시족의 《동파경》(東巴經) 528권에도 오래된 우언들이 많이 보존되어 있고, 민간의 구전우언도 풍부하며 재미있다. 예컨대 〈가난한 집 소를 훔쳐 가는 부자〉〈나이를 팔아먹음〉〈경주하는 청개구리와 토끼〉〈말 다섯으로 양 여섯을 바꾸다〉 등이 있다.

카자흐족과 우즈베크족의 우언은 외국 우언에서 꽤 많은 영향을 받았지만 자기 민족의 특유한 정취도 가지고 있다. 예컨대 우즈베크족의 〈여우의 예물〉〈절름발이 원앙새〉〈선선한 사람과 쩨쩨한 놈〉〈스스로 총명하다고 여기는 당나귀〉〈두 마리의 양〉과, 카자흐족의 〈임금이 된 여우〉〈검은 곰과 농부〉〈맑은 샘물〉〈스스로 총명하다고 여기는 토끼〉〈상수리나무와 갈대〉 등이 있다.

이 밖에 묘족(苗族)의 〈염소와 호랑이〉, 요족(瑤族)의 〈까치 선생님〉, 이족(彝族)의 〈귀뚜라미〉, 백족(白族)의 〈종려나무와 홰나무〉, 와족(佤族)의 〈초가집과 태양〉, 고산족(高山族)의 〈까마귀와 물총새〉, 경파족(景頗族)의 〈박쥐〉, 키르기즈(Kirgiz)족의 〈여우와 늑대〉, 다우르(Daur)족의 〈벌들과 멧돼지의 싸움〉, 독용족(獨龍族)의 〈호랑이와 불〉, 오르죤족의 〈여우와 다람쥐〉〈여우와 메기〉 등은 모두 나름의 특색이 있는 민족우언이다.

한족의 민간우언은 상당히 풍부하며 고대 작가우언과 서로 보완할 수 있다. 산문과 각종 운문, 이야기가 있는데, 인물뿐만 아니라 많은 동식물 이야기도 있다. 고곡(鼓曲)의 가사 〈여치와 귀뚜라미〉를 보도록 하자.

하릴없이 시 서쪽으로 나갔다가 나는 여치와 귀뚜라미가 다투는 것을 보았다. 그 여치가 말했다.

"나는 동쪽 산꼭대기에서 큰 버드나무 두 그루를 먹어치웠지!"

귀뚜라미도 말을 했다.

"난 서쪽 산꼭대기에서 연한 남색 빛 큰 수탕나귀 두 마리를 잡아먹었는데."

여치가 또 말을 했다.

"나는 남쪽 산꼭대기에서 알록달록한 호랑이 두 마리를 잡아먹었어!"

귀뚜라미가 다시 응수했다.

"나는 북해에서 고래 두 마리를 잡아먹었다."

그때 뒤쪽에서 큰 갈대꽃 모양의 수탉이 푸드덕푸드덕 걸어 나왔다. 거참! 이 수탉 거칠기도 한 게, 다짜고짜로 여치를 잡아먹었다. 이를 본 귀뚜라미는 너무 무서워서 갈대꽃 수탉에게 욕을 해댔다.

"너는 남쪽 산꼭대기에서 내 친삼촌을 잡아먹지 말았어야 해. 또 내 고모와 이모도 잡아먹지 말았어야지. 면화 네 냥을 달아서 한번 솜을 자아내봐라. 나 귀뚜라미 어르신은 그렇게 만만하지가 않거든."

귀뚜라미는 이렇게 분노를 털어놓은 뒤, 날개를 푸드덕거리고 팔짱을 끼고 다리를 뻗고 수염을 쓰다듬었다. 그는 화가 치밀었지만 결국 수탉에게 모이를 주고 말았다.

이 고곡은 큰소리를 치며 자신의 힘을 헤아리지 못하는 사람을 풍자하였다. 언어가 명쾌하고 유창하며 유머러스하고 생동감이 있다. 곡예 (曲藝) 가운데 〈친정집에 가는 마씨 아줌마〉〈술과 안주를 요구하다〉〈공을 탐하는 고양이〉〈복숭아를 바라보는 두 원숭이〉〈까마귀와 돼지〉〈벼룩〉 등도 아름답고 생동감 있는 우언시이다.

이 밖에 동요 〈그 돼지를 왜 죽이지 않는가〉〈농사짓는 게으름뱅이〉〈호랑이를 가르친 고양이〉〈늑대 외할머니〉 등은 아동에게 적합하도록 교훈을 남은 우언시가이다.

중국 각 민족의 우언은 나름대로 독특한 사상과 예술적 풍격을 지니고 있다. 각자 살고 있는 자연환경과 사회적 풍습을 반영하고 서로 다른 가치 관념을 드러내며 독특한 문예전통에서 연유한 풍격도 보여주었다. 티베트의 라마, 위구르족의 아판티, 몽고 초원의 준마, 나시족의 청개구리,[80] 묘족의 〈염소가 노래를 불러 호랑이가 놀라 도망감〉, 한족

---

80) 〔원주〕 나시족의 청개구리는 중국 남방의 민족들이 청개구리를 토템으로 삼고 있는 것과 밀접한 관련이 있다.

의 〈어미를 잡아먹은 악한 올빼미〉 등은 모두 독특한 우언 형상이다.

그런데 중국 각 민족은 오랫동안 교류하여 서로의 우언에 영향을 끼쳤으며, 분리할 수 없는 통일체로 융합되었다. 어떤 우언은 여러 지역, 여러 민족에서 전승되고 있으며 줄거리의 차이도 크지 않아서, 진정한 기원이 어디인지를 명확히 지적해 내기가 어렵다. 물론 이는 민간문학이 집단에 따라 창작·구전되며 변이·전승된다는 공통적 특징에 말미암는 것이지만, 한편으로는 각 민족의 관계가 매우 밀접하다는 점도 원인으로 작용한다.

현재 소수민족들에서 전해지는 많은 우언들의 출처는 한족의 옛 문헌에서 찾을 수가 있다. 예컨대 몽고족 우언 〈장님과 절름발이〉는 불이 났을 때 장님이 절름발이를 업고, 절름발이가 장님에게 길을 가르쳐 주어 재난에서 벗어나게 되었다는 내용이다. 단결하여 서로 돕는 것이 얼마나 좋은 것인가를 설명하며 사회학에서 말하는 보완 원리를 보여주고 있다. 한나라의 《회남자》(淮南子)「설산」(說山)에도 이와 비슷한 이야기가 들어 있다.

〈화살 다섯 대〉는 몽고족인 어머니 아영고왜(阿榮高娃)가 화살 다섯 대를 합하면 꺾을 수 없음을 보여주어 단결심 없는 다섯 아들을 교육했다는 내용이다. 이는 《위서》(魏書)「토욕혼전」(吐穀渾傳)에 수록되어 있는 고대 선비족(鮮卑族)의 이야기 〈화살 꺾어 아들을 교육한 아시(阿豺)〉에서 변화되어 온 것이 확실하다.

장족(壯族)의 우언 〈호랑이를 가르친 고양이〉도 한족 지역에 널리 전해졌으며 최초의 출처는 남송시대까지 거슬러 올라갈 수 있다. 육유(陸游)의 《검남시고》(劍南詩稿) 제38권의 시 〈고양이를 조소함〉[嘲畜猫]의 주석에는 "속언에 따르면, 고양이가 호랑이의 외삼촌으로서 백 가지의 재능을 가르쳤지만 유독 나무 오르는 법만은 가르치지 않았다고 한다"고 했다.

티베트 우언 〈토끼 판관〉의 토끼는 〈중산랑전〉의 장려(杖藜) 노인과 아주 비슷하며, 우언소설 〈차와 술의 공치사〉는 당나라 돈황속부(敦煌俗賦)의 〈다주론〉(茶酒論)과 기원이 같다.

물론 소수민족의 우언은 당연히 인도 우언, 중동 우언, 유럽 우언의 영향을 흡수하였다. 더 진지하게 연구할 만한 것은 어떤 우언이 인디언 우언이나 일본 우언과 기원이 같을 것인가 하는 점이다. 예컨대, 티베트의 〈텀벙 왔다〉와 인디언의 〈겁쟁이〉는 내용이 비슷하며, 장족 우언의 〈큰 새·왕새우·고래〉는 일본 우언 〈황새·왕새우·고래〉와 흡사하다. 같은 모티프를 갖고 있는 이들 우언은 선사시대의 유적이 아닐까? 그리고 민족이 이동한 어떤 궤적을 보여줄 수 있는 것이 아닐까?

각 민족의 민간우언은 역대 작가우언을 배출시켰으며 현대 작가 또한 그것에서 자양분을 흡수하려고 한다. 예컨대 장족 우언 〈건방진 수탉〉이나 요족 우언 〈까치 선생님〉 등은 모두 현대 작가들이 다시 창작하였다. 필자는 이렇게 하는 것이 장점이 많다고 생각한다. 왜냐하면 민간에서 온 것은 대중 속에 뿌리박기가 가장 쉬우며 또한 억지로 창작하는 폐단도 피할 수 있기 때문이다. 따라서 각 민족의 우언을 찾아내 정리하는 작업은 매우 가치 있는 일이다.

요 몇 해 사이에 잇따라 출판된 《동물우언》《중국 동물고사집》《중국 소수민족 우인고사선》《중국 민간우언선》 및 《몽고족 우언고사》《우즈베크 우언고사집》《위구르 우언 선집》 등은 좋은 실마리라 할 수 있다.

소수민족 우언의 연구 작업은 아직 초보적인 단계에 머무르고 있다. 연구를 하려면 우선 다음과 같은 몇 가지 기초 작업을 선행해야 한다. 첫 번째는 자료의 수집이고 두 번째는 자료의 감별이다. 즉 우언과 동물설화 및 기타 서사 작품을 가르고, 또 자국 우언과 외국 우언의 분별, 민간우언과 창작우언의 구별이 필요하다. 세 번째는 귀속권의 감정이며 네 번째로는 생산된 시대를 대략적으로 판단하는 작업이 있어야 할 것이다.

5. 중국의 현대 우언

중국의 현대 우언은 시대적 풍운 변화의 산물이며 사상적 특징은 망해가는 것을 구원하고 생존을 도모한다는 구망도존(救亡圖存), 전통을 바꾸고 대외에 문호를 연다는 개혁개방(改革開放)이다. 또한 예술적 특징은 동서양의 장점을 합한다는 중서합벽(中西合璧), 포용함으로써 커진다는 유용내대(有容乃大)이다.

신해혁명(辛亥革命)은 봉건제국의 제도를 뒤엎었고, 1919년의 '5·4운동'은 과학 민주를 부르짖은 계몽운동이었다. 이들은 중국의 현대 역사·문학·우언의 서막을 열어젖혔다. 작가들은 사상적으로 유럽 우언의 영향을 받아 주제와 가치관에 분명한 변화가 발생하여 새로운 시대의 특색을 갖추었다. 또한 그들은 구망도존과 개혁개방의 주선율을 통하여 더욱 우렁차게 연주해 나갔다. 백화문 운동의 창도자 후스(胡適)와 루쉰(魯迅)은 우언이라는 문학 양식으로 자신들의 사상이나 관념을 표현했다.

현대 우언 작가들이 예술적으로 유럽 우언의 영향을 받은 것은 분명하다. 그 두드러진 표현방식에는 다음과 같은 것들이 있다.

첫째, 의인화 수법을 광범위하게 사용하여 동식물을 우언의 주인공으로 삼은 것이다. 중국의 고전 우언은 인물을 주인공으로 삼은 것이 많고, 의인화한 생물 이야기가 차지하는 비율은 극히 낮다. 예컨대《한비자》에 400여 편의 우언이 있지만, 단지 2편의 의인화한 동물우언이 있을 뿐이다. 곧 「설림」(說林)편의 〈마른 연못의 뱀〉[涸澤之蛇]과 〈이 세 마리의 재판〉[三蟲相訟]이 그것이다.

유럽 우언의 경우는 대부분 의인화된 동식물을 주인공으로 삼고 있다.《이솝 우화》는 의인화된 우언이 3/4 이상을 차지한다. 중국 현대 우언 작품이 유럽 우언의 영향을 받아 의인화된 이야기가 대대적으로 증가하였으니, 이는 누구나 목도하는 사실이다.

둘째, 아동 교육에 주의를 기울인 것이다. 유럽의 고대 그리스는 멀리 기원전 6세기에《이솝 우화》를 학교 교재로 삼음으로써, 저학년에서 아동의 지혜를 계발하고 고학년에서 변론 능력을 기르도록 했다. 중국 고전 우언은 대부분 정치적 이치를 드러내고자 기능하였고, 전적으로 아동을 위해 쓴 우언은 매우 적었다. 이와 달리 중국 현대 우언은 대다수가 아동우언이다. 당신이 어떤 서점을 가서 그 가운데 진열된 우언 전집을 죽 살펴보라! 그러면 90퍼센트 정도가 아동 독서용 작품임을 발견할 수 있을 것이다.

이러한 사정은 일반인과 많은 학술계 인사들로 하여금 우언을 아동문학의 범주에 귀속시키게끔 한다. 물론, 우언은 결코 아동문학에만 속하지 않는다. 많은 작품들이 성인의 독서에 이바지하며, 아동문학을 쓰는 작가들도 현실을 신랄하게 풍자하는 작품을 적지 않게 썼다. 뿐만 아니라 우언은 하나의 가시 돋친 장미꽃이다. 설사 아동우언이라 하더라도 그 안에는 풍자가 있는 것이다. 아동의 결점을 선의로 풍자할 뿐만 아니라 추악한 현상을 신랄하게 채찍질한다.

셋째, 중국의 고전 작가우언에는 시가체(詩歌體)나 동물우언이 상대적으로 적고, 시리즈 우언도 비교적 적다. 현대 작가들은 많은 동물우언들을 썼고, 더욱이 시가체 우언 창작에 전문적으로 종사하는 사람도 있다.

넷째, 전통을 계승하고 유럽의 경험을 흡수하는 토대 위에 신식 우언 소설과 우언희극을 생산해 낸 것이다. 여기에는 두 차례의 창작 전성기가 나타났다. 첫 번째는 20세기의 1930년대에 출현하였고, 두 번째는 '사인방(四人幇)'이 패망한 뒤, 개혁 개방 신시기에 출현하였다.

다섯째, 작가들은 우언을 영상문학과 SF(공상과학) 영역에까지 확대하였다.

중국 현대 우언의 역사는 대체로 다음과 같은 네 단계로 나눠 볼 수 있다. 즉 (1) 1917년부터 1927년까지의 기초 단계, (2) 1927년부터 1949년까지의 심화 발전 단계, (3) 1949년부터 1976년까지의 곡절(曲折)·전진 단계, (4) 1976년 이후의 부흥·번영 단계가 그것이다.

(1) 중국 현대 우언의 창시 기초 단계(1917~1927)

5·4 애국운동은 중국사상사와 문학사의 한 장을 열었을 뿐만 아니라 우언사의 새로운 페이지도 열었다. 이 단계 우언의 특징은 제국주의

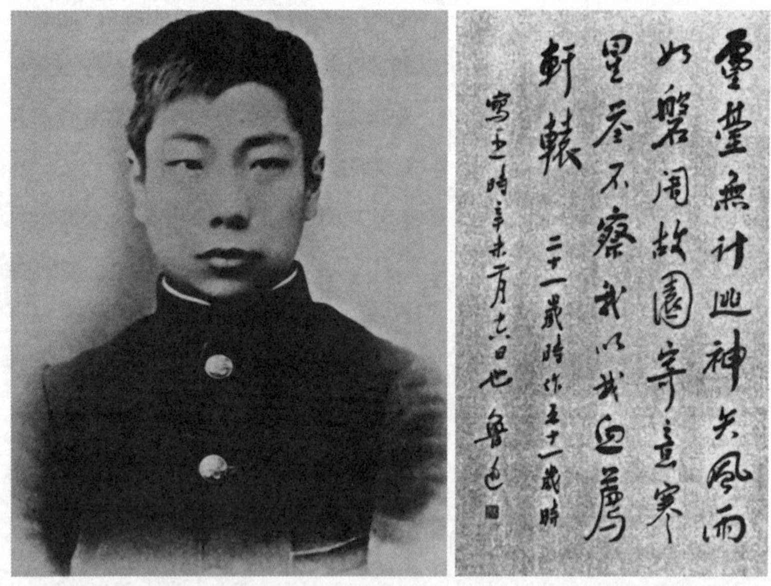

루쉰이 일본 유학 시절 변발을 자르고 찍은 사진과 감회와 결단을 쓴 자필 시.

와 봉건제를 반대하고, 과학적 민주주의를 부르짖으며, 저열한 국민성을 채찍질하여 민중이 각성하기를 도모한 것이다. 루쉰(魯迅), 후스(胡適), 마오둔(茅盾), 정전뛰(鄭振鐸), 궈모뤄(郭沫若) 등은 모두 우언 작품을 창작하였는데, 그 가운데서는 가장 큰 성취를 이룬 루쉰을 으뜸으로 꼽을 수 있다.

루쉰(1881~1936)의 원래 이름은 조우수런(周樹人)이며 아명은 장쇼우(樟壽)였다. 자는 예산(豫山), 뒤에 예재(豫才)로 고쳤다. 그는 저장성 사오싱(紹興) 현 봉건관료의 가정에서 출생하였다. 1918년, 〈광인일기〉(狂人日記)를 발표할 때부터 '루쉰'이라는 필명을 사용하기 시작했다. 그는 1918년에 우언 창작을 시작하였으니, 이 해에 백화 우언시 〈복숭아꽃〉[桃花] 〈사람과 때〉[人與時]를 썼다.

1919년 8월, 《국민공보》(國民公報) 신문예(新文藝)란에 '신비(神飛)'라는 필명으로 "자언자어(自言自語)"라고 이름 붙인 일련의 산문시를 발표했다. 여기에는 〈서〉(序) 〈불의 얼음〉[火的氷] 〈옛 도시〉[古城] 〈게〉[螃蟹] 〈뽀얼〉[波兒] 〈내 부친〉[我的父親] 〈내 형제〉[我的兄弟]가 들어 있는데 대부분 의미가 심각한 우언이었다.

1924~1926년, 루쉰은 23편의 산문시를 써서 《들풀》[野草]이라는 시집으로 묶었다. 《들풀》에는 사상적으로 심각하고 예술적으로 독창적인 우언이 퍽 많이 있다. 예컨대, 〈총명인과 바보와 노예근성〉[聰明人和傻子和奴才] 〈입론〉(立論) 등의 작품과 현대 최초의 우언희극 〈과객〉(過客)도 들어 있다.

1922년에서 1935년까지 루쉰은 신화와 역사의 제재를 빌려 현실을 풍자하는 우언식 소설 〈하늘 구멍을 메움〉[補天] 〈달나라로〉[奔月] 〈칼을 벼림〉[鑄劍] 〈공격 전술을 비난하다〉[非攻] 〈물을 다스림〉[理水] 〈고사리 캐기〉[采薇] 〈관문을 나섬〉[出關] 〈죽은 자를 일으킴〉[起死]을 썼으며, 《고사신편》(故事新編)으로 묶어냈다. 루쉰의 많은 비평문 가운데도

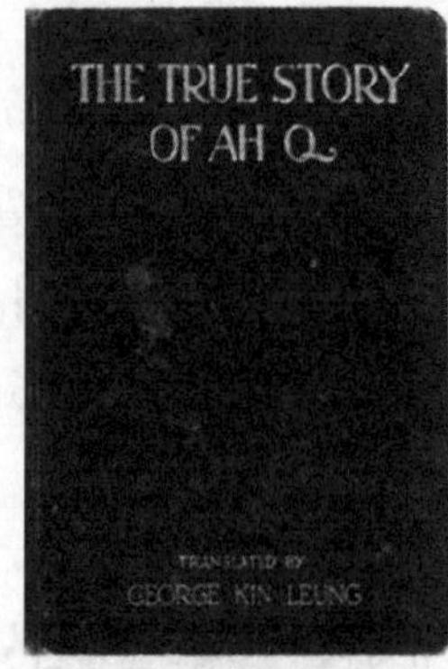
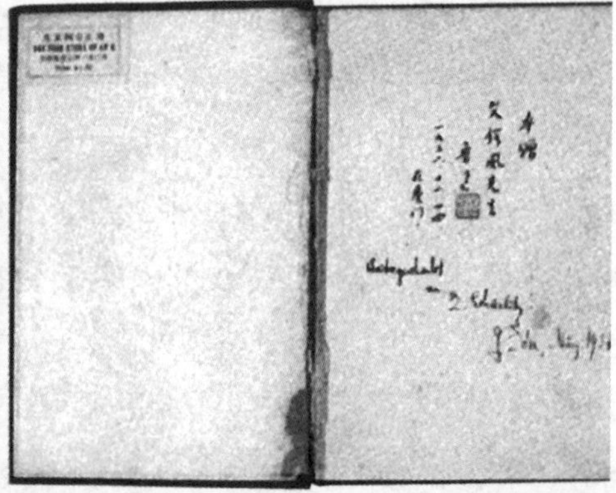
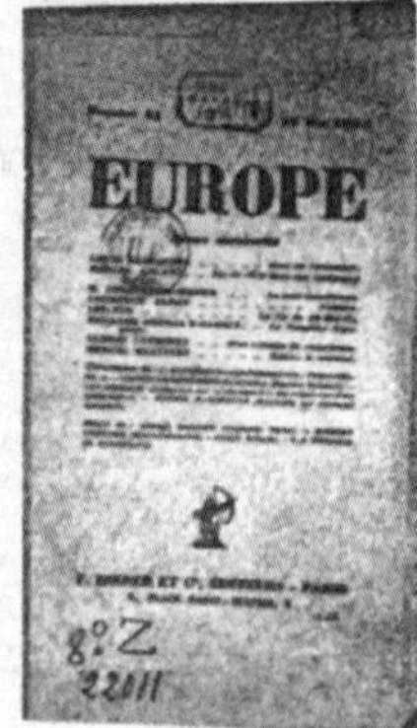

《아Q정전》 한국어판 표지와 아큐의 초상 및 외국판 표지들

적지 않은 우언 작품이 있다. 뿐만 아니라, 그의 대표작 〈광인일기〉와 《아Q정전》(阿Q正傳)도 우의가 깊은 작품이라고 생각한다.

루쉰의 우언은 시대적 특색이 매우 선명하다. 그것들은 민족의 영혼을 개조하여 인민 대중을 각성시키는 데 주력하였다. 그는 한편으로 우매, 무관심, 수구, 나약, 개인주의적 정신 상태를 채찍질하였고, 또 한편으로는 과감히 폐쇄 상태를 격파하고 새로운 길을 탐색하는 선각자를 찬양하였다. 루쉰 우언의 가장 큰 특징은 사상적으로 심각하여 남들이 드러낼 수 없는 바를 나타냈다는 데 있다.

후스(胡適, 1891~1962)의 자는 적지(適之), 고향은 안후이 성 지치(績溪)이며 상하이(上海)에서 태어났다. 그는 백화운동의 창도자였으며 가장 크게 영향을 끼친 우언은 〈차부뛰 선생전〉(差不多先生傳)이다. 그 내용은 아래와 같다.

그대는 중국에서 가장 유명한 사람이 누군지 아는가?

이 사람 얘기를 하면 어느 사람이건 알고 있고 어느 곳에서건 유명하다. 그의 성은 '차(差)' 이름은 '부뛰(不多)'이니, 곧 어느 성(省) 어느 현(縣) 어느 촌(村)이든 관향(貫鄕)으로 되어 있다. 그대는 그를 틀림없이 본 적이 있고, 다른 사람이 그에 대한 말을 꺼내는 것을 틀림없이 들은 적이 있을 것이다. 차부뛰 선생의 함자는 날마다 여러분의 입에 오르내리니, 그는 중국 전 국민의 대표이기 때문이다.

차부뛰 선생의 모습은 그대와 나와 어슷비슷하다. 그는 두 눈을 가졌지만 보는 게 그다지 시원치가 않다. 두 귀가 있지만 듣는 게 그다지 분명치가 않다. 코와 입이 있지만, 냄새와 입맛에 그다지 신경 쓰지 않는다. 그의 머리도 작진 않지만 기억력이 그다지 좋지 못하며 생각도 그다지 치밀하지 못하다. 차부뛰 선생은 늘 말한다.

"범사에 어슷비슷하게 하기만 하면 된다. 하필 너무 까다롭게 굴까."

그가 어렸을 때, 어머니가 흑설탕을 사오라고 시켰더니, 흰 설탕을 사 가지고 돌아왔다. 어머니가 야단치자 그는 머리를 흔들며 말했다.

"흑설탕, 흰 설탕은 어슷비슷한 거 아닌가요?"

그가 학당에 다닐 때 선생이 물었다.

"베이징 서쪽은 어느 성(省)인가?"

그는 'shǎnxī(陝西)'라고 말했다. 선생이 일러주기를,

"틀렸다. 'shānxī(山西)'이지 'shǎnxī(陝西)'가 아니다!"

라고 하니, 그가 말했다.

"'shǎnxī'와 'shānxī'가 어슷비슷하지 않나요?"

뒷날 차부뛰 선생은 한 환전 가게의 점원이 되었다. 그는 쓸 줄도 알고 계산할 줄도 알았으나, 다만 조금도 치밀하질 못했다. '十' 자를 '千' 자로 쓴다든가 '千' 자를 '十' 자로 썼다. 주인이 화가 나서 늘 욕했지만, 그는 단지 해죽해죽 겸연쩍어 하면서 말했다.

"'千' 자가 '十' 자보다 다만 작은 삐침 하나 많을 뿐인데 어슷비슷한 것 아닌가요?"

어느 날 차부뛰 선생은 중요한 일 때문에 기차를 타고 상하이에 가야 했다. 그는 느긋하게 기차역으로 걸어갔는데 2분 늦어 기차가 이미 출발하였다. 그는 흰자위로 쏘아보며 멀리 기차 위의 연기를 바라다보면서, 머리를 흔들며 말했다.

"내일 다시 갈 수밖에 없구나. 오늘 가나 내일 가나 어슷비슷하다만, 기차 회사가 너무 융통성이 없구먼! 8시 30분에 출발하나 8시 32분에 출발하나 어슷비슷하지 않나?"

그는 중얼거리면서 천천히 집으로 돌아갔으나, 어째서 기차가 2분 동안 기다려주지 않았는지 전혀 이해하지 못했다.

또 하루는 차부뛰 선생이 갑자기 병에 걸려 급히 집사람을 동쪽의 왕의생(汪醫生)에 보내 왕진을 청하였다. 그 집사람은 황망히 뛰어갔으나

동쪽의 왕 의생을 갑자기 찾아낼 수가 없어서 그냥 서쪽의 수의사 왕 대부(王大夫)를 청해 왔다. 차부뚸 선생은 병이 들어 침상에 있었지만, 사람을 잘못 찾아왔다는 것을 알았다. 하지만 병세는 급하고, 몸은 아프고, 마음은 조급하여 기다릴 수가 없어서, 마음속으로 생각하였다.

'운 좋게 왕(王) 선생과 왕(汪) 선생이 어슷비슷하니 그에게 한번 병을 보이도록 하자.'

이에 수의사 왕 대부가 침상 앞으로 다가가 소 고치는 방법으로 차부뚸 선생을 치료했고, 1시간도 못 되어 그는 곧장 황천길로 들어섰다. 차부뚸 선생이 어슷비슷 죽어가고 있을 때, 한숨을 이어가며 말하였다.

"사람을 살리나 사람을 죽이나 어…슷…비슷…하네……. 범사에 어…어…슷…비슷하면 되는 거지, 뭐…뭐… 때문에… 지…지…나치게 까다로울까?"

그는 예의 이 격언을 다 말하자마자 숨을 거두었다. 그가 죽은 뒤 사람들은 모두 차부뚸 선생이 이런저런 일을 다 간파하고 이해했다고 칭송하였다. 또 사람들은 모두들 말하기를, 그가 일생 동안 까다롭게 굴거나, 결판을 내거나, 따지려고 하지 않았으므로 진정 덕행이 있는 분이라고 하였다. 그래서 사람들은 그에게 사후 법명(法名)을 하나 가지게 하였으니, 바로 원통대사(圓通大師)라고 불렀다.

그의 명성은 전해질수록 멀리 퍼졌고, 세월이 갈수록 커졌다. 수많은 사람들이 그를 본보기로 삼았으므로 모두 또 하나의 차부뚸 선생이 되었다. 그렇지만 중국은 이로부터 하나의 게으름뱅이 나라가 되어버렸던 것이다.

'차부뚸' 선생의 특징은 만족하며 게을러서 행동이 느리며 생각이 모호하고, 범사에 모두 진지하지를 않고 데면데면 대충대충 하는 것이다. 이는 거대한 역사적 내용을 지닌 우언적 형상이다. 중국의 국민성에 대한 작가의 독특한 사고를 반영하고, 국민의 열등한 근성을 개조하고자 희망하는 절박한 바람을 표출하였다.

(2) 중국 현대 우언의 심화 발전 단계(1927~1949)

이 단계에서는 민족의 재난이 매우 깊었다. 일본 군국주의의 야만적인 침략과 가혹한 국내 전쟁을 겪어야 했다. 이 시기 우언 창작의 사상적 특징은 민중의 고통이나 조국의 위기에 진일보한 관심을 지니고, 조국의 밝은 미래를 동경하는 것이었다.

또한 산문 우언을 창작하는 데 정력을 집중하는 작가가 출현하였다. 펑쉐펑(馮雪峰)이 주요한 대표자이다. 셰성타오(葉聖陶), 수쑤(蘇蘇), 치우쭝(仇重) 등도 동화식 우언을 창작하는 데 상당한 성과를 보였다.

그러나 이 시기의 가장 두드러진 성취는 현대적 장편우언 소설과 우언희곡을 만들어 낸 것이다. 우언소설의 대표 작가로는 라오서(老舍), 장톈이(張天翼)가 있고, 또 장헌슈이(張恨水), 첸쫑수(錢鐘書) 등을 들 수 있다. 우언희곡의 대표 작가로는 슝포시(熊佛西), 빠이웨이(白薇), 쉬쉬(徐訏), 천빠이천(陳白塵) 등이 있다.

중국 우언소설의 역사는 선진(先秦)시대로 거슬러 올라갈 수 있다. 《장자》는 가장 일찍 '우언'과 '소설'이라는 두 개념을 내놓았다. 《장자》의 〈도척이 공구(孔丘)를 꾸짖다〉와 《맹자》의 〈부인과 첩을 둔 제나라 사람〉은 우언소설의 원형이다. 당나라 시대 전기(傳奇) 가운데는 퍽 성숙된 문언문(文言文) 단편우언 소설이 나타났고 명청시대에는 백화문의 장편우언 소설이 출현했다.

또한 중국 우언희곡의 역사는 동한(東漢)시대에서 찾을 수 있다. 동한의 놀이인 백희(百戲) 가운데 〈동해황공〉(東海黃公)은 우언희곡의 원형이다. 원나라 때에 성숙했고, 명청시대에 번영했다.

　　1919년 '5·4 운동' 전후부터 1930년대까지 중국이 서구의 소설과 희곡을 받아들일 때 거기에는 우언소설과 우언희곡이 포함되어 있었다. 또한 서구의 각종 유파의 문예이론도 받아들였다. 1930년대 중국 현대 장편소설과 희곡이 성숙해 가면서 일군의 명작들이 출현했던 것처럼, 우언 영역에서도 그에 상응하여 현대적 장편우언 소설과 우언희곡이 나타났다. 이러한 작품들은 중국과 서양의 전통을 하나로 녹여낸 것이다.

　　장톈이(張天翼, 1906~1985)는 저명한 아동문학가이자 풍자소설가이다. 그가 쓴 〈호랑이 문제〉[老虎問題]는 현대에서 가장 이른 시리즈 우언인 것 같다. 1930년에 발표한 장편우언 소설 〈귀토일기〉는 장톈이의 중요한 작품의 하나이며, 내용은 다음과 같다.

　　한사겸(韓士謙)이라는 주인공이 '주음술'[81] 즉 살아 있는 사람의 영혼이 육체를 이탈하여 음계로 가는 무속을 배우고, '귀토(鬼土)'로 들어가서 사회·정치 생활에 참가하며 많은 현상을 목도한다. 이에 일기 44편을 쓰고 양계로 다시 돌아와 세상에 발표했다.

　　〈귀토일기〉는 귀신 사회의 기이한 풍속에서부터 점층적으로 깊이 들어가 정당과 당권자들의 아귀다툼을 묘사했다. 이 일기의 마지막에는 "귀토와 양계의 모든 것은 원칙적으로 상응하는 것이다"라고 씌어 있는데 이는 '귀토'가 실제 현실을 반영한다는 뜻이다. 이 작품은 일본의 아쿠타가와 류노스케가 쓴 〈갓파〉(河童)의 영향을 받은 것이 분명하다.

　　라오서(老舍, 1899~1966)는 원명이 서경춘(舒慶春), 자가 사여(舍予)이며, 중국의 저명한 현대 소설가이다. 그의 장편우언 소설《고양이 나라 여행기》[猫城記]는 1932년에 발표되었다. 작품은 1인칭 시점을 사용하였다. 그 줄거리는 다음과 같다.

---

81) 주음술(走陰術): 귀신의 언어로 음계와 통하는 술법. 시신을 통해 천안(天眼)을 얻은 뒤에 이를 할 줄 알게 된다고 한다. 放陰術이라고도 부른다.

'나'는 비행기를 탔다가 사고가 나서 화성의 고양이 얼굴을 한 사람들이 사는 나라에 도착하였다. 고양이 나라는 '미엽(迷葉)'을 먹을거리로 삼았는데, 이것은 외국에서 전래한 것이었다. 먹을수록 게을러져 모든 것을 수입에 의존하였다. 수도 고양이시는 매우 번화하지만, 질서가 혼란하여 정치·경제·문화·교육이 모두 엉망진창이었다. 그곳 사람들은 부지런히 일하지 않고 오로지 소굴에서 싸움만 했다. 머지않아 난쟁이 병사들이 침입했을 때 관군(官軍)과 홍승군(紅繩軍)이 모두 앞 다투어 투항하였고, 그 뒤에는 전부 짧은 곤봉으로 맞아 죽었다. 또 난쟁이 병사들은 고양이 나라 백성들을 남녀 불문하고 온통 생매장하였다.

《고양이 나라 여행기》는 예술적 형상을 사용하여, 중국 사회의 여러 어둡고 부패한 현상과 근대의 굴욕적 역사를 매우 개괄적으로 반영하였다. 또한 민족성의 약점을 채찍질하려고 하였다. '미엽'은 바로 아편을 투영하고, '난쟁이 병사'는 '왜병(矮兵)' 곧 일본 침략군을 반영하고 있다. 작자는 국민에게 큰 소리로 부르짖었다.

여러분들은 민족의 씨가 사라질 만큼 어리석습니다. 세상에 사람이 되어서는 짐승같이 엉망진창인 놈들에게 맞서는 자가 없기 때문입니다.

숑포시(熊佛西, 1900~1965)는 평생 동안 극본 40여 편을 창작했는데 대부분 우언 풍자극이다. 예컨대 〈귀뚜라미〉〈예술가〉〈나팔〉〈근시안〉〈파리 세상〉〈나체〉 등이다. 〈귀뚜라미〉는 1927년에 썼는데 극 전체가 상징으로 가득 하다. 옛 도덕으로는 사람들이 서로 해치는 것을 금지할 수 없고 다만 사람들의 관계를 허위, 미묘, 복잡하게 변하게 만들 뿐이라고 역설하는 내용이다. 극 이름 '귀뚜라미'는 사람들이 마치 싸우기 좋아하는 귀뚜라미처럼 서로 해치고 죽인다는 것을 상징한다.

(3) 중국 현대 우언의 곡절·전진 단계(1949~1976)

1949년에 중화인민공화국이 수립되었다. 반우익 투쟁, 대약진, 반우경화 투쟁 등의 정치운동, 더욱이 국가와 인민에게 커다란 재난을 안겨 준 '문화대혁명' 운동은 민족적 삶의 기틀을 심각하게 해쳤다.

1954년부터 1964년까지 10년 동안 우언 창작의 성과는 아동우언을 위주로 하여 옌원징(嚴文井), 진장(金江), 잔루(湛盧), 꺼푸(舸夫), 지우춘린(仇春霖), 샤오화(韶華), 션쥔즈(申均之) 등의 우언 작가가 출현했다.

그 가운데 진장의 창작 성과가 퍽 두드러진다. 그는 평생 동안 우언 창작에 힘을 기울여 작품이 1천 편 이상이 된다. 또한 오랜 기간 초등학교 교사직을 맡았는데, 그의 우언은 선명한 아동의 특징을 갖추었고 많은 우언 창작의 신예들을 길렀다. 물론 진장에게도 풍자우언이 있으며 더욱이 이 때문에 우파로 몰린 적도 있다.

1966년 '문화대혁명'이 폭발하여, '사인방(四人帮)' 부류들이 문화 전제주의를 구사하는 위세 속에서 우언 창작은 기본적으로 자취가 끊어졌다. 이는 우언 창작이 민주 법제의 건전하고 너그러운 사회 정치적 환경을 요구한다는 점을 설명해 준다. 문예백화(文藝百花) 가운데 우언이라는 이 가시 돋친 장미는 정치운동이 한차례 지나가기만 하면 가장 먼저 시든다.

(4) 중국 현대 우언의 부흥·번영 단계(1976년 이후)

1976년, 사인방이 엎어지자 공산당과 국가와 민족이 구원되었다. 1978년 중국공산당 11차 삼중전회(三中全會)에서는 장기간 국가발전을 곤란하게 했던 좌경 노선의 통치를 수정하고, 비교적 너그러운 정치 환경을 만들었다. 이러한 조건 아래 우언의 창작은 물론 번역·정리·연구가 모두 전면적으로 풍작을 거두었다. 1983년, 중국우언문학연구회가 창춘(長春)에서 창립회를 가졌고 공무(公木) 선생을 초대 회장으로 선출했으니, 전면적인 번영의 주요한 표지가 되었다.

이 시기 우수한 우언 작가가 많이 배출되었다. 그 작품들은 사상적 심도는 물론이고 표현의 수준이 앞사람들을 능가하는 구석이 있었다. 페이블형 산문우언의 대표적 작가로 황루이윈(黃瑞雲), 마다(馬達), 닝시(凝溪), 판푸(凡夫), 린즈펑(林植峰), 뤄단(羅丹), 쉐시엔룽(薛賢榮), 뤼떠화(呂德華), 루즈(魯芝), 쉬룬첸(許潤泉), 까이랑(蓋壤), 리옌후(李延祜), 추이야삔(崔亞斌), 우수징(吳樹敬), 팡충즈(方崇智), 우광샤오(吳廣孝), 후수화(胡樹化), 천나이샹(陳乃祥), 첸삐정(陳必錚), 리지화이(李繼槐), 셰수(葉澍), 마창산(馬長山), 저우빙빙(周冰冰), 샤오쥔(少軍), 장허밍(張鶴鳴), 우리신(吳禮鑫) 등의 창작 신예들이 터져 나왔다. 더욱이 황루이윈은 '10년 동란' 기간에 생명의 위험을 무릅쓰고, 사리에 역행하는 '사인방' 부류의 전도된 정책을 폭로하는 많은 우언 작품을 썼다.

우언시의 대표 작자는 뤼청(劉征), 양샤오(楊嘯), 까오홍뽀(高洪波), 주페이청(儲佩成), 마진깐(馬晉乾), 뤼멍(劉猛), 장취성(張秋生), 라오쉬(老許) 등이다. 뤼청의 우언시는 음절이 뚜렷하고 기세가 넉넉하고 의미가 깊어 가장 두드러진 성과를 보였으며, "5·4 운동 이래 짝할 만한 사람이 드물다"는 평을 받았다.

우언은 현대 과학기술과 결합하여 새로운 영역을 개척했다. 예컨대, 만족(滿族) 우언 작가 주푸원(祝普文)의 〈바보 참새〉[痴雀] 〈기러기 행진〉[雁陣] 등 8부작 우언 애니메이션은 볼 만한 성과를 이루었다. 또 셰용예(葉永烈)부터 루페이잉(盧培英) 등은 '과학우언'의 창작 방면에서 두드러진 성과를 거두었다.

판푸, 셰수 등의 작가들은 단결·협력하여 중국우언문학네트워크(http://chinafable.hj.cn)를 건립하였다. 이 밖에 저명한 미술가 황이용위

(黃永玉) 선생의 《관재잡기》(罐齋雜記) 《개말거잡기》(芥末居雜記)는 만화와 우언식의 이야기를 결합해 새로운 국면을 열었다.

또한 이 시기에는 우언 이론 연구가 예전에 없이 번성하였다. 유럽이 우언 이론에 대한 연구에 착수한 것은 매우 이른 시기부터이다. 고대 그리스의 아리스토텔레스는 《수사학》에서 우언에 대해 깊이 있는 검토를 하였고, 아프토니우스는 《수사학 예비연습》에서 우언을 분류하였다. 문예부흥기에는 이탈리아의 저명한 작가 보카치오가 《이교신보》(異敎神譜)를 지었고, 그 책의 제14권 9장에서 우언의 정의와 분류를 전문적으로 논술하였다.

또 영국의 사상가 베이컨은 1609년에 주요 저작인 《고인의 지혜》를 출판하면서 우언이 인류 지성사에서 커다란 구실을 하였음을 충분히 연구하였다. 17세기 프랑스 학자 퐁트나르는 전저 《우언의 기원을 논함》을 출판하였다. 그리고 18세기 독일의 레싱은 5편의 논문을 포함한 〈우언을 논함〉을 발표하여, 우언계의 모호한 인식을 청산하고 우언의 특징과 창작 규칙을 계통적으로 탐구하였으며, 이솝의 전통을 계승하기를 강조하면서 지나친 말의 수식을 반대하였다.

19세기 러시아의 비평가 벨린스키가 발표한 〈끄르일로프 우언을 논함〉, 프랑스의 비평가 테인느가 발표한 《라퐁텐과 그의 우언》 등은 모두 우언에 대하여 훌륭한 분석을 하였다. 현대에도 중요한 우언 연구가 많이 있다. 예컨대, 독일의 비평가 벤야민이 카프카의 우언에 대해 연구한 것 등이다.

중국 우언은 창작의 역사가 유구하고, 뿐만 아니라 일찍이 《장자》 안에 바로 '우언'이라는 개념을 출현시키기도 했지만, 전통시대에는 우언 이론에 대한 연구가 퍽 낙후되었으며 우언을 논술한 전문 저작이 거의 없었다. '5·4 운동' 이래로 비로소 우언 이론에 대한 논술이 점차 발전하기 시작하였으니, 정전뚸(鄭振鐸), 후화이천(胡懷琛) 선생의 공헌이 가장 크다. 1930년에 출판된 후화이천의《중국 우언 연구》는 중국 현대 최초의 우언 연구 전저이다.

개혁·개방의 신시기에 우언 연구는 돌진적으로 발전하였다. 필자의 《중국 고전 우언사》《세계 우언 통론》《중국 현대 우언사》, 공무(公木)의《선진 우언 개론》, 바오옌이(鮑延毅) 주편의《우언 사전》, 우치우린(吳秋林)의《우언문학 개론》과《세계 우언사》, 닝시(凝溪)의《중국 우언문학사》등의 전문 저작이 앞뒤로 출현하였다.

이 시기에는 대량의 우언소설과 우언희곡이 나타났는데, 어떤 이는 말하기를, 소설과 희곡 창작이 우언화하는 경향을 보였다고 한다. 신시기 이래로 활약한 작가들은 서방 현대문예의 표현 수법과 중국 고전문예의 표현적 특징을 융합하고 아울러 새롭게 태어나게 함으로써, 우언적 의미를 진하게 내뿜는 소설과 희곡을 많이 창작했다.

이 시기의 우언소설은 대략 4개의 유형으로 귀납할 수 있다.

① 인성을 사색하는 우언화 소설

② 사회를 관조하는 우언화 소설

③ 문화를 반추하는 우언화 소설

④ 역사를 해체하는 우언화 소설

① 인성 사색의 우언화 소설로는 장셴량(張賢亮)의 〈녹화 나무〉[綠化樹] 〈남자의 반은 여자다〉, 장청즈(張承志)의 〈검은 준마〉〈심령사〉(心靈史), 왕청치(汪曾祺)의 〈이병〉(異秉) 〈세한삼우〉(歲寒三友) 〈수계〉(受戒) 〈고니의 죽음〉, 장제(張潔)의 〈방주〉(方舟) 〈에메랄드〉[祖母綠] 〈붉은 버섯〉[紅蘑菇], 아청(阿城)의 〈바둑 왕〉〈나무 왕〉〈아이 왕〉, 스톄성(史鐵生)의 〈악기 줄 같은 목숨〉〈독약〉〈수수께끼 간단히 푸는 몇 가지 법〉, 츠리(池莉)의 〈인생을 번뇌함〉, 뤼헝(劉恒)의 〈복희 복희〉〈흰

보조개〉[白渦], 찬쉐(殘雪)의 황탄소설 등이 있다.

그 가운데 장셴량의 〈녹화 나무〉〈남자의 반은 여자〉는 각각 '먹는 것으로 남을 말함', '색으로 남을 말함'의 기탁 방식을 통해 '극좌(極左)' 시기, 인성에 대한 억압과 왜곡을 드러냈다. 스톄성의 〈악기 줄 같은 목숨〉은 생명의 가치에 대한 사고를 표현했다.

② 사회 전반을 관조하는 데 치중하는 우언소설에는 왕멍(王蒙)의 〈나비〉〈성어신편〉(成語新編)〈변신 인형〉, 천룽(諶容)의 〈십년감수〉〈장닭의 슬픈 희극〉, 뤼원푸(陸文夫)의 〈미식가〉〈우물〉, 뤼신우(劉心武)의 〈종루〉〈흰 이빨〉〈서풍루〉(棲風樓), 허리웨이(何立偉)의 〈흰빛 새〉〈천하의 하찮은 일〉, 허둔(何頓)의 〈우리들은 해바라기 같아〉〈삶은 무죄〉, 쉬샤오삔(徐小斌)의 〈원장과 그의 미친 환자〉 등이 있다.

예컨대, 왕멍의 〈성어신편〉은 모두 12편인데, 전통적 의미의 우언에 가장 접근해 있다. 그는 성어의 우의적 함축으로 문장을 만들고, 참신한 현대적 의미를 부여하여 각양각색의 당대 사회현상을 풍자했다.

③ 문화를 반성하는 우언화 소설로는 한샤오꽁(韓少功)의 〈아빠 아빠 아빠〉〈여자 여자 여자〉〈마교사전〉(馬橋詞典), 뭐잉펑(莫應豊)의 〈도원몽〉(桃源夢)〈키용산(麂山)의 비밀〉〈곱사등이의 대나무 고향〉, 자핑아오(賈平凹)의 〈천구〉(天狗)〈태백산기〉(太白山記), 장웨이(張煒)의 〈옛배〉〈구월 우언〉, 리항위(李杭育)의 〈모래 부뚜막의 유풍〉〈토지와 신〉〈인간 세상의 한 모퉁이〉, 왕안이(王安憶)의 〈소포장〉(小鮑莊)〈실기와 허구〉, 마웬(馬原)의 〈라싸 강의 여신〉〈기괴한 글자로 도장한 담벼락〉〈대원(大元)과 그의 우언〉, 펑지차이(馮驥才)의 〈신의 채찍〉〈세 치 금련(金蓮)〉 등이 있다.

예컨대 뭐잉펑의 〈도원몽〉은 구조가 콜롬비아 작가 마르께스의 환상소설 〈백 년의 고독〉과 아주 비슷하며, 그 우의는 세상과 격리되어 있는 수구적인 문화 전통을 비판한 것이었다.

④ 역사를 해체하는 우언화 소설은 문단에서 '신역사소설' 또는 '신역사주의'라고 일컫는 유형의 작품들이다. 예컨대 모옌(莫言)의 〈흰 강아지의 흔들의자〉〈열세 발자국〉〈술의 나라〉〈흰소리〉, 쑤퉁(蘇童)의 〈1934년의 도망〉〈처첩이 무리 짓다〉, 꺼페이(格非)의 〈헤매는 배〉〈적〉[敵人]〈갈색 새 떼〉, 위화(余華)의 〈현실이라는〉〈안개 같은 세상사〉〈고함과 이슬비〉, 쉐자오옌(葉兆言)의 〈야박진회〉(野泊秦淮) 시리즈 등이다.

신시기의 극작가들은 모더니즘을 선택하는 동시에 전통 희곡의 몇 가지 예술적 표현 수법에 대한 찬동을 표현했다. 이 때문에 서양 모더니즘과 전통 희곡의 여러 표현 수법이 융합하면서 신시기 희곡 발전의 중요한 궤적을 이루었다. 이러한 우언화 희곡의 대표 작가로는 가오싱젠(高行建), 뤼수왕(劉樹網), 웨이밍룬(魏明倫), 뤼진원(劉錦雲), 린자오화(林兆華) 등이 있다.

예컨대 가오싱젠의 〈정류장〉[車站]은 8명의 승객이 교외의 간이 정류장에서 시내로 들어가는 차를 기다렸다는 이야기이다. 그 가운데 7명은 한결같이 몇십 년을 기다렸다. 뒤에야 발견되는 간이 정류장의 팻말에는 고시문이 한 장 붙어있는데, 버스가 이미 운행노선을 바꾸어 다시는 이리로 지나가지 않는다고 씌어 있었다. 이에 승객들은 서로 원망하기도 하고, 각자 스스로를 원망하기도 한다.

〈정류장〉의 우의는 풍부하고 심각하다. 8명의 승객은 서로 다른 국민들을 나타내며, 운행노선을 바꾼 것은 국가발전 노선의 변화를 상징한다. 해당 국가가 혼란을 수습하여 바른 길로 돌아서서 원래의 노선을 변화시킬 때, 소수의 사람은 시대의 페이스에 따라붙지만, 어떤 사람들은 사고도 관찰도 하지 않으면서 오래된 행동 방식에 젖어 있다. 물론, '정류장'을 인생의 명운(命運)이라는 네거리로 여겨도 된다. 이 길 입구에서 방향을 잡고 즉각적으로 행동하며 착실하게 나아가기만 하면 자기 인생의 찬란한 성취를 이룰 수 있다.

1949년 이후 대만, 홍콩, 마카오는 장기간 정치적으로 중국 대륙과 격리 상태에 놓여 있었다. 그 지역들에서도 퍽 성과를 거둔 다수의 우언 작가를 산출했다.

예컨대, 홍콩에는 허쯔(何紫)의 《동화 나라 이야기집》《우언 이야기집》, 란하이원(藍海文)의 《우언시 100수》, 쑨중꿰이(孫重貴)의 《펭귄 손님》《호랑이와 박쥐》, 리잉하오(李英豪)의 《도시 우언》 등이 있다. 대만에는 리타오(李濤)의 《리타오 우언》이 가장 대표적이다. 작가는 대단히 과장되고 유머러스한 이야기를 통해 사회적 폐단을 대담하게 풍자하고, 심지어는 권력을 장악한 정치적 인물을 직접적으로 비평한다.

6. 한국과 일본 등 여러 나라의 우언

중국 고대문화는 동아시아와 남양 각국에 끼친 영향이 매우 커서 동아시아문화권을 형성하였고, 이는 '한자문화권'·'유가문화권'으로 일컬어지기도 한다. 또한 중국 우언과 한국 우언, 일본 우언과 몽골과 베트남 등의 각국 우언은 함께 동아시아 우언 체계를 구성하였다.

한국은 고전시대에 하나의 국가로서 중국과 산수 자연이 이어져 있었다. 은상(殷商)의 현인, 기자(箕子)가 고조선에 들어간 것에서부터 계산하면, 두 나라는 3천 년 이상의 긴밀한 문화 관계를 유지하였다. 한국 우언은 늦어도 서기 7세기에 생산되었다. 《삼국사기》에 보존된 〈구토지설〉(龜兎之說)이 당시에 이미 유행하던 유명한 우언이며, 같은 책에 실린 〈화왕계〉(花王戒)는 저명한 문인 설총(薛聰)이 창작한 작가우언이다. 당시 세계 대부분의 나라들이 아직 자국의 우언 작품을 기록하거나 우언 작가를 산출한 적이 없었으므로, 한국의 고대 우언 생산 시기는 세계적 선례에 해당된다고 말할 수 있다.

　한국의 고전시대에는 중국과 마찬가지로 일찍부터 우언 작품을 '우언'이라고 일컬었다. 한국의 현대에는 일반적인 짧은 우언 이야기를 '우화'라고 부르지만, '우언'이라고 부를 수도 있다. '우언'은 한국의 고전 문헌에서 찾을 수 있지만, '우화'는 일본 한자어에 연원한다.

　한국의 우언은 실제적으로 네 가지 체제를 가지고 있다. 첫째는 일반 산문우언이다. 현재는 속칭으로 '우화'라고 한다. 둘째는 시체(詩體) 우언이고, 셋째는 가전체(假傳體) 우언이다. 그리고 넷째는 우언소설이다.

　짧은 산문우언은 한국 고전 우언의 대다수를 차지한다. 산문우언은 대부분 역사책, 시문집, 필기체 패설 등의 서적에 흩어져 있다. 물론 상대적으로 집중된 것도 있는데 성현(成俔)의 《부휴자담론》(浮休子談論), 이광정(李光庭)의 《망양록》(亡羊錄) 등은 우언 전집이라고 할 수 있다.

　시체 우언의 대표 작가는 이규보(李奎報), 정약용(丁若鏞) 등이 있다. 우언이 소설과 결합하면 우언소설이 되며, 창작우언 소설로 가장 성과를 보인 작가는 임제(林悌)이다.

　'가전체 우언'은 한국 우언의 독특한 양식이며, 세계 우언에서도 독자적인 기치를 든 셈이다. '가전(假傳)'은 독특한 문체인데 고려왕조 때 일어나서 조선시대까지 면면히 이어져 거의 천 년 동안 성행하였으며, 작가들이 많이 배출되었다. 이른바 '가전'의 '가(假)'는 허구(虛構)라는 함의를 지니고 있다. 가전체 양식의 특징은 네 가지 점이 있다.

　　①의인화한 기물(器物)이나 심성(心性)을 주인공으로 삼기 때문에 '가(假)'라 하고, 인물 전기의 형식을 채용하기 때문에 '전(傳)'이라 한다.

　　②주인공은 원래 물품이나 심성의 명칭으로 나타내지 않고, 역사적 연원을 지니고 있거나 그 특징을 표현할 수 있는 어떤 이름을 별도

로 취한다.

③ 역사 전고(典故)를 대량으로 운용하여 주인공의 가계와 이력을 허구화한다.

④ 풍격이 골계적이며 중의법의 수사를 많이 사용한다.

예를 들면 고려시대 임춘(林椿)의 〈공방전〉은 돈을 주인공으로 삼았으니 그것을 의인화한 것이다. 그러나 직접 '돈'이라고 부르지 않았다. 옛 화폐가 밖은 둥글고 속은 네모난 구멍이 뚫린 특징과, 진(晉) 왕조의 노포(魯襃)가 쓴 〈전신론〉(錢神論)에서 "형처럼 가까이 대접하며 자(字)를 불러 공방(孔方)이라 했다"는 어투에 근거하여 주인공에게 '공방'이라는 이름을 지어 주었다. 또한 전기 가운데 운용한 많은 양의 역사 전고는 주인공 '공방'의 가계와 이력을 묘사했다.

한편, 한국이 갖는 네 가지 체제의 우언은 모두 중국 우언과 뗄 수 없는 관계에 있다. 예컨대 고려의 가전체 우언은 한유(韓愈)와 소식(蘇軾)의 영향을 받은 것이 분명하다. 그러나 그 번영 상황은 중국을 크게 능가하였다.

한국의 고전 우언의 발전은 대략 다음과 같은 4단계로 가를 수 있다.

제1단계는 배양기로서, 상고시대부터 삼국시대(A.D.7세기 이전)까지이다. 당시는 이미 풍부한 신화, 전설, 역사설화, 민간설화가 생산되었고 철학사상도 싹텄으며, 뿐만 아니라 중국 우언이 수입되었다. 우언 생산을 위한 각 방면의 조건이 만들어졌던 것이다. 또한 몇몇 신화와 전설 가운데는 이미 우언의 씨앗이 잉태되고 있었다.

제2단계는 생산기로서 삼국 말기와 신라 왕조(660~935) 때이다. 《삼국사기》에 실린 〈구토지설〉은 현재까지 발견된 것으로는 가장 이른 한국 우언이다. 이 작품은 A.D.643년(삼국 말기)의 한 정치 사건 가운데 기재되었다. 신라 왕조의 설총이 창작한 〈화왕계〉는 한국 고전 우언이

자발적으로 창작하는 단계에 진입했음을 나타낸다. 이는 전고를 많이 사용하여 유가의 정치철학이 스며들게 함으로써 민간의 우언과는 분명히 달랐다.

제3단계는 발전기로서 고려 왕조(918~1392) 때이다. 고려 왕조의 400여 년 동안 우언 창작은 왕성하게 발전하였다. 이 시기의 두드러진 창작 현상은 가전체 우언의 번영이다. 그 대표적 사례로는 임춘의 〈국순전〉(麴醇傳, 술) 〈공방전〉(孔方傳, 돈) 이규보의 〈국선생전〉(麴先生傳, 술) 〈청강사자현부전〉(淸江使者玄夫傳, 거북) 〈무장공자전〉(無腸公子傳, 게)82) 이첨(李詹)의 〈저생전〉(楮生傳, 종이) 등이 거론된다.

이 시기에는 산문우언과 시체 우언도 일정한 성과를 얻어냈다. 대표 작가는 대시인 이규보(李奎報, 1169~1241)이다. 그는 최치원·이제현과 더불어 동국의 3대 시인으로 일컬어진다. 그의 소품문과 시가 안에는 모두 우언 작품이 들어 있다. 예를 들면 우언시 〈거미줄〉[蛛網] 등이 있다.

고려 왕조 시인의 기타 영물시도 종종 우언 색채를 띠고 있다. 예컨대 이승휴(李承休)의 〈구름〉[雲], 선종대사 혜심(慧諶)의 〈고분가〉(孤憤歌), 이제현(李齊賢)의 소악부(小樂府) 시가 가운데 〈장암〉(長巖) 〈사리화〉(沙里花) 등이 그것이다.

또 이 시기에는 성숙한 우언소설도 생산되었는데 바로 일연 스님이 쓴 《삼국유사》의 〈조신의 꿈〉[調信之夢]이다. 이 작품은 몽환 수법을 사용하여 몇십 년의 인생 역정을 잠시의 꿈으로 농축시켰다. 애정과 인생의 허황됨을 드러내 보이는 한편, 하층민이 살 곳을 잃고 떠도는 처지와 사회적 위기를 반영했다. 작품은 승려 조신이라는 선명한 인물 형상을 빚어냈고, 심리적으로 매우 세밀하게 정신세계를 그렸다.

제4단계는 전성기로서 조선 왕조(1392~1919) 때이다. 조선 왕조 500

---

82) 〈무장공자전〉: 이윤보(李允甫)의 작품이다. 다만, 이규보의 〈李史館允甫詩跋尾〉에서 그의 작품으로 소개되었는데, 필자는 이규보의 작품으로 잘못 처리했다.

여 년 동안에 산문우언, 시체 우
언, 가전체 우언, 우언소설 등 여
러 체제의 창작이 번영하였다. 이
큰 단계는 다시 전기와 후기의 작
은 두 단계로 나눌 수 있는데, 대
체적으로 17세기 중엽을 경계선으
로 삼는다. 1592년 일본의 침략에
저항했던 '임진전쟁', 1636년 청나
라 군대가 침입하여 조선 왕조를
굴복시켰던 '병자전쟁', 1644년 명
나라의 멸망 등은 조선 왕조의 발
전 추세를 변화시켰다. 조선 전기
의 사회는 기본적으로 안정적인

많은 이본으로 유행한 《어우야담》은 조선
조 최고 인기 야담집이었다.

발전의 시기로서 고전시대라고 말할 수 있다.

조선 전기의 산문우언 창작에서 두드러진 성과를 보인 대표 작가로
는 성현(成俔, 1439~1504), 유몽인(柳夢寅, 1559~1623) 등이 있다. 성현
의 《부휴자담론》 권3, 4에는 37편의 우수한 우언이 집중되어 있다.

유몽인의 《어우야담》에도 좋은 작품이 제법 있는데 예컨대 〈두더지
의 혼인〉[野鼠擇婚]이 그것이다.

옛날 한 두더지가 딸[83]을 낳아 매우 사랑했는데, 장차 혼처를 구하고
자 하였다. 아비 두더지는 어미 두더지와 상의하여 말했다.

"내가 자식을 낳아 사랑하고 중히 여긴 것이 이와 같으니 반드시 둘도
없는 거족(巨族)을 택해 결혼해야겠소."

---

83) [원주] 한문에서는 아들과 딸을 모두 '子'로 나타낼 수 있다. 여기서는 딸을 가리킨다.

그래서 하늘에게 말했다.

"내가 딸 하나를 낳아 애지중지 키웠으니 반드시 둘도 없는 거족과 결혼시켜야겠습니다. 생각건대 더없는 거족은 하늘만 한 게 없으니 당신과 결혼하기를 청합니다."

하늘이 말했다.

"나는 대지를 덮어 기르고 만물을 낳게 하고 뭇 생명을 키우게 할 수 있으니, 그 점에서는 나보다 나은 자가 없다. 오직 구름만은 나를 가릴 수 있으니 내가 그만 못하다."

두더지는 구름에게 가서 말하였다.

"내가 딸 하나를 낳아 애지중지 키웠으니 반드시 둘도 없는 거족과 결혼시켜야겠습니다. 생각건대 더없는 거족은 구름만 한 게 없으니 당신과 결혼하기를 청합니다."

구름이 말했다.

"나는 천지에 가득 차서 일월을 덮으며 산하를 어둡게 하고 만물을 캄캄하게 할 수 있다. 오직 바람만은 나를 흩을 수 있으니, 내가 그만 못하다."

두더지가 바람에게 가서 말하였다.

"내가 딸 하나를 낳아 애지중지 키웠으니 반드시 둘도 없는 거족과 결혼시켜야겠습니다. 생각건대 더없는 거족은 바람만 한 게 없으니 당신과 결혼하기를 청합니다."

바람이 말했다.

"나는 큰 나무를 꺾고 큰 집을 날리며 산해를 까불어 흔들어서 가는 곳마다 휑하게 만들 수 있다. 그런데 오직 과천(果川) 교외의 돌미륵만은 넘어뜨릴 수 없다. 내가 과천 돌미륵만 못하다."

두더지가 과천 돌미륵에게 가서 말하였다.

"내가 딸 하나를 낳아 애지중지 키웠으니 반드시 둘도 없는 거족과 결혼시켜야겠습니다. 생각건대 더없는 거족은 돌미륵만 한 게 없으니 당신과 결혼하기를 청합니다."

돌미륵이 말했다.

"나는 들판 가운데 우뚝 서서 천 년 백 년 지나도 굳세게 쓰러지지 않는다. 그런데 오직 두더지가 내 발꿈치를 파면 나는 넘어질 것이다. 내가 두더지만 못하다."

이에 두더지는 휘둥그레 놀라 반성하면서 탄식하기를,

"천하의 더없는 거족은 우리 족속만 한 게 없도다."

하며 드디어 딸을 두더지와 혼인을 시켰다.

무릇 사람이 제 분수를 모르고 감히 국혼(國婚)을 하여서 혼자서 사치스럽게 영화를 누리다가 마침내 그 재앙을 남에게 전가하니, 두더지만도 못하도다!

이 작품의 기본적 우의는 마지막 문장에 나타나 있는 바와 같이, '사람들이 혼인 대상을 선택할 때 귀족 연줄을 잡으려 해서는 안 된다'는 것이다. 〈두더지의 혼인〉은 인도의 《설화의 바다》(*Kathāsaritsāgara*) 가운데 〈은사가 쥐 양녀를 위해 사위감을 고르다〉에서 연원하고 있다.[84] 불교가 동아시아에 전입되면서, 중국과 조선과 일본은 모두 비슷한 변이 설화를 지니고 있다.

다만, 《어우야담》의 이 설화는 한국 사람들 자신이 겪은 절실한 경험이 그 안에 녹아있으며, 또한 고려와 조선 왕조가 중국과 왕래했던 경험도 포함하고 있다. 이야기는 순환귀류(循環歸謬) 논법을 채용하여 줄거리를 전개하여서 유머러스한 풍격과 거침없는 줄거리가 사람들의 깊은 반성을 촉발한다. 따라서 기본적 우의 외에도 더 많은 철학적 의미를 드러낼 수 있다. 예컨대, 사람은 본래 면목을 잃어버려서는 안 된

---

84) 〈두더지의 혼인〉의 연원은 《판차탄트라》에 있다.

다는 뜻으로서, '사람은 같은 부류끼리 모이고 사물은 무리로서 나뉜다[人以類聚物以群分]'는 의미를 지닌다.

그 밖에 송세림(宋世琳), 고상안(高尚顔)이 쓴 산문우언 작품이 있다. 더욱이 그들이 민간설화를 근거로 하여 앞뒤 시기에 지은 〈늙은 쥐의 지혜〉[老鼠竊飯]는 흔치 않은 우수작이다.

이 시기 우언소설에서 가장 큰 성과를 거둔 작가는 임제(林悌, 1549~1587)이다. 그의 문학적 성과는 주로 소설 방면에 있는데, 〈서옥설〉(鼠獄說) 〈수성지〉(愁城誌) 〈화사〉(花史)85) 〈원생몽유록〉(元生夢遊錄)86)은 모두 우언소설의 걸작들이다. 이 네 편의 작품들은 각기 특색을 갖추고 있다. 동물 또는 식물을 주인공으로 삼거나, 역사와 현실에 대한 사람들의 비장감과 원한의 정서를 의인화하거나 몽환 세계를 차용하여서, 당시의 각종 사회문제를 다방면으로 투영하고 폭로하였다.

이 밖에 저명한 시인이며 소설가인 김시습(金時習)의 〈남염부주지〉(南炎浮洲志)는 귀신 세계를 빌려서 철리를 선포하였으니, 중시할 만한 작품이다.

조선 후기에는 산문우언, 시체 우언, 우언소설, 가전체 우언이 전면적으로 번영하였다. 이때 사회에 커다란 변혁이 발생했고, 실학파·개화파 등의 선진적 사상 유파가 앞뒤로 생겨났다. 산문의 대가 박지원(朴趾源, 1737~1805), 저명한 시인 정약용(丁若鏞, 1762~1836)은 모두 유명한 실학파 사상가이며, 그들의 우언은 사회와 사상의 큰 변화를 반영하였으니 시대의 바로미터였다.

박지원이 쓴 10편의 소설은 모두 일정한 우의를 갖추고 있으니, 그 가운데서 우언적 특색을 갖춘 최고의 작품은 〈호질〉(虎叱)이다. 이 작품은 도학자 같은 엄숙한 모습을 갖추었지만 도덕성이 타락한 유생을 풍

---

85) 〔원주〕 〈화사〉는 일설에 노긍(盧兢)의 작품이라고도 한다.
86) 〔원주〕 〈원생몽유록〉은 일설에 원호(元昊)의 작품이라고도 한다.

자하면서, 동시에 호랑이의 입을 빌려 세속사회의 허위와 잔학성을 비평하였다. 한 편의 우수한 풍자우언 소설이다. 또한 그의 〈허생전〉(許生傳) 〈민옹전〉(閔翁傳) 〈예덕선생전〉(穢德先生傳)도 우언적 색채를 띠고 있다.

정약용은 한국에서 가장 우수한 고전 우언시인이다. 그의 우언시 〈이노행〉(狸奴行) 〈해랑행〉(海狼行) 등은 모두 심각한 의미를 지닌 아주 특색 있는 작품이다.

산문우언 창작의 대표 작가는 이광정(李光庭, 1674~1756)이다. 그의 우언집 《망양록》(亡羊錄)은 당시 정치와 문화의 위기를 심각하게 반영하였다. 이 밖에 장유(張維), 윤선도(尹善道), 홍만종(洪萬宗), 김주신(金柱臣), 심익운(沈翼雲), 윤기(尹愭), 장혼(張混), 이건창(李建昌) 등도 산문우언을 썼다.

가전체 우언의 대표적 사례로는 안정복(安鼎福)의 〈여용국전〉(女容國傳, 여성의 얼굴), 이이순(李頤淳)의 〈화왕전〉(花王傳, 모란), 유본학(柳本學)의 〈오원전〉(烏圓傳, 고양이), 이옥(李鈺)의 〈남령전〉(南靈傳, 담배) 등이 있다.

민간우언은 조선 후기에도 매우 발달하였다. 그 가운데 우언소설 〈토끼전〉의 성취도가 가장 높은데 이 밖에 〈서대주전〉(鼠大州傳) 〈서동지전〉(鼠同知傳) 〈섬동지전〉(蟾同知傳) 〈장끼전〉 등이 있다.

다음으로 일본은 중국과 "하나의 허리띠처럼 바다를 사이에 끼고 있"는 이웃나라이다. 어떤 이는 《상서》(尙書) 「우공」(禹貢)에서 말한 '도이(島夷)'는 바로 일본을 가리킨다고 여긴다. 과학적인 측정에 따르면 일본 선사시대의 조상은 일찍이 중국 동해 연안에서 살았던 적이 있다고 한다. 서기전 4세기부터 조선과 중국과 남양 군도(南洋群島)에서 부단히 일본으로 이주한 '귀화인'들이 있었으며, 남양 귀화인 가운데는 남양에 이주하였다가 다시 일본으로 북상한 중국 서남부의 각 민족 사람들도 포함되었다.

285년, 조선의 학자 왕동인(王東仁)은 일본에 건너가 《논어》를 강의하여 유학을 전하였다. 5세기에는 한자가 전해졌을 것이며 7세기에는 '대화혁신(大化革新)'이 일어나 씨족제도가 끝나고 천황제(天皇制) 중앙집권 국가가 세워졌다. 7세기부터 9세기까지 일본은 부단히 중국으로 사신 행렬을 파견하여 수당(隋唐)시대의 문화를 배워갔으며, 한자 편방(偏旁)을 이용하여 가나(假名) 문자를 점차적으로 발명하였다. 이 모든 것은 중국과 일본의 관계가 매우 밀접하였음을 설명한다.

일본은 오래된 신화나 일반 문학작품에 이르기까지 모두 중국문학과 비슷한 점이 많으며, 우언도 마찬가지이다. 일본의 유명한 구비문학자 세키 게이고(關敬吾) 선생이 편찬한 《일본 석화》(日本昔話)에는 중국 민간 작품과 비슷한 이야기들이 많이 수록되어 있다. 예를 들어보면 일본 오이타 현(大分縣) 기타아마베 군(北海部郡)에는 〈황새·왕새우·고래〉라는 이야기가 전해진다.

옛날에 꽤 큰 황새가 있었는데 자신이 세계에서 키가 가장 크다고 여겼다. 그놈이 바다 위에서 날다가 큰 몽둥이 때문에 떨어져 휴식을 취하는데 그 큰 몽둥이는 왕새우의 수염 한 가닥일 뿐이었다. 스스로 크다고 생각하고 있던 황새는 왕새우에게 조롱을 당하였다. 왕새우는 득의양양하여 자신이 세계에서 가장 크다고 여겼다. 여기저기 돌아다니다가 동굴 속에 들어가 쉬었는데 그 동굴이란 게 고래의 한쪽 콧구멍이었다. 고래가 재채기를 한 번 하자 왕새우가 내뿜어져 바위에 부딪쳤다. 그 뒤 왕새우 허리가 굽게 되었다.

이 이야기는 방자하고 잘난 체하는 사람들을 유머러스하고 생동감 있게 풍자하였다. 중국의 장족(壯族)에도 같은 이야기가 전해지고 있다. 〈대붕·왕새우·고래〉라는 작품인데, 다만 '황새(鸛鳥)'와 '대붕(大鵬)'의 차이가 있을 뿐이다. 그리고 더욱 놀라운 것은 동일한 이야기가 일본과 중국뿐만 아니라 아메리카 인디언족에서도 보인다는 점이다.

또한 이 책 7장에서 세계 우언의 계보를 검토할 때, 중국 나시족의 〈토끼와 청개구리의 경주〉가 페루 케추아족의 〈여우와 두꺼비의 경주〉라는 이야기와 같으며, 모두 약자가 동력자의 도움을 입어 강한 상대자를 이겼다는 내용이라고 말한 바 있다. 그리고 일본 야마구치 현(山口縣) 오시마 군(大島郡)의 〈고래와 해삼〉은 줄거리와 주지가 위의 것과 똑같다. 다만 경주장이 육지에서 바다로 변하고, 주인공이 청개구리에서 해삼으로 바뀌었을 뿐이다. 해삼은 경주 코스의 각 항구마다 친구 한 명씩을 두어 고래가 도착할 때마다 "이제야 오니?"라고 말하게 한다. 결국 해삼은 단결과 지혜로 거만하고 데면데면한 강자를 이겨냈다.

그리고 같은 장에서 중국 동족(侗族)의 〈호랑이와 게〉를 말한 바 있다. 이 이야기는 칠레 아라와칸족의 〈여우와 게〉, 일본 니가타 현(新潟縣) 미나미간바라 군(南蒲原郡)의 〈호랑이와 여우〉, 가고시마 현(鹿兒島縣) 오시마 군(大島郡)의 〈고양이와 게〉 등과 그 줄거리 및 주지가 완전히 같다.

이러한 상황에 근거하여 다음과 같은 추론을 할 수 있다. 즉 상고시대에 중국 대륙에서 북쪽으로 이주한 사람들의 일부분은 일본 열도로 가고, 다른 일부분은 시베리아나 일본을 거쳐 계속 전진하다가 베링 해협을 지나 아메리카 대륙에 도착하였던 것이다. 만약 이런 추론이 성립한다면 중·일 두 민족과 우언의 관계가 더욱 친밀해질 것이다.

일본의 작가우언도 중국에서 많은 영향을 받았다. 중국 필기 문체의 영향 아래 세이쇼 나곤(淸少納言)이 쓴 10세기 수필의 명품 《마쿠라노소시》(枕草子)가 나타나 일본 산문 발전의 기초를 마련하였다. 14세기 유명한 산문가 요시다 겐코(吉田兼好, 약 1283~1358)는 1331년에 《쓰레즈레쿠사》(徒然草)를 썼는데, 이 작품은 《마쿠라노소시》와 더불어 일본 고전산문의 쌍벽이라 일컬어진다.

《쓰레즈레쿠사》는 두 권으로 되어 있으며 248단의 수필이 들어 있다. 거기에는 작가의 견문·소감·마음에 깨달은 바가 기록되어 있는데 우언이 포함되어 있다. 〈인화사 승려〉(仁和寺僧)를 예로 들어보자.

인화사의 나이 든 승려 한 명은 특별히 하치만구(八幡宮)에 알현하러 갔지만, 고쿠라쿠지(極樂寺)와 고우라진자(高良神社)를 참배하고는 그것이 하치만구인 줄 알고 중도에 돌아왔는데도 매우 만족하더라고 묘사하였다. 그리고 작가는 우의를 밝히면서 말하기를, "이로 보아 아무리 작은 일이라 하더라도 역시 길 안내자가 있는 게 낫다"고 하였다.

17세기 우언 창작에 최고의 성과를 보인 작가는 잇사이 초잔(一齋樗山, 1659~1741)이다. 그는 일생 동안 부지런히 창작하여 모두 7부의 우언 작품집을 남겼는데, 1727년에 《전사장자》(田舍莊子)와 《전사장자 외편(外篇)》, 1728년에 《하백정와문담》(河伯井蛙文談) 《재래전사일휴》(再來田舍一休), 1729년에 《육도사회록》(六道士會錄), 1735년의 《영웅군담》(英雄軍談) 및 1742년의 《잡편전사장자》(雜篇田舍莊子)를 간행하였다.

이 여러 작품집은 《장자》와 관계가 매우 뚜렷한데, 책 이름이 그럴 뿐만 아니라 제재·사상·풍격도 모두 《장자》의 우언과 밀접한 관련이 있다. 물론 잇사이 초잔의 우언이 이를 기계적으로 모방한 것은 아니다. 일본 사회생활의 토양에 뿌리내려 민족의 체취로 충만해 있으며 불교사상이 스며들어 있다. 이후 우언 작가들은 대부분 그의 영향을 받고 있다. 예컨대 여명(如明)의 《동몽장자》(童蒙莊子), 풍래산인(風來山人)의 《근무초후편》(根無草後編) 등이 그러하다.

일본 근대의 천재 작가 아쿠타가와 류노스케(芥川龍之介, 1892~1927)는 어릴 때부터 전통적 에도(江戶) 문화와 중국 고전문화의 영향을 받았으며 중국의 고전시가와 〈서유기〉《수호전》 등 고전소설을 좋아하였다.

그는 한평생 소설 148편, 소품문 55편, 수필 66편과 약간의 평론문과 기행문 그리고 시가 작품을 썼다. 이들은 중국의 독특한 정취가 넘치고 있으면서도, 앨런 포와 스트린드베리 같은 작가의 서양 모더니즘 수법도 융합하고 있어 아쿠타가와 류노스케의 특유한 풍격을 보여주었다.

그의 소설은 대개 4종으로 나누어 볼 수 있다. 첫째로 역사풍자 소설이고, 둘째는 종교제재 소설이며, 셋째로는 현실을 직접 묘사하는 소설이고, 넷째는 우언과 몽환소설이다.

애니메이션으로 만들어진 〈갓파〉

아쿠타가와 류노스케의 대표작은 1927년에 창작한 중편 우언소설 〈갓파〉(河童) 즉 일명 〈스이코〉(水虎)이다. 갓파는 중국과 일본의 민간 전설에서 나타난 양서류 동물로서 체형은 네댓 살 먹은 어린아이와 같으며 얼굴은 호랑이처럼 생겼다. 소설은 갓파 국의 여러 현상을 빌려 현실 사회를 반영하였다. 사람이 사람을 잡아먹는 현상을 비난하였고, 정치·경제·문예·법률·종교 등 여러 방면을 건드렸다. 또 한 정신병 환자의 꿈을 빌려 서술 플롯으로 삼아서 예술적 구성이 퍽 특이하다. 이런 종류의 소설로는 〈거미줄〉〈마귀〉〈여성〉〈개구리〉〈신기루〉 등도 있다. 그 가운데서 〈개구리〉는 다음과 같은 내용이다.

무턱대고 거만하게 행동하는 연설가 개구리는 다른 개구리들에게 물·초목·벌레·땅·하늘·태양 등이 모두 신이 그들을 위해 만들어낸 것이라고 강연한다. 그래서 개구리들에게 많은 칭찬을 듣게 되는데, 한창 신이 나서 말하고 있을 즈음에 뱀 한 마리가 갑자기 나타나 그를 물고 가버린다. 개구리 떼가 놀라서 법석을 떨 때, 한 나이 든 개구리가 말한다. "뱀도 우리 개구리를 위해서 그렇게 한 것이야!"

이 우언은 자기중심주의와 신학목적론을 심각하게 비판하였으며, 통치자들이 일본 중심의 세계 질서를 건립하려고 고취하는 터무니없는 야심을 폭로하였다.

아쿠타가와 류노스케의 역사풍자 소설은 고대 중국과 일본의 서사 전통에서 취재한 것이 많다. 옛것을 빌려 현실을 풍자한 우의가 깊으니, 실제로 이런 것들은 '우언'이라 부를 수 있다. 예컨대 〈두자춘〉(杜子春)은 당(唐)의 이복언(李復言)이 쓴 《속현괴록》(續玄怪錄) 가운데 같은 제목의 이야기를 자료로 삼았고, 〈황량몽〉(黃粱夢)은 당의 심기제(沈旣濟)가 쓴 우언소설 〈침중기〉(枕中記)에서 자료를 취하였다.

그러나 그는 원작의 우의를 고쳤다. 〈두자춘〉에서 금욕하라고 선전하던 원의를 자애의 힘을 인정하는 것으로, 〈황량몽〉에서 원래 인생은 무의미하다고 선전하던 것을 삶의 아름다움을 인정하는 것으로 바꿨다. 〈선인〉(仙人) 〈술 벌레〉[酒蟲]는 《요재지이》(聊齋志異)의 〈서희〉(鼠戲) 〈주충〉에서 자료를 가져왔으며 작가는 여러 각도에서 원 이야기의 우의를 발굴해냈다. 〈미생(尾生)의 신의〉는 《장자》「도척」편에서 자료를 취하였다. 여자와 한 약속을 지키느라 다리 밑에서 익사한 어리석기도 하고 취한 듯도 한 미생의 정신은 죽지 않았으며, 그것은 인류 역사가 무한추구와 자아완성의 발자취라는 것을 상징하고 있다고 강조하였다. 또한 사람이 추구하는 아름다움은 미칠 수 있으면서도 미칠 수 없는 이상적 세계라는 것을 암시하였다.

또한 아쿠타가와 류노스케의 명성을 떨치게 한 작품 〈코〉(1916)와 《라쇼몽》(羅生門, 1915)은 모두 일본의 고대 이야기에서 취재한 것이며, 이기주의와 세상의 냉혹함을 비판한 명작이다.

그 가운데서 〈코〉는 노승이 코가 소시지처럼 길다고 무척 괴로워하는 내용이다. 마음 써주는 사람의 도움으로 민간요법을 써서 코를 짧게 만들었지만, 누구나 노승의 코가 짧아진 줄 알게 된 뒤에는 사람들이 더욱 많이 비꼬는 사태를 맞이하게 되어 더욱 괴로움을 겪었다. 결국 코를 다시 길게 만든 뒤에야 마음을 놓게 되었다. 작가는 황당한 줄거리를 통해 인간 본성의 추악함을 비판한 것이다. 즉 사람들이 남의 약점을 고소하게 생각하거나 값싸게 동정하고, 남이 분발하는 것을 질투한다는 것이다.

〈지옥도〉(地獄道)는 귀족에게 복무하는 어떤 화가가 예술 성취를 위해 딸과 자신의 생명을 바쳤다는 내용인데, 폭군이 인간 세상을 지옥으로 만들었다는 점을 지적했다.

그리고 〈죽림 깊은 곳〉[竹林深處]은 무사와 아내 그리고 강도 사이의 갈등을 나타냈다. 세 사람이 상대방을 살인범이라고 지목하려고 다투며 서로 모순된 자백을 하는 내용을 통해, '사람들이 종종 자신의 욕구에 따라 갖가지 진상들에 덧칠을 한다'는 우의를 나타냈다. 이 작품들은 모두 일본의 고대 이야기에서 취재한 것이다.

아쿠타가와 류노스케의 종교제재 소설도 우의를 강조한다. 예컨대 〈담배와 마귀〉는 마귀가 한 천주교 교주로 변장하여 담배를 일본으로

왼쪽부터 〈코〉의 삽화와 《아카이도리》 창간호 및 《라쇼몽》 초간본

들여오도록 하였다는 내용이다. '천주(天主)가 도착하는 것과 동시에 마귀도 따라왔다 — 서양의 선한 것을 받아들이는 동시에 악한 것들도 받아들였다'는 우의이다.

일본 소설가 오자키 가즈오(尾崎一雄, 1899~1983)도 적지 않은 우언 소설을 썼다. 예컨대 〈벌레의 일상〉은 거미·벼룩·벌·파리가 생존을 위해 분투하였다는 내용인데, 생사 문제에 대한 작가의 견해를 나타냈다. 이 밖에 〈여윈 수탉〉〈벌레와 나무〉〈떨어진 벌〉 등도 있다. 그리고 일본에서 콩트작가로 유명한 호시 신이치(星新一, 1926~)의 장편(掌篇)소설 1천여 편 가운데에는 동화 우언식 소설도 적지 않다.

필자는 일본 우언에 대한 연구가 깊지 않다. 또한 몽골, 베트남, 라오스, 캄보디아, 태국, 미얀마, 싱가포르, 말레이시아, 필리핀, 인도네시아 등 여러 나라의 우언에 대해서는 전적으로 연구가 부족하다. 그래서 이러한 결점을 되도록 빨리 보충할 사람이 나타나기를 기대한다.

2005년 2월, 동아시아 일부 국가의 우언계 대표가 한국에 모여서 동아우언연구회(東亞寓言研究會)[87]를 성립시켰다. 이는 동아시아 우언 역사의 일대 사건이라고 할 수 있다.

---

87) 동아우언연구회: 2005년 2월 한국우언문학회 주최로 중국·일본·베트남과 한국의 학자들이 참여하여 결성한 국제회의이다. 이때 발표한 내용 곧 35인이 쓴 34편의 논문을 본 편역자의 주관으로 정리·보완하여,《우언의 인문학적 위상과 현대적 활용》(한국우언문학회 편, 서울: 박이정, 2005)으로 출간하였다.

단편소설보다 더 짧은 소형소설들

'소설'이란 애초에 하찮은 이야기라는 뜻이다. 여기에는 길거리에서 그냥 주워들은 유언비어나 사랑방에서 들었을 법한 허무맹랑한 이야기도 포함된다. 굳이 긴 이야기일 필요가 없고, 조리 있을 필요도 없었다. 다만, 이야기로서 흥미를 유발하기만 하면 된다. 그러나 이야기가 짧아도 때로는 씹을 맛이 있게 마련이다. 짧을수록 그 효과가 더 크게 나타날 때도 있다. 소설의 역사에서 소설은 길게 늘어나기도 하고 줄어들기도 했다.

단편소설보다 더 짧은 형식의 서사 양식을 한국에서는 흔히 '콩트'라 하고, 중국에서는 미형(微型)소설, 일본에서는 장편(掌篇)소설이라 부른다. 서구에서는 1000단어 이내의 것을 'flash fiction'으로 한정하고, 'short short story'는 1001~2500단어, 'short story'는 2501~7500단어까지를 일컫는다고 한다.

그러나 '플래시 픽션'에는 단편소설보다 짧은 여러 종류의 서사 양식이 두루 포함될 수 있다. 'sudden fiction', 'microfiction', 'micro-story', 'postcard fiction', 'short short story' 등이 그것이다. 심지어는 헝가리의 욀케니(István Örkény, 1912~1979)처럼《1분 이야기 작품집》(One Minute Stories)로 유명해진 작가도 있다.

또한 러시아의 체홉(Anton Chekhov, 1860~1904)이나 호주의 로손(Henry Lawson, 1867~1922)은 플롯도 없이 순간적인 장면을 통해 독자에게 사건의 의미심장함을 암시하는 '소묘적 서사(sketch stories)'를 특징으로 한다. 이도 플래시 픽션의 하나로 다룰 수 있다. 어쨌든 그러한 소형 서사물들의 뿌리는《이솝 우화》《판차탄트라》《장자》등에까지 거슬러 올라가며, 후대 각국의 수많은 우언 작가 즉 'fablist'들이 그 원조라 할 것이다.

제10장 그리스-히브리 유럽 우언의 체계

유럽 우언은 세계 3대 우언 체계의 하나이며 다음과 같은 주요 특징이 있다.

첫째, 기원이 단일하지 않아서 많은 지역과 민족이 공동으로 창작하였다. 유럽 우언의 효시인 《이솝 우화》에는 사실상 아프리카 우언, 아시아 우언과 유럽 자체의 우언이 포함되어 있다. 고대 로마 시기에 기독교가 국교로 정해져 《성경》 우언이 아시아에서 유럽으로 전해졌다. 이로부터 점점 유럽 문명의 두 전통인 그리스와 히브리의 연원이 형성되었다. 이러한 이유로 이 책에서는 아시아의 히브리 우언, 즉 《성경》 우언을 유럽 우언의 체계 속에 넣어 진술하기로 한다.

둘째, 유럽 우언의 전파 방식은 이어달리기식이어서, 유럽 사회와 문학사조의 발전과 궤를 같이 하였다. 고대 그리스가 로마에게 멸망한 뒤 그리스 우언은 로마가 계승하였다. 서로마 제국이 멸망한 뒤 유럽은 중세기(5~15세기)로 접어들었고 프랑스가 우언 창작에서 가장 앞서 나갔다. 동물우언 서사시 《르나르 여우의 이야기》는 프랑스에서 먼저 출현하여 독일·영국·이탈리아 등 유럽 각국에 널리 전파되었다.

르네상스 시대에는 인문주의적 이상을 선전하는 우언 작품이 많이 나왔는데, 다빈치(da Vinci)의 우언은 그 대표작 가운데 하나이다. 종교 개혁운동도 우언문학에 기여를 하였는데, 버니언의 명작 《천로역정》은 바로 청교도의 관점을 선전하는 장편우언 소설이다.

　17세기 고전주의는 프랑스가 지배적인 위치를 차지하고 있었으며, 우언을 통해 라퐁텐과 그의 추종자들이 대표적으로 활동하였다. 18세기에는 계몽운동과 낭만주의 문학사조가 일어나 독일 계몽주의의 선구자인 레싱을 대표로 한 우언 창작과 이론이 나타났다. 19세기에는 비판적 리얼리즘이 성행하고 러시아 문학이 우뚝 솟았으니, 우언 작가 끄르일로프는 러시아 문단이 세계를 향해 나간 최초의 거장이었다. 20세기에는 여러 모더니즘 유파가 우후죽순처럼 유럽 각국에서 나타났다. 또한 현대 관념을 나타내는 우언,[88] 우언의 정신과 수법을 사용한 유명한 소설과 희곡 등이 출현하였다.

　우언은 유럽의 식민지 경영과 산업 문명의 발전에 따라 북미와 남미뿐만 아니라 호주로도 전해졌으며, 아시아와 아프리카의 우언 창작에도 영향을 끼쳤다.

　셋째, 유럽 우언의 형태는 풍부하고 다양하다. 《이솝 우화》로 대표되는 페이블형 우언이 있는가 하면 《성경》 우언으로 대표되는 패러블형 우언도 있다. 그리고 서기전 414년에는 희곡의 거장 아리스토파네스 (Aristophanes)의 수작인 우언 신화극 《새》, 서기 2세기의 로마 작가 아풀레이우스(Apuleius)의 우언소설 《황금 당나귀》, 수만 행으로 이루어진 13세기의 동물우언 서사시 《여우 르나르의 이야기》가 출현했다. 그 뒤에 나타난 대작 《요정 여왕》과 《천로역정》은 알레고리형 우언의 대표작이 되었다.

　각 시대마다 새로운 창작물이 생겨나서 우언이라는 유구한 문체가

---

88) 〔원주〕 미국 서버(James Thurber)의 우언 작품 등이 있다.

왕성한 생명력을 유지하게 되었다. 뿐만 아니라 다른 영역에도 널리 침투하여 시인, 희곡가, 소설가 또는 화가, 조각가 등 누구라도 그 혜택을 보았다.

유럽 우언은 오래된 역사와 광범한 지역, 많은 국가와 민족이 관련되기 때문에 체계적으로 그 역사 발전의 자취와 규칙을 정리하는 작업은 여간 어려운 일이 아니다. 유럽인이 아닌 필자로서는 여러 한계, 더욱이 자료의 부족으로 말미암아 이러한 작업을 진행함은 견강부회를 면하기 어렵다. 이는 마치 비키니 같은 옷을 만들더라도 옷감이 부족한 격이다. 그러나 역사적 이해는 어떤 사물을 이해하는 데 필수적 전제이다. 그리고 유치하고 천박한 단계가 없으면 성숙하고 심각한 저작도 있을 수 없다. 따라서 이 책은 얕은 수준이나마 유럽 우언 체계의 윤곽을 그려내고자 하는 것이다.

1. 고대 그리스 우언

그리스 문명은 유럽 문명사에서 특수한 위치를 차지하고 있다. 엥겔스가 말한 것처럼 "우리는 철학이나 다른 많은 영역에서 종종 그리스인이라는 작은 민족의 성과로 되돌아올 수밖에 없"으며 "포함되지 않는 것이 없는 그들의 능력과 풍부한 활동은 인류 문명의 발전사에서 다른 민족들이 넘볼 수 없는 지위를 보장해 주었다".89) 고대 그리스 우언이 유럽 우언사에서 차지하고 있는 지위도 이와 마찬가지이다.

약 서기전 2000년 에게 해(Aegean Sea) 지역에서는 벌써 크레타 섬의 크레타 문화와 그리스 반도의 미케네 문화가 나타났다. 서기전 12세기

---

89) 〔원주〕《자연변증법》의 〈반(反)뒤링론〉 구서(舊序) 참조.

도리아인은 에게 해 지역으로 들어와 미케네와 크레타 문명을 대신하고 이어 찬란한 고대 그리스 문화를 창조하였다. 서기전 8세기부터 서기전 6세기까지 고대 그리스는 점차 원시공동체로부터 노예제로 이행하여 수많은 작은 성읍 국가를 형성하였는데, 그 가운데 가장 유명한 나라는 아테네와 스파르타였다. 그리스 우언은 바로 이 시대에 나타난 것이었다.

서기전 8세기 말부터 서기전 7세기 초에 시인 헤시오도스는 828행의 교훈시 《일과 삶》을 썼다. 그 가운데에는 〈새매의 대답〉이란 우언이 있다.

아름다운 밤꾀꼬리는 새매에게 잡혀 날카로운 발톱 밑에서 슬프게 부르짖었다. 하지만 새매는 멋대로 답하였다.

"내가 네 주인이 되었으니 널 어디로 데려가든지 내 마음이야. 너를 내 맛있는 먹이로 삼든지 풀어주든지 모두 내 생각 나름이지. 감히 강자에게 저항하겠다는 놈은 치욕과 상처만 남을 거야."

이 작품은 고대 그리스 최초의 우언시로서 그리스 귀족들이 노예와 평민을 압박하고 해외로 나가 수탈하는 해적의 정신 상태를 반영하고 있다.[90] 또한 서기전 7세기 중엽에는 우언민요 〈게와 뱀〉, 유명한 시인 아르킬로코스(Archilochus)의 우언시 〈매와 여우〉, '서정시 중의 호머'라고 일컬어지는 테세우스(Theseus)의 우언시 〈말·암사슴·사람〉 등이 있다. 뒤에 이 우언들은 모두 각색되어 이솝 우화에 수록되었다.

이솝 우화는 고대 그리스 우언의 집대성이면서 아시아와 아프리카의 우언도 포함되어 있으며 그 연원은 서기전 3000년 아시아의 수메르 우

---

90) 〔원주〕호메로스의 이름을 빌려 쓴 우언 〈개구리와 쥐들의 싸움〉은 헤시오도스보다 앞선 호메로스의 작품이 아니며 서기전 4세기의 작품이었다.

언으로 거슬러 올라간다. 예컨대 〈사자·당나귀·여우〉라는 우언을 주목할 필요가 있다.

세 놈이 함께 사냥하고 포획물을 나눌 때, 당나귀가 세 몫으로 나눠 사자에게 먼저 고르라고 하니 사자가 벌컥 화를 내며 달려들어 당나귀를 잡아먹었다. 또 사자가 여우에게 다시 나누라고 명령하니, 여우는 자기에게 조금만 배당하고 나머지를 모두 사자에게 바쳤다는 내용이다. 이 이야기는 분명히 수메르 우언 〈한 마리 늑대와 다른 아홉 마리 늑대〉에서 왔다고 여겨진다.91)

이솝 우화는 아프리카와 매우 밀접한 관계를 가지고 있다.《이솝 전기》에서 이솝(Aesop)은 코가 납작하고 입술이 두터우며 피부가 아주 까맣고 그 이름의 뜻이 '흑인'이었다고 한다. 또 어떤 이가 고증한 바에 따르면, 이솝 우화의 진정한 작가는 서기전 11세기 이디오피아에 살았던 로크만(Lokman)92)이라는 사람이며, '이솝'은 '이디오피아'의 다른 이름이라고 한다.93)

이상의 두 가지 견해는 적어도 이솝 우화와 아프리카 우언이 친연 관계가 있음을 증언해 준다. 그리고 그리스 철학가 아리스토텔레스는 《수사학》에서 아프리카의 리비아 우언과 이솝 우화를 동렬에 두고 논한 바 있다. 지리적 조건으로 보건대 지중해는 해운이 편리하고 상업 거래가 빈번하였으므로 아프리카 우언이 전해지는 기회를 제공하였을

---

91) 〔원주〕 이 책의 제2부 7장을 참고할 것.

92) 로크만: 작가 이솝과 이슬람 문명 사이의 연관성도 있으니,《코란》31장에는 예언자 모하메드가 동방의 현자로 '로크만'을 언급했다. 아랍 설화에서 로크만은 B.C.11, 이디오피아에 살았던 사람으로《성경》에 나오는 욥(Job)의 후손이라고 한다. 그가 죽고 나서 약 5세기 뒤에 이솝이 로크만의 이야기 약간 편을 활용했다는 설이 있다.

93) 이솝은 '이디오피아'의 다른 이름: 리처드 로반(Richard Lobban)의 주장에 따르면, 고대 그리스어로 Αἴσωπος(아이소포스), 현대 그리스어로 Αἴσωπος(에소포스)는 영어에서 Aesop(이솝)의 어원이 된다. '아이소포스'라는 이름이 '에티오피아인'을 뜻하는 고대 그리스어에서 유래한 것이라 할 때,《이솝 우화》의 작가는 아프리카 사람이라고 추측하는 것이다.

것이다.

《이솝 우화》의 작가 '이솝'은 사모스(Samos) 섬의 이아드몬 가문의 외국인 노예였으며, 본적은 트라키안(Thracian)이나 아프리카의 이디오피아이고, 대략 서기전 6세기 사람이었다고 한다. 그는 재능과 지혜로 주인의 눈에 들어 자유민의 신분을 획득하였으며 리디아(Lydia)의 왕인 크로서스(재위 B.C.560~B.C.546)의 신임을 얻었다. 뒤에 그는 명령을 받아 델피(Delphi)로 갔는데 델피 사람에게 무고(誣告)를 당해 신령을 모욕하였다는 죄로 사형당하는 신세가 되었다. 일설에 따르면, 그가 쓴 우언이 권세가의 노여움을 샀기 때문에 자신이 종사하는 일에서 순직하게 되었다고도 한다.

유명한 역사가 헤로도토스(Herodotus)의 《역사》, 유명한 극작가 아리스토파네스(Aristophanes)의 《나나니벌》과 《새》, 유명한 철학가 플라톤의 《파이드루스》와 아리스토텔레스의 《수사학》은 모두 이솝과 관련된 단편적인 자료들을 제공하고 있다.

대략 서기 4~5세기에 편찬된 《이솝 전기》는 이솝에 관한 재미있고 잘 알려지지 않은 일들을 많이 기록하였다. 예컨대 〈빵이 든 멜대〉〈편안한 혀〉〈바닷물을 다 마셔버림〉 등은 우언식 이야기이며 믿을 만한 역사 자료가 아니다. 이솝이 정말 존재하는지에 대해 근본적으로 회의를 품는 사람도 있기는 하나, 그를 고대 그리스 우언을 서술하고 정리한 사람이라고 여기는 이가 더 많다.

이와 달리 《이솝 우화》는 점차적으로 편집·완성된 것이었다. 고대 그리스인은 '이솝 우화'로서 그리스의 모든 우언을 총칭하였다. 서기전 4세기 말, 3세기 초에 아리스토텔레스의 손제자이자 아테네의 철학가 데메트리오스가 편찬한 최초의 그리스 우언집 《이솝 이야기 집성》은 200편에 가까운 순 우언 작품들만이 수록되었으나, 이는 일찍부터 실전(失傳)하였다.

서기 1세기에 파이드루스(Phaedrus)가 라틴어 운문으로 《이솝식 우언》 5권을 썼는데 오늘날 130여 편이 보존되어 있으며 각색이나 재창작의 특징을 지니고 있다. 서기 2세기의 바브리우스(Babrius)는 고대 그리스어로 된 우언시집을 편찬하여 우언 100여 편을 남겨주었다. 1844년에 이 책의 고사본(古寫本)이 발견되어 현재까지 최초의 그리스 우언집으로 여겨지고 있다.

오늘날에 전해지는 《이솝 우화》의 판본은 동로마 제국의 비잔틴(Byzantin) 승려이자 학자인 플라누데스가 편찬한 것을 원본으로 한 것이다.[94] 여기에는 이야기 150편만이 수록되어 있으며 15세기 초에 편찬되었고, 1479년에 처음으로 간행되었다. 1610년 스위스 학자 나이포라이터가 간행한 《이솝 우화》는 200여 편의 우언[95]을 덧보탰다. 이를 판각 인쇄하여 《이솝 우화》가 기본적인 형태를 갖추게 함과 동시에 이솝을 누구에게나 친숙한 인물로 만들었다. 이후의 각종 판본은 나름대로 선택과 증감이 있지만 대체로 이 범위를 벗어나지 않았다.

《이솝 우화》는 특정한 형식으로 사회현실을 반영하였다. 예컨대 〈새매와 밤꾀꼬리〉 〈늑대와 양〉은 사실 노예주 귀족의 잔악함을 폭로하였으며, 〈매와 말똥구리〉 등은 하층 사람들의 복수하겠다는 완강한 의지를 찬양하였다. 이솝 우화는 어떻게 처세해야 하는지에 관한 도덕적 교훈을 선전하는 것을 주된 내용으로 한다.

예컨대 〈농부와 뱀〉은 악인을 동정해서는 안 된다는 것을 가르쳤으며, 〈농부와 그의 아이들〉은 부지런히 일하는 것 자체가 재산임을 설명

---

94) 플라누데스(Maximus Planudes, 1260~1330)가 편찬한 《이솝 우화》: 우리나라(한국)에서는 1921년 미국인 선교사 배위양(裵緯良)이 국문으로 번역하고, 영국인 반우거(班禹居)가 발행하였다. 이 책에는 모두 149개의 우화가 수록되어 있으며, 현재 독립기념관에 소장되어 있다.

95) 〔원주〕 바티칸 도서관 소장 134편, 아프토니우스본 40편, 바브리우스본 43편을 포함함.

하였고, 〈나그네와 곰〉은 곤경에 빠질 때만이 누가 절친한 친구인지 알아차릴 수 있음을 보여주었다. 또한 〈도둑과 그의 어머니〉는 작은 이익을 탐하여 후세를 해쳐서는 안 된다는 이치를 알려주었으며, 〈나무꾼과 헤르메스〉는 성실함을 노래하였고, 〈양치기 소년〉은 거짓말하는 것을 나무랐으며, 〈금알 낳는 닭〉은 욕심이 끝없어 규율을 위반하는 사람을 풍자하였다.

이솝 우화의 도덕적 교훈은 동물 이야기를 통해 표현되는 경우가 더욱 많다. 예컨대 〈사슴과 사자〉〈개미와 매미〉〈까마귀와 여우〉〈고기 무는 개〉〈거북이와 토끼〉〈모기와 사자〉〈볏 있는 새의 목마름〉〈새끼 게와 어미 게〉 등은 모두 길이 전승된 명작이다. 또 이솝 우화는 식물이나 무생물을 통해 도덕적 교훈을 표현하기도 하였다. 예컨대 〈상수리나무와 갈대〉〈소와 차축〉〈북풍과 태양〉〈밥통과 다리〉〈선과 악〉 등이 있다.

이솝 우화의 가장 뚜렷한 예술적 특색은 의인화 수법으로 동물의 움직임을 묘사하고 인간의 사회생활을 투영한다는 점이다. 뤄녠성(羅念生) 등이 번역한 《이솝 우언》(인민문학출판사, 1981)에 실린 우언 330편 가운데는 동물우언이 231편이 있으며[96] 모두 73종의 동물 형상이 나타나 있다. 들짐승이 26종, 날짐승이 24종, 곤충과 물고기가 23종이다. 이 밖에 식물우언 12편, 무생물우언 5편, 신체기관의 우언 2편도 있다. 그리고 대부분 의인화 수법이 쓰였다.

이솝 우화는 형상의 유형화에 중점을 두면서 또한 단일한 개념화에 떨어지지 않도록 주의하였으며 동물의 특징적인 습성을 포착, 묘사하고 도덕적 평가를 교묘하게 부여했다. 예컨대 늑대의 흉악함, 여우의 교활함, 당나귀의 아둔함, 토끼의 소심함, 뱀의 악독함, 양의 온순함은

---

96) 〔원주〕 동물이 끼어든 작품까지 포함하면 259편이 됨.

사람에게 깊은 인상을 남기면서 인간사회에서 그에 상응하는 일정한 유형의 사람을 떠올리게 한다.

그러나 이솝 우화는 한 동물을 단일한 도덕 개념에 대응시키지는 않았다. 똑같은 늑대이지만 〈늑대와 양〉에서는 흉포 전횡의 화신이요, 〈늑대와 개〉에서는 오히려 자유를 추구하는 자이다. 또한 같은 거북이인데 〈거북이와 매〉에서는 승부욕이 있지만 어리석어 제 무덤을 파는 놈이고, 〈거북이와 토끼〉에서는 오히려 분발하여 승리를 거두는 영웅이다. 이것은 동물 자체가 단순치 않은 다양한 습성을 지니고 있어서 사람들이 한 동물에서 서로 다른 인물상을 연상하기 때문이다. 그래서 유형화를 추구하면서도 단일하게끔 만들지 않는 데 바로 인간생활에 충실하게 만드는 비결이 있었다.

또 이솝 우화는 대비 수법을 성공적으로 운용하였다. 예컨대 〈북풍과 태양〉은 북풍이 살을 에듯 춥다는 것과 태양이 따뜻하다는 것을 비교하였다. 온화한 사람의 승리와 맹렬한 자의 실패를 통해, '설득하는 것이 종종 굴복시키는 것보다 효과적이다'라는 점을 진정으로 증명하였다.

〈거북이와 토끼〉에서 거북이와 토끼는 자질에서 뚜렷한 차이를 보였다. 거북이는 굼뜨고 느리며 토끼는 민첩하고 신속하다. 이와 달리 거북이와 토끼는 정신적으로도 큰 차이를 나타내었다. 거북이는 부지런하지만 토끼는 거만하고 게으르다. 결과적으로 의외의 대비가 나타나서 거북이가 달리기에서 승리를 거두게 된다. 이는 '가끔은 분발하는 사람이 거만하고 자부심 많은 사람을 이길 수 있다'는 것을 생생하게 설명하였다.

또 〈늑대와 양〉에서 강자와 약자를, 〈농부와 뱀〉에서 선악을, 〈큰 까마귀와 여우〉에서 어리석음과 지혜로움을, 〈상수리나무와 갈대〉에서 굳셈과 부드러움을 대비하였다. 대립적 형상이 나타난 이야기라면, 거의 모두 대비 수법을 사용하여 성공적인 예술 효과를 거두었다.

한편 동일한 형상에 대비 수법을 사용하는 경우도 있다. 예컨대 〈모기와 사자〉에서 모기가 먼저 사자를 이기지만 나중에는 거미줄에 걸려 죽는 것은 일종의 시간적 선후 대비이다. 〈사슴과 사자〉에서 사슴의 뿔은 아름다우나 해롭고 발은 추하나 유용함을 나타냄으로써 사슴의 신체기관을 대비하며 심리 변화 또한 시간적으로 선후 대비하였다.

이솝 우화는 짧고 치밀하며 풍격이 신랄하고 해학적이다. 예컨대 〈여우와 포도〉에서 다음과 같은 구절이 있다.

> 여우가 배가 고플 때 마침 시렁에 걸려 있는 포도를 보았다. 포도를 따려고 했지만 딸 수가 없었다. 떠나면서 혼자말로 '아직 실거야'라고 중얼거렸다.

몇 글자 안 되는 구절이고 번역문으로도 어휘가 겨우 30개 미만이다. 그런데도 탐욕스럽고 간사하며, 무능하고 허영심 많으며, 객관적 현실을 부인하고 심리적 만족을 추구하는 우스꽝스러운 형상을 생동감 있게 그려냈다.

그리고 이솝 우화는 두 부분으로 구성되어 있는데, 앞부분은 이야기이며 뒷부분은 "이 이야기가 말한 것은……"이라는 구절을 통해 우의를 밝힌다.

이솝 우화가 유럽 우언에 끼친 영향은 실로 지대하여 줄곧 구미(歐美) 우언계의 준칙으로 받들어져 왔다. 프랑스의 유명한 우언시인 라퐁텐은 자신의 우언집의 이름을 "라퐁텐이 운문으로 쓴 이솝 우화"라고 붙인 적이 있다. 이솝이 의인화된 동물 형상을 주인공으로 삼은 것은 유럽 우언의 전통적 특색을 보여준다. 또한 레싱은 〈우언의 동물 제재를 논함〉을 별도로 써서 이 전통을 긍정했다.

〈표 2-1〉은 유럽의 네 작가가 쓴 동물우언이 각자의 우언 작품 전체

표 2-1. 유럽 우언에서 동물우언의 백분율(%)

작가 \ 편수	우언 작품 편수	동물우언 편수	백분율
이솝	330	259	78.5
라퐁텐	244	150	61.5
레싱	105	73	75.3
끄르일로프	205	105	51.7

에서 차지하는 비율을 나타낸 것으로서 모두 50퍼센트를 넘었다. 〈표 2-2〉는 이들 작품에서 가장 빈번하게 나타나는 동물 형상 9종을 열거하였는데, 각종 동물이 나타나는 총 횟수를 100으로 따졌을 때 해당 동물이 나타나는 비율이다. 예컨대 《이솝 우화》에서 동물 73종이 모두 394번 나타나는데, 여우는 39번 나타나기 때문에 9.9퍼센트를 차지한다고 계산한 것이다.

〈표 2-2〉를 보면 유럽의 우언 작가들이 사용한 동물은 놀라울 정도로 비슷하다. 여우가 첫째이고, 사자가 둘째, 그리고 늑대와 당나귀가 비슷한 비율을 차지하고 있다. 이 한 가지 사실만으로도 유럽 우언에서 이솝 우화의 기초적 역할을 충분히 보여줄 수 있다.

그런데 《이솝 우화》에도 실패한 작품은 당연히 있다. 예를 들어 〈헤르메스와 장인들〉은 단지 수공인과 피혁공을 비웃느라 엉터리로 만들어낸 것이지, 특별한 우의가 있지 않다. 또 〈사람과 양사람〉은 다음과 같은 내용이다.

양 머리를 지닌 산신령, 곧 양사람이 어떤 사람과 친구로 지냈다. 그 친구는 겨울에 손이 시려워 손가락에 따뜻한 입김을 불었고, 또 식탁에서 함께 밥을 먹을 때 음식이 너무 뜨거워 입김을 불어 식혔다. 이것을 본 양사람이 말했다.

표 2-2. 유럽의 작가우언에서 각 동물이 활용된 백분율(%)

작가 \ 동물	여우	사자	개	늑대	당나귀	양	사슴	쥐	매
이솝	9.9	7.6	7.3	7.1	6.8	4.1	2.5	2.3	1.5
라퐁텐	8.1	6.6	4.8	6.6	5.9	3.4	2.2	6.6	1.8
레싱	11.5	5.3	2.7	5.3	5.3	3.5	5.3	4.4	5.3
끄르일로프	10.2	8.7	4.4	8.3	5.8	5.3	0.5	4.4	3.9

"이 사람아! 난 너랑 절교할 테다. 네가 똑같은 입으로 따뜻한 바람을 불다가 또 차가운 바람을 불기 때문이야."

이솝은 우의를 밝히면서 '어떤 사람이 변덕스러우면 절대 그와 친구로 지내서는 안 된다'고 말하였다.

이 이야기는 유치한 수준이다. 단지 표면적으로 비슷하며 발음이 같은 어휘를 사용했을 뿐, 줄거리와 도덕교훈은 완전히 연관성을 잃고 있기 때문에 일찍부터 사람들의 비평 대상이 되었다.[97] 또한 《이솝 우화》에는 조잡하거나 서로 비슷해진 작품도 있다. 그러나 이것들은 마치 옥에 티와 같은 것으로 이솝 우화의 높은 지위에 조금도 문제가 되지 않는다.

우언은 고대 그리스 사회에서 널리 주목을 끌었다. 서기 5세기부터 아테네의 학교에서 저학년에게는 우언으로 아동의 지혜를 깨우치고, 고학년에게는 우언을 통해 수사 훈련을 받게 했다. 철학가, 연설가, 기타 학자들도 우언의 활용과 연구를 중요시하였다. 유명한 철학가 소크라테스는 사형 판정을 받은 뒤에도 감옥에서 자기가 익숙하게 알고 있었던 《이솝 우화》를 우언시로 각색하였다고 한다.[98]

---

97) 〔원주〕 레싱의 〈우언의 본질을 논함〉을 참조할 것.

98) 〔원주〕 플라톤의 《파이드루스》를 참조할 것.

아리스토텔레스는 명저 《수사학》에서 우언에 대해 투철한 논술을 전개하였다. 또한 아프리카의 리비아 우언을 말하기도 하고 테세우스 (?~556)의 우언시 〈말·암사슴·사람〉과 이솝의 우언 〈여우와 고슴도치〉도 분석하였다. 그는 우언의 본질이 허구적 이야기로 모종의 진실한 사건을 유비(類比)하고, 그로부터 변론의 힘을 강화하여 듣는 사람을 설득하는 것이라고 지적하였다. 또 비슷한 점을 발견하려면 반드시 철학적 사유 능력을 지녀야 한다고 말하였다.

서기전 4세기 말, 아테네의 웅변가 아프토니우스(Aphthonius)는 고대 그리스 우언을 라틴어로 번역한 바 있으며 우언의 분류에 대해 논하는 글도 썼다. 지리학자 스트라보(Strabo, B.C.63~A.D.24)의 《지리지》에서도 우언의 특징과 교육 대상 및 교육 작용에 대해서 논한 바 있다.

또 고대 그리스에서는 우언희곡도 만들어냈다. 유명한 희곡시인 아리스토파네스(B.C.446?~B.C.385)는 평생 동안 희곡 44편을 썼는데, 그 가운데 우수작 《새》는 유럽에서 현존하는 최초의 신화우언극(B.C.414 공연)이다.

극본에서는 두 명의 아테네 노인을 그리고 있다. '설득하는 사람'이라는 뜻의 피스테타이로스(Pisthetairos)와 '희망이 가득 찬 사람'이라는 뜻의 에우엘피데스(Euelpides)는 새의 왕을 찾아 뭇 새를 조직하고 '구름 속의 날짐승 나라[雲中鳥國]' 비둘기성[鵯鴣城]을 세우면서 천지 사이의 통로를 끊어버렸다. 이를 통해 천신 제우스로 하여금 양보하여 통치권을 날짐승국에 넘겨주지 않을 수 없게 만들었다는 내용이다. 이 날짐승국에는 착취가 없어서 누구나 노동을 하고 빈부의 차이가 없다는 것이다.

이 우언극은 타락적으로 기생하는 아테네 생활을 풍자하는 한편으로 작가의 이상을 기탁하였다. 예술적인 측면에서 상상력이 풍부하고 정치하며, 언어가 해학적이고 서정성이 풍부하다. 또한 구조가 융통성 있고 완전하여 아리스토파네스의 가장 우수한 대표작 가운데 하나로 공인되었다. 뒤에 아시에푸스(B.C.4세기의 극작가)가 이를 모방하여 희곡 〈물고기〉를 썼다. 아리스토파네스의 다른 유명한 극작품 《나나니벌》도 우언의 특징을 지니고 있으니 동물 형상으로 정치인을 투영하였다.

고대 그리스에는 이 밖에도 여러 우언 작가들이 있다. 예컨대 비극의 아버지인 아이스퀼로스(B.C.525?~B.C.456)는 우언 작품인 〈자기 깃털로 만든 화살에 부상당한 매〉를 쓴 바 있다. 서기전 2세기에는 밀레투스(Miletus)라는 우언 작가가 나타났는데 그의 작품 《밀레투스 우언》은 줄거리가 기이하며 내용이 색정적이어서 당시 널리 전파되었다. 로마의 유명한 소설가인 아풀레이우스가 쓴 《황금 당나귀》는 분명히 이 작품의 영향을 받았는데 글의 서두에서, "독자 여러분! 필자는 '밀레투스'의 문체로 여러분에게 여러 우스운 이야기를 꾸며드리겠습니다"라고 하였다.

고대 그리스 우언은 유럽 우언의 기초를 마련하였다. 《이솝 우화》의 줄거리·형상·수법은 후대 유럽 각국의 우언 작가들이 부단히 모방하였다. 고대 로마의 파이드루스부터 20세기 미국의 서버에 이르기까지 모두 이솝을 모범으로 심이 왔다. 또 명나라 말기에 이솝 우화는 중국으로 전해져 고전 우언과 현대 우언의 창작에 신선한 피를 주입하였다. 그리고 《새》의 후대 영향 또한 과소평가할 수 없다. 유럽 각 시대의 우언극 또는 부조리극(absurd theater)은 모두 《새》의 정신과 수법을 흡수한 것이기 때문이다.

2. 히브리 우언

히브리인은 아시아에서 살아왔지만 옛날부터 오늘까지 줄곧 유럽과 밀접한 관계를 지녀왔다. 히브리 문화와 그리스 문화는 유럽 문화의 중요한 기원으로, 문화사가들은 이들을 통틀어 '이희'로 불렀다.[99] 우언 영역에서도 마찬가지이다.

히브리인은 서기전 3000년 중엽 유프라테스 강 유역에서 유목 생활을 하였기 때문에 수메르 문화의 영향을 받았다.《성경》의 홍수 이야기는 바로 수메르의 서사시《길가메시》의 큰 홍수 신화에서 기원된 것이다.

서기전 14세기에 히브리인은 팔레스타인으로 진입하여 서기전 11세기, 통일된 이스라엘 왕국을 세워 사울·다윗·솔로몬 등 유명한 국왕이 나타났다. 그 뒤에 내부 분쟁 때문에 히브리인은 차례로 아시리아, 바빌론, 마케도니아, 로마 제국 등에게 통치되어 오랜 기간 멸망해 있었다.

히브리의 고대 문헌 총집은《성경》에서 '구약' 부분이다.《구약 성경》은 39권으로 되어 있으며, 서기전 12세기부터 서기전 2세기까지 히브리 민족이 창조한 신화·전설·우언·시가·소설·희곡 등의 작품들을 모아 놓았다. 서기전 6세기에서 서기전 1세기는 책으로 만들어져 유태교의《성경》으로 정해졌다. 뒤에 기독교는 이를 '구약'이라 하여 기독교《성경》의 앞부분으로 삼았으며, 또 그리스어로 '신약'을 써서《성경》의 뒷부분으로 삼았다. 27권으로 된《신약 성경》은 서기 1~2세기에 만들어졌으며, 예수와 그의 제자들이 선교한 일들을 기록하였다. 그 가운데 우언은 그들이 교의를 선전하는 데 사용하는 중요한 도구였다.

---

99) 이희(二希) 문화: 중국어로 希伯來(헤브라이)와 希臘(헬라스)의 첫 자를 따서 '二希'로 일컬은 것이다.

《구약 성경》 안에서 우언 작품의 수량은 비교적 적다. 명작으로는 「사사기」편의 〈왕을 찾는 뭇 나무들〉(9:7), 「사무엘 하」편의 〈양을 빼앗아 간 부자〉(12:1)와 〈다투는 두 아이〉(14:1) 등이 있다. 이 작품들은 모두 이야기를 통해 집권자를 풍자하였다. 예컨대 〈왕을 찾는 뭇 나무들〉은 다음과 같은 내용이다.

> 뭇 나무들은 자신들을 다스릴 나무 왕을 옹립하려고 하였다. 먼저 올리브 나무에게 '왕이 되어 달라'고 청하자 그는,
>
> "나는 신과 인간에게 기름을 제공해야 하기 때문에 나무들의 왕이 될 수 없다."
>
> 하고 말하였다. 또 무화과나무와 포도나무에게 청하니 그들은 모두,
>
> "우리는 신과 인간에게 달콤한 과실과 새 술을 제공해야 하기 때문에 나무 왕을 할 수 없다."
>
> 하고 답하였다. 그 뒤에 가시나무한테 찾아갔더니, 나무들 보고 모두 자신에게 복종하라고 명하였다.

이 이야기는 잔인하고 포악한 이스라엘의 통치자 '아비멜렉'을 풍자하고자 쓴 것이지만, 더 많은 것을 깨달을 수도 있다. 인류 문명의 진화 과정에서 비정상적인 현상, 즉 도덕적으로 타락한 사람이 오히려 권력을 장악하는 일이 많다는 것을 폭로하고 있다는 점이다.

《신약 성경》에는 우언 작품이 비교적 많으며 주로 「마태복음」 등 네 복음서에 집중적으로 수록되어 있다. 명작으로는 〈씨 뿌리는 사람〉 〈가라지를 제거하다〉 〈소년 재주〉 〈포도원〉 〈두 아들〉 〈흉악한 포도원 소작인〉 〈열 처녀〉 〈금화의 비유 — 달란트를 재간에 따라 맡기다〉 〈길 잃은 양〉 〈돌아온 탕자〉 등 20~30여 편이 있다.

《신약 성경》의 우언은 모두 예수가 기독교 교의를 선전할 때 말한

것으로서 심오한 교의를 생생한 이야기로 표현하려는 데 목적이 있다. 영국의 전기 작가 험프리 카펜터(Humphrey Carpenter)는 《예수》에서 다음과 같이 말하였다.

> 예수는 대부분의 시간에 이미 교육을 받은 지식인들에게 선교하지는 않았다. 그가 상대한 대상은 주로 일반인들, 특히 가난한 사람들과 버림받은 사람들이었다. 따라서 예수가 이야기를 활용하는 방식은 그들의 주의력을 사로잡을 수 있었다.

물론 다른 목적도 배제할 수 없다. 즉 종교 교의의 신비성을 강화하고 외부의 박해를 피하려는 목적도 있었을 것이다. 뒤에 예수는 '국민을 유혹했다'는 죄명으로 십자가에 못 박혀 죽게 되었다. 이는 마치 예수가 스스로 제자들에게 말한 것처럼 "신국(神國)의 신비는 너희들만 알고 있다. 남에게 말할 때는 무조건 비유를 사용해라. 그들이 보기는 봤으나 무엇인지 모르게 하고 듣기는 들었으나 이해하지 못하게 하려는 것이다(「마가복음」 4:10)". 요컨대 《신약 성경》의 우언은 추상적인 교의에 색채가 찬란한 형상의 옷을 입힌 것이다.

예를 들면 「마태복음」의 〈열 처녀〉란 우언은 사람들이 일찍부터 신앙을 가지고 구세주의 도래를 정성껏 기다려야 하며, 그렇지 않을 경우 천국의 대문으로 들어갈 수 없어 세계가 멸망하는 치명적인 재앙을 피할 수 없을 것이라 했다. 「누가복음」의 〈돌아온 탕자〉는 다음과 같은 내용이다.

> 재능이 없는 작은 아들이 재산을 물 쓰듯이 모두 써 버리고 타향을 유랑하다가 가난과 배고픔 때문에 어쩔 수 없이 다시 아버지 곁으로 돌아왔다. 아버지는 멀리서부터 그를 맞이하러 나왔으며 연회를 열어 축하

하고 춤추고 즐겼다. 집에서 부지런히 일한 큰아들은 이 때문에 화가 났
다. 아버지는 그에게 "네 동생이 되살아나고 되찾았기 때문에 우리는 당
연히 즐겁게 경축해야지"라고 권하였다.

이 이야기는 기독교의 관용과 박애 정신을 집중적으로 드러냈다. 아
버지는 하느님, 큰아들은 줄곧 충성을 다하는 신도, 작은아들은 회개하
는 죄인으로 비유한 것이다. 예수가 죄인에게 접근하는 것을 비난하는
사람들이 있었는데 예수는 이런 사람들에게 설명하였다.

당신들은 들어라. 한 죄인이 회개하였다면 하늘에서도 이 사람을 위해
이렇게 축하할 것이다. 이는 회개할 필요 없는 99명의 사람을 위한 경축
보다 더욱 즐거울 것이다.

이 이야기는 종교를 믿는 데 선후가 없고, 뉘우쳐 고치고 하느님에게
귀의하는 것을 환영하며, 사람들에게 관용하고 넓은 마음으로 남을 대
해야 한다는 것을 일깨워 주고 있다.

《성경》의 우언은 뚜렷한 민족적 특색을 지니고 있다. 우언의 제재는
갈릴리(Sea of Galilee) 지역의 농후한 흙냄새를 풍기고 있다. 밀씨를 뿌
리는 농민, 포도를 심는 공인, 바다 위에 그물을 던지는 어부들은 모두
갈릴리의 일상생활에서 자주 보이는 형상들이었을 것이다.

인물을 이야기의 주인공으로 삼는 《성경》의 우언은 동물을 주인공
으로 하는 고대 그리스 우언과 뚜렷한 대비를 이루고 있다. 이솝 우화
에서 동물우언은 80퍼센트를 차지하고 있지만 《신약 성경》에는 동물
우언이 한 편도 없다. 《신약 성경》 우언의 풍격은 정중하며 고대 그리
스 우언의 가벼움·신랄함과는 다르다. 이런 차이는 서로 다른 창작 목
적에서 말미암은 듯하며, 서로 다른 민족적 성격에서 결정되기도 했을

것이다. 온갖 고난을 겪어 온 히브리인의 민족적 성격에는 엄숙한 의식
이 쌓여 있으며 이것이 우언을 통해 드러났다.

《성경》 우언의 민족적 특색은 가치관에서 드러나기도 한다. 「루가복
음」의 〈금화의 비유〉(19:11)[100]를 예로 들어보자.

한 귀족의 후예가 왕위를 받아 오려고 먼 길을 떠나게 되었다. 그래서
그의 하인 10명을 불러와 금화를 하나씩 주면서 일렀다.

"내가 돌아올 때까지 이 돈을 가지고 장사를 해보아라."

그는 왕위를 얻어 돌아오자마자 금화를 맡긴 하인들을 불러서 그들이
장사를 해서 얼마나 벌었는가를 물었다. 한 사람이 다가와서,

"주인님이여. 저는 주인님께서 주신 금화 하나를 가지고 10개를 벌었
습니다."

라고 하였다. 주인은,

"잘했다. 너는 착한 종이로구나. 가장 작은 일에도 충성을 바쳤으니,
나는 너에게 열 고을을 다스릴 권한을 주겠노라."

하고 말하였다. 두 번째 사람이 와서,

"주인님이여. 주인님이 주신 금화를 가지고 5개를 벌었습니다."

라고 하였다. 주인은,

"너에게도 다섯 고을을 다스리도록 하겠다."

라고 하였다. 또 한 사람이 와서,

"주인님이여. 보세요. 주인님이 주신 금화는 여기에 그대로 있습니다.
저는 수건으로 싸서 보관하였습니다."

하고 말하였다. 주인은 그에게,

---

100) 〈금화의 비유〉: 원문에서는 '十錠銀子的比喩'라 되어 있지만 한국판 《성서》나
Good News Bible 등에는 '금화의 비유(The Parable of the Gold Coins)'로 되어 있다.
본문의 내용도 '銀子'를 '금화'로 바꾼다. '銀貨'를 주는 것은 「마태복음」의 내용에서
나온다.

"이 몹쓸 종아! 어째서 내 금화를 은행에라도 맡기지 않았느냐? 그랬다면 내가 돌아올 때 원금에다 이자까지 받을 수 있지 않았겠느냐?"라고 하였다. 그리고 옆에 서 있는 사람에게,

"그 종의 금화를 뺏어와 10개 가지고 있는 자에게 주어라."

하고 이르자, 하인들은,

"주인님이여. 그 종한테는 이미 10개나 있습니다."

라고 하였다. 그러자 주인은 말하였다.

"너희들은 잘 들어라. 누구든지 있는 사람은 더 받을 것이고 없는 사람은 그가 갖고 있는 것마저 빼앗길 것이다."

이 이야기는 「마태복음」 제25장[101]에도 비슷하게 수록되어 있다. 이는 상업을 중요시하는 히브리 민족의 사상을 반영하였으며 경쟁과 진취의 의식을 제창하였다. 이 뒤로 사람들은 강자를 지지하여 중요한 임무를 맡기는 위와 같은 방식을 '마태효과'[102]라 이름 붙였다. 이는 고대 중국이 소농경제(小農經濟)의 기초에서 형성된 '남은 자에게서 덜어 부족한 자에게 보태준다[損有餘以補不足]'는 평균주의 관념과 아주 큰 차이를 보인다. 경쟁력을 갖추어야 한다는 상업적 의식과 교의를 준수해야 한다는 종교적 정신은 이 우언에서 교묘하고도 이상하게 결합되어 있다.

---

101) 「마태복음」 25장: 한국판 《성서》와 *Good News Bible*에 〈달란트의 비유〉(The Parable of the Three Servants)라고 제목이 되어 있고, 내용에도 여행을 떠나는 평범한 주인이 3명의 하인에게 각각 돈을 다섯, 셋, 한 달란트(five/three/one thousand silver coins)씩 맡기는 것으로 되어 있다.

102) 마태효과(Matthew Effect): 좋은 것은 더 좋아지고, 나쁜 것은 더 나빠지며, 많은 것은 더 많아지고, 적은 것은 더 적어지는 사회현상을 가리킨다. 미국의 과학사가 로버트 머튼(Robert K. Merton)이 1968년에 제출한 개념이다. 무명의 연구자가 저명한 과학자와 동일한 연구 결과를 가지고 있다 하더라도 통상적으로 명예는 유명인에게 돌아가므로 이러한 것이 쌓여 최종적으로 학술적 권위를 지니게 된다고 하였다.

뿐만 아니라 이러한 결합은 다른 우언에서도 마찬가지이다. 따라서 본질적으로 금욕의 기독교이지만, 후세에 종교개혁을 겪은 뒤에 의외로 자본주의 생산 방식의 발전을 촉진시킬 수 있었다.

기독교는 서기 4세기에 로마 제국이 국교로 정했으며 중세기까지 의식 형태와 일상생활의 모든 영역에 침투하였다. 《성경》은 가가호호 알려져 있는 것이니 《성경》 우언도 누구나 알고 있는 이야기로 유행했을 것이다. 또한 이는 고대 그리스 우언과 함께 유럽 우언 창작의 모범으로 여겨졌을 터이다. 단테의 《신곡》과 버니언의 장편우언 소설 《천로역정》은 모두 《성경》 우언의 요소를 담고 있으며, 종교 개혁자 루터의 우언은 더욱 그러하다.

《성경》 우언은 동양의 여러 민족과 국가에도 영향을 끼쳤다. 예컨대 〈한 마리 양을 빼앗은 부자〉는 많은 양과 소를 가진 부자가 오히려 가난한 사람이 자식처럼 아끼는 유일한 새끼 양을 죽였다는 이야기이다. 이를 통해 권세를 부리고, 돈밖에 모르는 몰인정한 사람의 비열한 행동을 비난하였으며, 또한 이것으로 다윗 왕(재위 B.C.1013~B.C.973)의 의롭지 못한 행동을 풍자하였다. 이 이야기는 아랍 민족이 이슬람교의 경전 《코란》에 흡수시켰는데 「사디」편 가운데 〈형제의 재판〉이 그것이다. 《성경》 우언은 또한 중국으로 전해져 양원제(梁元帝) 소역(蕭繹)의 《금루자》(金樓子) 「잡기」(雜記)편의 〈양을 달라는 부자〉라는 이야기가 되었다.

《성경》과 《코란》과 《금루자》의 부자가 가난뱅이의 한 마리 양을 빼앗는 이야기

《성경》의 〈한 마리 양을 빼앗은 부자〉는 《구약 성경》「사무엘 하」 12장에서 선지자 나단이 다윗 왕에게 한 이야기이다. 다윗은 충직한 신하 우리야를 전쟁터에 파견하여 죽이고 그의 처 밧세바를 후궁으로 삼았다. 나단은 그 행위를 풍자하고자 가축을 많이 가진 부자가 이웃에서 키우고 있는 단 한 마리의 양을 빼앗은 이야기로 비유하였다.

이에 견주어 《코란》 31장, 21~25절에서는 밧세바의 사건은 언급하지 않은 채, 나단의 비유와 비슷한 이야기를 다윗이 남자 형제의 재판 과정을 심리하면서 접하게 되는 것으로 기록하였으니 다음과 같다.

"이는 저의 형제 이야기입니다. 형은 아흔아홉 마리의 양을 가지고 있으며 저에게는 한 마리밖에 없습니다. 형은 이 한 마리마저 자기의 보호 아래 두라고 말하며 저에게 험한 말을 했습니다." 다윗이 말하였다. "그가 단 한 마리뿐인 너의 양을 자기 양 떼로 두라고 요구한 것은 분명한 잘못이라. 실로 많은 동업자들이 서로에게 잘못을 하나니, 이것은 믿음을 갖고 선을 행하는 이들과 같지 않노라." 그러나 그들은 소수라, 다윗은 하나님께서 자신을 시험하심을 알고 주님께 부복하여 용서를 구하고 회개하여 하나님께로 귀의하였더라.

무함마드 아하마드 지하드는 그의 저서 《성경과 대비해서 읽는 코란》에서 밧세바가 우리야의 아내가 아니라 약혼자였으며, 다윗에게 자신의 잘못을 깨닫게 해 준 두 사람은 다름 아닌 천사였다고 말하고 있다. 그러나 《코란》에서는 《성경》의 서사적 묘사가 생략되어 있다. 이는 《코란》이 《구약 성경》을 하나의 사전 지식으로 전제한 때문일 것이다. 따라서 우리야의 충직함과 극명하게 대비되는 권력자 다윗의 파렴치한 행위, 범죄 후 다윗에 대한 하나님의 징계, 밧세바의 임신과 아기의 죽음 같은 극적인 사건 전개 속에서 위 우언은 서사 주인공 다윗의 깨달음을 촉발하는 하나의 삽화로 작용하고 있다. 다만 하나님께 용서를 구하며 회개한 다윗이 용서를 받고 밧세바와 동침하여 훗날 현군으로 명성을 떨친 솔로몬이라는 아들을 낳는 은총을 입는다는 기록도 동공이곡의 내용이라 할 수 있다.

이와 달리 《금루자》(金樓子)의 〈부자걸양〉(富者乞羊)은 양을 99마리 키우는 초(楚) 땅의 어떤 부자가 100마리를 마저 채우고 싶어 이웃집의 가난한 사람에게 여러 차례 청하는 내용을 간단하게 묘사했다. 이웃은 단지 한 마리 양이 전부였지만, 부자는 오직 그 한 마리만 자기에게 주면 자기가 기르는 양의 숫자가 만족스러워진다는 지극히 단순한 자기 욕망만을 표현하고 있다. 《구약 성경》에서는 이 같은 숫자는 표현되지 않고, 다만 부자가 손님 대접을 할 때 자기 소나 양을 잡기가 아까워 가난한 집에서 애지중지하는 새끼 양을 빼앗아 오는 것으로 설정되어 있다. 《코란》에서는 이것이 변형되어 양 아흔아홉 마리 가진 형과 한 마리 양만을 가진 동생으로 표현되었고, 《금루자》에서는 99마리에 한 마리를 더하여 100마리를 채운다는 숫자 관념과 허망한 욕심을 강조하였다.

윤석구, 〈다윗에 대한 성서와 꾸란의 비교 연구〉, 《풍경소리》;
陳煒/楊周, 《成語故事》 第22課, 福建僑報 참조.

3. 고대 로마 우언

그리스를 통일한 마케도니아 알렉산드로스 제국의 강대한 통치는 단지 15년 동안(B.C.338~B.C.323)이었고 알렉산더가 죽자 제국이 붕괴하였다. 그 상황은 중국의 진(秦) 제국과 비슷하다. 알렉산드로스 제국을 이어서 일어나 유럽을 통일한 고대 로마 제국은 중국의 한나라와 비슷하며, 비록 문화는 두 나라가 같은 민족이 아니었지만 고대 그리스의 전통을 계승하였다. 이는 마치 한나라가 진나라의 전통을 이은 것과 같았다.

고대 로마의 거주민은 주로 라틴 사람으로서 서기전 2000년 이탈리아 중부에 정착하였다. 서기전 8세기에는 성읍 노예 국가를 세웠으며 서기전 3세기에는 이탈리아를 통일하였다. 서기전 2세기에는 지중해 지역을 통일하여 서기전 146년에 고대 그리스를 고대 로마의 한 성으로 전락시켰다. 서기 2세기까지 고대 로마의 영역은 부단히 확대되어 지중해를 중심으로 유럽과 아시아와 아프리카를 걸치는 대제국으로 발전하였다. 서기 395년, 서로마 제국과 동로마 제국(터키를 중심으로 한 비잔틴인)으로 분열하였다. 서기 476년에 서로마 제국은 멸망하고 유럽은 중세기로 들어갔다.

고대 로마의 가장 위대한 우언시인은 파이드루스(B.C.15~A.D.50)이다. 그는 그리스 북방에서 태어났고 아우구스투스 황제(옥타비아누스)의 궁정 노예로 전락하였는데 뒤에 석방되었다. 라틴어 시가체로《이솝식 우언》5권을 썼는데 제재의 대부분은 이솝 우화에서 얻어온 것이지만, 현실생활과 역사 전설을 제재로 삼아 창작한 새로운 이야기도 있다. 현존하는 작품은 130여 수가 된다.

파이드루스는 피압박자의 입장에서 우언을 자각적 무기로 삼아 로마 제국의 현실을 풍자하였으며 대중의 고난과 동경을 표시하였다. 그는 우언의 구실을 높이 평가하며 이솝의 계승자로 자칭하면서, 다음과 같이 말하였다.

나는 이솝이 가는 길을 따라가면서 자신의 길을 만들어내겠다. 그리고 이솝이 남긴 것에 대해 내 개인의 어떤 몇몇 고난으로 보충해 넣겠다. ―(중략)― 압박을 당한 노예들이 말하고 싶어도 감히 말할 수 없는 그들의 감정을, 우언을 통해 표현할 수 있다. 그것은 허구화된 웃음 이야기를 빌려 비난을 피하려는 것이다.

또한 그는 우언시를 지어 집권자를 풍자하였다는 죄로 감옥에 들어가기도 했다. 황제 티베리우스(Tiberius Claudius Nero Caesar, 옥타비아누스의 계승자)의 근위대장 시에야누스는 그를 고소하면서 위협하였지만, 조금도 굴복하지 않았으며 우언 창작을 위해 기꺼이 대가를 치르겠다고 선언하였다. 파이드루스는 "만약 시에야누스가 원고로서, 증인으로서, 배심원으로서 나선다면 나는 이런 피해를 입을 만하다고 인정한다"고 하였다.[103]

파이드루스의 우언은 압박에 반항하여 자유를 추구하자는 강렬한 희망을 표현하였다. 사상적 측면에서 이솝 우화보다 더 명확하고 집중적이며, 예술적 측면에서 더 공감이 가도록 그려냈는데, 결국 우언의 형상성을 강화하는 데 주의를 기울인 셈이다. 〈늑대와 개〉를 예로 들어보도록 하자. 《이솝 우화》와 파이드루스의 《이솝식 우언》을 차례로 제시한다.

(1) 늑대는 목걸이를 한 뚱뚱한 개를 보고 물었다.
"누가 너를 붙잡아 매고 이렇게 잘 먹여 주었니?"
개는 대답하였다.
"사냥꾼."
대답을 들은 늑대는 또 말하였다.
"난 이런 고생은 하지 않았으면 싶다. 나에겐 굶는 것이 무거운 목걸이를 차는 것보다 훨씬 나을 것 같아서."

---

103) 〔원주〕 이상의 내용은 《이솝식 우언》 제3장의 서시(序詩)를 참조할 것.

(2) 하루는 개와 늑대가 숲속에서 만났다. 늑대는 개에게 물었다.

"아우여, 넌 어떻게 해서 이렇게 잘 자랄 수 있었니? 털이 매끄럽고 빛나기도 하구나!"

"그건, 내가 지금 어떤 집의 수위로 일하고 있거든. 도둑과 험담꾼이 감히 그 집 가까이 오지 못하게 했지. 난 경찰에 신고할 때마다 넉넉한 빵을 얻어먹는 데다가 주인도 아주 큰 뼈다귀를 상으로 주거든. 다른 사람들도 이렇게 대해주지. 하인들도 날 좋아하기 때문에 식탁에서 남은 음식이나 누구라도 먹기 싫어하는 음식은 전부 다 던져 줘. 그래서 난 항상 배부르고 털에도 윤기가 나지. 또 가리개 있는 방문 밑에서 잠을 자고 물이 부족한 적도 없단 말야. 이렇게 좋은 대우를 받는데도 나는 아주 조금 노동을 하면 되거든."

"오, 아우여! 참 편한 나날을 보내고 있구나. 나도 이렇게 즐겁게 보낼 수 있었으면 얼마나 좋을까! 정말 먹고 마시는 것을 걱정하지 않고 자유롭게 살며 처마 밑에 몸을 의탁할 곳을 마련했으면 좋겠어."

"너도 이런 좋은 생활을 보내고 싶니? 그럼 날 따라와. 평생 동안 아무 것도 걱정하지 않아도 될 거야."

그들은 어깨를 나란히 하여 뛰어갔다. 이때 늑대는 개 목에 털이 다 닳아서 빠진 부분이 있는 것을 보았다. 늑대는 멈춰 서서 물었다.

"아우, 네 목털이 무엇 때문에 이렇게 됐니? 피부에 상처까지 났잖아."

"아 그거야, 내가 너무 제멋대로 굴기 때문에 사람들이 낮에 사슬로 매어 놓아서 그렇게 된 거지. 그런데 저녁때가 되면 다시 자유롭게 되거든. 집에서 마음대로 여기저기 뛰어다니며 어디서든 자도 상관없어."

"나는 언제나 들판에서 자유롭게 다닐 수 있기를 원해. 그 어떤 사슬에도 묶이는 건 싫어. 적막하고 황량한 산꼭대기에서 내 자유를 위해 노래해야지, 내일 일 때문에 많이 걱정하지 않았으면 해. 나야말로 양 떼의 진정한 주인이고, 계책을 조금 쓰면 모든 사냥개가 속게끔 만들 수 있어.

좋아, 넌 너대로 살아. 난 나대로 살 거야."

이에 그들은 사이좋게 헤어졌다. 늑대는 황야로 돌아가고 개는 주인의 곁으로 돌아갔다.

(1) 《이솝 우화》는 간결하며 주제도 명확하다. 그러나 다른 이야기에서 이솝은 오히려 자유에 대한 동경을 풍자하였다. 예컨대 〈야생 당나귀와 집 당나귀〉에서 자유를 바라며 노예 생활을 원치 않는 야생 당나귀는 처벌을 받지만, 기꺼이 노역과 채찍을 받아들이는 집 당나귀는 오히려 칭찬을 받는다.

이에 견주어 (2) 파이드루스 우언은 자유를 힘껏 찬송하였다. 늑대의 곱고 낭랑한 마지막 대답은 정말 자유를 찬미하는 노래라 할 수 있다. 또한 이러한 정신은 다른 이야기에도 일관되고 있다. 예컨대 〈까마귀와 공작〉은 지위가 비천하나 높은 지위에 오르려고 망상에 잠긴 노예를 비난하였으며, 〈파리와 개미〉는 부귀를 탐하는 파리를 풍자하는 동시에 자유롭고 충직한 생활을 소박하게 보내는 개미를 칭찬하였다.

파이드루스는 이솝 이야기의 골격을 빌려온 위에다가 반복적 대비, 복선의 중첩, 세부 묘사의 부각 등의 수법을 운용하여 늑대와 개의 형상을 생생하게 그려냈다. 그의 이러한 작법은 우언의 문학성을 강화하여 유럽 시가체 우언의 전통을 열었다. 후세의 라퐁텐과 끄르일로프는 모두 이 길 위에서 전진하였다.

고대 로마시대에는 이솝 우화의 정리에서도 일정한 성과를 거두었다. 2세기의 바브리우스(Babrius), 4세기의 아위아누스는 모두 나름의 기여를 하였다. 4세기 전후에도 편자 미상의 라틴어 우언집 《로물루스》(*Romulus*)가 나왔으며 중세기에 널리 전해졌다. 또한 서기전 2세기의 풍자시인 루치리우스(Gaius Lucilius, B.C.180~B.C.102), 서기전 1세기의 유명한 시인 호라티우스(Quintus Horatius, B.C.65~B.C.8)는 모두 우언을 창작하였다.

2세기의 유명한 풍자 산문가 루키아노스(Lucianos, 125?~200?)는 황당하고 기이하며, 해학적이고 유머러스한 이야기와 대화를 빌려 로마 통치자와 그들의 하인들을 풍자하였다. 그의 작품은 짙은 우언적 색채를 띠고 있는데 예컨대 〈신들의 대화〉〈죽은 자의 대화〉〈진실한 이야기〉 등을 들 수 있다.

고대 로마는 우언소설에서 훌륭한 성과를 거두었는데 아풀레이우스(Apuleius, 125~180?)의 명작 《황금 당나귀》의 탄생을 예로 들 수 있다. 로마 제국이 관할하는 북아프리카의 현재 알제리 지역에서 태어난 아풀레이우스는 라틴어와 그리스어에 정통하며 문법학, 수사학과 플라톤 철학 등 여러 분야의 지식을 배웠을 뿐만 아니라 여러 종교 활동에 참가하고 샤머니즘도 접하였다. 그의 저술은 아주 많은데 철학, 문학, 자연과학에 관련된다.

《황금 당나귀》(*Asinus Aureus*)의 원제는 《변신 이야기》(*Metamorphoses*)이며 필사본으로 베끼면서 전하다가 4세기 말에 이르러 학자 아우구스티스가 수정하여 간행하고, 5세기에 '황금 당나귀'로 이름을 고쳐 오늘날까지 전해졌다. 이 책은 11권으로 구성되어 있으며 매 권마다 수십 편의 소품이 들어 있어 총 351편이 된다. 이야기의 줄거리는 다음과 같디.

젊은이 루키우스[104]는 그리스 마술의 발원지 테살리(Thessaly)로 여행을 떠나다가 고리대금업자의 집에 하숙하게 되었는데, 여주인은 신통력이 강한 무당이었다. 호기심이 많은 루키우스는 마술을 배우려고 주인집의 하녀와 간통하였다. 하녀의 도움으로 무당이 마법 약을 바르고 부엉새로 변해서 멀리 날아가는 장면을 몰래 훔쳐봤다. 그는 하녀에게 간청

---

104) 〔원주〕 또는 '루차오(魯巧)'라고 번역되기도 한다.

하여 작은 깡통의 마법 약을 훔쳐왔는데, 너무 탐욕을 부린 나머지 그것
을 온몸에 바르고 당나귀로 변하였다. 그것은 하녀가 약을 잘못 훔쳐온
때문이기도 했다. 미처 사람의 모습으로 변하기도 전에 한 무리의 강도
들이 그를 빼앗아 무거운 장물을 실렸다. 뒤에 차례로 예농, 거리의 사기
꾼, 방앗간 주인, 채소 심는 사람, 고참 군인 등에게 팔려 힘든 일을 하면
서 각종 사회와 인간의 비밀을 목격하게 되었다. 마지막에는 짐승과 수
간(獸姦)하라는 형벌을 받은 악녀와 대중 앞에서 교접하는 연극에서 수
치심이 발동하여 죽을힘을 다해 탈출해서 이집트로 도망하였다. 그곳에
서 여신 이시스[105]의 은총을 입어 당나귀의 껍질을 벗고 사람의 모습으
로 회복하고 나서 이시스교에 귀의하게 되었다.

이 소설은 아마도 그리스 민간 전설을 골격으로 삼았던 듯하다. 신화
전설과 무당술, 사람에 대한 묘사와 설교를 한데 모아 서술이 생생하고
유머러스하다. 이야기의 표층에서는 사회적 병폐를 폭로하였다. 즉, 주
인공은 당나귀로 변하였지만 사람의 지혜를 그대로 유지하고 있어 은
폐된 사회의 각종 비밀을 엿보고 인간 사회의 진정한 모습을 꿰뚫어 볼
수 있었다.

이와 달리 이야기의 심층 우의에서는 음욕을 버리고 고난을 견디어
속죄해야 한다는 사상을 폈다. 즉, 루키우스가 당나귀로 변하게 된 것
은 음욕과 탐심 때문이었다. 그러나 속세에 빠져 든 뒤 온갖 고난을 겪
는 과정에서 인성을 유지하게 되며 결국 그릇된 것을 버리고 바른 길로
돌아서니 신령의 도움을 받아서 사람의 모습을 회복하였다. 이는 형체

---

105) 여신 이시스(Isis): 고대 이집트 신화에서 이시스는 오시리스의 아내이자 사랑의
　　신이다. 남편 오시리스는 죽음과 부활의 신이며 악의 신 세트가 그를 열네 조각으로
　　절단하지만, 이시스가 신비스러운 방법으로 부활시켰다. 그녀는 자연현상을 통제하
　　고, 계절을 지배하며, 백성을 풍요롭게 하는 능력을 지녔다. 양육과 생명을 담당하는
　　신격이기도 하다.

의 회복일 뿐만 아니라 인성의 회복, 영혼의 승화이기도 하다.

이탈리아 학자 말체시(Marchesi)는 《라틴문학사》에서 이 책에 대해서 높이 평가한 바 있다. 그는 "아풀레이우스는 우언의 대가일 뿐만 아니라 독특한 풍격을 창출한 사람이기도 하다"고 하였다. 《황금 당나귀》는 고대 로마 문학에서 가장 완전한 소설이자 유럽 최초의 장편우언 소설로서 많은 면에서 후대 작가들에게 전범을 드리웠다.

르네상스 시기의 보카치오(Boccaccio)는 이 소설에서 소재를 얻어 《데카메론》을 썼으며, 마키아벨리는 이로부터 시사점을 얻어 자전체(自傳體) 은유시 《황금 당나귀》(*L'asino d'oro ; The Golden Ass*, 1517)를 썼다. 18세기 라오레쬬106)는 《작은 당나귀의 모험》을 썼으며, 19세기 콜로디는 《피노키오의 모험》을 썼는데 모두 《황금 당나귀》의 영향을 받았다. 또한 이 소설은 동양 각국에 영향을 끼쳤다. 《천일야화》의 파이드루스 이야기와 중국 당대(唐代) 설어사(薛漁思)의 《하동기》(河東記)107)에 실려 있다는 〈판교 삼낭자〉(板橋三娘子)는 모두 이와 비슷하다.

고대 로마는 우언의 교육적 구실을 매우 중요시하였다. 유명한 교육자 퀸틸리안(Quintilianus, 35~96)이 만든 교육 계획에서는 아이들이 입학한 뒤 우선 그리스 우언을 배우고, 그 다음에 호메로스와 베르길리우스의 서사시를 배워야 한다고 규정하였다. 고대 로마 우언도 고대 로마의 신화, 서사시, 서정시, 비극이나 희극과 마찬가지로 그리스 전통을 많이 계승하였다. 또한 나름의 기여와 창조가 있어 문학발전사에서 중개적 구실을 수행하였다.

---

106) 라오레쬬: 이 작가에 대해서는 자세히 알려진 바가 없다.

107) 《하동기》(河東記): 원문에서는 《환이기》(幻異記)라고 했으나 착오이다.

설어사의 〈판교 삼낭자〉

당나라 변주(汴州, 지금의 開封市) 서쪽에 널다리[板橋] 가게에 삼낭자라는 여주인이 있었다. 나이가 서른이 넘었는데 혼자 살면서 자식이나 친척도 없이 밥집을 하였다. 그런데 집안은 아주 부유했고 노새를 많이 길렀다. 지나다니던 수레에 말이 부족하면 싼 값에 빌려주기도 하여 사람들이 상도가 있다 일컫고 원근의 여행객들이 많이 들렀다.

하루는 조계화(趙季和)라는 나그네가 낙양을 향해 가다가 이곳에서 묵었다. 먼저 온 숙객들이 대여섯 명 있어, 좋은 침상을 차지하여 계화는 주인 방의 벽과 붙어 있는 가장 구석진 곳에 있는 침상 하나를 차지했다. 여주인은 손님들에게 아주 후하게 대접하고 밤이 깊어서는 술을 내와 어울려 즐겁게 마시기까지 했다. 계화는 평소 술을 마지지 않았지만 그 판에 끼어 담소를 즐겼다. 2경쯤 되자 객들이 술에 취해 자고 삼낭자도 방으로 돌아가 문을 닫고 불을 껐다.

사람들은 모두 골아떨어졌지만 계화는 유독 뒤척이며 잠을 이루지 못했다. 벽 사이로 삼낭자가 부스럭거리며 물건을 움직이는 소리가 들렸기 때문이다. 우연히 틈새로 엿보니 덮어놓은 그릇에서 촛불을 꺼내 밝히고 있었다. 장롱에서 보삽과 나무 소와 나무 인형 하나씩을 꺼내 부뚜막에 놓고 물을 뿌리니 살아 움직였다. 예닐곱 치 정도 되는 소인이 나무 소에 쟁기를 지우고 침상 앞의 자리를 갈면서 몇 차례 왔다 갔다 하는 것이었다. 그리고는 메밀씨 한 줌을 꺼내 심으니 금세 싹이 터 꽃이 피고 메밀이 익었다. 소인으로 하여금 추수하여 발로 껍질을 까게 하니 일고여덟 되 정도가 되었다. 그걸 작은 맷돌에 넣어 까부수어 가루로 만들게 하고는 호떡 여러 장을 구웠다.

날이 밝아 객들이 떠나려 하자 삼낭자가 식탁에다 새로 호떡을 부쳐 내놓고 요기하게 했는데 계화는 가슴이 두근거려 사양하고 문을 열고 나가서는 몰래 문 밖에 숨어 안을 엿보았다. 그런데 식탁에 둘러앉았던 객들이 호떡을 다 먹기도 전에 갑자기 일시에 땅을 구르며 당나귀 울음소리를 내다가 순식간에 당나귀로 변하는 것이었다. 삼낭자는 가게 뒤편에 그들을 몰아넣고 재화 꾸러미들을 차지하였다.

계화는 남에게 그 사실을 말하지 않고 몰래 그 기술을 배우고자 하였다. 한 달쯤 지난 뒤에 계화가 낙양에서 돌아오다가 널다리 가게가 가까워지자 미리 메밀 호떡을 마련하고는 그곳에 묵었다. 그날 저녁 다른 객은 없었는데 주인이 더욱 후하게 대접했다. 다음날 아침에 삼낭자는 예전처럼 호떡과 과실을 아침상에 차려 내왔다. 계화는 틈을 보아 한 장을 자기 호떡 속에 넣어두었다. 그러고는 "나는 마침 싸가지고 온 호떡이 있으니, 주인의 호떡은 두었다가 다른 손님을 대접하라"고 사양하고, 자기 호떡을 먹으면서 삼낭자에게 맛을 보라고 권하였다. 이때 몰래 챙겨두었던 호떡을 가려내어 삼낭자에게 건네주었다. 그 호떡이 입에 들어가자마자 삼낭자는 땅을 박차며 당나귀로 변하였다.

그놈이 아주 건장하여 계화는 잡아타고 나무 인형과 나무 소들을 모두 챙겨 떠났다. 그러나 그 기술을 터득하지 못해 시험을 해보아도 성공하지는 못했다. 어쩔 수 없이 변신한 당나귀를 타고 여러 곳을 다니는 데에 만족해야 했는데, 이상하게도 넘어지거나 미끄러지는 적이 없이 하루에 백 리 길을 너끈히 다녔다.

그로부터 4년 뒤, 나귀를 타고 동관(潼關)을 들어서 화악묘(華岳廟) 동쪽에 이르렀는데 길가에 한 노인이 박장대소를 하면서,

"널다리 삼낭자가 어쩌다가 이 꼬라지가 되었노?"

하고 말하였다. 이어서 나귀를 손으로 잡아 쥐고 계화에게 일렀다.

"저놈이 비록 잘못이 있지만 그대를 만난 것도 그악스러운 일이오. 좀 가련하니 이제는 풀어주시구랴!"

노인이 곧장 당나귀의 입과 코 사이를 두 손으로 쩌 벌리니, 삼낭자가 가죽에서 뛰쳐나와 예전 몸뚱이로 회복되었다. 삼낭자가 노인에게 절을 하고는 달아나버리니 다시는 간 데를 알지 못했다.

李劍國 主編, 〈板橋三娘子〉, 《唐宋傳奇 品讀辭典》上, 554~560쪽 참고.

4. 중세기 우언

서기 476년에 게르만족이 서로마 제국을 멸망시킴에 따라 유럽은 봉건사회로 접어들었고 1640년, 영국에서 자산계급 혁명이 일어나 근대 자본주의 사회로 진입하였다. 그리스·로마 노예제의 고대사회와 근대사회 사이의 이 기간은 유럽 역사에서 '중세기'라 불린다. 그러나 문화사에서 14~16세기의 르네상스 운동은 중세기의 끝맺음과 자산계급 문화운동의 시작을 선포하였다. 이는 자본주의 생산방식이 벌써부터 봉건사회 내부에서 배태되어 발전했으며, 사상계몽운동이 자산계급의 정치혁명운동을 앞섰기 때문인 것이다. '중세기(medium aevum)'란 단어는 이탈리아 인문주의자들이 르네상스 시기에 처음 만들어냈으며, 고전문화(그리스·로마 문화)와 고전문화 부흥기 사이인 5~15세기를 가리킨다.

문화사의 중세기는 두 단계로 나뉜다. 5세기부터 11세기는 전기이며, 12세기부터 15시기는 후기이다. 전기는 북방 게르만족이 침입하여 서로마 제국을 멸망시켜 점차 봉건사회를 건립하는 시대이며, 후기는 봉건사회의 전성기이다.

서로마 제국이 멸망한 뒤 게르만 부족(Germanic tribes)은 제국의 폐허 위에 많은 국가를 세웠는데 그 가운데 가장 막강한 나라는 프랑크 왕국이었다. 샤를마뉴(Charlemagne, 742~814) 시기 프랑크 왕국은 서유럽을 통일하고 봉건 장원제도와 등급제도를 실시하여서 봉건사회로의 이행을 완성하고 문화의 발전을 촉진시켰다. 샤를마뉴가 죽은 뒤 왕국은 서프랑크(프랑스), 동프랑크(독일), 이탈리아의 세 부분으로 분열되었다. 북유럽과 동유럽은 봉건사회로의 이행이 서유럽보다 약간 느렸다.

중세 전기에 이르러서야 게르만족은 점차 자기 민족의 문자를 창조하였다. 그러나 392년에 이미 기독교가 로마 제국의 국교로 정해졌고 교회문학은 유럽 문단을 지배하여 고전문화와 민간문화에 대해 적대시하면서 배척하는 태도를 취하였다. 그러나 교회문학은 우언에서 다음과 같은 두 가지 기여를 하였다. 하나는 히브리 우언을 유럽으로 전하였다는 것이고 또 하나는 특수한 형상 사유방식과 표현 수법을 형성하였다는 점이다.

즉 우의를 강조하여 "작가는 늘 꿈이나 환상적인 정경을 빌려 생활현실을 반영하고 이상을 나타낸다. 진리를 고귀한 부인으로 그려놓듯이 추상적인 품성을 의인화하거나, 장미꽃으로 사랑을 상징하듯이 형상으로 추상적인 품성을 상징한다"는 것이다.[108]

중세 후기에는 수공업과 농업의 분업, 산업의 발전으로 말미암아 신형 도시와 상업에 종사하는 시민계급이 나타났다. 도시의 발달은 문화에 대한 교회의 독점을 깨트려 세속 문화와 도시문학을 형성하게 하였는데, 이는 자산계급 문화와 문학의 전신이다. 프랑스는 서유럽에서 도시와 도시문학이 가장 일찍 발달한 국가 가운데 하나이다. 중세문학의 대표로 일컬어지는 동물우언 서사시 《여우 르나르의 이야기》가 프랑스에서 최초로 나타났다는 것은 절대 우연이 아니다.

르나르(Renard) 이야기는 12~14세기 프랑스에서 나타난 장편 동물이야기시로, 여우를 주인공으로 한 시리즈 우언이다. 프랑스에는 4개의 이본이 현존하고 있으니, 《르나르 전기》(약 3만 줄) 《황제에 즉위하는 르나르》(3천 줄) 《새로운 르나르》(8천여 줄) 《사칭하는 르나르》(5만여 줄)가 그것이다. 이 가운데 《르나르 전기(傳奇)》(*Roman de Renard*)가 가장 유명하다.

이 이본은 27개조의 이야기시로 구성되어 있으며 각 조마다 여러 작은 이야기를 지니고 있다. 동물 왕국에서 벌어진 다툼을 묘사함으로써 사회현실을 반영했다. 어리석은 사자 왕 노블은 국왕을, 수늑대 이장그

---

108) 〔원주〕 楊周翰 主編, 《歐洲文學史》 참조.

《여우 라이네케》의 한국어판 표지

랭, 곰 브루인, 고양이 띠베르 등은 호족 권문을 반영하고, 수탉 샹뜨끌레르 등 약소 동물은 평민 백성을 나타냈다.

주인공 여우 르나르는 상류 시민계층의 대표지만 봉건 기사의 특징도 지니고 있다. 한편으로 늑대 이장그랭과 투쟁을 벌이면서 지혜로 상대방을 이기고 심지어 사자 왕을 우롱하기도 하였으니, 신흥 시민계층의 자기 역량에 대한 자신감을 보여주었다. 그러나 약소 동물을 괴롭히고 살해하였으니, 상류 시민계층의 착취적 본질을 나타내기도 하였다.

《르나르 전기》의 기본 줄거리는 니바르두스(Nivardus)라는 수사가 1152년에 라틴어로 쓴 장편시 《이센그리무스》(*Ysengrimus*)에서 왔으며, 많은 민간 작가들이 그것을 가공하였다. 현재로서 확실히 알 수 있는 작가는 상크로드(Pierre de St. Cloud), 하인리히(Heinrich der Glichezäre), 빌렘(Willem) 신부의 세 사람이다.

프랑스 현대 학자 루시앙 플레(Lucien Foulet)는 이 민간 전승의 공동 작품을 줄거리에 따라 27개의 지편(枝篇)으로 나누어 후대의 정본을 만들었다.[109] 이 장편우언시는 동양 우언 《칼릴라와 딤나》의 구성 방법과 표현 수법을 흡수하고, 이솝 우화의 전통을 발전시켰다. 형상이 풍부하며 줄거리가 생생하고 연극적 색채를 띠고 있는 《르나르 전기》는

---

109) 루시앙 플레의 *le Roman de Renart*(Paris, 1914)를 참고할 수 있다.

프랑스와 유럽 우언의 진품이다. 따라서 유럽 우언사에서 앞선 작품을 이어 받아 후대 작품을 열어주는 구실을 하게 되었다. 이 작품이 나타나자 프랑스와 유럽 각국에서는 앞 다투어 모방작 또는 후속 작품을 만들었다. 예컨대 독일의 유명한 시인 괴테는 4천여 행으로 된 이야기시 《여우 라이네케》를 써낸 바가 있다.

프랑스의 또 다른 장편우언시 《장미 이야기》(*Roman de la Rose*)도 유명하다. 이 시는 상하 두 권으로 나누어져 있다. 4300행으로 된 상권은 선교사 로리스(Guillaume de Lorris, ?~1235?)가 창작한 것으로 내용은 다음과 같다. 시인은 꿈속에서 화원을 노닐다가 한 송이의 장미꽃을 사랑하게 되었는데 '애정', '솔직', '강개' 등의 지지를 받았지만 동시에 '질투', '두려움', '인색' 등의 방해도 받았다. 장미는 감시를 받게 되어 시인은 아침저녁으로 그를 그리워하였다.

하권은 1만 7행으로 구성되어 있으며, 자산가 묑(Jean de Meung, 1250~1305)이 속편으로 창작한 것인데 내용은 다음과 같다. 애인은 '재산'의 힘에 기대어 환심을 사는 등 온갖 노력을 했고 드디어 '자연', '이성' 등의 도움 아래 '위선', '위험'을 이기고 장미를 획득하였다.

상권은 1220년대에 창작된 것으로, 기사문학의 우아한 사랑 이야기의 전통을 보여주고 있다. 하권은 1260년대 창작된 것으로, 중·하층 시민들의 관점을 나타내고 있는데, 교회·귀족·호족에 대한 비판이 포함돼 있을 뿐만 아니라 인문주의 사상의 씨앗도 담고 있다. 또 이 시는 상징 수법을 사용하고 있으며 시인 본인을 제외한 나머지 인물들을 모두 개념어로 이름 붙였다. 이 시에서 사용한 꿈 수법과 상징 수법은 유럽의 후세 문학에 깊은 영향을 끼쳤다.

또 프랑스에서는 유명한 여성 우언시인 마리(Marie de France)가 우언 색채를 띤 풍자 이야기시 대작을 만들어냈다. 마리는 12세기의 사람으로서 프랑스 최초의 여성 시인이며, 장기간 영국 국왕 헨리 2세의 궁정에서 일한 바 있다. 그녀는 민간 이야기에 근거하여 우언시 시리즈를 썼는데《작은 이솝》(*Ysopet*)이라 이름 지었다. 이야기에서 사자·늑대·매 등으로 '부유한 도적'을, 양 등으로 압박을 당하더라도 감히 반항할 수 없는 평민들을 상징하였다. 부끄럼 없는 약탈을 비판하며 평민을 동정하고 강자들이 절제해야 한다고 권면하는 데 목적을 두었다.

현존하는 프랑스 중세기의 풍자 이야기시는 150수가 있으며, 〈오디 먹는 선교사〉〈당나귀의 유언〉〈찢어진 마구〉 등은 모두 우의가 신랄한 작품으로 꼽을 수 있다. 이는 라퐁텐 우언과 몰리에르 희극 등에 모두 시사점을 주었다.

영국의 우언 창작도 일정한 성과를 거두었는데 그 전성기는 14세기였다. 14세기 후반기에 상징 수법으로 쓴 장편시 4편이 나타났는데, 〈진주〉(1,200행)〈순결〉(1,800행)〈인내〉(531행)〈가웨인 경(卿)과 녹색 옷의 기사〉(2,350행)가 그것이다. 이 작품들은 모두 괴이한 줄거리를 통해 기독교적 이치를 펴고 종교·영예·사랑을 찬송하였다.

랭런드(Langland, 1332?~1400?)의 장편우언시《농부 피어스의 환상》(*The Vision of Piers Plowman*)은 영국 중세기 우언 창작에서 최고의 성과로 여겨진다. 이 시는 7,242행으로 되어 있으며, 시인의 세 차례 꿈으로 이루어져 있다. 첫 번째 꿈은 시인이 '진리의 탑'을 유람하는 내용이다. 꿈속에서 본 것을 통해 승속(僧俗)의 진부하고 기생충 같은 현실을 비판하였으며, 국왕의 역할을 인정하면서 '이성'과 '양심'으로 나라를 다스렸으면 하는 바람을 표하였다.

두 번째 꿈은 '양심'이 포교를 하자 청중들이 회개하는 내용이다. 청중 가운데 포함되어 있는 교만·음욕·질투·분노·탐욕·탐식·나태의 일곱 가지 죄악도 참회를 하기 시작했다. 농부 피어스는 대중을 인도하여 '진리'를 찾아 나서도록 하였고, 농부와 선량한 대중들은 성실하게 노동함으로써 속죄권(贖罪券)을 획득하였다.

세 번째 꿈은 시인이 세 차원의 경지를 보았다는 내용이다. 즉 성실한 노동의 '선(善)', 즐겨 베푸는 인자함의 '중선(中善)', 여전히 악의 징계를 요구하는 '상선(上善)'의 경지가 그것이다.

랭런드는 교회에서 선을 베풀고 악을 징계하여 인간 세상의 정신적 권위로 삼기를 바랐다. 하급 승려의 출신인 그는 1381년 영국 농민전쟁의 전후에 이 시를 써서 당시 상황을 변혁하고자 하는 농민들의 요구를 반영하였다. 작가는 당시의 정교(政敎) 제도와 교황(敎皇)을 반대하였지만, 국왕과 교회에는 긍정적인 태도를 취하여 백성들이 교회의 깃발 아래 죄악에 대한 투쟁을 벌이는 환상을 가졌다. 이 장편시의 사상적 경향이나 꿈을 통해 우의를 나타내는 형식은 모두 버니언(John Bunyan, 1628~1688)이 지은 《천로역정》의 선구라 할 수 있다.

영국의 대시인 초서(Chaucer)와 그의 제자 리가트(Liggate)의 우언은 인문주의 사상을 나타냈는데 이에 대해서는 다음 절의 르네상스 시기의 자본가 계급 부분에서 논하도록 하겠다. 이 밖에 스코틀랜드의 시인 헨리슨(Robert Henryson, 1460?~1506?)은 《이솝 도덕우언》(*Morall Fabillis of Esope the Phrygian*)과 장편시 〈크레세이드의 유언〉(The Testament of Cresseid)을 쓴 바 있다. 그는 영국의 르네상스 시기 이전 가장 훌륭한 우언 작가라 일컬어진다.

스페인에서는 12세기에 우언집 《선교사 계율》이 나타났다. 작가 알퐁스는 스페인의 유태인 태생으로서 생애가 분명치 않고 1106년쯤에 신앙을 바꿔 기독교를 믿게 되었다고 한다. 이 책은 한 노인이 아들을 교육하는 것을 기본적인 서술의 틀로 삼고 있는데, 하나하나의 이야기를 통해 윤리적 도덕규범을 설명하였다. 모두 33개의 이야기가 들어 있고, 동물우언을 위주로 하며 인물우언도 있다.

소재는 대부분 아라비아를 통해 유럽으로 전해진 동양 이야기들이며, 구성 방식도 이야기 속에 이야기를 연결시킨 인도식의 옴니버스 방식이다. 《선교사 계율》은 동서 문화교류의 성과로서 《여우 르나르의 이야기》와 함께 유럽 우언 창작에 많은 영향을 끼쳤다.

14세기에는 돈후안 마누엘(Don Juan Manuel, 1282~1348)의 《루카노르 백작》(*El Conde Lucanor*)과 후안 루이스(Juan Ruiz, 1283~1350)의 《신의 사랑에 대한 시집》(*Libro de Buen Amor*)이 나왔다.

마누엘은 스페인 중세기의 훌륭한 산문가로서, 《루카노르 백작》 일명 《파트로니오의 이야기》라는 작품이 그의 대표작이다. 이 책은 루카노르와 그의 스승인 파트로니오의 질의응답을 기본적인 틀로 삼고 있다. 젊은 백작이 하나의 사회 문제나 도덕 문제를 제기할 때마다 그의 스승이 우언 이야기 하나씩으로 대답해 주면서 마지막에는 잠언 한 수로 맺는다.

《루카노르 백작》은 51개의 이야기로 되어 있는데 인물 이야기를 위주로 하되 간혹 동물 이야기도 있다. 이 가운데 〈건달꾼 세 명의 이야기〉는 안데르센(Andersen)의 유명한 동화 〈벌거숭이 임금님〉의 직접적인 연원이 되었다. 이 작품은 〈여우와 큰 까마귀〉와 같은 《이솝 우화》의 영향도 받았지만, 주요한 정신과 구성 방식은 오히려 《판차탄트라》와 《칼릴라와 딤나》 등 동양 우언에 근접하고 있다.

한편 루이스의 《신의 사랑에 대한 시집》은 연작 서사시 12편이 포함되어 있다. 한 젊은 선교사가 스스로 연애의 경과를 서술하는 것을 기본 줄거리로 삼고, 신의 사랑을 말한다면서 오히려 종교의 금욕주의를 비판하였다. 그 가운데는 32개의 우언이 삽입되어 있는데 대부분 고대 로마 우언집 《로물루스》에서 왔다.

이탈리아의 유명한 시인 단테(1265~1321)가 쓴 《신곡》은 유럽의 4대 고전 명작 가운데 하나로서 꿈과 상징 수법을 사용하였으며 이야기 줄거리에 우의가 가득 들어 있다.

고대 로마의 시인인 베르길리우스는 이성과 철학을 상징하는데, 단테를 이끌고 지옥과 연옥을 유람하였다. 이는 사람들로 하여금 철학과 이성의 인도 아래 죄악을 인식하고 뉘우쳐 새 출발하게 하는 과정을 암시하고 있다. 단테의 애인 베아트리체는 신앙과 신학을 상징하는데, 단테를 이끌고 천당을 유람하였다.

이는 사람들로 하여금 신학의 계시 아래 가장 높은 차원의 진리를 인식하도록 하고 지극히 선하고 아름다운 경지에 이르게끔 하는 과정을 암시하고 있다. 전체적으로는 신·구가 교체하는 시대의 개인과 인류의 번민이나 추구를 반영하였다.

《신곡》은 중세 문화의 예술적 결정이자 르네상스 시대가 찾아오기 직전에 비친 서광이었다. 철학과 신학, 시가와 우언이 서로 결합한 산물이라고 할 수 있다.

중세기의 세속 희곡에는 도덕극·바보극·소극 등이 포함되어 있다. 이들은 우의를 강조하고 풍자가 신랄하여 후세의 우언극 창작에 깊은 영향을 끼쳤다. 예컨대 그랑고와르(Gringoire, 1475?~1538)의 바보극 〈천치 왕의 수작〉은 미치광이로써 프랑스 국왕 루이 12세를 투영하고 바보 처녀로 교회를 나타내어 우언의 특질을 지니고 있다.

5. 문예부흥 시기의 우언

르네상스는 14~16세기 유럽 각국에서 연이어 일어난 사상·문화의 혁명운동으로서 신흥 부르주아지의 정치적·문화적 요구를 반영하였다. 봉건사회의 발전에 따라 각 지역에서 차례로 자본주의적 요소가 나타났는데, 수공업의 번영과 산업의 발달이 그것이다. 부르주아지는 신흥 상공업 도시에서 독립적인 지위를 차지하여 봉건 귀족이나 교회와 모순·갈등이 날로 첨예해져서 투쟁이 불가피하게 되었고, 우선 사상·문화 영역에서 반봉건·반교회 투쟁을 벌였다. 그들이 고대 그리스·로마의 문화를 부흥시키자는 깃발을 들었기 때문에 이 운동을 '르네상스'라 하였다.

부르주아지들이 실제로 선전했던 것은 그들의 인문주의 사상이다. 즉 '사람'을 근본으로 보고 개성을 해방시켜야 한다고 했다. 현실생활에서 행복하게 살기를 추구하고 개인의 재능과 지혜를 발전시키며 자유·평등·박애를 고취하고 신권·금욕주의·봉건적 특권을 반대한다는 것이었다. 문예부흥은 주로 서유럽 각국에서 일어났으며 철학·정치학·언어학·문학·예술·자연과학의 각 영역과 관련되었다. 문학 영역에서는 생동·활발한 리얼리티 정신을 제창하고 열정과 환상을 품어야 한다고 요구하며, 중고시대에 유행했던 꿈 형식의 상징적 수법을 던져버렸다.

르네상스의 발원지는 이탈리아이다. 이 시기에 자연과학과 회화 영역의 걸출한 인물인 다빈치(Leonardo da Vinci, 1452~1519)는 뛰어난 우언가이기도 하다. 플로렌스(Florence) 근교에서 태어난 그는 14세 때부터 그림에 전념하여 나중에 〈최후의 만찬〉〈모나리자〉 등 세상을 깜짝 놀라게 하는 명화를 창작하였을 뿐만 아니라, 체계적인 이론 저서 《회화론》을 써내기도 하였다. 또한 철학과 자연과학 이론에 중요한 기여를 하였으며, 지질학·물리학·생물학·생리학·군사학·수리학·토목기계학 등의 분야에서도 중요한 가설과 발명품을 내놓았다. 그는 "훌륭한 사상 능력과 열정과 좋은 성격과 다방면의 재능과 해박한 학식을 지니고 있었던 거인이다".110)

다빈치는 7천 쪽에 달하는 육필 원고를 남겼으며 현존하고 있다. 이탈리아 출판가인 다르디니는 다빈치의 고향 사람으로, 그의 친필 원고를 번역하고 정리하는 과정에서 우언을 골라내어 《다빈치 우언집》과

---

110) 〔원주〕 엥겔스의 《자연변증법》 서론을 참조할 것.

《환상 동물》의 두 책으로 편집하였다. 전자에 37편, 후자에 73편의 우언 작품이 있어 모두 110편이 된다.

다빈치는 우언으로 인문주의 사상을 나타냈다. 즉 사람을 중요시하고 사람을 찬미하며 사람들에게 자신의 가치를 실현하도록 노력하라고 고무하였던 것이다. 예술적 측면에서는 회화 기법으로 시적인 정취와 그림 같은 경지를 그려내었으며, 대부분 의인화된 식물과 무생물을 이야기의 주인공으로 삼은 경우가 많아 고대 우언의 전통을 풍부하게 발전시켰다.

예컨대 〈새끼 벌레〉는 다음과 같은 내용이다. 갓 태어난 새끼 벌레는 생기발랄한 세계에서 버림받아 푸대접을 받았지만 비관하지도 않고 질투하지도 않았다. 그는 '각 사람에게는 주어진 일이 있다'는 것을 알고 있었으며 부지런히 고치를 만들면서 끈기 있게 기다렸다. 또한 '모든 일은 자기 법칙에 따라 발전한다'는 것을 굳게 믿었고, 드디어 아름답고 자유로운 호랑나비로 변하였다.

작가는 깊이 있는 필치로 마지막 부분을 다음과 같이 묘사하였다.

> 시간이 다 되었다. 그는 깨어났다. 하지만 이전의 그 둔한 벌레가 아니었다. 누에고치에서 빠져나오니 신기하고 놀랍게도 자기 몸에 기버운 날개가 돋아 있고, 그 위에 영롱한 꽃무늬가 가득 찬 것을 발견하였다. 그는 흥겹게 날개를 한번 흔들어 보았다. 날개는 마치 보푸라기가 잎사귀 위에서 둥실둥실 떠 일어나는 것 같았다. 그는 날고 날아 점차 파란 안개 속으로 사라졌다.

이 밖에도 〈백조〉〈면도칼〉〈돌과 쇠〉〈종이와 먹물〉 등은 모두 동일하게 인문주의 사상을 나타냈으며, 시적인 정취와 그림의 의취가 가득하여 위와 비슷한 경지를 그려내었다.

또한 르네상스 시기의 우언은 위대한 투사 브루노(Giordano Bruno, 1548~1600)가 우매하고 보수적인 로마 교황청을 풍자하는 데 사용했던 날카로운 무기이기도 하였다. 그는 《노아의 방주》(*Noah's Ark*)에서 홍수가 일어나기 전에 노아가 큰 방주를 만들어 세상의 동물들을 구조하였다고 하면서 이야기를 꾸몄다. 동물들은 누가 세상에서 가장 착한 동물인가 논쟁하고, 그 결과 당나귀를 만장일치로 선발하였다. 작가는 다음과 같이 영탄하였다.

> 오, 당나귀 같은 신성한 어리석음, 신성한 무식과 무능, 신성한 미련함과 정성! 너는 사람들의 마음을 이토록 순수하고 선량하게 만들었도다. 네 앞에서는 그 어떤 지혜와 지식도 전혀 존재하지 않는구나!

또한 이탈리아 인문주의 법학자 알차토(Andrea Alciato, 1492~1550)는 1531년에 이야기와 회화가 결합된 《표상의 책》(*Emblematum liber ; The Book of Emblems*)을 썼는데, 이 새로운 시도는 뒤에 서유럽 각국에서 앞다투어 성행하였다. 이탈리아 인문주의자들은 문예이론에 대한 탐색 연구를 매우 중시하였는데, 여기에 우언 이론도 포함되어 있었다.

르네상스의 대표 작가 보카치오(Giovanni Boccaccio, 1313~1375)는 고대 그리스 로마의 문화를 배우자고 제창하는 《이교신(異教神)의 족보》를 썼는데, 이 책의 제14권 9장에서는 우언의 정의와 분류를 특별히 논하였다.

독일은 르네상스 시기 종교개혁의 중심지이다. 종교개혁운동은 부르주아지가 폈던 반봉건 투쟁 방식의 하나인데, 봉건제도를 지지하는 구교를 반대하며 자본주의의 생산 방식에 부응하는 신교파를 세우는 데 그 본질이 있다.

마틴 루터(1483~1546)는 종교개혁운동의 영도자로, 교황과 천주교

"Mentem, non formam, plus pollere(외모가 아니라 정신을 더 키우라)",
Emblema 189번째 도상

《엠블레마》는 인문주의 법학파의 창시자이기도 한 알차토가 1531년에 만든 이후 십여 종의 판본으로 출판되었다. 라틴어로 쓴 짤막한 시와 함께 목판화를 곁들이는 형식은 유럭적 갈래로 발전하여 엄청난 대중성을 획득하기에 이르렀다.

《엠블레마》는 원래 가문의 휘장이나 상징적 표시을 뜻하는 엠블렘을 뜻하지만, 여기서는 전래의 우화적 내용을 담은 우의적 그림책의 제목으로 삼았다. 위의 도판은 《이솝 우화》 43번째 이야기에 처음 나오고, 파이드루스의 우화집에 이솝의 이름으로 수록한 것을 알차토가 각색한 것이다. 내용은 다음과 같다.

여우 한 마리가 배우의 방에 들어갔다가 가면을 발견한다. 그것이 어찌나 우아하던지 마치 살아 있는 듯했지만, 정신만은 느껴지지 않았다. 여우가 그것을 손에 들고, "이건 웬 머리인가? 그런데 뇌가 없군!"이라고 했다 한다. 결국 '미모가 아니라 지성을' 우의로 삼은 이야기이다. 이 내용은 라퐁텐의 우화집에도 다음과 같이 확대 · 계승되었다.

위인은 대부분 연극의 가면과 같다.

그들의 겉모습은 우상을 받드는 속인을 위압한다.

당나귀는 눈에 보이는 것으로 판단하지만,

여우는 이와는 반대로 속속들이 검토하여

모든 면에서 살펴보고, 그 현실이

다만 겉모습에 지나지 않은 것을 알아채기가 무섭게,

누가 영웅의 흉상을 보고 적절하게 말한 것을

그들에게도 적용한다.

그것은 텅 빈, 자연의 인간보다 더 큰 흉상이었다.

여우는 조각 기술을 칭찬하며 말한다.

"머리는 잘생겼으나 뇌가 없도다."

얼마나 많은 귀족들이 이 점에서 그 흉상과 비슷한가!

라퐁텐/민희식 옮김, 〈여우와 흉상〉, 《라퐁텐 우화집》 상, 지식산업사, 2004.

를 반대하고 신교를 조직하였으며 신교의 신앙과 제도 방면에서 기초를 닦은 사람이었다. 그는 1517년 10월 31일, 비텐베르크(Wittenberg) 대학 교회 대문 앞에 《95개조의 반박문》을 붙여 종교개혁의 시작을 알렸다. 또한 《성경》을 독일어로 번역해서 평민들이 편하게 사용하도록 하여 개혁운동을 추진하였을 뿐만 아니라, 독일 민족 언어의 통일도 촉진시켰다. 루터는 우언을 선전과 투쟁의 무기로 사용하여 〈늑대와 새끼 양〉〈학과 늑대〉〈개와 양〉〈집쥐와 들쥐〉〈사자의 몫〉 등의 우언 작품을 썼는데 대중들이 널리 전하였다.

또 선교사 발디스(Burkard Waldis, 1490~1556)는 우언 창작에 힘을 기울였다. 저작에는 《개심한 탕자의 우언》(1527)과 《우언시와 이야기 400편》(1548)이 있으니, 작품을 많이 쓴 우언 작가이다. 유명한 시인인 한스 작스(Hans Sachs, 1494~1576)는 종교개혁의 지지자로서, 1523년에 유명한 장편시 《비텐베르크의 소쩍새》를 써서 마틴 루터를 찬송하였다. 그는 작품을 6천 편 썼는데, 주로 단편시이고 토막극 200편과 약간의 산문 대화록이 있으며 그 가운데는 유머러스한 풍격의 우언 작품도 있다.

풍자 시인 브란드(Sebastian Brant, 1458~1521)의 《바보들의 배》(*Das Narrenschyff ; Ship of Fools*)는 이 시기 독일의 가장 훌륭한 우언 작품이다. 이는 시가체 우언소설로 1494년에 씌어진 것인데, 한 척의 큰 배에 바보들 110명을 싣고 바보가 배를 몰아 바보들의 천당(Narragonia)으로 향하였다는 내용이다.

바보들 110명은 각각 사회의 악습을 상징하였으니, 범죄·주정·육욕·무절제·뇌물·낭비·무뢰·선정·탈법·강탈 등이 그것이다. 바보들이 항해하면서 겪는 이상한 일들을 통해 사회의 폐단을 풍자하였고, 사람들이 개과천선하도록 일깨웠다. 이 책은 나오자마자 유럽 각국에서 모방 창작하기 시작해서 '바보문학(fool literature)'의 열기가 일어나

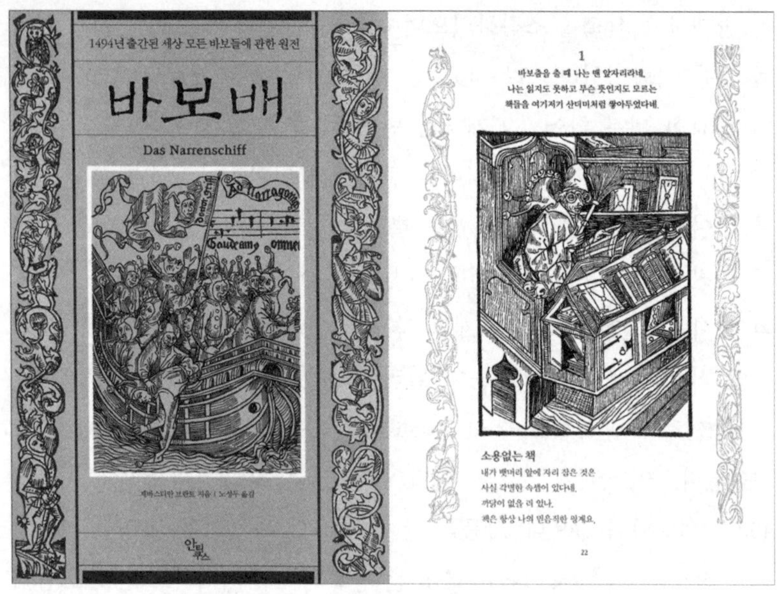

《바보들의 배》 한국어판 표지와 첫 장면 판화

기까지 했다.

이 밖에 16세기 《독일 민간 이야기책》에도 우언 작품들이 들어 있는데 이는 후세 우언 창작과 기타 문학 창작에 소재를 제공하였다.

영국 최초의 인문주의 대표 작가 초서(Geoffrey Chaucer, 1343~1400?)는 영국문학의 독립과 성숙을 알리는 대시인으로서 '영국 시가의 아버지'라 일컬어진다. 그의 시가 창작에서 우언은 중요한 위치를 차지하고 있다. 초서의 최초 작품은 프랑스의 우언 장편시 《장미 이야기》(*Roman de la Rose*)를 번역한 것이며, 1382년에는 우언시 《새들의 회합》(*Parliament of Fowls*)을 썼다.

또한 그의 대표작 《캔터베리 이야기》에는 23개의 이야기가 포함되어 있는데 전기(傳奇)·훈계·골계·동물우언 등으로 나뉜다. 동물우언으로는 〈교활한 여우와 허영에 빠진 수탉〉이 있다. 초서의 제자이자 친

구인 우언시인 리드게이트(John Lydgate, 1370~1451)가 쓴 《구두쇠와
새》(*The Churl and the Bird*)는 영국 우언에서 이른 시기의 전범의 하나
로 여겨진다.

스펜서(Edmund Spenser, 1552~1599)는 영국문학사에서 업적이 가장
훌륭한 시인의 한 사람으로, 《요정 여왕》111)은 그의 대표작이며 세계
적으로 명성을 떨친 명작 우언이다. 그는 원래 12장을 쓰기로 했다고
하는데, 20년에 가까운 세월 동안에 겨우 앞의 여섯 장과 제7장의 일부
만을 썼다.

3만 5천 행으로 된 이 시는 아서 왕112)이 요정 여왕 글로리아나
(Gloriana)를 찾아나서는 것을 기본 줄거리로 삼고, 여왕의 명령을 받든
기사들이 출국하여 위험과 곤경에 빠진 사람들을 구해주는 모험 이야
기를 그리고 있다. 이 시는 부르주아지 인문주의의 정치적 이상과 애국
정서를 나타냈으며, 청교도의 윤리와 종교 관념을 반영하였다. 정의와
법제를 주장하며 천주교를 반대하고 정욕과 야심을 제어할 것을 제창
하였다.

예술적인 측면에서는 우의를 담는 상징 수법을 채용하며 다방면에서
고대 그리스·로마의 서사시와 중세기 기사 전기의 수법을 흡수하였다.
시에 나타난 몇 명의 기사는 각각 '경건', '자제', '정결', '우의', '정의',
'예의', '끈기' 등 미덕을 대표하며 요정 여왕은 영국 여왕을 상징하였
다. 이 시는 부르주아지라는 새로운 집단의 이상을 폈다.

《요정 여왕》은 또한 '스펜서 음절'이라 일컬어지는 독특한 시가 율격
을 창조하였다. 이 작품이 후대에 끼친 영향은 매우 커서 밀턴(Milton),

---

111) 《요정 여왕》(*The Faerie Queene*): 중국에서는 《仙后》 일명 《仙女王》으로 번역하
고 있다. 여기서는 '요정 여왕'으로 번역한다.
112) 〔원주〕 아서 왕(King Arthur)은 고대 켈트(Celt)족의 왕으로 중세 브리튼(Britain)
의 기사 전기에서 중심인물이다.

톰슨(Thomson), 그레이(Thomas Gray), 바이런(Byron), 셸리(Shelley), 키츠(Keats) 등 유명한 시인들이 모두 모방하였다.

스펜서의 초기 시 작품 〈사월〉 등은 이미 우언의 색채를 띠고 있었으며, 또한 초서의 계시를 받아 〈모자 쓴 원숭이〉 등 풍자우언시를 써내기도 하였다.

마르크스와 엥겔스가 "영국 유물주의와 전 세계 현대 실험과학의 진정한 시조"[113]라고 일컬었던 사상가 프랜시스 베이컨(Francis Bacon, 1561~1626)은 1609년에 그의 중요한 저작 《옛사람의 지혜》를 출판하였다. 이 책은 우수한 신화우언 31편에 대한 분석을 통해 심오한 철학적 견해를 나타내며, 인류 지성사에서 우언이 지니는 중대한 역할을 긍정하였다. 또한 연구자들로부터 '영국 사상사에서 철학에 가장 의미 있는 기여를 한 저작의 하나'라는 평가를 받았다.[114]

르네상스 시기 스페인의 위대한 작가 세르반테스(Miguel de Cervantes, 1547~1616)는 우언문학에 많은 기여를 하였다. 그의 단편소설 모음인 《훈계 소설집》[115]은 〈대화하는 개 두 마리〉 〈유리학사〉(琉璃學士) 〈질투하는 늙은 부자〉 등의 우언이 들어 있다. 많은 문학사가들은 세르반테스가 설사 《돈키호테》를 쓰지 않았어도 이 단편소설집으로 역사에 이름을 길이 남길 수 있었을 것이라고 말한다. 또 그의 비극 《누만시아》(Numancia)와 장편시 《파르나소스 산의 여행》(Viaje del Parnaso ; Journey to Parnassus)도 우언 색채가 짙다. 또한 대표작 《돈키호테》는 생동하는 예술적 형상을 그려내어 세계 전체를 은유 수법으로 상징하여서 은근한 우언의 맛을 풍겼다.

이 시기 프랑스의 거장 라블레(François Rabelais, 1494~1553)의 대표

---

113) 〔원주〕《신성한 가족》을 참조할 것.
114) 〔원주〕 앤더슨(Anderson)의 《프랜시스 베이컨의 철학》을 참조할 것.
115) 《훈계 소설집》(Novelas Exemplares): 중국어 번역본의 제목은 '懲惡揚善故事集'이다.

작 《가르강튀아와 팡타그뤼엘》116)은 황당하고 익살스러운 이야기를 통해 인문주의 사상을 나타내며 교회와 스콜라 철학을 풍자하였다. 이 작품의 속편인 《종명도》117)는 각종 조류(鳥類)로 성직자들을 투영하고, 신성한 병으로 지혜·진리·사랑을 상징하였다. 이 책의 정신과 수법은 모두 우언식이라 할 수 있다.

또한 이때는 공상적 사회주의의 문예작품도 나왔다. 영국 작가 모어(Thomas More, 1478~1535)가 1516년에 완성한 《유토피아》라는 책은 상하로 나뉘어 있는데 상권에서 한 포르투갈 항해가의 입을 빌려 사회의 어두움을 폭로하였고, 하권에서는 사유재산 제도가 없어 사람마다 노동하며 수요에 따라 분배한다는 이상적인 국가를 묘사하였다.

이탈리아 작가 캄파넬라(Campanella)가 1602년에 완성한 《태양의 나라》(*The City of the Sun*)는 《유토피아》와 비슷한 성격을 가지고 있다. 이 두 작품은 모두 고대 그리스 아리스토파네스의 신화우언극 《새》의 사상·예술적 전통을 이어 발전시켰다.

르네상스 시기의 우언 창작은 유럽 근대 우언 창작의 시작으로, 사상 문화 운동과 밀접한 관계를 지녔다는 특징이 있다. 이는 주로 두 가지 측면을 보여주었다. 첫째는 사상 내용에 관련한 것으로 인문주의의 이상을 나타냈다는 점이며, 둘째는 작가군에 관한 것으로 이 시기 서유럽 각국 문학의 대표적 작가들을 포함하고 있다는 점이다.

---

116) 《가르강튀아와 팡타그뤼엘》(*Gargantua and Pantagruel*) : 중국에서는 주인공인 두 거인을 합하여 작품명을 《巨人傳》으로 번역했다.

117) 《종명도》(鐘鳴島) : 《가르강튀아와 팡타그뤼엘》은 전부 5부작으로 이루어졌는데 서로 다른 시기에 순차적으로 창작되었다. 제5부는 '鐘鳴島'라는 뜻의 별도 제목이 붙어 있으며 작가가 죽은 뒤에 출판된 것이다. 라블레가 지었는지의 여부가 논란이 되고 있다.

6. 17세기의 우언

17세기에 영국과 프랑스는 자본주의가 신속히 발전하고 있었다. 영국 부르주아지의 경영·공·상업 연합인 신귀족은 종교의 깃발을 들고 농민운동을 이용하여 1640년에 부르주아지 혁명을 일으켰다. 그 결과 1649년에 국왕 찰리(Charlie) 1세를 사형에 처하고 공화국을 세웠다. 그 뒤에 왕정복고(The Restoration)와 명예혁명(The Glorious Revolution)을 거쳐 군주입헌정권을 세웠다.

이와 달리 프랑스의 집권층은 상업을 중시하는 정책을 채택하여 공업과 상업의 발전을 촉진시켰다. 이 시기는 집권층과 부르주아지가 서로를 이용하며 양보하는 시기였다. 유럽의 다른 국가들은 상대적으로 낙후한 상태에 있었다. 우언 창작과 기타 문학 창작에서도 영국과 프랑스가 앞섰다.

그 당시 프랑스 문학은 고전주의 조류를 일으켜 고대의 예술 방법을 자각적으로 배우며 고대의 제재를 채택하고 이성을 숭상하며 왕권을 지지하고 문학의 사회적 역할을 강조하였다. 우언문학에서 고전주의를 강조한 라퐁텐(La Fontaine, 1621~1695)은 세계적으로 명성을 떨친 대가이다. 그의 아버지는 샴페인(Champagne) 지역에서 늪지대 숲의 관리자이자 사냥꾼이었다. 라퐁텐은 농촌에서 어린 시절을 보냈으며, 그때부터 자연을 좋아하고 날짐승과 들짐승의 특성을 관찰하는 데 힘을 기울였다. 그는 고대 그리스·로마와 르네상스 시기의 문학 작품을 읽기를 좋아하며 프랑스의 민간 작품도 좋아하였다.

라퐁텐의 대표작인 《우언시》(*Fables*, 1668~1694)는 12권으로 구성되어 있으며 우언이 모두 244편이 수록되어 있다. 그의 우언시는 17세기 프랑스의 사회 모습과 정신 상태를 폭넓게 반영하였다. 철학·종교·정치·학술·도덕 등 각 영역에 깊이 관련되어 있어서 "모든 연령층의 사

람들과 여러 사회적 지위를 가진 자들의 공통 교과서이다"라고 일컬어
졌다.

라퐁텐 우언은 고전주의 문학과 공통된 특징을 지니고 있다. 고대 그
리스·로마 우언과 유럽으로 전해진 고대 인도 우언에서 많은 제재를
가져왔기 때문이다. 《우언시》 제1집(1668)을 발표하였을 때 스스로
"라퐁텐이 시가체로 쓴 이솝 우언"이라 불렀다. 또한 내용에 고대 그리
스·로마의 신화 인물, 철학가와 시인을 많이 포함시켰으며 항상 고대
그리스·로마의 전원의 맛을 풍기게도 하였다.

사상 측면에서 라퐁텐은 왕권을 지지하여 우언시의 시작에 "황태자
전하께 바치며"라고 표명하였을 뿐만 아니라, 시집 안에는 프랑스의 국
왕 루이 14세가 얼마나 영명하고 위대한가를 찬송하는 작품도 많이 수
록하였다. 만년에는 집권자를 치켜세우는 데 영합하는 작품을 쓰기도
하였다.

그러나 라퐁텐의 우언시는 사상이나 예술적 표현에서 모두 독특한
성과를 보여주었다. 고대의 제재를 이용하여 현실생활을 반영하였으며
법제의 부패함, 귀족의 흉악함, 승려의 탐욕스러움을 폭로하였고 노동
인민의 비참한 운명을 동정하였다.

예컨대 〈늑대와 양〉은 이솝 우화에서 소재를 가져왔지만 기공 처리
를 하였다. 양은 오히려 늑대에게 '폐하'라고 불러 비판의 칼날을 더욱
뚜렷이 드러냈다. 결말에는 "말을 끝내자마자 늑대는 양을 깊은 숲속에
끌고 가 먹어치웠다. 아무런 법적 절차도 필요하지 않았다"고 쓰고 있
다. 이는 당시의 법제를 비판하는 것으로서 태도가 엄정하지만 유머러
스하기도 하다.

또한 라퐁텐은 당시의 현실생활에서 직접 소재를 취하기도 하였다.
예컨대 〈창고에 들어간 족제비〉는 당시 모든 사람들이 알고 있었던 바,
재정 관리가 감독하던 재물을 훔친 사건을 반영한 것이며, 〈죽은 자와

교사〉는 당시 사회에서 발생했던 하나의 사건을 우언시로 직접 형상화한 것이다. 요컨대 라퐁텐의 우언시는 뚜렷한 시대정신과 프랑스의 토속적 기풍을 지니고 있다.

위안팡(遠方)은 〈라퐁텐 우언시 역문서(譯文序)〉에서 다음과 같이 밝힌 바 있다.

> 풍토와 인정을 그려내는 데 아주 성공적이다. 어떤 우언시는 소규모의 풍속화와도 같으니 그 섬세한 묘사는 그대로 하여금 마치 그곳에 있는 것 같은 느낌이 들게 하여, 마치 파리의 퐁네프 다리를 걸어가고 있는 듯도 하고 에펠탑 옆을 걸어가고 있는 듯도 하다. 또 생제르맹데프레 광장에서 잡희를 보는 것과도 같으니, 사방 각지를 돌아다니는 서커스의 연기자들이 관객을 끌어 모으려고 큰소리로 외침을 듣는 것 같다.

라퐁텐의 우언시는 섬세하고 생생한 형상을 그려내는 데 매우 주의를 기울였다. 줄거리가 드라마틱하고 운율이 우아하며 융통성이 있어, 우언의 예술적 수준을 새로운 단계로 끌어올렸다. 예컨대 〈당나귀를 팔러 간 연마공〉은 연마공과 아들이 장날에 당나귀를 팔러 장터로 나가는 내용을 다음과 같이 묘사하였다.

> 가축을 아낀다고 부자는 당나귀를 메고 가는데 지나가던 어떤 사람이 말했다.
>
> "셋 가운데 가장 어리석은 놈은 아마도 당나귀가 아닐 걸세."
>
> 이에 연마공은 아들에게 당나귀를 타라고 하고 자신이 걸어가기로 하였다. 가다가는 몇 명의 상인이 또 질책하여 말했다.
>
> "젊은이가 늙은 사람을 모시고 가야지, 어떻게 머리 하얀 늙은이가 걸어 다니게 하나?"

이에 아들이 당나귀에서 내리고 아버지가 타도록 하였다. 그러다가 또 몇 명의 소녀들은 아버지가 '아이를 학대한다'고 비평하였다. 이에 부자는 같이 당나귀를 타게 되었다. 그런데 지나가던 사람이 또 소란을 피우며 말했다.

"이건 정말 미친 짓이야! 결과가 뻔하잖아. 나중에 저들이 팔 수 있는 건 당나귀 껍질밖에 없을 거야"

이 소리를 들은 부자는 당나귀 뒤를 따라 걸어가게 되었다. 그러나 이를 본 사람들이 한바탕 또 다른 의론을 폈다.

"이건 새로운 풍조인가? 당나귀도 해방된 것인가? 자기들은 발바닥이 닳도록 걸어 다녀도 당나귀는 힘을 쓰지 않게 하겠다는 것인가? 바보 두 명과 가축 하나. 참 우둔한 놈들의 집합일세!"

작가는 부자가 당나귀에 대해 채택한 다섯 가지 처리 방식을 전면적으로 세밀하게 묘사함으로써 '일을 처리할 때 반드시 자기주장이 있어야 하며 다른 사람의 비위를 맞출 필요가 없고 또 동시에 다 맞출 수도 없다'는 이치를 여지없이 생생하게 부각하여 설명하였다. 그리고 각 평론자에 대해서도 생동감 있게 그려 놓았는데, 그들의 언어는 날카롭고 유머러스하며 핍진하다. 이로써 '여론의 힘은 무섭다'는 것을 설명하였을 뿐만 아니라 '잘 헤아리지도 않고 보는 대로 평가하는' 사람들의 우스운 행위도 보여주었다.

이는 우언이 뚜렷한 연극적 특색을 지니게끔 하여 유래가 오래된 이 이야기가 예술적 광채가 나도록 만들었다. 또한 이 〈당나귀를 팔러 간 연마공〉은 일찍이 15세기에 포라이시우리니[118)가 편찬한 우언 소화집에 수록된 바 있다.

---

118) 포라이시우리니: 작가에 대해서는 분명하게 알려져 있지 않다. 중국어로 '勃來西屋利尼'라고 취음했다.

라퐁텐은 프랑스 우언사에서 하나의 절정을 이룬 작가이다. 프랑스 우언은 중세기 이후 장기간 유럽에서 선진적 위치에 있었다. 16세기에는 우언 창작이 번영하여 많은 우언집들이 나왔으며 유명한 작가로 라블레, 듀 벨레, 마로, 튀랭, 레니에 등이 등장하였다. 이들은 모두 라퐁텐의 선구자였다.

라퐁텐의 《우언시》가 나온 뒤에 그를 추종하는 사람들이 많이 나타나 라퐁텐의 풍격을 모방하는 우언 창작 유파를 형성하였다. 예컨대 18세기에 나타난 우언시인 마리보,[119] 피롱,[120] 라모트,[121] 르사주,[122] 플로리앙 등은 모두 라퐁텐의 추종자였다. 이 가운데 플로리앙(Jean Pierre Claris de Florian, 1755~1794)의 성과가 가장 훌륭하다. 그가 쓴 우언시 100여 편은 취지가 친절하고 문장이 질박하여 인기가 많았다. 대표작으로는 〈원숭이와 표범〉〈큰 잉어와 새끼 잉어들〉〈늙은 말과 망아지〉 등이 있다.

유럽의 다른 나라에서도 라퐁텐 우언의 영향을 받았다. 예컨대 독일의 하게도른(Hagedorn, 1708~1754)은 라퐁텐을 모방하여 《시가체 우언과 이야기집》을 지었다. 덴마크의 희곡 작가이자 우언시인인 홀베르크(Holberg, 1684~1754)도 몰리에르와 라퐁텐의 영향을 받았다.

영국은 소설 창작에서 뚜렷한 성과를 거두었다. 유명한 작가 버니언이 쓴 장편우언 소설 《천로역정》은 2부로 나누어지는데, 제1부는 1678

---

119) 마리보(Pierre de Marivaux, 1688~1763): 40여 편의 희곡과 소설을 발표한 프랑스 작가. 정확한 심리 묘사와 세태 묘사로 유명하다.

120) 피롱(Alexis Piron, 1689~1773): 경구가, 풍자시인이자 희곡가이다.

121) 라모트(Houdart de La Motte, 1672~1731): 〈일리아드〉 개작과 〈비평에 대한 성찰〉을 통해 신구 논쟁의 신파를 지지했다. 《새로운 우화》라는 우화 작품집도 썼다.

122) 르사주(Alain René Le Sage, 1668~1747): 18세기 전반 프랑스의 소설가이자 극작가. 에스파냐 문학의 번역·번안을 시도하다가 《절름발이 악마》(*Le Diable Boiteux*)와 《질 블라스 이야기》(*Histoire de Gil Blas de Santillane*)로 풍속소설과 근대적 사실주의의 선구가 되었다.

년에 완성되었으며 제2부는 1684년에 창작되었다. '기독교도'라는 주인공이 세속의 곤혹에서 벗어나고자 전도자의 인도 아래 가정을 버리고 천국을 향하여 길을 나섰다는 내용이다. 그는 산을 넘고 물을 건너 '낙심의 늪', '곤혹의 산', '굴욕의 골짜기', '사망의 골짜기', '허영의 도시', '금전의 산', '회의의 성채'를 지난다. 또 전도자와 '신중', '인애', '지식', '경험' 등의 인물들의 도움을 받아서 '완고', '뺀질거림', '어리석음', '게으름', '소심함', '사심', '무지', '마왕', '절망' 등 거인들의 저지와 파괴를 이겨내고 '사망 강'의 피안에 도달하여 하느님에게 귀의한다.

이러한 《천로역정》은 부르주아지 혁명에 부응하는 청교도 사상[123]을 폈다. 로마 법왕을 비롯한 천주교와 교만하고 사치스러운 봉건 귀족을 맹렬하게 비판하고 영국의 왕정복고시대에 일어난 각종 추악한 현상을 폭로하였다. 이 책은 전체적으로 상징 수법을 사용하였는데 사람 이름과 지명은 모두 추상적인 개념으로 명명되었다. 또 '천로역정'이라 함은 천국을 향한 역정으로서, 인간이 꿈꾸는 아름다운 미래를 향한 어려운 길을 상징하기도 한다. 버니언은 《성경》《농부 피어스의 환상》과 같은 중세기 풍유문학·민간문학의 자양분을 흡수하여 상징 수법과 현실주의 묘사를 유기적으로 결합시켰기 때문에 영국 현실주의 소설의 선구자로 여겨지고 있다. 버니언의 대화체 소설 《배드맨의 이야기》(*The Life and Death of Mr. Badman*),[124] 종교풍유 소설 《성전》[125] 등도 우언이다.

영국 시인 플레처의 《자줏빛 섬》[126]은 17세기 장편우언시의 대표작

---

123) 〔원주〕 영국의 부르주아지 혁명은 청교도 혁명이라고도 한다.

124) 〔원주〕 〈培德曼〉이라는 제목으로 번역되기도 하였다.

125) 버니언(Bunyan, 1628~1688)의 《성전》(*The Holy War*): 부제로 'The Losing and Taking Again of the Town of Man soul'이라 붙어 있기도 하고, 제목을 The Holy War Made by Shaddai upon Diabolus, for the Regaining of the World라고도 한다.

126) 플레처(Phineas Fletcher, 1582~1650)의 《자줏빛 섬》(*The Purple Island, or the Isle*

이다. 1633년에 창작된 이 시는 12장으로 구성되어 있으며 우의를 담는 수법으로 인간의 심리와 영혼을 그려냈고 스펜서의 《요정 여왕》과 풍격이 비슷하다. 또 다른 시인 드라이든(John Dryden, 1631~1700)은 정치풍자시 《압살롬과 아히도벨》(1681) 《암사슴과 표범》(1687)과 《고금 우언집》을 썼다.

스페인은 17세기에 해상 패권을 상실하여 국력이 약화되었으며 사상과 문화에서도 불경기였다. 그럼에도 우언 창작에서는 어느 정도 성과를 거두었다. 대표적인 작가인 칼데론(Pedro Calderón de la Barca, 1600~1681)은 평생 희곡과 종교극과 단막극 200여 편을 썼다. 그의 대표작 〈인생은 일장춘몽〉(La vida es sueño ; Life is a Dream, 1635)은 상징적 인물인 폴란드 왕자 세기스문트(Segismund)를 주인공으로 삼고 '폭력으로 악과 싸우지 말라'는 종교적 철리를 선양하였다.

이 밖에 라틴어 과식(過飾)주의의 대표적 시인인 공고라 아르고떼 (Luis de Góngora y Argote, 1561~1627)는 장편시 〈폴리페모와 갈레치아의 우화〉(Fábula de Polifemo y Galatea, 1612)와 〈피라모와 티스베의 우언〉(Fábula de Píramo y Tisbe, 1618)을 쓴 바 있다. 또 그라시안 모랄레스(Baltasar Gracián y Morales, 1601~1658)는 청년부터 노년까지 인생 역정을 묘사하는 철리소설 《평론가》(El Criticón ; The Critic)를 우언 형식으로 썼다.

독일은 30년전쟁(1618~1648)을 끝낸 뒤 분열하여 낙후된 상태에 놓였다. 문학 영역에서도 외국을 기계적으로 모방하는 풍조가 일어나 성과가 적었다. 비교적 우수한 작품으로 그리멜스하우젠(Grimmelshausen,

---

of Man): 인간의 몸과 마음의 심리적 구조를 교묘한 알레고리로 표현한 장편우언시이다. 여러 심성을 의인화하면서, 핏줄을 강으로, 뼈를 섬의 산맥으로 묘사하였다. 한국의 심성 의인 가전체와 비슷한 성격을 띤다. 중국어로는 '자색도(紫色島)'로 번역되었다.

1622~1676)의 《바보 심플리스무스》[127]를 들 수 있는데, 인생의 철리와 사회적 이상을 선전한 이 책은 풍격이 유머러스하며 우언적 색채를 띠고 있다.

유럽 17세기의 문단에서 우언은 중요한 위치를 차지하고 있었다. 라퐁텐, 버니언 등의 우언은 몰리에르의 희극과 밀턴(Milton)의 비극 서사시와 견줄 만한 걸작이었다. 또 밀턴의 작품에서도 우언이 늘 사용하는 상징적 암시 수법이 나타나곤 하였다.

7. 18세기의 우언

18세기 유럽에서 가장 앞선 나라는 역시 영국과 프랑스였다. 영국의 '산업혁명'은 생산력의 신속한 발전을 촉진시켰으며, 프랑스는 1789년 '대혁명'을 통해 봉건제도와 철저히 결별하는 정치체제를 수립하였다. 다른 나라의 선진 지식인들은 모두 영국과 프랑스를 본보기로 삼았다.

18세기에는 전 유럽에서 사상계몽운동이 일어났다. 이 계몽운동은 르네상스 시기의 반봉건운동을 계승·심화시킨 것으로서 전통적인 제도와 관념에 대해 전면적으로 비판을 전개하였다. 정치적으로는 교회가 통치자의 권력을 부여하는 것에 반대하며, 전제적(專制的) 폭정에 반항하고 천부인권(天賦人權)을 제창하고 자유·평등의 깃발을 높이 들었다.

종교적으로는 천주교의 권위와 종교적 우상을 무너뜨릴 것을 주장하며 신앙의 자유를 제창하고 자연신론(自然神論)과 무신론(無神論)을 고취하였다. 그들은 '이성의 왕국'을 표방하며 이성으로 모든 것을 판단하

---

127) 《바보 심플리스무스》(*Der Abenteuerliche Simplicissimus*): 중국어 제명은 〈痴兒西木傳〉 일명 〈(西木卜里其西木斯)奇遇記〉라 한다.

《캉디드》 한국어판 표지

고 불합리한 전통을 전부 내다버려서, 진리와 정의에 부합하는 신사회 세우기를 동경하고 있었다. 당시 유럽의 문학이나 우언 창작은 모두 계몽주의 사상을 담는 작품이 주류를 이루었다.

계몽운동의 발원지는 프랑스이다. 대표적인 인물로 몽테스키외(Charles Montesquieu, 1689~1755), 그리고 볼테르(Voltaire, 1694~1778),[128] 루소(Jean Jacques Rousseau, 1712~1778) 또한 디드로(Denis Diderot, 1713~1784) 등이 있는데 모두 걸출한 사상가이면서 훌륭한 문학가이다. 예컨대 볼테르의 철리소설은 익살스러운 필치로 반(反)신화적이거나 전기(傳奇)식 이야기로 묘사하였다. 이는 현실을 반영함으로써 이상을 반영하며 철학적 이치를 천명한 것이어서 우언의 색채가 짙다. 유명한 작품으로는 《자디그-운명》[129]《진지한 사람-낙관주의》[130]《천진한 사람》, 《이승 세계》 등이 있다.

그리고 계몽주의 소설가 르사주의 《질 블라스 이야기》《절름발이 악마》 등도 짙은 우언적 색채를 띠고 있다.

---

128) '볼테르'는 작가의 필명이다. 본명은 'François Marie Arouet'이다.

129) 《자디그-운명》(*Zadig, ou la Destinée*): '자디그'는 고대 바빌론의 철학자 이름이다. 그러나 그를 통해 당대의 낙관주의적 사고방식과 종교·정치·사회적 문제를 가상적으로 반영하였다.

130) 《진지한 사람-낙관주의》(*Candide, ou l'Optimisme*): 'Candide' 자체는 '기탄없고 진지하다'는 뜻이지만 신의 섭리를 믿는 라이프니츠식의 낙관주의를 풍자한 가공의 인물을 창안하려고 붙인 이름이다. '캉디드의 알레고리'라 할 수 있다.

계몽운동은 독일에서도 왕성하게 발전하였다. 문학 영역의 주요 대표 인물인 레싱(Gotthold Ephraim Lessing, 1729~1781)은 독일 민족문학의 기초를 마련한 인물로서 희곡 작가이자 이론가이며 미학가인데, 걸출한 우언 작가이기도 하다. 그는 초기에 시가체 우언 15수를 썼는데 풍격이 화려하다. 이후 산문체 우언을 쓰게 되었는데 풍격이 질박하다.

1759년에 출판된 《우언》(*Fabeln ; Fables*)은 산문체 우언 90편이 수록되어 있다. 여기에는 흔히 〈우언을 논함〉[寓言論]이라 일컫는 〈위 문학 체재에 관한 몇 편의 논문〉이 첨가되어 있기도 하다. 레싱은 여기에서 이솝 우화를 추앙하면서, 우언은 언어가 세련되고 사상이 명확하며 풍격이 질박해야 한다고 주장하였다. 이와 달리 라퐁텐이나 그의 추종자들이 지나치게 수식하여 쓰는 시가체 우언을 반대하였다. 이는 레싱이 프랑스 고전주의 문학의 사상과 예술 경향에 대해 비판적 태도를 취했던 것과 밀접한 관계가 있다.

레싱의 우언은 봉건전제와 교회의 특권에 분노·질타하면서 하층 민중에게 동정을 보냈고 모리배의 사상과 노예성을 풍자하였다. 풍격이 신랄하여 단번에 정곡을 찌른다. 〈당나귀와 제우스〉를 예로 들어 본다.

당나귀가 제우스에게 가서 인간이 자기들에게 너무 잔인하게 대한다고 괴로움을 하소연하였다.

"우리는 튼튼한 등으로 사람들의 물건을 실어다 주는데, 이러한 무거운 짐은 그들 자신이나 조그맣고 힘이 약한 다른 동물들도 감당할 수 없는 것입니다. 그런데도 인간은 여전히 채찍으로 우리들을 냉혹하게 때리면서 속도를 내어 빨리 가라고 재촉합니다. 그러나 무거운 짐 때문에 그런 속도를 내는 것은 불가능한 일입니다. 그들이라고 해서 우리들로 하여금 천성을 위반하게 할 수는 없잖아요. 제우스시여! 사람들도 다른 동물들이 각종 나쁜 짓을 저지르지 못하도록 하니, 당신께서도 인간이 이처럼 억지 쓰는 것을 금지하소서! 우리는 그들을 위해 일하기를 원합니다. 왜냐하면 당신이 그들을 위해 우리를 만들었기 때문입니다. 그러나 아무 이유 없이 매 맞는 것은 원하지 않습니다."

제우스는 당나귀의 대표에게 대답하였다.

"나의 생물이여! 너희들의 요구는 이치가 없는 것이 아니로다. 그러나 난 너희들이 느린 것은 타고난 천성이지, 게으른 게 아님을 사람들에게 증명할 방법이 없구나. 그들이 게으름 피운다고 여기는 이상 너희들은 매 맞지 않을 수 없어. 그래도 너희들의 액운을 덜어주고 싶기는 하구나. 지금부터 너희들은 감각이 조금 둔해지게 될 것이다. 가죽은 채찍질을 잘 감당할 수 있게 될 것이고, 채찍질하는 자들은 팔이 지치게 될 거야."

당나귀들은 모두 큰소리로 외쳤다.

"제우스시여! 당신은 언제나 이처럼 지혜로우시고 인자하시네요!"

그들은 만족스러워하며 제우스의 보좌, 중생을 널리 사랑하는 그 보좌를 떠나왔다.

당나귀가 당한 일은 프러시아의 봉건전제주의자들이 민중을 잔인하게 착취하고 노예로 부려먹은 현상이지만, 그들의 저급한 노예근성 때문에 조성되기도 했다는 점을 반영하고 있다. 레닌은 〈러시아 사람의 민족 자부심을 논함〉에서 다음과 같이 말하였다.

어떤 사람이 노예로 태어났다고 어떤 죄악이 있는 것은 절대 아니다. 그러나 노예라고 해서 자유를 추구하지 않을 뿐만 아니라 오히려 자신의 노예 신분을 변명하고 분식(粉飾)한다면 미움과 멸시와 버림을 받는 비천한 노예가 될 만한 것이다.

당나귀의 특징은 노예 신분에 만족하면서 괴로움을 하소연하는 것밖에는 별다른 반항 방법이 없으므로 최후의 귀결점은 마목불인[131]이 될 뿐이다. 작가는 당나귀로써 봉건적 폭위(暴威)에 굴복하는 독일의 소시민을 상징하였다. 당나귀의 순치 복종, 가죽의 내구성과 같은 자연적 속성은 마목불인의 노예 성격을 비춰내기에 꼭 알맞은 것이어서, 솜씨 좋은 사람이 문득 좋은 글귀를 생각하고 엄숙한 내용을 해학 속에 담아 놓았다고 할 수 있다. 계몽주의자는 이성·평등·인권을 강조하며, 미신·압박·편견을 반대하고 각성을 제창하며 노예성을 비난하였다. 따라서 위와 같은 우언이야말로 독일 계몽운동의 선구자인 레싱의 사상적 경향을 잘 보여준다고 할 수 있다.

〈우언을 논함〉에는 논문 5편이 포함되어 있다. 〈우언의 본질〉〈우언의 동물 소재 채택을 논함〉〈우언의 분류를 논함〉〈우언의 창작을 논함〉〈학교에서 차지하는 우언의 특수한 역할을 논함〉이 그것이다. 이 다섯 편의 글은 우언계의 일부 명확치 않은 인식을 정리해 주었으며, 우언의 특징과 창작 규율을 체계적으로 검토하였다. 또 이솝의 전통을 이어받을 것을 강조하였으며 지나친 수식을 반대하였다. 헤르더(Herder)는 〈회화·시가·우언론〉에서 위의 논문들이 "아리스토텔레스 시대 이래로 어떤 한 문예 형식에 대해서 사람이 만든 가장 간결하고 또 가장 깊은 철학적 의미가 담겨 있는 이론이다"라고 한 바 있다.

레싱은 또한 우언 이야기를 이용하여 자신의 우언 이론과 기타 문학적 주장을 설명하였다. 예컨대 〈좋은 활을 가진 주인〉〈환영〉〈당나귀와 이솝〉 등이 그것이다.

레싱보다 약간 이른 시기에 등장했던 겔레르트도 계몽운동의 대표 작가 가운데 한 명이다. 그는 '독일 우언의 창시자'라고 일컬어지는데[132] 《우언 이야기》(*Fabeln und Erzählungen*)는 운문으로 씌어진 것이

---

131) 마목불인(痲木不仁): 몸이 마비되어 감각이 없어진다는 뜻이다. 세상 사물에 대해 무관심하고 둔해지는 것을 비유하는 성어이기도 하다.

다. 프러시아 귀족들이 일하지 않고 이익을 얻으며 약탈 전쟁을 벌이는 것을 폭로하였으며, 탐욕·인색·오만·허위 등의 악덕도 풍자하였다. 이 작품집은 언어가 통속적이고 풍격이 명쾌하여 겔레르트 문학 창작의 최고 성과를 나타내었다.

18세기의 1770년대 독일에서 한바탕 거센 문학운동 곧 '질풍노도(疾風怒濤, Sturm und Drang)운동'이 일어났다. 이 유파의 작가들은 대부분 젊은이였고 그들의 작품은 자유와 개성 해방을 주장하고 봉건 속박을 반대하였다. 환상이 광기 어리고 정열이 솟구쳐 낭만주의적인 색채를 짙게 지니고 있었다. 걸출한 대표자로는 청년 시절의 괴테와 쉴러였다. 괴테(Johann Wolfgang von Goethe, 1749~1832)는 1794년에 중세기 민간 전설에 근거하여 반봉건 사상을 담은 동물우언 서사시 《여우 라이네케》를 쓴 바 있다.

영국의 18세기 문학은 주로 소설 창작에서 성과를 보였는데 그 가운데에는 유명한 우언소설이 포함되어 있다. 아일랜드 출신의 스위프트(Jonathan Swift, 1667~1745)는 영향력이 있는 소설가였다. 1696년에 쓴 풍자적 우언 이야기인 《목간통 이야기》(*A Tale of a Tub*)는 각 종파가 그리스의 유훈을 왜곡하는 것을 풍자하였다.

1726년에 그의 대표작인 우언소설 《걸리버 여행기》(*Gulliver's Travels*)를 완성하였다. 이 책은 네 권으로 구성되어 있으며, 영국 의사 걸리버가 항해하며 표류한 경력을 서술하였다. 그가 지나면서 보았던 여러 나라는 모두 환상국이었으니, 소인국(Lilliput)과 대인국(Brobdingnag), 비도(飛島, Laputa), 무도(巫島, Balnibarbi), 현마국(賢馬國, Houyhnhnm)이 그

---

132) 〔원주〕 독일 최초의 우언 작가는 13세기의 시인 슈트리커이다. 〔역주〕 겔레르트 (Christian Fürchtegott Gellert, 1715~1769)는 하층의 '세공장이(Der Stricker)'로서 자세히 알려진 바가 없으며, 승려 아미스를 주인공으로 한 일련의 모험담이 《스미스 신부의 소화》라는 작품으로 전하고 있다. 이는 중세의 트릭스터 소설 《틸 오이렌슈피겔》에 영향을 끼쳤다고 평가된다.

《걸리버 여행기》의 초판 표지. 원제목은 'Travels into Several Remote Nations of the World'임을 알 수 있다.

것이다.

소설은 걸리버가 보고 들은 것을 통해 당시 영국의 입법·사법·행정 제도와 식민지 약탈 전쟁에 대해서 풍자하고, 작가의 정치적 이상을 보여주었다. 현마국에서 전국을 통치하는 세력은 이성적이고 공정하며 평화를 사랑하는 말들이지만, 사람 모습을 한 동물 즉 야후(Yahoo)는 추악하고 음란하며 탐욕스럽고 전쟁을 좋아하였다.

작가는 이를 통해 탐욕과 죄악이 이성을 압도하면 인간이 곧 겉모습만 사람인 짐승으로 전락하게 된다는 것을 보여주었다. 또한 현마국의 원시적 무위(無爲) 상태는 작가가 현실에 실망함과 드러낸 보수적 경향을 반영하고 있다. 이 책은 상징·과장·대비·반어 등의 수법을 성공적으로 운용하였으며, 구성은 유랑객 소설과 비슷하면서 풍격이 청신하고 질박하다.

18세기 영국의 걸출한 소설가 필딩(Henry Fielding, 1700~1754)은 1743년에 유명한 풍자소설 《위인 조나단 와일드전(傳)》(*The Life and Death of Jonathan Wild, the Great*)을 썼는데 강도 두목인 와일드로 매우 악명 높은 영국의 수상 월폴(Walpole)을 투사했다. 즉, 강도와 수상은 차이가 없으며, 그들의 '위대함'이란 성실한 백성을 괴롭히고 민중의 돈주머니를 빼앗으며 서로 배척하는 것일 뿐임을 묘사하였다. 소설의 묘사에는 우의가 가득 담겨 있다. 필딩은 자기 소설을 '희곡적 산문체 서사시'라 하고 스위프트를 포함해 해학의 내재적 전통을 계승하였다고 하였다.

시인이자 극작가인 게이(John Gay, 1685~1732)는 18세기 영국의 중요한 우언 작가이다. 그는 《우언시》(*Fifty-one Fables in Verse*, 1727)와 《우언집》(*Fables*, 1738)의 두 책을 출판하였는데, 뒤에 66편을 수록한 《게이 우언》으로 한데 엮었다. 대표작으로는 〈목동과 철학자〉〈사망의 궁전〉〈양을 지키는 개와 늑대〉〈부엉이와 농부〉〈산돼지와 숫양〉 등이 있는데, 런던의 풍속과 인물을 풍자하고 성실하고 꾸밈이 없는 미덕을 찬양한 작품이 많다. 풍격이 우아하고 많은 명구는 영국의 성어로 굳어졌다.

게이는 우언으로 온 유럽에 명성을 떨치고 '영국의 이솝'이라고 칭송을 받았다. 그의 희곡 대표작인 《거지 오페라》(*The Beggar's Opera*, 1728)와 이 작품의 속편인 《폴리》(*Polly*)도 우언적 색채를 띠고 있다.

화가이자 시인이었던 블레이크(William Blake, 1757~1827)의 시집에도 우언이 들어 있다. 그 가운데 미완의 장편시 《네 천신》(*Four Zoas*, 1804)은 상징적 수법으로 대내적으로 노동자를 착취하고 대외적으로 식민지 전쟁을 벌이는 대영제국을 비판하였으며, 민주·박애의 정치적

월리엄 블레이크의 그림 〈아담을 창조하는 신〉(1795). 여기서 날개 달린 우리젠(Urizen)은 블레이크가 창조한 폭군적인 여호와의 이미지이다.

사상을 나타냈다.

스페인 우언도 일정한 성과를 거두었다. 이리아테(Tomás de Iriarte, 1750~1791)가 1782년[133]에 쓴 《문학 우언》(*Fábulas Literarias*)에는 우언 시 76편이 들어 있다. 문단의 폐단을 비난하고 시가 창작의 규범을 천명하였다. 예컨대 〈당나귀와 대나무 플루트〉〈토끼 두 마리〉〈오리와 뱀〉〈곰·암원숭이·고양이〉 등과 같은 작품들이 들어 있다. 프랑스의 우언 작가, 플로리앙에게 끼친 그의 영향은 꽤 컸다.

또 사마니에고가 편찬한 《도덕우언》[134] 2책은 각각 1781년과 1784

---

133) 원문에는 창작 연도가 1786년으로 되어 있으나 착오이다.

134) 사마니에고(Félix María de Samaniego, 1745~1801)의 《도덕우언》(*Fábulas*): 총 157 편이 청소년 교육용으로 집필되었는데, 친구였던 토마스 일리아테의 초고본를 읽고

년에 출판되었다. 문필이 세련되고 풍격이 질박하여 오랫동안 학교에 서 꼭 읽어야 하는 교과서로 지정되었다. 명작으로는 〈노인과 저승 차 사〉〈젊은 철학가와 그의 친구들〉〈청개구리들이 하느님께 왕을 내려 달라고 빌다〉 등이 있다.

역사적 발전이 비교적 낙후되었던 동유럽과 북유럽 및 러시아는 계몽 주의 사상의 영향 아래에서 민중이 점점 각성되었으며, 우언과 기타 문 학의 창작이 두각을 나타내기 시작하였다. 폴란드 계몽주의 문학의 대표 자 크라시츠키(Ignacy Krasicki, 1735~1801)는 장편시 《쥐 떼》(*Myszeidos ; Mouseiad*, 1775) 《모나코마시아》(*Monachomachia ; War of the Monks*, 1778) 《우화와 비유담》(*Bajki i Przypowieści ; Fables and Parables*, 1979), 《풍자 작품집》(*Satyry ; Satires*, 1779)을 연속으로 출판하여 교회의 권위주의를 반대하며 우매함과 나약함을 풍자하였다. 또한 그는 폴란드 최초의 백과 사전을 편찬하였다.

유고슬라비아의 계몽주의 작가인 오브라도비치(Dositej Obradović, 1742~1811)는 《우언》(1788)을 창작하여 철리를 나타냈다. 스웨덴 역사 학자이자 시인인 달린(Olof von Dalin, 1708~1763)도 계몽주의 우언가 이다. 그의 대표작인 장편우언시 《말 이야기》(*The Story of the Horse and Aprilverk*, 1738)[135]는 준마의 이야기를 통해 스웨덴의 모습을 반영하였 다. 말로써 백성을 상징하고 난폭한 기수로써 국왕을 투사하여 뚜렷한 반봉건적 경향을 지니게끔 하였다. 예술적 수법에서 작가는 우언과 스 웨덴의 전통 구비 서사시 사가(Saga)를 성공적으로 결합시켰다.

러시아는 계몽주의 사조의 영향 아래 고전주의 문학 유파가 나타났다. 우 언 창작의 대표적인 인물은 칸테미르(Antioch Kantemir, 1708~1744), 트레지아

모델로 삼았다고 한다. 그 때문에 논쟁에 휩싸이기도 했다. 〔원주〕 이 작품은 '카스타 뇨(Castagno)어 운문으로 지은 우언집'이라고도 한다.

135) 원문에서는 창작 연도가 1740년으로 되어 있으나 착오이다.

코프스키(Vasily Trediakovsky, 1703~1769), 수마로코프(Sumarokov, 1711~1777), 마이코프(Maikov, 1721~1757), 허무니챠르(1745~1784) 등이 있다. 유명한 풍자극 작가 폰비진(Denis Ivanovich Fonvizin, 1745~1792)은 〈전도하는 여우〉라는 정치풍자우언을 쓴 바 있다. 이렇게 많은 작가들이 문단에 등장했다는 것은 이 넓디넓은 러시아 땅에서 문학과 우언 창작이 전성기를 맞이할 것을 미리 보여주고 있었다.

18세기의 계몽운동은 유럽 우언이라는 꽃이 활짝 피도록 영양분을 제공한 비옥한 땅이었으며, 우언은 계몽사상을 전파하는 편리한 도구였다.

8. 19세기의 우언

19세기는 유럽 문명이 신속히 발전해 가는 시기였다. 1789년 프랑스 대혁명은 영국의 산업혁명에서 비롯되었다. 자연과학 영역에서 많은 중요한 발견과 발명이 있어서 유럽의 정치·경제·문화 생활에 하루에 천리를 달리는 듯한 큰 변화를 가져오게 되었다. 이와 동시에 민족·민주 혁명과 노동자 혁명운동도 왕성한 기세를 보이고 있었다. 문학에서는 우선 전 유럽을 휩쓸며 낭만주의 운동이 일어나 17세기 이래 유럽 문단을 통치하던 고전주의를 반대하였다. 1830년대부터는 낭만주의가 점점 밀려나가게 되고 비판적 현실주의 문학이 점차 유럽문학의 주류로 발전하였다. 후기에는 상징주의 등의 모더니즘 문학이 나타났다.

러시아 문학은 19세기에 찬란한 성과를 거두었다. 끄르일로프 우언의 출현은 러시아 문학의 독립과 성숙을 나타내고 있으며, 러시아 문학이 세계로 향하기 시작했음을 표시하기도 했다.

끄르일로프(Ivan Andreyevich Krylov, 1768~1844)는 모스크바의 가난

볼쇼이 극장에 붙은 끄르일로프의 희극 포스터

한 군의관 가정에서 태어났으며 9살 때 아버지를 여의고 직원으로 살림을 꾸려나갔다. 1782년에 페테르부르크로 이사를 해 그곳의 세무서에서 사무원으로 지냈다. 그는 이 기간에 주로 희곡 창작에 몰두하였다. 비록 1788년에 수마르코프와 허무니챠르의 우언을 모방하여 4편을 썼지만 스스로 만족하지 않아 줄곧 우언시집(9권으로 된 판본)에 수록하지 않았다. 뒤에는 풍자적인 간행물을 만들어 전제주의의 부패를 비난한 탓에 마지못해 외지로 망명하는 신세가 되었다.

1804년, 끄르일로프는 모스크바에 도착하여 우언시 〈상수리나무와 갈대〉 〈남편을 고르는 아가씨〉를 발표하면서 우언 작가의 생애를 본격적으로 시작하였다. 1806년에 페테르부르크로 돌아왔고, 1809년에는 우언시집 제1판을 출판하였으며, 그 뒤 차례로 작품을 추가하여 모두 201편(초기 습작까지 포함하면 205편)을 창작하였다. 1812년 이후 그는 페테르부르크 공공도서관에서 거의 30년 동안 일하였다.

끄르일로프의 우언은 독특한 형식을 통해 제정러시아의 사회 현실을 전면적으로 깊게 반영하였다. 그것은 현실생활이라는 토양에 뿌리를 박고 있으며 러시아의 숨결로 가득 차 있다. 우언의 형상이 생동적이고 풍만하며 전형적이어서 리얼리즘 예술의 전범이 되었다. 유명한 비평가 벨린스키가 지적한 바와 같이, 끄르일로프는 그의 선배들과 다르게 단지 도덕적 훈계에 제한하지 않고 현실생활을 묘사하는 데 힘을 기울였다. 다음에 〈농부와 강물〉을 보도록 하자.

시내와 샛강이 범람하여 홍수가 났어. 농민들은 파산 지경에 이르러 도저히 참을 수가 없었어. 그래서 큰 강물에게 가서 호소하였지. 시내와 샛강의 물은 모두 이 큰 강물로 흘러들기 때문이야.

고발해야만 하는 일들이 얼마나 많은지! 밀밭도 쓸어버렸지, 방앗간도 넘어뜨렸지, 가축들도 물에 빠져 죽었지. 손해가 정말 세어도 세어도 다 헤아리지 못할 지경이야.

큰 강물은 그냥저냥 조용히, 장엄하게 흐르고 있어. 큰 도시가 그의 시울 양쪽에 우뚝 솟아있지만, 여태껏 이런 못된 장난을 했다는 이야기를 그는 한 번도 들은 적이 없을 거야. 그러니 큰 강물은 분명히 이들 시내와 샛강들을 혼내 줄 거야. 농민들은 서로들 이렇게 왈가왈부 떠들었어.

모두들 큰 강물에 가까이 가서 보니, 자기들 재산의 반절이나 둥둥 떠 있는 거야. 괜히 번거롭게 굴 필요가 있나? 농민들은 큰 강물이 흘러가는 것을 보기만 했어. 모두들 어리둥절 서로 쳐다보기만 하다가 머리를 흔들며 집으로 돌아갔지. 그리고 큰 강물을 떠나면서 말했어.

"우리가 괜히 가서 시간만 낭비할 필요가 있을까? 큰 강물이나 샛강이나 모두 다투어 우리의 재물을 빼앗아간다. 우리가 큰 강물에게 가서 샛강들을 고발한들 어떤 공정한 재판도 얻을 수는 없을 거야!"

이 우언은 강물의 범람을 아주 핍진하고 생생하게 묘사하였으며, 우의가 분명하고 함축성이 심각하다. 이야기에서 짜르 황제와 관리들을 한 번도 언급하지 않았지만, 곳곳에서 그들이 고생하는 대중을 압박하고 착취하고 있다는 점과, 짜르 러시아 정부는 탐욕스럽고 잔인한 각급의 관리들을 배후에서 조종하고 있다는 점 등을 생각하게 하였다. 예술적 표현이 명백하면서도 비루하지 않고, 함축적이면서도 난삽하지 않다. 진정 "묘사키 어려운 경치를 마치 눈앞에 있는 듯이 만들고 다하지 못한 뜻을 언외에 보이도록 함축하였다"는 경지에 이르렀다. 사상이 깊고 예술 형상이 완벽하며 서로 밀접하게 융합되어 있는 것이다.

끄르일로프의 몇몇 작품은 이솝이나 라퐁텐의 우언에서 취재하였지만, 거의 새로운 요소를 첨가하였다. 절대다수의 우언들이 모두 현실생활에서 제재를 가져왔다. 예컨대 〈물고기의 춤〉〈얼룩 양〉〈사중주〉 등은 당시의 중대한 정치 사건을 투영한 작품이다. 이는 역사적 사실에 따라 고증할 수 있다. 작가는 우언을 통해 통치자가 타락하고 잔인하며 부하를 방임하였다는 것을 풍자하였다. 법정이 뇌물을 받아먹고 법을 어기며 관료 귀족들이 서로 결탁하여 간사하게 굴었다는 점을 폭로하였고, 백성들의 고난과 권리 없음 그리고 초보적 각성을 묘사하면서 위선 · 허영 · 나태 · 소심함 등의 악습을 비난하였다.

더욱이 1812년 국가 보위의 전쟁 기간에 썼던 〈까마귀와 암탉〉〈꼬치고기와 고양이〉〈고양이와 주방장〉〈이익을 배분하다〉〈화차〉〈개집에 떨어진 늑대〉 등의 우언은 현실을 긴밀하게 배합하여 침략자의 기세에 타격을 주었으며, 무능한 장수와 뻔뻔스러운 변절자를 풍자하였고, 민중과 군인이 적에 대항하는 애국적 열정을 북돋웠다.

용의주도한 총사령관 쿠트조프(Kutuzov) 장군이 적을 깊숙이 유인하고 곡식을 모두 없애는 초토화 전술을 사용하여, 나폴레옹의 침략군이 텅 빈 모스크바에 갇혀 화해를 청하지도 못하고 허겁지겁 꽁무니를 빼게 했을 때, 끄르일로프는 〈개집에 떨어진 늑대〉를 써서 그 일을 축하하였다. 이 우언은 양을 잡아먹으려고 우리에 뛰어들었다가 사람과 사냥개에게 포위된 '늑대'로써 나폴레옹을 은유하였으며, '사냥개의 두목'으로써 쿠트조프를 은유하였다.

전하는 말에 따르면, 쿠트조프 장군은 완승을 거둔 뒤 병사들에게 이 우언을 친히 읽어주었다고 한다. 그 작품에서 사냥개의 두목이 "나는 이미 백발이 성성하다"고 말하는 대목에 이르렀을 때, 장군이 군모를 벗고 자신의 희끗희끗한 머리를 가리켜서 군대 전체가 한바탕 환호를 일으켰다는 일화가 있다. 이를 통해 끄르일로프 우언의 예술적 감동력을 짐작할 수 있다.

끄르일로프와 선후한 동시대 우언 작가는 매우 많다. 예컨대, 드미뜨리예프(I.I. Dmítriev, 1760~1837), 이즈마일로프(Izmaylovo, 1779~1831), 베야찌무스키, 스허로프[136] 등이 있다.

풍자 작가 살뜨이코프[137]는 1882~1886년에 동화식 우언 32편을 썼다. 예컨대 〈대단히 총명한 모샘치〉〈헌신적인 토끼〉〈가여운 늑대〉〈이상주의를 믿는 붕어〉〈꾀꼬리의 불행〉〈건망증이 심한 양〉〈늙은 말〉〈곰 총독〉〈한 농사꾼이 두 명의 장군을 먹여 살린 이야기〉〈야만스러운 지주〉 등이 있다. 이 작품들은 혁명 민주주의 관점을 선전하며 전투 정신을 품고 있다.

또 살뜨이코프와 풍격이 비슷한 사람으로는 미카일로프(Mikhail Mikhailov, 1829~1865)와 좀 뒤늦게 등장한 도로셰비치(1864~1922)가 있다. 미카일로프는 혁명 민주주의자로서 1861년 혁명 전단을 뿌리다가 잡혔는데, 그 전에 〈한겨울 형님과 한겨울 동생〉〈산림 속의 주택〉〈생각〉 등 동화식 우언 8편을 발표하였다. 또한 도로셰비치가 출판한 동화 우언집 《동양 전설과 동화》(1902)와 《동화집》(1917)은 인도·중국·일본 등 아시아 국가의 궁정 후원 이야기를 빌려서 러시아 상류사회를 비평하였다.

문호 톨스토이(Lev Nikolaevich Tolstoi, 1828~1910)와 교육가 우신스

---

136) 스허로프: 작가에 대해 자세히 알려지지 않았다.

137) 살뜨이코프(Mikhail Saltykov, 필명은 Shchedrin, 1826~1889): 본명은 미하일 예브그라포비치 살뜨이꼬프인데, '시체드린'이라는 필명으로 더 잘 알려져 있다.

키(Ushinski, 1824~1870)는 모두 우언을 통한 아동 교육에 주의를 기울였다. 우신스키는 1864년에 〈쟁기 두 개〉〈북풍과 태양〉〈다리를 건너는 염소〉 등의 우언이 들어 있는 《조국의 언어》를 편찬하여 아동에게 도덕 교육을 실시하였다. 또한 톨스토이는 1872년에 《계몽 교과서》를 편찬하였는데 거기에 인도·유럽·러시아의 민간우언 89편을 수록하였다. 그는 이 책을 20여 번이나 수정하였으며 "이는 내 평생에서 가장 중요한 사업이다"라고 하였다.

19세기에 독일 고전주의 철학은 전례 없는 찬란한 성과를 거두었으며, 칸트(Kant), 피히테(Fichte), 셸링(Schelling), 헤겔(Hegel), 포이에르바흐(Feuerbach)와 뒤에 등장한 쇼펜하우어(Schopenhauer), 니체(Nietzsche) 등 주목할 만한 철학가들이 나왔다. 그래서 엥겔스는 "독일인은 철학의 민족이다"라고 하였다.

독일 철학가들은 우언으로 철리를 표현하는 것을 중요시하였다. 예컨대 쇼펜하우어의 우언 〈겨울의 호저〉[138]는 그의 비관주의적인 사회학 관점을 천명하였고 니체의 우언식 철학 저술 《차라투스트라는 이렇게 말했다》(1883~1891)는 고대 페르시아 배화교 교주의 입을 빌려 그의 초인(超人) 철학을 펴고 있다.

19세기의 작가들은 독창적으로 새로운 방법이나 기풍을 만들고자 종종 다른 문체의 수법을 우언 창작에 끌어들이는 데 열중하였다. 또는 우언 수법을 다른 문체에 끌어들이려고 노력했다고도 말할 수 있다. 먼저 동화와 우언을 결합하였다. 동화와 우언은 밀접한 관계를 가지고 있기 때문에 서로 쉽게 침투하여 융합된다. 그리고 사실 문체들 사이에

---

138) 〈겨울의 호저〉: 호저(豪猪, porcupine)는 바늘 같은 길고 뻣뻣한 가시로 뒤덮인 두더짓과 동물이다. 공격을 당할 때면 가시를 세워 자기를 보호한다. 그러나 추운 겨울에 보온을 위해 서로 가까이 껴안으려 해도 찔려서 일정한 거리를 유지해야 한다고 한다. 이를 두고 쇼펜하우어는 '호저의 딜레마(porcupine's dillema)'라고 했다. 제3부의 각주 2번 참조.

절대적 차이가 있는 것도 아니다.

이를 시도한 사람들로는 러시아의 살뜨이꼬프 등을 이미 앞에서 언급한 바 있다. 또 독일 루트비히 티크(Tieck, 1773~1853)의 《루넨베르크》, 야코프 그림(Jacob Grimm, 1785~1863)과 빌헬름 그림(Wilhelm Grimm, 1786~1859)의 《어린이와 가정의 동화》(1812~1815), 샤미소(Chamisso, 1781~1838)의 《페터 슐레미힐의 신기한 이야기 ― 그림자를 판 사나이》(1814), 호프만(E.T.A. Hoffmann, 1776~1822)의 《제라피온의 형제들》(1819~1821), 하우프(Wihelm Hauff, 1802~1827)의 《동화 연감》, 또 덴마크의 유명한 동화가 안데르센(Andersen, 1805~1875)의 적지 않은 명작들, 영국 와일드(Wilde, 1856~1900)의 동화집 《행복한 왕자》(1888)와 장편 이야기 《도리언 그레이의 초상》(1890) 등 가운데 우언의 특징을 지니지 않은 작품이 없다. 모두 이야기 속에 인생의 철리를 담고 있다.

우언과 희곡을 결합하는 것은 일찍이 고대 그리스의 아리스토파네스(Aristophanes) 때부터 시작되었으며, 19세기에 이르러서는 새로운 단계로 발전하였다. 괴테의 유명한 시가체 희곡 《파우스트》는 신화 전설과 주술적 줄거리를 빌려 지식 비극·애정 비극·정치 비극·미의 비극과 사업 비극을 묘사하였으며 적극적인 인생관과 허무주의의 모순을 나타냈다.

노르웨이의 유명한 희곡가 입센(Henrik Ibsen, 1828~1906)이 쓴 우언 시가체 희곡 《페르귄트》(*Peer Gynt*, 1867)는 주인공의 기괴하고 불쌍한 일생을 통해 '진정한 인생의 가치란 무엇인가'라는 엄숙한 철학 명제를 제기하였다.

독일 자연주의 문학의 대표 작가인 하우프트만(Gerhart Hauptmann, 1862~1946)의 몽환극 《한넬의 승천》(1894)과 동화극 《침종》(沈鍾, 1896)은 꿈속에 문득 들어가는 듯한 인생 태도와 초인 철학을 나타냈다. 이상과 같은 작품들은 모두 우언과 희곡이 서로 결합된 것으로서

20세기 모더니즘의 희곡 창작에 시사점을 주었다.

우언소설은 19세기에도 괜찮은 성과를 거두었다. 영국 작가 키플링(Rudyard Kipling, 1865~1936)[139]의 《정글북》[140]은 19세기 우언소설의 대표격이다. 이 책은 1894년에 창작되었으며 속편은 1895년에 완성되었다. 인도의 산림 속에서 암늑대에게 양육된 '늑대 아이'가 들짐승과 어울리면서 자랐기 때문에 약육강식이란 산림의 '법칙'을 준수하며 자신의 생존을 위해 다투었다는 점을 묘사하였다.

키플링은 자연계의 생존경쟁 법칙을 이용하여 사회생활은 약탈이며, 용기·의지·기율·효율이 필요하다는 점을 설명하려 하였다. 여기에는 식민주의 사상이 완곡하게 드러나 있다. 소설은 늑대·호랑이·원숭이 등 여러 동물에 대해 적절하고 생생하게 묘사하였고, 이야기 구성도 새롭고 독특하다. 문장이 세련되고 변화가 풍부하며 재치가 있어 예술적 성과가 높다. 그는 또한 《아아, 그렇구나》(*Just-So Stories for Little Children*) 12편을 썼는데 동물 기원 신화와 결합한 해석적 우언들이다. 키플링은 1907년에 노벨 문학상을 수상하였다.

이 밖에도 많은 소설가와 산문가가 우언 수법을 흡수하였다. 예컨대 프랑스의 유명한 소설가 메리메(Me'rimee, 1803~1870)가 쓴 중·단편소설은 늘 우언 형식을 사용하였으며, 영국의 모리스(William Morris, 1834~1896)가 지은 사회주의 사상을 선전하는 환상 작품 《꿈에서 만난 요한과 바울》(1888) 《유토피아 소식》(1890)도 우언의 특징을 지니고 있다.

우언 이론 연구에서는 프랑스의 문예이론가인 이폴리트 텐느(H.A. Taine, 1828~1893)가 1854년에 박사학위 논문 〈라퐁텐의 우언시를 논함〉을 발표하였으며, 1860년에는 내용을 확장하여 《라퐁텐과 그의 우

---

139) 원문에는 키플링의 몰년이 1933년으로 되어 있으나 착오인 듯하다.
140) 《정글북》의 중국어 제목은 《森林之書》 일명 《叢林故事》이다.

언》을 펴냈다. 러시아의 벨린스키(1811~1848) 등도 끄르일로프 우언에 관한 논문이나 저작을 내놓았다.

과거에 유럽 우언의 중심은 줄곧 서유럽에 있었지만 19세기에 이르러서는 러시아가 서유럽 각국을 추월하는 기세를 보였을 뿐만 아니라 동유럽 · 아메리카 · 아프리카에서도 중요한 작품들이 나타났다. 동유럽에서는 루마니아의 계몽주의자 아사키(Gheorghe Asachi, 1788~1869)가 《우언 선집》(1836)을, 민간문학가 판(Anton Pann, 1796~1854)이 《우언과 이야기》와 《속담집과 민간 이야기》를, 시인 알렉산드레스크(Grigore Alexandrescu, 1810~1885)가 널리 사람들의 입에 오르내리는 우언들을 많이 써냈다.

체코의 유명한 여성 작가 넴코바(Božena Němcová, 1820~1862)는 《민족 전기와 이야기》(전 7권)와 《슬로바키아 동화와 이야기》(전 10권)를 편찬하였으며, 1860년에 헝가리의 머다치(Imre Madách, 1823~1864)가 쓴 우언시극 《인간의 비극》(*The Tragedy of Man*)은 새 형식을 창조하였다.

《인간의 비극》은 모두 15장으로 구성되어 있다. 인류의 시조인 아담과 이브가 에덴동산에서 쫓겨난 뒤 인류 미래의 운명을 알려고 마귀를 따라 꿈속에 들어가서 역사적 인물로 변신하는 것으로 설정했다. 그리고 고대 이집트, 아테네 도시 국가, 고대 로마, 동로마, 르네상스, 프랑스대혁명 등 역사의 각 단계를 겪다가 이상이 수포로 돌아가는 바람에 꿈속에서 깨어났다는 내용을 묘사하였다.

이 희곡은 황당한 형식으로 다방면에 입각하여 인간의 중대한 문제들을 탐구하였다. 예컨대 인간과 하느님, 인간과 자연, 인간과 사회, 하느님과 마귀, 선과 악 등 여러 관계를 설정하고 의문을 제기하였다. 이 작품은 헝가리의 《파우스트》로 볼 수 있다.

아메리카의 토착민 인디언은 그곳에 정착한 몽골인의 일부이다. 1만 5천~2만 년 전에 아시아 동북 지방에서 베링 해협을 거쳐 계속 아메리카로 이주한 것이다. 16세기부터 스페인·네덜란드·영국·프랑스 등 식민 국가는 잇따라 침입하여 이곳을 식민지로 만들면서 인간성을 완전히 상실한 잔인한 전쟁을 벌였다. 이로써 유럽 이주자들은 유럽의 문화와 우언을 그곳에 가져갔다.

어떤 이주자의 후대는 문학창작에 관한 유럽의 전통 수법도 학습하고 인디언을 동정하여 그들 문화의 정수도 받아들였다. 예컨대, 페루 민족 시가의 창시자이자 훌륭한 우언 작가였던 멜가(Mariano Melgar, 1791~1815)는 인디언 특색을 지니고 있는 우언을 써서 식민주의 통치를 조롱하였다. 그는 스페인의 식민 통치를 반대하는 인디언의 투쟁을 적극적으로 지지하였으며, 1814년에는 무장봉기에 동참하다가 스페인 군대에 잡혀 젊은 나이에 목숨을 잃었다.

또 페루의 역사학자 팔마(Ricardo Palma Soriano, 1833~1919)는 7권으로 된 대작 《페루의 전설》(*Tradiciones Peruanas*, 1872~1910)을 편찬하였다. 이는 역사와 픽션을 혼합한 단편 이야기를 '트라디시온'이라는 새로운 형식으로 구성하여, 작가의 의도에 따라 흥미와 교육을 겸하게 하였다. 민간 전설과 우언을 포함하여 모두 453편을 수록하였으며, 페루의 각 역사 시기에 나타난 사회 모습을 널리 반영하고 있다.

그리고 콜롬비아의 훌륭한 시인 폼보(Rafael Pombo, 1833~1912)도 영향력 있는 우언 작가인데, 그가 1871년에 출판한 《어린이 우언집》은 중남미에 광범위한 영향을 끼친 작품이다.

미국은 아메리카에서 최초로 독립한 국가로서 1783년에 독립전쟁에서 승리를 거두고, 경제·문화적 발전을 거듭하였다. 19세기에 들어선 뒤에는 민족 독립의식의 강화와 민족문학의 탄생에 따라 우언 창작이 활기찬 발전을 하였다. 해리스(Joel Chandler Harris, 1848~1908)는 1878년 잡지에 '흑인 노예 리머스 아저씨'를 서술자로 하는 우언 이야기의 연재를 시작하여 1887년에 《리머스 아저씨의 노래와 이야기》라는 단행본을 출판하였다. 이는 리머스 아저씨가 주인 아들을 우언으로 가르치는 내용을 기본 줄거리로 하는데, 생동적이고 재미있는 동물우언을 많이 삽입하였다. 풍격이 유머러스하고 기지가 풍부한 이 작품은 흑인들의 민간 이야기에서 많은 자양분을 섭취하였다.

에이드(George Ade, 1866~1944)는 미국에서 최초로 현대 색채를 지닌 우언을 창작했다. 그는 1897년에 창작을 시작하여 《속어 우언》(*Fables in Slang*, 1899) 《우언 속편》(*More Fables*, 1900) 《현대 우언 40편》(*Forty Modern Fables*, 1901) 《에이드 우언》(*Ade's Fables*, 1914) 《수공 우언》(*Handmade Fables*, 1920) 등을 쓴 바 있다. 그는 우언에 속어와 방언을 사용하여 짙은 미국 지방의 색채를 띠고 있다. 주인공은 대부분 중·하층 사회의 사람들이며 해학적 풍격을 지녔다. 사상에서는 전통문화와 가치 관념에 대한 회의와 비판을 나타냈다.

비어스(Ambrose Bierce, 1842~1914?)가 1899년에 출판한 《환상적 우언》(*Fantastic Fables*)은 풍격이 신랄하며 미국 현대의 정치·경제 제도를 날카롭게 풍자하는 작품도 적지 않게 들어 있다. 그의 단편소설 〈군인과 평민〉(One Officer, One Man),[141] 《이런 일이 가능한가요》(*Can Such Things Be?*) 등은 줄거리가 괴이하고 황당하다. 비어스는 세상의 불합리한 모든 것에 분개하고 증오하는 필치로 죽음과 공포란 명제를 부각시키기를 즐겨하였으니, 그의 작품들은 역시 우언적 색채를 지니고 있다.

미국의 소설가들은 페이블리스트와 마찬가지로 우언 수법을 이용하여 창작하는 것을 좋아하였다. 유명한 작가 호손(N. Hawthorne, 1804~1864)은 "사람들을 놀라게 하는 사건은 저마다 나름의 우의를 지니고 있다"고 말한 바 있다. 그의 일부 소설은 직접 '우언'으로 명명되었으며, 《신기한 이야기》 등은 많은 단편소설은 깊은 우의를 지녀 캘빈(Calvin) 파의 '원

---

141) 〔원주〕뒤에 〈삶의 한복판에서〉로 제목을 바꾸었다.

죄' 관념과 신비로운 색채를 나타냈다. 대표작인 《주홍글자》(1850)는 젊은 부인 프린의 이야기를 주된 줄거리로 하여 죄악·도덕·철리 등 인생 문제를 점차 깊이 파고들어가 분석하였으며, 감옥과 장미꽃으로 시작을 하고 묘지로 끝나 상징적 의미가 풍부하다.

멜빌(Herman Melville, 1819~1891)[142]의 대표작인 《백경》(白鯨, *Moby Dick* 또는 *The White Whale*, 1851)은 고래잡이 선장 에이햅이 흰머리 고래 모비딕을 잡으려고 전심전력하면서 선원들을 모두 죽게 만들었다는 이야기를 묘사하였다. 상징과 우의가 가득 찬 이 작품은 흰 고래로 자연의 힘과 공포를 나타냈다. 선장은 그의 한 쪽 다리를 물어 끊어지게 한 흰 고래에게 복수하려고 하면서부터 편집증의 미치광이가 되어가고, 마지막에는 우주의 자연 법칙에 도전하는 데까지 나아가 결국은 피할 수 없는 종말에 이르게 된다.

멜빌의 또 다른 작품 《마디》(*Mardi*, 1849)도 해상에서 벌어진 환상적인 이야기를 묘사한 것으로, 여러 우의를 담고 있다. 인간이 완전무결한 경지를 추구하고자 헛수고를 하고 있다는 것을 상징하였다. 그의 《타이피》(*Typee*) 《오무》(*Omoo*) 《레드번》(*Redburn*) 《하얀 재킷》(*White Jacket*)도 우언적 색채를 지니고 있다.

그리고 유명한 풍자 작가 마크트웨인(Mark Twain, 1835~1910)도 우언 작품과 우언 색채를 띤 우수한 풍자 작품을 쓴 바 있다.

유럽 이주자들은 유럽 우언의 전통을 아프리카까지 가져갔다. 예를 들어 남아프리카에서 태어난 독일계 여성 작가 슈라이너(Olive Schreiner, 1855~1920)는 1897년에 우언소설 《마쇼나랜드의 기병 피터 홀켓》(*Trooper Peter Halket of Mashonaland*)을 발표하여 영국 식민지 군대가 맨손의 현지 거주민들에게 가한 잔혹한 반인륜적인 진압 행위를 비판하였

---

142) 원문에는 몰년이 1947년으로 되어 있으나 착오이다.

다. 유럽 우언의 수법이 흡수된 것은 아프리카 우언 창작의 부흥을 촉진시켰다.

요컨대 19세기는 유럽 우언이 신속히 확장하여 발전한 시기였다. 이는 두 가지 측면에서 확장되었다. 하나는 기타 문체로 침투하였다는 것이며, 다른 하나는 전파 지역이 확대되었다는 것이다.

9. 20세기의 우언

20세기는 정세가 급격하고도 복잡하게 변한 시대였다. 두 차례의 세계대전이 연이어 터졌고, 러시아에서 10월혁명이 벌어졌으며 아시아·아프리카·중남미에서 민족·민주 혁명운동이 왕성하게 일어났다. 과학기술과 교통의 발전으로 말미암아 세계 각 지역과 민족의 연계가 강화되었다. 신속히 발전하고 변화막측한 현실에 대응하여 유럽 사상계에서는 여러 가지 학설이 나타나 유행했으며, 문학계에 각양각색의 현대조류가 출현하였다. 우언 창작도 이러한 변화에 적응하고 있었다.

러시아(소련)와 동유럽 각국의 우언 창작은 전통적 방법으로 사회주의 사상을 신진하는 경우가 많았다. 소련문학의 창시자인 막심 고리키[143]는 〈거짓말쟁이 꾀꼬리와 진리를 사랑하는 딱따구리〉(1893) 〈노파 이제르길〉(1895) 〈매의 노래〉(1898) 〈봄의 선율〉(1901) 등의 우언시나 우언소설을 써서 러시아 혁명을 외쳐 불렀다. 그가 쓴 《이탈리아 동화》(1906~1913) 가운데 27편과 《러시아 동화》(1911~1917) 가운데 16편이 모두 우언식 단편이다.

유명한 시인 블로크(Aleksandr Aleksandrovich Blok, 1880~1921)가 1918

---

143) 막심 고리키(Maxim Gorky 1868~1936): 원명은 알렉세이 막쉬모비치 뻬쉬코프 (Aleksey Maksimovich Peshkov)이며, 막심 고리키는 필명이다.

년에 발표한 장편시 〈열둘〉은 상징주의 수법으로 10월혁명의 폭풍을 반영하였으며 신구 두 세계의 날카로운 대립을 묘사하였다. 베드느이, A. 톨스토이,[144) 마르샤크, 스미르노프, 미할코프 등도 우언 창작에 심혈을 기울였다.

미할코프(Sergey Vladimirovich Mikhalkov, 1913~)는 A. 톨스토이의 계시와 격려 아래 우언시 창작에 종사하게 되어 차례로《S. 미할코프 우언시》(1957)《즐거운 토끼》(1963) 등의 우언집을 출판하였다. 그의 우언시는 삶의 활기가 풍부하며 유머러스하고, 잘난 체하거나 이기적이거나 허풍 떠는 것이나 관료주의 등의 악습을 신랄하게 풍자하였다.

소비에트 연방의 여러 공화국과 소수민족에서도 많은 우언 작가와 작품이 출현했다. 예컨대 백러시아[145)의 작가 뻬야뜨리야가 쓴《폴로츠크(Polotsk) 우언》(1922), 크라피야(Kandrat Krapiva)의 《우언집》(1927), 우크라이나의 시인 아오리이츠크가 쓴《우언집》(1958), 에스토니야의 시인 라우더의 우언시집《두 놈》(1946), 칼미크족의 작가 뻬에무리예프의 시가 우언집《보물》(1960)과《감격》(1962) 등이 있다. 이 밖에 중국에 머문 적이 있고 에스페란트어와 일어로 창작을 한, 맹인 시인 에로센크[146)도 유명한 동화 우언을 썼다.

소련의 몇몇 소설가도 우언 수법을 채용하는 데 열성을 가졌다. 그 가운데 가장 드러난 작가는 프르자코프(1891~1940)와 아이터마토프(1928~)이다. 그들의 작품은 모두 나라 안팎에서 붐을 일으킨 적이 있

---

144) A. 톨스토이: 대문호 레프 톨스토이의 먼 사촌뻘 되는 작가이다. '알렉세이 톨스토이'라고도 부른다.

145) 백러시아: 정식 명칭은 벨로루시 공화국(Respublika Belarus)이다.

146) 에로센크(B.R. Epomehk, 1889~1952): 러시아의 시인이자 동화 작가이다. 어려서 실명하였다. 25세에 본국을 떠나 태국·미얀마·인도·일본 등지를 떠돌다가 1921년, 일본에서 추방되어 중국에 갔다. 루쉰(魯迅)과 저우쭤런(周作人)의 추천과 차이위안페이(蔡元培)의 초빙으로 베이징 대학에서 에스페란토어를 가르쳤다.

다. 유명 작가인 시몽로프는 프르자코프의 장편소설 《모스크바의 귀신 그림자》(1928~1940)[147]가 풍자와 환상과 심각한 심리분석을 용광로에 집적시킨 최고의 작품이라고 극도로 찬양했다.

아이터마토프의 《단두대》(斷頭臺, 1986)는 사회악과 인간의 약점을 폭로한 우의가 매우 깊은 권계소설이다. 작자는 《성경》의 제재를 끌어 들여 늑대를 '충성스럽고 선량하고 용감한 상징물'로 그려냈다. 또 그의 《하루가 백 년보다 길어》《바닷가의 얼룩 개》 등도 우언 특색이 있다.

서유럽에서는 우언소설과 우언극에서 사상 경향이 퍽 복잡한 우수작이 많이 출현했다. 프랑스의 작가 프랑스(Anatole France, 1844~1924)는 1908년에 우언소설 《펭귄 섬》(*L'Île des Pingouins ; Penguin Island*)을 발표하였다. 펭귄의 나라를 통해 제3공화국을 반영하면서, 당시 의회제도·대외정책·문화현상·사회풍조를 사정없이 폭로하였다.

독일의 저명한 극작가 브레히트(Bertolt Brecht, 1898~1956)는 《선량한 쓰촨인》(*Der Gute Mensch von Sezuan*, 1940)《푼틸라 씨와 그의 부하 마티》(*Herr Puntila und Sein Knecht Matti*, 1940)《코카서스의 횟가루 재판》(*Der Kaukasische Kreidekreis ; The Caucasian Chalk Circle*, 1945) 등의 유명한 우의극을 썼다.

이 몇 편의 작품들은 식섭석인 언출과 철학적 개괄이라는 두 부분의 구성으로 말미암은 두 층위의 배치로써 현실생활과 인간관계의 철리적인 의미를 표현하고 있다. 또한 우언 수법을 운용하여 시공간적 속박을 뚫고 자유롭게 상상력을 구사하여서 매우 예술적 특색을 지니게끔 되었다. 브레히트의 역사극과 교육극들도 마찬가지로 우언적 색채를 띠고 있다.

독일의 저명한 작가 헤세(Hermann Hesse, 1877~1962)의 대표작 《유

---

147) 〔원주〕《거장과 마거리트》라는 제목도 있다.

브레히트의 〈선량한 쓰촨인〉 〈코카서스의 횟가루 재판〉

이 두 작품은 중국 원대(元代)의 잡극(雜劇)에서 영감을 얻었다고 한다. 특히 이행도(李行道)가 쓴 〈회란기〉(灰闌記)의 패러디로 알려져 있다. 〈선량한 쓰촨인〉은 《맹자》의 성선론에서 언급되었던 "물은 아래로 흐른다[水之就下]"는 명제를 은유로 삼았다. 극 안에서 기생인 여주인공 션떠(沈德)는 누구도 타인에게 관심을 두지 않는 세상 풍조와는 다르게 신(神)들을 잘 대접한다. 신들은 선인(善人)을 찾아 나섰다가 지칠 대로 지친 상태였다. 그녀는 선량한 사람으로 인정받아 담배 가게를 운영하도록 혜택을 받지만, 끝까지 선한 본성이 변하지 않을 수 있는가에 대해 시험을 받는다. 션떠는 가게의 이윤을 늘리려고 사촌 오빠로 변장하고 점점 타락한다. 마지막에는 느닷없이 변사(辯士, 서양극 전통의 deus ex machina)가 나타나서 질문을 던진다.

"근본적으로 선하지 않은 세상에서 선량한 사람이 끝까지 선할 수 있는 방법은 무엇인가?"

하고 작가는 현대사회에서 '선(善)'을 이루어내려면 자본주의 체제를 사회주의로 바꾸지 않으면 안 된다는 암시를 했다고 이해된다.

또한 〈코카서스의 횟가루 재판〉은 한 아이를 두고 친권(親權)을 주장하는 두 어머니를 재판하려고 재판관이 땅에 횟가루로 동그라미를 치고 그 안에 아이를 들어가게 한 뒤 양쪽에서 두 여인이 팔을 당기도록 했다는 내용이다.

중국어 제목으로는 〈코카서스 회란기〉(高加索灰闌記)라고 한다. 이는 《구약성경》의 〈솔로몬의 재판〉(the Judgement of Solomon)과 비슷하고, 또 포증(包拯) 설화에서 유래하여 잡극 〈회란기〉의 핵심 내용이 된 것이기도 하다.

극의 결말에서 아이의 생모 즉 영주(領主) 부인보다는, 어려서 버려진 아이를 거두어 기른 아이의 양모 즉 영주 부인의 시비(侍婢)에게 권리가 있다고 하였다. 가정 윤리를 대신하여 '사회 생산력'을 강조하고, 양육권뿐만 아니라 코카서스 영지까지도 시비에게 귀속시키는 판결을 내렸다. 그같이 아이들의 양육을 위한 공공 재산을 일컬어 재판관의 이름을 따서 '아즈닥의 정원(Azdak's Garden)'이라 했다.

리알 유희》(1943)도 한 편의 우언소설로서, 주인공 크네히트의 경력을 통해 세계·문명·예술 등에 대한 사람들의 변화, 발전과 관련하여 생각을 표현하였다.

이탈리아 작가인 칼비노(Italo Calvino, 1923~1985)의 대표작 〈반쪽 난 자작(子爵)〉(The Cloven Viscount, 1952)은 메다르노(Medarno) 자작이 전쟁터에서 포탄에 맞아 두 쪽으로 쪼개졌다는 내용이다. 오른쪽 반신은 악이 집중되어 나쁜 짓만 하고, 왼쪽 반신은 선이 집중되어 좋은 일만 한다. 서로 원래의 상처를 벌려 놓기만 하다가 의사가 봉합하여 온전한 사람이 되었다는 줄거리는 황당하고 곡절하면서도 우의가 그윽하다. 이 작품은 〈바람난 남작(男爵)〉(The Baron in the Trees, 1957) 〈실재하지 않은 기사(騎士)〉(The Nonexistent Knight, 1959)와 함께 《우리들의 조상》(*I Nostri Antenati ; Our Ancestors*) 3부작이 되었다.

또한 칼비노가 편찬한 거질의 《이탈리아 민간 동화 전집》에도 적지 않은 우언이 있다. 이 밖에 '20세기 아동문학의 태두'라고 일컬어지는 이탈리아 동화 작가 로다리(Gianni Rodari, 1920~1980)의 매우 많은 작품에도 심각한 우의를 갖추고 있다. 바로 《거짓말 나라 체험기》(*Gelsomino in the Country of Liars*, 1958)가 그 두드러진 예이다.

영국은 우언소설의 창작에서 유구한 진통을 가지고 있다. 20세기의 경우 오웰(George Orwell, 1903~1950)과 골딩(William Golding, 1911~)이 뛰어난 대표자들이다. 오웰은 인도에서 태어난 소설가로서 젊은 시절에는 마르크스 주의를 신봉했고, 스페인 내란의 반파시스트 투쟁에 참가하여 중상을 입기도 했다. 그 뒤 방향을 바꾸어 공산주의를 반대하고 사회민주주의를 고취하였다.

그는 1945년에 우언소설 《동물 농장》[148]을 썼다. 동물들의 반란 정

---

148) 《동물 농장》(*Animal Farm*): 중국어 번역의 제목은 《動物庄園》 일명 《獸園》이다.

권 탈취로 러시아의 10월혁명을, 돼지 수령 나폴레온으로는 스탈린을, 또 다른 수령 스노우볼로는 트로츠키를 반영하여, 스탈린이 건립한 체제에 대해 날카로운 공격을 하였다. 작품의 풍격이 명석·간결하고 예술적 개괄성이 강하여 우언이라는 진부한 체재를 창조적으로 발전시키고, 서구 현대문학계에 많은 영향을 끼쳤다. 또 다른 그의 소설 《1984》는 1949년에 씌었는데, 고도로 집권화한 국가에서 인간의 운명을 환상 형식으로 예측하였다.

골딩은 장편우언 소설 《파리 대왕》(1955)으로 유명해졌다. 이 작품은 외딴섬에 표류한 한 무리의 아동들이 문명사회의 훈육에서 벗어나자 같은 사람을 죽여 없애는 야만인으로 변했다는 내용이다. 사람이 제한을 받지 않을 때 마음속에 생기는 악독한 천성을 집중적으로 형상화했으니, 두 차례의 세계대전 뒤 인성의 악함에 대한 서구사회의 공포를 반영했다. 작자는 사회의 병폐가 인성 자체의 결함에서 근원한다고 생각하였다. 골딩의 다른 작품들도 종종 상징 수법을 가지고 엄숙한 사회 문제를 다루었으므로 그는 우언가와 도덕가로 일컬어지게 되었다.

영국 우언 이론의 연구에서 루이스(C.S. Lewis, 1898~1963)의 성취는 단연 돋보인다. 그의 《사랑의 우언: 중세기 전통 연구》(*The Allegory of Love ; A Study in Medieval Tradition*, 1936)은 유럽 중세문학의 전통과 우언의 역사를 연구한 권위적인 이론 저술이다. 서구문학에서 '애정'이라는 기본 주제의 원천을 계통적으로 탐색하였으며, 아울러 이 주제를 표현하느라 우언 형식을 채용해야만 했던 필연성을 밝혀냈다. 《장미 이야기》, 초서와 스펜서 등의 작품을 열거하면서 자세히 분석하였다.

또 루이스는 7편의 동화 시리즈로 구성된 《나니아 전기》(*The Chronicles of Narnia*)149)와 공상과학 판타지의 명편 《침묵 속의 외계》

---

149) 루이스의 《나니아 전기》: 7편으로 이루어져 있는데 각 편의 제목은 다음과 같다. *The Lion, the Witch and the Wardrobe*(1950), *Prince Caspian*(1951), *The Voyage of the*

(*Out of the Silent Planet*) 등의 3부작[150]을 창작하기도 하였다.

20세기 곧 1960년대의 영국에는 사람들이 '우언 편찬가'라고 부르는 새로운 문학 유파가 나타났다. 그들은 작품을 통해 철학 사상을 표현하며 현실을 묘사하는 데는 주의를 기울이지 않음을 강조한다. 참신한 예술 수법, 평범하지 않은 구성, 기발한 조어 등을 추구하는 특징을 지닌다. 대표적 인물로는 머독(Iris Murdoch), 버게스(Anthony Burgess), 윌슨(A.N. Wilson) 등이 있다. 이러한 유파의 출현은 영국문학에 존재해 왔던 우언 전통의 산물이다.

20세기 미국에서는 우언 창작이 매우 번창하였다. 많은 작가 가운데 서버(James Thurber, 1894~1961)는 훌륭한 대표자로서 《현대 우언집》(*Fables for Our Time and Famous Poems Illustrated*, 1940)과 《현대 우언집 속편》(*Further Fables For Our Time*, 1956)을 출판하였다. 그의 우언은 뚜렷한 현대적 의식을 지니고 있으며, 낡은 동물 이야기를 가지고 현대의 인생철학을 나타냈다. 모든 것에 대해 섬세하게 통찰하고 함의가 깊으며 문장이 우아하고 풍격이 해학적이어서, 영어로 씌어진 현대 우언의 전범으로 여겨진다. 예컨대 〈부지런한 사냥개〉를 살펴보도록 하자.

오하이오 주(州) 웹코나이드 폭포 지역에 사냥개 한 마리가 있었다. 1937년 5월에 명령에 따라 한 용의자를 추적하러 나선 이 사냥개는 애크런(Akron), 클리블랜드(Cleveland), 버펄로(Buffalo), 시라쿠사(Siracusa), 로체스터(Rochester), 알바니(Albany)를 지나 마지막에는 뉴욕에까지 다다랐다.

Dawn Treader(1952), *The Silver Chair*(1953), *The Horse and His Boy*(1954), *The Magician's Nephew*(1955), *The Last Battle*(1956).

150) 《침묵 속의 외계》 등의 3부작: 루이스의 《우주 삼부작》(*Space Trilogy*)체에는 다음과 같은 작품들이 포함되어 있다. *Out of the Silent Planet*(1938), *Perelandra*(aka Voyage to Venus, 1943), *That Hideous Strength*(1946).

그때 마침 뉴욕의 웨스트민스터 사원(Westminster Abbey)에서 성대한 강아지 전시회가 열리고 있었다. 그러나 용의자가 그날 첫 배를 타고 유럽으로 떠나기 때문에 이 사냥개는 전시회에 가서 실컷 구경할 안복(眼福)이 없었다. 배가 아서 항(Port Arthur)에서 정박한 뒤, 사냥개는 계속 용의자를 따라 파리, 파푸아, 칼레, 도버, 런던, 체스터, 란디프너, 벡커이테를 거쳐 마크데부르크(Magdeburg)까지 왔다. 여기서도 때마침 국제 양(羊) 전시회를 하고 있었다. 그러나 자신의 책임을 다하고자 그 사냥개는 전시회 관람을 포기할 수밖에 없었고 계속해서 용의자를 따라 리버풀(Liverpool)까지 왔다. 이번에도 이 아름다운 도시를 잠깐 돌아볼 사이도 없이 쉬지 않고 곧바로 용의자를 미행하여 뉴욕까지 되돌아왔다.

미국에서 사냥개는 그 용의자를 계속 추적하여 테네시, 토나프라이, 나이악, 피파익을 거쳤다. 심지어 피파익에서 사냥개는 털을 빳빳하게 세운 사나운 강아지와 이야기할 사이도 없었다. 용의자가 밤낮으로 서둘러 신시내티, 세인트루이스, 캔자스시티까지 갔다가 다시 돌아와 세인트루이스, 신시내티, 쿠란봉, 애크런까지 갔다. 그리고 마지막에는 웹코나이트 폭포로 되돌아왔다. 그러나 이때 사건의 경위가 모두 밝혀져 그 사람이 아예 어떤 범죄자도 아니라는 것이었다. 그리하여 이 장거리 추적은 결국 허탕이 되어버렸다.

이 과정에서 사냥개는 발가락에 상처를 입었고 체력도 크게 약해져서, 나중에는 달리는 속도가 거북이보다 크게 빠르지 않을 지경에 이르렀다. 그것 말고라도 그는 추적하면서 하루 종일 눈과 코를 땅에다 처박고 다니느라 미묘한 세상의 아름다움을 하나하나 감상할 기회를 놓쳐버렸다.

이치: 영예로움은 곧잘 멸망으로 이어지고, 의무감은 종종 아무 일도 성취하지 못하게 한다.

전통 우언에서 충실함과 근면, 성실함이란 늘 칭송받을 미덕이었지만, 서버는 위 작품에서 오히려 자신의 책임에 매우 충실하고 근면한 사냥개를 조소하였다. 왜냐하면 맹목적인 의무감은 그 사냥개로 하여금 독자적으로 사고하고 진위를 변별하는 능력을 잃게 만들어, 가짜 용의자를 진짜 용의자로 다루게 했기 때문이다. 또 한사코 명예를 추구하려 한 것은 그에게 삶의 아름다움을 누리지 못하게 하였다. 이러한 가치관은 전적으로 현대 구미 사회의 것이다.

서버의 문장은 세련된 것으로 유명하지만, 위 작품에서는 오히려 여러 지명을 30여 번이나 반복하여 나열하였다. 이러한 수법은 사냥개가 수고스레 동분서주하였다는 것을 부각시켰으며 사냥개의 성격을 뚜렷하게 보여주었다. 그리고 이 지명들은 현실의 것이며, 아주 그럴싸하게 연월일도 구체적으로 밝혀 놓아서 기묘하고 유머러스한 예술적 효과가 나타나게 하였다.

서버는 전통 제재를 개조하여 쓴 우언들에서도 현대 사회의 분위기가 나타나도록 했다. 예컨대 〈사자와 여우〉는 전통 제재를 차용하여 사자가 양, 염소, 젖소 등과 함께 사냥해 온 뒤에 모든 먹을거리를 독차지하였다는 내용을 묘사했다. 그러고는 세 마리 여우가 법률과 세금 규정을 이용하여 먹을거리를 몽땅 빼앗았다는 내용을 새롭게 더하여 묘사하였다. 작가는 이 한바탕 골계극을 통해 시대에 낙오된 사람들을 조소하고, 현대 세제(稅制)의 여러 폐단을 야유하였다.

서버 이외에 어스킨, 사로얀, 파르킨, 라우버 등의 작가들도 우언 창작에 종사하였다. 어스킨(John Erskine, 1879~1951)은 유명한 교육자이자 풍자소설가이며, 1930년에 우언 《신데렐라의 딸》(*Cinderella's Daughter, and Other Sequels and Consequences*)을 출판하였다. 사로얀(William Saroyan, 1908~1981)은 유명한 소설가이자 극작가로서 그의 작품은 어린애 같은 순진함을 나타냈으며, 1914년에 《우언》을 출판하였다.151)

이 밖에 미국의 유명한 애니메이션 감독인 디즈니(Walt Disney,

1901~1966)에 대해서 《브리태니커 백과사전》에서는 "애니메이션이라는 형식으로 우언에 새로운 활력을 불어넣었다"고 평가하였다. 그는 의인화한 동물 형상을 애니메이션의 주인공으로 등장시켜 성공을 거두었으니, 미키마우스(Mickey Mouse), 도널드덕(Donald Duck), 오스왈드래빗(Os-wald the Rabbit) 등 생생한 예술 형상들을 창조하였다.

20세기 구미의 우언 창작은 모더니스트들의 문학과 밀접한 관계를 맺고 있는 뚜렷한 특징을 지니고 있다. 다시 말하자면, 모더니즘 작가들은 많든 적든 우언의 글쓰기 방법을 흡수하였다. 이에 대해 위추위(余秋雨)는 〈예술 창조의 작업〉[藝術創造工程]에서 "당시의 의식을 빌려 인간의 우언 전통을 발전시키고 개조시키는 것이다"라고 했다.

현대 유파는 또한 모더니즘(modernism)이라 불리기도 한다. 이는 상징주의(symbolism), 표현주의(expressionism), 미래주의(futurisme), 초현실주의(surrealism), 실존주의(existentialism), 의식 흐름의 소설(stream of consciousness fiction), 부조리극(the theatre of the absurd), 블랙 유머(black humor), 잃어버린 세대(the lost generation), 마술적 사실주의(realismo magico) 등 40~50개의 유파들을 포함한다.

이들은 모두 전통에 반대하는 현대주의 문학을 표방한다. 제재는 개인의 내적 심리 세계에 대한 묘사를 중요시하며 꿈과 같은 신비한 경지를 묘사하기 좋아하고, 수법에서는 암시·상징·부각·이미지화 등을 널리 사용하여 인물의 신비로운 내적 심리 세계를 발굴한다. 또 구조는 급격하게 변화하고 어수선한 시공간의 반투명·다층위 구조를 많이 택한다. 이처럼 모더니즘 문학의 모든 면에서 우언의 낙인이 찍혀 있다.

벨기에의 유명한 상징주의 대극작가 메테를링크(Maurice Maeterlinck, 1862~1949)는 1908년, 6막의 몽환극 《파랑새》를 썼는데 내용을 든다.

---

151) 사로얀의 《우언》: 원작의 이름이 무엇인지 분명치 않다. 그리고 원문에 창작 연도가 1814년으로 나와 있으나 이때는 작가의 나이가 6세이니 착오이다.

선녀의 부탁을 받고 병든 여자아이를 위해 파랑새를 찾아 나선 두 아이가 마법을 써서 빵·설탕·불·물·개·고양이 등의 영혼을 불러오고, 빛의 인도에 따라 기억의 마을·밤의 궁전·산림·행복궁·묘지·미래국을 유람하여 온갖 고생의 끝에 파랑새를 찾지만 다시 잃어버리게 된다. 꿈에서 깨어난 뒤 선녀처럼 생긴 이웃 사람이 와서 자신의 병든 딸을 위해 크리스마스 선물을 달라고 했다. 두 아이는 사랑하는 비둘기를 선물로 주었는데, 이 비둘기가 파랑새로 변하였다.

이 극은 파랑새로 행복을 상징하고 있다. 행복한 파랑새는 바로 자신의 곁에 있고, 기꺼이 남을 위해 행복을 찾아주는 사람만이 스스로도 행복을 얻을 수 있다는 우의를 나타내고 있다.

스웨덴의 유명한 희곡 작가 스트린드베리(Johan August Strindberg, 1849~1912)는 《몽환극》(*A Dream Play*, 1902)을 써서 유럽 표현주의 문학의 선구자가 되었다. 이 작품은 악몽의 형식을 취하여, 베다의 신 인드라(Indra)의 딸인 아그네스(Agnes)가 지상에 내려와 인간을 이해하게 되었다는 내용을 묘사하였다. 그녀는 40여 명의 인물들을 만나는데 그 가운데는 신학·철학·의학·법학의 상징적 가치를 지닌 인물들도 포함되어 있었다. 아그네스는 인산이 고동에 시달리고 있고 욕망으로 말미암아 타락하게끔 되었다는 것을 발견하였다. 그녀와 사람들은 함께 하느님에게 구원을 부르짖었다. 극은 인간 세계를 초월하는 신비한 분위기에 온통 휩싸였으며 장면이 끝없이 변화하였는데, 작가 스스로 "가장 만족스러운 작품"이라 한다.

또 스트린드베리의 《다마스쿠스로 간다》(*To Damascus*) 《죽음의 무도》(*The Dance of Death*) 《유령 소나타》(*The Ghost Sonata*) 등의 극본도 이와 같은 사상·예술적 경향을 지니고 있다.

오스트리아의 카프카(Franz Kafka, 1833~1924)는 세계적으로 영향을 끼친 유명한 작가로서 그의 창작 경향은 주로 표현주의에 속한다. 그는 오스트리아 헝가리 제국이 통치했던 프라하(Prague)의 한 유태인 가정에서 태어났다. 고독함과 우울함 속에서 불행하고도 짧은 일생을 보냈으며 문학 창작에서 위대한 업적을 남겼다. 그의 세 장편소설 《미국》 《판결》 《성》이 모두 강렬한 몽환적 색채와 다면적 우의를 지니고 있는데, 그 가운데서도 《성》은 전형적인 '카프카식' 소설이다.

《성》(Das Schloß ; The Castle)의 주인공 K는 눈에 뻔히 보이는 한 성채에 들어가고 싶었으나 온갖 방법을 써도 들어갈 수 없었다. 주인공은 목표와 한 발짝 가까워졌다고 여겼으나 그때마다 오히려 목표와는 한 발짝씩 멀어졌다. 이 작품의 우의는 사람들이 추구하는 진리와 목표는 존재하고 있지만, 부조리한 세계는 추구하는 사람에게 유·무형의 여러 가지 장애를 설치해 놓으므로 아무리 노력해도 진리의 피안에 도달할 수 없다는 것이다. 평론가들은 이 작품이 현대 관료주의를 폭로하는 사회우언이며, 아버지를 두려워하는 심리와 성(性)에 대한 억압을 묘사한 정신분석우언이고, 신비로운 색채를 띠고 있는 종교우언이라고 말한다.

카프카의 단편소설 가운데도 우언의 성격을 갖고 있는 작품이 있다. 〈변신〉(Die Verwandlung ; The Metamorphosis)이 그 대표작이라 할 수 있다. 그레고리라고 하는 회사 세일즈맨에 대해 묘사하였는데, 어느 날 그가 불안한 꿈에서 깨어나 자신을 보니 거대한 벌레로 변해 침대에 누워 있는 것을 깨닫는다. 이에 그는 사회로부터 버림받고 최후에는 모든 가족들에게도 미움을 받아 절망 속에서 고독하게 죽어갔다.

이 작품은 자본주의 사회에서 인간이 비인간적으로 소외당하고 몸을 제 마음대로 놀리지 못하는 사물로 변해버렸다는 우의를 지니고 있으며 가공과 현실을 밀접하게 결합시켰다. 황당하고 이치에 어긋난 줄거리와 합리적인 현실생활을 유기적으로 결합해서, 인간관계의 본질을 반영하는 한 폭의 그림을 펼쳐 보여준 셈이다.

또한 카프카는 단편우언 시리즈도 쓴 적이 있다. 〈프로메테우스〉〈쥐의 세계〉〈굴〉〈콘도르〉〈다리〉〈변형 동물〉〈두드려 열게 된 장원의 문〉〈나의 이웃〉 등이 그것이다.

체코슬로바키아의 우언 작가 차페크(Karel Čapek, 1890~1938)는 표현주의자이다. 그의 공상과학극 《로봇》[*R.U.R. (Rossumovi univerzální roboti)*; *Rossum's Universal Robots*, 1920]은 인간이 로봇을 만들었으나 오히려 로봇에게 지배받게 되어 나중에는 감정이 없는 로봇으로 변하였다는 내용을 묘사하였다. 이 작품의 우의는 물질문명이 기형적으로 팽창하는 위기를 지적하는 데 있다. 그리고 '로봇(Robot)'이란 단어는 차페크가 처음 만들

로봇

차페크의 연극 〈로봇〉의 한 장면. 관객에게 세 로봇을 보여주고 있다. 이 연극의 첫 무대 배경은 인조인간을 만드는 한 공장이다. 로봇이라는 어휘는 이 작품에서 처음으로 사용되었는데 슬라브어의 강제 노동(rabota)을 암유하는 듯한 'robota'라는 단어를 만들어 붙였다. 이는 이후 자동 인형을 뜻하는 오토마톤(automaton), 모의 인간을 뜻하는 안드로이드(android)를 대체하는 대중적 개념이 되었다. 원제목은 〈로즘의 인류 로봇〉(Rossum's Universal Robots)이며 '로즘' 또한 이성(reason)이나 지혜를 뜻하는 체코어 'rozum'을 떠올리도록 고안한 의도적 단어이다.

었으며 유럽 각국 언어에 널리 수용되었다.

또한 그가 1936년에 쓴 장편 공상소설 《도롱뇽과의 전쟁》(*Válka s mloky ; War with the Newts*)은 정치적 선견과 전투 정신을 지닌 훌륭한 우언소설이다. 도롱뇽으로 독일의 파시즘에 빗대어서, 파시즘이 유럽과 전 세계 사람에게 가져올 위협을 똑바로 보아야 한다고 경고하였다. 차페크는 짧은 독백식 우언도 썼는데, 이 작품들에서는 사물의 본질을 뚜렷하게 보여주는 유머러스하고 간단한 독백만으로 우언 형상을 그려놓았다.

(1) 절약하자는 뜻에서 협정 하나를 맺자. 난 너의 풀을 먹지 않을 테니, 너는 자원해서 네 고기를 나에게 바쳐다오.

〈늑대와 산양〉

(2) 우리가 스스로를 지키지 않았더라면 적어도 늑대는 일찌감치 배부르게 되었을 것이다.

〈양 떼〉

(1)은 단지 늑대의 독백을 묘사하였을 뿐이지만, 제국주의자가 약소국에 가한 야만적이고 포악한 언행을 폭로하면서 그들이 말하는 이른바 '협정'이니 '자원'이니 하는 어휘의 허위성을 신랄하게 풍자하였다. 양이 아무 응대를 하지 않는 것은 오히려 늑대의 횡포성을 부각시키는 데 효과적이다. (2)는 사실 첫 번째 우언의 보충이다. 양 떼가 노예성과 요행을 바라는 심리를 가지고 있기 때문에 늑대가 이렇게 멋대로 난폭할 수 있으며, 타협주의의 태도와 이론이 있기 때문에 침략자의 난폭한 기세가 조장될 수 있다는 것이다.

미국의 표현주의 희곡 작가 오닐(Eugene O'Neill, 1888~1935)이 쓴 상징극 《머리털 난 원숭이》(*The Hairy Ape*)는 '우편물을 실은 배'로 현대

사회를, 보일러공 '양크'로 부단히 전진하기를 요구하는 원시인과 노동자들을, '돈이 많은 여자들'로 자본가 계급을 각각 상징하면서 우언식 줄거리로 인간의 소외와 항거를 나타냈다.

프랑스의 철학가이자 작가인 사르트르(Sartre, 1905~1980)는 실존주의의 발기인이자 대표적인 사상가이다. 그의 일기체 소설 《구토》(*La Nausee*, 1938), 희곡 《파리 떼》(*Les Moiuches*, 1943) 《출구 없는 방》(*Hui Clos*, 1944)은 모두 실존주의 철리를 나타내는 우언식 작품이다. 까뮈(Camus, 1913~1960)의 소설 《이방인》(*l'Etranger*, 1942)과 《페스트》(*La Peste*, 1947), 여성 작가 보부아르(Beauvoir, 1908~1986)의 소설 《초대받은 여자》(1943) 등도 실존주의 철학을 반영하는 우언식 작품이다.

1950년대에 프랑스에서 일어난 부조리극은 부조리의 수법으로 인간의 처지와 현대 의식을 나타내므로 많은 점에서 우언과 비슷하다. 대표 작가와 작품으로 프랑스 작가 이오네스코(Eugène Ionesco, 1912~1994)의 《대머리 여가수》(1950) 《의자》(1952) 《코뿔소》(1958)가 있다. 또 아다모프(Arthur Adamov, 1908~1970)의 《크고 작은 기동훈련》(1950), 장 주네(Jean Genet, 1910~1986)의 《하녀》(1951) 《발코니》(1956), 아일랜드 작가 베케트(Samuel Beckett)의 《고도를 기다리며》(1952) 《승부의 끝》(1957), 영국 직가 핀터(Harold Pinter, 1930~2008)의 《빙》(1957), 올비(Edward Albee, 1928~)의 《동물원 이야기》(1960) 《아메리칸 드림》(1961) 등이 있다.

이 가운데서 부조리극의 대표작 《고도를 기다리며》는 기다리는 사람인 떠돌이 두 명으로 전쟁이 끝난 뒤 서양에서 살며 온갖 고생을 겪고 있는 사람들을, 고도(Gotot)로 사람들의 희망과 동경을, 고도가 오지 않는다는 것으로 희망의 허무와 환멸을 각각 상징하고 있다. 그리하여 "한 시대가 실망하고 있다는 소리"를 연주하게 된다. 작가는 부조리한 이미지, 난잡한 줄거리, 재미없는 대사와 동작으로 의미심장한 우의를 나타냈다.

부조리극 유파가 일어나기 전에 유럽에서는 벌써 부조리극이 나타나 있었는데, 가장 훌륭한 대표자로는 이탈리아의 피란델로(Luigi Pirandello, 1867~1936)를 들 수 있다. 그의 《작자를 찾는 6인의 등장인물》(1921) 《하인리히 4세》(1922)는 모두 황당하고 괴이한 환경에서 발생한 과장되고 왜곡된 줄거리로 '자아'와 현실의 충돌을 반영하여 독특한 철리를 나타냈다.

부조리소설이라고도 하는 블랙 유머(black humor)는 희극의 수법으로 비극의 내용을 다루면서, 의미심장하고 우울하면서 익살스럽고 염세적인 풍격을 보였다. 대표작으로는 유태계 미국 작가 조지프 헬러(Joseph Heller)의 소설 《캐치-22》[152]를 들 수 있는데, 소설에서 사람을 속이는 '캐치-22'라는 군대 규칙은 사람을 함부로 놀리고 박해하는 무서운 외적 역량을 상징할 뿐만 아니라 인간성[人性]을 억압하는 도리에 맞지 않는 관료화 체제를 상징하기도 한다.

중남미를 중심으로 하여 형성된 마술적 사실주의(realismo magico)는 기괴하고 색채가 다양한 주술적인 세계를 묘사하면서 냉혹한 현실생활을 반영하였다. "현실을 환상으로 꾸몄지만 그 진실성을 잃어버리지 않았다"는 평가를 받는다. 마술적 사실주의는 유럽의 모더니즘 문학과 인디언의 오래된 설화가 서로 결합된 산물이다. 동양과 서양, 고대와 현대, 신화와 우언과 소설의 예술적 풍격을 한자리에 모이게 하였다.

대표 작가로는 베네수엘라의 피에트리(Arturo Uslar Pietri), 과테말라의 아스투리아스(Miguel Angel Asturias), 쿠바의 카르펜티에르(A. Alejo Carpentier), 멕시코의 룰포(Juan Rulfo), 콜롬비아의 마르께스(Gabriel

---

152) 《캐치-22》(*Catch-22*, 1962): 소설에서 '캐치-22'라는 어휘는 병사들이 전투 임무에서 빠져나가는 것을 원칙적으로 금지하는 군사적 규칙으로서, 이후 '진퇴양난'의 상황을 가리키는 영어 표현이 되었다.

Jose Garcia Marquez), 아르헨티나의 코타자르(Julio Cortazar)와 보르헤스(Jorge Luis Borges), 칠레의 도노소(Jose Donoso), 페루의 료사(Mario Vargas Llosa) 등이 있다.

예컨대 가르시아 마르께스(1928~)의 장편 거작《백 년의 고독》은, 부엔디아 가족이 유령을 피하려고 마을에서 도망가 논밭이 황폐한 작은 늪지대에 '마콘도'라는 농촌 마을을 만들었다는 내용을 묘사하였다. 부엔디아 가족은 마콘도에서 백여 년 동안 7대가 살았는데, 마지막 세대는 개미에게 잡아먹혔다. 그리고 갑자기 불어온 광풍에 마콘도는 흔적 없이 날아가 버려 다시 황량한 늪지로 변해버렸다.

이 작품이 묘사한 것은 한 가족의 운명이지만, 그것이 은유하고 있는 것은 콜롬비아나 라틴 아메리카 전 지역에서 근대 백 년 동안 이루어졌던 변화의 역사이다. 다른 문명과 단절된 폐쇄성, 식민주의 침입 뒤의 억압, 혁명에서 벌어진 혼란, 독립 이후의 환멸 등이 그것이다.《백 년의 고독》은 오래된 신화, 민간 전설 및 주술의 괴이한 줄거리를 많이 사용하여 현실생활을 상징함으로써 독자들에게 시의가 풍부한 추측을 유발시켜 작품의 진정한 의미를 찾아내도록 하였다.

이상의 작품들 외에 벨기에의 초현실주의 작가 헬렌(Franz Hellens)의 몽환소설《용꼬리 발가숭이 아가씨》(1920), 아르헨티나의 작가 마레샬(Leopoldo Marechal)의 장편우언체 소설《아담 부에노스아이레스》(총 7부, 1931~1948), 미국의 '잃어버린 시대'의 대표적인 작가 헤밍웨이가 쓴《노인과 바다》(1952) 등은 모두 20세기 우언의 훌륭한 성과들이다.

20세기에 이루어진 우언 창작의 주요 특징과 경험은 '새롭다'는 어휘로 귀납하여 표현할 수 있다. 구체적으로 설명한다면, 새로운 사회적 사조에 적응하고 각종 문학 유파와 결합하여 다양하고 참신한 예술 풍격을 창조해 냈다는 것이다.

제11장 세계 우언의 세기별 연표

　사마천의 《사기》는 역사기술 방법으로 다섯 체제를 창안하였는데, '표(表)'를 통해 역사 사건을 연결시켰으니, 벼리를 들어 그물코가 조리 있게 나열되게끔 했다. '표'는 세표(世表), 연표(年表), 월표(月表)로 나누어져 있으며, 상황에 맞추어 방식을 선택하는 영원한 본보기가 되었다. 필자의 생각으로는 하나의 사조나 문체의 흥망성쇠와 그 규칙을 보여주려면 세표가 적합하다고 판단된다. 더욱이 전통시대는 세밀하게보다는 개략적인 것이 마땅하다. 그러므로 1세기를 하나의 단위로 삼는다. 요컨대 세기표를 통해 맥락을 명석하게 하는 효과를 거두고, 지리번쇄한 폐단을 면할 수 있다.

　본 '표'는 세기(世紀)를 씨줄로 삼고, 아시아·아프리카·구미의 3대 우언 체계를 날줄로 삼는다. 우언 역사에서 중요한 작가와 작품 및 관련 문학 현상을 열거함으로써 수천 년에 걸친 전 세계 우언의 발전 규칙과 각국의 교류·융합 상황을 보여주는 데 그 목표가 있다.

▌서기전 3000년 무렵

고대 바빌론 지역의 유프라테스 강과 티그리스 강 유역에서 수메르 우언이 나타났다. 수메르 우언은 쐐기형문자로 흙받기에 새겨진 채 오랫동안 깊이 묻혀 있다가 19세기에 이르러 비로소 해석되고 세상에 알려졌다. 오늘날 남아 있는 우언은 〈뿔을 간청한 여우〉〈늑대 한 마리와 아홉 마리〉〈연회에 참석하러 가는 개〉 등이 있다.

현재까지 수메르 우언은 전 세계 최초의 우언으로서, 유럽 우언의 선구이며 또는 인도 우언의 선구일 수도 있다.

▌서기전 2000년 무렵

중국　《장자》《열자》의 기록에 따르면 〈물고기 알 붕새로 화하다〉라는 우언이 서기전 18세기쯤에 나타났을 것이라고 한다. 서기전 12세기에 출현한 《주역》 효사(爻辭)에 줄거리는 모자라지만, 상징적 의미를 지니는 최초의 우언 형식이 포함되어 있다. 《시경》에 있는 약간의 금언시(禽言詩)도 우언에 가깝다.

인도　서기전 2000년기 중엽에 아리아인(Aryan)이 인도에 진입하였다. 서기전 1500년부터 서기전 500년까지 오래된 문헌인 《베다》(veda)가 나타났으며 후기의 《베다》에 우언이 있다.

히브리　《구약 성경》의 최초 우언이 세상에 나오기 시작한 것 같다. 예컨대 「사사기」(Judges)의 〈왕을 찾는 뭇 나무들〉은 폭군 아비멜렉을 겨냥하여 쓴 것이라고 전해지고 있으며, 「사무엘」(Samuel)의 〈양을 빼앗아 간 부자〉는 국왕 다윗(재위 B.C.1013~B.C.973)을 풍자하려고 쓴 것이라고 한다. 그러나 《구약 성경》은 서기전 6세기 이후에야 뒤늦게 책으로 출판되었다.

이집트 신왕국시대(B.C.1584~B.C.1071)부터 전해온 이야기에 우언 색채를 띠고 있는 것들이 있다. 예컨대 〈참말과 거짓말〉〈몸과 머리의 논쟁〉〈액운이 예정된 왕자〉 등이 그것이다.

이디오피아 서기전 11세기, 로크만이 《이솝 우화》의 최초의 작가로 전해지고 있다.[153]

▌서기전 9세기

그리스 호메로스의 서사시가 구두로 전해지기 시작했다. 그 가운데 일부 비유는 우언의 모형을 지니고 있다. 호메로스가 썼다고 하는 우언 〈개구리와 쥐들의 싸움〉(Batrachomyomachia ; Battle of Frogs and Mice)은 사실 서기전 4세기에 그의 이름을 빌려 쓴 것이다.

▌서기전 8세기

그리스 헤시오도스(Hesiodos)가 쓴 828행의 교훈시 《일과 삶》(*Works and Days*)에는 우언 〈새매의 대답〉이 있다.

▌서기전 7세기

아프리카 리비아 지역에 누미디아(Numidia) 왕국이 세워졌으며 그 우언이 그리스로 전해졌다.

그리스 아르킬로코스(Archilochus)의 〈매와 여우〉, 테세우스(Theseus)가 쓴 〈말·암사슴·사람〉이 나왔다.

---

153) 로크만(Rokman)의 《이솝 우화》: 코란에 근거한 설이다. 제2부의 각주 92번 참조.

▌서기전 6세기

중국 역사학의 명작 《좌전》에는 이 시기의 우언 〈소 끌고 남의 밭을 밟은 죄〉[牽牛蹊田, B.C.598] 〈풀을 맺어 보은한 노인〉[老人結草, B.C.594] 〈꼬리 끊는 수탉〉[雄鷄斷尾, B.C.520] 등이 수록되어 있다. 《논어》에도 우언식 이야기들이 몇 편 있다.

인도 석가모니(B.C.563~B.C.483)는 불교를 창립한 교조로서 후세의 불경우언이 모두 그의 명의로 되어 있다. 자이나교도 우언을 썼다.

그리스 이솝이 살고 있었으며 《이솝 우화》의 작가로 전해진다. 오늘날의 《이솝 우화》 300여 편은 고대 그리스, 아시아, 아프리카의 우언이 포함되어 있을 뿐만 아니라 후세의 작품도 들어 있다. 또한 《이솝 우화》는 아프리카의 로크만(B.C.11세기)이 썼다는 설도 있다.

▌서기전 5세기

중국 《묵자》(墨子)에는 소박하고 수수한 약간의 우언이 들어 있다.

그리스 비극의 아버지 아이스퀼로스(Aeschylos)가 〈매가 자기 깃털로 민든 화살에 맞다〉를 썼다. 극문학의 대가 아리스도파네스(Aristophanes)는 이상 사회를 묘사하는 유럽 최초의 신화우언극 《새》를 썼는데 이 극은 서기전 414년에 공연되었다. 그가 서기전 422년에 쓴 극문학 《나나니벌》도 우언의 특징을 지니고 있다. 또한 철학가 플라톤은 그의 저작에서 우언을 사용하여 이치를 설명하였다.

▌서기전 4세기

중국 우언의 대가 장주(莊周, B.C.369~B.C.286)가 살고 있었다. 200여

편의 우언이 들어 있는 《장자》(莊子)는 우언의 형식으로 철학적 이치를 천명한다. 소요(逍遙)·무위(無爲)·자연(自然)·제물(齊物)을 선전하는 장자의 우언은 제재의 범위가 넓고 동식물, 무생물, 역사 인물, 신령과 장애인, 장인 등 형상이 다양하며, 상상이 아름답고 묘사가 생생하다. 이 책의 「우언」편과 「천하」편에서 최초로 '우언'이라는 단어를 사용하고 구실을 논하였으며, 창작에서 부조리와 자유로움을 추구해야 한다고 주장했다.

《장자》와 아울러 일컬어지는 《열자》(列子)도 우언을 사용하여 도가의 철리를 선전했다. 이 책의 우언 100여 편은 묘사가 섬세하고 풍부하며, 간결·역동하며 생생하다. 그리고 신화 제재와 공상과학이 종종 유기적으로 결합되어 있다. 학술계에서는 《열자》의 원본은 이미 산실되었고, 오늘날 본은 진(晉)의 위작이 섞여 있다고 한다.

또한 유학의 대가 맹가(孟柯)는 장주와 동시대인으로서 그의 저작 《맹자》는 비유와 우언을 애용하며 우의가 깊고 풍격이 날카롭다.

그리스 아리스토텔레스가 《수사학》을 썼고 우언의 구실과 특징을 지적하였다.

■ 서기전 3세기

중국 법가 사상을 집대성한 한비(韓非, B.C.280?~B.C.233)가 생존하였다. 《한비자》라는 책에는 우언 300~400편이 들어 있는데 주로 역사 인물을 우언의 주인공으로 삼았다. 술법을 다루는 방사(方士)와 바보 형상이 더욱 두드러지고 동물우언은 4편밖에 없다. 이들 우언은 주로 「저설」(儲說)과 「설림」(說林)편에 집중되어 있다.

한비자의 「저설」 6편에는 214개의 이야기들이 주제에 따라 크게 6개로 분류되어 있으며, 그 속에서도 작은 그룹 33개로 나뉘었다. 이로써

'우언군(寓言群)' 체제를 완벽하게 이루었다. 또한 「설림」편은 이야기 66개를 모아 놓은 것으로서 중국 최초의 우언집이라 할 수 있다.

진(秦)나라 재상 여부위(呂不韋)가 문객들을 조직하여 편찬한 《여씨춘추》(呂氏春秋)는 우언 300편을 수록했다. 각 학파의 학설을 융합하여 선전하되, 역사 이야기를 제재로 하는 경우가 많다.

전국시대 종횡가(縱橫家)의 사상과 언행을 모은 《전국책》(戰國策)은 우언 60여 편을 수록하였다. 그 대부분은 제후를 설득하려고 만든 것으로서 정치와 외교 투쟁에서 큰 구실을 하였다.

《장자》《열자》《한비자》《여씨춘추》《전국책》은 선진(先秦) 철리 우언의 5대 저작이라 할 수 있다. 기타 제자(諸子)와 초사(楚辭) 작가들도 우언 창작에 기여한 바 있다.

인도 불교도가 《불본생담》(佛本生談)을 편찬하기 시작하였다. 현존하는 팔리어 판본에는 547개의 이야기가 들어 있는데 대부분 우언이다. 이는 인도 본토, 스리랑카, 인도네시아, 타이, 미얀마, 베트남 등 남아시아 각국으로 전해졌을 뿐만 아니라 근동(바빌론 지역)을 거쳐 서쪽인 유럽과 아프리카로, 동쪽인 중국으로도 전해져 세계 우언 창작에 큰 영향을 끼쳤다.

그리스 아리스토텔레스의 손제자인 데메트리오스가 《이솝 이야기 집성》을 편찬하였다. 그리스 우언 200편을 수록한 이 책은 이솝 우화의 최초 선집이었으나 일찍부터 산실되었다. 《구약 성경》이 히브리어에서 그리스어로 번역되었다.

▌서기전 2세기

중국 한나라 초에 육가(陸賈)의 《신어》(新語), 가의(賈誼)의 《신서》(新書), 한영(韓嬰)의 《한시외전》(韓詩外傳), 회남왕(淮南王) 유안(劉安)

과 그의 빈객들이 같이 만들었다는 《회남자》(淮南子) 등의 저서가 나왔다. 이 책들에는 유명한 우언들이 많이 들어 있다.

그리스 밀레투스(Miletus)가 《밀레투스 우언》을 썼다.

로마 루킬리우스(Gaius Lucilius)가 풍자우언시를 썼는데 많은 것이 산실되었다.

▌서기전 1세기

중국 서한(西漢)의 유명한 학자 유향(劉向)이 《설원》(說苑)과 《신서》(新序)를 편찬하였다. 이들 책에는 이야기 600편이 수록되어 있는데 대부분 우언이라 볼 수 있다.

서기전 2년, 서한 박사제자 경려(景盧) 곧 진경헌(秦景憲)이 대월씨(大月氏) 사신 이존(伊存)의 구술 전수를 통해 《부도경》(浮屠經)을 번역하였는데, 이는 중국 불경 번역의 시작이라 할 수 있다. 이는 부처본생담이었을 가능성이 있다.

인도 《판차탄트라》를 편찬하기 시작했다. 이야기 78편, 실제 90편을 차례로 연결하고 있다. 2/3는 동물 이야기이다. 이 책은 이전의 불본생담을 계승하고 후대의 이야기집을 발전시켰다. 인도의 우언 발전사에서 이정표가 되었으며 페르시아, 아랍, 유럽 각국에 차례로 전해졌다.

그리스 스트라보(Strabo)가 《지리지》를 썼다. 이 책의 첫 권에서는 우언의 특징과 구실을 논하였다.

로마 영미권에는 호레이스(Horace)라는 이름으로 알려진 호라티우스(Horatius)의 《풍자시집》(*Satirae*) 《피조 형제에게 보내는 서한》(*The Epistle to the Pisones*)에 우언이 들어 있다.

▌서기 1세기

로마 유명한 시인 파이드루스(Phaedrus, B.C.15~A.D.50)가 라틴어 운문체로 《이솝식 우언》 5권을 썼으며 오늘날까지 130수가 보존되어 있다. 연설가이자 교육자인 퀸틀리안(Quintiliánus)이 《연설법 원리》를 썼으며 우언에 관한 문제를 논하였다.

▌서기 2세기

중국 장형(張衡)의 〈서경부〉(西京賦)의 소개에 따르면, 한나라 백희(百戱)인 〈동해황공〉(東海黃公)이 중국 고대 우언극과 희곡의 효시였을 가능성이 있다. 인도의 강시(僵尸) 이야기 《시어고사》(尸語故事)가 티베트로 전해졌다.

인도 마명(馬鳴)이 《대장엄론경》(大莊嚴論經) 등의 저작을 썼는데, 이들에는 우언 이야기가 많이 들어 있다.

히브리 《신약 성경》을 편찬하기 시작했다. 그리스어로 씌어진 신약 우언이 사복음서에 집중적으로 수록되어 있으며 기독교 교의를 나타내고 있다.

로마 바브리우스(Babrius)가 그리스 운문으로 《우언》이란 책을 썼다. 우언 100여 편이 들어 있는데 이솝 우화에서 제재를 얻어왔다. 1844년에 발견된 이 책의 오래된 필사본은 현존 최초의 그리스 우언집이다.

아풀레이우스(Apuleius)가 《황금 당나귀》를 썼다. 11권으로 된 이 책은 로마 문학에서 완성도가 가장 높은 소설이자 유럽 최초의 장편우언소설이다. 유명한 산문가 루키아노스(Lucianos)의 풍자 이야기도 우언적 특징을 지니고 있다.

▌서기 3세기

중국 시인 조식(曹植)이 〈참새와 매〉[鷦雀賦] 등 우언을 썼으며 한단순(邯鄲淳)이 중국 최초의 전문 소화집 《소림》(笑林)을 지었다. 그리고 《소림》에 들어 있는 바보 풍자의 이야기는 중국 골계우언의 효시라 할 수 있다.

로마 에이리안[154]이 《동물 본성을 논함》을 지었다.

▌서기 4세기

중국 저족(氐族)의 작가 부랑(苻朗)이 《부자》(苻子)를 지었는데, 사상 내용부터 예술 풍격까지 《장자》 우언을 의도적으로 모방하였다.

로마 아비아누스(Avianus)가 라틴어 시가체로 《이솝 우화》 42편을 고쳐 썼다. 그리고 한 무명씨가 파이드루스의 우언시를 고쳐 쓴 산문우언집도 나왔는데 이름은 《로물루스》(*Romulus*)이다.

▌서기 5세기

중국 492년 구나브리디(Guṇavṛddhi, 求那毗地)가 《백유경》(百喩經, *Satavadana–Sutra*)을 중국어로 번역했다. 상가세나(Saṅghasena, 僧伽斯那)가 편찬한 이 책은 이야기 98편을 수록하였다. 석가모니가 불법을 펴고자 비유적으로 말한 것이라 한다.

동한(東漢) 이래 한역 불경의 권수가 많아졌는데 그 가운데 우언이 꽤 집중적으로 들어 있는 것은 《생경》《불본행집경》《잡비유경》《육

---

154) 에이리안(Eirian): 중국어 음역은 '艾利安'인데 구체적인 인물은 분명하지 않다.

도집경》《잡보장경》《천존설 아소카 왕 비유경》《출요경》《대장엄론경》《승저율》《십송율》 등이 있다.

또한 유명한 시인 도연명(陶淵明)의 〈도화원기〉(桃花源記)도 우언이라고 여기는 학자가 있다.

유럽 476년 서로마 제국이 멸망하였고 유럽이 중세기로 접어들었다. 중세기 문학은 우의를 중요시하며 상징과 몽환의 수법을 애용하였다.

▌서기 6세기

중국 양원제(梁元帝) 소역(蕭繹)의 《금루자》(金樓子)에 있는 우언 〈양을 강탈하는 부자〉는 《구약 성경》의 우언 〈한 마리 양을 빼앗은 부자〉에서 연원된 것이다. 이는 기독교가 중국으로 전해지는 하나의 예고였다.

페르시아 보르쥐(Borzuy)가 인도의 《판차탄트라》를 번역했다.

▌서기 7세기

중국 소회집 《계안록》(啓顔錄)이 나왔다. 당나라 초기의 통속 시인 왕범지(王梵志), 한산자(寒山子)가 소량의 우언시를 썼다. 당 고종(高宗) 때 승려 도세(道世)가 《법원주림》(法苑珠林) 100권을 편찬하여 불경우언과 고대 민간우언의 일부를 수록하였다. 변문(變文)과 속부(俗賦)가 등장하기 시작했으며 뒤에 〈제비의 집 다툼〉[燕子賦] 〈차와 술의 논쟁〉[茶酒論] 등 우언시가 나타났다.

아랍 《코란》이 나왔는데 그 안에는 우언이 적은 편이다.

▎서기 8세기

중국 두보(杜甫), 원결(元結) 등이 소량의 우언 시문을 썼다. 심기제(沈旣濟)가 우언소설 〈침중기〉(枕中記) 일명 〈황량몽〉(黃粱夢)을 썼다.

조선 산문가 설총(薛聰)이 우언 〈화왕계〉(花王戒) 일명 〈풍왕서〉(諷王書)를 썼다. 화왕(花王), 백두옹(白頭翁), 장미(薔薇)의 대화를 통해 국왕에게 어진 대신은 가까이하고 아첨꾼은 멀리해야 한다고 권유하는 내용이다.

아랍 이븐 알 무카파(Ibn al-Muqaffa)가 페르시아어로 되어 있는 《판차탄트라》를 첨삭·번역하여 《칼릴라와 딤나》로 이름 지었다. 15장으로 구성되어 있는 이 책은 50여 개의 이야기를 수록하였다. 작중 인물인 인도 철학가 바이다바(Bydaba)가 다브샬림 국왕에게 간언하는 것을 기본 줄거리로 하였다.

▎서기 9세기

중국 고문운동(古文運動)과 신악부운동(新樂府運動)이 일어났다. 고문운동의 영도자 한유(韓愈), 유종원(柳宗元), 이고(李翺) 등은 모두 우언을 썼다. 유종원(773~819)은 당나라의 가장 훌륭한 우언 작가로서, 당나라 중기의 현실에 바탕을 두어 당시 사회의 병적 상태를 여러 측면에서 폭로하였다. 전형적인 의미와 시대적 정신을 담는 형상을 그려내어 우언 창작을 새로운 수준으로 끌어올렸다. 이로써 중국 고대 우언은 정치적 철리우언에서 사회풍자우언으로 전환하였다.

이은(羅隱)의 《나소간집》(羅昭諫集), 육구몽(陸龜蒙)의 《보리집》(甫里集), 피일휴(皮日休)의 《피자문소》(皮子文藪), 작자 미상의 《무능자》(無能子), 임신사(林愼思)의 《신몽자》(伸蒙子) 등에도 훌륭한 우언이 들어 있다. 신악부운동의 영도자 백거이(白居易), 원진(元稹) 및 사상가 유우석(劉禹錫) 등도 우언시를 썼다. 이공좌(李公佐)는 우언소설 〈남가 태수전〉(南柯太守傳)을 썼다.

페르시아 '시가의 아버지'라 일컬어지는 루다키(Rudaki)가 장편우언 시 〈칼릴라와 딤나〉를 썼다.

아랍 쟈히즈(Jahiz)가 《동물에 관한 책》(*Kitab al-Hayawan*) 7권과 《수전노》 120편을 썼다. 여기에는 우언이 삽입되어 있거나 우언 색채 를 띤 유머러스한 이야기가 서술되어 있다.

▌서기 10세기

페르시아 페르도시(Ferdousi)가 페르시아의 역사를 소개하는 5만 행 의 서사시 《샤나메》(*Shahname*, 왕의 서)를 썼다. 그 속에 신화, 전설 및 우언이 들어 있다. 사마니(Samani)가 지은 11장의 도덕훈계 우언집 《마 지아드 국 기행》을 썼다.

아랍 쟈시아니(?~942)가 바그다그(Baghdad)에서 《일천야화》(一千 夜話)를 지었는데 이를 바탕으로 아랍의 명작 《천일야화》(千一夜話)가 씌있다.

인도 나라야나가 《익세가언집》(益世嘉言集, *Hitopadesa*) 일명 《유리 한 교훈》을 썼다. 《판차탄트라》를 바탕으로 하고 첨삭하여 편찬된 이 책은 14세기에 편찬되었다고 하는 설도 있다.

영국 옛 사본 《엑서터(Exeter) 시집》에 수록되어 있는 가장 오래된 영국의 우언시 〈장생도〉(長生島)가 나왔다.

▌서기 11세기

중국 북송(北宋) 때 시문(詩文) 혁신운동이 일어났다. 운동의 영도자로서 구양수(歐陽修), 사마광(司馬光), 왕안석(王安石), 소식(蘇軾)이 모두 우언을 쓴 바 있다. 소식(1037~1101)은 북송의 가장 훌륭한 문예가이자 우언가로, 우언 100여 편을 썼다. 그는 각 유파의 사상·예술적 자양분을 널리 흡수하였고, 작품 풍격이 해학적이고 유머러스하며 웃음과 욕설로 문장을 이루었다. 만년에 쓴 《애자잡설》(艾子雜說)은 해학우언 40편이 들어 있는 중국 최초의 독립적인 우언집으로, 명청 시기의 해학우언의 효시가 된다.

위구르 시인 위쑤프 하쓰 하지푸는 1069~1970년 고전 장편우언시 《복락지혜》(福樂智慧)를 썼다. 두 줄 체제에 무려 13,000여 행으로 이루어져 있다. 국왕(國王) '해돋이'로 공정함을 상징하고, 대신(大臣) '둥근 달'로 행운을 나타냈다. '둥근 달'의 아들 '현명함'으로 지혜를 상징하고, 수도사 '깨달음'으로 지족과 내세를 나타냈다. 그리고 이 네 사람의 대화를 통해 법 집행과 백성 사랑, 학문 중시와 현자 등용, 선덕 축적 등의 정치사상을 폈다. 또 유명한 티베트 승려 커시 보둬와(格西博多哇)는 불교 교의를 펴고자 우언을 썼는데, 이는 불교도가 《유법보취》(喩法宝聚)란 우언집으로 정리하였다.

인도 소마데바155)가 《설화의 바다》(*Kathāsaritsāgara*)를 썼다. 시가체로 씌어진 이 책은 2만 2천 구절로 구성되어 있으며, 우언 이야기 171개가 삽입되어 있다.

또한 체먼타라가 《대설화 꽃무지》를 편찬했다. 전해진 바에 따르면, 구나디야(Gunadhya)가 지은 《대설화》156)는 인도의 유명한 서사시 《마

---

155) 소마데바(Soma-deva)는 중국식 훈역으로 '月天'이다.
156) 인도의 《대설화》는 《故事廣記》 일명 《偉大的故事》의 중국식 제목이 붙어 있다.

하바라타》의 편폭보다도 긴 이야기의 우언 총집인데 뒷날 산일되었거나 작가 자신이 불태워 버렸다고 한다.《설화의 바다》《대설화 꽃무지》《대설화 요약송》는 모두 이 책의 남은 원고에 근거하여 편찬되었고, 일부 이야기를 계승하였다고 한다.

페르시아 스쓰가 도덕훈계우언《군왕에 대한 충고》를 썼으며, 니잠 알 물크가 도덕훈계우언《왕의 품격》일명《정치의 책》[資政書]을 썼다.

▌ 서기 12세기

중국 티베트의 런친바이(仁欽拜)가 지은《석가 격언 주석》에는 〈파란색 여우〉 등 54편의 이야기가 들어 있다.

페르시아 아타르(1145~1229)가 지은 장편우언 철리시《새들의 회합》은 30마리의 새들이 그들의 왕을 찾아다니는 이야기를 묘사했다. "사람들이 자기 밖에서 찾고 있는 것은 바로 자신에게 있다"는 철리를 설명하였다. 이 작품은 시 전체에 상징과 음상사(音相似) 수법을 널리 사용하였다.

프랑스 풍자 장편 담시(譚詩)《여우 르나르의 이야기》가 나오기 시작했으며 14세기에 이르리 형태가 고징되있다. 전해진 바에 따르면 1152년에 선교사 니바르두스(Nivardus)가 장편우언시《이셴그리무스》(*Ysengrimus*)를 썼는데 이는 이후 르나르 이야기의 바탕이 되었다고 한다. 현재 프랑스에서《르나르 전기》(3만여 행)《대관하는 르나르》(3천여 행)《신 르나르》(8천여 행)《가짜 르나르》(5만여 행)의 4종이 보존되고 있다. 이 가운데서 가장 유명한 것은《르나르 전기》이며 27조의 이야기로 구성되어 있다. 이는 이솝 우화와《칼릴라와 딤나》의 전통을 계승하고 유럽의 후대 우언 창작을 발전시켰다. 중세 유럽 시민문학의 걸작이라고 할 수 있다.

영국 프랑스 국적의 여류 시인 마리는 장기간 영국 국왕의 궁정에서 살았으며 우언시집 《이솝》을 썼다.

스페인 유태인 작가 알퐁스가 우언 이야기집 《선교사 계율》을 썼다. 33개의 이야기가 들어 있는 이 책은, 대부분 아라비아의 이야기에서 취재했으며 동양적 색채가 농후하다.

▌서기 13세기

중국 송나라 말기의 사상가 등목(鄧牧)이 《이계》(二戒)를 썼으며, 원나라의 정정옥(鄭廷玉)이 우언 색채의 풍자극 《수전노》[看錢奴]를 썼다. 1277년에 태족(傣族)이 문자를 창제하여 《패엽경》(貝葉經) 경문을 쓰기 시작하였는데, 그 속에 불경우언이 들어 있다. 몽고족은 〈두 마리의 준마〉 등 우언을 산출했다.

페르시아 흔히 루미(Rumi)로 애칭되는 시인 마와랴냐(Mawlānā)가 장편시 《마스나비》(*Masnavi*, 1258~1270)를 썼는데 모두 6권, 5만 행으로 구성되어 있다. 생생한 이야기로써 이슬람교의 종교와 인생의 철리를 설명하였다. 시인 사디(Saadi)가 쓴 교훈적 이야기 시집 《과수원》(*Bustan*, 1257)과 《장미원》(*Gulistan*, 1258)에는 우의가 깊은 작품들이 많다.

터키 구비문학가 나스레딘 호카(Nasreddin Hoca)가 생존하였다. 그는 근동 각국과 중국 위구르족에 널리 알려진 기지 있는 인물이다. 위구르족 지역에서는 그를 '아판티(阿凡提)'라 일컫는다. 터키 학자들이 수집한 '호카의 웃음 이야기'는 약 400편이 되는데 그 속에 적지 않은 우언이 들어 있다.

이탈리아 유럽의 '르네상스' 운동을 촉발시켰다.

프랑스 유명한 장편우언시 《장미 이야기》가 나왔는데 상하 두 권으로 되어 있다. 4천 3백 행으로 구성된 상권은 1920년대에 선교사 기욤 드 로리스가 써서 기사문학의 전통을 계승하였다. 또 1만 7천여 행으로 되어 있는 하권은 1960년대에 자산가 장 드 묑이 써서 인문주의 사상의 씨앗을 나타냈다. 상징적 수법을 사용하여 여러 추상적인 덕목들을 의인화하였고, 꿈속 세계를 잘 묘사하였다. 이 시는 후세의 우언 창작에 큰 영향을 끼쳤다.

▋ 서기 14세기

중국 유기(劉基)는 1354~1358년에 《욱리자》(郁離子)를 지었다. 18편으로 구성되어 있는 이 책은 200편에 가까운 우언이 수록되어 있으며 '욱리자'란 인물로 책 전체를 관통시켰다. 이야기는 대부분 옛사람과 일에 기탁한 것이지만 새로운 우의를 담았다. 송렴(宋濂)이 1356년에 지은 《용문자응도기》(龍門子凝道記)와 《연서》(燕書)에는 우언 70여 편이 들어 있으며 그 사상과 예술적 풍격이 《욱리자》와 비슷하다. 원말 명초의 도종의(陶宗儀), 패경(貝瓊), 방효유(方孝儒), 소백형(蘇伯衡) 등도 우언 창작을 한 바 있다.

일본 유명한 산문가 요시다 겐코(吉田兼好, 1283－1350?)의 수필집 《쓰레즈레쿠사》(徒然草, 1331)가 출현했다.

라오스 《판차탄트라》를 각색하여 쓴 우언집 《낭단대》(娘丹黛)가 출현했다.

페르시아 자칸니가 우언집 《즐거운 이야기집》《수염집》《아라비아 이야기》 등을 썼다.

터키 아셔커 파샤가 1만 1천 행의 장편우언시 〈타관의 유랑자〉(1330)를 지어 이슬람교의 신비로운 철학을 폈다.

비잔틴(동로마 제국) 기독교 승려이자 학자 플라누데스(Planudes)가 자료를 수집하여 《이솝 우화》를 편찬하였으며 우언 150개를 수록하였다. 1479년에 처음 인쇄·간행된 이 책은 뒤에 유럽의 각종 《이솝 우화》의 주요한 원본 구실을 해 왔다.

이탈리아 유명한 시인 단테(Dante)가 1307년부터 쓰기 시작한 《신곡》은 몽환과 상징의 수법으로 현실을 비난하고 이상을 표현했다. 보카치오(Boccaccio)가 쓴 《데카메론》은 인도·아랍의 우언을 인용하였다. 또 그가 쓴 《이교신보》(異敎神譜)의 제14권 9장에서는 우언의 정의와 분류를 논술하였다.

스페인 마누엘(Manuel)이 《루카노르 백작》 일명 《파트로니오의 이야기》를 썼는데 우언 51편이 수록되어 있다. 루이스(Ruiz)의 《신의 사랑에 대한 시집》은 차례로 이어지는 서사시 12편을 포함하며, 그 속에 우언 30여 편이 삽입되어 있다.

영국 랭런드(Langland)가 장편우언시 《농부 피어스》 일명 《농부 피어스의 환상》을 썼다. 7,242행으로 된 이 시는 세 개의 꿈 내용으로 구성되어 있다. 몽환과 상징의 수법으로 승려와 속인들의 서로 다른 생활을 반영하고 노동과 이성을 찬송하였다.

유명한 시인 초서(Chaucer)는 젊었을 때 프랑스의 장편우언시 《장미 이야기》를 번역한 바 있었고, 1382년 우언시 《새들의 회합》을 썼으며, 1387년부터 우언이 포함되어 있는 《캔터베리 이야기》를 쓰기 시작했다. 13세기 후반 영국에서는 〈진주〉(1,200행) 〈순결〉(1,800행) 〈인내〉(531행) 〈가웨인 경(卿)과 녹색 옷의 기사〉(2,350행) 등 상징 수법을 사용하여 쓴 장편우언시들도 나왔다.

▌ 서기 15세기

중국 마중석(馬中錫)이 쓴 〈중산늑대전〉[中山狼傳]은 민간설화를 바탕으로 하여 소설·동화·우언 수법을 융합시켜 놓았다. 이 작품은 여러 희곡으로 각색되었으며, 오늘날에는 강해(康海)의 잡극(雜劇) 〈중산랑〉(中山狼)과 왕구사(王九思)의 원본(院本)[157] 〈중산랑〉이 전승되고 있다.

티베트 양진가웨뤄줘야오(央金噶衛洛卓約)는 《감단(甘丹) 격언 주석》을 편찬하였으며, 뤄줘바이파(洛卓白巴)가 《익세(益世) 격언 주석》을 썼다.

이탈리아 르네상스 시기의 유명한 문인 다빈치(da Vinci, 1452~1519)가 우언으로 인문주의 이상을 표현하였다. 인간을 중요시하고 찬송하며 자신의 가치를 실현할 수 있도록 분투하라고 격려하였다. 그는 또한 회화 기법을 창작에 끌어들여 시적인 정취와 그림 같은 우언의 경지를 창조했다. 그의 우언집 《다빈치 우언집》(37편)과 《환상 동물》(73편)이 최근에야 출판업자에게 발견되어 정리·출판하게 되었다.

영국 초서의 제자 리드게이트(Lydgate)가 《구두쇠와 새》(*The Churl and the Bird*)를 썼는데 이 작품은 영국 우언사의 이른 범례 가운데 하나라 일컬어진다.

아일랜드 헨리슨(Henryson)이 《이솝 도덕우언》을 썼다. 더글러스가 도덕우언 〈국왕 하트〉, 몽환우언 〈영예로운 궁전〉을 썼다.

독일 브란트(Brant)가 1494년에 쓴 장편우언시 《바보들의 배》는 배에 탄 110명의 바보들을 통해 사회의 여러 악습을 나타냈다. 작품이 발표된 뒤 한동안 유럽 각국에서는 앞 다투어 그를 모방 창작함으로써 '바보문학 신드롬'이 일어나기까지 하였다.

아메리카 인디언으로 말미암아 노예제 국가가 형성되었다. 세 개의

---

157) 잡극과 원본: 중국 금·원(金元)시대 전통극의 각본(脚本). 더욱이 금대(金代)에는 기관(妓館)인 '행원(行院)'에서 공연되었으므로 '院本'이라 부름.

문화 중심이 나타났는데, 오늘날의 멕시코 지역인 아즈텍(Aztec), 오늘날의 온두라스와 과테말라 및 유카탄 반도 지역의 마야(Maya), 오늘날의 페루와 볼리비아와 에콰도르 지역의 잉카(Incas) 문화 등이 그것이다. 그 문화에서 창작된 일부 우언과 신화와 전설이 오늘날까지 보존되었다.

▌서기 16세기

중국　경정향(耿定向)의 《권자》(權子), 장원신(莊元臣)의 《숙저자》(叔苴子), 유원경(劉元卿)의 《현혁편》(賢奕編), 장충(張狪)의 《혼연자》(渾然子), 강영과(江盈科)의 《설도소설》(雪濤小說), 조남성(趙南星)의 《소찬》(笑贊), 육작(陸灼)의 《애자후어》(艾子後語) 등 비교적 우언이 많이 수록되어 있는 문집이나 우언집이 출현하였다. 이 우언 작품들은 모두 골계적 특색을 지니고 있어 소화(笑話)와 같은 맥락이라 볼 수 있다. 그리고 우언극으로서 왕형(王衡)의 〈진정한 괴뢰〉[眞傀儡]와 〈얼렁뚱땅 선생〉[胡蘆先生], 서위(徐渭)의 〈노래 대신 휘파람〉[歌代嘯], 탕현조(湯顯祖)의 〈남가기〉(南柯記)와 〈한단기〉(邯鄲記), 심경(沈璟)의 〈박소기〉(博笑記), 서복조(徐復祚)의 〈한 냥 돈〉[一文錢], 손인유(孫仁孺)의 〈동곽기〉(東郭記)와 〈취향기〉(醉鄉記), 풍유민(馮惟敏)의 《산곡우언》(散曲寓言)이 출현하였다.

조선　임제(林悌)가 〈서옥설〉(鼠獄說)과 〈화사〉(花史) 등의 우언소설을 썼다.

이란　카스피가 우언집 《노인성의 빛》을 편찬하였다.

독일　종교개혁운동이 일어났다. 이 운동의 영도자이자 개신교 창시자인 루터가 우언으로 그의 사상을 펴서 커다란 영향을 끼쳤다. 선교사 발디스(Waldis)가 《개심한 탕자의 우언》《운문 우언과 이야기 400편》

을 썼다. 시인 작스(Sachs)는 유명한 장편우언시《비텐베르크의 소쩍새》를 써서 루터를 찬송하였다. 독일 이야기책에는 많은 민간 이야기와 우언이 들어 있는데, 이는 후세의 문학과 우언 창작에 중요한 제재를 제공하였다.

프랑스 라블레(Rabelais)의 대표작《가르강튀아와 팡타그뤼엘》은 신기한 줄거리와 우언 색채로 가득 차 있다. 또한 마로가 우언시《지옥》을 썼다.

스페인 세르반테스(Cervantes)의 단편소설 모음《훈계 소설집》에는 〈두 개의 대화〉와 〈유리학사〉(琉璃學士) 등 중편우언 소설이 포함되어 있다. 그의 거작《돈키호테》와 장편시《파르나소스 산의 여행》도 우언 색채를 띠고 있다.

영국 스펜서(Edmund Spenser, 1552?~1599)가 장편우언시《요정 여왕》을 썼다. 원래 12장을 쓸 예정이었으나 결국 앞의 6장과 제7장의 일부분만 완성하였다. 3만 5천 행으로 된 이 시는 아서 왕과 요정 여왕 글로리아나를 이야기의 단서로 삼았다. 경건·자제·정결·우의·정의·예의·항심 등을 찬송하였다. 시의 풍격이 아담하고 줄거리가 기묘하며 묘사가 세밀하다. 그리고 이 시를 통해 '스펜서 시형'이란 율격 형식도 만들어져 후세의 시가 창작에 커다란 영향을 끼쳤다. 또한 스펜서는 다른 풍자우언시《허버드 아주머니》(*Mother Hubbard*)를 쓴 바 있다. 그리고 모어(More)가 1516년에《유토피아》(*Utopia*)를 썼다.

이탈리아 알차토(Alciato)가《표상의 책》(*The Book of Emblems*, 1531)을 지었다.

▌ 서기 17세기

중국 장회체(章回體) 장편우언 소설이 나왔다. 청계도인(淸溪道人)의
《동유기》(東遊記), 매자화(梅子和)의 《후서유기》(後西遊記), 동설(董說)
의 《서유보》(西遊補)와 《종규전》(鐘馗傳) 등이 있다. 《동유기》와 《후
서유기》의 풍격은 《천로역정》과 비슷하며, 주로 선종(禪宗)의 철학을
펴고자 했다. 그리고 《소부》(笑府) 《광소부》(廣笑府) 《고금담개》(古今
譚概)158) 《명소림》(明笑林) 《아학》(雅謔) 《정선아소》(精選雅笑) 《우선
별기》(迂仙別記) 등 많은 소화집이 나왔는데, 그 안에는 많은 우언이 들
어 있다.

1625년에 프랑스 선교사 트리갈(Nicholas Trigault)이 구술하고 장갱
(張賡)이 받아 적은, 중국 최초의 이솝 우화 발췌역본 《황의》(況義)가
서안(西安)에서 간행되었다. 얼마 지나지 않아 복건성의 학자 이세웅
(李世熊)이 《황의》를 모방하여 우언집 《물감》(物感)을 썼다. 이는 중국
인이 유럽 우언의 수법을 모방하여 창작한 최초의 작품집이다.

일본 민간의 소형희극, 교겐(狂言)이 성숙기와 번영기에 들어섰다.
현재 각본이 300편쯤 보존되어 있다. 권선징악의 주제를 지닌 이 양식
의 작품들은 해학적이고 유머러스하다. 어떤 각본은 우언적 색채를 띠
고 있다.

이란 파라시가 윤리우언 이야기집 《마음에 둔 사람》[意中人]을 썼다.

영국 철학가 베이컨(Bacon)이 1609년 《옛사람의 지혜》를 지어
신화와 우언의 가치에 대해 훌륭한 분석을 하였다. 시인 플레처
(Fletcher)가 1633년에 장편우언시 《자줏빛 섬》(*The Purple Island*)을
썼는데, 이 작품의 풍격은 스펜서의 《요정 여왕》과 비슷하다. 버니

---

158) 〔원주〕《고금담개》의 저자는 풍몽룡(馮夢龍)이다.

언(Bunyan, 1628~1688)은 유명한 우언소설 《천로역정》(1678, 1684)을 써서 청교도의 관념을 펴고 왕정이 복귀한 시기에 나타난 각종 추악한 현상들을 비난하였다. 또 몽환우언 소설 《배드맨의 이야기》 일명 《배드맨》도 썼다.

그리고 드라이든(Dryden)은 《압살롬과 아히도벨》(1681)과 《암사슴과 표범》(1687)을 썼다. 라이스터 륜치가 이솝 이래의 우언 500편을 수록한 《우언집》을 번역하여 편찬하였다.

프랑스 고전주의 문학사조가 일어났다. 우언계의 거장인 라퐁텐(1621~1695)이 우언시 244수를 수록한 《우언시》 12권을 써서 프랑스의 사회상과 정신적 상태를 폭넓게 반영하였다. "각계각층의 사람들에게 통용하는 교과서"라고 일컬어졌다. 예술적 수법에서 이솝 우화의 간단한 묘사를 섬세하고 생생하게 변화시켰으며, 줄거리를 드라마틱하고 운율이 융통성 있게 변모시켰다. 이로써 우언 창작의 새로운 유파가 수립되었다.

스페인 시인 공고라 아르고테의 장편시 〈폴리페모와 갈레치아의 우화〉(1612)와 〈피라모와 티스베의 우언〉(1618)을 썼다.[159] 또한 그라시안(Gracian)의 소설 〈평론가〉, 칼데론(Calderón)의 희곡 〈인생은 일장춘몽〉〈신기한 마법사〉 등이 우언적 색체를 띠고 있다.

포르투갈 멜로(Francisco Manuel de Melo, 1608~1666)가 《대화체 우언》을 썼다.

이탈리아 캄파넬라(Campanella)가 1602년에 《태양의 나라》를 썼다. 이 작품은 모어의 《유토피아》와 더불어 이상국을 묘사한 명작이다. 이들을 우언이라 일컫는 사람도 있다.

---

159) 시인 공고라 아르고테(Góngora y Argote): 원서에서는 이 시인의 작품을 16세기 스페인 연표에 소속시켰는데 바로잡아 '17세기'로 옮긴다.

▌서기 18세기

중국 포송령(蒲松齡)이 《요재지이》(聊齋志異)를 썼다. 그 속에는 소설 기법이 혼합되어 있는 우언들이 적지 않게 들어 있다. 또한 석성금(石成金)이 소화우언집 《웃기를 잘한다》[笑得好]를 썼다. 그리고 당견(唐甄)의 《잠서》(潛書), 왕탁(王晫)의 《열 가지 잡서》[雜著十種], 대명세(戴名世)의 《남산집》(南山集), 기윤(紀昀)의 《열미초당필기》(閱微草堂筆記), 심기봉(沈起鳳)의 《해탁》(諧鐸) 등에도 비교적 많은 우언들이 들어 있다.

조선 박지원이 우언소설 〈호질〉(虎叱)을 썼다.

프랑스 부르주아 계몽운동이 일어났다. 계몽운동의 영도자인 볼테르(Voltaire) 등이 《이승 세계》《캉디드》(*Candide*) 일명 《진지한 사람》 등 철리소설을 썼다. 르사주(Le Sage)가 《절름발이 악마》(1709)《질 블라스 이야기》(1717~1735) 등 우언 색채의 소설을 썼다. 학자 포트나르160)가 1724년에 우언 연구 저서 《우언의 기원을 논함》을 썼다. 우언시 100여 편을 쓴 플로리앙(Florian, 1755~1794)의 풍격은 라퐁텐의 것과 비슷하다. 이 밖에 페늘롱,161) 라모트(La Motte, 1672~1731) 등의 우언 작가도 있다.

독일 독일 민족의 우언 창시자 겔레르트(Gellert)가 《우언 이야기 모음》을 지었다. 계몽주의의 대표자 레싱(Lessing, 1729~1781)은 초기에 풍격이 화려한 시가체 우언을 썼으며 뒤에는 소박한 산문체 우언을 썼다. 1759년 출판한 《우언 3권집》은 산문체 우언 90편을 수록한 것이다.

---

160) 포트나르: 구체적인 인적 사항이 자세치 않다.

161) 페늘롱(François de Salignac de La Mothe Fenelon, 1651~1715): 승직에 있으면서 루이 14세의 태자를 교육했다. 《우화집》(*Les Fables*) 《죽은 자들의 대화》(*Les Dialogues des Morts*) 《텔레마크》(*Télémague*)를 써서 그리스 고전을 패러디하며 제왕학을 설파했다.

봉건전제, 교회 특권, 이익만 추구하는 사회 풍조 등에 분노하고 비난하였으며, 외국을 숭배하고 기계적으로 모방하여 대중과 동떨어진 궁중 문예를 비판하였다. 우언집 후반부에는 〈이런 종류의 문학 갈래에 관한 논문 몇 편〉이 첨부되어 있는데 모두 5편이다. 이 논문들은 유럽 우언의 특징과 창작 규율을 체계적으로 탐구하고 이솝 우화의 전통을 계승할 것을 강조하였다.

위대한 시인 괴테(1749~1832)는 1794년에 동물우언 서사시 《여우 르나르의 이야기》 곧 《여우 라이네케》를 지었다. 모두 4천여 행으로 되어 있으며 관료·승려·기사를 풍자하였다. 그의 거작 《파우스트》(*Faust*)는 상징과 몽환 수법을 사용하여 환상 세계에 인생의 추구를 기탁하였다. 이는 우언식 시가체 희곡이라 볼 수 있다. 기타 우언 작가로는 하게도른(Hagedorn), 피셔(Fisher) 등이 있다.

영국 스위프트(Swift, 1667~1745)는 1726년에 그의 대표작인 우언소설 《걸리버 여행기》를 완성했다. 이 작품은 선장 걸리버가 주유(周遊)하는 경력을 묘사함으로써 영국의 정치제도를 풍자하고 탐욕스러움을 비난하며 이성적 지혜를 찬송하였다.

게이(Gay, 1685~1732)가 66수의 우언시를 수록한 《우언시》 2권을 지었다. 품격이 아담한 이들 작품은 전 유럽에서 명성을 떨쳤으며, 작가도 이로 말미암아 “영국의 이솝”이라 일컬어졌다.

맨더빌(Mandeville)이 《벌의 우화》(*The Fable of the Bees*, 1705)를 썼는데, 뭇 벌로써 인간의 사회생활을 비유하였다. 또한 모어(More)가 《여성의 우언》을 썼다. 이 밖에 알든(Alden), 쿠퍼(W. Cowper), 랭호른(Langhorne) 등의 우언 작가도 있다.

스페인 이리아테(Iriarte, 1750~1791)가 1786년에 쓴 《문학 우언》에는 우언시 76편이 들어 있다. 이 작품집은 문단의 병폐를 비평하고 문학 창작에 대한 주장을 천명하였다. 사마니에고(Samaniego)가 지은 《도덕우언》 2권도 유명한데, 이 가운데 몇몇 작품들은 교과서에 늘 수록되어 읽힌다.

스웨덴 오로프 달린(Olof von Dalin)이 쓴《말 이야기》는 스웨덴의 구비 서사시, 사가(Saga) 형식과 우언적 내용을 서로 결합되는 수법을 사용하였다.

덴마크 홀베르크(Ludvig Holberg, 1684~1754)가《우언집》을 썼다.

루마니아 유명한 편년사가 칸테미르(Cantemir, 1673~1723)가 우언 이야기 모음《상형문자 역사》를 지었다.

폴란드 계몽주의 시인 크라시츠키(Krasicki, 1735~1801)가《우언 이야기》(1779)와《새로 편찬한 우언》을 지었다.

스위스 유명한 교육가 페스탈로치(Pestalozzi, 1746~1827)가 교육적 우언을 썼다.

러시아 많은 우언 작가들이 등장하였다. 예컨대, 트레지아코프스키(Trediakovsky), 수마로코프(Sumarokov), 마이코프(1721~1757), 허무니챠르(1745~1784) 등이 있다.

▌서기 19세기

중국 이여진(李汝珍)이 말년에 쓴 장편소설《경화연》[162]은 해외 30여 곳의 환상 세계를 빌려 현실을 풍자하고 이상을 나타냈다. 공자진(龔自珍)이 우언을 써서 계몽사상을 펼쳤으며, 가경(嘉慶) 도광(道光) 시기에 동덕용(董德鏞), 공소보(孔昭甫) 2인이 동물우언집《가여지》(可如之)를 편찬하였다. 또한 유희재(劉熙載)가 우언집《오애자》(寤崖子,

---

162)《경화연》(鏡花緣): 19세기 조선의 문인이었던 홍희복(洪羲福)이《제일기언》(第一奇言)이라는 책으로 언문 번역했다. 원작자 이여진과 홍희복의 우의적 관점을 비교할 만하다.

1876)를 썼다.

이 밖에 방준이(方濬頤)의 《이지헌문존》(二知軒文存), 설복성(薛福成)의 《용암 전집》(庸庵全集), 진옥수(陳玉澍)의 《후락당문초》(後樂堂文鈔)와 소화집 《소화광기》(笑話廣記) 《희담록》(嘻談錄) 《소소록》(笑笑錄) 등에도 우언들이 수록되어 있다.

청말의 우언 잡극 《경황종》(警黃鐘)은 황봉국(黃封國)이 대호봉국(大胡封國)에 침략당하는 이야기를 묘사함으로써 제국주의 열강의 중국 침략을 암시하여 국민들에게 경종을 울리고자 하였다.

티베트 운문과 산문이 혼합되어 있는 우언소설이 나타났는데 《원숭이와 새 이야기》[猴鳥故事] 〈연꽃 화원의 가무〉[蓮苑歌舞] 등이 있다.

인도 우르두어(語)로 작품을 쓴 아먼(Mir Amen Dehlavi)이 1803년에 《화원과 봄》을 썼다.

남아프리카 백인 여류 작가 슈라이너(Olive Schreiner)가 우언소설 《마쇼나랜드의 기병 피터 홀켓》(1897)을 썼다.

러시아 비판적 현실주의 문학사조가 일어났다. 19세기 초엽의 훌륭한 대표자로서 끄르일로프(Krylov, 1768~1844)가 우언시 9권 205수를 썼다. 봉건 농노제 아래에서 부패하고 잔인한 여러 현상을 비판하고, 사회적 악습을 비난하며 강한 애국정신을 나타냈다. 그의 우언은 러시아적인 분위기와 시대적 특징을 지녔다. 형상에 입체감이 두드러지고, 언어가 세련되고 생생하며 자연스럽다. 러시아 우언문학의 독립과 성숙을 상징하는 그의 우언은 유럽 우언사에서 독특한 지위를 차지하고 있다.

또한 시체드린(Shchedrin, 1826~1889)이 동화식 풍자우언 32편을 써 우언 창작의 새로운 장을 열었다. 레프 톨스토이(Lev Tolstoi, 1828~1910)는 인도·유럽·러시아 각 지역의 우언 이야기 89편을 수집해 1872년에 《계몽 교과서》를 편찬하였다. 그리고 미카일로프(Mikhailov)는 동화식 우언 8편을 썼다.

이 밖에 드미트리예프(Dmitriyev), 이즈마일로프(Izmaylovo), 베야찌무스키, 스허로프[163] 등의 우언 작가들도 있다. 교육가 우신스키(Ushinski, 1824~1870)도 우언을 쓴 바 있으며 뽀쩨브냐(Potebnya, 1836~1891)는 《문학이론 강의》(1894)를 써서 그의 우언 이론을 수립했다.

아르메니아 아보웨이양(Aboweiyang, 1805~1848)이 《소한집》(消閑集, 1864)이라는 우언집을 썼다.

독일 우언 이야기가 들어 있는 《그림 동화》가 나타났고, 호프만(E.T.A. Hoffmann, 1776~1822)이 우언소설 《악마의 묘약》(*The Devil's Elixirs*) 《수고양이 무어》 등을 썼다. 또 빌헬름 하우프(Wilhelm Hauff)가 우언식 동화 《냉혹한 마음》을 썼으며 비관주의 철학가 쇼펜하우어(Schopenhauer)가 우언 〈겨울의 호저〉 등을 썼다. 그리고 초인 철학가 니체(Nietzsche)는 1883년에 《차라투스트라는 이렇게 말했다》를 썼다.

프랑스 비판적 현실주의 문학이 거대한 성과를 거두었다. 메리메(Me'rimee, 1803~1870)의 소설 작품은 줄거리가 낭만적이고 기이하며 우언적 색채를 띠고 있다. 유명한 문학 비평가 텐느(Taine)가 1854년에 논문 〈라퐁텐의 우언시〉를 발표하였으며, 1860년에 이를 확장하여 저서 《라퐁텐 및 그의 우언》을 펴냈다.

또한 19세기 후기에는 상징주의가 일어났으며, 문학 창작에서 우언 수법을 많이 사용하였다.

영국 낭만주의 문학 운동이 일어났다. 시인 블레이크(Blake)가 1804년에 장편우언시 《네 천신》을 써서 식민지 착취제도를 비평하였다. 게티가 쓴 《대자연의 교훈》[164]은 동식물의 습성을 빌려 교훈과 철리를 나타내서 어린이다운 정취를 지니고 있다. 유미주의 시인 와일드(Oscar

---

163) 스허로프: 구체적인 인적 사항이 자세치 않다.

164) 게티(Getty)의 《대자연의 교훈》: 게티의 구체적인 인적 사항이 분명하지 않다.

Wildes)가 《행복한 왕자》(1888)와 우언 산문 《도리안 그레이의 초상》(1890)을 썼다. 모리스(Morris)가 《꿈에서 만난 요한과 바울》(1888) 《유토피아 소식》(1890)을 써서 사회주의의 이상을 나타냈다.

우언 작가 키플링(Kipling, 1865~1936)이 그의 대표작 《정글북》(1894)과 《정글북 속편》(1895)을 출판하였다. 이 작품들은 이리에게 길러진 용감한 아이를 주인공으로 하여 생생한 동물 형상들을 그렸다. 그의 다른 우언 이야기집 《아아, 그렇구나》는 12편으로 구성되어 있으며 동물의 생리 현상을 설명함으로써 우의를 표하였다.

벨기에 스타살트(Goswin de Stassart, 1780~1854)가 1818년에 《우언집》을 출판하였다.

노르웨이 위대한 희곡 작가 입센(Henrik Ibsen, 1828~1906)이 1867년에 우언시극 《페르귄트》(*Peer Gynt*)를 썼다.

덴마크 위대한 동화 작가 안데르센(Andersen)이 동화 168편을 창작했는데 우의가 깊은 작품이 많다.

루마니아 계몽주의자 아사키(Gheorghe Asachi, 1788~1869)가 《우언선집》(1836)을 출판하였다. 민간문학가 안톤 판(Anton Pann, 1796~1854)이 《우언과 이야기》를 편찬하였다. 우언시인 알렉산드레스크(Grigore Alexandrescu, 1810~1885)는 우언으로 어두운 상류사회를 반영하여 비판하였나.

헝가리 머다치(Imre Madách, 1823~1864)가 창작한 유명한 우언시극 《인간의 비극》은 몽환 세계를 배경 무대로 하여 인류의 운명을 탐구하였다.

체코 넴코바(Božena Němcová, 1820~1862)가 《민족 전기(傳奇)와 이야기》와 《슬로바키아 동화와 전설》 등을 편찬하였다.

미국 호손(Hawthorne, 1804~1864)의 대표작 《주홍글자》(1850)와 《신기한 이야기》 《사제의 검은 베일》 《큰 바위 얼굴》 등은 모두 우언적 색채를 띠고 있다. 또 멜빌(Melville, 1819~1891)이 우언식 소설《마디》(*Mardi*, 1847)와《백경》(白鯨, 1851)을 썼다.

해리스(Harris, 1848~1908)는 1878년부터《리머스 아저씨의 노래와 이야기》를 창작하고 발표하기 시작하였다. 이 이야기의 서술자는 흑인 노예 리머스 아저씨이며, 그 이야기들은 흑인들의 구비 동물설화에서 온 것이 많다. 줄거리가 생생하며 매우 재미있다. 1887년에《리머스 아저씨의 노래와 이야기》란 책으로 모아져 출판되었다.

비어스(Bierce, 1842~1914)는 1899년에《환상적 우언》(*Fantastic Fables*)을 출판하여 미국의 정치와 경제생활을 풍자하였다. 작품의 필치가 신랄하다. 그의 단편소설은 줄거리가 괴이하고 황당하며 세상의 불합리한 모든 것에 분개하고 증오하는 감정을 표하여 우언적 색채를 띠고 있다.

에이드(George Ade, 1866~1944)는 1897년부터 우언 창작을 시작하여, 1900년에는 그의 대표작《속어 우언》과《속어 우언 속편》을 발표하였다. 이들 작품의 제재는 대부분 중하층 사회에서 왔으며 미국의 사회제도, 전통 문화와 가치 관념에 대한 회의와 비판을 표시하였다. 작품의 풍격이 골계적이며 언어가 통속적이다. 뒤에 그는 계속하여《현대 우언 40편》(1901)《에이드 우언》(1914)《수공 우언》(1920)을 썼다. 유명한 소설가 마크트웨인(Mark Twain, 1835~1910)과 소형 단편소설의 창시자 오 헨리(O. Henry)도 소설 수법을 사용하여 우언을 창작하였다.

페루 멜가(Mariano Melgar)가 우언을 써서 스페인의 식민지 통치를 풍자하였다. 그는 식민주의를 반대하는 인디언 봉기에 헌신하기도 하였다. 팔마(Ricardo Palma, 1833~1919)가《페루의 전설》(*Tradiciones Peruanas*, 1872~1910)을 편찬하였는데 우언 453편이 수록되어 있다.

콜롬비아 시인 폼보(Rafael Pombo)가 1872년에《어린이 우언집》을 출판하였다. 이는 중남미에서 많은 독자에게 향유되었다.

▌서기 20세기

중국 오견인(吳趼人, 1866~1910)이 골계적 우언을 써서 무너지기 직전인 청나라를 풍자하고 노예근성을 비난하였다. 그는 명청 시기의 골계적 우언과 서양의 의인화 수법을 융합시켰다. 1909년에 그동안 써 왔던 우언들을 모아《재치 있는 말》[俏皮話]이란 책으로 출판하였는데 모두 126편이 들어 있다. 1901년에《우언 신문》이 창간되었다.

선더홍(沈德鴻) 즉 마오둔(茅盾)이 1917년에《중국 우언 초편》(中國寓言初編)을 편찬하여 최초로 선진양한(先秦兩漢)의 제자(諸子) 우언을 체계적으로 정리하였다. 그리고 그는 1917년부터 1920년까지 동화와 우언 28편을 썼다. 순위슈(孫毓修)가 1917년에《이솝 우언 연의》를 출판하였는데 이는 중국 최초의 백화문 판본이다.

루쉰(魯迅, 1881~1936)은 1918년부터 우언을 발표하기 시작하였다. 1920년대에 창작한 산문시집《들풀》[野草]에는 독창적이고 심오하며 참신한 우언들이 많이 들어 있다. 그는 비평문에서도 우언들을 삽입하거나 인용하여 철학적 이치를 설명하였다.

정전뛰(鄭振鐸)가 인도 우언, 레싱 우언, 르나르 이야기 등 외국 우언을 번역하여 소개하였고 후스(胡適)가〈차부뛰 선생전〉등을 썼다. 후화이천(胡懷琛)은 1930년에《중국 우언 연구》를 출판하였다.

1930년대 전후에는 우언 풍자 장편소설들이 많이 나왔다. 선충원(沈從文)의〈애리스 중국 여행기〉(愛利絲中國游記, 1928), 장톈이(張天翼)의〈귀토일기〉(鬼土日記, 1931), 페이밍(廢名)의〈조금도 있을 필요 없는 사람〉[莫須有先生傳, 1932], 라오서(老舍)의《고양이 나라 여행기》[猫城記, 1933] 등이 그것이다.

그리고 우언적 색채를 띠고 있는 동화와 아동극도 많이 나타났다. 예성타오(葉聖陶)와 리진훼이(黎錦暉)가 대표적인 작가들이다. 해방 직전에 펑쉐펑(馮雪峰), 장톈이, 옌원징(嚴文井) 등도 적지 않은 풍자우언을 썼다. 그 가운데 펑쉐펑은 모두 200여 편의 우언을 썼으며 《백유경 이야기》를 번역한 바도 있다.

해방 뒤 진장(金江)을 비롯한 새로운 우언 작가들이 나왔다. 이른바 문화대혁명의 '십년 동란(1966~1976)' 시기는 일종의 우언 금지구역이 되어 완전히 작품의 자취가 끊어졌다. 동란이 끝난 뒤 우언은 다시 흥기하였다. 창작·번역·정리·연구가 모두 고조에 들어섰고 1984년에 중국우언연구회가 성립되었다.

일본 나쓰메 소세키(夏目漱石)가 대표작 〈나는 고양이로소이다〉(1904~1906)를 완성하였다. 아쿠타가와 류노스케(芥川龍之介, 1892~1927)가 1927년에 대표작이자 중편우언 소설 〈갓파〉(河童) 일명 〈스이코〉(水虎)를 완성하였다. 그의 단편소설 〈두자춘〉(杜子春) 〈황량몽〉(黃粱夢) 〈개구리〉[蛙] 〈술 벌레〉[酒蟲] 등도 우언이다. 또 오자키 가즈오(尾崎一雄)가 우언소설 〈벌레 이야기〉 〈말라빠진 수탉〉 등을 썼다. 그리고 호시 신이치(星新一)가 1천 편에 가까운 '편장소설' 즉 콩트를 썼다. 이 작품들은 사상이 특이하고 구사가 새로운데, 어떤 작품은 공상과학·동화·우언수법을 용합시켰다.

인도 유명한 시인 타고르가 《이야기 시집》(1900) 《기탄잘리》(*Gitanzali*, 1912) 등의 시집을 출판하였다. 그의 작품은 시적 철리를 지니며 일부는 우언을 포함한다.

미얀마 타킨 코도 흐마잉(Thakin Kodaw Hmaing, 1875~1964)는 젊은 시절에 불본생담을 제재로 하는 극본 80편을 썼다. 그는 1930년대 반제국주의 민족해방 운동에 적극 참여한 바 있었다. 〈서양 영감의 주석〉165) 〈공작새의 주석〉 〈붕새의 주석〉 〈타킨의 주석〉 〈원숭이의 주

---

165) 타킨의 〈서양 영감의 주석〉: 타킨이 창작한 산문과 시가가 혼합된 잡문체의 작품집이다.

석)〈개의 주석〉등 풍자우언을 쓴 바 있기도 하다.

네팔 레크나스 포디알(Leknath Paudyal, 1884~1965)이 우언시〈조롱 속의 앵무새〉〈고행하는 젊은 승려〉〈사띠야와 카리가 만나다〉등을 써서 곡절한 필치로 자유를 쟁취하려는 마음을 나타냈다.

레바논 유명한 시인 칼릴 지브란(Kahlil Gibran, 1883~1931)의 산문 시집《눈물과 미소》(1913)《예언자》(1923)《모래와 물거품이 이는 바 다》(1926) 등은 농후한 철리와 우언적 색채를 지니고 있다. 우언 52편 이 수록되어 있는 그의 우언집《방랑자》(*The Wanderer*, 1931)는 동양 우언의 전통을 계승하고 발전시켰다. 독특한 종교 관념과 민주적 이상 을 나타냈다.

이디오피아 브라텐예타 헤라이(Blattengeta Heruy)가 우언집《나의 친구, 나의 심령》을 썼다.

이집트 타우피크 알하킴(Tawfiq al-Hakim)이 쓴 철리극〈동굴 속의 사람들〉(1933)〈세헤라자데〉(1934)〈피그말리온〉(1942)〈오이디푸스〉 (1949)〈이지스〉(1955) 등은 고전 제재와 상징 수법을 사용하여 동양 의 철학 정신을 표현하였다. 그는 또한 아랍 세계의 첫 번째 부조리극 〈먹을 자에게 식량이 있다〉(1963)와 철학적 풍자소설〈미궁〉(1937)을 썼다.

탄자니아 샤반 로버트(Shaaban bin Robert, 1909~1962)가 민간 전통 의 특색을 지니고 있는 우언을 써서 아프리카 현실을 반영하였다. 또한 우언소설〈상상의 나라〉(1946)와 자매편인〈믿을 만한 나라〉(1951)를 써서 환상 세계를 통해 자신의 개혁 이상을 나타냈다.

세네갈 비라고 디옵(Birago Diop, 1906~1989)은《아마도우 콤바의 이야기》를 썼다. 교활한 토끼 로우커를 주인공으로 삼았는데, 이는 아 프리카의 민간우언 이야기 '토끼 시리즈'의 대표작이다.

코트디부아르(아이보리코스트) 버나드 다디에(Bernard Dadie, 1916~)

가 《아프리카의 전설》《허리에 두른 검은 천》과 자전소설 〈커렌비에〉 등을 썼다. 못된 장난하기를 좋아하나 늘 자업자득하는 거미 '카쿠 아난시'를 주인공으로 하는 그의 우언은 아프리카의 민간우언 이야기 '거미 시리즈'의 대표작이다.

나이지리아 가브리엘 오카라(Gabriel Okara, 1921~)가 우언체 소설 《소리》를 써서 현실의 폐단을 비난하였다. 이 작품은 당대 아프리카 문학의 걸작이라 평가된다.

러시아 고리키(Maxim Gorky)가 〈거짓말쟁이 꾀꼬리와 진리를 사랑하는 딱따구리〉(1893) 〈노파 이제르길〉(1895) 〈매의 노래〉(1898) 〈봄의 선율〉(1901) 《이탈리아 동화》(1906~1913) 27편, 《러시아 동화》(1911~1917) 16편 등 우언체 시문을 차례로 발표하였다.

블로크(Aleksandr Aleksandrovich Blok)가 장편시 〈열둘〉(1918)을 발표하여 상징 수법으로 10월혁명을 반영하였다. 베드느이와 A. 톨스토이 등도 우언을 쓴 바 있다. 우언소설로 프르자코프의 〈모스크바의 귀신 그림자〉(1928~1940), 아이터마토프(Ch. Aitmatof)의 〈단두대〉(1986) 등이 있다. 이 밖에 유명한 우언 작가로 마르샤크(Marshak), 미할코프(Mikhalkov) 등이 있다.

러시아 연방 공화국과 소수민족의 우언 작품으로는 백러시아(벨로루시공화국)에서 뻬야뜨리야의 《폴로츠크(Polotsk) 우언》(1922), 크라피야(Kandrat Krapiva)의 《우언집》(1927), 우크라이나에서 아오리이츠크의 《우언집》(1958), 에스토니야에서 나온 라우더의 우언시집 《두 놈》(1946), 칼미크족에서 뻬에무리예프의 시가 우언집 《보물》(1960)과 《감격》(1962) 등이 있다. 학자 비고트스키(Lev Semyonovichi Vigotskii)가 《예술심리학》(1925)을 썼는데 우언을 심미 분석의 출발점으로 삼았다.

프랑스 아나톨 프랑스(Anatole France)가 1908년에 우언소설 《펭귄섬》(*L'Île des Pingouins*)을 썼다. 펭귄이 사람으로 변하여 나라를 건설한다는 사건을 통해 인류 역사를 풍자하였다. 이 시기에 표현주의, 의식의 흐름, 실존주의 등의 문학 유파들이 차례로 나타났다.

실존주의의 대표적 인물 사르트르(Sartre, 1905~1980)가 그의 철학적 관념을 보여주는 일기체 우언소설 《구토》(嘔吐, *La Nausee*, 1938)를 지었으며, 우언극 《파리 떼》(*Les Moiuches*, 1943)와 《출구 없는 방》(*Hui clos*, 1944)도 썼다. 까뮈(Camus, 1913~1960)는 실존주의 관념을 반영하는 우언식 소설 《이방인》(*l'Etranger*, 1942)과 《페스트》(*La Peste*, 1947)를 썼다.

1950년대에는 부조리극이 일어났다. 대표적 인물 이오네스코(Eugène Ionesco)가 차례로 《대머리 여가수》(1950) 《잭 또는 복종》(1955) 《미래는 계란 속에 있다》 《의자》 《코뿔소》 등을 썼다. 아다모프(Arthur Adamov)가 〈대소의 책략〉을 썼으며 장 주네(Jean Genet)가 《하녀》(1951)와 《발코니》(1956) 등을 썼다.

영국 유명한 학자 루이스(Clive Staples Lewis)는 1936년에 권위 있는 그의 저작 《사랑의 우언: 중세기 전통 연구》를 출판하였다. 가네트(Garnett)가 우언소설 〈여우로 변한 부인〉(1922)과 〈동물원에 있는 남자〉(1924)를 썼다.

조지 오웰(George Orwell)이 1945년에 쓴 《동물 농장》은 스탈린 체제를 공격하여 서유럽에서 커다란 영향을 끼쳤다. 이 작품은 구미문학계에서 우언이라는 오래된 장르를 창조적으로 발전시킨 것이라 평가된다. 그는 또한 1949년에 우언소설 《1984》를 썼다. 고도로 집중화된 제도를 갖춘 국가에서 사람들의 운명을 허구적으로 묘사하였다.

윌리엄 골딩(William Golding)이 1955년에 장편우언 소설 《파리 대왕》을 써서 악한 인간성에 대한 공포를 반영하였으며 또한 논문 〈우언을 논함〉을 쓰기도 하였다.

1960년대 영국에서 출현한 '우언 편찬가' 유파는 작품에 철리가 기탁

되어야 하지, 현실을 묘사하는 것은 중요하지 않다고 강조하였다. 대표
인물로 머독(Iris Murdoch), 버게스(Anthony Burgess), 윌슨(A.N. Wilson)
등이 있다.

아일랜드 제임스 조이스(James Joyce)는 의식의 흐름 기법 소설의 대
표작인 〈율리시즈〉(1922)와 〈피네간의 경야〉(1939)를 썼다. 또한 베케
트(Samuel Beckett)는 부조리극 〈고도를 기다리며〉(1952)를 써서 상징적
수법으로 환멸감을 폈다.

독일 헤르만 헤세(Hermann Hesse)가 《유리알 유희》(1943)를 써서
세계·문명·예술 등의 운명에 대한 사고를 나타냈다. 또한 브레히트
(Bertolt Brecht)는 즐거움 속에 교훈을 담는다는 희곡 이론을 주장하였
다. 우의극 《선량한 쓰촨인》(1940) 《푼틸라 씨와 그의 부하 마티》
(1941) 《코카서스의 횟가루 재판》(1945) 등을 썼다.

이탈리아 피란델로(Luigi Pirandello)가 부조리극 《작자를 찾는 6인의
등장인물》(1921) 《하인리히 4세》(1922) 등을 써서 현실 세계에 대한
작가의 견해를 보여주었다. 유명한 동화작가 지아니 로다리(Gianni
Rodari)는 우의 깊은 《거짓말 나라 체험기》 등을 써서 현실을 풍자하였
다. 이탈로 칼비노(Italo Calvino)가 《우리들의 조상》 3부작을 썼다. 〈두
동강 난 자작(子爵)〉(1952) 〈바람난 남작(男爵)〉(1957) 〈존재하지 않은
기사(騎士)〉(1959)가 그것이다.

오스트리아 카프카(Kafka)가 표현주의적 대표작 〈변신〉(1912) 《판
결》(1918) 《성》(1922)을 완성하였는데 이 소설들은 모두 우언적 성격
을 지니고 있다. 그는 또한 단편우언을 쓰기도 하였다.

벨기에 상징주의 희곡의 대가 메테를링크(Maurice Maeterlinck)가
1908년에 우언식 몽환극 《파랑새》를 발표하였다. 또한 초현실주의 작
가 헬렌(F. Franz Hellens)은 1920년에 우언식 몽환소설 《용꼬리 발가숭
이 아가씨》를 썼다.

스위스 스트린드베리(Strindberg, 1849~1912)가 1902년에 쓴《몽환극》(*A Dream Play*)은 천신의 딸이 인간 속세에 내려왔다는 괴이한 경력을 통해 복잡한 인간관계를 반영하였다. 표현주의 희곡의 선구 작품이라 여겨진다.

덴마크 크라우센(S. Sophus Claussen, 1865~1931)이《우언집》(1917)을 썼다.

체코 차페크(Karel Čapek, 1890~1938)가 1920년에 공상과학극《로봇》(*Robot*)을 써서 사람들에게 물질문명의 기형적인 팽창을 방지해야 한다고 경고하였다. 또 1936년에《도롱농과의 전쟁》을 써서 독일 파시즘을 일찍부터 반대해야 한다고 세상 사람들에게 경고하였다. 이는 예리한 안목의 우언체 소설이다. 이 밖에 그는 독백식 우언도 썼는데 유머러스한 독백 몇 마디로 형상을 뚜렷하게 그려 놓았다.

헝가리 윌케니(István Örkény, 1912~1979)가 극(極)소형소설로서《1분 이야기 작품집》(*One Minute Stories*)을 썼다. 상징적 수법을 사용하여 기형적이고 황당무계한 사회현상을 조소하였다.

폴란드 로만 폴란스키(Roman Polansky, 1933~)가 1958년에 우언 흑백영화 〈두 남자와 옷장 하나〉를 감독·제작하였다.

미국 잭 런던(Jack London, 1876~1916)이 동물우언 소설 〈야생의 부름〉(The Call of the Wild, 1903)과 〈흰 송곳니〉(The White Fang, 1906)를 썼다. 유진 오닐(Eugene O'Neill, 1888~1935)은 희곡《머리털 난 원숭이》(*The Hairy Ape*, 1921)를 써서 상징적 수법으로 고독의 환멸감을 나타냈다. 사로얀(Saroyan, 1908~1981)이 1914년에《우언》을 출판하였다.

교육가 어스킨(1879~1951)은 1930년에 우언《신데렐라의 딸》을 출판하였다. 유명한 우언 작가 서버(James Thurber, 1894~1961)가 1940년에 편찬한《우리 시대의 이솝 우화 그림책》은 현대적 가치 관념을 반영하며 인간의 약점에 대해 평가하였다. 헤밍웨이(Hemingway)는 1952

년에 깊은 우의를 지닌 《노인과 바다》를, 올비(E. Edward Albee)는 부조리극 《동물원 이야기》(1960)와 《아메리칸 드림》(1961)을 썼다.

1960년대에는 '블랙유머' 즉 부조리소설이 생겨나서 황당한 이미지와 빈정거리는 태도로 현실을 반영하였다. 대표작으로는 조지프 헬러(Joseph Heller)의 《캐치-22》 등이 있다.

이 밖에 월트 디즈니(1901~1966)가 의인화된 동물을 애니메이션의 주인공으로 만들었다. 오스왈드래빗(Os-wald the Rabbit), 미키마우스(Mickey Mouse), 도널드덕(Donald Duck) 등 예술 형상을 성공적으로 그려놓음으로써 애니메이션이란 형식을 통해 우언에 새로운 활력을 주입하였다.

캐나다 제임스 리니(James Crerar Reaney, 1926~2008)가 1958년에 신화우언시 〈쐐기풀 옷〉(A Suit of Nettles)을 지었다. 그리고 박물학자 시턴(Ernest Thompson Seton, 1860~1946), '회색 부엉이(Grey Owl)'라는 필명으로 알려진 인디언 작가 베라니(Archibald Belaney, 1888~1938) 등이 많은 동물 이야기를 썼다.

라틴아메리카 마술적 사실주의(realismo magico)가 성행하고 있다. 대표적인 작가와 작품으로는 베네수엘라 작가 피에트리(Arturo Uslar Pietri)의 〈비〉와 〈도깨비불〉, 아르헨티나 작가 마티네스(Martinez, 1884~1975)의 〈미스터 멀티더〉와 〈미치광이들의 성모〉, 마르샬(L. Leopoldo Marechal, 1900~1970)의 장편우언 소설 《아담 부에노스아이레스》, 보르헤스(Jorge Luis Borges)와 코타자르(Julio Cortazar)의 단편소설, 과테말라 작가 아스투리아스(Miguel Angel Asturias)의 〈과테말라 전설〉, 멕시코 작가 룰포(Juan Rulfo, 1917~1986)의 〈페드로 파라모〉(Pedro Páramo, 1955), 콜롬비아 작가 마르께스(Gabriel Jose Garcia Marquez)의 《백 년의 고독》(1967) 등이 있다.

'마술적 사실주의'는 인디언이나 아랍의 오래된 신화, 전통적 우언 수법, 유럽 모더니즘 예술 등을 융합시켜, 신기하고 변화가 많은 야만의 세계를 묘사함으로써 깊은 우의를 나타냈다.

이 밖에 우루과이 단편소설가 퀴로가(H. Horacio Quiroga, 1878~1937)의 〈사랑, 실성, 죽음의 이야기〉(Stories of Love, Madness, and Death, 1917) 〈남미의 정글 이야기〉(South American Jungle Tales, 1922)에도 많은 우언이 들어 있다.

오스트레일리아 로손(Henry Lawson, 1867~1922)이 쓴 단편소설 300여 편 가운데는 우언식 극소형소설이 포함되어 있다. 오스트레일리아의 토착민도 오래된 동물우언을 보존하였다.

제3부

우언의 응용

제12장 우언과 인류 문화

우언은 인류 문화와 관계가 아주 밀접한 문체이며 문화의 비약을 보여주는 한 이정표이다. 인간이 원시 사유에서 이성 시대로 들어섰다는 것 자체가 아주 대단한 비약적 문화 발전이며 바로 이러한 가운데 우언이 나타났다. 이는 만물에 영혼이 있다는 신화의 관념을 '의인화' 수법으로 개조하고, 허구적 형식으로 이성적 정신을 나타냈다. 우언은 일종의 이성의 산물인 동시에 또한 인간이 이성 시대에 순조롭게 들어서도록 도와주었다.

또한 우언은 인간의 여러 문화적 성과를 담는 중요한 매체이다. 철학가·종교가·정치 활동가·교육가·문학가들이 모두 기꺼이 우언을 이용하여 자기주장을 천명하고 선전한다.

우언은 각 민족의 문화적 특징을 보여주는 거울이다. 민족 문화의 성과를 기록하고 전파하며, 이를 민중들에게 보급시켜 후세에 전한다. 이로써 영향이 깊은 전통적 역량을 형성하는 동시에 우언 자체에도 문화 전통의 갖가지 도장이 찍히는 것이다. 우언은 각 민족 문화교류의 경기병(輕騎兵)이라고 할 수 있는데, 특히 오래된 세계 3대 문화 체계 즉 중국·인도·그리스의 문화교류에서 선구적 구실을 하였다.

1. 우언과 철학

철학은 지혜의 학으로, 고도로 추상화된 이성적 학문이다. 우언은 철학과 함께 성장하고 번영하였으며, 또한 그것을 담는 중요한 매체였다. 서기전 10세기 중기에 인류 문화사에서는 찬란한 시대가 나타났다. 중국과 그리스, 인도에서 동시적으로 사상의 놀라운 발전이 일어난 것이다.

그리스에는 탈레스(B.C.624~547)·헤라클레이토스(B.C.540~470)·소크라테스(B.C.469~399)·데모크리토스(B.C.460~370)·플라톤(B.C.429?~347)·아리스토텔레스(B.C.384~322)가 있다.

중국에는 관중(?~B.C.645)·안영(?~B.C.500)·공자(B.C.551~479)·노자(미상)·묵자(B.C.468~376)·상군(B.C.390~338)·맹자(B.C.372~289)·장자(B.C.369~286)·순자(B.C.313~338)·한비자(B.C.280~233)가 있다.

그리고 인도의 석가모니(B.C.565~486)·바르다마나(B.C.528~468)와 고대 페르시아의 조로아스터(B.C.628~551)가 모두 인간 문화에 커다란 영향을 끼친 위인이다. 이들은 인류 문화가 신속히 발전해 가는 이 시대에 등장하였던 것이다.

우언은 바로 이러한 때에 황금시대를 맞이하였으며, 위에서 말한 문화의 대가들은 우언문학의 대변자나 창조자로서 활동하였다. 이는 우연한 현상일까? 절대 아니다. 왜냐하면 철학자들의 대거 등장과 우언의 창작은 모두 이성 발전의 필연적 결과이기 때문이다.

이성 시대의 발전에 따라 인간은 자연과 사회에 대해 과학적 탐색을 가속화했다. 사상가들은 자연과 사회의 여러 현상을 합리적으로 해석하고, 원시적 사유방식과 산물에 대한 신화적 해석을 청산하는 데도 노력하였다. 비록 그들이 택했던 방식은 서로 다르지만, 대부분 쉽사리 효과를 볼 수 있는 우언이란 도구를 사용하였다.

고대 그리스의 철인들은 호메로스(Homeros)와 헤시오도스(Hesiodos)를 비롯한 신화의 대변자들에게 이성이 결여되어 있다고 비난하고, 신화에 우의적인 해석을 더하면서 사람들에게 우언을 학습하라고 제안하였다. 이리하여 많은 동물 이야기가 우언으로 고쳐 씌고 이에 따라 나타난 《이솝 우화》도 매우 중시되었다.

앞서 말했듯이 소크라테스는 사형 판정을 받은 뒤 감옥에서 우언을 연구하며 이를 시가체로 고쳐 쓰기도 하였다. 그의 제자 플라톤은 우언을 빌려 추상적인 철리를 논증하였으며, 자신의 저서 《국가》에서 우언의 지위를 다른 문학작품보다 높게 매겼다. 플라톤의 제자 아리스토텔레스도 우언에 대해 연구를 하였으며, 그의 손제자 데메트리오스는 최초의 《이솝 이야기 집성》을 편찬하였다. 그리스의 학교들은 우언을 아동 교재로 사용하여 지혜를 계발하고 수사를 학습하도록 하였다.

중국의 철인들은 괴력난신(怪力亂神)을 언급하지 않고, 신화를 역사적으로 해석하는 신화역사화(神話歷史化)를 진행하였다. 이로써 황제(黃帝)로 대표되던 신화의 인물들은 모두 성군이나 어진 재상이 되어버렸다.

예를 들어보자. 《시자》(尸子)의 내용인데, 황제(黃帝)가 얼굴이 네 개[四面]라는 전설에 대해 자공(子貢)이 공자에게 물어보았다. 그는 '사면'을 '황제'와 의견이 같은 대신 네 명으로 해석하였다. 그들을 사방(四方)에 파견하여 지역을 다스리도록 하였더니, 그들의 언행이 굳이 꾀하지 않아도 '황제'와 일치하였다는 것이다.

또 《한비자》「외저설」(外儲說)편을 살펴보면, '기(夔)'가 발 하나[一足]만 있는 괴상한 신이라는 전설에 대해 노애공(魯哀公)이 공자에게 물었다. 그는 '일족'을 '기'라는 음악 수재가 단지 하나로도 충분하다고 해석하였다.

중국의 철인들은 많은 우언들을 창작하였다. 이 가운데에는 신화 제재의 원시 사유방식을 비판하고 이성적 정신을 주입하면서 개작한 우언이 포함되어 있다.

예컨대 《장자》의 〈곤붕변화〉(鯤鵬變化) 우언은 원래 하우(夏禹)시대에 기원이 있는 신화로 추정된다. 장자는 이를 이용하여 "자잘한 지식은 큰 지혜만 못하다[小知不如大知]"와 "존재 밖에서 노닐다[逍遙物外]"라는 철리를 설명하였다. 또 《장자》의 〈하백(河伯)과 해약(海若)〉은 황하와 바다에 관한 신화를 이용하여 공간이 끝이 없다는 이치와 상대주의 개념을 설명하였다. 그리고 《열자》의 〈우공이산〉(愚公移山) 〈과보축일〉(夸父逐日) 등도 신화를 이용하여 우언으로 개조한 것이다. 다음에 《장자》「지락」(至樂)편의 예를 분석해 보자.

> 옛날 해조(海鳥)가 노나라 교외에 와서 머물렀다. 노제후가 행차하여 종묘에 술잔을 올리고, 〈구소〉(九韶)를 연주하여 음악을 지피고, 소 잡는 태뢰(太牢)의 예를 갖추어 제수로 삼았다. 그러나 해조는 휘둥그레 쳐다보며 시름겨워하였다. 고기 한 점도 먹으려 하지 않고 술 한 잔도 맛보려 하지 않다가 사흘 만에 죽어버렸다.
>
> 이는 노제후가 제 봉양하는 식으로 새를 봉양했기 때문이요, 새 봉양하는 식으로 해조를 봉양하지 않았기 때문이다.

이 이야기는 노나라 제후의 어리석은 행동을 비판한 것이다. 노후는 해조를 신처럼 조상의 묘로 모셔 놓았다. 그를 위해 최고의 음악을 연주하기도 하고 소·양·돼지 공물을 바치는 제상을 차려놓기도 했지만, 해조는 그만 너무 어지럽고 놀라서 상심에 빠지고 결국 죽게 되었다. 자오페이린[1]의 견해에 기대어 보면 사실 노후에 대한 장자의 비판은 원시의 토템 숭배의식에 대한 것이기도 하다.

---

1) 자오페이린(趙沛霖): 《先秦神話思想史論》(北京: 學苑出版社, 2002)의 저자이다. 이 책의 제2부에서 신화의 이화(異化)로서 물점(物占)과 우언(寓言)의 기원을 논술했다.

《국어》(國語) 「노어(魯語) 상」편,《좌전》「문공 2년」조에 기록되기로는 해조는 봉황처럼 생긴 큰 새이며 일명 '원거(爰居)'이다. 상족(商族)과 진족(秦族)이 숭배한 현조(玄鳥)의 토템과 동일하다. 또《사기》「은본기」(殷本紀)편에는 "은(殷)의 설(契)은 어머니가 간적(簡狄)이다. …… 세 사람이 목욕하러 갔다가 현조가 알을 떨어뜨리는 것을 보았다. 간적이 그것을 취하여 삼켰다. 이로 말미암아 임신하고 설을 낳았다"고 되어 있다.

「진본기」(秦本紀)편에도 "진(秦)의 시조는 제(帝) 전욱(顓頊)의 후손으로 여수(女修)라는 자이다. 여수가 옷감을 짜는데 현조가 알을 떨어뜨려 여수가 삼키고 대업을 이룰 아들을 낳았다"고 하였다. 노후가 해조를 봉양한 방식은 토템 의식 때문에 종교적 색채를 지니는 제사로 변해버린 것이다.

《예기》「월령」편에는 "중춘의 달에 …… 현조가 이른다. 날아온 날에 태뢰로서 고매(高禖)에 제사하되, 천자가 친히 나가며 후비도 구빈(九嬪)을 거느리고 어거한다"고 씌어 있다. 여기서 '고매'는 곧 '간적'이다. '高' 자는 '郊' 자와 통하며, 교외 제사를 가리킨다. '禖' 자는 곧 '媒' 자이며 혼인과 후손을 관장하는 신을 의미한다.

따라서 노나라 임금이 해조에게 제사를 지낸다는 것은 전통적인 토템 관념의 표현이며, "제 봉양하는 식으로 새를 봉양했"다는 말은 새를 조상이나 신령으로 보았다는 것이다. 시대가 진보함에 따라 이성이 점점 각성되어 옛날에 신성하게 여겼던 의례가 익살스럽고 웃기는 행위로 변해버렸다. 적어도 사상이 앞서가는 사람들이 보기에는 그랬던 것이었다. 노 임금에 대한 장자의 조소는 사실 원시의 낙후된 의식에 대한 비판이었다. 그리고 이러한 비판을 이용하여 장자는 순전히 자연에 맡기라는 자기의 철학적 주장을 펴냈다.

인도의 철인들은 신화의 원시 자료를 이용하여 자신의 종교철학 체계를 세웠다. 불교의 창시자 석가모니, 자이나교의 창시자 바르다마나

(마하비라) 등이 모두 그랬다. 현존하는 몇백 개의 '불본생담'은 모두 신화와 동물 전설을 빌려 불교 교의를 편 것이다. 종교 교의는 비록 유심론적이지만, 모두 자각적이며 이성적 사고의 결과이다. 종종 풍부한 철리를 담고 있다는 점에서 신화와 다르다. 그것도 신화에 대한 비판적 개조인 셈이다.

이러한 방식은 적어도 고대에는 인도의 전체 문화에 커다란 영향을 끼쳤다. 라다크리슈난(Radhakrishnan, 1888~1975)의 《인도 철학》에서 "인도에서 철학은 본질적으로 유령(唯靈)적인 것이다. …… 인도의 모든 문화와 사상에 영향을 끼친 정신의 주요 특징은 바로 이러한 '유령'의 경향이다"라고 말한 바 있다.

우언은 생산된 뒤 바로 철학 사상의 중요한 매체가 되어 오늘날까지 줄곧 지속되어 왔다. 유명한 철학가 베이컨(Francis Bacon)이 《옛사람의 지혜》(*The Wisdom of the Ancients*, 1619)에서 이에 대해 다음과 같은 예리한 분석을 한 바 있다.

> 오늘날에는 평범해 보이지만 당시에는 새로워 보이고 별로 알려지지 않은, 인간 이성의 새로운 발견과 새로운 구조에는 많은 신화·우언·은유·비유·암시가 들어 있다. 이들은 숨기기 위해서가 아니라 알리고 가르치기 위한 것이다. 사람들의 마음이 아직 원시적이어서 예민하고 사변적인 일에 익숙하지 않고 심지어 인내심이 갖추어져 있지 않을 때, 어떤 의미에서는 감각기관을 직접 자극하는 사물은 받아들일 수 없었을 것이다.
>
> ─ (중략) ─ 오늘날이라 하더라도 사람들이 새로운 빛으로 인간의 이해력을 비추고자 한다면, 편견을 극복해야 할 뿐만 아니라 논쟁이나 악감정이나 반대 또는 소란에 이르지 않도록 해야 한다. 또한 필연적으로 위와 같은 길을 따라야만 하니, 즉 우언·은유·암시와 비슷한 방법에 도움을 구해야만 한다.

　베이컨 이후의 철학가, 예컨대 프랑스의 볼테르와 사르트르, 독일의 쇼펜하우어와 니체, 영국의 러셀 등과 같은 사람들은 사실 베이컨이 말한 바와 같이 "우언을 빌려" 그들의 철학적 주장을 폈다.

　볼테르와 사르트르는 우언소설이나 우언희곡을 써서 그들의 계몽사상이나 실존주의 철학을 폈다. 니체의 철학 저작《차라투스트라는 이렇게 말했다》(1883~1891)는 전체가 우언 형식을 취하였다. 고대 페르시아 배화교의 창시자 차라투스트라의 언행을 통해 자신의 초인 철학을 폈던 것이다. 쇼펜하우어와 러셀은 세상에 널리 알려진 단편우언들을 쓴 바 있다. 예컨대 쇼펜하우어의 명작〈겨울의 호저〉2)의 내용은 다음과 같다.

　　어느 겨울 밤, 눈이 많이 내려 산림 속의 호저3)들이 얼어 죽을 지경이었다. 뒤에 이들은 무너져 내린 집 한 채를 찾아 함께 들어갔다.

　　처음에 모두들 춥다고 느껴 한데 뭉쳐 따뜻함을 나누려고 하였다. 그러나 호저의 온몸이 가시투성이여서 모이자마자 떨어질 수밖에 없었다. 떨어진 뒤에는 다시 떨리니 또 한데 모여 따뜻함을 나누고 싶었다. 이처럼 여러 번이나 떨어졌다 모였다 하다 보니 드디어 적당한 거리를 찾아 서로 가시에 찔리지도 않고 따뜻함도 나눌 수 있게 되었다. 이대로 서로 아무 일 없이 밤을 보냈다.

　이 우언은 쇼펜하우어가 인생과 인간 사회에 대한 비관적인 결론을

---

2)〈겨울의 호저〉: 이른바 '고슴도치의 모순' 또는 '호저의 모순'이라는 명제를 만들어 낸 우언이다. 쇼펜하우어의 저작《추가와 보유》(*Parerga und Paralipomena*) 2권 31장에서 처음으로 제기되었다. 그는 사람이 내적으로 충분한 온기를 지니고 있다면, 사회적 상호 관계에서 오는 심리적 불안감의 주고받음을 피할 수 있다고 결론을 지었다.

3) 호저(豪豬, porcupine)에 대해서는 제2부의 각주 138번 참고.

나타낸 것이다. 그는 몹시 추운 날씨와 숲속의 무너진 집으로 인간 생활의 외부 환경을 비유하였다. 그 외부 환경은 인류를 위협하고 압박하여 사람들로 하여금 무리 지을 필요성을 깨닫게 했다.

그리고 작가는 호저를 인간 개체의 본성에 비유하였다. 호저는 가시를 통해 자신을 보호하는 한편으로 동족에게 상처를 입히기도 하니 서로 충돌하게 된다. 모이고 떨어지는 일을 여러 번 반복해야 서로 상처 없이 지낼 수 있는 거리를 찾게 되고 상대적인 사회 안정을 이루게 된다.

쇼펜하우어는 이 우언을 이용하여 인간 사회의 두 가지 기본적인 관계, 즉 인간 집단과 외부 환경의 관계 및 인간 집단과 내부 개체 사이의 관계를 고도로 개괄하였으며, 인간 사회가 모순적이면서 통일된 상태에 있다는 것을 드러내었다. 그러나 인간 본성에 대한 작가의 인식은 단편적이며 사회에 대한 인식도 유심론적이다. 인간 사회가 존재한다는 것은 생산 노동에 달렸다는 사실을 간과하였다.

물론 더 많은 철학가와 사상가들은 우언을 창작하기보다는 인용하여 자신들의 관점을 설명하였다. 또 그들은 우언의 원래 뜻을 인용할 뿐만 아니라 재창작하기도 하였다. 예컨대 《이솝 우화》에는 〈농부와 그의 아이들〉이란 우언이 있는데 다음과 같은 내용이다.

농부가 죽음을 맞이할 때 아이들에게 포도원에 황금이 묻혀있다고 했다. 그가 죽고 나서 아이들은 포도원의 곳곳을 팠으나 찾지 못했다. 그러나 땅을 깊이 갈게 되어서 오히려 포도를 몇 배나 많이 수확하게 되었다.

이 이야기의 원래 우의는 "부지런함은 사람들의 진귀한 보배"라는 것이다. 그러나 베이컨은 이를 이용하여 중세기의 연금술(鍊金術)을 평가하였다.

돌을 건드려 금을 만들지는 못했지만 그래도 무기산(無氣酸)을 발견하게 되어 화학의 발전을 촉진시켰다.

중국의 성어를 빌려 말한다면, "유심히 가꾼 꽃은 꽃피지 않고, 무심히 꽂은 버들은 버드나무 그림자 지네[有心栽花花不發 無心揷柳柳成陰]"라는 것이다. 베이컨의 해석은 이솝의 원뜻과는 다른 것이다.

또 하나의 예로 고대 그리스의 신화를 들 수 있다. 아탈란타(Atalanta)와 히포메네스(Hippomenes)가 달리기 시합을 하는 이야기이다. 히포메네스는 금 사과를 이용하여, 뛰는 속도가 빠른 여사냥꾼 아탈란타를 여러 번 노선에서 벗어나도록 유혹하고, 결국 그녀를 이김으로써 자신의 아내로 맞이한다.

이 신화는 원래 우의가 없지만, 베이컨은 오히려 이 이야기에 "기술과 자연이 경쟁한다는 것을 상징한다"는 우의를 부여하였다. 이는 사실상 신화를 우언으로 바꾼 일종의 창작적 해석이다.[4]

철학은 종종 우언과 떨어뜨릴 수 없으며, 우언은 더욱 철학과 떨어질 수 없다. 철학적 사고가 없었다면 우언이 나타날 수 없으며, 신화에서 독립할 수도 발전할 수도 없었을 것이다. 철학적 사고 능력이 결여된 우언 작가라면 훌륭한 우언을 써낼 수 없는 법이다. 양자는 서로 의존하는 관계라는 것이 분명하다.

---

4) 〔원주〕 이상은 베이컨의 《옛사람의 지혜》 가운데 〈아탈란타와 히포메네스 혹은 이익〉에 있는 내용이다.

2. 우언과 종교

종교는 초자연체에 대한 신앙이자 숭배이므로, 초자연체가 자연계와 인간 생활의 지배자라 여긴다. 그러나 그것은 사람들의 일상생활을 지배하는 외부 역량이 그들의 두뇌 속에 반영된 환상이다. 종교는 인간 사유가 직관적인 감성에서 이성적 사고로 옮겨가는 과도적 단계에서 나타났다. 이때 구체적 감각기관의 인상이 추상적 개념으로 이행하는 중간 과정에 바로 상징이 있다.

또한 종교는 원시적인 동식물 토템 숭배, 애니미즘 관념 등과 밀접한 관계를 가지고 있기도 하다. 이 모든 것은 이것을 빌려 저것을 의미하고, 동식물을 주인공으로 하는 우언을 종교가 선전 수단으로 애용하도록 하였다. 그래서 세계의 모든 유명한 종교, 예컨대 불교·도교·기독교·이슬람교 등은 모두 우언과 떼어놓을 수 없는 인연을 맺었다.

불교의 내용은 광범하지만 핵심적인 내용은 사성체(四聖諦)와 연기론(緣起論)이다. 사성체는 고(苦)·집(集/因)·멸(滅)·도(道)를 의미한다. 고체(苦諦)는 인간 세상의 생로병사(生老病死)와 같은 고통을, 집체(集諦)는 고통의 원인을, 멸체(滅諦)는 고통의 소멸을, 도체(道諦)는 고통을 소멸시키는 방법을 말한다.

또한 '연(緣)'은 관계와 조건을 의미하며 세상사의 모든 것은 관계와 조건으로 말미암아 일어난다는 것이다. "모든 법은 연 때문에 나타나며 연이 없어지면 법도 소멸된다". 따라서 '연기(緣起)'라고 하는 것이다.

불교에 따르면 주·객관 세계는 찰나생멸(刹那生滅)의 갖가지 요소의 집합체에 지나지 않으며, 이것이 이른바 '무아(無我)'와 '무상(無常)'이란 것이다. 뭇 중생이 무아무상의 이치를 모르며 개인이 집착적으로 탐하고 추구하는 것을 '혹(惑)'이라 한다. '혹'으로 말미암아 여러 종류의 '번뇌' 예컨대 탐욕, 불만, 미련함이 생기게 되고, 또 번뇌 때문에 여러

‘업(業)’이 나타나게 되어 생사윤회의 고통을 일으키게 된다. 고통을 소멸시키려면 반드시 청정하지 않은 연을 우선적으로 소멸시켜야 하며, 이로써 영원히 조용한 ‘열반’의 경지에 도달할 수 있다.

불교는 이같이 인생의 고통에서 벗어나는 길을 찾는 종교이다. 이러한 심오하고 복잡한 교의를 천명하기 위해 불교 전적에는 많은 우언들이 수록되어 있다. 후한(後漢)에 번역된 《잡비유경》에 수록된 우언 〈독 속의 그림자〉를 예로 들어보자.

옛날 어떤 장자(長者)의 아들이 장가를 들어 아내를 매우 사랑하였다. 남편이 부인에게 말했다.

"부엌에서 포도주를 가져와 함께 마시자."

부인이 가서 술동이를 열자 제 그림자가 동이 속에 있는 것을 보고는, 다른 여인이 있는 줄 여기고 크게 성이 났다. 돌아와 남편에게 말했다.

"당신은 여편네를 동이 속에 감춰두고는 나를 다시 맞이하였느냐?"

남편이 자기대로 부엌에 들어가 보았다. 동이를 열자 제 그림자가 보였고 거꾸로 자기 부인에게 성을 내며 남자를 감춰두었다고 여겼다. 두 사람이 서로 화를 내며 각자가 진실하다고 부르짖었다.

장자의 아들과 평소 친하게 지내던 한 바라문이 지나다가 들렀다. 부부가 싸우고 있어 그 이유를 물었다. 그래서 친구도 부엌에 가서 보니 역시 제 그림자를 보았고 장자의 아들을 원망하며,

"친한 사람을 동이 속에 나름대로 숨겨두고는 거짓으로 싸우는 체 하는가?"

라면서 화를 내고 가버렸다. 또 장자가 받들던 한 비구니가 있어 그들이 이처럼 다툰다는 소문을 들었다. 곧바로 가서 보니, 동이 속에 비구니가 있어 역시 성을 내며 가버렸다.

잠시 있다가 한 도인이 가서 보고는 이것이 제 그림자일 뿐이라는 걸

알았다. '훅' 한숨을 쉬며 탄식하였다.

"세인들이 어리석게 미혹되어 공(空)을 실(實)로 아는구나!"

다들 함께 들어와 보라고 불렀다.

"내가 너희들을 위해 동이 속의 사람을 끄집어내겠다."

큰 돌을 하나 들어 동이를 부쉈다. 술이 모두 흘러나오고 나니 아무 것도 없었다. 두 사람은 그제야 비로소 이해가 갔다. 정히 제 그림자라는 것을 알고는 각자 부끄러운 마음을 가졌다.

이 이야기에 등장하는 부부는 환영을 진실로 여겼다. 즉 불교에서 말하는 '무명연(無明緣)'이다. 이들은 세상에 '자아도 없고 변하지 않는 것도 없다'는 진상을 모르기 때문에 미혹과 고민이 생기게 되어 끝없이 혼란스럽고 스스로 고통을 초래하였다.

바라문과 비구니도 견식이 높지 않아 또한 초탈하지 못했다. 득도한 승려는 진상을 알아차려 동이를 깨뜨림으로써 청정하지 않은 연을 소멸시켜 미혹을 잘라버리고 진리를 증명하였다. 이는 짧은 우언이지만 불교 교의 가운데 근본적인 관념을 포함하였을 뿐만 아니라, 형상이 생생하고 재미있기 때문에 대중들에게 쉽게 받아들여졌다.

불교는 유파가 매우 많다. 부처 열반 뒤 100년쯤에 상좌부(上座部)와 대중부(大衆部)의 두 부파로 분리되었다. 그 뒤에 큰 부파는 또다시 여러 소부파로 분리되었는데 모두 '부파불교'로 통칭하였다. 서기 1세기쯤에 대승불교가 형성되었으며 이들은 부파불교를 소승불교라 불렀다. 중국으로 전해 온 불교는 주로 대승불교이며 8대종(宗)이 있다. 이 가운데 선종(禪宗)의 영향이 가장 커서 철학과 문학 등 여러 영역에 침투하였다.

명나라 말기 매자화(梅子和)의 《후서유기》(後西遊記), 청계도인(淸溪道人)의 《동유기》(東遊記), 동설(董說)의 《서유보》(西遊補)는 곧 선종

사상을 선전하는 3대 우언소설이다. 《후서유기》 제7회에서 "만파천류(萬派千流)가 한갓 호한하고 아득할 뿐이며, 조계(曹溪) 한 방울이 진정한 원천이다"라고 분명히 선포한 바 있다. 오늘날 광동성의 조계는 선종의 제6조 혜능(慧能)이 남종(南宗)을 창립한 곳으로서 늘 선종의 대명사가 되었다. 또 《동유기》는 더욱 직접적으로, 전설 속의 선종 창시자 달마(達磨)를 주인공으로 하였다. 선종의 신앙자들은 장편소설의 형식으로 종교 철리를 선전함으로써 불교사와 우언사에 새로운 장을 열었다.

도교는 '도'를 최고 신앙으로 삼는 중국의 전통 종교이다. 동한(東漢)의 장릉(張陵)이 창립하였는데, 그 철학적 기초는 선진(先秦)의 도가 학설이다. 장릉은 도교를 창립하면서 노자를 교주로 받들고 《노자상이주》(老子想爾注)를 지었다. 노자의 《도덕경》을 기본 경전으로, 허무항구(虛無恒久)한 '도'를 최고의 신앙으로 삼았다. 도교에서 말하는 허무수정(虛無守靜)·전신양성(全身養性)·수련성선(修鍊成仙) 등의 사상은 모두 노장사상에서 기원한 것이다. 예컨대 《장자》 「대종사」(大宗師)편에는 다음과 같이 씌어 있다.

대저 도(道)는 실정이 있고 미더움이 있으나 인위가 없고 형체가 없다. 마음으로 전할 수는 있어도 손으로 받을 수는 없고, 체득할 수는 있으나 볼 수는 없다. 그것은 스스로 바탕이 되고 뿌리가 되어 천지가 있기 전에 옛날부터 본디 존재했다. 귓것도 신령스럽게 하고 제왕도 신령스럽게 하며, 땅도 낳고 하늘도 낳았다. ― (중략) ― 해와 달은 그 도를 얻어 영원토록 쉼이 없다. ― (중략) ― 황제(黃帝)가 그 도를 얻어 구름 타고 하늘로 올랐다. ― (중략) ― 서왕모(西王母)가 그 도를 얻어 서쪽 맨 끝의 산에 앉았으되 누구도 그 처음과 끝을 알지 못한다.

　따라서 도교는 장자를 남화진인(南華眞人)으로 받들고,《장자》를
《남화진경》(南華眞經)으로 부른다. 또《열자》를《충허진경》(冲虛眞經)
으로 받든다. 그리하여《장자》의 우언과《열자》의 우언은 모두 도교
선교의 중요한 도구가 된다. 도교 경전의 집대성인《도장》(道藏) 가운
데 적지 않은 저작들이《장자》와《열자》의 전통을 이어받고 우언으로
이치를 설명하기를 좋아한다. 예컨대 당나라 말기의《무능자》(無能子)
세 권에서 중·하 권에 들어 있는 것은 거의 우언이다. 그 가운데 한 편
을 예로 들어보자.

　　번씨(樊氏) 일족에 나이 서른의 미남자가 있었다. 머리를 풀어헤치고
　질주하기도 하고, 종일 틀어박혀 말이 없기도 하였다. 그런데 말을 하면
　양을 말이라고 하고 산을 물이라 하여, 무릇 어떤 사물에 이름을 붙이는
　것이 그 보통 이름과 어긋나는 경우가 많았다. 그 집안과 마을 사람들은
　그를 미쳤다고 여기고 화제로 삼지 않았다. 무능자(無能者) 또한 그를
　미쳤다고 여겼는데, 하루는 숲속에서 만났다. 그에게 다가가 탄식하여
　말하였다.
　　"건장한 남자로다. 거기다 넉넉한 풍모인데, 애석하게도 이처럼 병들
　었구나!"
　　미친 자가 천천히 말하였다.
　　"나는 병이 없다."
　　무능자가 화들짝 놀라 말하였다.
　　"모자와 허리띠도 갖추지 않고 기거가 일정치 않으며, 만물의 이름을
　어긋나게 부르고 고향의 예절을 잊었으니, 이는 미친 것이다. 어찌 병이
　없다고 일컫는가?"
　　미친 자가 말하였다.
　　"모자와 허리띠를 착용하고 기거를 절도 있게 하며, 집사람을 사랑하

고 향리를 공경함이 어찌 나의 자연스러움이겠는가? 대개 예전에 멋대로 만든 자가 있어 그것에 문식을 가해 예로 삼았고, 사람들로 하여금 익히게 하여 지금에 이른 것이다. …… 한편, 만물의 이름도 어찌 자연으로 붙여진 것이겠는가? 맑은 것 위의 것을 하늘이라 하고, 대낮을 밝히는 것을 해라 하고, 밤을 밝히는 것을 달이라 한다. 그 밖에 바람, 구름, 비, 이슬, 연기, 안개, 서리, 눈이나 산악, 강, 바다, 초목, 날·길짐승이나, 화하이적, 제왕공후나 사농공상, 노비포로나 시비선악, 사정영욕 등이 모두 멋대로 만든 자가 억지로 이름 붙인 것이요. …… 억지로 이름 붙인 자도 사람이요, 나도 사람이라. 저쪽 사람은 어찌 억지로 이름을 붙이고, 내 쪽 사람은 무슨 까닭에 안 된다는 것이요? 그러니 모자, 허리띠, 기거를 내 뜻대로 취하고 버릴 수 있음이요, 만 가지 존재들을 내 뜻대로 나름 이름을 붙일 수 있는 것이라. 미쳤는지 아니 미쳤는지는 나 또한 알지 못할 일이니, 저 알지 못하는 자가 미쳤다고 여길 만도 하도다!"

이는 두 사람을 고의로 설정하여 문답을 만들어 놓은 한 편의 우언이다. 뒷날 왕령(王令)의 〈누리 꿈〉[夢蝗], 유기(劉基)의 〈매감자언〉(賣柑者言), 방효유(方孝孺)의 〈모기의 문답〉[蚊對]도 모두 이러한 형식을 취하였다. 그것은 봉건 예의와 풍속을 멸시하고 반역 사상을 가진 미친 자의 형상을 그렸다. 예법과 도덕을 비판하는 선진(先秦) 도가의 정신을 계승·발전시켰을 뿐만 아니라, 착취와 압박을 반대하는 초기의 도교 경전 《태평경》(太平經)의 반역 정신도 계승·발양하였다.

산문체 우언 말고도 소설·희곡 등의 형식으로 도교 사상을 편 사람도 있다. 예컨대 당(唐)의 이복언(李復言)이 쓴 전기(傳奇)인 《속현괴록》(續玄怪錄)의 〈두자춘〉(杜子春)은 도사가 단약(丹藥)을 만드는 것을 배경으로 하여 다음과 같은 내용을 묘사하였다.

두자춘은 도사에 따라 단로(丹爐)를 수호하면서 인간으로서 견뎌내기 어려운 온갖 고통과 시련을 참아냈다. "희노애구오욕(喜怒哀懼惡慾)을 모두 잊어버"렸지만 마지막 결정적 순간에 모자 사이의 사랑을 잊을 수 없어 끝내 놀라 소리를 질렀다. 그 결과 공을 이루기 직전에 단로는 훼멸(毁滅)되어 버렸다.

《전기》(傳奇)의 〈위자동〉(韋自東), 《하동기》(河東記)의 〈소동현〉(蕭東玄)도 이와 비슷한 우언을 꾸며내었다.

당나라의 유명한 심기제(沈旣濟)가 쓴 우언소설 〈침중기〉(枕中記)는 도사 여옹(呂翁)이 꿈을 빌려 공명을 지극히 좋아하는 노생(盧生)을 일깨우는 내용인데, 도교의 출세 관념과 신선사상을 대변하였다. 또 원나라의 유명한 희곡가 마치원(馬致遠) 등은 〈침중기〉를 잡극 〈황량몽〉(黃粱夢)으로 각색하였으며, 명나라의 유명한 희곡가 탕현조(湯顯祖)는 이를 다시 〈한단기〉(邯鄲記)로 각색하였다.

서기 전후에 창립된 기독교는 고대 히브리 유태교의 교의와 고대 그리스 플라톤 등의 철학 사상을 고치고 융합해 자신의 종교철학 체계를 세웠다. 기독교의 경전 《성경》은 《구약 성경》과 《신약 성경》 두 부분으로 나뉘는데, 전자는 히브리 성경으로, 후자는 그리스 성경으로 불리기도 한다.

《성경》 교의의 핵심은 하느님과 원죄(原罪)설을 신앙하는 것이다. 세계와 인류의 창시자이자 주재자인 상제(上帝: 하느님)는 당신의 형상대로 인류의 시조 아담과 이브를 만들어 에덴동산에 두었는데, 뱀의 유혹에 넘어간 그들은 하느님의 명령을 어겨 금과를 훔쳐 먹고 그 죄악으로 동산에서 쫓겨나게 되었다.

이 죄악은 인류의 원죄가 되어, 모든 죄악과 재앙의 근원으로 자리 잡았다. 기독교 신학의 입장에서 이 '죄'는 법률적 의미의 범죄가 아니다. 인간은 자기중심에서 벗어나지 못하고 자신부터 먼저 생각하는 무한한 욕망을 가지기 때문에 정신적으로 무한한 고통에 빠지게 된다. 이러한 속마음 상태는 태어날 때부터 가지고 있는 원죄이다. 여기에서 구속·해탈하려면 자신에 의지해서도, 타인에 의지해서도 안 되며, 오직 상제와 기독교를 신앙해야만 한다. 기독교를 믿는 사람이라면 사면을 받고 천국에 가서 영생을 누릴 수 있지만 믿지 않는 사람은 지옥에 버려져 영원히 징계를 받게 될 것이다.

정신적 의의를 놓고 말한다면, 상제를 신앙한다는 것은 인간으로 하여금 자기중심에서 신과 세상 사람들이라는 객관 세계로 전이하게 함으로써, 원죄에서 벗어나고 구제받게 되는 것이다.

기독교는 그 교의를 선전하려고 상징적 특색을 지니는 신화와 우언 이야기를 많이 사용하였다. 예컨대 〈선악과〉〈카인과 아벨〉은 '원죄'의 관념을 나타낸다. 〈바벨탑〉은 인간으로서 과분한 일을 해서는 안 되며, 속세에서 하느님을 신앙하는 것 이외에 '천국으로 통하는 길'은 따로 없다는 것을 설명하였다. 〈씨와 밭〉〈길 잃은 양〉〈열 처녀〉〈돌아온 탕자〉〈은화 열 냥〉 등의 우언은 이 책 제10장에서 이미 소개한 바 있다.

기독교는 서기 4세기에 로마 제국의 국교로 공인되었으며, 게르만인이 로마를 멸망시킨 뒤 기독교를 적극적으로 보급해 유럽을 지배하는 정신적 힘이 되었다. 이로써 법률·도덕·교육·문예·철학 또는 자연과학 등이 모두 기독교의 영향을 받게 되었다. 문학에서 상징과 우의를 강조하며, 늘 꿈에 기탁하여 현실을 반영하고 이상을 나타내며, 속세를 초월하는 경지를 추구하였다. 이러한 경향은 순수 우언 작품에 체현되어 있을 뿐만 아니라 그 밖에 다른 문학 명작에도 침투하였다.

순수 우언으로는 프랑스의 《장미 이야기》, 영국 랭런드의 《농부 피어스의 환상》, 스펜서의 《진주편》과 《요정 여왕》, 버니언의 《천로역정》 등을 들 수 있다. 우언이 침투한 경우로는 단테의 《신곡》, 밀턴의

《실락원》과《복락원》, 괴테의《파우스트》, 도스토옙스키의《카라마조프의 형제들》등을 들 수 있다.

이로 보아《성경》과 그 속의 우언들의 영향이 매우 크다는 것을 알 수 있다. 종교개혁 지도자 마틴 루터와 그의 추종자들이 우언을 직접 이용하여 종교개혁 사상을 폈다는 것은 다시 언급할 필요가 없다.

서기 7세기 마호메트가 창립한 이슬람교는 진정한 주님 알라(Allah)를 신앙하는 종교로서《코란》을 기본 경전으로 삼고 있다. 이슬람교는 아랍에서 일어나 세계 각지로 전파되어 중앙아시아, 서아시아, 북아프리카와 남아시아, 동남아 지역에서 여러 국가의 국교가 되었다. 이슬람교는 기독교, 유태교의 신앙을 반대하면서도 일부분 그 종교들의 영향을 받기도 하였다.

우언도 마찬가지이다.《코란》에는 우언 이야기가 드물지만, 제31장에는〈기소하는 피고와 원고〉라는 우언이 있다. 그 줄거리는《성경》「사무엘」편의〈양을 빼앗아 간 부자〉에서 소재를 얻은 것이다. 물론 그 우의는 달라서 진짜 주인에게 양을 돌려주고 공평하게 일을 처리해야 한다고 되어 있다.

마호메트가 작고한 뒤 이슬람교 내부는 여러 종파로 분열되었는데, 수니파(Sunni Muslim)와 시아파(Shi'a Muslim)의 양대 교파를 들 수 있다. 수피즘(Sufism)은 민간에 광범위하게 유행한 교파로서 7세기 말에 형성되었다. 이 교파는 신비주의의 특징을 지니고 있으며, 늘 은유를 사용하여《코란》을 해석하였고, 내심 수련과 깊은 명상으로써 신인합일의 경지에 도달할 것을 주장하였다. 수피즘은 우언으로 그 종교적 이치를 나타내기를 가장 좋아하였다.

13세기 페르시아의 시인 아타르가 쓴 유명한 장편우언시《새들의 회합》은 새 30마리가 온갖 어려움과 위험을 두려워하지 않고 목숨을 바쳐가면서 새의 왕 봉황을 찾아나서는 내용이다. 결국 그토록 찾고 싶었

던 왕은 정작 이 서른 마리 새들의 형상을 모두 지니고 있음을 발견한
다는 것을 묘사하였다.

새 30마리가 봉황을 찾는 과정은 수피즘의 자아 수련 과정을 나타내
며, 마지막 결과는 알라신과 인간의 합일된 경지를 상징한다. 아타르의
영향을 받은 유명한 시인 루미도 5만여 줄의 서사시 《마스나비》를 썼
다. 이 작품은 많은 양의 신화와 우언을 통해 종교 철리를 천명하였다.
이슬람교도들은 이 작품을 경전으로 받들고 '지식의 바다'라 부른다.

14세기 터키의 시인 아셔커 파샤는 장마다 특수한 우의를 가진, 10장
으로 구성된 장편우언시 〈타관의 유랑자〉를 썼는데 이슬람교 신비주의
의 백과전서로서 존숭되었다.

다른 종교들도 종종 우언을 사용하였다. 예컨대 자이나교에서도 교
주 마하비라의 본생담을 가지고 있는데 불교의 '불본생담'과 비슷하다.
《구약 성경》은 본래 유태교의 경전인 만큼 그 우언 이야기도 유태교를
위한 것이며, 뒷날 기독교가 활용한 것이다.

3. 우언과 정치

정치는 경제를 집중적으로 나타내는 것으로, 국가의 모든 큰 사건과
관계된다. 한 국가의 정치 상황은 그 국가의 근본적 상황을 반영하며
상부구조의 각 영역을 제약한다. 현실에 대한 우언의 반영과 간여는 많
은 경우 곧 정치에 대한 반영과 간여인 것이다.

일반적으로 우언, 더욱이 페이블형 우언은 현실을 직설적으로 묘사
하지 않는다. 설사 직설적으로 묘사하더라도 아주 간략하다. 현실을 절
실하게 묘사하는 점에서는 우언이 소설이나 희곡 등의 갈래만 못하다.
그러나 우언은 종종 현실의 정수를 섭취하여 각종 인물의 생김새를 간

략하게 그려내 적은 묘사로 큰 효과를 보이니, "다하지 못한 뜻을 말 밖에 나타낸다"는 식이다. 비록 한두 마디밖에 없는 체코 작가 차페크 (Karel Čapek)의 독백, 초미니 우언이더라도 심각한 정치 내용을 반영할 수 있다. 다음 예를 보도록 하자.

> 가시나무: 이 화원이 황량하다는 것은 아니겠지? 나라면 그렇게 말하지 않을 거야.

몇 마디 안 되는 우언이지만 오히려 파시즘의 극단적인 독단과 반동 문화정책을 심각하게 반영하였다. 히틀러가 정권을 잡게 된 뒤 진보적인 인사들을 박해하고 책 태우기 운동을 개시하여 문단은 지극히 황폐해졌다. 그러나 극히 악명 높은 히틀러의 책《나의 투쟁》은 오히려 경전으로 받들어져 집집마다 전부 보유하고 있었으니, 황량하지 않을 뿐만이 아니라 오히려 번화함이 극에 달했다고 할 수 있다.

온갖 꽃들이 시들고 가시나무가 떨기로 생겨나니 딱 그런 상황이 아닌가? 우리는 작가의 뛰어난 개괄과 상상력에 탄복하지 않을 수 없다. 더구나 '가시나무'의 심각성은 선악이 대립한다는 진리를 근본에서부터 드러내면서, 나쁜 세력이 아름다운 사물을 말살함을 꾸짖었다는 데 있다. 따라서 이 작품은 현실을 철리의 수준으로 승화시켰다고 말할 수 있다.

바로 이러한 이유로 이 작품의 사상적·예술적 생명력이 아주 강해져 사람들로 하여금 여러 비슷한 상황을 연상케 하였다. 예컨대 중국의 '십년동란(문화대혁명)' 시기에 사인방이 실시한 문화전제주의 정책과 그들이 "형세가 아주 좋다"고 큰소리로 부르짖었던 추악한 모습은 일찌감치 차페크가 '가시나무'의 가시못으로 치욕의 기둥에 못 박은 것이 아닌가? 이로 보건대 우언도 현실을 반영한다. 다만, 우언의 문체적 특징상 신사(神似) 즉 정신적 조응에 초점을 맞출 뿐이다.

문학은 종종 시대의 바로미터이다. "국가의 불행은 시인의 행운이다. 뒤바뀌는 세상 읊조리자니 시구가 공교해진다"고 조익은 〈제유산시〉에서 읊었다.5) 우언이 번영하는 시대는 곧 사회의 중대한 변혁이 일어나거나 일어날 시대이다. 인도 우언의 번영은 하층 민중이 카스트 제도를 반대하는 시기에 나타났다. 당시 브라만교와 브라만교가 옹호하는 카스트 제도를 반대하는 새로운 종교, 즉 불교와 자이나교가 등장하자 우언은 그들의 사상을 펴는 데 사용하는 도구이자 투쟁 무기가 되었다.

중국의 우언 창작에서 몇 차례의 전성기도 모두 시대적 변혁과 관련되어 있다. 최초의 창작 전성기는 춘추전국시대에 나타났다. 당시는 "왕권이 미약하고 제후가 정치를 강하게 간섭하던" 시기였다. 두 번째는 당나라 중기에 나타났으며 당시는 군웅할거(群雄割據)와 내우외환의 시기였다. 세 번째 전성기의 첫 파고(波高)는 원말 명초에 일어났다. 당시는 민족 압박을 반대하는 불씨가 지하에서 지펴지면서 곧 폭발하려고 하던 시대였다. 둘째 파고는 명 중엽 이후에 나타났다. 당시에도 각종 사회모순이 격화되고 자본주의 요소가 형성되어 갔다. 최후에는 만주족이 산해관(山海關)을 넘어 들어와 민족모순이 더욱 격화되어 간 시대였다.

현실, 더욱이 정치 상황을 반영하는 데에는 여러 우언들 사이에 차이가 있다. 이치를 설명하는 데 초점을 맞추는 우언은 도덕교훈을 선전하거나 철리를 천명하므로 현실 정치와 관계가 소원하다. 이와 반대로 풍

---

5) 조익(趙翼)의 〈제유산시〉(題遺山詩): 조익은 청나라의 사학가이자 대문장가이다. 자는 운송(雲崧), 호는 구북(甌北)이다. 양호(陽湖) 사람으로, 건륭 신사년(1761)에 진사(進士) 3등으로 급제하여 편수관에 제수되고 귀서병비도(貴西兵備道)를 역임했다. 저서로는 《구북집》(甌北集) 《해여총고》(陔餘叢考) 등이 있다. 금말(金末)의 원호문(元好問)에 대해 〈題元遺山詩〉에서 "身閱興亡浩劫空, 兩朝文獻一衰翁. 無官未害餐周粟, 有史深愁失楚弓. 行殿幽蘭悲夜火, 故都喬木泣秋風. 國家不幸詩家幸, 賦到滄桑句便工"이라 했다.

자에 초점을 맞춘 우언은 현실생활의 인간과 사물을 풍자하므로 정치와 관계가 비교적 밀접하다.

예를 들어보자. 사물을 떠나 소요의 이치를 설명하는 《장자》의 〈곤붕척알〉(鯤鵬斥鴳)이나, 양생 방법을 설명하는 〈포정해우〉(庖丁解牛)는 정치와 관계가 소원하다. 이와 달리 벼슬자리를 탐내는 〈솔개와 봉황〉[鴟與鵷鶵]이나 파렴치한 관료를 풍자하는 〈똥구멍 핥아 얻는 수레〉[舐痔結駟]는 모두 정치와 밀접한 관계를 가진다.

또 《이솝 우화》의 〈북풍과 태양〉은 설복(說服)이 종종 억압하여 복종시키는 것보다 효과가 있다는 이치를 천명하였다. 〈거북이와 토끼〉는 분발하여 향상하고자 하는 사람이 자기 재능만 믿고 자만하는 사람을 이길 수 있다는 이치를 말하였다. 이들은 현실 정치와 관계가 멀다.

이와 달리 강자의 난폭함과 악독함을 묘사하는 〈이리와 양〉, 약자의 복수를 묘사하는 〈매와 말똥구리〉는 현실 정치와 관계가 밀접하다. 역사적 기록에 따르면 당시 그리스에는 많은 노예제 도시국가가 세워졌다. 이들은 자국 민족의 빈민들을 압박하는 한편 대외 확장을 꾀하여 피정복 지역의 거주민들을 노예로 전락시키고 잔혹하게 착취하였다.

예컨대 스파르타는 피정복 지역의 헤롯(Helot)을 압박하고 착취하는 것을 모든 정책의 출발점으로 삼았다. 헤롯으로 하여금 반 이상의 수확물을 내놓으라고 핍박하고, 해마다 한 번씩 선전포고를 하며, 갑자기 헤롯 지역을 수색하여 체포하고 반항 혐의가 있는 사람을 제멋대로 죽였다. 헤롯의 반항 투쟁도 아주 격렬하였으며 규모가 가장 큰 봉기는 19년 동안이나 지속됐다. 이런 내용이 바로 〈이리와 양〉 등에 간접적으로 반영된 현실이다.

우언에서 현실을 얼마나 깊고 또 심각하게 반영할 수 있는지는 우언 작가의 창작 원칙이나 방법과 밀접한 관계를 가진다. 중국의 작가 유종원은 당나라 중기에 정치혁신운동과 고문운동(古文運動)이라 불리는 문

학혁신운동에 적극적으로 참여하였다. 그는 "글이란 도를 천명하는 것
이다"라고 주장하여 정치 현실을 적극 반영하였다. 때문에 그의 우언
명작은 대부분 당나라 중기 현실 정치생활의 축소판이다.

〈시충을 욕하는 글〉[罵尸蟲文]은 도교의 전설을 빌려 온갖 나쁜 짓을
저지르는 환관을 규탄하였다. 〈채찍 장사〉[鞭賈]는 시장을 빌려 무능한
관료를 풍자하였다. 〈등짐 벌레전〉[蝜蝂傳]은 벌레를 빌려 이익과 욕망
에 정신이 팔려 있는 통치 집단을 책망하였다. 그리고 〈어부와 지백〉
[設漁者對智伯]은 고래를 빌려 제멋대로 횡폭하게 날뛰는 번진(藩鎭)을
견주어 비난하였다. 〈큰 곰〉[羆說]은 사냥꾼의 비극을 빌려 번진을 통해
번진을 다스리는 당나라의 잘못된 정책을 풍자하였다. 〈삼계〉(三戒)는
동물의 경우를 통하여 영정혁신(永貞革新)이 실패하게 된 교훈을 총괄
하였다.

러시아의 유명한 우언 작가 끄르일로프는 19세기 현실주의 문학의
선구자였다. 때문에 고골리가 평가하기를, "그의 작품 곳곳에 러시아가
들어 있으며 곳곳에 러시아적 분위기를 풍기고 있다"고 했다. 끄르일로
프의 우언은 러시아의 전제 정치를 냉혹하게 비난하였으며, 어떤 우언
은 당시의 일을 직접 투영하기도 하였다.

예컨대 〈춤추는 물고기〉는 짜르 황제가 전국을 순시하는 것을, 〈얼
룩 양〉은 정부가 상트페테르부르크 대학에 심한 손상을 주었다는 것을,
〈사중주〉는 내각을 조직하는 데 일어난 분쟁을, 〈사자의 교육〉은 알렉
산드로스 1세가 프랑스의 교육 방식을 맹목적으로 모방했다는 것을 각
각 투영하였다.

1812년 호국전쟁 시기에 쓴 〈재물을 나누다〉 〈고양이와 주방장〉
〈승냥이 굴에 빠져든 개〉 〈화물 운송하는 병참대〉 〈준치와 고양이〉
〈까마귀와 암탉〉 등은 더욱 직접적으로 현실에서 영감을 얻어 왔다. 이
들은 침략자와 무능한 통솔자, 큰소리치지만 승진에 몸이 달아 서두르

다 패전만 하는 고급 장교 등을 풍자하는 한편으로 국민들의 애국정신, 노련하고 신중한 애국 노장 쿠트조프(Kutuzov)를 노래하였다.

우언은 현실의 정치 관계를 반영할 뿐만 아니라 정치생활에 적극적으로 간여하여 비수나 투창 같은 구실을 하기도 한다. 러시아의 유명한 희곡가 그리뽀예또프(Alexandr Griboyedov, 1794~1829)의 대표작 〈지혜의 고통〉에는 다음과 같은 유명한 대사가 있다.

> 만약 우리들 가운데서
> 내가 검사관으로 임명된다면
> 난 반드시 가장 먼저 우언을 박해하겠어.
> 어이, 우언은 우리의 불구대천의 적
> 우언은 끊임없이 사자 왕과 매 왕을 조소한다!
> 당신이 그건 짐승이라고 아무리 강조하더라도.
> 여하튼 모두 짜르를 풍자한 거야.

우언이 정치에 간여하는 방식은 풍자에 국한되지 않는다. 그것으로 설복시키거나 칭송하거나 주장을 내놓는 방식도 있다. 끄르일로프는 그의 작품에서 쿠트조프 장군의 항전 전략을 칭송한 바 있다.

중국 선진시대의 《전국책》(戰國策) 우언은 좀 과장된 말일 수도 있겠지만 이 방면에서 적지 않은 업적을 남겼다. 「위책(魏策) 4」에서는 위왕(魏王)이 조(趙)나라를 공격하고자 전쟁을 개시하려고 했지만, 계량(季梁)은 이를 원하는 바와 어긋나는 어리석은 행위라고 〈남원북철〉(南轅北轍)이란 우언을 말했다.

「연책 2」에서는 조왕(趙王)이 연(燕)나라를 공격하려 했지만, 소대(蘇代)는 싸우는 쌍방이 모두 손상을 입어 강한 진나라에게 틈을 보이게 될 것이라고 판단하고 〈휼방상쟁〉(鷸蚌相爭)이라는 우언으로 조왕을 말렸다. 「연책 1」에서는 연소왕(燕昭王)이 재덕을 겸비한 사람을 구하여 연나라를 중흥시키고자 했는데, 곽외(郭隗)가 〈매준골〉(買駿骨)이라는 우언을 말해 주었다. 「제책 1」에서는 제위왕(齊威王)이 사람에 둘러싸여 널리 의견을 받아들이지 못하므로, 추기(鄒忌)는 〈규경자시〉(窺鏡自視)라는 우언으로써 충언을 받아들이라고 권하였다. 이 우언들은 모두 전쟁을 저지하거나 내정개혁을 추진케 하는 즉각적 효과를 보았다.

명나라 유기(劉基)의 우언은 종종 작가 자신의 정치 주장을 나타낼 뿐만 아니라 그것을 실천에 옮겼다. 그는 원나라 말기의 농민봉기 상황을 예견하여 〈저공실저〉(狙公失狙)를 썼다. 또 그는 원나라의 통치자가 인재를 압살하는 인종 차별 정책에 반대하고자 〈천리마〉(千里馬)를 썼다. 다음에 그의 복합우언 1편을 보도록 하자. 《욱리자》의 「레몬」[枸櫞] 편이다.

초나라 왕은 영윤(令尹) 예여신(芮呂臣)이 능력 없다고 근심하여 제거하려 마음먹고 의신(宜申)을 찾아갔다. 그는 안 된다고 했다. 왕이 왜 그런가 묻자 의신이 말했다.

"영윤은 초나라 재상입니다. 나라의 큰일 가운데 재상을 임명하는 것보다 더 큰 것은 없으니, 가볍게 해서는 안 됩니다. 지금 왕께서 재상을 제거하시려면 반드시 먼저 대체할 사람을 고르십시오. 사람이 있어야만 그럴 수 있습니다!"

왕이 찡그리며 말했다.

"영윤이 초나라 재상 노릇하기에 부족함은 여러 대부와 나라 사람들이 알 뿐만 아니라 귀신들까지 알고 있다. 대부만 홀로 안 된다고 여기니 과인이 미심쩍도다."

의신이 말했다.

"그렇지 않습니다. 우리 마을에 큰 집이 있는데 들보가 좀이 먹고 무너져 바꾸려고 목수 장이(匠爾)를 불렀습니다. 그러자 장이가 하는 말이 '들보가 좀이 슬었으니 바꾸지 않으면 안 된다. 그러나 반드시 먼저 재목을 구해야 한다. 그렇지 않으면 아직은 안 된다'는 것입니다. 그 사람이 감당하지 못하여 곧 다른 목수를 불렀더니, 여러 작은 나무를 묶어 들보를 바꾸었습니다. 그 해 겨울 동짓달에 대설이 내렸는데, 들보가 부러지고 집이 무너져 내렸습니다. 이것이 제가 아직은 안 된다고 말씀드린 까닭입니다."

《욱리자》는 유기가 원나라 말기 청전산(靑田山)에 은거하면서 시국의 변화를 조용히 기다리고 있었을 때 쓴 것인데, 위 작품은 대신 임용이란 중대한 정치 문제에 대한 작가의 생각을 반영하였다. 뒤에 그는 명태조(明太祖)의 천하통일을 보좌하였다. 승산을 가진 듯 지휘하고 바람과 구름을 부리듯 호령하는 당당한 인물이 되면서, 그가 《욱리자》에서 표현했던 많은 주장들을 실천하였다.

명나라 건국 뒤 주원장(朱元璋)은 이선장(李善長)을 재상으로 임용한 지 얼마 되지 않아 다른 사람으로 바꾸고 싶어 했다. 유기에게 의견을 물었더니 안 된다고 했다. 주원장이,

"이선징이 줄곧 자네와 불합하였는데 왜 바꾸기를 반대하는가?"

라고 하니, 유기가 답하기를,

"이는 나무 바꾸는 것과 같습니다. 모름지기 큰 재목을 구해야 합니다. 만약 작은 나무들을 묶어 쓴다면 장차 무너질 것입니다."

라고 하였다. 나중에 유기의 의견은 과연 들어맞았다.

이는 《명사》(明史) 「열전(列傳) 16」에 실린 역사 이야기인데 《욱리자》 우언의 복제품이라 할 수 있다. 유기는 우언으로 정치적인 주장을

펼치고 나중에 또 실천에 옮겨 놀랄 만한 통찰과 예견력을 보여주었다. 따라서 후세의 민간설화에서는 종종 그를 신격화하였다.

위의 예들을 통해 우언이 정치와 밀접한 관계를 가진다는 것을 알 수 있다. 이 밖에 우언을 창작한 것은 아니지만, 여러 경우에 우언을 빌려 자신의 견해를 천명하는 정치가들도 많다. 후화이천(胡懷琛)은《중국 우언 연구》에 다음과 같은 일화를 기록하였다.

한번은 손중산(孫中山)이 일본 고베(神戸)에서 열린 여러 단체의 환영회에 가서 연설을 하였다. 거기서 다음과 같은 우언을 말하였다.

"옛날에 광저우(廣州)에 각각 갑과 을이라고 하는 두 친구가 있었다. 을은 노비 출신의 시골 사람이었다. 어느 날 갑이 을에게 식사 대접을 하겠다고 하여 같이 나갔는데, 길에서 을의 시골 양반을 만나게 되었다. 주인이 허세를 부리며 을에게 우산을 대신 들고 따라오도록 하였다. 이 광경을 본 갑은 슬그머니 뺑소니칠 수밖에 없었다. 갑은 을의 친구였지만 을이 노예의 지위에서 벗어나도록 도와주지는 못하고 단지 을에게 밥이나 사주기만 하였다. 그러나 이런 성의는 을에게 아무런 이득이 없고 표면적인 허례허식에 지나지 않았다."

손중산은 이 우언을 빌려서 일본이 늘 화목하게 지내자는 구호를 외치지만 중국에게 아무런 실제적 도움이 안 된다는 것을 암시하였다.

요컨대, 우언은 정치 현실을 반영하고 정치 주장을 드러내며 정치생활에 적극적으로 간여하여 종종 좋은 효과를 거둘 수 있다. 그래서 정치 활동가들과 우언 작가들은 모두 우언을 중요시한다.

4. 우언과 문학

앞에서 '우언과 기타 문체'에 대해 논의할 때 이미 우언과 문학이 밀접한 관계를 가진다는 점을 지적했다. 우언은 일종의 주변 문체이기에 문학성을 지니면서도 비문학성을 지니기도 한다. 또 침투성이 매우 강하기에 고금동서의 각종 문학작품에 스며들어 갔다. 다른 시각에서 본다면, 우언은 매우 강한 흡수력을 지니고 있어, 다른 작품의 예술적 표현 수단을 받아들였다고도 말할 수 있다.

예컨대 우언희곡과 우언소설은 우언이 희곡이나 소설에 침투했다고 말할 수 있다. 즉 희곡이나 소설이 우언의 수법을 흡수한다는 뜻이다. 한편 우언이 희곡이나 소설의 수법을 받아들였다고도 말할 수 있다. 요컨대 그들은 서로 침투하고 서로 흡수한다.

그렇기 때문에 세계의 문학 권위자들은 모두 많든 적든 우언과 관계를 맺고 있다. 그 가운데서 우언 창작에 적극 참여한 사람도 있고 작품 속에서 우언의 정신과 수법을 흡수한 사람도 있으며 두 가지 경우를 모두 겸한 사람도 있다.

그렇다면 명성이 매우 높은 인물의 리스트를 작성할 수 있다. 예컨대 중국의 맹자(孟子), 장자(莊子), 한비자(韓非子), 굴원(屈原), 송옥(宋玉), 가의(賈誼), 사마천(司馬天), 조식(曹植), 도연명(陶淵明), 두보(杜甫), 백거이(白居易), 한유(韓愈), 유종원(柳宗元), 이고(李翶), 구양수(歐陽修), 왕안석(王安石), 사마광(司馬光), 소식(蘇軾), 마치원(馬致遠), 유기(劉基), 송염(宋濂), 풍몽룡(馮夢龍), 오승은(吳承恩), 탕현조(湯顯祖), 포송령(蒲松齡), 공자진(龔自珍), 오견인(吳趼人), 루쉰(魯迅), 후스(胡適), 마오둔(茅盾), 유럽의 아리스토파네스(Aristophanes), 아풀레이우스(Apuleius), 단테(Dante), 초서(Chaucer), 다빈치(da Vinci), 라블레(Rabelais), 세르반테스(Cervantes), 스펜서(Spenser), 베이컨(Bacon), 라퐁텐(La Fontaine), 버니언

(Bunyan), 스위프트(Swift), 볼테르(Voltaire), 레싱(Lessing), 괴테(Goethe), 끄르일로프(Krylov), 그림(Grimm) 형제, 안데르센(Andersen), 시체드린(Shchedrin), 톨스토이(Tolstoy), 입센(Ibsen), 와일드(Wilde), 스트린드베리(Strindberg), 메테를링크(Maeterlinck), 키플링(Kipling), 고리키(Gorky), 카프카(Kafka), 브레히트(Brecht), 차페크(Čapek) 등과 모더니즘의 많은 대표 인물들이 있다.

우언의 발전과 문학사조의 발전은 놀라운 동시성을 보여준다. 유럽 우언의 발전이 바로 그러하다. 인문주의 사상을 선전하는 르네상스의 영향 아래 다빈치 우언이 나타났으며, 프랑스에서 한 시대를 풍미하던 17세기 고전주의의 영향에서 그 대표작으로 라퐁텐 우언이 나타났다. 맹렬한 폭풍처럼 돌진하는 18세기 계몽운동의 영향 아래 레싱을 대표자로 하는 일부 우언 작가들이 등장하였다. 거대한 승리를 거두었던 19세기 현실주의에 발맞춰 러시아 현실주의의 주춧돌이 되는 끄르일로프 우언이 나타났다. 20세기 모더니즘이 우후죽순처럼 나타났고 카프카를 비롯한 각 파의 대표 인물들이 서로 다투어 우언이나 그 수법을 이용하였다.

중국도 마찬가지이다. 당송의 고문운동은 당송 우언 창작의 전성기를 가져왔으며 유종원, 소식과 같은 우언 대가들을 등장시켰다. 명나라 중엽 이후 문학은 세속 생활과 가까워지게 되어 골계우언과 우언희곡, 장편우언 소설이 나타났다. 청나라 말기에 부르주아 개량주의자들이 소설계 혁명을 일으켰으며, 견책(譴責)소설의 대표 작가 오견인이 우언집《재치 있는 말》[俏皮話]을 썼다. 5·4 신문화운동은 변혁, 과학과 민주, 백화문을 제창하였으며 외국문학을 배우기를 주장하였으니, 루쉰의 우언 등을 낳았다.

문학은 언어의 예술이다. 우언은 수사와 풍부한 어휘 방면에서 특별한 구실을 하였다. 고대 그리스의 문학가와 연설가는 우언을 수사적 수단으로 보았다. 아리스토텔레스가 《수사학》에서 지적하기를, 예증 변론은 연설 기술로서 연구해야 할 양대 문제 가운데 하나인데, 이에 우언은 주요 수단의 하나라고 하였다.

또한 그는 스타시쿼루스와 이솝이 우언을 이용하여 청중을 성공적으로 설득시켰던 예를 들었다. 지적하기를, "대중 집회를 위한 축사에서는 우언을 사용하는 것이 적당하다. 그리고 우언이 가지고 있는 장점은 상대적으로 쉽게 허구화할 수 있다는 것이다"라고 하였다.

프랑스의 유명한 우언가 라퐁텐이 〈우언의 위력〉이란 우언시를 써서, 고대 그리스의 아테네 성읍의 한 연설가 이야기를 기술하였다. 아테네 성읍이 위험에 직면했을 때, 이 연설가는 강단에 달려가 웅변의 재능을 발휘하여 인민들이 자신의 공화국을 사랑하도록 했지만 설득시키지 못했다. 그래서 그는 방식을 달리하여 우언 이야기를 들려주었더니 효과를 보았다는 것이다.

이 이야기는 인민을 대오각성하게 만들어, 그들이 모든 힘을 다하여 돕겠다고 연설가에게 다짐하게 하였다. 이 모든 성과는 우언의 신비로운 필치 덕분이다.

우언은 어휘를 풍부하게 하는 능력이 강하다. 이 책의 제9장에서 중국 선진 우언을 소개할 때, 그 우언들이 성어(成語)로 전환된 예를 많이 들었다. 이번에는 외국의 상황을 말하고자 한다. 유럽 각국의 성어(成語) 전고(典故) 가운데 그리스 신화·성경 이야기·이솝 우화에서 전환된 것이 절대적으로 우세를 차지한다.

예컨대, 말하기는 쉽지만 실천하기가 어렵다는 것을 비유한 'The crab and its mother(새끼 게와 어미 게)', 본모습이 완전히 드러난다는 것을 비유하는 'The dancing monkeys(춤추는 원숭이)', 실패를 인정하지 않음을 비유하는 'The grapes are sour(포도가 실거야)', 서로 도와 공존할 수 있다는 'The horse and the ass(말과 나귀)', 주제 넘는다는 것을 비유하는 'The lamp(전등)', 나쁜 짓거리가 피장파장이라는 비유의 'The wolf and the lion(늑대와 사자)' 등은 모두 《이솝 우화》에서 온 것이다.

우언이 문학에 끼친 가장 중요한 시사점은 깊은 뜻을 담도록 노력해야 한다는 것이다. 헤겔의 《미학》 제1권에 인용된 바에 따르면, 괴테는 다음과 같이 말하였다고 한다.

옛사람의 가장 중요한 원칙은 깊은 뜻을 간직한다는 것이다. ―(중략)― 우언과 같이 그 속에 담고 있는 교훈이 바로 깊은 뜻이다.

중국의 문학 평론가들도 이와 같은 인식을 갖고 있다. 유희재는 《예개》6) 권1에서 다음과 같이 말한 적이 있다.

장자(莊子)는 진실을 허탄함 속에 깃들이고, 알맹이를 가뭇함 속에 깃들였다. 여기에서 우언의 묘가 나타난다. ―(중략)―

후대에 제자서(諸子書)를 배우고자 하는 자들은 모름지기 신명함이 뛰어나서 정수의 오묘함을 다하여야 한다. 이래야만 만물에 의탁해 깃들게 되고 얕은 것을 바탕 삼아 깊은 것을 볼 수가 있다. ―(중략)―

서사(敍事)에는 이치가 깃들고, 정서가 깃들고, 기운이 깃들고, 식견이 깃든다. 깃들임이 없다면 꼭두각시와 같아진다.

---

6) 유희재(劉熙載, 1813~1881)의 《예개》(藝蓋): 유희재는 자가 융재(融齋)이며 흥화(興化) 사람이다. 도광(道光) 24년(1844)에 진사(進士)가 되었고, 국자감(國子監) 사업(司業) 등을 역임했다. 평생 학문과 교육에 종사하며, 《예개》 6권·《사음정절》(四音定切)·《설문쌍성》(說文雙聲) 2권·《설문첩운》(說文疊韻) 2권·《작비집》(昨非集) 4권을 남겼다. 《예개》는 중국 문학 개설의 저작이다.

이 괴테와 유희재는 모두 우언을 직접 쓴 사람들이다. 유희재는 만년의 자호를 제목으로 삼은 우언집 《오애자》(寤崖子)를, 괴테는 장편우언시 《여우 라이네케》를 쓴 바 있다. 또 괴테의 거작 시극 《파우스트》도 우언에 힘입어 성공하였다.

철학·종교·정치·문학은 모두 인류 문화의 중요한 현상이므로 우언은 늘 이들과 서로 융합한다. 발자크(Balzac, 1799~1850)는 "예술작품은 최소의 면적으로 최대량의 사상을 놀랄 만치 집약한다"고 말한 바 있다. 거의 모든 우언이 그렇다고 말할 수 있다.

제13장 우언과 학교 교육

1. 우언과 나라 안팎의 교육 사업

우언은 사회생활의 각 영역에 널리 응용되었으며, 더욱이 교육 영역에서는 응용이 두드러져 동서고금에 걸쳐 쇠퇴하지 않았다.

고대 인도의 《판차탄트라》의 머리말에 따르면 이 책은 세 명의 왕자를 교육하고자 편찬된 것이며, 그 교육 효과도 다른 어떤 방식보다 낫다고 했다. 뒤에 이 책은 페르시아어와 아랍어로 번역되었는데 아랍어 번역자 무카파(Ibn al Muqaffa)는 번역본 서문에서 다음과 같이 말했다.

> 《칼릴라와 딤나》라는 이 책은 인도의 학자가 함의가 심각한 필치로 쓴 우언 이야기이다. ─(중략)─ 이지(理智) 없는 짐승 사이의 대화를 제재로 삼은 것은 우스운 이야기를 좋아하는 어린애들을 유인하기 위해서이다. 그들은 동물세계에서 일어나는 서로 속고 속이는 신기한 이야기를 좋아하기 때문이다.

고대 그리스의 학교 교육에서는 우언이 두드러진 구실을 하였다. 뤄녠성(羅念生), 첸홍원(陳洪文) 등이 공역한 《이솝 우화》의 번역본 서문에는 다음과 같이 씌어 있다.

아테네에서는 서기전 5세기부터 《이솝 우화》가 동화의 주요 기원이 되었다. 학교에서 저학년 학생들은 《이솝 우화》를 통해 민간의 지혜를 배우고 고학년 학생들은 그것을 이용하여 수사(修辭) 훈련을 하였다. 서기전 1세기 로마의 유명한 교육가 퀸틀리안(Quintilianus)이 그리스의 학교 교육에 근거하여 자신의 교육 계획을 내놓았다. 이 계획을 따르면 아동이 입학한 뒤 우선 접하는 것이 바로 《이솝 우화》이며, 그런 다음에야 호메로스(Homeros)와 베르길리우스(Vergilius)의 서사시를 배운다.

어떤 의미에서 당시의 학교는 우언을 길러내는 못자리라 할 수 있다. 여기서 교수-학습의 수요에 부응하여 우언의 줄거리와 교훈을 기록하는 글 즉 최초의 우언집이 나타났다. 이들이 상당히 조잡하다는 것은 상상할 수 있는 일이며, 이들이 진정한 문학작품이라고는 할 수 없다. 그러나 바로 이 같은 글에서 우언은 처음으로 구체적 환경과 문맥의 구속을 벗어나 독립된 형식으로 나타나게 되었다. 이는 우언의 전파와, 독립적 문학 갈래로서 우언을 확립시키는 데 커다란 의의를 지닌다.

후세 유럽 각국에서 고대 그리스 로마의 전통을 계승하고 발전시켰다. 16세기 이탈리아의 인문주의자 알차토(Andrea Alciato) 변호사가 지은 《표상의 책》에서는 그림과 이야기가 결합된다. 17세기 이후로 '엠블렘'이라는 우의화(寓意畵)가 서유럽 각국에서 성행하였다. 독일의 그림 형제가 1812~1815년에 발표한 《아동과 가정 이야기집》에는 동화와 우언이 210여 편이 들어 있다. 아동 관련 성인도서로서 유럽 각국이 다투어 모방하였다.

러시아의 유명한 문호 레프 톨스토이(Lev Tolstoi)는 1872년에 인도,

유럽 각국과 러시아 민간에 기원한 우언과 동화 이야기 89편을 수집해서 《계몽 교과서》를 엮어 썼고, 뒤에 또 《새 계몽 교과서》와 《러시아 도서》를 편찬하였는데, 아주 진지하고 꼼꼼한 태도로 이 일을 완성하였다. 《톨스토이 전집》 제26권에 따르면, 그는 "나는 여기에 들어 있는 모든 이야기를 열 번 이상 다듬고 윤색하였다. 이들 이야기가 내 작품 속에서 차지하는 지위는 다른 모든 것보다 높다"고 말하였다.

체코의 코메니우스(Comenius, 1592~1670), 스위스의 페스탈로치(Pestalozzi, 1746~1827), 러시아의 우신스키(Ushinski, 1824~1870) 등 유럽의 많은 유명한 교육가는 모두 교육 영역에서 우언을 이용하는 데 창조적인 노력을 하였다.

중국은 우언의 역사가 유구하지만 우언을 독립적인 장르로 삼고 교육에서 이용한 것은 비교적 늦다. 만약 기준을 좀 헐겁게 잡는다면, 서한 말기의 학자인 유향(劉向)이 쓴 《설원》(說苑)과 《신서》(新序)에는 권계담 600여 편이 수록되어 사람들에게 개과천선하고 도덕규범을 준수하도록 유도하였으니, 우언 이야기를 교육에 응용한 것이라고 할 수 있다. 다만 그것은 교재나 청소년을 위한 도서가 아니었다. 또한 원나라 우소(虞韶)가 편찬한 《소학일기절요고사》(小學日記切要故事)는 이야기로 아동을 교육한 것으로 우언을 포함시켰다.

우언이 본격적으로 교육 영역에 응용된 것은 근대에 유럽 교육을 본뜬 결과이다. 19세기 말, 중국은 신식 학당을 만들기 시작하였다. 광서(光緒) 경자년(庚子年, 1900) 강남서국(江南書局)은 학생들이 과외 시간에 읽는 《중서이문익지록》(中西異聞益智錄)을 인쇄·출판하였다. 이 책의 제11권에는 〈함께 사는 쥐 두 마리〉[兩鼠過活] 〈사자 가죽을 보낸 당나귀〉[驢寄獅皮] 〈여우에게 속은 까마귀〉[鴉受狐騙] 〈여우와 염소〉[狐和山羊] 〈같은 그물의 기러기와 학〉[雁鶴同网] 〈물에 비추어 보는 들사슴〉[野鹿照水] 〈물고기를 잘못 의지한 새〉[鳥誤靠魚] 〈길든 개와 늑대〉[馴犬

野狼] 〈양을 재판한 늑대〉[狼斷羊案] 〈악어와 고슴도치〉[鼉猬同監] 〈늑대를 속이다〉[騙狼] 〈비바람을 피하는 매〉[鷹避風雨] 〈썩은 선비〉[腐儒] 〈사자와 당나귀의 오기 다툼〉[獅驢爭氣] 〈닭의 도시〉[鷄城] 〈병귀신이 의사를 부름〉[病鬼延醫] 〈울며 말하기〉[哭說] 〈우는 귀신〉[哭鬼傳] 〈나방과 모기의 문답〉[蛾蚊問答] 등 우언 19편이 들어 있는데, 대부분 《이솝우화》에서 온 것이다.

또 광서 신축년(辛丑年, 1901)에 출판된 《몽학과본》(蒙學課本), 광서 갑진년(甲辰年, 1904)에 출판된 《회도몽학과본》(繪圖蒙學課本)과 《계몽과본초편》(啓蒙課本初編) 등은 모두 중국과 서양의 우언을 선택하여 수록하였다. 이는 마치 손위슈(孫毓修)가 《구미소설총담》(歐美小說叢談)에서 다음과 같이 말한 것과 같다.

> 페이블(fable)이란 것은 충·어·초·목·조·수(蟲魚草木鳥獸)의 천연스런 존재들을 잡아다 억지로 세상에 들어오게 한다. 그로써 인간의 희로애락, 시끌벅적함과 고요함, 충직함과 간사함의 대강을 나타낸다. ―(중략)― 이는 철학이 깊고 인정이 노숙하며, 도덕이 풍부하고 글 솜씨가 공교로운 자가 아니면 쉽사리 하지 못할 일이다. 교육이 크게 일어난 이후로 이것을 가지고 아동들의 성품에 자못 합치시켰다. 정말 해이해지지 않으면서도 도리에 가까워시게 하였으니, 교과서에서 드디어 그것을 채용했다. 고상한 글, 전범적인 고전이 완전히 변하여 아녀자들도 모두 알 수 있는 책이 된 것이다.

5·4 운동 이후에 우언과 동화는 더욱 중시되어 각급 각종 학교의 교과서에 수록되었다. 현행 교과서를 예로 든다면, 초등학교 어문 교과서에는 약 60~70편의 우언이 들어 있다. 이를 정리하여 열거하면 〈표 3-1〉과 같다.

표 3-1. 중국 초등학교 어문 교과서에 수록된 중국의 고전·현대 우언 및 외국 우언

	책명/작가	제목	제목 풀이	관련 어휘/참고 사항
중국 고전 우언	《莊子》	坐井觀天	우물 속에서 하늘 보기	우물 안 개구리
		庖丁解牛	포정의 소 잡는 법	입신의 경지 −달인/장인정신
	《孟子》	拔苗助長	모 키운다고 조장하기	알묘조장/조장
	《韓非子》	鄭人買鞋	치수로만 신발을 사려는 정나라 사람	꿩 잡는 것이 매
		買櫝還珠	상자만 사고 보석은 돌려줌	배 주고 배 속 빌어먹는다
		濫竽充數	못난 솜씨로 머릿수만 채우기	쪽수 채우기
		自相矛盾	가장 날카로운 창과 가장 견고한 방패	모순
		守株待兎	팔짱끼고 토끼 잡기	감나무 밑에 누워서 연시 떨어지기 기다린다
	《呂氏春秋》	掩耳盜鈴	귀 막고 방울 도둑질	눈 가리고 아웅
		刻舟求劍	흘러간 강물에서 칼 찾기	시세 모르는 사람/벽창호
	《戰國策》	驚弓之鳥	활 그림자에도 놀라는 새	자라 보고 놀란 가슴 솥뚜껑 보고 놀란다
		南轅北轍	남쪽으로 가려면서 북쪽으로 수레 몬다	몸 따로 마음 따로
		狐假虎威	호랑이 위세를 빌린 여우	원님 덕에 나발 분다
		畫蛇添足	뱀의 다리를 그리다	사족
		亡羊補牢	양 잃고 울타리 고친다	소 잃고 외양간 고치기
	《新序》	葉公好龍	용의 이름만 좋아하던 섭공	무늬만 애호가
	《劉子》	雕鳳凰	봉황 조각가의 솜씨	길고 짧은 건 대봐야 안다
	《湛淵靜語》	囫圇吞棗	대추를 씹지도 않고 삼키다	개 머루 먹듯 한다
	《輟耕錄》	寒號鳥	산 꿩	한 겨울 베짱이 신세
	馬中錫	中山狼傳	중산의 늑대	
	《雪濤小說》	蠶和蜘蛛	누에와 거미	
	《賢奕編》	兄弟爭雁	기러기를 다투는 형제	
	《聊齋志異》	一只狼	한 마리 늑대	

중국 현대 우언 및 민간 우언	옌원징(嚴文井)	會搖尾巴的狼	꼬리 칠 줄 아는 늑대	
	진진(金近)	小猫釣魚	낚시하는 고양이	
	펑원시(彭文席)	小馬過河	망아지 강물 건너기	
		群鳥學藝	기술을 배우는 뭇 새	
		小猴下山	원숭이의 하산	
		小貓種魚	물고기를 심는 고양이	
		小蟲和大船	작은 벌레와 큰 배	
		我要的是葫芦	내가 원하는 건 조롱박	
		美麗的公鷄	아름다운 수탉	
		將軍和盾牌	장군과 방패	
		驕傲的孔雀	건방진 공작새	
		小白免和小灰免	흰 토끼 회색 토끼	
		驕傲的靑蛙	건방진 개구리	
		泉水和炊烟	샘물과 연기	
		老鷹和烏鴉作戰	매와 까마귀의 싸움	
		標点符號的爭吵	문장부호 쟁론기	
		駱駝和羊	낙타와 양	인도 우언 〈낙타와 돼지〉에 근거
외국 우언	인도우언	瞎子摸像	장님 코끼리 만지기	
		猴子撈月	달 건지는 원숭이들	
	《이솝 우화》	烏鴉喝水	목마른 까마귀	
		狐狸和烏鴉	여우와 까마귀	
		狼和小羊	늑대와 양	
		農夫和蛇	농부와 뱀	
		龜兔賽跑	거북이와 토끼의 경주	
	끄르일로프	天鵝梭子魚和蝦	거위와 꼬치고기와 새우	
		池子和河流	연못과 강물	
	미카일로프	蘭鼻子紅鼻子和商人農夫	파란 코와 빨간 코와 상인농부	
	미스트랄	玫瑰樹根	장미	

초등학교 교과서에 수록된 우언의 원작은 대부분 각색되었으며, 고전 우언은 모두 백화문으로 번역되었다. 중학교나 대학교의 인문 계열 교과서에도 우언이 일정 분량을 차지하고 있다. 예를 들면 다음과 같다.

중학교의 어문 교과서 제1권에는 《한비자》의 〈지혜로운 자식의 이웃 의심〉[智子疑隣], 《열자》의 〈두 아이의 논쟁〉[兩小兒辯日], 《회남자》의 〈새옹지마〉(塞翁之馬), 유종원의 〈귀주 당나귀〉[黔之驢], 구양수의 〈기름 파는 늙은이〉[賣油翁], 왕안석의 〈모략 입은 중영〉[傷仲永], 팽단숙(彭端淑)의 〈사천의 두 승려〉[蜀鄙二僧], 포송령(蒲松齡)의 〈늑대〉[狼] 등이 있다.

주동룬(朱東潤)이 주편한 고등 고전문학 교재인 《중국 역대 문학작품선》에는 《장자》《순자》《한비자》《전국책》《여씨춘추》《초사》《세설신어》와, 유종원(柳宗元), 육구몽(陸龜蒙), 라은(羅隱), 소식(蘇軾), 유기(劉基), 방효유(方孝孺), 마중석(馬中錫), 당견(唐甄), 전대흔(錢大昕) 등의 우언 수십 편이 수록되어 있다.

저우쉬량(周煦良)이 주편한 고교 인문 계열 외국문학 교재인 《외국문학작품선》에는 이솝 우화, 여우 르나르의 이야기, 투르게네프의 〈문지방〉, 류노스케의 〈코〉, 카프카의 〈변신〉이 수록되어 있고, 볼테르의 〈캉디드〉와 아나톨 프랑스의 〈펭귄 섬〉과 헤밍웨이의 〈노인과 바다〉 등 장편우언 소설이 발췌되어 있다.

이 같은 교재 외에도 중국 현대 우언의 창작은 중요한 하나의 경향을 띠고 있으니, 교육 특히 아동 교육을 지향한다는 점이다. 현재 중국에서 출판한 백여 권의 우언집은 대부분이 교육적이며, 출판 기관의 절대다수가 전국 그리고 각지의 소년 아동 출판사이다.

따라서 이 모든 현상을 직시할 때 하나의 문제를 고려하지 않을 수 없다. 어째서 우언이라는 문체는 수많은 청소년들에게 사랑을 받고, 아울러 교육 종사자의 특별한 관심을 받고 있을까?

2. 우언의 계몽·교육적 역할

우언은 청소년의 지력을 계발하고 도덕 정서를 양성하며 언어 운용의 능력을 향상시키는 데 무시할 수 없는 중대한 역할을 한다.

(1) 사유 능력 훈련시키기

인간의 사유는 일정한 순서와 단계에 따라 발전하는 것이다. 이미지를 통한 구체적 사유에서 논리를 통한 추상적 사유로 나아간다. 이러한 양상은 인간의 집단적 사유 발전으로 나타나기도 하고, 개인적 사유 능력의 발전으로 표현되기도 한다.

인류 전체의 발전을 놓고 본다면, 원시인의 신화적 또는 원시적 사유 방식은 사실상 이미지를 통한 구체적 사유이며 이는 뒤에 점차 논리를 통한 추상적 사유 능력으로 발전한다. 개인의 발전을 놓고 본다면, 아동 시기의 사유는 이미지를 통한 구체적 사유이며, 약 12·13세~15·16세의 소년기는 이미지를 통한 구체적 사유에서 논리를 통한 추상적 사유로 이행하는 과도기이다. 이러한 의미에서 원시인의 단계는 인류의 아동 시기에 해당하고, 아동과 소녀는 개인에게 원시인의 단계라 할 수 있다.

인류 전체나 개인에게 우언은 계몽적 구실을 하여 사유 능력을 발전시키는 것이 사실이다. 이 책의 제7장 '세계 우언의 기원과 계보', 제12장 '우언과 인류 문화' 등에서 우언이 인간의 집단적 사유 능력을 발전시킨다는 문제에 대해서 이미 논의하였으며 거기에서 다음과 같이 지적한 바 있다.

겉몸체[寓體]와 본몸체[本體]로 구성되어 있는 우언은 그의 겉몸체가 신화의 원시적 사유방식과 연결되고 본체가 논리를 통한 이성적 사유와 연결된다. 따라서 우언은 다른 어떤 형식보다도 인간 사유가 자연스럽게 발전하도록 인도할 수 있다.

이러한 구실은 인간 개인에게도 적용된다. 즉 청소년의 사유 능력이 발전하도록 촉진시킬 수 있다는 것이다. 따라서 우언은 인간에게 이중적으로 계몽하는 구실을 한다고 할 수 있다. 상고시대 원시인에게는 물론이고, 오늘날과 미래에도 계속해서 청소년에게 계몽적 구실을 수행할 것이다. 예쥔지엔(葉君健) 선생은 《백가우언선》(百家寓言選) 서문에서 잘 지적하였다.

우언은 동화와 같이 인간 최초의 문학작품이다. 갓난아이들이 뭘 좀 아는 듯하기만 하면 아이의 어머니, 할머니, 아주머니들은 요람 옆에서 그들에게 이야기를 해준다. 그것은 아이가 이야기를 좋아하기 때문이다. 이는 또한 사람의 천성이니 동서고금에 예외가 없다. 이와 마찬가지로 아이들은 뭘 좀더 알 것 같을 때 우언 듣기를 좋아하게 된다. 우언은 극히 간단한 몇 마디로 이야기를 서술할 수 있을 뿐만 아니라 그 안에 인생의 철리를 담으므로 짧으면서도 힘이 있기 때문이다. 처음에 아이들은 철리를 이해하지 못할 수도 있지만, 이 이야기들은 그들의 주목을 끈다. 비록 맨처음에는 의식하지 못하지만, 사실상 아이들은 한 걸음 한 걸음 인생으로 걸어 들어가는 것이다.

인생은 그들에게 마치 자연 속의 각종 경치와 현상처럼 신기한 세계를 말해 주는 듯하지만, 자연의 변화보다도 훨씬 더 복잡하다. 우언은 아이들이 인간 세계를 탐지하도록 도와줄 수 있다. 이러한 비밀을 발견하기만 하면 그들은 우언을 듣고 읽는 것을 더욱 좋아하게 된다. ─(중략)─ 우언은 간결하고 세련되며 기억하기가 쉬우니 아이들의 머릿속에 오랫동안 머물 수 있고, 성장 과정에서 인격을 형성하는 데 좋은 구실을 하게 된다. 따라서 우언은 무시할 수 없는 문학 갈래이다. 우언의 지속력은 다른 어떤 문학 갈래보다 강하며, 인간 영혼에 끼치는 영향도 아동 시절부터 인생이 끝날 때까지 계속될 수 있다.

개념은 사물의 본질적 속성이 인간의 두뇌 속에 반영된 것이다. 생활 물질 개념·자연 개념·사회 개념·철학 개념을 포함한다. 학생들이 특히 어려워하는 것은 철학 개념인데, 우언은 이를 이해하는 데 많은 도움을 줄 수 있다. 예컨대 객관적 법칙은 사람의 주관적 의지에 따라 변하지 않는다는 것은 유물주의의 근본적 원리 가운데 하나이다. 그렇다면 객관적 법칙이란 무엇이고, 또 주관적 의지란 무엇인가? 우리는 그 정의를 내릴 수도 있고, 비교적 간단한 사례도 들어줄 수 있다. 그렇지만 학생들에게 깊은 인상은 주지 않을 것이다. 특히 저학년 학생들에게는 더욱 그렇다.

그러나 그들은 초등학교 3학년 때 《맹자》의 〈알묘조장〉(揠苗助長)이란 우언을 읽은 바 있다. 모는 객관적 법칙에 따라 자라야 한다. 농부가 뽑는 방법으로 모가 빨리 자라도록 도와준 것은 그의 주관적 의지이다. 이로 말미암아 모가 말라죽었다는 것은 객관적 법칙이 사람의 주관적 의지에 따라 변하지 않는다는 것을 증명한 것이다.

또 발전과 변화는 우주의 보편적 법칙이다. 자연계에서 이러한 법칙을 가장 구체적으로 표현하는 사물은 세차게 굽이쳐 흐르는 강물이다. 고대 그리스의 철인 헤라클레이토스가 "사람은 같은 강물에 두 번 들어갈 수 없다"고 한 바 있다. 중국 고대의 위대한 사상가이자 교육가인 공자는 "가는 게 이와 같구나, 밤낮으로 쉬지 않는도다!"라고 한 바 있다. 그리고 《여씨춘추》「찰금」(察今)편에서 바로 강물을 배경으로 하여 우언 세 편을 이야기하였으니, 그 가운데 하나인 〈각주구검〉(刻舟求劍)은 초·중등 교재에 수록되어 있다.

이 우언은 장강의 물과 타는 배를 통하여 발전과 변화를 비유하였고, 발전과 변화를 모르는 초(楚)나라 사람을 풍자하였다. 이로써 독자에게 깊고 뚜렷한 인상을 남겨주었다. 또한 학생들은 우주가 발전하고 변화한다는 법칙을 이해하는 데 도움을 받게 된다.

형식 논리는 4대 기본 법칙이 있는데, 동일률·무모순율·배중률·충족이유율이 그것이다. 이들은 정확한 사유의 확정성과 일관성을 반영한 것으로, 이 4대 기본 법칙을 준수하고 운용한다는 것은 정확히 사유하기 위한 필수 조건이다. 교재에 수록되어 있는 《한비자》의 〈가장 센 창과 방패〉는 모순율을 설명하는 유명한 예이다.

우언에는 추리 능력을 훈련시키는 예들도 많이 있다. 서로 비교하여 추론하는 것은 우언에서 가장 많이 사용하는 형식이다. 아리스토텔레스가 《수사학》 제2권에서 말한 것처럼, "우언은 비유와 같이 비교할 만한 점을 찾기만 하면 꾸며낼 수 있다. 비교할 만한 점을 찾아내려면 철학적 사유가 필수적이다. 서로 비교하여 추론하는 것은 우언에서 더욱 뚜렷한 효과를 보일 수 있다". 우언에서 사용하는 '서로 비교하여 추론하기'는 아동들이 복잡한 사회현상을 인식하는 데 특히 유용하다.

사회적 관계는 복잡하고 변덕스러우며 본질은 종종 거짓에 가려지기 때문에 세상 물정을 잘 모르는 청소년에게 진실과 거짓, 미와 추, 선과 악을 구별시키는 것은 여간 힘든 일이 아니다. 우언은 복잡하기 짝이 없는 인간관계를 짧은 이야기, 더욱이 청소년들의 깊은 흥미를 돋우는 동물 이야기로 간소화하여 현상을 헤치고 본질을 알아보도록 함으로써 그들의 인식 능력을 향상시킬 수 있다.

예컨대 교과서에 수록된 〈늑대와 양〉〈꼬리 흔드는 늑대〉는 사회 일부 사람들의 잔인하고 흉악한 모습, 그들이 당치도 않은 이유를 내세우며 억지 쓰고 착한 척하는 행동을 청소년들에게 인식하도록 한다. 또한

〈여우와 까마귀〉는 다른 의도를 품고 아첨하는 자를 청소년들이 인식하고 이런 사람들의 감언이설을 경계하도록 할 수 있다.

귀납과 연역 추론 또는 그보다 복잡한 논리 형식도 우언에서 해당 이야기를 찾아낼 수 있다. 이 가운데 어떤 것은 교과서에, 어떤 것은 과외 도서에 수록되어 있다. 예컨대 이난추리(二難推理)는 비교적 복잡한 추론 형식으로서 가언추론(假言推論)과 선언추론(選言推論)이 결합된 것이다. 《한비자》의 〈불사약〉이란 우언은 가언추리에 관한 생생한 예로써 무미건조한 논리를 구체적이고 생동감 있는 이야기로 전환했다. 이야기 속의 추리 과정은 두 개의 명제를 지니고 있는 이난추리로 구성되어 있다.

초나라 왕에게 불사약을 바친 자가 있었다. '비서관[謁者]'이 그것을 들고 들어가는데, 궁중관원[中射之士]이 물었다.

"먹어도 되는 거냐."

"그렇다."

궁중관원은 비서관에게 불사약을 빼앗아 먹었다. 왕이 크게 노하여 궁중관원을 죽이도록 하였다. 그러자 그 관원이 왕을 달래어 말했다.

"제가 비서관에게 먹어도 되냐고 물어서 신이 먹었으니, 신은 죄가 없고 죄는 비서관에 있습니다. 한편 어떤 객이 불사약을 바쳤는데, 제가 먹었다고 왕이 저를 죽이신다면, 이는 사약이요, 객이 왕을 속인 것입니다. 죄 없는 신하를 죽여서 사람들에게 왕이 속는다는 것을 밝히시기보다는 신을 풀어주심이 나을 것입니다."

이에 왕이 그 관원을 죽이지 않았다.

•첫 번째 추론(책임져야 할 사람의 관점에서 볼 때)

대전제: 만약 약이 진품이라면 죄는 '비서관'에게 있고, 위조품이라면

죄는 약을 바친 사람에게 있다.

소전제: 약은 진품이 아니면 위조품이다.

결론: 그래서 죄는 '약을 먹어버린 관원'에게 있지 않다.

•두 번째 추론(결과의 관점에서 볼 때)

대전제: 만약 약이 위조품이라면 '약을 먹어버린 관원'을 죽인다는 것은 초왕(楚王)이 속임수에 걸릴 만큼 어리석다는 것을 증명한다. 진품이라면 '약을 먹어버린 관원'이 죽지 않아야 한다.

소전제: 약은 진품이 아니면 위조품이다.

결론: '약을 먹어버린 관원'을 죽일 수 없다.

또한 우언은 아동과 청소년의 창조적 사유를 키우는 데 유리하다. 하나의 우언 이야기 속에는 작가가 기탁한 우의가 있을 뿐만 아니라, 독자는 이와 다른 각도에서 우언의 의미를 이해하고 탐색할 수 있으며 심지어 반대 측면으로 살필 수도 있기 때문이다. 예컨대 독자는《한비자》의〈상자만 사고 보석을 돌려주다〉[買檀還珠]에 대하여 구매자의 입장에서 경험과 교훈을 정리할 수도 있고, 판매자의 입장에서 경험과 교훈을 정리할 수도 있다. 또 소화집《웃기를 잘한다》[笑得好]의 다음 이야기를 예로 들어보도록 하자.

한 신선이 인간 세상에 내려왔다. 돌에 손을 대 금을 만들며 인심을 시험했는데, 탐심이 적은 사람을 찾아내어 신선이 되도록 인도하고자 한 것이다. 온갖 곳을 다녀도 그런 자가 없었다. 큰 돌에 손가락을 대어 금을 만들었지만 다들 작다고 불만스러워했다.

마지막으로 한 사람을 만났다. 신선은 돌을 가리키며 말했다.

"내가 이 돌을 금으로 만들 테니 가져가서 쓰도록 하게."

하지만 그 사람은 머리를 흔들면서 필요 없다고 했다. 신선은 금덩어리가 너무 작다고 탓하여 그런 줄 알고 더 큰 돌을 가리키며,

"내가 이 큰 돌을 금으로 만들 테니 가져가서 쓰도록 하게."

라고 하였지만 그 사람은 역시 필요 없다고 했다.

신선은 내심 생각하기를 이 사람이 탐심이 전혀 없으니 가히 만나기 어려운 사람이요, 그를 신선이 되도록 인도해야 하겠다고 여겼다. 그리하여 물어봤다.

"자네는 크건 작건 금이건 다 필요 없다고 하는데, 그럼 뭘 원하는가?"

그 사람은 손가락을 내밀면서 말했다.

"다른 건 아무 것도 필요 없고요, 금방 돌을 금으로 만드는 당신의 그 손가락을 제 손에다 바꿔 넣어주십시오. 제 마음대로 금을 만들어 수없이 쓸 수 있게 해 주십시오."

작가가 부여한 우의는 세속인의 탐욕스러움을 풍자한 것이다. 그러나 다른 각도에서 생각한다면, 이 사람이 비록 탐욕스럽기는 하지만 취할 만한 점이 있음을 발견할 수 있다. 그가 원하는 것은 기술이고 기존의 결과가 아니다. 말하자면 물고기를 잡는 방법이지, 이미 잡아 놓은 물고기가 아니라는 것이다. 이는 차이점을 찾아내는 사유 능력을 기르는 데 유리하며, 그 능력은 학술과 과학기술을 발전시키는 데 불가결한 것이다.

(2) 관찰하고 상상하도록 인도하기

우언은 청소년이 관찰하고 연상하며 상상하는 능력을 기르는 데 유리하다. 관찰력은 사물의 특징을 정확하고, 전면적이며, 깊이 있게 인지하는 능력이며, 통상 적극적인 사유와 서로 결합한다. 우언에서 이루어

지는 객체에 대한 정확한 묘사와 평가는 종종 시사점을 가져다 줄 수 있다. 우선 르네상스의 거장 다빈치의 우언 〈나방과 불꽃〉을 보자.

한 아름다운 나방이 해질 무렵 춤추며 날아다니며 상쾌한 초저녁을 즐기고 있었다. 갑자기 먼 데서 빛 하나가 밝아지다 어두워지다가 하면서 깜빡이는 것을 발견했다. 곧 빛나는 그곳으로 날아가 보니 창가에 놓여 있는 작은 호롱불이었다. 나방은 놀랍고도 이상하여 그 호롱불 주위를 빙빙 날았다. 이 낯선 것이 얼마나 예쁜가!

나방은 호기심으로 그 작은 호롱불 주위를 몇 바퀴나 돌며 날아다닌 뒤에 이 눈부신 불꽃과 친구가 되기로 마음먹었다. 마치 화원에서 꽃들과 장난을 치는 것같이, 그놈들 꽃잎을 부여잡고 그네를 뛰는 것처럼. 나방은 몇 걸음 물러서고 또 한 바퀴를 돈 뒤에 불꽃을 향하여 직선으로 날아갔다. 그가 그 황금빛으로 빛나는 불꽃에 거의 다가갔을 때, 그는 불꽃이 그에게 함께 놀자고 청하는 것처럼 느꼈다.

그러나 나방은 약간 아프다는 것을 느끼고 곧바로 날아올랐다. 그리고 멀지 않은 창턱에 떨어져, 놀랍게도 발 하나가 없어졌을 뿐만 아니라 무늬 있는 날개 테두리도 없어졌다는 것을 발견했다.

"이게 웬일인가?"

불나방은 어리둥절하여 혼잣말을 했다. 그는 한참 생각했는데도 도무지 영문을 알 수가 없었다. 어쨌거나 그는 얼굴이 귀엽고 아름다운 불꽃이 자신을 해칠 수 있다는 것을 믿을 수 없었다. 나방은 놀라운 마음을 진정시키고 날개를 펼치고 날았다.

그는 기름불 위에서 몇 바퀴 돌다가 무심코 곧장 불꽃으로 날아가 거기서 한바탕 그네를 뛰려고 했다. 그러나 나방은 등유 속에 쏙 빠져버려 불꽃의 연료가 돼버렸다.

"넌 정말 잔인하구나!"

나방은 최후의 발악을 하면서 중얼거렸다.

"나는 너랑 친구로 지내려고 했는데, 넌 오히려 나를 사지에 몰아넣는구나. 너무 늦게 깨달았네. 넌 잔인하고 또 사람을 유혹할 수도 있어. 너랑 친구를 하려고 난 너무 큰 대가를 치렀어!"

"불쌍한 불나방아!"

기름불이 대답하였다.

"넌 너무 천진스러워서 나를 달빛 아래 꽃이라고 생각했잖아. 이게 내 잘못인가? 나의 사명은 사람들을 위해 빛을 내고 밝게 비춰 주는 거야. 불을 대수롭지 않게 여기는 사람이라면 반드시 불에 타 죽게 마련이야."

불을 향하여 곧장 날아가는 불나방의 동작에 대한 관찰이 얼마나 섬세하고, 묘사가 또 얼마나 진실하고 생생한가! 작가 다빈치는 정말로 굉장한 미술의 대가임에 틀림없다. 더욱이 그 묘사는 사람의 심리에 걸맞은 것이다. 불에 대한 인식도 전면적이고 심각하여 깊이 생각하게끔 한다.

연상은 한 사물로 말미암아 다른 사물을 생각하게 되는 심리 과정을 말한다. 우언에서는 주로 유사 연상을 운용한다. 《전국책》(戰國策) 가운데 〈도요새와 조개의 싸움〉을 예로 들어보도록 하자.

조나라가 연나라를 치려고 했다. 소대(蘇代)가 연나라를 위해 조 혜왕(惠王)에게 말했다.

"지금 제가 역수(易水)를 건너왔습니다. 조개가 나와 바야흐로 햇볕을 쬐고 있는데, 도요새가 그 살을 쪼더군요. 조개가 오므려 그 부리를 집었습니다. 도요새가 말하더군요. '오늘 비가 내리지 않고 내일도 비가 내리지 않으면 곧 죽은 조개만 남겠구나.' 조개도 도요새에게 말하더군요. '오늘 빠져나가지 못하고 내일도 빠져나가지 못하면 곧 죽은 도요새만

남으리라.' 두 놈이 서로 놓아주려고 하지 않았는데, 마침 어부가 모두 잡을 수 있게 되더군요. 지금 조나라가 연나라를 치려고 하지만, 연과 조가 오래도록 버티고 뭇 백성들에게 민폐를 끼치게 되면, 저로서는 강한 진나라가 어부가 되는 형국이 될까 걱정입니다. 그러므로 왕께서 자세히 헤아리시기를 원하는 것입니다."

혜왕이 '그렇구나!' 하고 곧 전쟁을 멈추었다.

이 우언은 '도요새와 조개가 서로 싸우다가 어부가 이익을 보았다'는 이야기로써, '조나라와 연나라가 전쟁을 벌이다가 결국 강한 진나라가 이익을 보게 될 것'이라는 정국을 반영하고 있다. 독자들은 이 이야기에서 많은 비슷한 사건을 떠올릴 수 있는데, 그것은 역사나 현실의 사건일 수도 있고 정치나 일상생활의 사건일 수도 있다. 이로부터 모순적으로 대립하고 있는 쌍방은 모두 달리 마음 쓰고 있는 제3자를 경계해야만 한다는 것을 깨닫게 된다. 요컨대 작가와 독자는 모두 유사성의 연상 작용을 활용한다는 것이다. '하나를 보고 열을 안다'는 연상 능력을 기르는 것은 공부나 과학 연구를 잘하며, 일상사와 인간관계를 잘 처리하는 데 필수적인 것이다.

상상은 사람의 뇌가 기존 표상을 가공·개조하여 새 이미지를 창조하는 심리 과정을 말한다. 이는 인간이 창작 활동을 하는 데 불가결한 요소의 하나이다. 마르크스는 《자본론》에서 다음과 같이 지적했다.

거미의 활동은 방직공의 활동과 비슷하며 벌이 벌집을 만드는 기술은 많은 건축사들을 부끄럽게 만든다. 그러나 가장 서투른 건축사라도 가장 영리한 벌보다 처음부터 뛰어난 것은 밀랍으로 벌집을 만들기 전에 이미 자신의 머릿속에 벌집을 만들어 놓는다는 점이다. 노동 과정이 끝나고 나서 얻은 결과는 그 과정이 시작할 때부터 이미 노동자의 표상에 존재하고 있었던 것이다. 즉 이미 관념적으로 존재하고 있었다.

우언의 상상은 신화·전설·동화 속의 상상에 비교해 볼 때 아마도 약간은 손색이 있으며, 특히 일부의 간단한 단형 우언들이 그렇다. 그러나 짧은 우언이라도 갖다 붙이거나 의인화 수법 등을 사용하여 동식물, 무생물, 추상적인 개념 등에 인간의 이성적 특징을 부여한다. 또한 과장의 수법을 사용하여 형상을 그려내는 우언도 있다.

예컨대 《장자》의 〈곤붕변화〉(鯤鵬變化)는 천리만큼 큰 천지의 물고기가 새가 되어 그 등이 태산과 같고 두 날개가 하늘의 구름 덩어리와 같다고 묘사하였다. 또 〈달팽이 더듬이 위의 싸움〉[觸蠻之爭]에서는 미시적 측면에 바탕을 두어 과장 수법을 사용하였다. 늘 오그라들어 보이지 않는 달팽이의 더듬이 위에 싸우기 좋아하는 두 나라가 있다고 전제하고, 왼쪽에 촉(觸)나라 오른쪽에 만(蠻)나라가 있다고 묘사하였다.

장편우언에서는 상상을 펼치는 공간이 더욱 넓다. 영국 작가 스위프트(Jonathan Swift)의 《걸리버 여행기》는 대인국과 소인국 등 환상 국가를 묘사하였으며, 명나라 말기 동설(董說)의 《서유보》(西遊補)는 손오공(孫悟空)이 상고시대로 돌아갈 뿐만 아니라 미래 시대로 간다고 묘사하였다.

상상은 현실을 바탕으로 하면서 현실을 위해 새 길을 개척하기도 한다. 예컨대 《열자》의 〈사람 만드는 언사〉[偃師造人]에서는 만들어낸 가짜 사람의 외모가 진짜 사람과 같아서 노래하고 춤출 뿐만 아니라 인간의 사상과 감정도 갖추고 있다고 했다. 이 가짜 사람은 당시의 과학기술 성과를 바탕으로 하여 만들어낸 우언 형상이며, 이를 통해 우리는 로봇에 관한 현대사회의 가상을 엿볼 수 있다. 다시 말해 이는 자신의 시대를 초월했던 것이다.

(3) 도덕 정서 함양하기

품성은 개인의 도덕적 품질로서 개인이 사회의 도덕규칙에 따라 행동할 때 나타나는 안정적 특징이나 경향이다. 예컨대 노동의 사랑, 조국애, 문명 중시, 근면, 향상, 겸손, 성실, 우애, 단결 등이 그것이다. 품성은 도덕 인식, 도덕 감정, 도덕 의지, 도덕 행위방식 등 몇 가지 심리적 요소들이 포함되어 있는데 그 가운데 도덕 인식(도덕관념)은 품성이 형성되기 위한 바탕이다. 여기서 도덕 인식의 형성은 교육에 의거하며, 문예작품과 우언 이야기는 종종 잠재적 또는 묵시적인 감화 작용을 일으킨다.

고대 로마의 시인이자 문학 평론가였던 호라티우스는 자신의 저작 《시예》(試藝)에서, "즐거움 속에서 교육을 실시하여 독자에게 권유하는 동시에 그가 좋아하게 만들라"고 제의한 바 있다. 각종 문학작품 가운데 우언은 이러한 임무를 전면적으로 수행할 수 있는 가장 걸맞은 대상이다.

일부 우언은 정면에서 진선미의 품성을 선전한다. 예컨대 《열자》의 〈우공이산〉(愚公移山)은 우공의 확고 불변한 정성과 "크거나 작거나 빠르거나 느린 데 흔들리지 않는" 발전관 또는 변화 관념을 칭송하였다. 〈기창이 활쏘기를 배우다〉[紀昌學射]는 기창이 기초적 기술을 꾸준히 연마하는 정신과 비위(飛衛)가 차근차근 잘 타일러 가르치는 교수법을 인정하였다. 또 《장자》의 〈옥을 포기한 임회〉[林回棄璧]는 사람을 중요시하고 물건을 가볍게 생각하는 높은 인격과 굳은 절개를 찬양하였으며, 〈진정한 화가〉[眞畵者]는 거만하지도 않고 비굴하지도 않은 진정한 인재를 찬송하였다. 그리고 《한비자》의 《화씨벽》[和氏之璧]은 온갖 고난에도 결코 굽히지 않는 법술사의 형상을 그렸다.

이솝 우화의 〈개미와 비둘기〉는 약소한 자를 도와주고 은혜를 알고 보답할 줄 아는 동물 형상을 묘사하였다. 불경의 〈서로 양보하는 네 짐 승〉은 겸손하고 양보하는 미덕을 생생하게 보여주었다. 파이드루스의 〈늑대와 개〉는 자유를 추구하는 정신을 진심으로 찬송하였다. 다빈치 의 〈새끼 벌레〉는 분발하여 향상을 도모하는 개가(凱歌)이며, 〈백조〉는 생명과 아름다움에 대한 진심어린 찬송이다.

더 많은 우언에서는 이면의 추악하고 거짓된 현상을 비난한다. 이는 사람들에게 어떻게 해서는 안 된다는 점을 말해 주는 것인데, 사실상 이면에서 사람들에게 어떻게 해야 한다는 것을 알려주는 것이기도 하 다. 그것은 풍자의 빛으로 모든 음침한 것을 조명하고 태워버린다. 사 람들로 하여금 웃음 속에서 인간 자신의 존엄과 위대함을 지켜야 한다 는 것을 깨닫게 함으로써 도덕관념을 세우고 마음을 정화시키는 목적 을 달성하도록 한다. 고금동서의 도덕관념은 차이가 있기는 하지만 탐 욕, 흉악, 음험, 허위, 이기심, 게으름, 허풍, 아첨, 배신, 망은, 겁 많음, 나약 등은 종종 우언의 법정에서 도덕적 심판을 받게 된다.

예컨대, 〈중산늑대전〉[中山狼傳]은 배은망덕하며 잔인하고 교활한 중 산늑대의 형상을 그려 놓아 사람들에게 신의를 중히 여기라고 권계하였 다. 〈베짱이〉[寒號鳥]는 조그만 성취에 득의양양하여 자기 처지를 잊고 군중을 이탈하여 안하무인으로 구는 악인을 풍자하면서 겸손·신중·분 발하라고 권계하였다.

《이솝 우화》의 〈고기 무는 개〉〈사슴과 포도나무〉〈행인과 곰〉〈도 둑과 그의 어머니〉〈허풍 떠는 운동선수〉 등은 각각 탐욕과 배은망덕 의 나쁜 품성을 풍자하였다. 또 끄르일로프의 우언 〈벌과 파리〉〈까마 귀와 암탉〉〈이익 분배하기〉 등은 애국심이 조금도 없는 사람을 풍자 하였다.

이러한 우언들은 사람들에게 어떻게 처세하고, 어떻게 자신의 조국 을 대해야 하는지 정면에서 알려주는 것이다.

우언은 대비 수법을 가장 애용하는데 진실과 거짓, 선과 악, 미와 추를 독자 앞에서 동시에 보여주어 깊고 강렬한 인상을 남긴다. 《이솝 우화》 가운데 〈나무꾼과 헤르메스〉를 예로 들어보도록 하자.

한 나무꾼이 강가에서 땔나무를 하다가 도끼를 강물에 떨어트려 떠내려갔다. 그는 강가에 앉아 울었다. 헤르메스가 그를 불쌍히 여겨 다가와서 왜 우는지 물어본 뒤, 강물에 들어가서 금도끼 하나를 건져내 나무꾼에게 당신의 것이 맞느냐 물어봤다. 나무꾼은 아니라고 대답했다. 헤르메스는 또 은도끼 하나를 건져내 떨어뜨린 것이 이 도끼 아니냐고 물어봤지만, 나무꾼은 역시 아니라고 했다. 세 번째로 헤르메스가 나무꾼의 도끼를 건져내자 그는 비로소 자기 것이라고 인정했다. 헤르메스는 나무꾼의 사람됨이 성실하다고 판단하여 모든 도끼를 상으로 주었다.

나무꾼은 도끼 세 개를 가지고 돌아가 친구들에게 일어난 일을 사실대로 말해 주었다. 그 가운데 한 친구가 그것을 보고 탐이 나서 같은 이익을 보고 싶어졌다. 그리하여 도끼를 들고 땔나무를 하러 강가에 갔다. 그는 일부러 도끼를 급류 깊은 곳에 떨어뜨리고 거기에 앉아 울었다. 헤르메스가 나타나 그에게 무슨 일이냐고 물었다. 그는 도끼를 떨어뜨렸다고 대답하였다. 헤르메스는 금도끼를 건져내 그가 떨어뜨린 것이 맞는지 물었다. 그 친구는 재물이 탐이 나서 맞다고 답하였다. 신은 그에게 아무런 상도 주지 않고 그의 도끼조차도 돌려주지 않았다.

이 이야기는 신이 불성실한 사람을 거부하고 성실한 사람을 도와준다는 것을 말하였다. 초등학교 어문 교과서 제7권에 실려 있는 우언시 〈누에와 거미〉도 같은 수법을 사용하고 있다.

누에와 거미는 모두 실 짜기의 달인 / 누가 성적이 더 나을지 내기하였네. / 공작은 아름다운 깃털로 상장을 만들고 / 이기는 자에게 간직하도록 했다네.

거미가 먼저 처마에 올라가 / 끝없이 뱅뱅 돌며 줄을 쳤지 / 얼마 지나지 않아 그물 하나 생겨났네. / 그물은 촘촘하고 가늘게 연결되었네.

거미는 바삐 모두에게 소개하기를 / "내가 짠 그물은 튼튼하고 질기답니다. / 날아다니는 벌레를 아주 많이 걸려들게 할 수 있으니 / 하루 세 끼 끼니 걱정이 없지요."

하얗고 뚱뚱한 누에는 풀이 자란 산으로 올라갔네. / 그는 왼쪽으로 한 번, 오른쪽으로 한 번, 조금도 빈틈이 없었지. / 얼마 지나지 않아 그는 동그란 고치를 쳐 놓았지. / 눈처럼 흰 고치는 매끈매끈하였네.

누에도 모두에게 설명하기를, / "내가 내뱉은 실은 하나도 남김없이 / 사람들에게 주어 / 오색영롱한 비단을 만들도록 하겠습니다."

공작은 모두의 염원을 대신하여 / 상장을 누에의 손에 안겨주며 말했다네. / "누에는 모두를 위해 실을 내뱉지만 거미는 자신만을 위해 그물을 만들었지. / 영광스런 상장은 당연히 누에에게 주어 보존토록 해야 하지요."

이 우언시는 고전 우언에 근거하여 고쳐 쓴 것이다. 당나라의 유명한 시인 맹교(孟郊)는 자신의 〈거미 풍자〉[蜘蛛諷]라는 영물시에서, "누에의 몸은 자신을 위하지 않는데, 네 몸은 남을 위하지 않네. 누에 실은 옷을 만들기 위함인데, 네 실은 그물을 치기 위함일세"라고 지적해 낸 바 있다. 명나라 사람 강영과(江盈科)도 《설도소설》(雪濤小說)에서 거미와 누에에 관련해서 우언 한 편을 썼다.

위의 시는 세 가지 방면에서 거미와 누에를 대비해 묘사하였다. 행동으로 볼 때 거미는 앞질러 자신을 과시하지만, 누에는 침착하고 빈틈이 없다. 어조로 볼 때 거미는 자기 자랑을 많이 하고, 누에는 겸손하고 예의 바르다. 목적으로 볼 때 거미는 이기적이지만, 누에는 이타적이다.

이는 아동들이 노동을 사랑하고 그 노동으로 세계를 아름답게, 인간을 행복하게 만들도록 교육하는 데 유리하다. 시의 형식으로 우언을 쓰면 입에 올리기가 쉽다. 또 아동의 흥미를 쉽게 이끌어 낼 수도 있고 쉽게 기억하는 데 도움이 될 수도 있다.

(4) 언어 능력 향상시키기

우언은 사람의 언어 표현능력을 향상시킬 수 있다. 여기에는 구술과 글쓰기의 표현능력이 모두 포함된다.

고대 그리스와 중국에서 우언은 수사학의 수단으로 여겨졌다. 사상가·정치가·연설가에게 퍽 중요시되었을 뿐만 아니라 문장가들의 많은 관심을 끌기도 하였다. 이에 대해서는 이 책의 제12장 '우언과 인류 문화'에서 이미 예를 들어 설명한 바 있다. 또한 여기서 강조하고 싶은 것은 옛사람들도 우언을 이용하여 아동과 청소년의 구술 표현능력을 훈련시켰다는 점이다.

고대 그리스에서는 《이솝 우화》를 교재로 삼아 고학년에서 수사 능력과 연설 능력을 훈련시켰다. 전하는 바에 따르면, 러시아의 문호 톨스토이가 청소년을 위해 《계몽 교과서》를 편찬한 목적은 두 가지였다고 한다. 하나는 아동의 지력을 개발하기 위함이고, 또 하나는 대중용 독서에 맞는 간결·명쾌하며 표현력이 풍부한 서사기교를 추구하자는 것이다. 러시아의 훌륭한 풍자시인이자 우언시인이었던 마르샤크(Marshak)도 〈문학 유파를 이야기함〉에서 다음과 같이 지적한 적이 있다.

> 톨스토이가 아동도서를 편찬할 때는 교육적 내용을 해결하고자 했을 뿐만 아니라 예술적 과제도 동시에 해결하고자 하였다. ― (중략) ― 그는 짧고 예리하며 질박하고 수수한 작품을 쓸 수 있는 것이 예술기교가

최고 경지에 이르렀다는 상징이자 실증이라고 생각하였다.

오늘날의 어문 교육에서 우언을 이용하여 글쓰기 능력을 훈련시키는 것은 여전히 매우 효과적인 방법이다. 초등학교 단계의 주된 목표는 학생들의 서술 능력을 기르는 것이다. 우언의 서술방식은 명백하고 간결하며 형상이 흥미롭기 때문에 아동들이 학습하고 모방하기에 알맞다. 다음 글은 저장 성(浙江省) 운링 현(溫嶺縣)의 초등학생이 쓴 습작인데 제목은 〈구름과 산〉이다. 1984년 간행된 《우언》 3호에 수록되어 있다.

구름이 사람들이 말하는 걸 들었다. 초모룽마(ChomoLungma) 봉은 아주아주 높아 8,848미터나 되며 세계에서 가장 높은 봉우리라고 한다. 구름은 내심 승복하지 않고 잔뜩 화가 나서 식식거리며 초모룽마의 꼭대기 위에 달려가 큰소리로 말했다.
"당신이 대단한 게 뭐가 있어요? 난 당신보다 많이 높잖아요……."
말을 채 끝내기도 전에 광풍이 세게 불어왔다. 구름은 자신을 주체할 수가 없어서 난데없이 바람에 불려 어디로 향하는지 알 수 없었다. 그러나 초모룽마는 여전히 우뚝 솟아 꿈쩍도 아니하고 있었다.

중학교 단계에서는 교사들이 계속 우언을 이용하여 학생들의 서술 능력을 훈련시킨다. 여기에는 진술·번역·개작·늘려 쓰기 등의 능력이 포함된다. 이와 동시에 우언을 이용하여 학생들의 논술 능력을 훈련시키는데, 우언 작품에 대한 독후감은 가장 자주 보게 되는 방식이다. 예컨대 "〈각주구검〉을 읽고 나서", "〈나무는 죽이기는 쉬워도 심기는 어렵다〉를 놓고 말한다면", "〈남곽처사〉의 새로운 논의", "동곽(東郭) 선생을 본받지 말라", "〈포정해우〉가 나에게 준 시사점" 등이 그것이다.
고전 한문을 현대 중국어로 번역한다든가 외국어를 중국어로 번역하는 데 우언은 초보적 훈련을 위한 좋은 재료가 된다. 우언은 입문자의 능력에 알맞은 데다가 편폭이 짧고 온전하다. 필자가 《고전 한문의 현대어역 교정》에서 말했던 바와 같이, 우언은 "역자로 하여금 전체 국면을 생각하도록 해 부분적으로 흩어지거나 무미건조하게 느끼지 않도록 만들어준다". 사실 번역은 읽기와 쓰기 능력에 대한 종합적 훈련이며, 원어와 번역하는 언어 능력에 대한 종합적인 훈련이다.

우언은 학생들의 읽기와 쓰기 능력을 고찰하는 데 유리하고, 형상에 바탕을 두어 논의를 전개하며 여러 방면으로 확장하도록 하는 데도 이롭다. 또한 우언은 재료가 풍부하여 출제자는 선택의 여지가 많지만 답안을 작성하는 사람은 막연하기 때문에 어문 시험에서 늘 쓰인다. 필자가 1950년대 이래의 대학 입시 어문 출제를 검토해 본 결과, 작문이나 고전 한문 번역에서 우언은 다른 문체를 압도하는 비중을 차지하였다.

앞서거니 뒤서거니 출제에 들어간 유명한 우언으로는 〈귀신도 악인은 무서워한다〉〈사천 변경에 있는 두 스님〉〈호랑이 무서운 줄 모르는 아이〉〈설담(薛譚)의 노래 배우기〉〈도요새와 조개의 싸움〉〈모순〉〈우공이산〉〈금을 가로챈 제나라 사람〉〈도끼를 잃어버린 사람〉〈늑대와 싸운 나무꾼〉〈증자(曾子)가 돼지를 죽였다고〉〈세 사람이 없는 호랑이도 만들어낸다〉〈중산(中山)의 고양이〉〈기러기를 다투는 형제들〉〈굴뚝을 구부리고 땔감을 치운다〉〈누구는 백양나무 뽑고 누구는 백양나무 심고〉〈오십보백보〉〈재물 탐내는 영 땅 백성〉 등이 있다.

이 밖에 우언과 간접적으로 관련되는 출제도 있다. 예컨대 1983년의 작문 문제는 만화 한 폭이었다. 그림 속에 한 사람이 아주 많은 우물을 파 놓았는데 모두 깊지가 않았다. 풍부한 지하수는 아직 깊은 층에 있는데 그 사람은 그냥 훌쩍 떠나갔다. 그림의 표제는 "이 밑에는 물이 없으니, 다른 곳을 다시 파보자!"였다. 문제는 300자의 설명문을 제시한 다음에 다시 나름대로 제목을 정하고 800자의 논설문을 쓰라는 것이었다. 이는 사실상 이것을 저것에 기탁하는 우언이니, 조사 연구·과학 탐색·인재 발현 등의 여러 방면에서 연상하면서 생각의 실마리를 넓혀 나갈 수 있다.

우언은 착상·연상·서술 방식 등에서 학생들의 언어 표현능력을 향상시킬 수 있을 뿐만 아니라 아동의 어휘를 직접 풍부하게 할 수도 있다. 동서고금의 유명한 많은 우언 작품들이 그 민족의 성어와 격언으로 발전하였다. 중국의 선진 우언, 그리스의 이솝 우화, 프랑스의 라퐁텐 우언, 영국의 존 게이 우언, 러시아의 끄르일로프 우언 등은 모두 자기 민족이나 다른 민족의 어휘를 풍부하게 만들었다. 학생이 우언을 배울 때마다 교재에서는 상응하는 어휘를 학습하여 기억해 두라고 요구한다. 이는 우언과 어문 교수-학습의 특징에 맞는 것이다.

소리 내어 읽기와 우언 이야기 말하기는 학생들의 구술 표현능력을 향상시키는 중요한 수단이다. 즉 낭독은 어문 교육에, 더욱이 우언 교육에서 아주 중요한 위치를 차지한다. 좋은 작품의 언어 구사는 여러 차례 세밀하게 수정된 것이기 때문에 원작을 반복해서 낭독하여야 언어의 아름다움을 느낄 수 있고 좋은 훈련을 받을 수 있는 것이다.

요컨대, 우언은 여러 방면에서 계몽·교육적 구실을 한다. 때문에 우언 교육을 중요시해야 하며 그 규칙을 정리하도록 해야 한다.

3. 우언 교육에서 주의해야 할 문제들

우언 교육은 초·중등 교과에서, 더욱이 초등학교에서 큰 비중을 차지한다. 많은 교사들과 연구자들이 몇몇 성공 사례를 정리해 놓았다. 우언의 특징을 고려할 때, 우언 교육에서는 다음과 같은 세 가지 측면을 주의해야 한다고 생각한다.

(1) 겉을 통해 속까지 잘 깨우치도록 한다

우언은 암시성이 가장 풍부한 문체이다. 좋은 우언 작품은 여러 층위와 다각도로 우의를 나타낼 수 있다. 학생들이 깊은 뜻을 발견하여 파악하도록 이끄는 것은 우언 교육에서 핵심적인 부분이다.

육기(陸機)의 〈문부〉(文賦)에서, "가지로 말미암아 잎을 흔들기도 하고 물결을 거슬러서 근원을 찾기도 한다"고 하였다. 유협(劉勰)의 《문심조룡》「지음」(知音)편에서는 "글을 관찰하는 사람이 문식(文飾)을 들추어 실정(實情)에 들어가고 물결을 거슬러 근원을 찾는다면, 비록 은폐되었어도 드러날 것이다"라고 하였다. 표면을 통해 이면으로 들어가는 것은 문학 연구의 기본 원칙이다.

우언 교육에서 우선적인 것은 우언 형상을 느끼도록 강조하는 일이다. 처음부터 '우의가 무엇인가'를 물어서는 결코 안 된다. 현행 초등학교의 어문 교과서는 이 점을 비교적 주의하고 있는 편이다. 예컨대 〈누에와 거미〉에 대해서는 다음과 같은 세 가지 문제를 제기하여 아동들이 형상을 느낄 수 있도록 돕고 있다.

① 누에와 거미는 어떤 경기를 하였는가? 거미는 그물을 어떻게 짰는가? 누에는 고치를 어떻게 만들었는가?
② 거미와 누에는 여러분에게 자기 성적을 어떻게 소개하였는가?
③ 그들은 모두 실 짜기의 달인인데 공작은 어째서 상을 누에에게 주었을까?

①은 그물 짜는 동작에 바탕을 두고 아동들이 관찰하고 연상하도록 유도함으로써 거미와 누에의 자연적 특성을 알게 한다. ②는 거미와 누에가 한 말을 분석하여 자연적 특성과 사회적 특성을 결합시킨다. ③은

형상의 본질적 차이를 건드려 아동들이 우의를 생각하게끔 한다. 이렇게 하는 것은 겉에서 속까지 순차적으로 점진하는 것이다. 마치 물이 흐르다 보면 도랑이 생기는 것과 같은 효과를 거둘 수 있다.

동일한 우언에 대해 종종 여러 방면에서 그 우의를 캐낼 수 있으니, 반드시 원래 우의에 국한될 필요가 없다. 어떤 때는 비판적 안목으로 원작에 대해 이의를 제기할 수도 있다. 이러한 상황에서 교사는 주도적인 역할을 발휘하면서, 동시에 학생들의 적극성을 제한하지 말고 스스로 머리를 써서 제 의견을 능력껏 발표하도록 해야 한다. 이로써 더욱 좋은 계발 효과를 거두는 것이다.

예컨대 〈용을 좋아한다던 섭공〉[葉公好龍]은 유향(劉向)의 《신서》에 나와 있다.7) 그 우의는 고대의 어떤 국왕이 입으로는 현자에게 예의를 갖추고 겸손하며 인재를 중시한다고 하지만, 실상은 그렇지 않음을 풍자한 것이다. 이와 달리 후세 사람들은 이를 이용할 때 다른 의의를 부여하였다. 겉면의 형식만을 중시하는 사람을 풍자하는가 하면, 허명만을 추구하는 사람을 풍자하였다. 또 거짓으로 사랑하면서 진짜로는 두려워한다거나, 모양은 비슷해도 알맹이는 다른 현상을 풍자하기도 하고, 양다리 걸치는 사람을 비난하기도 한다. 이러한 견해들은 모두 학생들의 사고를 넓힐 수 있다.

그러나 초등학교에서 〈용을 좋아한다던 섭공〉을 가르칠 때는 아동들의 학습 특징과 실제 생활에 맞추어, 이러한 측면에서 약간의 의미를 캐내는 것이 가장 좋을 듯하다. 말하자면 아동들은 어떤 것을 알고 싶은 강한 욕망이 있어 새 지식의 학습을 갈망하지만, 주의력과 흥미는 쉽게 전이되어 학습 도중에 어려움에 부딪치는 것을 두려워하는 특징이 있다. 따라서 이 이야기에서 그들에게 맞는 얼마만큼의 교육적 유익

---

7) 〔원주〕《신서》(新序)는 선진시대의 일실(逸失)된 서책 《신자》(申子)에 연원을 두고 있다.

함을 이끌어낼 수 있지 않을까?

또 〈우공이산〉이란 이야기는 노동 인민의 웅장한 기백과 백절불굴하는 의지력을 나타내며, 발전과 변화의 관점에서 문제를 바라보는 변증법적 관념을 나타냈다. 그러나 어떤 아이는 "우공은 어째서 이사를 가지 않나요?"라고 물어 보기도 한다. 이렇게 본다면 소극적인 듯도 하지만, 자세히 생각해 볼 때 단지 드나드는 편리성만을 위해서라면 이사하는 것은 참으로 수천만 배 이익이 되는 일이다.

뿐만 아니라, 이 질문은 또한 원작의 뒤떨어진 일면을 명중시켰다고 할 만하다. 즉 도가는 '어리석음'이 '지혜로움'보다 낫고, '성실함'으로 천지를 감동시킬 수 있다고 생각하여 뒤떨어진 유심론적 색채를 띠고 있다. 우공이 이사 가지 않는 것은 소작농이 땅에 안주하여 떠나는 것을 어려워하는 심리를 반영하기도 하였다. 그렇기 때문에 학생들의 질문에 대해 쉽게 부정해서는 안 된다. 적극적으로 인도하여 그들로 하여금 두 측면에서 문제를 바라보도록 해야 한다.

〈여우와 까마귀〉도 마찬가지이다. 여우는 물론 가증스럽기는 하지만 배울 만한 점도 있는 것이다. 비고트스키(Vigotskii)의 《예술심리학》에서는 이 작품을 분석하여, 다음과 같이 말하였다.

> 까마귀는 운수 사나운 일을 당하여도 싸고, 여우는 오히려 재치 있게 그를 훈계한 것이다. ― (중략) ―
>
> 결국 우리가 알아낸 것은, 사실 여우가 아부하고 있는 것이라기보다 조롱하고 있는 것이며 상황을 좌지우지하고 있다는 점이다.

또한 비고트스키는 자료를 끌어다 말하기를, 대우언가 끄르일로프가 일찍이 이 여우에다 자신을 비유하여 한 백작이 쓴 시 작품을 찬양한 뒤에 그에게 돈을 빌려 달라고 손을 벌린 적이 있다고 인증하였다. 이처럼 별도의 측면에서 문제를 분석하는 방식은 학생들이 특이점을 찾는 사유 능력을 발전시키고, 주도면밀하게 생각하는 좋은 습관을 기르도록 하는 데 도움이 된다.

(2) 대상에 주의하여 몸을 재서 옷을 짓는다

우언은 거대한 과수원과 같다. 거기에는 서로 다른 색깔과 향기와 맛을 지닌 열매가 있다. 풍부한 경험의 노인부터 옹알옹알 말 배우는 아기까지, 지식이 해박한 학자에서 일반 민중에 이르기까지, 모두 이 과수원에서 자신이 선호하는 사상과 예술이라는 열매를 따낼 수 있다. 따라서 초·중등학교와 대학교 교과서에는 적지 않은 우언을 수록하고 있다. 우언을 선정할 때는 내용의 위계화에 주의하며 교육의 필요성에 따라 취사를 결정해야 한다. 필자는 초등학교 단계에서는 아동우언을 위주로 하여야 한다고 생각한다.

예컨대, 현행 교과서에 있는 〈기술 배우는 뭇 새〉〈망아지의 강 건너기〉〈거북이와 토끼의 경주〉〈물 마시려는 까마귀〉 등은 모두 적당한 것이다. 어떤 우언은 개작하여 수록하는 것도 적당한데, 《장자》「추수」(秋水)편의 〈우물 속 개구리〉를 개작한 〈우물 속에 앉아 하늘 쳐다보기〉, 불경우언을 개작한 〈장님 코끼리 만지기〉〈달 건지는 원숭이〉 등이 그것이다.

그러나 초등 교과서에 수록할 만한 것인지를 재고할 여지가 있는 일부 우언도 있다. 예컨대 〈포정해우〉는 고쳐 쓰더라도 아동의 수용 능력의 수준에 맞지 않는 것이다.

중등 과정에서는 고전 한문의 학습에 맞추어 중국의 고전 우언 원작이나 외국의 우언 명작을 선정한다. 또한 학생들로 하여금 우언문학에 대해 기본적인 이해를 지니도록 하고 나아가 사상과 문화적 조류를 접하도록 한다. 예컨대 현행 교과서에는 일부 선진제자(先秦諸子) 우언이 수록되어 있다. 이는 선진의 정치사상과 상황을 이해하는 데 도움이 될 뿐만 아니라 고대 한어의 학습에도 유용하다. 그리고 현재 외국 우언은 이솝 우화와 끄르일로프 우언만이 들어 있다. 실제로 다빈치·라퐁텐·레싱 등의 우언도 선정하여 수록할 수 있다. 다빈치의 〈새끼 벌레〉〈백조〉, 라퐁텐의 〈당나귀 팔러 가는 아비와 아들〉 등은 중등 과정에 맞는 작품들이다.

대학교에서는 주로 문학사와 사상사의 시각에서 고려하여 우언소설과 우언극까지도 선정하고, 학생들의 사상과 문화적 시야를 넓히도록 해야 한다. 동서양에는 모두 당대의 사상과 문화 사조를 대표하는 우언 명작들이 있다. 예컨대 불경과 성경의 우언은 인도와 유럽의 사상을 이해하는 데 의의가 있다. 루쉰(魯迅)의 〈나그네〉, 후스(胡適)의 〈차부뛰 선생전〉은 '5·4 운동' 시대의 사상과 문학사적 맥락을 파악하는 데 도움이 될 것이다. 현행 교과서에서는 이에 대해 충분히 주의를 기울이지 못하는 것 같다.

우언 작품의 선정도 문제이지만 그에 대한 분석도 문제이다. 이는 교육 대상에 주의를 기울이되, 몸의 치수를 재어 옷을 재단해야 하는 것과 같다. 어떤 때는 동일한 이야기가 초·중등과 대학교에서 모두 선정된 경우도 있다. 이럴 경우 이에 대한 분석은 차등 있게 해야만 하는 것이다. 예컨대 〈각주구검〉이 그러한 예이다. 초등학교 교과서 제4권에는 다음과 같이 개작되어 있다.

옛날에 배를 타고 강물을 건너는 사람이 있었는데 잘못하여 몸에 찬 보검을 물속에 떨어뜨렸다. 그러나 그 사람은 조금도 서두르지 않고 느릿느릿 작은 칼을 꺼내어 뱃전에 기호를 새겨 표시해 놓았다. 어떤 사람이 그에게 물었다.

"어째 서둘러 내려가 건지지 않는 건가요? 뱃전에다 기호를 새겨서 무슨 소용이 있겠어요?"

그 사람은 당황하지 않고 침착하게 말하였다.

"급할 게 없습니다. 내 보검은 바로 여기 떨어졌습니다. 부두에 도착하여 정박하고 나서 기호가 새겨진 곳에 뛰어내리면 바로 건질 수 있을 것입니다."

그리고 다음과 같이 두 가지 문제만을 제시하고 있다.

① 본문을 낭독하고, 배 타고 강을 건너는 사람이 보검을 물에 떨어뜨리고도 왜 서둘러서 건져내려고 하지 않았는가 말해 보시오.

② 본문을 소리 없이 읽고, 그 사람이 떨어진 보검을 건질 수 있는지 없는지, 그리고 그 이유는 무엇인지 생각해 보시오.

이는 초등학생의 수준에 맞는 것이다. 다음으로 고등학교 어문 교과서 제1권을 살피면 《여씨춘추》 「찰금」(察今)편의 원문을 수록하면서 다음과 같이 생각해볼 문제를 제시하고 있다.

① 〈순표야섭〉(循表夜涉) 〈각주구검〉(刻舟求劍) 〈인영투강〉(引嬰投江)의 세 이야기는 모두 어떤 이치를 설명하고 있는가?

② 이 세 이야기가 설명하려는 이치에서 어떤 결론을 이끌어 낼 수 있는가?

③ 여기에서 구체적 사례를 운용하여 사리를 논증하고, 문장의 설득력을 강화하는 방식에 대해 당신은 어떠한 인식을 갖게 되었는가?

이는 초등 교과서와 분명한 차이를 보이고 있다. 초등학생은 이미지를 통한 구체적 사유를 위주로 하지만, 고등학생은 비교적 논리적 사유 능력이 발달되어 있기 때문이다. 글쓰기에서 초등학생은 간결한 기술 능력을 기르는 것이 중요하고, 고등학생은 논술 능력을 기르는 것이 중요하다.

대학교 인문 계열의 교과서에도 《여씨춘추》「찰금」편이 선정되어 있는데 그 중점은 《여씨춘추》의 사상과 예술의 특징에 대해 분석하는 것이다. 또 위 우언들을 포함하여 작품의 사상적 심도와 법가 사상과의 연계성과 차별성을 가려내 분석하고, 그것이 선진사상사에서 차지하는 위치를 지적해 내도록 한다.

(3) 언어에 밀착하고 낭독을 중시한다

우언은 일반적인 문학작품과 다름없이 언어예술이다. 낭독은 우언 교육에서 중요한 위치를 차지하는데 우언을 잘 가르치기 위한 수단이라 할 수 있다. 반대로 우언은 낭독 능력을 향상시키는 적당한 교재이기도 하다. 진지하게 반복적으로 낭독하는 것을 거쳐 아동이 우언의 형상을 감지하고 작품의 뜻을 헤아려 깨달으며, 사상과 언어적 자양분을 흡수하여 표현능력을 향상시킬 수 있다. 어떤 교사는 낭독을 소홀히 하고 본문의 언어를 떠나서 주로 다른 내용을 강의하지만, 이는 우언 교육뿐만 아니라 어문 교육의 규칙도 위반하는 것이어서 종종 일은 배로 하고 공은 반으로 준다.

이른바 '진지한 낭독'은 연습을 통해 유창하고 정확하며 감정이 풍부해지는 표현의 경지에 도달하려는 것이다. 〈늑대와 양〉 등의 낭독 테이프는 청취자들에게 오랫동안 잊지 못할 깊은 인상을 남겨주었다. 그 성공의 비결은 무엇일까? 하나는 정확함과 유려함, 경중 완급, 고저 곡절이 모두 다 제격이라는 점이다. 다른 하나는 감정이 풍부하게 배어나면서 배역에 푹 빠질 수 있어 양의 유치함, 선량함, 무고함과 늑대의 야만성과 흉악함을 체현할 수 있었다는 점이다.

낭독자는 늑대가 일부러 시비를 거는 것에서부터 부끄럽고 분한 나머지 성을 내며 막무가내로 행동하는 것까지, 양이 놀라는 것부터 부드럽게 변명하고 절망하며 억울하다고 외치는 것까지 모두 억양의 변화를 통해 절실하게 표현했다. 이러한 낭독을 통해 교사가 단지 약간만 짚어주면, 학생들은 이야기 속에 담겨 있는 이치를 금방 깨닫게 된다.

우언 이야기는 민간문학의 반복 수법을 사용할 때도 있다. 줄거리 전개나 인물의 대화를 세 번이나 반복하고, 반복할 때마다 내용을 점진시킨다. 이를 낭독할 때는 통일된 감정과 억양을 유지하면서도 변화를 가감해야 한다.

다음은 초등 어문 교과서 제6권의 〈남원북철〉(南轅北轍)에 있는 세 차례의 대화이다.

> 친구는 이상하게 생각하여 그를 일깨워 주면서 말하였다.
> "초나라는 남쪽에 있는데 자네는 왜 북쪽으로 가는가?"
> "괜찮아. 내 말이 빨리 뛰잖아."
> "말이 빨리 뛴다면 초나라에서 더 멀어지는 거 아닌가?"
> "괜찮아. 나한테는 말을 잘 모는 마부가 있잖아."
> 친구는 머리를 흔들면서 말하였다.
> "이런! 자네는 언제 초나라에 도착할 수 있겠나?"
> "괜찮아. 나는 많은 돈을 가지고 있거든."

위와 같은 세 차례의 문답에서 강조하고 싶은 핵심 사상은 똑같다. 즉 방향이 틀리면 노력하면 할수록 목표에서 멀어진다는 것이다. 그러나 세 문답의 내용은 점진적이니 친구의 억양은 놀라움, 책망, 실망으로까지 변해야 한다. 또한 수레 주인의 억양은 개의치 않다가 귀찮아하는 것으로까지 변해야 한다. 그의 말 뒤에 숨어 있는 뜻은 '당신이 신경 쓸 일이 아니잖아'라는 것이다.

또 초등 어문 교과서 제4권의 〈여우와 까마귀〉에도 여우의 말이 세 번이나 나와 있는데 말의 내용이 점진적이다. 첫 번째는 알아보는 것, 두 번째는 관심을 가지는 척 하는 것, 세 번째는 자기의 뜻을 굽혀 아첨하는 것이다. 낭독할 때 이런 점을 주의하면서 잘 음미할 필요가 있다.

이른바 '반복 낭독'은 교수-학습의 모든 과정에서 낭독을 실시하는 것을 뜻한다. 본문에 대한 이해가 깊어짐에 따라 낭독에 대한 요구가 점점 많아지므로 방식도 변화해야 한다. 예컨대 대화가 비교적 많은 우언은 한 사람이 여러 역의 말투를 모방해서 낭독할 수도 있고, 여러 사람이 서로 다른 역을 맡아 낭독할 수도 있다.

우언을 분석할 때도 언어 분석을 중시하여 관건이 되는 어구를 파악해 내야 한다. 예컨대 중학교 어문 교과서 제2권의 첫 글은《이솝 우화》두 편인데, 상하이의 첸룽펀(錢蓉芬) 선생님은 다음과 같은 교수-학습 방안을 설계하였다. 즉 언어 문자에 대한 이해력 훈련을 위주로 하되, 우언 작품을 가르칠 때마다 몇 개의 질문으로 학생들에게 시사점을 준다. 또한 반복하여 읽고 낭독하게 함으로써 지식을 전수하고 지력을 발전시키는 목적에 도달하는 것이다.

〈모기와 사자〉에 대해서는 모두 4개의 질문을 제기하였다.

    ① 어째서 처음에 모기가 사자에게 한 말을 인용해야만 했는가? 이 부분의 말투와 어조는 어떤 특징을 지니고 있는가?

    ② 모기와 사자가 싸움을 벌이는 단락은 어째서 생략되었는가?

    ③ 싸움을 벌이기 전에 모기가 '나팔 부는' 것과 싸우고 나서 '나팔 부는' 것은 의미 전달에서 어떠한 차이가 있는가?

④ 모기가 잡아먹히기 전에 탄식한 것은 자기 잘못을 인식했다는 것
    을 설명하는 것인가?

  교사가 표정을 지으면서 두 차례 연속 낭독하고, 다시 학생들에게 위
의 질문에 답하여 자기 의견을 서술하게 한다. 그리고 마지막으로 〈모
기와 거미〉라는 제목으로 소작문 과제를 부여한다.

  어떤 초등학교 교사는 우언 교육을 이용하여 아동의 어휘를 풍부하
게 만들 수도 있을 것이다. 본문 뒤의 '연습문제'에서 요구하는 어휘 말
고라도, 학생들이 이미 배웠거나 보았거나 들은 우언 성어를 수집하게
할 수도 있다. 그것을 노트에 기록하거나 벽보를 만들어서 누가 가장
많이 수집하고 잘 기록해 두었는지 내기하도록 하는 것이다.

  많은 교사들은 수업과 연계해서 학생들의 우언 독서 동아리를 조직
한다거나, 학생의 특징에 걸맞은 과외 활동을 조직하게 한다. 예컨대
아이들로 하여금 '무 뽑기'라는 유희를 하게 할 수 있다. 이 유희는 A.
톨스토이의 우언 〈무를 뽑다〉[拔夢卜]에 근거하여 개발한 것이다. 여기
서 할아버지·할머니·아이·강아지·고양이·쥐의 역을 맡은 아이들
이 서로 협력하여 큰 무를 뽑아내는 것이다. 어떤 교사는 학생들을 조
직해서 우언극 〈중산늑대〉를 공연하기도 하는데 배역은 모두 학생에게
맡긴다. 이 활동들은 즐거움 속에서 가르침을 전달하는 것이어서 효과
적이다.

A. 톨스토이의 '무 뽑기' 놀이와 노래

무를 뽑자 무를 뽑아, 영차 영차.
무를 뽑자 무를 뽑아, 영차 영차.
뽑아도 꼼짝도 않아, 할머니 빨리 오세요.
빨리 와서 우리들 무 뽑기 도와주세요.

무를 뽑자 무를 뽑아, 영차 영차.
무를 뽑자 무를 뽑아, 영차 영차.
뽑아도 꼼짝도 않아, 꼬마 아가씨 빨리 오세요.
빨리 와서 우리들 무 뽑기 도와주세요.

무를 뽑자 무를 뽑아, 영차 영차.
무를 뽑자 무를 뽑아, 영차 영차.
뽑아도 꼼짝도 않아, 꼬마 누렁이 빨리 오세요.
빨리 와서 우리들 무 뽑기 도와주세요.

무를 뽑자 무를 뽑아, 영차 영차.
무를 뽑자 무를 뽑아, 영차 영차.
뽑아도 꼼짝도 않아, 꼬마 얼룩고양이 빨리 오세요.
빨리 와서 우리들 무 뽑기 도와주세요.

http://v.ku6.com/show/QXY5y_7M910xj9W_.html 참고.

제14장 우언과 국제교류

1. 우언은 국제교류의 경기병(輕騎兵)이다

우언은 인류 문화를 담는 중요한 매체일 뿐만 아니라 국제 문화교류의 경기병이기도 하다.

세계 3대 우언 체계를 논의할 때, 각 체계의 내부 상황에 대해서는 이미 소개한 바 있다. 이러한 체계의 내부에서 이루어지는 전파도 중요한 국제교류이다. 예컨대 히브리 우언이 유럽으로 전해지고, 그리스 우언은 로마에, 로마 우언은 유럽 각국에, 또 아메리카와 오세아니아에 다시 전해졌다. 인도 우언은 페르시아·아랍과 남아시아 각국에 전해지고, 중국 우언은 일본이나 한국 등의 국가에 전해졌다. 이 장에서는 주로 3대 우언 체계 사이의 교류 상황을 소개하는 데 중점을 둔다.

중국과 인도의 문화교류는 서기전후부터 시작되었는데 주로 불교 문화의 전파였다. 불교가 전해지기 전 중국에서는 주로 천제와 조상 숭배, 귀신과 방술 관념이 유행했으며 철학·문학·예술 등에도 외래 영향은 보이지 않았다. 이에 비해 불교가 중국에 전해진 이후로는 중국 문화에 새로운 것이 많이 나타났다.

그 가운데 가장 뚜렷한 것은 종교 관념이 강화되어 불교와 맞먹는 종교, 즉 도교가 나타난 사실이다. 철학·언어학·문학·조형·회화 또는 과학기술 방면에서도 일련의 충돌과 변혁이 생겼다. 언어학 가운데 음운학, 조형예술 가운데 석굴 미술 등은 바로 직접적인 불교 영향의 산물이다. 종교와 철학 영역에서 1천여 년 동안 지속되어 온 유·불·도의 경쟁은 바로 본토 문화와 인도 문화의 부단한 충돌을 상징한다. 뒤에 불교와 도교의 사상이 융합되어 선종이 나타나고, 불교를 끌어다 유교 사상에 융합시켜 송명이학(宋明理學)이 나타났다. 이는 중국이 인도 문화를 흡수하는 과정에서 이미 완성기에 들어섰다는 것을 상징한다.

불교가 언제 중국으로 전해왔는지에 대해서는 학술계에서 아직 합의가 이루어지지 않고 있다. 불교와 도교 사이에 충돌이 치열하여 상대를 서로 낮게 평가하므로 각각 자신의 역사를 앞당기는 가설을 만들어 낸다. 도교도는 석가모니가 노자(老子)의 제자 관윤(關尹) 희(喜)가 재생한 것에 지나지 않다고 날조하였다. 서진(西晉) 말년의 도사(道士) 왕부(王浮)는 이에 근거하여 《노자화호경》(老子化胡經)을 만들었는데 거기에서 다음과 같이 말하였다.

우리의 영윤(令尹) 희(喜)는 달의 정령을 타고 중앙천축국에 하강했다. 백정부인(白淨夫人)의 입으로 들어가 음기에 의탁하여 태어나서는 별도로 싯다르타가 되었다. 태자의 지위를 버리고 입산 수도하여 더없는 무상도를 이루고 '불타'라 일컬어졌다.

한편 불교도는 하(夏)나라 우임금 때에 중국이 벌써 불교를 알고 있었다고 꾸몄다. 또한 그들은 공자의 입을 빌려 석가모니의 지위를 높인다. 《열자》「중니」(仲尼)편의 〈서방성인〉(西方聖人)은 위진(魏晉)시대 사람들이 불교를 미화하고자 지은 일종의 암시이다. 당나라의 승려 도선(道宣)은 더 나아가 《귀정편》(歸正編)에서 "여기에 근거하여 말한다면 공자는 부처가 큰 성인임을 깊이 알았다"고 긍정하였다. 도세(道世)의 《법원주림》(法苑珠林)도 이 가설을 널리 알렸다.

그러나 《한서》〈장건전〉(張騫傳)과 〈서역전〉(西域傳)의 기록에 따르면 장건이 서역을 거쳐 귀국한 뒤에야 비로소 중국이 서역 각국과 인도에 대해 알게 되었지만, 불교에 대해서는 아무런 언급도 없다. 따라서 불교가 일찍부터 중국에 전해왔다는 말은 믿을 만한 것이 못 된다. 각종 역사 자료를 종합해 보면 불교는 서한 말년에 대월씨(大月氏)를 통해 중국으로 전해졌다고 한다.

대월씨는 원래 기연산(祁連山) 일대에 살다가, 흉노에게 패배한 뒤 서쪽의 중앙아시아 아무다르야(Amu Darya) 일대로 도망쳐 대하(大夏)를 정복하였다. 그 뒤 대월씨의 귀상부(貴霜部)가 귀상국(貴霜國)을 세워 인도를 정복하면서 전국에 불교가 보급되었다. 귀상 제국의 중심은 바로 중앙아시아를 가로지르는 실크로드의 중추이자 상업 무역과 문화 교류를 할 때 반드시 지나가는 길이었다.

최초로 중국에 가서 불교를 전파한 사람은 바로 대월씨 승려였다. 《삼국지》「위지동이전」의 주석으로 인용되기도 했던 어환(魚豢)의 《위략》(魏略)〈서융전〉(西戎傳)에서는, "예전 한나라 애제(哀帝) 원수(元壽) 원년에 박사제자 경려(景廬)가 대월씨의 사신 이존(伊存)이 구술로 가르친 《부도경》(浮屠經)을 전수받았다. 부두(復豆)라는 것이 바로 그 사람이다"라고 한 바 있다.

'원수 원년'은 바로 서기전 2년이며, 중국과 귀상국의 왕래가 빈번했던 시기였다. 또 구술 전수는 불교를 선교하던 전통 방식이었다. 어느 일본 학자의 고증에 따르면 불교는 주로 구두로 전수되었으며 서기 이후에야 성문 경전이 이루어졌다고 한다. 따라서 《위략》의 기록은 믿을 만한 것이다. 그리고 이는 당시 중국 사회에서 벌써 불교에 대해 관심을 기울였다는 사실을 확인해 주기도 한다. 그렇지 않았다면 박사제자 경려가 이존의 구두 전수를 받지도 않았을 것이다. 부도(浮屠)니 부두(復豆)니 하는 것은 모두 불타(Buddha)의 음역어이다. 《부도경》은 아마도 불타의 탄생 이야기를 말하는 《본생경》 같은 경전일 것이다. 이상은 런지위(任繼愈) 주편의 《중국불교사》를 참고하였다.

《위략》은 불교의 중국 전래에 대한 믿을 만한 최초의 역사 자료이다. 뒤에 동한 명제(明帝, 재위 58~75) 때 사람을 파견하여 대월씨국에 가서 《사십이장경》을 베껴 써 오게 하고 국내에 불교 사찰을 건설하도록 했다고 했다. 그렇다면 이는 불교의 중국 전파가 진일보하였다는 것이다. 또한 《위략》의 기록은 불교가 중국에 전해지자마자 가장 먼저 들어온 문학작품이 우언 이야기였다는 점을 확인해 준다.

불본생담은 석가모니가 오랜 세월 고행하고 불타가 되었다는 우언 이야기로서 모두 몇백 개나 된다. 《부도경》이 구두로 전수된 이후 동한의 명제 때부터는 불교가 문헌으로 번역되기 시작하였다. 불경 번역 사업이 번성함에 따라 〈장님 코끼리 만지기〉〈달 건지는 원숭이〉〈불 끄는 앵무새〉〈거북과 거위〉 등의 인도 우언도 중국 본토에 전파되기 시작하였다.

우언 전파와 뚜렷이 대조를 이루는 현상은 인도의 여타 문학작품이 뒤늦게 중국으로 전래되었다는 점이다. 인도의 유명한 서사시 《마하바라타》《라마야나》, 유명한 희곡 《작은 진흙마차》《샤쿤탈라》 등은 20세기가 되서야 중국어 번역본이 나왔다. 이는 우언의 중국 전래에 견주어 2천 년이나 늦다. 물론 이렇게 된 것은 종교 문제이기도 하지만, 문체 때문이기도 하다. 우언은 국제교류에서 앞장서는 양식이었다.

이상한 것은 중국이 불경과 인도 우언을 받아들였지만, 인도는 중국 문화를 받아들이지 않았다는 점이다. 중국과 인도의 문화교류는 일방적인 전파였던 것 같다. 하지만 사실 수백 년 긴 세월의 교류에서 중국은 비단(silk) 등의 물질문명을 인도에 전해주었을 뿐만 아니라, 중국의 고승들은 인도에 믿을 만한 역사 기록을 남겨주었다. 예컨대 법현(法顯)의 《불국기》(佛國記), 현장(玄奘)의 《대당서역기》(大唐西域記) 등은 역사를 중시하는 중국의 전통을 인도에 전한 것이다.

또한 중국 우언의 전통이 인도의 우언 창작에 영향을 끼치기도 했을 것이다. 이에 대해 인도 측의 사료를 들어 증명할 수는 없는데, 인도가 줄곧 역사 기록을 중시하지는 않았기 때문이다. 또 6세기 이후 인도는 줄곧 사분오열되고 외래 민족의 침입을 받아 비참한 상태에 있었으므로, 설사 이 방면의 문헌이 있었더라도 보존하기가 어려웠을 것이다.

여기서 모두들 잘 알고 있는 《백유경》(百喻經)을 예로 들어 위의 가설을 간단하게나마 증명해 보도록 하자. 양(梁)나라 승우(僧佑)의 《출삼장기집》(出三藏記集)에 따르면, 이 책은 인도의 유명한 승려 상가세나(Saṅghasena)가 《수다라장》 12경(經) 가운데서 100개의 이야기를 골라 만든 것이라고 한다. 또 제무제(齊武帝) 영명(永明) 10년(492)에 중인도 법사 구나브리디(Guṇavṛddhi)가 그것을 한어로 번역했다 한다.

이러한 '경'의 우언은 당연히 인도인의 창작이겠으나, 그 안에서 중국 우언의 영향도 엿볼 수 있다. 이 책에는 우언 98편이 수록되어 있는데 의인화된 동물 이야기는 5편만 있으며 나머지는 모두 인물 이야기이다. 이것은 바로 중국 고전 우언의 제재상 특징이다. 이들 가운데에는 중국에서 인도로 전해진 것이 있을지도 모른다. 예컨대 〈바다 건너다 바루를 잃어버림〉은 《여씨춘추》의 〈각주구검〉과 비슷하고, 〈곱사등이 치료〉는 한단순(邯鄲淳)의 《소림》(笑林) 가운데 〈곱사등이 치료〉[治駝背]와 판에 박은 듯이 비슷하다.

중국과 인도의 문화 관계를 고증하는 학자들은 대부분 중국의 '어떤 이야기'가 인도의 '어떤 이야기'에서 왔다고 말한다. 그러나 필자는 가끔 각도를 바꾸어 중국의 어떤 이야기가 인도로 전해졌다고도 볼 수 있다고 생각한다. 왜냐하면 중국과 인도는 서역을 통해 왕래했는데 가는 것만 있고 오는 것은 없는 일방적인 왕래는 이상하다. 오는 것도 있고 가는 것도 있어야 정상적인 왕래이다. 어느 쪽이 영향을 받고, 어느 쪽이 영향을 끼치는 것인지는 시대의 선후로 미루어 판단할 수 있다. 《여씨춘추》는 《백유경》보다 800년이나 이르니 중국에서 서역과 인도로 전해질 시간이 충분하고, 《소림》도 《백유경》보다 거의 300년이나 빠르다.

중국은 유럽과 한 왕래에서도 긴 역사를 가지고 있다. 서기전 2세기, 장건(張騫, ?~B.C.114)은 서역을 거쳐 실크로드를 개척하였다. 동쪽의 장안에서 서쪽의 로마까지 통하는 이 길은, 전체 길이가 7천여 킬로미터가 되며, 고대의 세계 경제·문화 교류의 대동맥이었다. 물론 당시에 중국과 유럽은 직접적인 왕래가 없었으며 근동 지역의 상인을 매개로 하였다.

그러나 《사기》「대완열전」(大宛列傳)에 따르면, 장건의 부사(副使)가 로마 제국의 동쪽 국경지방에 있는 안식국(安息國), 즉 이란의 파르티아(Parthia) 왕조에 도착하였다. 얼마 지나지 않아 안식국에서도 사자를 장안까지 파견해 "큰 새알과 여헌(黎軒)의 눈속임 잘하는 사람을 한나라에 바쳤다"고 한다. '여헌의 눈속임 잘하는 사람'이라 함은 로마 제국의 마술과 서커스를 공연하는 사람들이다. 고대 중국은 로마 제국을 여헌국(黎軒國)이나 대진국(大秦國)이라고 불렀다. 로마 사람들도 이로부터 먼 동쪽에 중국이라는 나라가 있다는 것을 알게 되고, 실크를 생산하는 나라라는 뜻으로 '사리스 국(賽里斯國)'이라 불렀다.

로마 학자 프리니(Pliny, 23~79)는 《박물지》(博物志)에 실크로드에 대해 상세하게 기록하였으니, "중국 사람은 숲에서 실크를 만들어 아름다운 원단을 짜고 로마에까지 판매한다. …… 땅의 동쪽 끝에서 서쪽 끝으로 운송하자니 고생이 극심하다"고 하였다.

실크로드를 거쳐 인도에서 중국으로 불교와 인도문학 가운데 우언이 수입되었다. 그렇다면 유럽문학에서는 가장 먼저 무엇이 수입되었는가? 필자가 본 자료에 따르면 놀랍게도 역시 우언이었던 바, 그것은 유럽 우언 체계에 속했던 《성경》의 우언이었다. 일단 다음 자료를 보도록 하자.

한 도시에 두 사람이 살고 있었는데 한 사람은 부자였고 다른 한 사람은 가난했다. 부자는 많은 소와 양을 가지고 있었지만, 가난한 사람은 품삯으로 얻어 기르는 암컷 새끼 양 말고는 아무 것도 없었다. 이 새끼 양은 그 집에서 그가 먹는 것을 먹고, 그가 마시는 것을 마시며, 그의 가슴 속에서 잠들면서 그의 자식과 함께 커 가니, 그에게는 자식과 다름 아닌 존재였다. 그러다가 어느 손님이 그 부자의 집에 놀러갔는데 부자는 자신의 소와 양을 손님에게 대접하기 아까워서 가난한 사람의 새끼 양을 빼앗아 손님에게 대접하였다.

《구약 성경》「사무엘 하」(12:1~12:4)

초나라의 어느 부자가 양 99마리를 가지고 있었는데 100마리까지 채우고 싶었다. 어느 날 읍내의 친구 집에 놀러갔는데, 친구의 이웃은 가난한 사람이었지만 양 한 마리를 가지고 있었다. 그래서 부자는 그 가난한 이웃에게 찾아가서 말했다.

"나에게는 양 99마리가 있는데 당신의 한 마리까지 가지게 되면 100마리가 될 것입니다."

《금루자》「잡기」편

여기서 설명을 덧붙여야 할 것은 '99'와 '1'이라는 숫자 대비도 《성경》에서 비롯되었다는 점이다. 《신약 성경》「마태복음」에서 "어떤 사람이 양 100마리를 가지고 있는데 그 가운데 한 마리가 길을 잃어버렸다. 그대들은 어떻게 할 것인가?"라고 말한 바 있다. 이처럼 이 두 이야기는 너무 비슷해서 완전히 우연이라고는 할 수 없을 것이다. 《성경》은 이미 유럽에서 가가호호 알고 있었다고 전제할 때, 아마도 실크로드의 대상(隊商, caravane)들이 일찍이 그 이야기를 중국으로 가져왔을 것 같다. 이에 양원제(梁元帝)가 비록 우의는 다르지만 위 우언을 쓰는 데 시사점을 받았을 것이다. 양원제 소역(蕭繹, 508~554)은 6세기 전반부의 인물로서 자신의 이론 저술인 《금루자》를 지었다.

이 〈양을 빼앗아 간 부자〉는 아마도 중국에 전입된 최초의 서양 이야기였을 것이다. 《성경》의 정식 번역은 이보다 100년 남짓 뒤의 일이었다. 〈대당경교유행중국비〉(大唐景敎流行中國碑)의 기록에 따르면, 당태종(唐太宗) 정관(貞觀) 9년(635)에야 로마교황청 주교 알로펜(Alopen)이 장안(長安)에 와서 태종을 알현하고, 이후 황궁에 머물면서 《성경》을 번역하였다고 한다.

어쨌거나 《금루자》의 이야기가 수록된 시기는 당나라 장설(張說)의 〈양사공기〉(梁四公記) 기록과 은연중 일치한다. 〈양사공기〉는 양무제(梁武帝) 때 네 명의 노인이 서울에 와서 '부상(扶桑), 로마 제국의 불림(拂林), 여인국 등의 신기한 소문을 이야기하였다고 묘사하였다.

어떤 책에서는 장설의 〈양사공기〉가 동로마 우언의 중국 전입을 언급한 최초의 기술이라고 설명하지만, 사실 그 기록에는 어떤 우언 작품도 없다. 다만 이 글에는 로마에 관한 정황을 드러내고 있어 중국 사람들의 호기심을 유발하였다. 이로써 《금루자》의 우언이 《성경》의 영향을 받았다는 것이 우연이 아니라는 점을 증명할 수 있다.

유럽 우언이 본격적으로 중국어로 번역된 것은 명나라 때부터이다. 1608년 이탈리아 예수회의 선교사 마테오 리치(Matteo Ricci, 1552~1610)가 짓고, 명나라의 유명한 정치가 서광계(徐光啓)가 부연한 《기인십편》은 서양의 종교·철학·문학 이야기를 소개하였다. 그 가운데 가장 두드러진 것은 〈배가 더부룩해진 여우〉〈공작새의 발이 못생겼다〉〈개 두 마리〉〈사자와 여우〉〈나무 두 그루〉〈말과 사슴〉 등과 같은 이솝 우화였다.

1625년 서안(西安)에서는 《이솝 우화》의 최초 한역본 《황의》(況義)가 간행되었다. 이 책은 프랑스 예수회의 선교사 트리갈(Nicholas Trigault, 1577~1628)이 구두로 전수하고 취안저우(泉州) 사람 장갱(張賡)이 부연한 것으로, 이솝 우화 22편을 번역하여 수록하였다. 예컨대 〈까마귀와 여우〉〈고기 무는 개〉〈과부와 암탉〉〈사자·늑대·여우〉 등이 있다.

유럽의 기타 문학작품들이 본격적으로 중국어로 번역된 것은 우언의 번역보다 많이 늦었다. 19세기 말에서 20세기 초에 이르러서야 외국소설과 희곡이 차례로 번역되었다. 청나라 말기의 유명한 소설 번역가 린슈(林紓)가 유럽소설 100여 권을 번역하였다. 그가 최초로 번역한 작품은 1897년의 〈파리의 춘희 이야기〉이다.

셰익스피어 희곡의 번역은 램 남매(Mary Lamb, Charles Lamb)의 《셰익스피어 이야기집》에서 시작되었으며, 1903년에는 역자 미상으로 《해외 기담》(澥外奇譚)이 선역되고, 1904년이 되어서야 린슈 등이 《영국 시인의 음변연어》(吟邊燕語)로 완역하였다. 1921년에는 전한(田漢)이 희곡 형식의 백화문으로 〈햄릿〉을 번역하게 되었다. 그리고 외국 선교사가 셰익스피어의 이름을 소개하는 것도 1856년의 일이다. 이는 마테오 리치가 이솝과 그의 작품을 소개한 것보다 꼭 250년이나 늦었다.

중국의 문학작품 가운데서 최초로 유럽으로 전해진 것도 아마 우언이었을 것이다. 관련 자료에 따르면, 수당(隋唐) 시기 동로마의 시모카테스(Theophylactus Simocatta)가 쓴 《타오커스 국(國) 기행》과 송나라 때의 스페인 사람인 벤자민(Benjamins)이 쓴 여행기에서는 모두 중국의 지리·문자·풍속을 소개하면서 우언 이야기를 알렸다고 한다.

　여기서 이보다 더 앞선 자료 한 가지를 보여줄 수 있다. 유명한 학자 양셴이(楊憲益)가 쓴 《역여우습》(譯餘偶拾)의 〈허공의 가는 실오라기〉를 보도록 하자.

　《안데르센 동화》에는 〈벌거숭이 임금님〉이란 이야기가 있다. 이는 중국에서 이미 보편적으로 번역되어 인용되고 있는 실정이다. 그리고 일반 사람들은 풍자적 의미를 담은 이 이야기가 유럽 동화의 걸작이라고 생각한다. 그러나 이 이야기는 천여 년 전의 중국 기록에 이미 존재한다는 것을 아무도 모르고 있다. 양(梁)의 《고승전》에서 구마라집의 전기를 살필 즈음에 다음과 같은 이야기를 베껴 놓은 것이 있는데 아동문학 연구자들에게 참고 자료가 되었으면 한다.

　"이윽고 반두달다 대사가 멀다하지 않고 이르렀다. …… 대사가 구마라집에게 말하였다. '그대가 대승(大乘)에서 무슨 기이한 상(相)을 보았기에 그를 숭상하려 하는가?'

　구마라집이 답하였다. '대승은 깊고 맑아 법(法)이 모두 공(空)임을 밝혀줍니다. 소승은 구석에 치우쳐 대부분 명(名)과 상(相)에 막혀 있습니다.'

　대사가 말하였다. '그대는 일체가 모두 공(空)이라 말하니 심히 두렵도다. 어찌 모든 법을 버리고 공을 사랑하는가? 마치 옛날 미친 사람이 재단사에게 무명옷을 짓게 한 것과 같네. 미친 사람이 옷을 극히 촘촘하게 잘 만들라고 했지. 재단사는 한껏 옷감을 촘촘히 티끌처럼 만들었지. 미친 사람은 오히려 그것이 거칠다고 타박했어. 재단사는 크게 화가 나서 허공을 가리키며, 「이것이 촘촘한 실오라기요!」라 했지. 미친 사람이, 「어째서 보이지 않는 거지?」라고 하니, 재단사가 말했어. 「이 실오라기는 극히 촘촘해서 우리 공인들 가운데 훌륭한 장인도 오히려 보지 못하거늘, 다른 사람은 어떻겠소!」 미친 사람이 크게 기뻐하여 그 재단사에

게 부탁했어. 재단사도 그에게 옷을 지어 바치고 으뜸상을 받았지. 그러
나 실은 아무 것도 없었지. 자네의 공법(空法) 또한 이와 같은 것이야.'"

구마라집(鳩摩羅什, Kumarajiva, 344~413)은 역경(譯經)의 대가로서
지금의 신장 위구르족 지역, 쿠처(庫車) 룬타이(輪臺) 아커수(阿克蘇)
일대인 귀자국(龜玆国)에서 태어났다. 반두달다(盤頭達多, Bandhudatta)
도 고승이며 오늘의 인도 캐시미르 일대 계빈국(罽賓國)의 왕족이다.
구마라집은 9살 때 계빈국에 가서 반두달다를 스승으로 모시고 불경을
공부하였다. 반두달다는 소승불교의 승려였다. 뒤에 구마라집은 귀자국
으로 돌아가 대승불교에 귀의하여 법아개공(法我皆空)의 사상을 폈는
데, 반두달다는 위의 이야기를 이용하여 그를 비판하였다. 그러나 나중
에 반두달다는 오히려 구마라집에게 설복되어 대승불교를 신앙하게 되
었다.

이로 보아 이 우언은 중국 위구르족 지역에서 나타났고, 서기 6세기
남조(南朝) 양(梁)나라 승려 혜교(慧皎)에 의해 《고승전》에 수록되었
다. 안데르센이 《고승전》을 본 적은 없었을 것이며 스페인 사람의 저
작을 통해 《고승전》의 영향을 받게 된 것이었다. 안데르센은, "〈벌거숭
이 임금님〉은 스페인에서 왔으며, 우리가 이렇게 재미있는 이야기를 얻
어 보게 된 것은 스페인 작가, 돈후안 마누엘(Don Juan Manuel) 왕자에
게 감사의 뜻을 표하지 않으면 안 된다"고 하였다.

마누엘은 14세기 스페인의 정치가이자 작가이다. 그가 편찬한 이야
기 우언집 《루카노르 백작》(El Conde Lucanor)의 제7장에 건달꾼 세 명
이 보이지 않는 옷감을 짤 수 있다고 임금을 속인 이야기를 끼워 넣고
있다. 8세기 초, 스페인은 아랍 제국에게 점령되어 동양 문화가 전파되
기 시작하였다. 그렇기 때문에 이 이야기는 먼저 스페인으로 전해져 가
공·개조되었다고 보는 것이 이치에 맞다.

어떤 우언은 〈허공의 가는 실오라기〉보다 더 이른 사례가 있으니, 《회남자》(淮南子) 「설산훈」(說山訓)편의 다음과 같은 이야기이다.

외적이 쳐들어 왔다. 절름발이가 소경에게 알렸다. 소경이 절름발이를 업고 달아났다. 두 사람이 모두 살았다. 자기들의 능력을 잘 맞추었기 때문이다.

이것은 바로 유명한 〈소경과 절름발이〉라는 이야기에 대한 최초, 즉 서기전 2세기의 기록이다. 그 뒤 2천여 년 동안 이 이야기는 몽고족 등 소수민족에게 전승될 뿐만 아니라 외국에 전해지기도 하였다. 독일 우언의 창시자 겔레르트(Christian Frchtegott Gellert, 1715~1769)가 운문으로 쓴 《우언 이야기집》에는 이 〈소경과 절름발이〉가 있다. 고대 그리스 우언, 로마 우언 가운데는 이런 이야기가 없으며, 고대 인도 우언에도 없다. 그러므로 이 이야기의 기원은 중국일 수밖에 없다.

5세기 중엽 흉노족이 서로마 제국을 침입하였을 때, 또 8~13세기에 돌궐인이 서쪽으로 이동하였을 때, 그리고 13세기 몽골의 바투가 서쪽으로 침입하였을 때 모두 이 이야기를 유럽으로 가져갔을 가능성이 있다. 실크로드로 평화롭게 왕래할 때는 말할 것도 없이 이 이야기를 가져갔을 가능성이 더욱 크다. 따라서 겔레르트가 쓰기 전에 〈소경과 절름발이〉는 이미 유럽 민간에서 오랫동안 이어지고 있었을지도 모른다.

중국의 기타 문학작품들이 유럽으로 전해진 시간은 우언보다 많이 늦다. 1735년에 프랑스의 드카세(Jean du Casse)가 편찬한 《중화 제국지》(中華帝國志)에는 《시경》의 작품 10여 수, 원나라 잡극 〈조씨고아〉(趙氏孤兒), 《금고기관》(今古奇觀)의 소설 4편이 번역·소개되었다.

인도와 유럽의 문화교류는 고대 이전으로 거슬러 올라갈 수 있다. 인도 아리아인(Aryan)은 유럽 인종에 속한 민족으로서 처음에는 중앙아시아 일대에 거주하였으며, 러시아 남부 지역의 안드로노포(Andronovo) 문화를 지닌 부락이 이란고원에 들어간 뒤 현지 거주민과 융합하여 형성된 민족이었을 수도 있다. 학계에서는 인도유럽어(The Indo-European of languages)도 유럽 동남 지역과 이 지역과 연결되는 중앙아시아 일대에서 기원하였다고 여긴다. 서기전 2000년 아리아인은 인도에 침입하여 유럽 문화와 인도 토착 문화의 융합을 가져왔다.

서기전 4세기, 그리스 마케도니아의 임금 알렉산드로스가 동쪽으로 대거 침입하였다. 서기전 327년, 페르시아를 점령한 뒤 힌두쿠시(Hindu Kush) 산맥을 넘어서 인도로 진입하였으며 서기전 326년, 펀자브(Punjab)를 정복하였다. 이 원정은 인도와 유럽 사이의 문화교류를 다시 한 번 촉진시켰다.

흥미로운 것은 페르시아인이 번역한 인도의 우언 이야기집 《칼릴라와 딤나》 머리말에서, 알렉산드로스가 펀자브의 푸로우 왕(富樓王) 또는 뽀루 왕(波魯王)을 정복한 이야기를 생생하게 묘사하였다는 점이다. 또한 알렉산드로스가 철군한 뒤 인도 사람들이 그가 파견한 측근자를 파면하고 푸로우 왕의 후손 딥쉬림(Dibshlim) 왕을 옹립하였으며, 갈수록 교만해지고 방자해지는 임금에게 유명한 브라만 철학가 파이더파가 간언하고자 이 우언 이야기집을 편찬하였다고 했다. 이 이야기집의 인도 이름은 《판차탄트라》이다.

이 책은 가장 먼저 페르시아어로 번역되었고, 8세기에는 페르시아어에서 아랍어로 번역되었으며, 또 아랍인을 통해 유럽으로 건너가 인도 문화를 유럽으로 전하는 경기병의 구실을 하였다. 유태인계 스페인 사람 알퐁스의 이야기집 《선교사 계율》, 프랑스의 동물 서사시 《여우 르나르의 이야기》, 라퐁텐의 우언시, 보카치오(Boccaccio), 초서(Chaucer), 라블레(Rabelais) 등의 저작도 모두 이 《판차탄트라》의 영향을 받았다.

알렉산드로스가 동쪽으로 원정했다는 것은 인도 문화의 서양 전래를

촉진시키는 동시에 인도에 그리스 문화를 가져오기도 하였다. 특히 대
월씨가 귀상 제국을 세운 뒤 서로 다른 문화와 종교 신앙을 모두 받아
들이는 정책을 취하였다.

카니슈카(Kanishka) 시기(약 120~162) 인도의 많은 건축과 조각은
그리스의 예술 형식을 이용하여 불교적 주제를 나타냈다. 예컨대 한 동
전에 그리스 복장을 입은 석가모니상을 새기고 주변에 그리스어 자모
로 '불(佛)' 자를 맞붙였다. 또한 인도와 그리스의 우언에서 같은 이야
기들을 많이 발견할 수 있다. 예컨대《불본생담》〈염부 과일 본생〉에
는 다음과 같은 이야기가 있다.

한 까마귀가 염부(閻浮)나무 가지에 앉아 염부 과일을 먹고 있었다.
잠시 뒤에 한 늑대가 와서 머리를 쳐들어 까마귀를 보면서 마음속으로
생각하였다.

'만약 내가 이놈에게 아첨을 좀 하면 염부 과일을 약간 먹을 수 있을
지도 몰라.'

그리하여 늑대는 첫 번째 게송을 부르며 까마귀를 치켜세웠다.

"누가 염부나무 가지에 앉아 있나, 그 목소리 정말로 부드럽네.

어린 공작과도 같으니, 지저귀면서 노래도 한 번 해보려무나."

이를 들은 까마귀는 두 번째 게송을 불러 늑대의 찬미에 답하였다.

"총명한 사람이 총명한 사람을 아끼며, 귀족이 귀족을 찬양하리.

당신은 어린 호랑이와도 같으니 달콤한 염부 과일을 먹어보렴."

까마귀는 노래가 끝나자 염부나무 가지를 흔들어 과일을 떨어뜨렸다.

이 이야기는 자연스럽게《이솝 우화》의 〈까마귀와 여우〉를 연상시
키는데 이 상황에 대해 다음과 같은 세 가지 해석이 있을 수 있다.

① 인도 우언이 유럽으로 전해져 후세 사람들이 이를 이솝 우화에 수록하였다.

② 그리스 우언이 인도로 전해져 후세 사람들이 이를 불본생담에 수록하였다.

③ 두 이야기는 같은 근원을 갖고 있는데 모두 수메르에서 기원했을 것이다.

그런데 어느 쪽이든지 인도와 유럽의 우언 체계가 밀접함을 설명해 준다. 후대 학자들은 바로 이 점에서 출발하여 '동서 비교문학'을 창립하였다. 19세기 중반 유럽에서는 정식으로 비교문학 연구를 수립하였는데, 처음에는 연구 범위가 유럽 각국 사이의 비교에 제한되었다. 그러다 1859년 독일의 문헌학자 벤페이가 《판차탄트라》의 독일어 번역본8)에 머리말을 쓰면서 유럽문학의 일부 제재는 인도 이야기에서 직접적으로 기원했다고 지적하였다. 이로부터 '동서 비교문학'이 본격적으로 수립되었다. 이러한 비교 연구의 출발점은 《이솝 우화》를 비롯한 유럽 우언과, 《불본생담》과 《판차탄트라》를 비롯한 인도 우언 사이의 연구이다. 우언은 발 빠르게 앞서가는 존재였다.

이렇게 우언이 인류 문화교류에서 경기병 구실을 하게 된 이유는 다각적이다.

첫째, 우언은 침투성이 강한 주변 문체로서 각종 철학·종교·교육·문예 저술이 모두 이를 매체로 사용하기 좋아한다. 이 때문에 어느 방면의 교류이든지 많든 적든 우언이 그 안에 끼어든다. 불경 번역가와 기독

---

8) 벤페이(Theodor Benfey, 1809~1881)의 《판차탄트라》 독일어 번역본: 벤페이는 독일의 유태계 문헌학자로서 산스크리트 관련 책자들과 《산스크리트-영어 사전》 등을 편찬하여 유럽 인도학의 초석을 닦은 공로가 크다. 특히 《판차탄트라》 번역본에는 원시 민족의 우화와 신화에 관한 방대한 논문을 첨부하였다.

교 선교사는 종교 전파의 과정에서 우언을 이용하거나 전파하였다.

둘째, 일반적으로 우언은 형태가 짧지만 사상이 의미심장하여, 형상으로 남을 감동시키고 이치로 설복한다. 때문에 우언은 전파되기도 쉽고 받아들이기도 쉽다. 일반 대중들에게 장편의 이론적 저술은 받아들이기 어려운 대상이다. 생생한 문학작품이더라도 편폭이 너무 길다면 두 개의 문화가 접촉하는 초기에는 전파되거나 번역되기 쉽지 않다.

셋째, 우언 체제의 민족적 차이가 크지 않아, 다른 민족 사이의 교류가 쉽다. 철학이나 교육과 같은 기타 문화 영역에서는 민족적 전통의 차이가 크다. 각종 저술 체계·술어·표현 방식이 같지 않으니 비교적 긴 시간의 적응 과정이 필요하다. 그러나 우언 이야기는 종종 신속하게 전해졌다. 많은 이야기들이 최초에 어디서 출현했는지, 어느 민족이 창작한 것인지 판단하기가 힘들 정도이다.

넷째, 수용자의 민족 전통과 연관된다. 예컨대 중국에서 최초로 받아들인 외국 문학양식이 서사시나 소설이나 희곡의 어느 것도 아니고 우언이었다는 것은 중국 특유의 전통과 관련된다. 중국 사상계에서 가장 좋아하는 표현 방식은 '형상으로 이치를 드러낸다[以形見理]'인데, 이 점은 선진제자가 우언을 많이 사용하였다는 점에서 명백히 드러난다. 게다가 중국의 문장가들은 소설이나 희곡과 같은 '고상한 자리에 오르지 못할[不登大雅之堂]' 작품을 경시하였다. 그러므로 외국의 우언을 가장 먼저 받아들이게 된 것이었다.

2. 우언이란 나무는 교류하는 사이에 성장한다

교류는 진보를 의미하고, 폐쇄는 정체를 상징하는데 경제와 문화 영역이 모두 이와 같다. 특히 우언의 교류는 창작에 매우 큰 촉진제 구실을 한다.

중국의 선진(先秦) 우언은 매우 두드러진 성과를 보였다. 내용이 풍부하고 사상이 심각하며, 풍격이 다양하고 양적으로 대단하다. 사회생활의 광범위한 영역에서 대단한 영향을 끼친다. 뿐만 아니라 민족의 사유 능력을 높이고, 도덕 정서를 함양하며, 언어를 풍부하게 한다. 선진 우언은 명가를 배출하였으니, 묵자·맹자·장자·열자·한비자와 같이 역사책을 빛낸 일련의 이름들은 모두 우언과 긴밀하게 연결된다. 만약 《장자》에서 우언을 빼버린다면, 문학뿐만 아니라 철학적 광채를 잃을 것이다.

그런데 양한(兩漢) 우언은 선진 우언을 이어받는 것이 위주였다. 여러 측면에서 창신의 정신이 부족했기 때문에 우언 창작의 성과가 선진 시대를 전혀 따라갈 수가 없었다. 위진남북조(魏晉南北朝)의 우언 창작은 더욱 상황이 악화되었다. 다행히 이 시기에 인도의 불경우언이 전래되어 중국 우언에 신선한 혈액을 주입하였다. 이는 결국 당송(唐宋)시대에 꽃이 피고 열매를 맺어 고전 우언 창작의 제2전성기를 촉진시킨 셈이다.

당송 우언의 대표적 인물인 유종원(柳宗元)과 소식(蘇軾)은 모두 불경우언의 영향을 받았다. 더욱이 소동파는 불교 인물들과 가깝게 사귀었다. 소동파의 유명한 우언 〈해의 비유〉는 맹인이 '쟁반을 두들기고 촛대를 더듬는' 것을 묘사했다. 이는 불경우언의 〈코끼리 다리 만지기〉의 암시를 받은 것이 분명하다. 주인공이 모두 맹인이며, 주제 또한 맹인을 빌려 스스로 옳다 여기는 것을 풍자하였다. 《잡비유경》 가운데 (1) 〈귀신상〉과 소동파의 《애자잡설》 가운데 (2) 〈귀신도 악인이 두려워〉는 더욱 한 품에서 나온 듯하다.

(1) 옛날 다섯 도인이 함께 길을 가다가 눈 내리는 날씨를 만나 한

신사(神寺)에 들러 그곳에서 묵었다. 방 안에는 귀신 형상이 있었는데 아전과 백성 등 나라 사람들이 높여 받드는 대상이었다. 도인 네 사람이 말하였다.

"오늘 저녁이 너무 추우니 이 나무 사람을 태워서 불쏘시개나 하자!"

한 사람은 말했다.

"이건 사람들이 섬기는 것이니 훼손해서는 안 되지."

그래서 그대로 놔두고 부수지 않았다.

이 방 안의 귀신은 항상 사람을 잡아먹었는데, 혼잣말을 하였다.

"한 사람이 나를 두려워하니 저 사람을 잡아먹어야겠구먼! 나머지 네 사람은 악하니 범해서는 안 되겠어."

동료들을 꾸짖어 귀신상을 감히 부수지 못하도록 만류한 사람이 밤중에 귀신의 말을 듣고는 도인 네 사람을 불러 일으켰다.

"저 상을 가져다 불쏘시개를 하는 게 어떻겠나?"

그래서 가져다 태우니 사람 잡아 먹던 귀신이 곧 달아나 버렸다.

(2) 애자(艾子)가 길을 가다 묘(廟) 하나를 보았다. 작지만 장식이 매우 엄중하였다. 앞에는 작은 도랑이 있었다. 어떤 행인이 이르렀는데 맨발로 건널 수 있는 물이 아니었다. 묘 안을 살펴보고는 곧바로 대왕상을 가져다 도랑 위에 가로질러 놓고는 밟고 지나갔다.

다시 한 사람이 이르러 보고는 두세 번 탄식하였다.

"신상을 이처럼 함부로 더럽히다니!"

그리고 그것을 부축해 일으켜 옷으로 닦아서는 자리에 안아다가 놓고 재배하고 가버렸다.

얼마 있다 애자는 묘 안의 귀신들이 말하는 소리를 들었다. 작은 귀신이,

"대왕께서는 여기에 거처하며 신이 되어 마을 사람들의 제사를 흠향(歆饗)하는데 오히려 백성들에게는 욕을 보십니다. 재앙을 내려 견책하

심이 어떠실지요?"

라고 하자 왕이 대답하기를,

"그렇다면 재앙을 뒤에 온 자에게 내려야겠다."

작은 귀신이 또 말하기를,

"앞 사람은 대왕을 밟았으니 능욕이 막심하거늘 화를 내리지 않으시고, 뒤에 온 사람은 대왕을 공경한 자인데 반대로 화를 내리심은 어떠한 까닭입니까?"

라고 하니, 왕이 말했다.

"앞 사람은 이미 믿지 않는 자로다. 어찌 화를 내리겠는가?"

애자가 말한다.

"정말로 귀신은 악인을 두려워한다!"

소동파는 불경우언을 개조하여 송대의 관부(官府)를 풍자하였다. "작지만 장식이 매우 엄중하였다"는 것은 속담에서 말하는 바, '작은 사당에 요사스런 기운이 크고 얕은 못에 남생이가 많다'9)는 것이다. 선량한 사람을 속이고 압박하며 백성들의 고혈을 거두어 누리면서도 더 큰 권세에 대해서는 두려워함, 이것이 바로 봉건시대 아문(衙門)이 지닌 본질적 특징의 하나이다.

또 불경우언의 전입은 바로 중국 고전 우언이 선진의 철리우언을 거쳐 당송 풍자우언으로 변화하도록 촉진시킨 것이며, 두 문화의 교류가 창작 면모를 깨끗이 일신한 것이었다. 훗날 명청(明淸) 골계우언에 이르러서 또 한 번의 진일보한 영향을 끼쳤다.

예를 들어보자. 남송(南宋) 시원지(施元之)의 《시주소시》(施注蘇詩)와 서거안(書居安)의 《매간시화》(梅磵詩話)를 보면, 불경우언의 〈귀리

---

9) 원문은 '廟小妖風多 池淺王八多'이다. 특히 '王八'은 예의염치 없는 개잡놈이라는 뜻의 욕이다. 대방천지가 아닌 좁은 세계에서 활개 치는 불의한 세력을 일컫는다.

항아리를 발로 차 깨뜨린 바라문〉은 소식(蘇軾)이 〈독장수 셈〉[甕算]으로 변화시켰다고 말하고 있다. 그런데 명나라 강영과(江盈科)의 《설도소설》(雪濤小說)에서는 그것이 〈달걀 셈〉[算計鷄卵]으로 바뀌었다. 모두가 똑같은 줄거리이며 실제와 어긋나는 망상을 풍자했다.

어떤 작품은 주제와 제재가 인도 우언과 무관하지만, 예술 수법이 아주 비슷하다. 유원경(劉元卿)이 지은 《현혁편》(賢奕編)의 「응해록」(應諧錄)편을 보자.

제나라 엄(奄)씨의 집에서 고양이 한 마리를 키우는데, 나름대로 기특하여 다른 이들이 '범 고양이'라 불렀다. 어느 날 손님들이 그를 설득하여 말하였다.

"범이 정말 사납기는 하지만 용의 신령스러움만은 못하지요. 이름을 바꾸어 '용 고양이'라 하십시오."

"용이 본디 범보다 신령스럽기는 하지만, 용이 승천하면 구름을 타야 합니다. 구름이 용보다 높지 않습니까? 이름을 '구름 고양이'라 하는 것만 못하지요."

"구름이 끼어 하늘을 가려도 바람이 갑자기 흩어버리지요. 구름은 본디 바람만 못해요. 이름을 바꾸어 '바람 고양이'라 하십시오."

"큰 바람이 회오리쳐 일어나도 담장으로 둘러치면 족히 가릴 만합니다. 바람이 담장을 어찌하겠습니까? '담장 고양이'라고 이름 붙이는 것이 좋겠습니다."

"담장이 비록 굳건하기는 하지만, 쥐가 구멍을 파면 무너집니다. 담장이 또 쥐를 어찌하겠습니까? 그러니 '쥐 고양이'라 이름 붙이는 것이 좋겠습니다."

동쪽 마을 노인이 그를 비웃어 말하였다.

"하하! 쥐를 잡는 것이 본디 고양이다. 고양이면 고양이일 뿐이지, 어째서 본래 면목을 스스로 잃게 하는가?”

〈노서택서〉(老鼠擇壻)

이 우언의 수법은 ‘순환오류’ 방식이다. ‘범 고양이 → 용 고양이 → 구름 고양이 → 바람 고양이 → 담장 고양이 → 쥐 고양이’식으로 나타난다. ‘범’으로 고양이 이름을 붙였을 때 이미 허명을 구하고 실제에서 벗어났으니, “본래 면목을 스스로 잃”은 것이다. 다만, 그 터무니없음이 아직 잘 보이지 않았을 뿐이다. 그 뒤로 한 발자국씩 실제에서 더 멀리 벗어나 ‘쥐 고양이’에 이르러서는 이 명명법의 터무니없음이 여지없이 폭로되니, 극히 좋은 예술적 효과를 거두었다.

다만 이러한 수법은 인도 우언집《판차탄트라》제3권에서 이미 나왔는데, 바로 〈쥐의 사윗감 고르기〉[老鼠擇壻]가 그것이다.

한 은사가 어린 쥐를 구해주고 신통력을 부려 여자아이로 변신시켰다. 여자아이가 커서 12살이 되자 은사는 그를 위해 힘 있는 사위를 골랐다. 은사가 태양에게 시집보내려고 하자, 태양이 말했다.

“구름이 나보다 더 힘이 있다. 그는 나를 한 번에 가릴 수 있다.”

구름이 말했다.

“바람이 나보다 더 힘이 있다. 나를 어느 곳에라도 불어버릴 수 있다.”

그러자 바람이 말했다.

“산이 나보다 더 힘이 있다. 나는 그를 움직이게 할 수 없다.”

은사가 히말라야 산을 찾아갔더니 산이 말했다.

“쥐가 나보다 더 힘이 있다. 그들은 내 몸에 동굴을 만들 수 있다.”

이에 은사는 그녀를 또 다른 쥐에게 시집보냈다.

이 우언의 순환 노선은 ‘태양 → 구름 → 바람 → 산 → 쥐’이다. 우의는 '사물은 그 유(類)를 좇는 것이니 억지로 애써서는 안 된다'고 개괄할 수 있겠다. 지셴린(季羨林) 선생의 고증에 따르면, 이 작품이 가장 일찍 나타난 것은 산스크리트 설화집 《설해》(說海)이다. 엎치락뒤치락 전파되어 변화가 극대화되었지만, 그래도 발자취를 찾을 수는 있다.

뒷날 〈노서택서〉는 유럽으로 건너가 라퐁텐 등이 그것으로 우언시를 지었고, 일본으로 건너가서는 〈고양이의 여러 별명〉[猫號]이 되어 순서가 '하늘 고양이 → 비구름 고양이 → 바람 고양이 → 창호지 고양이 → 쥐 고양이'로 변하였다.

명대 중엽, 《이솝 우화》는 정식으로 중국에 전입되어, 다시 한 번 중국 우언 창작에 신선한 피를 주입하였다. 1625년 《황의》(況義)가 간행되고 얼마 되지 않아 곧 그것을 모방한 우언집 《물감》(物感)이 출현하였다. 《물감》의 작자는 푸젠 성 닝화(寧化) 사람, 이원중(李元仲, 1602~1686)이다. 그는 민족적 절개를 지닌 명말 청초의 학자로서 명나라가 망한 뒤 양지산(陽遲山)에 은거하여 저술에 전심하였고, 청 조정의 위협을 여러 차례 받았어도 출사(出仕)하지 않았다.

이원중은 저술이 풍부하지만, 《물감》은 《이솝 우화》를 배워 창작한 중국의 첫 번째 고전 우언집이다. 또 그에게는 지금 서문만 남아 있는 《구마사기》(狗馬史記)라는 책이 있다. 풍자우언집일 가능성이 매우 높은데, 창끝을 집중적으로 변절한 선비들에게 겨누고 있다.

《물감》 전체는 20편인데, 19편이 의인화된 동물 이야기이다. 개미, 지렁이, 닭, 양, 나귀, 고양이, 쥐, 여우, 호랑이, 늑대, 원숭이, 개, 노루, 봉황, 앵무새, 나무좀, 좀벌레, 부엉이, 박쥐, 독수리, 꿩, 까마귀, 토끼, 개구리, 뱀, 악어, 대합, 진딧물, 빈대, 모기, 오리 등의 모두 31종의 동물이 출현한다. 20편 가운데 나머지 1편은 비록 사람을 그리고 있지만, 권세가를 쥐의 무리로 비유했다.

이러한 상황은 중국 고전시대에는 매우 드문 일이다. 중국 고전 우언은 모두 인물 이야기를 위주로 하며, 동물우언이 차지하는 비중이 극히 작다. 설사 유종원의 〈삼계〉(三戒)라든가 백거이의 〈연시시유수〉(燕詩示劉叟)와 같은 동물우언도 동물들 사이의 대화가 매우 적게 묘사된다. 그런데 《물감》에서는 동물우언이 95퍼센트의 비중을 차지한다. 출현한 동물도 대부분 《이솝 우화》와 같으며 의인화 수법을 대량으로 채용하였다. 우언 창작을 위해 새로운 요소를 끌어들여 의도적으로 학습하고 모방하였음이 분명하다.

뿐만 아니라 몇몇 작품들은 《황의》에서 직접 재료를 가져왔다. 예컨대, 〈고기 그림자〉[肉影]는 거의 〈고기 무는 개〉[銜肉的狗]를 따라 썼다. 또 다음과 같은 이야기도 있다.

(1) 까마귀가 나뭇가지에 앉아 고기를 쪼아 먹고 있었다. 여우는 고기를 뺏고 싶어 까마귀를 속여 알랑거렸다.

"사람들 말에 '까마귀처럼 검고 눈처럼 희다'고 하였으니 뭇 새의 왕이 될 만하십니다. 다만 목소리가 어떠신지 아직 듣지 못했습니다."

까마귀가 아주 기뻐서 '획' 소리를 내며 울었다. 고기는 아래로 떨어져 여우가 차지했다.

의(義)에 이르기를,

"사람이 면전에서 자기에게 아유하면 필시 까닭이 있는 법이다. 그 알랑거림을 받는 게 아니라, 실은 어리석음을 받는 것이다."

《황의》〈까마귀와 여우〉

(2) 까마귀가 나뭇가지에 앉아 고기를 쪼아 먹고 있었다. 여우가 고기를 뺏고 싶어 까마귀를 속여 알랑거렸다,

"사람들 말에 '까마귀처럼 검고 눈처럼 희다'고 하였으니 뭇 새의 왕이 될 만하십니다. 다만 목소리가 어떠신지 아직 듣지 못했습니다."

까마귀가 아주 기뻐서 '획' 소리를 내며 울었다. 고기는 아래로 떨어져 여우가 차지했다.

산꿩 장끼가 여우를 만나 꾸짖었다.

"흑을 뒤집어 백을 만드니 고기 베어가는 도적놈이로다."

공작이 까마귀를 만나 비웃었다.

"남의 알랑거림에 배부르면 주둥이에 침도 바르지 못하리라."

《물감》〈아첨하는 여우〉[佞狐]

(2)가 (1)에서 재료를 취하였음은 분명하여 쉽게 알 수 있지만, 결말에서는 예술적 가공을 하였다. 장끼와 공작의 입을 빌려서, 간사하게 거짓말한 여우를 비판하고 우둔하게 아첨을 좋아한 까마귀를 조롱하였다. 《물감》의 어떤 우언은 명나라 말기에 염치없이 이민족에게 투항한 관료를 조소했으니, 확실히 명나라가 망한 뒤에 씌었을 것이다. 그러나 《황의》의 간행에 견주어 길어야 몇십 년 지나지 않았으니, 이는 중국 우언계가 외래문화를 잘 흡수했다는 점을 설명해 준다. 《물감》은 중국 우언 창작에서 새로운 길을 열었다. 그것은 바로 청대의 《재치 있는 말》[俏皮話]에서 현대 우언 창작에 이르기까지 모두가 걷고 있는 중서합벽10)의 길이다.

유럽 우언 체계도 외래문화의 영향을 흡수하는 과정에서 부단히 변혁하여 번영하였던 것이다. 유럽 우언의 조상 즉 《이솝 우화》는 본래 문화교류의 산물이며 그리스 본토의 우언, 아시아 수메르 우언, 아프리카 우언을 포함하고 있다. 또 로마시대에 이르러서는 히브리 우언이 유럽에 전해져서, 유럽 우언의 양대 흐름이 형성되었다. 유럽의 종교색

---

10) 중서합벽(中西合璧): 중국과 서양이 합쳐져 완벽해진다는 말이다. 중국의 고전 우언도 이를 통해 새로운 길을 찾았다고 했지만, 저자가 말한 '세계 3대 우언 체계'의 구상과는 잘 맞지 않는다.

짙은 우언들은 그리스의 전통보다는 히브리《성경》우언의 전통을 계승했다고 말하는 것이 낫다.

중세기의 유럽은 암담하고 낙후된 상태에 있었다. 이와 달리 동로마 비잔틴 제국과 아랍 제국은 문화적으로 선도적 위치에 있었는데 그들은 앞선 동양의 문화와 우언을 수입하여 유럽에 전해주었다. 유럽 중세기의 동물우언 서사시《여우 르나르의 이야기》의 르나르는《칼릴라와 딤나》에 나오는 여우 딤나의 형상을 자연스럽게 연상시킨다. 물론, 여우 르나르의 형상을 빚어내고 평가한 것에는 유럽의 신흥 시민계급의 의식이 주입되어 있다.

라퐁텐은 동양과 서양 우언의 전통을 전면적으로 흡수하여 큰 힘을 발휘함으로써 유럽 우언의 1세대 대가가 되었다. 그의 우언시는 물론《이솝 우화》에서 재료를 가져왔지만, 옛 인도 우언에서도 적지 않게 취재하였다. 예컨대,〈신용을 지키지 않은 보관인〉〈소녀로 변신한 쥐〉〈거북과 거위〉등은 모두 인도 우언집《판차탄트라》에서 온 것이다.

러시아 우언의 흥기는 더욱 외국 우언의 영향을 받은 것이다. 끄르일로프의 선구자인 허무니챠르의 한 우언 작품〈멍청이와 그림자〉를 한 번 보기로 하자.

> 난 이런 큰 멍청이를 본 적이 있지. / 한 마음으로 제 그림자를 잡으려 하는. / 그림자 / 어떻게 그걸 잡을 수 있을까? / 그는 줄곧 앞으로 뛰어갔다. / 그가 그림자를 쫓아가니 / 그림자도 그를 쫓아갔다. / 어떤 사람이 그가 헛수고를 한다고 보고 / 가여운 마음에 그에게 권면했어. / 더 이상 뛰지 말고 빨리 멈추어라. / 네가 그림자를 잡고 싶다면 / 그게 어디 있는가? / 바로 네 발 아래 있지. / 네가 걸음을 멈추기만 하면 / 허리를 구부려 그걸 잡을 수 있어.

이 우언을 보면, 《장자》를 자세히 알고 있는 독자일 경우 자연스레 「어부」편의 〈외영오적〉(畏影惡迹)을 떠올릴 것이다.

그림자가 무섭고 발자국이 싫어서 달려가는 자가 있었다. 발을 자주 들면 들수록 발자국이 더 많아졌고, 빨리 달리면 달릴수록 그림자가 제 몸에서 떨어지지 않았다. 제 나름으로는 오히려 느려서 그렇다고 여겨 쉬지 않고 질주를 하다가 힘이 다해 죽어버렸다. 그늘에 처하여 그림자를 쉬게 하고 고요함에 처하여 발자국을 멈추게 할 줄 몰랐으니, 너무도 어리석었던 것이다.

'그림자로부터 도망간다'는 설정에서 '그림자를 쫓는다'는 설정으로 바꾸면서 상반되는 연상을 전개하였으니, 어찌 보면 허무니챠르의 작품은 매우 쉽게 만들어진 셈이다.

서기 13세기 바투(Batu Khan, 1205~1255)가 유럽을 정벌한 뒤, 러시아는 250년 동안 킵챠크한(Kipchak Khanate)의 통치 아래 놓였다. 여러 칸 국이 원 제국과 책봉 관계를 맺으며 동서 경제·문화의 교류를 강화하였으니, 《장자》 우언이 러시아에 전래된 것이 조금도 이상할 게 없다. 러시아의 대문호 레프 톨스토이가 편찬한 《계몽 교과서》 등의 아동 독서물에는 〈뱀의 머리와 꼬리〉〈새와 그물〉〈쥐 아가씨〉 등과 같이 매우 많은 인도 우언 이야기가 흡수되어 있다. 또한 〈까마귀와 여우〉〈모기와 사자〉〈늑대와 개〉 등과 같이 유럽 우언도 녹아 있다. 물론 〈피터 대제와 농부〉 등과 같이 러시아 본토의 이야기도 있다. 동양 우언과 서양 우언이라는 이 두 샘물을 길어 올리자 러시아 우언은 탐스런 열매를 맺게 되었다.

아메리카 우언은 유럽·아시아·아프리카의 세 대륙과 본토 인디언 우언의 풍부한 유산을 받아들였다. 아메리카 백인들은 유럽 이민자의 후예들이니, 에이드나 서버의 단편우언은 물론이고, 호손이나 멜벨의 우언소설 또는 아메리카 모더니스트들의 작품은 모두 유럽 우언과 수많은 가닥으로 얽혀 있다.

해리스의 대표작 《리머스 아저씨의 노래와 이야기》는 흑인 민간우언의 전통을 대량으로 흡수하고 창조적으로 발양(發揚)시켰다. 마크트웨인의 우언 〈그림 보기〉도 분명 인도의 불경우언 〈장님 코끼리 만지기〉의 영향을 반영하였다. 심지어 라틴 아메리카의 마술적 현실주의 작품까지도 외래의 전통과 인디언의 오랜 전통을 용광로에 녹이고, 모더니스트의 초현실주의 수법으로 영롱하고 알록달록한 마술 세계를 그려내고, 엄혹한 현실생활을 투영하여 독특한 인생철학을 표현하였다.

동서 문화와 우언의 교류에서 실크로드 중추 지역에 자리 잡고 있는 중앙아시아 각국은 거대한 중개자 구실을 하였다. 대월씨인, 페르시아인, 아랍인, 돌궐인 등은 인도 우언을 서쪽으로는 유럽에, 동쪽으로는 중국에 전했다. 또한 유럽 우언을 가지고 동양에 왔으며, 중국 우언을 가지고 유럽에 갔다. 그들은 우언을 전파하면서 자기 민족의 지혜를 녹여 작품에 집중시켰다. 예컨대 《칼릴라와 딤나》는 비록 원산지가 인도이지만, 페르시아인과 아랍인의 지혜가 융합되어 있다. 또 중국에 전래된 불경 이야기에도 대월씨인과 이란고원에 거주하는 안식국인 등의 지혜가 녹아 있다.

우언교류에서 종교 사제자들은 독특한 구실을 하였다. 인도와 중국 우언의 교류에서 불교 승려는 중개자 구실을 하였고, 유럽과 중국 우언의 교류에서 기독교 선교사도 그러하였다. 유럽에서도 그리스와 히브리의 양대 전통을 형성한 공을 기독교 사제자가 촉진제 구실을 했던 것에 돌려야 한다. 14세기 동로마 비잔틴 제국의 승려 플라누데스(Planudes)가 편집한 《이솝 우화》는 이후 각종 판본의 기초가 되었는데, 그 가운데는 히브리 우언이 섞여 있다.

《괴테 담화록》[11]에 따르면 괴테는 1827년 1월 31일, 에커만과 나눈 대화에서 다음과 같이 말했다고 한다.

나는 가면 갈수록 시(詩)가 인류의 재산이라고 믿게 된다. — (중략) — 만약 우리들 독일인이 주변 환경의 작은 울타리를 뛰어넘어 한 번이라도 밖을 내다보려고 하지 않는다면, 위에서 말한 대로 세상 물정 어두운 학자같이 어리벙벙한 데에 떨어지게 될 것이다. 그러므로 나는 사방 외국 민족의 상황을 둘러보기를 좋아하고, 또 다른 사람에게도 그렇게 하라고 권한다. 현대에서 민족문학이 매우 중요한 문제라고는 볼 수 없다. 세계문학의 시대가 이미 막 도래하고 있다. 오늘날 모든 사람들은 그것이 조속히 도래하도록 힘써야 할 것이다.

단지 각 민족 사이의 교류와 상호 학습을 통해 장점을 취하고 단점을 보완하기만 하면, 인류문화는 한 층 한 층 새로운 단계에 올라가 하나의 전체로 융합할 수 있을 것이다. 그러나 설사 이러한 전체를 이룬 뒤라도 여전히 각 민족은 부단히 노력해야만 한다. 전체를 위해 독특한 기여를 하고 서로 절차탁마하여야 인류의 문화라는 나무가 늘 푸를 수 있는 것이다. 문화란 이와 같으며, 문학이란 이와 같으며, 우언도 이와 같은 것이다. 이제 독일의 문학비평가 챈슬러[12]의 말로 본 장을 끝내고자 한다.

"어떠한 것도 고립된 것은 없다. 진정한 고립은 죽음이다."

---

11) 《괴테담화록》: 문학가 에커만(Johann Peter Eckermann, 1792~1854)이 1823년부터 1832년, 괴테의 최후 만년 9년 동안을 함께 지내며 나눈 대화를 정리한 책이다. 그는 대문호의 조수이자 제자 그리고 친구로서 괴테의 인간성과 사상 전모를 솔직하게 드러내어 독일 최고의 산문 작품으로 인정받고 있다. 한국에서는 곽복록 번역의 《괴테와의 대화》(동서문화사, 2007)로 완간된 바 있다.

12) 챈슬러(Chancellor): 구체적인 인적 사항이 분명치 않다.

제15장 우언의 감상 연구

1. 우의 캐기와 겉몸체 분석

감상의 방법은 그 대상의 특징과 관련된다. 이 책의 각 장에서는 서로 다른 각도로 살핀 우언의 특징을 연구했고, 실제로 이미 감상 방법을 알아보았다.

우언은 형상성과 이론성이 서로 결합된 주변 문체이다. 그 형상은 대단히 큰 개괄성과 생동감을 갖추고 있고, 그 의미는 깊이 감추어져 있기 일쑤이다. 우언은 작자를 점화·유도하도록 요구하고, 독자를 유비·연상하도록 요구한다. 그래야만 충분히 그 말 밖의 뜻을 이해하고 그 이외의 맛을 느낄 수 있다.

송나라의 시인 매요신(梅堯臣)은 〈속금침시격〉(續金針詩格)에서 시를 논하면서 '상(象)'과 '이(理)'의 관계를 "시에는 안과 밖의 뜻이 있다. 안의 뜻은 그 이치를 다하려 하고, 밖의 뜻은 그 상을 다하고자 한다. 안팎의 뜻이 함축되어야 시격에 들어가게 된다"고 말하였다. 그 이치(우의)를 다하고 또 그 상(형상 묘사의 특징)을 다하여야 독자들이 우언을 감상할 때도 어느 정도의 경지에 들어갔다고 할 만하다.

우언의 형상은 대단히 큰 탄력성을 지니고 있다. 우수한 우언 작품은 캐낼 만한 풍부한 우의를 함축하고 있다. 옛사람이 말하기를, "어진 자가 어짊을 보고 지혜로운 자가 지혜로움을 본다", "시에는 두루 통하는 뜻풀이란 없다"고 하였다. 우언의 형상이 제공하는 범위 안에서 사람들은 상상력을 치달려 다각도·다층위로 그 우의를 캐낼 수 있으니, 종종 원의에 구속될 필요조차 없다.

텐느(Taine)가 《예술철학》에서 생물계의 '특징 종속 원리'에 근거하여 인간사회의 다층위적 정신현상을 분석한 적이 있는데, 사물의 본질적 특징을 반영하는 문예작품일수록 생명력이 더 길다고 하는 사실을 지적하였다. 그는 "문학작품의 역량과 수명은 바로 정신 지층의 역량과 수명이다"라고 말한다.

이 같은 미학 인식을 받아들이자면, 문학작품의 본문이란 독자들에게 단지 여러 층위와 각도의 구조나 얼개를 제공할 뿐이요, 그 안에 결정되지 않은 채로 남아 있는 허다한 곳은 독자 스스로 사고하도록 요구한다. 따라서 독자는 작자보다 더 작품을 잘 이해할 수 있는 것이다. 수직적 층위에 따라 우언 작품의 형상과 우의의 관계를 대강 아래와 같은 얼개로 만들어 볼 수 있겠다.

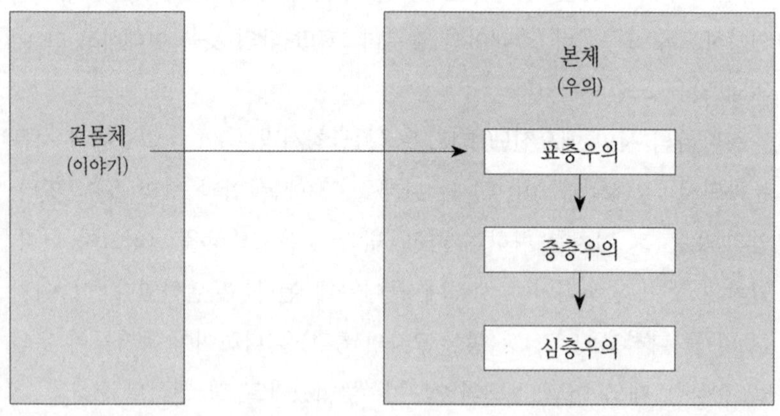

표층우의는 작자가 유비시킨 구체적 사건이다. 그것은 종종 작자가 어떤 우언 작품을 창작하게끔 촉발한 계기가 된다. 중층우의는 표층우의를 개괄하여 승화시킨 것으로서 어떤 역사 시기의 특유한 정신 현상을 반영하지만, 작자가 자각하여 의식이 도달할 수도 있고 도달하지 못할 수도 있다. 그리고 심층우의는 한 발 더 나아간 개괄을 통해 승화시킨 것으로서 심각한 철학적 의미를 표현한다. 민족 전체 또는 전 인류의 공동 사유의 집적을 반영하곤 하므로 평론가를 포함한 독자가 캐내야만 한다.

표층우의는 개별적이므로 시간에 따라 의경(意境)도 바뀌고 눈 깜짝할 사이에 사라지기 일쑤이다. 그러나 그것은 창작과 이해의 기초이다. 중층우의는 특수하므로 특정한 역사적 가치를 지닌다. 심층우의는 일반적이므로 인생의 정수를 포함하고 있고 세월이 지나가면서 더욱 새로워지곤 한다. 《장자》「서무귀」(徐无鬼)편에서 예를 들어보자.

장자(莊子)가 장사를 치르면서 혜자(혜시라고도 함)의 묘에 들렀다. 종자를 돌아보며 말하였다.

"영(郢) 땅 사람이 자기 코끝에 파리 날개처럼 진흙을 살짝 바르고 장인 석(石)에게 손도끼로 잘라내게 했다. 장석(匠石)은 도끼를 움직여 바람을 일으키더니 소리를 들으며 잘라냈는데, 진흙이 다 깎였지만 코는 상하지 않았고, 영 땅 사람도 모습이 흐트러지지 않은 채 서 있었다. 송(宋) 원군(元君)이 그 소리를 듣고는 장석을 불러 '과인을 위해 그것을 한 번 해 보시오'라고 말하니, 그는 '저는 그걸 깎아낼 수 있었던 적은 있었지만 저의 맞수가 죽은 지 오래되었습니다'라고 답하였다.

저 선생이 죽고부터는 내가 맞수로 삼을 길이 없으니 누구와도 말을 할 수가 없구나."

〈장석운근〉(匠石運斤)이라는 이 우언은 죽은 이를 애도하는 내용이다. 장자는 도가학파의, 혜자는 명가학파의 대표적 인물이다. 두 사람은 매우 가깝게 사귄 친구였지만, 주장이 달랐기에 항상 변론을 일으켰다. 예컨대 〈호량의 물고기〉[濠梁觀魚]〈솔개가 썩은 쥐를 얻다〉[鴟得腐鼠] 등은 모두 그 둘 사이에 발생한 유명한 쟁변고사이다. 혜시가 죽은 뒤 장자는 좋은 친구 하나를 잃었을 뿐만 아니라, 좋은 변론 상대자를 잃었다고 생각하여 슬프고 고독하였다. 그래서 이처럼 애도하는 정을 함축하고 있는 우언 이야기를 말한 것이다.

장자는 장석(匠石)과 영인(郢人)의 관계로 자기와 혜시의 관계를 비유했다. 영인은 아마도 미장이여서 코끝에 파리 날개같이 얇게 흰 진흙을 바르고 장석에게 도끼로 깎아내라고 하였다. 이와 달리 장석은 이름이 석(石)인 목수여서 도끼질이 신묘한 경지에 들었다. 그가 큰 도끼를 휘두르자 갑자기 바람이 일고 영인의 코끝 진흙이 말끔히 깎였다. 그래도 피부 하나 상하지 않았다. 이렇게 하는 데는 물론 장석의 절묘한 기술이 필요하겠지만, 영인의 '흐트러지지 않음'의 친밀성이 배합되어야만 한다. 그러므로 장석은 영인이 죽은 뒤 다시는 그의 기술을 펼 수 없었다.

장자도 동감하기를, 혜자가 죽은 뒤로 자기가 다시는 변론할 맞수가 없어 자기 학술을 단련시킬 방법이 없다고 했다. 이것이 곧 이 우언의 표층우의이다.

장주와 혜시의 관계는 단지 사적 관계일 뿐만 아니라 서로 다른 학파의 대표 인물들이다. 그들 사이의 빈번한 변론은 실제로 도가와 명가의 학설 발전과 교류를 이루게 하고, 백가쟁명의 번영 국면을 촉진시켰다. 마치 반고(班固)《한서》「예문지」에서 말한 것처럼, 각 학파는 "서로 반대하면서 서로 형성해 준다[相反相成]", "서로 살리기도 하고 멸망시키기도 한다[相生相滅]"는 관계이다. 이런 까닭으로 이 우언은 전국시대의 특수한 역사 상황과 백가쟁명의 적극적 의의를 반영한다. 이것이

위 작품의 중층우의이다.

이에 견주어 각종 사회현상과 자연현상을 죽 훑어본다면 세상의 사물은 모두 대립하는 존재로써 자기 존재의 조건으로 삼는다는 것과, 모순의 대립과 통일이 사물 발전의 보편적인 규칙이라는 것을 발견하게 될 것이다. 이것이 이 작품이 포함하고 있는 철학적 의미이자 심층우의이다.

물론 층위는 상대적이며, 그 깊고 얕음도 상대적이다. 아주 우수한 우언 걸작들이라면 핵심적 의미를 갖추고서 무수한 세대의 사람들에게 인생의 정수를 제공할 것이다. 이러한 걸작은 설사 장주·한비·유종원·소식·유기 또는 붓타·이솝·다빈치·라퐁텐·끄르일로프 등 우언 대가의 작품 가운데도 그 수가 많지 않다. 우수한 작품들은 시대의 비바람에 씻기고 닦여 더욱 눈부신 광채를 드러낸다.

또 어떤 졸렬한 우언은 표층우의만 있다. 이런 우언은 일찍이 없어지기도 하고, 작자의 명성에 기대어 전해지기도 한다. 예컨대 《이솝 우화》의 〈헤르메스와 장인들〉은 단지 장인들 특히 피혁공을 비웃는 것밖에는 별로 깊은 의미가 없다. 물론 어떤 우언은 결코 구체적 사건을 겨냥함도 없이 드러낸 것이어서 주변 사람이나 후대인이 살필 길이 없고 그 표층우의도 알 수 없다.

하나의 성공한 우언이라면 그것이 풍자하는 대상은 전형적이며, 적어도 어떤 역사 시기의 특수한 정신 현상을 족히 반영할 수 있어야 한다. 예컨대 영국의 저명한 우언 장편소설인 버니언의 《천로역정》은 영국 왕정복고시대의 각종 정신 현상과 청교도의 신앙을 반영한 것이다.

지금까지는 세로 방향으로 여러 층위의 우의를 분석하였는데, 이와 달리 횡적 방면에서 여러 각도의 우의를 분석할 수도 있다. 인도의 유명한 우언 〈원숭이와 악어〉를 예로 들어보자.

악어의 아내는 병이 중하여 원숭이 염통을 먹고자 하였다. 이에 악어가 가서 원숭이를 속이기를, 강의 맞은편 언덕에 무성한 과일나무 숲이 있으니 그를 등에 태워 건너서 따 주겠다고 말하였다. 악어는 원숭이를 등에 태우고 강의 중간쯤 도착했을 때 속셈을 말해버리고 원숭이를 빠뜨려 죽이려 했다. 원숭이는 급한 가운데 꾀를 내어 말했다.

"넌 어째서 일찍 말하지 않았냐? 내 염통을 나무 아래 걸어 놓았으니 강기슭에 올라가 가져와야겠다."

악어는 그를 등에 태우고 되돌아가 염통을 꺼내게 했지만, 강기슭에 닿자마자 원숭이는 나무 위로 튀어 올라갔다.

이 이야기는 매우 널리 퍼졌으며 거기에 부여된 우의도 각기 다르다. 만약 도덕적 평가의 각도에서 분석하자면, '사기꾼은 오히려 사기를 당할 수 있다'는 우의를 얻어낼 수 있다. 인도네시아 민간우언은 이처럼 우의를 밝히고 있다.

만약 악어의 각도에서 교훈을 결산해 본다면, 우의는 곧 '굼뜨고 소홀하여 이미 손에 들어 온 물건을 놓쳐서는 안 된다'는 것이 된다. 인도의 《판차탄트라》가 이와 같이 결론을 맺고 있으며, 이 작품을 제4권의 근간설화로 삼고 있다.

또 원숭이의 각도에서 교훈을 살펴본다면, 우의는 곧 '사람들이 탐욕의 유혹을 받아들이지 않고 때맞춰 깨우치기만 한다면 번뇌와 재난을 벗어던질 수 있다'가 될 것이다. 불경의 《불본행집경》(佛本行集經) 《육도집경》(六度集經) 등이 바로 이와 같이 결론을 맺었다.

그리고 불경은 이 우언을 석가모니 전생담이라 가탁하고, 이야기 결말 부분에는 부처가 문도들에게, "저때의 큰 원숭이는 나 자신이요, 저때의 악어는 마파순이다. 그때에도 오히려 나를 속여 미혹시키려다 되지 않았는데, 지금 다시 세간에서 오욕(五慾)의 일로 나를 유혹하고자

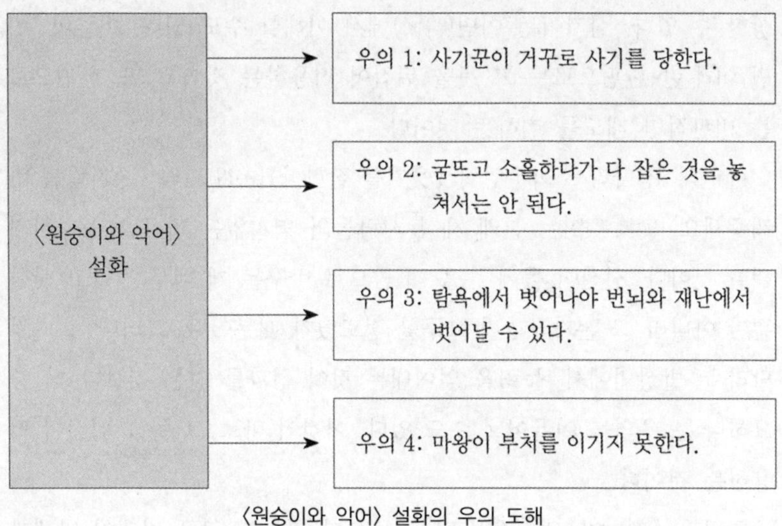

〈원숭이와 악어〉 설화의 우의 도해

한다. 어찌 내 이 앉은 자리를 움직일 수 있겠는가?"라고 하였다. 그렇다면 우의는 곧 불법(佛法)은 끝이 없고 마(魔)가 정(正)을 이기지 못한다는 것이 된다. 이 내용에 의지하여 위의 '〈원숭이와 악어〉 설화의 우의 도해'처럼 나타낼 수 있다.

이상은 서로 다른 작가들이 같은 설화에 다른 우의를 부여할 수 있고, 독자도 다양하게 이해할 수 있음을 설명해 준다. 설사 동일한 작가일지라도 동일한 설화에 나른 우의를 부여할 수 있는 것이다. 예컨대 《한비자》「외저설(外儲說) 좌상(左上)」편의 〈상자만 사고 보석을 돌려주다〉[買櫝還珠]를 보자. 이는 판매자의 과도한 장식과 본말전도를 풍자할 때는 '무늬가 쓰임새에 방해 된다'고 했다. 또 구매자를 풍자할 때는 가치의 높낮이도 모르고 다만 껍데기만 보니 눈뜬장님이라는 뜻에서 '무늬만 좋아하다 값어치를 잊었다'고 했다. 이러한 우언은 마치 끝이 날카로운 양날의 칼과 같다.

독자는 우의를 이해하는 데 원뜻의 제한을 받지 않고 광범위하게 연상할 수 있다. 심지어는 이면(裏面)에서 이해할 수도 있다. 이른바 '이면 이해'란 한편으로는 그 뜻을 뒤집어 적용하는 것이고, 또 한편으로는 비판적인 태도를 취하는 것이다.

예컨대, 청나라 소화우언집 《웃기를 잘한다》[笑得好]의 〈손가락을 바꿔주세요〉[願換手指]는 본래 세상 사람들의 염치없는 탐욕을 풍자하기 위한 것이다. 신선이 돌에 손을 대 금으로 바꾸는 게 너무 적다고 탓할 뿐만 아니라 그 손가락까지 요구할 정도였기 때문이다. 그러나 '손가락 달라'는 발상법에서 '능력을 얻어내는 것이 성과를 얻는 것보다 더 중요하다'는 우의를 이끌어낼 수도 있다. 이것이 바로 그 뜻을 뒤집어 적용하는 것이다.

한나라 《회남자》의 〈새옹지마〉는 본디 화복이 서로 기대어 발생한다는 사상을 펴고자 한 것이므로 변증법의 요소를 지니고 있다. 그러나 화복의 경계선을 완전히 없애거나 사람의 주관적 능동성을 없앤다면, 그 소극적 요소 때문에 비판적 분석을 해야 마땅하다.

동일한 이야기를 다른 뜻으로 분석할 수 있음은 위에서 말한 바와 같다. 이와 달리 같은 철학적 이치도 여러 다른 우언을 인용하여 형상적으로 설명할 수 있다. 《장자》《한비자》《여씨춘추》 등이 채용한 '우언군(寓言群)'의 취지는 여러 이야기로써 동일한 이치를 설명한다. 예컨

표 3-2. 마르크스 이론 범주와 우언 작품의 관련 사례

	마르크스 이론 범주	우언 작품	출전/작가
1	대립 통일	장석(匠石)의 도끼 솜씨	장자(莊子)
2	사물 변화	새옹실마(塞翁失馬)	회남자(淮南子)
3	양적·질적 변화	공수자(公輸子) 솜씨	유자(劉子)
4	의식과 존재	제 귀 막고 종 훔침	여씨춘추(呂氏春秋)
5	주요한 것과 부차적인 것	구방고(九方皐) 말 고르기	열자(列子)
6	우연과 필연	수주대토(守株待兎)	한비자(韓非子)
7	규율과 억지	알묘조장(揠苗助長)	맹자(孟子)
8	실천과 지식	해의 비유[日喩]	소식(蘇軾)
9	가능성과 현실	달걀 셈[算計鷄卵]	강영과(姜盈科)

표 3-3. 교육적 규율과 우언 작품의 관련 사례

	교육적 규율	우언 작품	출전/작가
1	기초를 잘 닦아야 한다.	공중누각의 비유	백유경(百喩經)
2	생활 경험이 선생이다.	새끼 고양이의 터득	대장엄론경(大莊嚴論經)
3	설복이 강압보다 낫다.	북풍과 태양	이솝
4	몸으로 가르쳐라.	아기 게와 어미 게	이솝
5	문제아의 교육이 소중하다.	탕자의 비유	성경
6	재능은 근면·분발에 있다.	머리 깎는 칼	다빈치
7	맹종하지 말라.	당나귀 팔러 가는 아비와 아들	맹자(孟子)
8	실제에 적합한 교육.	사자(獅子)의 교육	끄르일로프
9	고통은 성공의 어머니이다.	진주(眞珠)	지브란

대 《여씨춘추》「찰금」(察今)에서는 〈순표야섭〉(循表夜涉) 〈각주구검〉(刻舟求劍) 〈인영아투강〉(引嬰兒投江)의 세 이야기를 통해 '때에 따라 방법을 바꾸어야 한다'는 인시변법(因時變法)의 이치를 반복적으로 천명하였다.

위에서 기술한 우언의 특징은 감상과 활용에 광활한 지평을 열어준다. 예를 들어보자. 〈표 3-2〉에 열거한 많은 우언들은 마르크스 주의의 범주를 천명하는 데 사용할 수 있다.

또 〈표 3-3〉에 열거한 우언을 이용하여 몇몇 교육적 규율을 설명할 수도 있다.

이리한 예는 어느 한 측면을 취했을 뿐만 아니라 반드시 작가의 원의도 아니다. 독자들은 또 다른 측면을 살필 수도, 또 다른 이치를 설명할 수도 있다. 마치 옌원징(嚴文井) 선생이 《우언 백편》(寓言百篇) 서문에서 말한 바, "우언은 마술 주머니다. 주머니는 매우 작지만 안에서 아주 많은 물건을 끄집어 낼 수 있고, 심지어 주머니보다 훨씬 큰 것을 끄집어 낼 수도 있다"는 식이다. 그러나 원작을 존중하여 그것을 출발점으로 삼아야 함은 물론이다. 독자들은 저급 미학에서 주장하는 주관적 임의성을 포기하고, 바보의 꿈 이야기 같은 것을 반대해야 한다.

우의 즉 이치는 우언 이야기 곧 이미지 안에 깃들어 있다. 우의에 대한 발굴은 반드시 우언의 형상에서 느껴 알게 된 것을 기초로 해야 한다. 이렇기 때문에 다음 두 가지 문제를 말하고 싶다.

① 우언 작품의 우열을 어떻게 판단하는가?
② 이해하기 어려운 우언을 어떻게 감상할 것인가?

우수한 우언 작품은 의미심장한 적재(積載) 능력 즉 지시 능력을 지니고 있어야 한다. 이러한 능력은 이야기 가운데 존재한다. 이 때문에 독자들은 반드시 우언 내부의 연구, 말하자면 구조·줄거리·형상·언어 등의 각종 요소에 주의해서 미시적 영역까지 깊이 들어가는 감상을 해야 한다.

비록 우언의 줄거리는 그다지 복잡하지는 않지만 남의 의표를 찌르면서도 사람들의 의중에 존재하게 하는 독특함이 있어야 한다. 인간의 본성 가운데 호기심이 있어, 남의 의표를 찌르기만 하면 이를 불러일으킬 수 있으며 작품을 읽고 탐색하게끔 유도할 수 있다. 또 호기심의 본질은 사물의 진면목에 대한 탐색이므로 사람들의 의중에 있게만 하면, 독자들이 진실한 본질을 알게 되고 연상의 날개를 펴서 교육적 이득을 얻게 이끌 수 있다.

《장자》는 '황당한 말'을 잘 사용해서 심오한 철리를 표현했으니, 이러한 규칙을 알고 있었던 것이다. 〈장석의 도끼 솜씨〉는 독특하지만, 사물이 대립하는 존재로써 자기 존재의 조건으로 삼는 것은 도리어 보편적 현상이다. 《장자》의 〈곤붕과 참새〉〈가을 물과 하백(河伯)〉〈달팽이 더듬이 위의 싸움〉 가운데도 이렇지 않은 것이 없다.

《이솝 우화》의 명편들도 이와 같다. 〈토끼와 거북이 경주〉는 느리게 기어가는 거북이가 재빠르게 뜀박질하는 토끼와 내기를 하여 의외로 승리하였으니 남의 의표를 찔렀다고 할 수 있다. 또 그것이 함축하고 있는 이치는 주관적 입장의 노력이 종종 객관적 조건보다 더 일의 성패를 결정짓는 요소가 된다는 것이니 사람의 의중 안에 있다.

〈북풍과 태양〉은 생명이 없는 두 개의 자연현상이 경쟁하고, 북풍은 형체조차 없으니 기상천외하다고 할 만하다. 그러나 해는 사람을 따뜻하게 하고 북풍은 사람을 추위에 떨게 만드니 사람들이 익숙히 보아 왔던 일이다. 게다가 '설복이 억지 굴복보다 강하다'는 것은 수많은 실천적 사례로써 증명되었던 진리이다.

끄르일로프의 〈농민과 강〉은 하천이 범람하여 수재를 일으키고 농민들이 큰 강으로 가서 하소연하는 내용을 썼지만, 결과적으로는 모든 재물이 큰 강으로 떠내려간다는 것을 드러냈다. 구상이 사람의 의표를 찔렀다. 다만 그것이 결합시킨 자연현상과 사회현상은 사람들이 눈앞에서 똑똑히 보고 있다는 느낌을 가지게 한다. 그러므로 이상에서 말한 우언의 지시 능력은 이 같은 독특함과 합리적인 줄거리 가운데 함축되어 있다.

우언의 형상은 유형성과 핵심성의 결합이어서 성공한 작품은 그 둘을 겸비한다. 형체에 대한 묘사가 핍진하기만 하면, 독자의 생활 경험을 환기시켜 진실을 살갑게 느끼도록 만들 수 있다. 또 핵심이 있기만 하면, 사물의 특성을 도드라지게 하여 독자로 하여금 연상을 격발시키고 우의를 마음으로 이해하도록 만들 수 있다.

예를 들어 불경의 〈장님 코끼리 만지기〉는 소경들이 모두 코끼리 몸의 일부분을 만지면서 특정 부위를 코끼리 전체로 여긴다고 묘사하였다. 그런데 모두가 자신의 감각을 믿고 이러쿵저러쿵 다른 사람을 비판하고 쉴 새 없이 말다툼을 하였다. 이 작품은 맹인의 특징을 핍진하게 그려내고 코끼리라는 거대하면서도 온순한 동물을 교묘하게 활용하여, 사람들이 진실함과 살가움을 느끼도록 하였다. 또 맹인의 말다툼을 핵심적으로 그려냄으로써 독자들의 인식을 한 단계 승화시켜 그 안의 철리를 깨치게끔 유도하였다.

이같이 핵심과 형상을 두루 갖춘 우수한 우언으로는 불경의 〈원숭이의 달 건지기〉〈새 사냥꾼의 투망〉〈공중누각〉〈잉어를 나누는 두 마리의 원숭이〉,《장자》의 〈우물 안 개구리〉〈포정의 소 잡는 법〉〈솔개와 독수리〉,《한비자》의 〈지혜로운 자식의 이웃 의심〉〈우(竽)를 부는 남곽〉〈창과 방패〉,《전국책》의 〈호가호위〉〈조개와 도요새의 싸움〉, 유종원의 〈삼계〉(三戒) 〈채찍 장사〉, 소식의 〈해의 비유〉, 다빈치의 〈새끼 벌레〉, 라퐁텐의 〈당나귀 팔러 가는 아비와 아들〉, 끄르일로프의 〈코끼리와 발바리〉 등이 있다.

우수한 우언 작품은 종종 독특한 예술적 풍격이 있다. 선진 우언에서 〈무덤가에서 걸식하는 사나이〉는 맹자 문장의 날카로움과 신랄함을, 〈망양지탄〉은 장자 문장의 넘실댐과 멋대로를, 〈편작이 채환공(蔡桓公)을 알현함〉은 한비자의 엄격하고 각박함을 각각 구현하였고, 〈남원북철〉은 책사들의 뛰어난 기지를 표현해 냈다. 소동파의 우수한 우언 작품은 장중함을 해학에 깃들게 하여 강렬한 개성적 색채를 표현했다. 예컨대 〈개구리가 밤중에 운 사연〉은 골계의 형식으로 끝없이 곁가지 치는 전제정치의 세도를 풍자하였다.

외국 우언도 이와 같다. 다빈치 우언은 인문주의의 광채를 발휘하였고, 끄르일로프 우언은 러시아의 숨결이 가득 차 있으며, 서버의 우언은 미국인의 현대적 관념을 반영하였다. 예컨대 〈부지런한 사냥개〉는 지명을 중첩시키고 번거롭게 싸돌아다니는 것으로 독특한 사냥개의 형상을 선명하게 그려내었고, 전통적 가치 관념에 대한 회의와 비판을 표현했다. 풍격은 한 작가의 성숙한 표지이자, 한 우언 작품이 성공했다는 표지이기도 하다.

감상하기가 이해하기보다 더 어려운 우언은 반드시 미시적 영역에 깊이 들어가 작품의 구조·줄거리·형상·언어 등의 모든 요소를 연구해야만 한다. 예컨대 카프카의 〈프로메테우스〉를 보자.《우언과 격언》에 있는 작품이다.

프로메테우스에 관한 로맨스가 네 작품이 있다.

첫 작품: 인류의 비밀에 대해 신들을 배반했기 때문에 그는 코카서스 산의 거대한 바위에 묶여 있다. 신들은 독수리로 하여금 프로메테우스의 간장을 쪼아 먹게 하고, 그의 간장을 영원히 재생할 수 있게 했다.

둘째 작품: 프로메테우스는 그같이 참혹하게 새가 쪼아 먹을 때 느끼는 격렬한 고통 때문에 스스로를 바위 속에 점점 깊이 묶어 두게 되었다. 그 결과 그는 끝내 뭇 바위 가운데 한 덩어리의 암석으로 변해버렸다.

셋째 작품: 수천 년의 세월이 흘러 그의 반역 행위는 이미 잊히고, 신들도 잊히고, 독수리도 잊히고, 그 자신도 잊혔다.

넷째 작품: 손톱만큼도 의미가 없는 이 사건에 대해 사람들은 점점 귀찮아졌다. 신들도 귀찮아지고, 독수리도 귀찮아지고, 그 상처도 피곤하여 봉합되었다.

해석할 수 없는 그 거대한 바위가 여전히 존재한다. ── 이 로맨스들도 여전히 그 해석할 수 없는 것을 해석하려고 시도하고 있는 것이다. 위 작품들의 출현은 그것의 사실적 근거를 가지고 있는 것이겠지만, 끝에 가서는 결국 해석할 수 없는 것으로 종결된다.

카프카는 유럽 모더니스트의 거장으로서, 그의 작품은 난이도가 매우 높다. 여기서 든 네 편의 전기(傳奇)는 임의로 배열하여 조금도 관계가 없는 것 같지만, 그것들은 끊어질 듯 이어져 있다. 네 편의 구성은 종적으로 배열된 총체이다.

첫째 작품은 전기의 근거 즉 형상의 발생과 원인을 말하였다. 프로메테우스가 여러 신을 배반하여 인간에게 알려졌다는 것이다. 두 번째 작품은 형상의 소실을 말하였다. 세 번째 작품은 정신의 소실과 잊힘을 말하였다. 네 번째 작품은 전기가 지겨워져서 조금도 의미가 없고 해석될 수 없는 것으로 변하였음을 말하였다.

독자들이 이러한 내재적 구조를 파악하기만 하면 작품의 우의도 곧 분명해진다. 카프카의 생각으로는 모든 것이 시간의 흐름에 따라 근거가 없어지고 모든 해석도 헛된 노력으로 변한다는 것이다. 그의 대표작 《성》 등에도 세계에 대한 작가의 이러한 신비 관념이 반영되어 있다.

몇몇 작품은 평이한 듯하면서도 실은 심도를 갖추고 있다. 이러한 종류의 작품을 감상할 때 얕게 맛보고 마는 것은 금물이다. 지브란의 《선지자》에 있는 〈철학자와 청소부〉를 예로 들어보자.

한 철학자가 도로 청소부에게 말하였다.

"난 당신이 가엾소. 당신 일은 고생스럽고도 더러우니."

청소부가 말했다.

"고맙습니다, 선생님. 당신은 무슨 일을 하시는지 말씀해 주세요."

철학자가 대답하였다.

"난 사람의 마음과 행위와 희망을 연구하오."

청소부는 한편으로는 거리를 쓸면서 한편으로는 웃으며 말하였다.

"나도 당신이 가엾습니다."

우언이 철학자와 청소부의 대화로 이루어져 있는데, 처음 볼 때는 철학자가 노동자 특히 청소하는 사람을 경시하여서 그의 비난을 당했다고 풍자하는 것으로 오해하기 쉽다. 그러나 노동자의 언어를 한번 자세히 분석해 보면 오히려 윤기 있게 안팎의 이치를 갖추고 있다. 그렇다면 그는 왜 철학자를 가엾게 여기는가? 알고 보면 지브란은 철학자의 작업 대상인 사람의 마음과 행위와 희망이, 청소부의 작업 대상인 쓰레기보다 더럽고 복잡하여 그것을 청소하고 정화하려면 더욱 쉽지 않다고 여기는 것이다.

물론 이러한 우언 작품은 노동자에 대한 지브란의 존중감을 반영하고는 있다. 그가 일찍이 "세계에는 아름다움과 진실이라는 두 요소만 있을 뿐이다. 아름다움은 애인의 마음속에 있고, 진실은 농사꾼의 팔뚝에 있다"고 말한 적이 있다. 그러므로 이러한 유(類)의 작품을 감상하려면 그 작가를 알고 세상을 논해야 하며, 작품의 언어를 바짝 끌어당겨 여러 차례 씹어봐야 한다.

2. 계통 분석과 종횡 비교

유협(劉勰)은 《문심조룡》 「신사」(神思) 편에서 문예 창작에 대해 논하면서, "글을 생각할 때는 그 정신이 멀리 있다. 그러므로 고요히 근심을 응축하여 생각이 천 년에 이어지게 하고, 지긋하게 얼굴을 움직여 시각이 만 리를 통하게 한다"고 하였다. 우언 감상도 시야를 넓게 가지고 생각의 물결을 용솟음치게 해서 고금 내외를 한 화로에 용해해야만 힌다. 또한 우언 작품을 더욱 큰 계통에 놓고서 고찰·비교함으로써 더욱 정확하게 그 특징과 가치를 감정해야만 한다.

중국 고전 우언의 연원은 길고 오래되었으며 작자가 무더기로 배출되었고, 풍격이 다양하며 제재가 넓어서 매우 많은 성공한 우언 형상을 빚어 놓았다. 이러한 형상은 개별 분석과 계통적 고찰을 할 수 있다.

예컨대 중국 고전 우언에서는 말을 주인공으로 삼아 인재 등용의 문제를 반영하기 좋아한다. 말은 전쟁이나 생산 활동에 사용되기 때문에 고대 중국의 정치·경제와 밀접한 관련을 맺었다. 또 인재는 사람에 따른 정치를 주장하는 사회에서 국가의 홍망성쇠에 영향을 끼치는 관건이다. 그러므로 이러한 우언은 고대사회의 토양에 깊이 뿌리를 내리고 장장 1~2천 년을 이어왔다.

이러한 우언의 번창은 중국 중세 국가의 사상이 발달함에 따라 인재를 중시함을 반영하기도 하고, 또 한편으로는 인재들이 왕권과 관료정치에 의존함을 나타내기도 한다. 인재의 만남은 조정의 정책과 당권자의 감식안에서 결정된다. 당권자는 죽이고 살릴 권한을 가지고 있어 인재가 그에게 쓰이면 단박에 출세를 하고, 그 뜻에 불합하면 진흙 연못 속에 침잠하며 심지어 목숨을 잃는다. 뿐만 아니라 역대로 정책이 바뀌어 인재를 억압하는 많은 조치들이 비극을 빚어내기 일쑤였다. 다음에 천리마에 관련된 세 편의 우언 작품을 보기로 하자.

(1) 무릇 천리마의 나이가 지긋해지면 소금 수레를 끌고 태행산을 오른다. 말발굽이 펴지고 무릎이 꺾인다. 꼬리가 빠지고 살갗이 문드러진다. 진액이 땅에 뿌려지고 소금이 버적거리는 땀이 흐른다. 언덕 중간에서 머뭇거리며 끌채를 이고 오를 수가 없다. 백락(伯樂)이 그놈을 만나자 수레에서 내려 더위잡고 곡을 하고, 겉옷을 벗어 그 몸을 싸주었다. 그러자 천리마는 고개를 숙이고 숨을 내뿜고 위를 쳐다보며 울었다. 소리가 하늘에 닿아 마치 돌이나 쇠에서 나오는 듯하였다. 어째서일까? 백락이 자기를 알아줌을 보았기 때문이다.

《전국책》「초책(楚策) 4」〈천리마가 백락을 만남〉

(2) 전자방(田子方)이 길에서 크게 한숨지으며 뜻이 있는 늙은 말을 보았다. 그 마부에게 물으니 답하였다.

"이는 옛 관청에서 먹이던 놈인데, 늙어 방면되니 쓸 데가 없어 내다 파는 것입니다."

전자방은,

"젊어서는 그 힘을 탐내더니 늙어지면 그 몸을 내다버리는구나! 어진
사람으로서는 할 일이 아니다."

라고 하며 비단 필을 주고 속량하였다. 파무(罷武)가 그 소문을 듣고 마
음 둘 데를 알게 되었다.

《회남자》「인간훈」(人間訓) 〈전자방이 늙은 말을 만나다〉

(3) 욱리자(郁離子)의 말이 번식을 하다 버새를 낳았다. 사람들이 이
르기를,

"이것은 천리마다. 반드시 궁궐 마구간에 바쳐야 한다."

욱리자가 기뻐 그 말대로 하였다. 서울에 이르자 천자가 태복시(太僕
寺)로 하여금 지방 공물을 살피게 했다.

"말이 좋기는 합니다만, 북쪽 산물의 명마가 아닙니다."

라고 아뢰고, 교외 목장에 배치시켰다.

《욱리자》〈천리마〉

(1)은 전국(戰國)시대의 인재 문제를 반영하였다. 인재가 재상의 지
위에 이르기도 하고, 추락하여 낙백하기도 하는 것이 전적으로 알아주
는 사람의 유무 여부에 달렸다. 유세가(遊說家) 소진(蘇秦)이 바로 전형
적 예이다. 그는 진왕(秦王)을 유세하여 실패하고 거지꼴이 되어 집으
로 돌아갔다. 아내는 옷감을 짜지 않았고, 아주머니는 밥을 지어주지
않았고, 부모는 그와 말을 하지 않았다.

뒷날 조왕(趙王)을 유세하여 성공해서는 산동 지방의 여러 나라가 그
를 중용하였다. 고향집을 지나갈 때 부모는 교외 밖 30리로 마중을 나
왔고, 처자는 감히 정면으로 그를 쳐다보지 못했고, 아주머니의 식구들
은 땅 아래 엎드려 죄를 청하였다. 이렇기 때문에 인재는 백락과 같은

지음(知音)에 대해 감격하며 눈물을 떨어뜨렸고, 각국의 통치자도 백락처럼 인재를 발견하고 천거하는 사람이 있기를 희망하는 것이다.

그러므로 한명(汗明)은 초나라의 재상 춘신군(春申君)에게 이 이야기를 말했다. 이 작품은 개인의 정신 상태를 반영했을 뿐만 아니라 우언 형식을 통하여 제후들의 분쟁 때문에 인재가 시급한 시대의 독특한 사회현상과 시대정신을 반영하고 있다.

(2)는 한(漢) 제국이 천하를 통일한 뒤의 인재 문제를 반영하였다. 한 제국은 천하를 차지할 때 많은 인재를 거두어들였지만, 천하가 급격히 안정되자 봉건제국의 본질상 인재를 합리적으로 배치할 수 없었고, 또 인재에 대한 소원, 시기 또는 박해를 결정했다.

한고조(漢高祖)가 자신을 위해 천하를 다투어 얻게 해 준 한신(韓信)을 죽이고, 한경제(漢景帝)가 자신을 위해 대란을 평정해 주었던 주아부(周亞父)를 핍박해 죽인 것이 바로 전형적인 역사적 사실이다.

이렇기 때문에 늙은 말이 누구를 만났다는 것은 인재가 영락하고 쇠잔했던 당시 상황과 함께 통치자의 각박함과 몰인정을 반영했다.《회남자》의 작가는, "옛날 성인은 작은 것에서 행동하면 큰 것을 덮을 수 있었고, 가까운 사람을 살피면 먼 데 사람까지 품을 수 있었다"고 말하였다. 전자방과 전자방을 사사하여 명군이 된 위문후(魏文侯)를 표창함으로써 한나라 황실이 인재를 넉넉하게 품고 사랑할 것을 권고하였다.

(3)은 원대(元代)의 인재 문제를 반영하였다. 몽골의 통치자는 유목민족 노예주의 신분으로 중원에 쳐들어와 차지했다. 선진된 중원 문화와 인재들의 존재에 대해 경계하고 두려워하는 심리가 있어서 문화 수준이 더 높은 인재를 임용할 줄도 몰랐고, 심지어는 고의로 억압하였다. 그들은 민족과 지역에 따라 사람을 네 등급으로 나누었다. 몽골인, 서북 민족군의 색목인(色目人), 북방의 한족과 중원에 진출하여 중국화한 여진족과 거란족 그리고 남방의 한족과 소수민족 등이 그것이다.

이같이 불합리한 민족 차별과 박해 정책은 인민을 압박하고 인재를 목 졸라 죽이는 새 족쇄였고, 봉건사회에 본래부터 존재했던 인재의 위기를 가중시켰다. 천리마가 출생 지역 때문에 교외에 배치된 것은 유기(劉基)와 같은 걸출한 인재가 지역과 민족으로 말미암아 중용되지 못하는 양상이며, 이러한 정책은 수많은 인재들을 반원(反元) 의거 대열에 투입하게끔 이끄는 결과를 낳았다.

또 선진 우언 가운데는 여러 사상가의 우언 작품에 반복적으로 나타나는 두 형상이 있으니, 하나는 공자(孔子)이고, 또 하나는 송인(宋人)이다. 공자는 괴력난신(怪力亂神)을 말하지 않는다 하였으니, 아무래도 '황당지언(荒唐之言)'이 있게 마련인 우언을 말하지 않는 축에 속한다. 그렇지만 그의 명성이 너무 대단했기에 사람들은 모두 그에게 신세를 지고 싶어 했다. 그러므로 여러 사상가들이 공자와 관련된 여러 편의 우언 이야기를 만들어내 자기들의 주장을 폈으니, 이러한 우언은 《장자》한 책에만 40여 편이 있다. 《맹자》《순자》등의 유가 저술 안에서는 공자가 인의와 예의의 화신이지만, 《묵자》라는 묵가 저술 안에서는 풍자 기롱을 당하는 인물이며, 도가와 법가의 저작에서는 정황이 더 복잡하다.

도가는 공자가 적극적으로 정치에 종사하며 천하를 바삐 쫓아다니는 사상과 행위에 불만을 느끼므로, 《장자》「도척」편의 〈도척(盜跖)이 공구(孔丘)를 꾸짖다〉와 같은 우언을 만들었다. 또 그의 명성에 힘입어 자신들의 주장을 선전하는 데 쓸모가 있다고 여겼으므로 《장자》「달생」편의 〈매미 잡는 곱사등이〉를 만들었다. 그리고 공자를 자기들의 이상적 인물의 배경으로 삼으면 도가의 인물을 더욱 위대하게 드러나게 할 수 있다고 여겨서 《장자》「외물」편의 〈노래자(老萊子)가 공구를 가르치다〉와 같은 이야기를 만들었다.

법가는 공자가 선왕을 본받아 어진 정치를 베푼다는 설을 반대하므로 〈모순〉 〈수주대토〉와 같은 우언으로 그를 비판했다. 그러나 법가도 공자의 명망을 이용하여 주장의 설득력을 강화할 수 있다고 여겼으므로 〈재 가루 버린 형벌〉[刑棄灰] 같은 이야기가 있게 되었다. 이 작품은 《한비자》「내저설(內儲說) 상」편에 보이는데 은(殷)나라의 법 규정이라고 말하고 있다. 그 내용을 자세히 살펴보자.

> 길거리에 재 가루를 내다버린 어떤 사람이 있어 형벌로 그의 손을 자르려고 했다. 자공(子貢)이 이것은 너무 가혹하다고 여겼으나, 공자는 오히려 말하였다.
>
> "다스림의 도리를 아는 것이다. 무릇 길에다 재 가루를 내버리다 보면 남에게 뒤집어씌우게 되고, 뒤집어씌우면 그 사람이 화가 날 것이고, 화가 나면 싸울 것이다. 싸우다 보면 반드시 족속 사이에 서로 죽이는 싸움이 될 것이다. 이것이 족속을 죽이는 일이 된다면 비록 형벌을 준다 해도 괜찮다. 한편 중벌이란 사람들이 싫어하는 것이요, 재를 버리지 않는 것은 사람들이 쉽게 할 일이다. 쉽게 할 일을 하게 하고 싫어하는 것을 기억하게 하는 것이 다스림의 도리이다."

형벌로서 형벌을 제거하고 반드시 벌을 주어 위세를 드러낸다는 이같은 주장과 공자가 펼친 인(仁)의 학설과는 물과 불처럼 용납하기 어려운 것이다. 그러나 한비자는 구태여 공자의 입을 빌려 말하면서 자기의 주장을 강화하였다.

공자 우언에 대한 계통적 고찰을 해 보니 다음과 같은 시사점을 얻을 수 있었다.

첫째, 역사 인물의 유형화는 인물우언을 창작하는 방법 가운데 하나이다. 마오둔(茅盾)의 〈신화잡론〉(神話雜論)에 따르면, 신화학자 엘리아데(Mircea Eliade)는 다음과 같이 말했다고 한다. 일반인은 매번 어떤 역사 사건에 관련된 인물의 세부 사항을 기억하기 어렵다. 따라서 역사 사건을 간단하게 유형화하고, 개별 인물을 유형적 인물의 정황으로 변화시키기 일쑤이다. 그러므로 전설의 유형적 사건과 인물은 종종 진짜 역사 사건과 인물로 대체된다. 우언 이야기의 인물 유형화는 민간에서 기원한 이후에 작가들이 개조하여 이용했을 가능성이 있다.

둘째, 독자들은 이야기 자체의 형상에 초점을 맞추어 작가의 우의를 연구할 수 있을 뿐이지, 우언 이야기로써 역사 인물을 평가하는 근거로 삼아서는 안 된다. 문화대혁명 기간에 '사인방' 부류들은 비공(批孔)을 내세우며, 마침내 《순자》의 〈공자가 소정묘(少正卯)를 주벌하다〉와 《장자》의 〈도척이 공자를 꾸짖다〉의 두 우언 작품으로 유·법(儒法) 투쟁을 크게 선전하였다. 이러한 일은 이 무뢰한들이 한편으로 음험하면서도 다른 한편으로는 무지함을 폭로하기에 딱 알맞다.

셋째, 독자들은 또한 그로부터 선진 각 학파 사이의 미묘한 관계를 발견할 수 있다. 예컨대, 어떤 사람은 장자가 유가에서 나왔고, 법가·한비자가 대유(大儒) 순황(荀況)의 제자라고 여길 정도이다. 적어도 그들의 우언에서 몇몇 단서를 발견할 수는 있을 것이다.

공자가 선진 우언에서 주로 지혜로운 자의 형상이었다면, 송나라 사람은 어리석음과 수구(守舊)의 대명사였다. 왕리치(王利器) 선생의 《역대 소화집 속편》에는 선진 우언에서 「송인우사록」(宋人愚事錄) 20편을 모아놓았는데 예컨대 《맹자》의 〈알묘조장〉, 《한비자》의 〈지혜로운 자식의 이웃 의심〉〈개가 사나워 술이 쉬다〉〈수주대토〉, 《열자》의 〈상씨의 도적질 학습〉, 《궐자》의 〈연석(燕石)을 보석처럼 감추다〉 등이다.

송나라는 은상(殷商)의 후예이다. 은상시대의 구제도와 구사상을 훨씬 많이 보존해 놓았을 것이다. 뿐만 아니라 그들은 '망국의 나머지'가 되어 사람들의 경시와 야유를 더 쉽게 받았을 수도 있다. 후대 우언 가운데 애자(艾子), 욱리자(郁離子), 용문자(龍門子), 우공(迂公) 등과 같이 지혜자와 바보의 형상은 모두 선진 우언의 공자와 송인의 형상을 계승했을 가능성이 있다.

외국 우언도 계통적으로 고찰할 수 있다. 유럽을 논하자면 수메르 우언, 이솝 우화, 로마, 중세기, 문예부흥기, 라퐁텐, 레싱, 끄르일로프, 대서양 너머의 서버 등의 우언은 모두 계승과 혁신으로 이루어졌다. 그 가운데 주제·줄거리·형상·기법은 모두 계통에 따라 연구할 수 있다.

예컨대 '여우'의 형상은 이솝, 라퐁텐, 레싱, 끄르일로프의 우언에서 모두 첫 번째 비중을 차지한다. 더욱이 중세기의 동물 서사시에서는 여우 르나르를 주인공으로 삼았기에 연구할 만한 가치가 있다.《성경》과 그 우언이 유럽에 끼친 영향도 연구할 만하다. 유럽의 패러블형 우언과 알레고리형 우언은 거의 그것들과 밀접한 관련이 있다.

유럽 모더니스트와 우언의 관련성은 더욱 큰 과제이다. 만약 유럽의 각종 우언을 습득할 수 있다면 모더니스트들의 몇몇 난삽한 저작에 대해 더욱 순리적이고 심도 있게 감상·연구할 수도 있을 것이다. 심지어 유럽인의 정신 역정과 유럽문학의 예술적 원류에 대해서도 우언이라는 특정한 각도에서 치밀하고 깊이 있는 분석이 가능할 것이다.

전 세계의 각국 우언을 하나의 큰 계통으로 만듦으로써 세계 우언 발전의 공통 규칙이나, 각국 우언의 서로 다른 특색을 고찰할 수 있게 된다. 이 책에서 말하는 우언의 각종 문체와 특색, 창작의 기본 규칙, 우언 기원의 조건, 우언과 각종 인류문화 현상의 관계는 실질적으로 우언 창작의 공통 규칙을 반영하고 있다.

세계 3대 우언 체계는 각각 독특한 전통을 지니고 있으니, 이에 대해서는 책 제2장에서 우언의 민족성을 말할 때 언급했다. 얼룩무늬 한 점을 엿보아 표범 전체를 알 수 있는 법이니, 여기서는 제재가 비슷하지만 사상과 예술 풍격이 서로 다른 몇 작품을 분석하고자 한다. 아래 두 작품은 모두 조류의 약육강식 현상을 말하고 있는데, 하나는 고대 그리스 것이고 또 하나는 고대 인도의 것이다.

(1) 나이팅게일이 큰 나무 위에 깃들어 평소처럼 노래를 부르고 있었다. 새매가 보고는 마침 먹이가 부족하던 터에 날아가 그놈을 사로잡았다. 나이팅게일이 죽음을 맞이하면서 새매에게 자기를 놓아달라고 청했다. 또한 자기는 새매를 배부르게 하지 못할 것이라 말하면서 만약 정말 먹이가 부족하다면 좀더 큰 새를 찾아야 한다고 했다. 새매가 그에 대답하여 말하였다.

"내가 만약 지금 손에 들어온 먹이를 놓아주고 어떤 막연한 것을 추구한다면 멍청이가 되지 않겠느냐?"

《이솝 우화》〈새매와 나이팅게일〉

(2) 이때 비둘기가 두려워 대왕에게 날아갔다. 왕의 무릎 아래로 들어가 망명한 것이다. 매가 조금 있다 이르러 궁궐 앞에 서서 대왕에게 말하였다.

"지금 이 비둘기란 놈은 내 먹잇감인데 왕의 옆으로 갔다. 빨리 돌려달라. 난 아주 배가 고프다."

시비왕(尸毗王)이 말하였다.

"나는 모든 것을 구제한다고 서원하였다. 이것이 나에게 와서 의탁하니 결코 너에게 주지 못한다."

매가 다시 말하였다.

"대왕이 지금 모든 것을 구제한다고 말하였다. 만약 나에게 먹이를 끊는다면, 내 목숨은 유지할 수 없다. 나 같은 부류는 모든 것이 아닌가?"

왕이 재빨리 대답하였다.

"만약 내 살을 준다면 너는 먹겠느냐?"

매가 즉시 말하였다.

"새로 잡은 뜨거운 고기를 얻는다면야 먹을 것이다."

왕이 다시 중얼거리며 말했다.

"지금 새로 잡은 뜨거운 고기를 구한다는 것은 하나를 해쳐 다른 하나를 구제하는 것이니 이치로 보아 이익이 없다."

그리고 속으로 생각하였다.

'내 몸 말고는 나머지 목숨 지닌 것들이 모두 스스로를 보호하고 아끼는구나.'

이에 날카로운 칼을 가지고 자기 허벅지 살을 베어 매에게 주고는 이 것으로 비둘기의 목숨과 바꾸었다.

매가 왕에게 아뢰었다.

"왕이 시주(施主)가 되어 모든 것을 똑같이 보았다. 내 비록 작은 새이지만 이치가 잘못되지는 않았다. 만약 당신 살로 이 비둘기 목숨과 바꿀 것이라면 달아서 몫이 같아야 할 것이다."

왕이 시종들에게 빨리 저울을 가져오라고 명령하였다. 갈고리로 가운데를 매달고 양쪽에 쟁반을 놓고는 즉시 비둘기를 가져다 한쪽에 잘 놔두고, 다른 한쪽에는 베어 낸 왕의 살을 놓았다. 허벅지 살이 다 빠진 것을 베었으므로 비둘기보다 가벼웠다. 다시 두 팔뚝과 양쪽 갈비의 살을 베었다. 몸의 살이 다 빠져 있었으므로 그래도 비둘기 무게에 못 미쳤다. 그러자 대왕이 자기 몸을 일으켜 저울 위로 올라가려 했으나 기력이 떨어져 발을 헛디디고 땅에 떨어졌다. 의식이 없다가 한참 만에 깨어났다.

《현우인연경》(賢愚因緣經) 〈비둘기를 살린 시비왕〉

(1)은 기원전 8세기의 시인 헤시오도스가 쓴 《일과 삶》(*Works and Days*) 가운데 〈새매의 대답〉에서 소재를 가져왔다. 기원전 8세기에서 기원전 6세기까지 고대 그리스의 상업은 빠르게 발전하여, 각 도시와 동양의 여러 나라 사이에 무역 왕래가 매우 빈번하였다. 또 이 시기 그

리스에서는 거대한 규모의 이민 운동이 발생했는데, 그 원인 제공자는 대부분 상공업 노예주의 대표적 인물들이었다. 그들은 토지를 침범하고 이민족을 압박하고 노예를 노략하고 자원을 수탈하는 등 상업적 착취와 해상 강탈을 자행하였다. 새매의 요지는 바로 이 같은 상업 문명의 정신을 반영한 것이니, 적극적인 진취와 적나라한 약탈이 하나로 모여 합해진 셈이다.

(2)는 실질적으로 불본생담의 하나이며, 시비왕은 부처 전신(前身)의 하나이다. 이 작품은 고인도의 특수한 사회 상황과 정신 상황을 반영하고 있다. 고인도 노예주 귀족층은 바르나(Varna, 색깔)라는 종족 계층제도를 시행하여 하층민을 잔혹하게 압박하였다. 불교가 일어나 그 제도를 반대하고 중생의 평등을 주장하였다. 그러나 그들은 폭력으로 악에 대항하지 않고 자신의 고행으로 고통의 인과를 소멸시키기를 주장하였다. 심지어는 제 몸을 버려 육체의 고통을 영혼의 열반으로 바꾸도록 주장한다. 불교의 이러한 주장은 카스트 제도에 대한 반동이며, 동시에 환상을 중시하고 초자연을 추구하는 '정글문명(타고르의 말)'의 극단적 산물이다.

중국 고전 우언 가운데도 비슷한 이야기가 있다. 그것은 이 책 제5장 3절에서 살폈던 조식의 〈요작부〉(鷂雀賦)이다. 이 작품은 새매가 참새를 쫓아가 잡아서 배를 채우려 했다는 내용이다. 그런데 참새는 여러 번 애원하고 새매는 그를 놓아준다.

이것은 또한 중국적 특성을 반영하고 있다. 중국은 줄곧 농경 위주의 사회였으며, 원시 씨족사회에서 계승되어온 가족 혈연관계를 죽 보존해 왔다. '국(國)'은 확대된 '가(家)'이다. 유가의 학설은 주로 이 같은 농업가족 문명을 반영한다. 그것은 통치자와 피통치자의 관계를 조화시켜서, 백성은 통치자를 공양하고 통치자도 측은지심을 지녀야 한다고 주장한다. 또한 중용의 도리를 고취시키며, 화해를 강조하며, 과분

(過分)함을 반대한다.

애원하면서도 반항하지 않는 참새나 끝내 참새를 놓아주는 새매는 모두 이러한 정신을 반영하고 있다. 뿐만 아니라 이 작품의 결말에서 수참새와 암참새가 다시 만나 다정하게 말하는 것은 중국인이 가정의 단란함을 중시함을 반영하기에 꼭 알맞다. 주제와는 무관한 것처럼 보여도 실은 민족의 마음 상태를 드러내고 있는 것이다. 따라서 이상의 세 우언은 실질적으로 3대 우언 체계의 서로 다른 문화 배경을 대표적으로 반영한 셈이다.

또 백거이의 우언시 〈제비의 시를 유 노인에게 보임〉[燕詩示劉叟]과 끄르일로프의 우언시 〈두견새와 점비둘기〉는 두 작품 다 새끼가 부모새를 사랑하지 않음을 그리고 있어 제재가 매우 비슷하지만, 그 사상과 예술 풍격은 판연히 다르다.

백거이의 시에서 늙은 제비는 전형적인 중국식 부모의 형상이다. 괴로움을 무릅쓰고 자녀를 양육하여 온전한 사람으로 키운다. 이와 달리 끄르일로프 시의 두견새는 러시아식 귀부인의 형상이다. 그녀는 자기의 향락과 유희에만 관심이 있고 자식 키우는 일은 직접 맡지 않는다. 이 시의 중점은 자녀가 배은망덕함을 꾸짖고 악행에는 악보가 있음을 드러내는 데 있으므로 중국 봉건시대의 윤리 관념을 표현한 것이다. 이와 달리 끄르일로프 시가의 주지는 자녀에 대한 부모의 책임을 강조하고 감정 관계를 혈연관계 위에 놓았으니 서양의 윤리관념을 반영한 것이다.

백거이의 제비 묘사는 주로 시인의 눈으로 객관적으로써 동작을 관찰한 형태이며, 의인화의 충분한 전개가 없다. 시인은 최종적으로 앞으로 나서서 제비에게 반성할 것을 권면하였으니, 더욱이 서정시의 수법인 셈이다. 이와 달리 끄르일로프의 두견새 묘사는 의인화 수법을 완전히 채용한 것이다. 새들 사이의 대화를 통해 줄거리와 주제를 전개하였다. 백거이는 중국 고전 시인 가운데서 진술하기를 가장 즐기는 시인이다. 하지만 끄르일로프에 견주면 그의 작품처럼 개성 있게 의인화하고 곡절 있게 내용을 전개하거나 개척했던 것은 아니며 훨씬 간결하다.

위의 모든 것이 중국 우언과 시가 및 러시아 우언과 시가의 서로 다른 사상과 예술 전통을 반영하고 있다.

덴마크의 저명한 문학사가 브란데스(Georg Brandes, 1842~1927)는 그의 거작 《19세기 문학의 주류》(*Main Currents in 19th Century Literature*) 서문에서 비교 연구의 장점을 논술하기를, "이러한 비교문학적 연구는 이중적 편리성이 있다. 하나는 외국문학을 가지고 와서 우리와 어느 만큼 가까워져 합성될 여지가 있다는 점이다. 또 동시에 우리 자신의 문학을 멀리 내다봄으로써 진정으로 원경에서 그것을 보게 만든다는 점이다"라고 하였다.

바꾸어 말하면, 이는 더욱 실제에 적합한 하나의 거시적 인식을 획득할 수 있다는 것이다. 게다가 비교문학이 가장 중시하는 영향 관계의 연구는 우언에서 시작되었다. 유럽의 학자들은 바로 인도 우언집 《판차탄트라》《불본생담》《설화의 바다》 등을 통하여 동서 비교문학의 연구를 수립하였다. 이 방면의 정황은 이미 제14장 '우언과 국제교류'에서 소개한 바 있디.

3. 하나에 구속되지 않고 여러 방법을 흡수한다

문학 감상은 복잡한 정신 현상이다. 우언은 여러 학문 분야와 복잡하게 얽혀 있고, 과거에는 우언 감상을 연구하는 사람도 매우 적었다. 그렇기 때문에 변증유물론과 역사유물주의 철학의 관점을 포함하여 각종 문학 연구방법과 다른 학문의 연구방법을 광범위하게 흡수해야 한다.

그래야만 우언의 감상 연구라는 과제를 전면적으로 잘 해결할 수 있을 것이다.

어떠한 작품도 현실의 토양에서 분리될 수는 없다. 더욱이 현실성이 매우 강한 우언 작품들은 유물 반영론으로 분석해야만 한다. 끄르일로프의 〈물고기의 춤〉을 보자.

숲속을 통치하고 강과 호수까지 통치하는 사자대왕이 짐승 회의를 소집하여 물고기 지방관을 선출하고자 했다. 법률에 따라 모든 들짐승이 투표한 결과, 여우가 가장 많은 표를 얻었다. 그러므로 그는 곧 취임하러 가서 물고기의 부모 노릇하는 방백(方伯)이 되었다. 그런데 여우는 눈에 띄게 살이 쪄 뚱뚱해져 갔다.

여우에게는 의지하는 친구이자 머리가 단순한 시골 사내가 있었다. 그 둘은 잗달은 계략을 의논했다. 여우가 관아에 나아가 심문하고 판결할 때면 그 친구는 옆에서 물고기들을 꼬여 올가미에 걸려들게 하였다. 이어서 심판관과 조수는 함께 앉아 차를 마시며 장물(贓物)을 나누었다.

그렇지만 이러한 무뢰배들도 매일같이 법망 밖에서 소요할 수는 없었다. 이상한 소문이 사자대왕의 귀에까지 전해지자 그는 몇몇 지방관이 결코 사리분명하게 공무를 집행하지 못한다고 의심하였다. 그래서 적당한 날을 골라 직접 순시를 나가 영지의 실정을 살피기로 하였다.

사자대왕은 강변을 따라 걸어갔다. 머리 단순한 시골 사내는 이미 한 무더기의 물고기를 쌓아 놓고, 활활 타오르게 불을 지피고, 자기와 여우를 위한 술자리를 준비하고 있었다. 불 위에서 물고기들은 목숨을 잃을 것을 알면서도 죽을힘을 다해 높은 곳으로 어지럽게 튀어 올랐다. 모두가 입을 벌리고 눈을 동그랗게 뜨며 발버둥치고 있었다.

"저건 누구냐? 넌 뭘 하고 있는 거냐?"

분노한 사자대왕이 큰소리로 야단을 쳤다.

"대자대비한 대왕이시여!"

여우가 다급히 대답하였다(여우는 늘 위급한 상황에서 지혜를 내고 꾀를 생각하여 대응하는 자이다).

"대자대비한 대왕이시여! 그는 이곳의 제 주임비서입니다. 사람이 청렴 정직하여 벌써 모든 사람의 칭송을 얻었읍죠. 여기 몇몇 잉어들은 작은 시내의 주민들입니다. 모두들 오늘 우리들의 좋으신 대왕을 환영하러 왔습죠. 당신께서 이리로 지나가실지도 모를 일이었으니까요."

"내 자식 같은 백성들은 만족하고 있느냐? 재판은 정확하고 공평한가?"

"대자대비한 대왕이시여, 그들은 그야말로 천당과 같은 생활이라고 말한답니다. 그들의 유일한 바람은 바로 대왕의 만수무강을 비는 것뿐이지요!"

그렇지만 솥 안의 물고기들은 더욱 높이 튀어 올랐다.

"그들은 뭐 하느라 이처럼 괴상하게 머리를 흔들고 꼬리를 치는가?"

"아, 현명한 대왕이시여!"

여우가 말을 했다.

"그들은 튀어 오르며 춤추고 있는 것이지요. 뜨겁게 사랑하는 대왕을 뵈오니 마음이 너무도 즐거운 것입니다."

이에 사자대왕은 은혜를 베풀 듯이 그 지방관의 가슴을 핥아주었다. 물고기들의 튀어 오르는 춤을 다시 한 번 보고는 머리를 흔들며 멀리 가버렸다.

누구라도 이 우언 작품을 읽으면 모두 끄르일로프가 현실을 묘사하고 있는 것이라 생각할 것이다. 관련 자료에 따르면, 이 작품이 씌어진 배경은 짜르 황제가 러시아 전역을 순시하는 거동이며, 여우는 전권을 쥐었던 아첨꾼 신하 알락체예프(Alexey Arakcheyev, 1769~1834)를 투영했다고 한다.

얼핏 보기에는 나쁜 짓을 하는 것이 여우뿐인 듯하지만, 실제로는 사자대왕이 바로 이 모든 것을 종용하고 지지하고 있다. 사자대왕이 신민(臣民)에게 관심을 둔다든가 부패와 탐악을 징치(懲治)하는 것은 장식에 지나지 않는다. 그러므로 여우의 꾸미고 추어주는 말이 마음에 꼭 맞았던 것이다.

짜르의 출판 심의기관은 이 우언의 신랄한 풍자를 냄새 맡고는 작품을 발표할 때 결말을 사자대왕이 여우를 징치하는 것으로 개작하고, 짜르 황제의 풍자를 칭송의 노래로 바꾸었다. 그러나 후대인들이 원작의 모습을 회복시켰다.

끄르일로프의 또 다른 명작 〈얼룩 양〉도 짜르 황제를 직접 풍자한 것이다.

사자왕이 얼룩 양을 없애버리려고 했으나 명예를 유지하고도 싶어서, 대신들의 비밀회의를 소집하였다. 곰은 사자왕에게 건의하기를, 얼룩 양들을 전부 사형에 처하도록 명령하라고 했으나 사자왕은 머리를 가로저었다. 이와 달리 여우는 사자왕의 인자함을 칭송하려고 건의하기를, 양 무리에게 목장을 주고 몇 마리 늑대를 파견하여 방목하도록 아뢰니 사자왕이 고개를 끄덕이며 칭찬하였다.

그런데 양은 매일 적어지니, 동물 나라의 주민들이 이러쿵저러쿵 말하기를, "사자왕은 나름대로 좋은 사람인데, 늑대가 온통 나쁜 짓을 한다"고 하였다.

이 우언 작품은 1821년 페테르부르크 대학을 박해했던 사건에서 직접 취재했다. 곰은 알락체예프를, 여우는 까오리친을 반영한다. 끄르일로프의 이런 우언은 작품 수가 매우 많다. 그는 현실주의의 창작 방법으로 유럽 우언의 우량한 전통을 풍부하게 발전시켰다.

작품은 작가의 머릿속에 있는 현실생활의 반영이다. 그러므로 '그 사람을 알아 글을 논한다'는 것은 매우 중요하다. 중국 고전 우언 같은 경우에는 주제적 측면에서 '세 가지가 많고 두 가지가 적은' 특징이 있다. 치국·수신·학습에 관련된 우언은 많지만 하층민을 적극적으로 고취시켜 항쟁하게 하는 우언, 종교정신에 스며들게 하는 우언은 적다.

이러한 특징은 고전 우언 작가의 출신이나 교양과 관련된다.《한서》「예문지」는 제자백가의 학술 기원을 말하면서, 한 측면으로는 "왕도가 미약해지고 제후가 힘으로 정치한다"는 사회조건을, 다른 측면으로는 작가들이 모두 왕의 관리 출신이라는 점을 지적했다.

유가는 교화를 관장하는 '사도지관(司徒之官)'에서, 도가는 사관(史官)에서, 음양가는 역법을 관장하는 '희화지관(羲和之官)'에서, 법가는 형옥·상벌을 관장하는 '이관(理官)'에서, 명가는 명분을 말하는 '예관(禮官)'에서, 묵가는 제사를 관장하는 '청묘지수(淸廟之守)'에서, 종횡가는 외교의 '행인지관(行人之官)'에서, 잡가는 '의관(議官)'에서, 농가는 '농관(農官)'에서, 소설가는 풍속을 살피는 말직이었던 '패관(稗官)'에서 나왔다고 했다.

이러한 배경적 측면은 연구자들에게 무시되기 일쑤이지만, 사실 고대의 관직은 세습되고 심지어 관직으로 성을 삼기도 하기 때문에 중요하다.《상서》「요전」(堯典)편의 주석에는 "백성이란 백관이란 뜻이다. 관직에는 대대로 내려오는 기능이 있어 성씨를 받는 것이다"라고 하였다.

현존하는 제가의 학설은 모두《한서》에서 말한 직능과 관계가 있는 것이지, 결코 근거 없는 뜬소리가 아니다. 작가들이 관인 출신이기 때문에 그 우언이 나라 통치술에 관심이 많은 것이다. 청정무위를 주장하는《노자》라도 사람들은 "남의 임금된 자가 남면(南面)하는 방법"으로 여기며, 그를 계승한《장자》는 실제적으로 우언을 통해 통치자에게 무위로 다스리라는 주장을 편다.

제가의 나라 다스리는 방법은 대부분 인치(人治)를 중시하기 때문에 수신을 강조하고, 수신이라면 학습을 강조해야만 한다. 우언 창작은 나라 통치에 복무하고 작가는 치인에 속하기 때문에 우언에는 건의·권계·책망·풍자 등이 있을 수 있지만, 약자의 반항을 직접적으로 탄원하는 작품을 만들 수는 없었다. 또 중국에는 종래로 정치와 종교가 분리되었기에 정치 종사자가 지은 우언이 종교 관념을 선양하지 못함은 당연하다. 선진의 작가 상황이 이와 같고, 후대의 작가들도 대부분 벼슬한 문인들이었다. 중국 고전 우언의 특징은 작가들의 출신이나 교양과 무관하다고 말할 수 없는 것이다.

우언은 인류문화의 여러 영역과 수만 갈래 얽혀 있다. 이것은 서로 다른 각도로 작품을 감상·연구할 수 있게끔 만든다. 철학적·정치적·종교적·교육적·심리적·미학적 등 여러 방법은 우언을 연구하는 데 사용될 수 있다.

예컨대 몽골의 우언 〈소경과 절름발이〉는 집에 불이 났을 때를 그렸다. 소경은 길을 잘 볼 수 없고 절름발이는 걸을 수가 없으니, 소경이 절름발이를 업고 달리고 절름발이는 소경에게 방향을 알려 주었다. 그래서 결국 이 재난을 피해 달아났다. 이는 단결하여 스스로 살아났다는 장점을 쓴 것이다. 만약 사회학의 관점으로 분석한다면, 사람들이 아주 많은 영역에서 장점을 취하고 단점을 보충한다는 사회적 상호보완 원칙에 부합된다.

자연과학의 개념과 방법도 우언의 감상 연구에 끌어들일 수 있다. 예컨대 '장(場)'은 본래 물리학의 개념으로서 '상호작용장'이라는 말이며, 사물 사이의 상호 작용이 바로 관련 장에 의지해 실현된다는 개념이다. 이를 차용하여 우언의 전파와 영향을 연구할 수 있다. 우언 작품의 상승과 침체는 어떤 시대와 사회 집단이 공동으로 지니고 있는 모종의 관념과 가치기준을 종종 반영한다. 이러한 관념과 기준은 바로 우언의 사회장(社會場)으로 작용한다.

예를 들면, 투쟁을 강조하는 시절에는 〈농부와 뱀〉〈중산의 늑대〉같은 우언이 사회의 깊은 관심을 끌어내며 아울러 통상적으로 인용되기 용이하다. 이와 달리 인재를 강조하는 시절에는 백락과 천리마와 관련된 우언이 사회적 공명을 일으키며 사람들에게 자주 언급되기 쉽다.

설사 같은 우언 작품이라도 다른 평가를 받기도 한다. 예컨대 《맹자》의 〈모를 뽑아 조장하다〉[揠苗助長]는 머리에 열기가 오르고 맹목적으로 돌진하는 시절에는 그 '보수'성 때문에 교재와 선본에서 방출된 적이 있다. 또 계급 성분이 정론을 결정하는 시절에는 그것이 노동 인민을 "때리고" "모멸하였다"고 비판을 받았다. 또 객관적 법칙의 존중을 강조하는 시절이라면 객관적 법칙에 의거한 일 처리를 제창한 우수한 우언으로서 존중된다.

더 심한 경우도 있다. 어떤 작가나 어떤 작품이 사회 집단의식의 오랜 풍화를 겪은 뒤에 원의와는 크게 차이가 나는 평가를 얻을 뿐만 아니라 그러한 평가가 원의를 마멸시킬 수도 있다.

예컨대 《장자》의 〈나무닭으로 길러내다〉[木鷄養到]는 본래 도가가 제창하는 바, 놀라지도 않고 움직이지도 않는 신비로운 인식과 편안한 수양 정지를 드러내고자 한 것이다. 그러나 후대의 '나무닭처럼 멍청하다[呆若木鷄]'는 말은 보통, 사람이 굼뜨고 어리석거나 놀라서 두려워하는 것을 형용하는 말이 되었다.

같은 책의 〈붕새와 뱁새〉[鯤鵬斥鷃]는 절대적인 정신의 자유를 선양하는 데 원의가 있고, 만물은 각기 성질에 알맞게 자연에 맡긴다는 관념을 지닌 것이다. 그러나 후인들은 대부분 이 작품을 빌려 사람들의 웅지를 찬양하거나, 사업을 하는 데 앞길이 원대하기를 축원한다. 이러한 의미에서 곤붕전시(鯤鵬展翅), 붕정만리(鵬程萬里), 운로붕정(雲路鵬程), 부요직상(扶搖直上), 대전붕도(大展鵬圖) 등등의 매우 많은 성어가 부연되어 나왔다.

이 같은 개조(심지어 곡해)는 결코 우연한 현상이 아니다. 역사 축적으로 형성된 집단의식으로 말미암아 형성된 것이다. 중국에서는 적극적으로 세상에서 쓰여야 한다는 유가의 정신이 줄곧 주도적 지위를 차지해 왔기에 위에서 말한 도가 우언이 개조된 셈이다. 총괄하자면, 우언의 부침과 우의의 변천은 모두 사회장과 밀접한 관계가 있는 것이다.

매우 많은 문학 연구에서 사용되는 미시적 분석 방법은 우언의 감상 연구에서도 중시되어야 한다. 줄거리 구조·형상·예술 기법·언어적 특색 등을 어떻게 분석해야 하는가를 포함해야 한다. 예컨대 비고트스키(Vigotskii)는 《예술심리학》에서 끄르일로프의 〈잠자리와 개미〉를 다음과 같이 분석하였다.

끄르일로프는 거의 줄곧 억양법으로 시를 썼다. 지금 홀연 억양법으로 시를 쓰기 시작하였으니, 이는 잠자리를 묘사하는 데 자연히 적합하고, 개미를 묘사하는 데는 부적합하다. 끄리깔레프는 다음과 같이 말한다. "이 같은 억양법으로 말미암아 시구 자체가 '도약'을 하고 있는 듯하다. 이렇게 해야 붕붕 뛰어오르는 잠자리가 마치 눈앞에 있는 듯이 너울너울 살아 있는 것처럼 그려진다."

우언의 전체 역량은 여전히 기본적인 대비를 만드는 데 있다. 한쪽으로는 이전처럼 희희낙락 근심과 걱정이 없는 정경이고, 또 한쪽으로는 잠자리가 현재 직면하고 있는 고난의 정경이다. 두 형편이 서로 대조되면서 부단히 끼어든다. ─(중략)─ 쌍관어(雙關語)의 의미가 "춤이나 추시지"라는 말에서 극점에 이른다. 이 말은 갑자기 두 종류의 정경과 동시에 관련된다. ─(중략)─ "춤이나 추시지"라는 말이 우리에게 '멸망'과 '장난'이라는 이중적 의미로 동시에 전해질 때, 한 마디 말속에 천연덕스럽게 통일되는 두 측면의 감정이야말로 우언의 참된 알맹이다.

전체의 분석 과정이 모두 미시적으로 해부하는 데 주의하였기에 언어에서 벗어나 우의를 공허하게 분석하지 않았다.

심지어는 언어 문자의 고증도 연구 감상과 관련이 있다. 예컨대《전국책》의 유명한 우언〈도요새와 조개의 싸움〉[鷸蚌相爭]은 도요새와 조개의 말싸움에 대해 다음과 같이 씌어 있다.

도요새가 말했다.

"오늘 비[雨]오지 않고, 내일 비[雨]오지 않으면, 곧 죽은 조개[蚌]만 있겠군!"

조개도 도요새에게 말했다.

"오늘 못 빠져나오고[出], 내일 못 빠져나오면[出], 곧 죽은 도요새[鷸]만 있겠네!"

이러한 대화 형식은 서로 대칭적이다. 다만 '비'라는 글자에 세 가지 의문점이 있다. 첫째, 사리가 의심스럽다. 조개의 생사는 날씨가 맑고 흐린 데 달려 있지 않다. 둘째, 말투가 의심스럽다. 조개가 "(네가) 못 빠져나오면"이라고 한 것은 상대를 질책하는 말투인데, 주어 '너'를 생략했다. 이와 달리 도요새가 "비오지 않으면"이라 말한 것은 상대를 질책한 것이 아니다. 쟁변하는 말투에 어울리지 않으며, 주어 없는 어구를 사용한 것이다. 셋째, 협운(叶韻)이 의심스럽다. '나올 출(出)'과 '도요새 휼(鷸)'은 협운이 된다. 이와 달리 '비 우(雨)'와 '조개(대합) 방(蚌)'은 협운이 안 된다. 어떤 이는 이 문제를 해결하고자 '即有死蚌'을 '即有死蚌脯'로 고쳤지만, 어구의 대칭을 다시 파괴했다.

한편으로는 사리와 말투 측면의 문제를 해결할 수도 없었다. 송나라 요굉(姚宏)의《전국책속주》(戰國策續注)에서는 육전(陸佃)의 설을 인용하여 '不雨(비오지 않으면)'은 '不兩(두 쪽으로 하지 않으면)'의 잘못이라 인정하였다. '兩'은 연다는 뜻이다. 이렇게 하면 세 의문점이 모두 해결되니 감상에 도움이 되는 셈이다.

요컨대 우언의 감상 연구는 한 가지 방법에 국한하지 말고 겸하고 아울러야만 한다. 어떤 방법을 주로 채용하려는 경우에는 객체(작품)와 주체의 두 조건에서 결정한다. 작품의 특징을 근거로 하면서도 자신의 주관적 우위를 헤아려 볼 필요가 있다.

엥겔스가 발자크의 〈인간 희극〉(The Human Comedy)에 대해 분석한 것이 하나의 본보기이다. 발자크의 작품은 19세기 프랑스 자본주의 사회의 면모를 전면적으로 반영했으며, 엥겔스는 정치경제학 방면의 거장이었다. 그러므로 엥겔스는 정치경제학의 관점으로 〈인간 희극〉의 풍부하고도 복잡한 내용을 분석하여, 그것이 현실주의의 위대한 승리이며 심지어 경제적 세부 줄거리 측면에서도 직업적 역사학자·경제학자·통계학자 등을 능가한다고 지적했다. 이러한 분석은 작품의 특징과 부합하는 데다가 주관적 우위를 발휘한 것이다. 각 사람이 모두 자신의 지식 구조와 수요에 근거하여 각양각색의 우언을 감상하고, 그 가운데서 자기가 좋아하는 사상의 열매나 예술의 열매를 따야 한다.

우언 감상의 연구 능력이 향상되면, 다른 문학작품에 대한 능력도 상응하여 향상된다. 많은 이론가들이 인정하는 바와 같이, 우언에는 서정시·서사시·희곡 등의 씨앗이 포함되어 있다. 비고트스키의 《예술심리학》 제5장 〈우언의 분석〉에서 말한 것처럼, "어떤 연구자가 우언을 어떻게 해석하는지 이해한다면 그의 일반 예술관을 쉽게 이해하게 된다". 매우 많은 문학작품, 더욱이 모더니스트의 작품은 모두 우언 수법으로 철리를 드러내고 사람들을 깊은 사색으로 인도하기를 좋아했다.

만약 《서유기》《신곡》《파우스트》《악의 꽃》《파랑새》《노인과 바다》《성》 등의 작품을 우언의 안목으로 감상한다면 모종의 의문점들이 얼음 녹듯이 시원하게 풀릴 것이다. 또한 《수호지》의 오주요마(誤走妖

魔), 《서유기》의 심원의마(心猿意馬), 《홍루몽》의 보천환루(補天還樓)·태허환경(太虛幻境)·풍월보감(風月寶鑑)과 같은 줄거리를 우언의 안목으로 감상한다면 역시 활짝 열리는 기운을 느낄 수 있을 것이다. 우언의 감상 연구는 여러 이론가의 장점을 널리 채용할 만한 데다가, 다른 정신적 산물에 대한 감상 연구를 되돌려 계발시킬 수 있음을 알 수 있다.

찾아보기